1781

Manfred Bieler · Der Bär

Manfred Bieler

Der Bär

Roman

Hoffmann und Campe

CIP-Kurztitelaufnahme der Deutschen Bibliothek

Bieler, Manfred: Der Bär: Roman / Manfred Bieler, — 1. Aufl. — Hamburg: Hoffmann und Campe, 1983. ISBN 3-455-00357-5

Schutzumschlaggestaltung Jan Buchholz und Reni Hinsch
Gesetzt aus der Bembo-Antiqua
Satzherstellung alphabeta Fotomengensatz GmbH, Hamburg
Druck und Bindearbeiten Richterdruck, Würzburg
Printed in Germany

Für G.G.

Erster Teil

1

An Lichtmeß gingen Otto Donath und Eduard Witte mit ihren Söhnen nach Aken zum Schlachtfest. Der Zimmermann Donath wurde wegen seiner Statur der Bär genannt, der Lehrer Witte wegen seines Berufs der Hungerleider. Ihre Söhne waren Freunde. Hinter Steutz, dem letzten Dorf zwischen Zerbst und der Elbe, nahmen die Männer die Sechsjährigen auf die Schultern. Die Kinder spürten jetzt stärker den beißenden Wind, stolperten aber nicht mehr durch die gefrorenen Wagenspuren. Hermann hatte den besseren Blick über die verschneite Au und den Sommerdeich, denn sein Vater war Schwergewichtsmeister im Ringkampf und maß zwei Meter und vier Zentimeter. Lothar, der Lehrerssohn, mußte die Füße in die Armbeugen seines Trägers stemmen, um die gleiche Höhe zu erreichen.

Die Fähre hielt noch am jenseitigen, am Akener Ufer. Donath und Witte grüßten unter den Wartenden einige Bekannte, ließen die Söhne absitzen und traten auf den Holzanleger. Donath, der die Lände mitgezimmert hatte, zeigte den Kindern, wie man die Bohlen bei Hoch- und Niedrigwasser reguliert. Hermann fürchtete das schwarze Wasser, hörte aber genau zu, und als sich das Giertau spannte und Donath erklärte, warum die schräg gestellte, nach beiden Seiten offene Wanne allein durch die Kraft der Elbe vom Akener ans Steutzer Ufer herübertrieb, glaubte Hermann, sein Vater hätte sowohl den Mechanismus der Lände wie auch die verankerte Trosse, das gleitende Boot, den winterlichen Strom und den eisgrauen Himmel erfunden. Das Schlachtfest dauerte eine Woche, doch Lehrer Witte vertraute seinen Sohn schon am Lichtmeß-Abend dem Bären an und ging mit einer Henkelkanne Wurstsuppe nach Zerbst zurück.

2

Der Gastwirt des »Schwan« verlangte Arbeit von den Geladenen. Man stach ab, rührte Blut, sengte Haut, schnitt Speckseiten, stopfte Därme und heizte Kessel. Morgens schrien die Schweine die beiden Jungen aus dem Schlaf. Sie teilten das Bett mit einem hageren Klempnerlehrling, der ihnen nachts die Federn wegzog, tagsüber Klingen schliff oder Fleischwolfmesser schärfte, wenn er nicht der Mamsell beim Räucherwursthängen half. Mittagspausen – wozu? Semmeln aus der Kiepe und Gehacktes frisch vom Tisch, ohne Unterbrechung, versteht sich. Abends gab es Wellfleisch und den berühmten Zwiebelkuchen, dessen Blähungsdonner die Flöhe aus den Matratzen scheuchte.

Hermann und Lothar sahen den Bären und den Bruder des Gastwirts einander gegenübersitzen. Der Bruder hatte keinen Schnurrbart wie Otto Donath, keinen Kragen am Hemd, nur ein schwarzes Bändchen, das im Ausschnitt der Weste baumelte. Der Bär begann zu singen: »Was begegnet mir auf der Straße?« Der Bruder antwortete: »Ein Mädchen ohne Nase!«

Die Männer klatschten sich wechselseitig auf die Schenkel und in die Hände, bis das Lied zu Ende war. Bevor der Schnaps kam und das Bier in Literkrügen, schickte Donath die Kinder unters Dach. Der Klempnerlehrling half der Mamsell wieder beim Wursthängen, denn Hermann und Lothar hatten das Bett für sich allein; sie merkten gar nicht, wie in dieser Nacht die große Kälte einbrach, der lautlose Ostwind, der die letzten Blätter von den Eichen warf und die Lungen der im Freien hockenden Amseln zerriß. Die Jungen lagen wach unter dem dicken Plumeau, lauschten den Liedern Otto Donaths und des Fremden Zimmergesellen, auch als es längst still geworden war, und Hermann wunderte sich, warum er seinen Vater noch nie zuvor singen gehört hatte, nicht einmal an Kaisers Geburtstag, wenn die Dreiundneunziger auf dem Zerbster Markt paradierten und die Regimentskapelle »Heil dir im Siegerkranz« blies.

»Dein Vater hat so laut gelacht«, sagte Lothar. »Weißt du, warum?«
»Nein«, sagte Hermann.
Derselbe Vater, den die Mutter nur zum Schmunzeln brachte, wenn sie versehentlich flüssige Seife statt Rübensaft in den Milchbrei quirlte, der Ringkämpfer, der keine Miene verzog, wenn ihm der Vorstand des Turnvereins die Meisterschärpe ums Trikot band, der Bär hatte gelacht, daß ihm die Augen glänzten, und dem Fremden Zimmergesellen hatte er in die Hände gepatscht, als spielten sie wie Kinder »Beim Bäcker hat's gebrannt«. Dahinter steckte ein Geheimnis.
Als die Männer am nächsten Morgen den Koben öffneten, rutschte das erste Schwein über den Hof, und ehe es die Schlachtküche erreichte, vereiste seine Angstpisse zu gelben Spiegeln. Sandkuhl, der Klempnerlehrling, mußte sämtliche Wasserleitungen mit Stroh umwickeln und Glutkörbe an die Flansche stellen. Trotzdem platzte ein Kellerrohr, und das Wasser spritzte so lange, bis es zu einem krummen Zapfen erstarrte. Die Kühe brüllten, weil man sie nicht gemolken hatte. Während die Frauen in den Stall rannten, halfen Hermann und Lothar dem Wirt, Tische und Stühle an die Wände der geheizten Gaststube zu rücken. Danach schlitzten sie löchrige Säcke auf und breiteten die Jute neben Packpapier und Pferdedecken über den Fußboden. Der Fremde Zimmergeselle holte korbweise Sägemehl, das die Kinder verstreuten und feststampften, damit das Federvieh nicht die Dielen bekleckerte.
Gegen Abend war es wie im Paradies. Nur der Löwe fehlte und Hermanns Lieblingstier, der Elephant, und Lothar vermißte den Walfisch. Doch dafür flogen Tauben um die Theke, Gänse raschelten im Stroh, Enten schnatterten, Hühner gluckten, und um den Kachelofen hockten die strickenden Klapperschlangen neben den häkelnden Ziegen. Hirsche und Widder, Wölfe und Seehunde schlürften Wurstsuppe, schlugen die Zähne ins Wellfleisch, mischten Kartoffeln mit Soße, und niemand außer Walter, dem Fremden Zimmergesellen, konnte sich an einen derart strengen Winter erinnern.

»Wann ist das gewesen?« fragte Hermann und spürte den warnenden Blick des Bären.
»In Königsberg«, sagte Walter und nickte, als gäbe er dadurch die genaue Zeit an. »Da war mein Vater auch«, sagte Hermann. »Der kam bloß bis Magdeburg«, sagte Walter, »und auf'm Rückweg hat er dich im Spargel gefunden.«
Die alten Weiber und die jungen Mädchen am Kachelofen kicherten. »Das stimmt nicht!« rief Hermann. »Mein Vater war sogar in Bremen.«
»Wie alt ist denn dein Stift?« erkundigte sich Walter, und nach Donaths Antwort fragte er Hermann: »Was willst du denn mal werden?«
»Dasselbe wie du, aber ich gehe weiter als bis nach Königsberg.«
»Wohin denn?«
»Bis nach Berlin«, sagte Hermann und verstand nicht, was es da zu lachen gab; besonders das Grinsen des Klempnerlehrlings ärgerte ihn. Doch dann lehnte sich Lothar an seine Schulter und flüsterte:
»Du kommst schon nach Berlin. Laß die man lachen.«
Hermann verwand seinen Kummer, denn der Fremde Zimmergeselle sang mit Donath »Wer wandert mutig durch die Welt«, und später im Bett umarmten sich die Kinder und wärmten sich Rücken an Brust und Hintern an Bauch.

3

Die Elbe fror zu. Die Freiwillige Feuerwehr rückte aus und hievte die Fähre sechzehnspännig das Ufer hoch. Sobald der Wirt erfuhr, einem Pferd sei dabei das Bein gebrochen, rannte er zu dessen Besitzer, Notschlachtung und Roßwurst im Sinn, doch der Viehdoktor hatte den Wallach schon geschient. Wenn die Männer über den Hof liefen, schoben sie die Hände in die Hosentaschen, was den Jungen so ungeheuerlich erschien, als gingen Frauen ohne Kopftuch auf die Straße. Der Gedanke an die Mutter quälte beide jetzt heftiger, aber weil

Donaths kein Wort für solche Qual kannten, begriff Hermann nicht, daß er sich nach seiner Mutter sehnte. Im Einschlafen sah er nur ihr zehn Kilometer fernes, rosiges, rundes Gesicht, roch den Majoranduft aus ihrer Schürze und fühlte den Gutenachtkuß, der ihm die Tränen zwischen die Lippen rollte und denselben wohligen Schmerz bescherte, der sonst Geständnissen oder Versöhnungen folgte. Hermann bewunderte den gleichmütigen Freund, bis Lothar verriet, weshalb er für eine Woche aus dem Haus geschafft worden war.
»Hoffentlich kriegst du eine Schwester«, sagte Hermann.
»Ein Bruder wäre mir lieber«, sagte Lothar.
»Nein«, widersprach Hermann, »deine Schwester kann ich heiraten, und dann sind wir verwandt.«
Lothar freute sich: »Du wirst mein Schwager.«
Am Sonntag nach dem letzten Schwein öffnete Donath die Tiefen seines Wintermantelfutters, versenkte Speckseiten und Würste, fand auch noch Platz für Schwänzchen, Öhrchen, Füßchen und erweiterte dadurch seinen Leibesumfang um mindestens ebenso viele Zentimeter, wie er den Wirt und die Gäste an Körperlänge überragte. Für Hermann und Lothar fielen je ein Paar Fäustlinge und Ohrenschützer ab, gehäkelt und gestrickt von den paradiesischen Klapperschlangen und Ziegen.
»Laßt euch keinen Bart wachsen«, empfahl der Fremde Zimmergeselle den beiden Jungen. »Der stippt beim Trinken ins Bier.«
»Trägt das Eis?« erkundigte sich Donath.
»Mich schon«, sagte der Schwanen-Wirt, »aber 'n Bären mit so 'nem dicken Pelz . . .?«
Sandkuhl, der Klempnerlehrling, nahm die Jungen beiseite und schenkte jedem einen Dietrich.
»Paßt in alle Schlösser.«
»Danke.«
»Und wenn wer fragt – ich habe immer bei euch geschlafen, keinmal woanders, kapiert?«
»Ja.«
»Ich wohne auch in Zerbst«, sagte Sandkuhl drohend.

»Wir verpetzen nie wen«, wisperte Hermann.
»Also, dann nischt für ungut«, verabschiedete sich Donath. Das war seine Art, sich zu bedanken. Als er mit den Jungen auf dem Wall stand, fragte er: »Was hat euch der Klempner zugesteckt?«
Hermann schwieg.
»Rede!«
»Einen Dietrich«, sagte Lothar und bereute es sofort, als er in Hermanns Augen sah.
»Schmeißt die Dinger weg!«
»Warum denn?« muckte Hermann auf.
»Entweder du hast einen Schlüssel, oder du bist ein Einbrecher.« Nachdem die Sperrhaken im knietiefen Schnee verschwunden waren, sagte Donath: »Notfalls biegt man sich selber einen.« Auf dem Trampelpfad zwischen den geborstenen Eisschollen ging Donath vorweg, wurde aber bald von Lothar überholt, der am anderen Ufer seinen Vater entdeckt hatte. Hermann drehte sich in der Mitte des Stromes um, als könnte er sich die Stelle merken, wo das Geschenk des Klempnerlehrlings lag. Aber die Dumpartswiese flimmerte, der Akener Kirchturm schwankte mit dem leeren Nest, die abgereisten Störche breiteten die weißen Schwingen aus, flogen heran und stürzten in die Pupillen.
»Werde du mir bloß nicht schneeblind«, hörte Hermann seinen Vater sagen, faßte nach dem Mantelsaum des Bären und stapfte weiter mit geschlossenen Augen.
»Ich habe eine Schwester!« hörte er Lothar rufen. Hermann spürte, wie ihm der Schweiß ausbrach, weil er daran denken mußte, daß unter seinen Sohlen die Elbe von Osten nach Westen, von Roßlau nach Magdeburg floß, und plötzlich hörte er sogar das schwarze, gefährliche Wasser unter dem Eis. Doch er ahnte, daß der Strom nur für ihn, nur in den eigenen Ohren rauschte, und das war ein Trost, an dem er sich länger festhielt als am dunklen Mantel seines Vaters.

4

Donaths wohnten an der Priegnitz, am sogenannten Judenberg im Nordwinkel der Stadtmauer. Die Nachbarschaft des Pulverturms und der teils verfallenen, teils zu Lauben umgebauten mittelalterlichen Wachhäuser, Munitionsdepots und Unterschlüpfe erinnerte an die Zeiten, als märkische Raubritter und böhmische Hussiten die Stadt bestürmt hatten.
Abgesehen von der napoleonischen Episode, herrschte hier seit Jahrhunderten ein tiefer Friede, aus dem die Stadt auch durch die Erfindung der Dampflokomotive nicht erwacht war, weil man die Trasse Berlin–Güsten über ein Dorf namens Güterglück statt über Zerbst führte und der Anschluß an die Leipzig – Magdeburger Linie für den industriellen Aufschwung zu spät kam.
Während der letzten Jahrzehnte hatten sich innerhalb und außerhalb der Ringmauer einige Fabriken niedergelassen, die Bäckereimaschinen, Kartoffelflocken, Schrauben, Thermometer und Peitschen herstellten, doch das Gemüse behielt die Oberhand, und die größte Zerbster Attraktion blieb der Pferdemarkt samt Lotterie und Reitturnier.
Das kleine, an die Stadtmauer gelehnte Haus war Luise Beaus Mitgift gewesen. Ihr Bräutigam Otto Donath hätte die Kate am liebsten abgerissen, weil er, wenn er sich auf die Zehen stellte, sowohl in Stube, Kammer und Küche, wie auch in dem lichtlosen Kabuff unterm Dach, mit dem Schädel gegen die Decke stieß. Doch einem Zimmermann, der im Winter verzehrte, was er im Sommer verdiente, fehlte das Geld zum Neubau. Der Bär erhöhte deshalb nur die Türstürze, um ohne Rumpfbeuge durch sein Haus gehen zu können.
Hier hatte Luise Donath ihren einzigen Sohn zur Welt gebracht. Hier, zwischen Judenberg und Heidetor, lernte Hermann die ersten Schritte auf dem Katzbuckelpflaster. Hier trat er, als an Ostern 1913 die Schule begann, über die Schwelle, lief seitdem jeden Morgen zur Färbergasse und klopfte an das niedrige Fenster der Lehrerwohnung. Manchmal besah er seinen Kopf in der Scheibe und strich den blon-

den Haarwirbel glatt. Stand Lothars Schwester Agnes auf dem Küchenstuhl und preßte das Gesicht ans Glas, trommelte Hermann gegen ihre Nase, daß die Einjährige vor Wonne quiekte. Anfangs waren Hermann und Lothar Hand in Hand zur Schule gegangen. Als sie von den Klassenkameraden deswegen gehänselt wurden, marschierten sie nebeneinander wie Erwachsene und machten den Verlust der Nähe durch scheinbar zufällige Berührungen wett. Kamen sie auf den Markt und sahen den Kutscher der Pferdebahn die Peitsche heben, packten sie sich an den Ranzenriemen und trabten neben dem holpernden Schienenwagen her. Mußte Hermann die ungelenken Buchstaben von seiner Schiefertafel wischen, borgte ihm Lothar den Schwamm, und beide spürten den Druck ihrer nassen Finger. Zerbrach Lothars Katapult, kletterte Hermann in den Fliederbusch und stützte den freien Fuß auf Lothars Schulter, bis die Astgabel erobert war. Beide schlugen ihren Vätern nach. Hermann, robust und mutig, ertrug und erwiderte Nasenstüber oder Maulschellen; wenn er unterlag, wurden seine grauen Augen starr und sein Mund unerbittlich. Lehrer Foese, ein harter Mann, erschrak bisweilen vor solcher Furchtlosigkeit und zahlte sie mit hämischen Sticheleien heim. Neben Hermann wirkte Lothar schmächtig und zart. Ähnlich dem Hungerleider, der an der Mädchenschule unterrichtete, neigte er zu einer so aristokratischen Blässe, als gehörte die Familie Witte in den Gothaischen Adelskalender. Der braune Blick unter dem dunklen Haar war ohne Falsch, und wenn Lothar nach einer richtigen Antwort die Lippen zwischen die Zähne rollte, verbarg er nur die Freude, den Wunsch seines Vaters erfüllt zu haben. Doch diese Miene verführte manchen zu Zweifeln an Lothars Ehrlichkeit, und Lehrer Foese tappte oft rohrstockschwingend in die selbstgegrabene Falle. Dann empfand Lothar besonders die Erniedrigung vor den Mitschülern, schämte sich für eine rätselhafte Schuld und weinte. Hermann litt jeden Hieb mit und fühlte zugleich die eigene Schwäche vor dem übermächtigen Lehrer.

Sich bei den Vätern zu beschweren, war sinnlos. Otto Donath erzählte schmunzelnd, wie die Zerbster Polizei einst einen

Fremden verhaftete, weil er behauptet hatte, er reise zu seinem Vergnügen durch Anhalt. Eduard Witte wußte sogar, daß die anhaltischen Herzöge ihren askanischen Grafentitel von Noahs Urenkel Aschkenas und von Ascanius, dem Sohn des Äneas, herleiteten, von strengen Völker- und Städtegründern. Er erklärte Hermann und Lothar auch die Bedeutung des schwarzen Bären im Zerbster Wappen; nach der Fama senkte das heraldische Tier, lateinisch *ursus*, seine genealogische Wurzel in die berühmte und streitbare römische Fürstenfamilie Orsini. Aber derlei Anekdoten und Märchen, soweit die Kinder sie überhaupt verstanden, halfen kaum, und es dauerte noch Jahre, bis Hermann und Lothar begriffen: Die Idee, der Mensch sei geboren, um glücklich zu werden, stammte nicht aus diesem Lande. Der Zerbster war auf der Welt, um zu arbeiten, und es gab Arbeiten von unterschiedlichem Wert. Geachtet waren der Soldat, der Beamte, der Bauer, der Gärtner, der Zimmermann und der Maurer. Danach kamen die übrigen Handwerke, mit Ausnahme der Schneider und Barbiere. Es folgten die Ärzte und die Pastoren. Erst jetzt traten die Ellenreiter und die Bartkratzer an, die Händler, Musikanten und Kellner. Der Briefträger galt allemal mehr als der Schnapsfabrikant oder Holzlieferant, und jeder Offizier vom Leutnant aufwärts war ein Erzengel. Das Leben an und für sich konnte kein Grund zur Heiterkeit sein; dazu hatte der liebe Gott die Zigeuner, die Sachsengänger und die polnischen Viehhändler geschaffen. Die lachten über jeden Dreck, kalberten und trällerten schon vorm Frühstück. Bitte sehr, wenn der Chor der höheren Töchterschule sang, das war was anderes, etwa »Horch, wie der Tauber ruft, o du, du, du!«. Aber einige Jugendjahre abgerechnet, hätte sich die Mehrzahl der Männer auch durch Junggesellenzeugung fortgepflanzt, den kleinen Finger abgehackt, ihn im Frühling ins Mistbeet gesteckt und im Herbst einen Sohn geerntet. Frauen standen immer irgendwie im Wege. Man rasierte sich, pfiff »Lippe-Detmold, eine wunderschöne Stadt«, doch kaum drehte man sich um, schon fiel man in einen Wäschekorb oder gegen einen in solcher Größe unerwarteten Busen.

5

Otto Donath wußte genau, wo er selber aufhörte und seine Frau anfing. Hier stehe ich, und dort bist du. Er fürchtete sich vor Zärtlichkeiten. Manchmal umarmte er Luise durch eine Grobheit oder küßte sie durch eine Kränkung. Als er in den Krieg mußte, sagte er zu ihr:
»Wenn ich nicht wiederkomme, heiratest du Plüschow. Der ist Beamter, kriegt Pension, und Hermann braucht einen Vater.« Plüschow vom Eichamt war ein sommersprossiger, krummbeiniger Mann, der Luise Beau bis zu ihrer Verlobung nachgestellt hatte. Sie schüttelte sich unter Tränen.
»Das ist nicht zum Lachen«, sagte der Bär und stieg in den Zug. Hinter Güterglück nahm er Hermanns Nelke aus dem Gewehrlauf und legte sie ins Gepäcknetz.
Vier Jahre später war Plüschow gefallen. Donath kehrte ohne Auszeichnung nach Zerbst zurück. Als Mitglied des Soldatenrats trug er eine rote Armbinde, und außerdem litt er an einer leichten Schulterzerrung. Hermann hatte das Eiserne Kreuz und Narben erhofft, nicht zuletzt Lothars wegen, der seit Ostern das Francisceum besuchte, die Schule, wo man Latein lernte und anschließend Rechtsanwalt oder Doktor wurde. Ein Soldat mit denselben Schmerzen wie ein Rheumakranker war kein Held zum Vorzeigen. Auch der kurze Aufenthalt im Beuthener Lazarett gab nichts her.
Der Bär spürte die Enttäuschung und erzählte, wie er mit anderen Pionieren die Trosse eines Fesselballons gehalten hatte. Im Ballonkorb saß tausend Meter hoch ein Offizier und funkte die Position des Gegners zur eigenen Artillerie-Leitstelle. Kamen französische Flugzeuge, sprang der Beobachter mit dem Fallschirm ab.
»Und der Fallschirm ging immer auf?«
»Immer.« – Kein Ruhmesblatt, merkte der Bär.
»Aber einmal . . .«, erinnerte er sich.
»Ja?« fragte Hermann und ruckelte die Hitsche ans Sofa.
»Da kletterte Hauptmann Zochwitz in den Korb. Den konnten wir nicht leiden.«

»Warum nicht?«
»Der Korb wog sechs Zentner, und wir mußten ihn jedesmal bis zu seinem Auto tragen, statt daß er die paar Meter zu Fuß gegangen wäre, das Ekelpaket. Na, wie er oben ist, wird's so windig, daß es uns fast die Achseln ausrenkt. Wir geben ein bißchen Leine, doch der Ballon zieht uns Richtung Paris, und beinah hätten wir den Eiffelturm erobert. Zochwitz winkt. Springen war zu riskant, und wahrscheinlich wußte er nicht, wie er den Gashahn aufdrehen sollte, der Jakob. Mit einmal knallt's, und der Ballon fliegt weg.«
Auch Luise blickte fragend.
»Da hat unsere Achtunddreißiger Kanone aus Versehen die Trosse getroffen, und Zochwitz ist bei den Franzosen gelandet, der Glückspilz.«
Also war es, dachte Hermann, für Hauptmann Zochwitz, nein, für seinen Vater ein Glück, wenn ein deutscher Offizier in Gefangenschaft geriet? Jottverdammich, würde Lehrer Foese dazu sagen. Nein, so ging das nicht. Hermann holte Lothar vom Francisceum ab und gab der Geschichte eine patriotische Fassung. Sein Vater übernahm darin die Rolle des Richtschützen, der die Trossen der feindlichen Fesselballons durchschoß. »Da konnte er gleich auf die Ballons zielen«, meinte Lothar. Hermann hatte den Einwand vorausgesehen. Die kaiserliche Artillerie wollte möglichst viele Franzosen lebendig erwischen. »Und wenn die Ballons in die falsche Richtung trieben?« Dann landeten die rothosigen Skelette eben auf Neufundland oder Feuerland, und die Indianer staunten Bauklötze.
»Aha.«
Armer Hermann. Du ahnst ja nicht, daß dein und Lothars Vater heute abend nebeneinander im Volkshaus sitzen und gemeinsam die »Unabhängigen« aus der Sozialdemokratie ausschließen. Anderntags ist Sonntag. Deswegen sieht keiner auf die Uhr. Als Donath um Mitternacht nach Hause kommt, legt er sein Winkeleisen griffbereit. Am nächsten Morgen kann Luise aus der Küche schreien, was sie will. Die Tür ist abgesperrt. Donath vergewissert sich, daß Lehrer Witte ihn

nicht belogen hat. Hermann reckt das Kinn und sieht dem riesigen Bären ins Gesicht. Dann erhält er eine Lektion in Wahrheits- und Friedensliebe. Mit dem Winkeleisen.
Mehrere Weihnachten und Ostern vergehen, bevor er seinem Vater wieder die Hand gibt. Hermann verläßt die Volksschule mit dem besten Jahrgangszeugnis. Nur im Singen war er schwach. Der Bär gratuliert.

6

Ich gehe weiter als bis nach Königsberg. Ich gehe bis nach Berlin. Gewiß doch. Sogar bis nach Hamburg. Aber vorläufig bist du noch Stift im Baugeschäft Ravens in der Dobritzer Straße, und wenn dich der Polier nach Bier schickt, dann flitzt du zur ›Münze‹ auf der Heide, und wenn du beim Balkenlochen, weil es von St. Trinitatis Mittag läutet, dein Stemmeisen im Holz vergißt, dann haut's der Altgeselle mit der Axt raus, daß es dir um die Ohren flattert, und wenn du deine Säge stecken läßt, vernageln die anderen Lehrlinge den Schnitt, daß dir beim Zähnefeilen die Schwarte kracht.
Aber du liebst ja jeden neuen Zimmerplatz, ob auswärts oder in Zerbst. Wer drängt denn danach, Decken aufzulatten, wo er über sich nageln muß? Der blonde Wuschelkopp! Wer reißt sich denn darum, die Pfetten abzubinden? Der Lange! Wer rutscht denn gerne auf den Knien und legt einen zünftigen Blindboden? Donaths Hermann! Also, warte ab. Zuerst steht dir mal eine andere Reise bevor, wenn auch bloß eine kleine.
Otto Donath hat in den ›Askanischen Nachrichten‹ gelesen, daß der Kochstedter Viehhändler August Beau ohne Leibeserben und ohne Anverwandte gestorben sei, weshalb das Amtsgericht Dessau hiermit einen Termin zur öffentlichen Versteigerung der Hinterlassenschaft bestimme. Der Bär prüft die Verlautbarung noch einmal, nimmt aus der untersten Wäscheschublade zwei Urkunden und wickelt sie behutsam in die Zeitung. Anschließend schreibt er eine Vollmacht, bedeckt die Zeilen mit Löschpapier und läßt Luise ihren Vor-, Zu- und

Mädchennamen auf das Blatt setzen. Gegen Abend findet Hermann seinen Vater ungewohnt hergerichtet. Der Bär trägt den Hochzeitsrock aus schwarzem Tuch, Stehkragen, schwarzen Binder, Stiefeletten und zwischen Westenknopf und Westentasche eine vergoldete Kette, an deren Ende ein Lotblei hängt, weil die Uhr verpfändet ist. Hermann muß sich in seinen Konfirmandenanzug zwängen und Donath zum Baumeister Thiele, dem Brotherrn des Bären, folgen.
»Ein Todesfall in der Familie«, sagt Donath und erhält einen Tag unbezahlten Urlaub.
Dasselbe geschieht mit Hermann bei Ingenieur Ravens. Der nickt nur und kondoliert stumm, denn seine Zähne liegen im Wasserglas.
Wie sie nach Hause traben, macht sich Hermann wegen des knappen Anzugs ein bißchen kleiner und zieht die Hände in die Ärmel. Rund um den Markt, den Roland und die Butterjungfer trudeln jetzt die Ladenschwengel, die Backfische und die Studiker der Anhaltischen Bauschule mit ihren Bräuten. Unter den eingehakten Mädchen ist auch Fränzi, die Tochter des Photographen Quast. Hermann kennt ihr Gesicht auswendig, so oft hat er es im Schaufenster gesehen und in seinem Kabuff nachgezeichnet. Wenn er mit Block und Bleistift allein ist, scheint ihm das Bild ziemlich ähnlich, doch wenn er ihr wie jetzt in Wirklichkeit begegnet, sagt ihm ein einziger Blick, daß ihre Augen, ihre Nase und ihr Mund viel hübscher sind, als er sie je zu Papier bringen kann. Sobald ich Baumeister bin, heirate ich Fränzi, schwört er sich, wagt aber nicht einmal, sie zu grüßen. Wenn er bloß wüßte, wer von der Verwandtschaft eigentlich gestorben war. Der Bär winkte Fragen ab. Die Mutter zuckte die Schultern. Also vermutete Hermann das Geheimnis in der eingerollten Zeitung, die Donath nicht aus den Händen ließ, als sie am nächsten Morgen mit dem Frühzug zu zweit nach Dessau fuhren. Dort stiegen sie um nach Kochstedt, einem kleinen, in die Kartoffeläcker kleckernden Dorf. Der Stationsvorsteher beschrieb ihnen den Weg zum Haus des Viehhändlers Beau und meinte: »Da halten Sie sich mal ran. Sie sind nicht die ersten, die erben wollen.«

Der Mann wußte Bescheid. Donath und Sohn hörten den Lärm schon hinter der Kirche, obwohl sie noch ein gutes Stück zurücklegen mußten.

7

Das Tor des Beauschen Anwesens, eines u-förmigen Gehöfts aus Wohnhaus, Stallung und Scheune, stand sperrangelweit offen. Auf dem Hof, unmittelbar vor dem Dunghaufen, zerrten zwei Männer ein Sofa zwischen sich her, als wollten sie die Seitenpolster abbrechen. Ein dritter fing aus dem Küchenfenster geworfenes Geschirr, und ein vierter hechtete in die Flugbahn, damit er wenigstens zerschlug, was er nicht greifen konnte. Kinder krochen zwischen den Streitenden, sammelten Zangen, Bestecke, Zaumzeug, rissen sich die Beute weg, ehe ihnen die Flucht gelang, jammerten und schrien, weil ihre Hände den Erwachsenen unter die Schuhe gerieten, haschten nach Hühnern, schnappten nach verkeilten Beinen, um Vätern gegen Nachbarn zu helfen, oder hauten sich wechselweise die Nasen blutig.
Am verwegensten zeigte sich das schwache Geschlecht. Eine durch ihren Aufputz fast großstädtisch wirkende Frau drängte ein Kalb aus dem Stall, streifte den Rock bis zu den Strumpfhaltern hoch und trat dem störrischen Tier so kräftig gegen die Flanken, daß es auf das Sofa sprang und die Zweikämpfer mit dem Möbel in den Mist stieß. Eine andere versuchte, ein Inlett durch die Dachluke zu schieben. Der dickste Brocken lag bereits auf den Ziegeln, als der Lukendorn die Leinwand zerfetzte, das Bett von der Regenrinne seinen Daunensegen über den Hof spendete und die verdutzte Räuberin im leeren Viereck erschien. Hermann sah, wie sein Vater die eingerollten ›Askanischen Nachrichten‹ sorgfältig in die innere Jackentasche schob, die Jacke auszog, sie an einen Süßkirschenast hängte und daneben noch Platz für Hut, Schlips und Kragen fand.
»Ich gehe jetzt da rein und schließe das Tor hinter mir ab«,

sagte er zu Hermann. »Du bleibst draußen. Stell dich ungefähr in die Mitte und fang sie auf.«
»Und was mache ich mit den Leuten?«
»Das wissen die schon selber«, sagte Donath, klappte die Torflügel hinter sich zu und rastete den Querbalken ein.
»Alle mal herhören!« hörte Hermann seinen Vater poltern, aber niemand beachtete das Kommando. So vergingen ein paar Minuten. Zuerst flogen die Männer übers Tor, insgesamt vierzehn. Hermann wußte, wie sie kamen.
»Und – Sturz!« oder »Und – Kant!« kündigte der Bär jeweils an. Wer sich wehrte, flog mit dem Kopf vorweg; wer klein beigab, mit den Füßen. Der neunte war ein Herr mit Zwicker und Aktenmappe.
»Warte, Vater«, bat Hermann und ließ sich den Namen nochmal sagen. »Eben hast du Justizinspektor Persicke rübergeschmissen.«
»Leg ihn in'n Schatten, bis ich fertig bin!« rief Donath und warf die nächsten fünf, die genauso davon liefen wie die ersten acht.
»Das ist Körperverletzung«, beschwerte sich der Justizinspektor.
»Was fehlt Ihnen?« fragte Hermann.
Persicke wollte antworten, doch das Kreischen der Weiber im Hof übertönte jeden Laut. Dann wurde es still.
»Eine Dame«, sagte Donath hinterm Tor und rollte die Kälbertreiberin wie ein Nudelholz in Hermanns Hände. Der stellte sie auf die hochhackigen Sandaletten, und weil sie aus der Nähe viel älter war und ihm wie eine richtige Dame vorkam mit ihrem Hut und ihren Seidenstrümpfen in der Sommerhitze, genierte er sich ein bißchen und sagte:
»Entschuldigung.«
»Die nächste!« rief Donath, und Hermann empfing eine strampelnde Bäuerin, die ihre Röcke hob und den nackten Hintern präsentierte, bevor sie wegrannte.
»Vater, mach Feierabend!« rief Hermann übers Tor.
»Kannst du nicht mehr?«
»Es ist genug.«

So wurde der Durchschlupf im Tor geöffnet, und die Weiber und die Kinder quollen heraus, bis drei Männer allein blieben: der Bär, Hermann und Persicke.
Gegen Mittag war das Wichtigste geregelt. Donath hatte dem Justizinspektor die Heiratsurkunde des Viehhändlers August Beau mit Therese Hinze, die Geburtsurkunde der gemeinsamen Tochter Luise und die auf ihn, Otto Donath, ausgestellte und von seiner Frau Luise unterschriebene Vollmacht zum Antritt des Erbes vorgelegt. Persicke erhob Einwände wegen der fehlenden notariellen Beglaubigung. Da wollte Donath aber wissen, warum das Gericht einen Versteigerungstermin ansetzte, ohne nach den rechtmäßigen Erben geforscht zu haben. Man einigte sich. Donath versprach, die Vollmacht nachzureichen. Persicke versprach, den Beauschen Besitz zu versiegeln und den ganzen Fall dem zuständigen Nachlaßbeamten zu übergeben, der nach Lage der Dinge zugunsten Donaths entscheiden würde. Nur dem Vieh konnte man natürlich nicht das Maul verkleben. Da müßte eine Übergangsregelung getroffen werden.
Ja, der Schlachthof zahlte, wenn's eilte, bloß die Hälfte, und außerdem sei es schade um den Deckhengst, die Milchkühe, die Färsen und so weiter. Wenn er, sagte Persicke, mal für einen Augenblick vergessen dürfe, daß er Justizinspektor sei, dann empfehle er Donath, das Vieh dem Bauern Helmerich anzuvertrauen. Der Mann habe sich die letzten Tage sehr uneigennützig darum gekümmert, und wie Persicke ihn kenne, warte er draußen.
Also wurde Helmerich reingeholt, und weder Donath noch Hermann ahnten, daß der Bauer Persickes Vetter war. Helmerich machte einen soliden Eindruck, duftete nach Heu, und was er später in seiner Pfeife rauchte, roch auch so ähnlich. Zahlen wollte er für die Unterstellung und Nutzung des Viehzeugs allerdings keinen Pfennig.
»Vielleicht die Beerdigung«, schlug der Justizinspektor vor.
»Welche Beerdigung?«
»August Beaus Beerdigung.«
»Ach, so.«

Persicke zeigte Donath und Helmerich die Rechnung.
»Einverstanden«, sagte Helmerich. »Aber was ist, wenn was krepiert?« Mußte Helmerich das tierärztliche Attest etwa jedesmal nach Zerbst schicken? Wäre es denn nicht vorteilhafter, Donath verkaufte alles auf einen Hieb und hätte die Sache vom Hals?
»Die sauberste Lösung«, fand der Justizinspektor.
»Was – alles?«
Helmerich meinte das Vieh, den Hof, die acht Morgen Land, die zwei Morgen Wald und nannte seinen Preis ein unverbindliches Angebot. Doch jetzt schnupperte Donath den Braten, sprach über Inflation, über Geldentwertung im allgemeinen und über eine Verpachtung des Beauschen Anwesens im besonderen, so ausführlich und einleuchtend, daß es Hermann verblüffte, woher ein Zimmermann, dessen Uhr im Pfandhaus lag, solche Finanzkenntnisse besaß.
Mehr noch staunte er aber über die seltsame Herkunft seiner Mutter und über das kometenhafte Auftauchen und Verschwinden eines Viehhändlers, den man plötzlich beerbte, obwohl doch immer erzählt worden war, dieser Großvater mit dem Hugenotten-Namen sei schon vor Hermanns Geburt gemeinsam mit der Großmutter einem Eisenbahnunglück zum Opfer gefallen, und zwar bei Konstanz am Bodensee, wo auch beide begraben lägen, August neben Therese. Wunder über Wunder für einen Sechzehnjährigen! Der hört gar nicht zu, wie Persicke nun die drohende Anzeige wegen Körperverletzung ins Spiel bringt und damit bei Donath auf Granit beißt. Der schreckt erst hoch, als er angestoßen wird, weil man sich inzwischen auf den Entwurf eines Pachtvertrags geeinigt hat. Helmerich kümmert sich um den Stall, Persicke um die Türschlösser. Donath und Hermann verlassen das Gehöft. Der Bär krempelt die Ärmel runter, greift in die Süßkirsche, knöpft den Kragen ans Hemd, bindet die Krawatte um, zieht die Jacke über und setzt den Hut auf.
»Zum Bahnhof?« fragt Hermann.
»Zum Friedhof.«
Die Straße ist lang unter der Junisonne. Vor einem blumenge-

schmückten, namenlosen Grab nimmt Donath seufzend den Kalabreser ab. Er glaubt an keinen Gott, weil der Mensch, wie er sagt, sich durch Arbeit selber erschaffen hat. Trotzdem wirkt der Bär auf seine Art jetzt sehr fromm. Schade, daß Luise es nicht sehen kann. Du Atheist, sagt sie immer, wenn sie am Heiligabend allein mit ihrem Sohn nach St. Nikolai geht.
Hermann stellt zwei Gartenstühle in den Schatten. Donath langt sein Taschentuch aus der Hose, trocknet die Stirn ab, putzt die Nase und setzt sich.
»Hast du schon mal was mit Mädchen gehabt?« fragt er nach mehrfachem Räuspern.
Der Schweiß rinnt Hermann hinter die Ohren. Oh, wartet, ihr Brüder, denkt er. Egon Liesegang und Klaus Mähnert lauerten am Akenschen Tor, als er mit Jettchen Ritter aus dem Schloßgarten schlich. Ihre Bekanntschaft verdankte er Lothar. Jette trug nie Schlüpfer. Das war Nymphomanie, eine griechische, aber keine ansteckende Krankheit. Hermann hatte Jette wie viele andere Zerbster Jungens ausprobiert, doch selbst heute versteht er noch nicht, weshalb er, um ein Mann zu werden, auch am Busen der Obersekundanerin nuckeln mußte.
»Ja«, antwortet er.
»Wie alt warst du?«
»Vierzehn.«

8

»Ich war dreizehn«, sagt Donath, und jetzt erfährt Hermann, wie seine Großmutter Therese Hinze, wegen ihrer Haare die rote Therese genannt, vor mehr als dreißig, mehr als vierzig Jahren mit dem Hundewagen durch Anhalt treckte, wie sie Näpfe und Töpfe, Stricke und Gummiband, Zopfschleifen und Wäscheklammern, japanische Wunderblumen und erzgebirgisches Spielzeug verkaufte, eine Hausiererin, jawoll, eine Trödlerin, jawoll, aber was für ein Weib!
Schön und wild, sanft und kaltschnäuzig, und jeden, den sie wollte, zog sie ins Stroh, und die beiden Wolfshunde kettete

sie vorher von der Deichsel, daß sie die Störenfriede verbellten, und wen sie gehabt hatte, den warf sie weg, wie lahmgeschossen, aber lahmgenossen, krummgewälzt, mattgeküßt, krankgeliebt, und mancher wurde ihr hörig und lief ihr nach, daß sie die Hunde hetzte, um ihn loszuwerden. Und auf den Märkten fürchteten alle ihre Stimme, sogar der Gendarm, denn sie war eine Zeitung wie die ›Askanischen Nachrichten‹, nur nicht auf Papier, sondern frisch von der Leber weg. Sie redete nicht über Paris oder Neu York, über Reichstag oder Politik, sondern über die Staupe in Luso, die Klauenseuche in Strinum, den Ehebruch in Deetz, den Unterschleif in Natho, den Bankrott in Köthen, und niemand ertappte sie beim Schwindeln, bis sie selber Schwierigkeiten hatte, weil sie nicht wußte, von wem das Kind war unter ihrem Herzen, trotz langer Rechnerei. Endlich dachte sie, der Reichste ist gerade gut genug, spannte die Hunde an und zockelte zum Viehhändler Beau, bei dem es so ungefähr hinhaute mit der Zeit, und August freute sich über ihren Besuch und wollte sie gleich wieder vornehmen, aber Therese sagte, warte mal, Ogüst (das ist französisch und heißt August), erst wird geheiratet, denn ich bin schwanger. August lachte sich den Buckel schief und sagte, da könnte er ja mit hundert Männern einen Vater-Verein gründen, doch Therese war's ernst. Sie drohte, ihm das Geschäft zu ruinieren, und weil er sich nicht fügte, flüsterte sie den Remontierungsoffizieren, Beaus Pferde hätten den Rotz, tratschte bei den Bauern, Beaus Schafe hätten die Räude, steckte den Züchtern, Beaus Rinder hätten die Perlsucht, und über eine Weile willigte August ein, verlangte aber heimliche standesamtliche Trauung, getrennte Wohnung und Scheidung nach der Geburt, wobei er sich für schuldig erklären wollte, damit Therese das Kind behalten durfte, vorausgesetzt, er mußte keine Alimente zahlen, und so kam das Mädchen nicht in Bernburg, wo August damals wohnte, sondern in Zerbst auf die Welt und hieß Luise Beau als eheliche Tochter, auch nach der Scheidung, und später gab die rote Therese ihre sechsjährige Tochter zu Pflegeeltern, weil sie den fliegenden Handel wieder anfing, doch der Lack war runter, die Männer liefen ihr nicht mehr hinterher, und die Frauen fuhren in die Städte, wo es immer alles gab und nicht eine Woche Nähseide und nächste Woche Zwirn. Ja, Therese schlug sich so durch, bis sie Luise mit Otto Donath verheiratete, ihm zur Mitgift das Haus auf der Zerbster Priegnitz und die eigene Ehe- und Geburtsurkunde schenkte. Außerdem erzählte sie dem Schwiegersohn, was er jetzt ihrem Enkel erzählt hatte. Den Herbst darauf stand ihr Wagen am Tochheimer Ufer. Die Hunde ließen erst jemand ran, als sie vor Hunger schlappmachten. Von der roten Therese keine Spur. Gefunden hat man sie nie. Wahrscheinlich ist sie in die Elbe gegangen. Nach dem Krieg wurde sie für tot erklärt.

Der Bär ist erschöpft von der langen Rede. Jetzt klappert der Friedhofswärter heran, barfuß in Holzpantinen, und fragt, ob sie die Angehörigen seien. Donath nickt. Dann sollen sie Eugen mal Bescheid geben, daß er wegen der Umrandung vorbeikommt, ob nu Taxus oder Stiefmütterchen.

Na, ein Wort gibt das andere. Der Viehhändler August Beau liegt nämlich gar nicht hier, sondern vier Reihen weiter hinterm Brunnen. Man hätte sich vorher erkundigen sollen, aber ist ja egal.

9

»Warum bleiben Sie nicht bei mir?« fragte Ravens, als Hermann nach der Gesellenprüfung um seine Papiere bat.

»Ich will auf die Walze.«

»Wir könnten es so einrichten, daß Sie die Wintersemester an der Bauschule belegen und bloß im Sommer für mich arbeiten.« Das war ein faires Angebot. Im Grunde verpflichtete sich Ravens, Hermann auf fast neun Jahre einzustellen und ihm während des Studiums einen monatlichen Zuschuß von zehn Mark zu zahlen. Wer gab heutzutage solche Garantie? Nobler ging's wirklich nicht. Außerdem stand vorm Bürofenster ein neuer Betonmischer. Auch in Zerbst ließ sich was lernen.

»Dann sind Sie Baumeister, Herr Donath, und irgendwann vielleicht mein Partner.«

Niemand hatte Hermann bis jetzt mit ›Herr‹ angeredet. Er wurde rot, aber wankelmütig wurde er nicht.
Freiheit!
»Das ist doch ein Anachronismus«, sagte Lothar, und da Hermann das Wort nicht verstand, übersetzte es der Freund aus seiner Unterprima-Reife: »Unmodern.«
»Du hast gut reden, du wirst mal Doktor.«
Wegen Hermanns Unmündigkeit mußte Donath eine väterliche Bewilligung schreiben und sie von Notar Börne beglaubigen lassen.
»Den Paß brauchst du durch Polen«, sagte der Bär und dachte, Luise würde jammern, als läge Polen hinterm Kongo. Doch Luise sah keinen Unterschied zwischen den fremden Orten, in die es ihren Sohn trieb. Überall war er so weit von ihr entfernt, daß es auf eins hinauslief, ob sie wegen Berlin oder Warschau weinte.
Ehe sich Hermann bei Quast für den Paß photographieren ließ, packte er die selbstgezeicheten Fränzi-Porträts in einen Miederkarton und band eine blaue Schleife darum. Sollte sie ruhig lachen, er war schon über Berg und Tal. Doch ein bißchen mulmig wurde ihm vor dem Geschäft und daß er ihr gleich in die Arme rannte hinter der Ladentür!
»Hier«, sagte er. »Aber erst aufmachen, wenn ich weg bin.«
Sie fragte ihn sehr damenhaft, wohin er denn verreise, und solange er antwortete, schielte er in die Vitrinen, weil Fränzi keine Zöpfe mehr trug und sich vor lauter Aufregung dauernd die Lippen leckte, als wenn sie selber photographiert werden sollte.
Endlich kam Quast durch die Portiere. Hermann riskierte einen letzten Blick auf seine erste Liebe, den sie so prompt erwiderte, daß ihm noch ganz blümerant war, während Quast »Bitte, das Kinn höher!«, »Deine Butterseite ist links, mein Junge!« und zum Schluß »Nächsten Dienstag!« sagte.
Hermann traute sich nicht wieder hin. Seine Mutter holte die Photos ab und brachte ein kleines Päckchen mit; in dem war ein Samtfutteral, und in dem Futteral war ein versilbertes Amulett. Auf der einen Seite war eine Linde eingraviert, auf

der anderen »Und immer hör ich's rauschen – Deine Fränzi.« Daran schluckte Hermann noch zwischen Wiesenburg und Belzig. Aber bei seiner Heimkehr nach fünf Jahren hätte er eine Zigarrenkiste gebraucht, wären alle seine Liebsten so spendabel gewesen wie die Tochter des Photographen, die mittlerweile Frau Angerland hieß.
Hermanns Postkarten kamen aus vielen Städten zwischen Freiburg im Breisgau und Tilsit an der Memel. Durch seine Augen zogen die teerheißen, eisglatten Chausseen, die wanderdünengleichen Kohlenhalden des Ruhrgebiets, die Rebenhänge des Kaiserstuhls, des deutschen Reiches endlose Pflasterstraßen, auf denen das Blut hinter roten Fahnen, Hakenkreuzbannern, schwarzen Wimpeln und Stahlhelmstandarten floß; in seine Haut ätzten sich die Winterwinde beim Einrüsten des Kölner Doms, der Sommer der baltischen Ebene, die Kartoffelkrautglut auf den pommerschen Rittergütern, der Priemsaft in den Herbergen zur Heimat, die Haarnadeln drängender Kriegerwitwen und kreischender Mägde, aber auch der Flaschenhieb eines englischen Matrosen, der Hermann die sechs Zentimeter und lebenslange Narbe an der linken Schläfe eintrug. Er atmete die Luft der Zimmerplätze, das unverwechselbare Gemisch aus geschnittenem Holz, geschmiedetem Stahl, abgeriebenen Bleistiften, verschwitzten Hemden, schalem Bier, verfurzten Hosen; er roch den Wacholderschnaps der Richtfeste, den Aschenbechermief der Gewerkschaftslokale, den Chlor der Arrestzellen nach den Saalschlachten, das Filzlausaroma der Arbeitsämter, die Bartwichse auf den Schnauzern der Landgendarmen, die den Scheunennächtigern ihr »Raus hier!« in die Ohren brüllten, den Weihrauch der Pfaffen, wenn sie kesselschwenkend den Dachstuhl segneten, aber auch die süße Benzinflagge der Kabrioletts mit den lederverkappten, schleierschwenkenden Ladies und immer wieder den scharfen Dunst der Achselhöhlen unter dem billigen Parfüm.

10

Lothar Witte, inzwischen Medizinstudent im sechsten Semester, hatte recht behalten. Der schwarze Hut, der rote Charlottenburger, die Samtweste und die Hamburger Schnitthose, der Knotenstock und das Bändchen am hemdlosen Kragen, der ganze wandernde Kunde war ein Anachronismus. Doch Hermann sah keinen Grund, die Reise zu bereuen. Er bedauerte nur, daß er sie ausgerechnet in Zerbst beendete. Die Stadt war ihm zu klein geworden. Auf der Hauptstraße, der Alten Brücke, glaubte er, die Fassaden mit den Ellbogen einzustoßen. Den Markt hätte er am liebsten in alle Himmelsrichtungen auseinandergeschoben, um Platz für den florentinischen Brunnen, für die Säule der Butterjungfer und den Sandstein-Roland zu schaffen. Wie sollte er hier leben und die Bank der Anhaltischen Bauschule drücken? Doch zurück in die Welt führte nur dieser Weg. Und machten es die Eltern ihm denn nicht leicht? Vor Beginn des Wintersemesters durfte er sich das Kabuff unterm Dach zur eigenen Mansardenwohnung ausbauen. Die Werkstatt im Hof genügte; das Material und die Möbel zahlte der Bär von der Jahrespacht des Beauschen Erbes. Die Maurerarbeiten übernahm Klaus Mähnert, die sanitäre und elektrische Installation der Klempner Reiner Sandkuhl, der Hermann beim Akener Schlachtfest den Dietrich geschenkt hatte. Benno Poche, ein früherer Klassenkamerad, tischlerte die Fenster.

Als die beiden Zimmer und der Abort fertig waren, lud Hermann seine Helfer zum Abendessen ein. Das Lokal stellte er zur Wahl. Aber der SA-Mähnert wollte in den »Erbprinzen«, der Kommunist Sandkuhl zu »Trapp« und der Sozialdemokrat Poche, Hermanns Genosse, ins »Volkshaus«.

»Wir schuften zusammen und saufen getrennt«, erklärte Sandkuhl, der älteste.

»Und wenn ihr alle zu mir kommt?« fragte Luise. »Ich bin von der Pottsusen-Partei.«

Das konnte man schlecht ablehnen. Pottsuse war ein Zerbster Leibgericht aus gekochtem Schweinefleisch mit Lorbeerblättern. Vorher gab es süßsaure Linsensuppe, hinterher Speckkuchen und Bitterbier. Näherte sich das Gespräch der Reichspräsidentenwahl, erzählte Otto Donath, wie Hauptmann Zochwitz übers Niemandsland geflogen war. Schimpfte Mähnert auf den Versailler Friedensvertrag, erkundigte sich Luise nach seiner Braut. Drohte Sandkuhl mit der deutschen Sowjetrepublik, erinnerte ihn Hermann so scheinheilig an die Akener Räuchermamsell, daß dem Klempner vor Lachen die Augen tränten, und wenn Poche die Enteignung der Junker verlangte, wurde jedesmal eine neue Runde Doppelkorn serviert, was der Tischler übrigens bald spitzkriegte. Jedenfalls marschierten die Gäste ziemlich beschickert davon und sangen dreistimmig »Die Straße frei den braunen Bataillonen«, »Völker, hört die Signale« und »Brüder, zur Sonne, zur Freiheit«, bis sie sich am Heidetor auf »Nun leb wohl, du stille Gasse« einigten.

11

»Er hat eine Flamme«, sagte Luise, weil Hermann zweimal die Woche so spät, aber ohne Bierfahne nach Hause kam.
Hermann hatte keine Flamme, sondern nahm Nachhilfestunden. Mathematik, Projektion, Konstruktion, gewerbliches Rechnen, Freihandzeichnen, Baustoffe und Staatsbürgerkunde bewältigte er ohne Schwierigkeiten. Nur in Deutsch rutschte er unter den Klassendurchschnitt. Mündlicher Ausdruck und freie Rede: ungenügend. Deswegen ging er jeden Dienstag und Freitag zu Dr. Ernst Sintenis, dem Studienassessor am Francisceum.
Ursprünglich hatte Hermann an Professor Eckart gedacht, doch bei dem schwirrten halbflügge Töchter rum, das gab Klatsch, und davor war Hermann bei Sintenis sicher. Der brauchte die zwei Mark pro Stunde und sah nicht auf die Uhr. Übrigens wirkte er älter, woran seine Frau schuld sein sollte, wie man sich erzählte, aber was erzählt man nicht alles. Immerhin, ein bißchen überkandidelt war Ulrike Sintenis

wirklich, die Schwester von Likör-Karnbach, der seinen Schwager mit keinem Pfennig unterstützte, obwohl er im Zaster schwamm. Vielleicht hatte die Assessorsfrau dadurch den Sprung in der Tasse.

Bei der ersten Stunde ließ Sintenis seinen Schüler den Bericht über einen Diebstahlsprozeß vorlesen, verbesserte behutsam die Aussprache und verdeutschte die Fremdwörter. Danach wiederholte Hermann den Bericht mit eigenen Worten.

»Gut«, sagte Sintenis. »Nun versetzen Sie sich mal in die Rolle des Angeklagten. Denken Sie, ich sei der Staatsanwalt, und verteidigen Sie sich so, daß der Richter Sie freispricht.«

»Ich habe noch nie 'ne Brieftasche geklaut.«

»Gestohlen«, korrigierte Sintenis. »Aber reden Sie ruhig drauflos, wie Ihnen der Schnabel gewachsen ist. Nur vergessen Sie nicht: Sie müssen das Gericht überzeugen.«

Hermann probierte es und geriet ins Stottern.

»Woran denken Sie?« fragte Sintenis.

»Daß ich mich nicht richtig ausdrücken kann.«

»Falsch! Sie denken jetzt daran, daß Sie vor Gericht stehen und nicht ins Gefängnis wollen.«

»Mein Problem ist, ob ich die Brieftasche gestohlen habe oder ob ich mich bloß unschuldig stelle, damit ich nicht verurteilt werde.«

»Ein hübscher Satz«, lobte Sintenis.

»Welcher?«

»Den Sie gerade sagten. Und warum? Weil Sie ganz bei sich selber waren. Deshalb merken Sie sich als Regel: Von dem, was man öffentlich sagt, muß man völlig durchdrungen sein, um glaubhaft zu wirken.«

Klang einleuchtend.

Sintenis zog ein schmales Heft aus seinem Bücherregal. Auf dem Umschlag stand: »Der Schimmelreiter«.

»Schenke ich Ihnen, als Grundstein für Ihre Bibliothek. Am Dienstag erzählen Sie mir, was drinsteht. Stichworte dürfen Sie sich notieren, aber nichts auswendig lernen. Und bringen Sie die Deutsch-Themen der Bauschule mit.«

Hermann deichte mit Hauke Haien das Neuland ab und

stürzte sich, als die Sturmflut den Damm vernichtete, ins tobende Meer.

»Na, bitte«, lobte Sintenis und behandelte das erste Buchschul-Thema: Schöne Heimat. Der Assessor begann mit der Eiszeit. Von Skandinavien aus rasierten die Gletscher die Berge ab. Das Eis schmolz, und der Wind blies den Löß auf die anhaltische Steppe. Der Lehmstaub wurde Schwarzerde –

»Und jetzt sind Sie an der Reihe.«

Ja, was denn, Hermann?

Hier wachsen Weizen und Gerste, Rüben, Luzerne und Zwiebeln, Spargel und Gurken. In den alten Landesfarben rot-grün-weiß steht der Kohl auf dem Acker, und hoch wie Hopfen ragen die Wigwams der Stangenbohnen. Nach Osten zu werden die Böden leichter. Da bauen wir Kartoffeln an, Klee, Roggen und Raps. Vom Westen, von Staßfurt, schweben die Pottaschewolken heran, düngen Böden, Auen, Luche, Ödflächen, gehen auf Elbe, Saale, Mulde und Nuthe nieder oder mischen sich mit dem südlichen Qualm aus Bitterfeld, mit der Abluft der Braunkohlenschwelereien und den Wolfener Schwefelgasen. Die beste Luft kommt von Norden und Osten, aus der Mark und dem Fläming, die bringt den Geschmack von Salz und Kiefernharz.

»Bravo«, sagte der Assessor.

»Bei Doktor Hacker sollten wir aber besonders auf die Schlösser und Parks eingehen.«

»Darüber reden wir am Freitag. Heute haben Sie jedenfalls die Schwingen ausgebreitet, und ich merke schon, Herr Donath, Sie lernen noch fliegen.«

Die nächsten Wochen trabte Hermann manches Mal flügellahm heimwärts, und statt das geliehene Buch zu lesen, zeichnete er die froschperspektivische Ansicht seiner Deckenlampe, bis die Parallelen zu den Diagonalen stimmten oder sein Vater den Hebel der elektrischen Hauptsicherung umlegte. Doch die Deutschzensuren besserten sich von Semester zu Semester, und aus den Nachhilfestunden wurden allmählich Plaudereien, für die Sintenis kein Honorar mehr nahm, obwohl er auf die Fortsetzung der abendlichen Unterhaltung drängte.

Was hatten sich der zum Studienrat beförderte Assessor und der Bauschüler zu sagen? Das fragte sich besonders Ulrike Sintenis, und oft ermahnte sie ihren Mann, den gesellschaftlichen Abstand zu wahren. Als Sproß der Karnbachschen Likör-Dynastie hatte sie die Noblesse natürlich im Blut, die Frau Doktor, und daß sie dem schlaksigen Zimmermann eigenhändig den Tee servieren mußte, war doch nun wirklich der Gipfel!

Sintenis und Hermann kehrten zum Thema ihrer ersten Stunde zurück. Der Bauschüler trug ein Pflaster an der Schläfe, und der Studienrat erkundigte sich, ob die alte Tippelnarbe aufgebrochen sei.

»Nein.«

»Von gestern abend?«

»Ja.«

Mehr wollte Hermann nicht erzählen. Unterwegs verdeckte er die Schramme sowieso mit dem Hut. Sein Gegner durfte die Nasenkompresse frei spazierentragen, denn Anhalt hatte seit dem 32er Mai eine nationalsozialistische Regierung.

»Kein Vertrauen?« fragte Sintenis.

»Aber Herr Doktor!«

Ulrike brachte das Tablett. Hermann erhob sich, sagte »gnädige Frau« und »besten Dank« und half Sintenis, die Tassen zu ordnen. »Wahrscheinlich habe ich, als wir anfingen, einen Fehler gemacht«, sagte der Studienrat. »Erinnern Sie sich an unser Spiel mit verteilten Rollen?«

»Genau.»

»Sie forderten die Wahrheit, und ich gab Ihnen nach.« Sintenis faltete die Hände im Nacken und betrachtete Hermanns Kopfverband. »Wenn es aber so weitergeht, werden die Tiere mit der besten Mimikry am leichtesten überleben, und die Dinosaurier sterben aus.«

»Das verwechseln Sie«, widersprach Hermann. »Die Dinosaurier trampeln sich an die Macht.«

»Sie sind Sozialdemokrat, nicht wahr?«

»Ja. Und Sie?«

»Nichts. Altphilologe, Historiker, Beamter.«

»Es gibt auch sozialdemokratische Beamte.«
»Aber es gibt nur einen deutschen, keinen sozialdemokratischen Staat.«
Dieses Gespräch fiel in den späten November des Jahres 1932, in Hermanns fünftes und letztes Semster, während ihn schon die Examensarbeit beschäftigte: »Gestaltung und baureife Konstruktionszeichnung einer durch elektrische, ersatzweise durch Windkraft betriebenen ländlichen Getreidemühle mit zugehörigem zweigeschossigen Wohnhaus im Maßstab 1:100 samt Kostenvoranschlag«.
Die Birne über dem Reißbrett leuchtete auch tagsüber, und Otto Donath sagte keinen Mucks, obwohl er arbeitslos war und um die unbezahlte Pacht des Beauschen Gehöfts prozessierte. Nur wenn der Bär selber keinen Schlaf fand und sah, wie das Licht in der Mansarde erst gegen Morgen erlosch, machte er sich Sorgen. Zu Mittag rede ich mit ihm, schwor er sich, doch sobald er den Rechenschieber hinterm Teller seines Sohnes entdeckte, hielt er den Mund.
Daß Weihnachten war und seine Mutter ihn nicht mal gefragt hatte, ob er sie nach St. Nikolai begleitete, merkte Hermann, als die Glocken läuteten. Silvester feierte er, indem er den Kellerboden des geplanten Hauses um dreißig Zentimeter senkte, wodurch der Knick der Heizkesselleitung unter den Erdgeschoßträgern verschwand. Im Monat darauf bastelte er zur Sicherheit ein Sperrholzmodell, erprobte die Windeinwirkung im Verhältnis zu den gedachten Widerständen und freute sich wie ein Kind über die rotierenden Mühlenflügel.
»Hörst du denn nicht?« brüllte Donath und riß Hermann den Blasebalg aus der Hand. »Der Schlawiner ist Reichskanzler geworden!«

12

Baurat Epp winkt Hermann beiseite, tritt mit ihm in das leere Chemie-Labor und schließt die Tür ab. »Was ich Ihnen jetzt sage, bleibt natürlich unter uns, wenngleich ich auf Wei-

sung des Direktors handle, weil Sie sonst, obwohl Sie sich vielleicht schon denken können, worum's geht, denn gerade deswegen –«
Der Baurat trägt seit Jahrzehnten den Spitznamen »Der Unvollendete«. Im Statik-Unterricht, wenn er Zug-, Druck- oder Scherfestigkeit bestimmt, sind seine Angaben präzis. Im privaten Gespräch gelingt es ihm selten, größere gedankliche Spannweiten durch einen Satz zu überbrücken. Hat Epp sich verheddert, wirft er rings einen drohenden Blick, knurrt »kurzum!«, und dann folgt das Bündige.
»Ihre Examensarbeit ist die beste, Sie kriegen eine goldene Uhr und halten die Abschiedsrede der Absolventen.«
»Jawohl, Herr Baurat.«
»Wie Sie aus früheren, ähnlichen Veranstaltungen wissen, nutzt der jeweilige Redner, besonders wenn er ein Witzbold ist, und von der Sorte hatten wir ja immer genug, die einmalige Chance, dem Lehrerkollegium, das sich in aufopferungsvoller Tätigkeit jahrelang verzehrte, diesem Hallodri – kurzum, solche Sperenzchen unterbleiben, weil der Bürgermeister und der Kreisleiter ebenfalls zu uns sprechen werden. Noch Fragen?«
»Nein, Herr Baurat.«
»Wir sind hier keine Stellenvermittlung, aber« – Epp sieht zwischen den Reagenzgläsern zur Tür – »die Stadt sucht einen tüchtigen Mann fürs Hochbauamt, zweihundert Mark Gehalt plus neun Pfennig pro Fahrradkilometer. Baupolizei, Beamtenlaufbahn – haben Sie ein Fahrrad?«
»Jawoll, Herr Baurat.«
»Der Bürgermeister gratuliert Ihnen sowieso nach der Feier, da machen Sie sich mal gleich Liebkind. Ja, und noch was. In Ihre Rede müssen Sie einige Bemerkungen, will mal sagen, ein paar lobende Worte, na, das genügt nicht, Ihre Begeisterung, Herr Donath, über den Regierungswechsel, ich meine über den Umbruch beziehungsweise die Machtergreifung einflechten, wobei Sie etwa den Verfall der Architektur in der Systemzeit und das künftige Aufblühen der Baukunst durch die völkische Siedlungsidee – kurzum, zum Schluß danken

Sie dem Führer und Reichskanzler und verabschieden sich im Namen Ihres Jahrgangs mit einem strammen ›Heil Hitler‹! Versprechen Sie mir das?«
»Ich bedanke mich bloß beim Direktor und bei den Lehrern«, sagt Hermann. »Vom Reichskanzler habe ich nichts gelernt.«
»Dann formulieren Sie es eben so: Von dieser Stelle aus grüßen wir jungen Baumeister den Baumeister Deutschlands!«
»Der wird doch dauernd gegrüßt«, meint Hermann. »Der Kreisleiter vergißt es ganz bestimmt nicht, und wenn ich ihn nun auch noch grüße, dann wäre das ja doppelt gemoppelt.«
Baurat Epp nickt, aber nicht, weil er einverstanden ist, sondern weil er es dem Direktor schon vorher gesagt hat, daß Donath ablehnt. Na, ein letzter Versuch.
»Entscheiden Sie sich.«
»Mein Zeugnis und die Uhr hätte ich gerne«, sagt Hermann, »und die Sache mit dem Hochbauamt –«
»Schlagen Sie sich aus'm Kopp!«
Also, dann nicht. Aber alles andere bekommt er. Das Zeugnis kann er sich einrahmen lassen. Die Taschenuhr ist bloß Doublé, doch mit Gravur: »Hermann Donath für hervorragende Leistungen – Anhaltische Bauschule Zerbst« plus Datum. Auf Fränzis Amulett steht: »Und immer hör ich's rauschen.« Das fällt Hermann ein, während er das Deutschlandlied mitsingt, ziemlich falsch, wie gewöhnlich, aber dafür laut und ohne Gewissensbisse, denn Erwin Hoppedietz hat die Abschiedsrede gehalten, der kriegt auch den Posten beim Hochbauamt, inklusive neun Pfennig Spesen pro Fahrradkilometer.
Später, Hermann, wirst du dich mehrmals fragen, weshalb du mit deinem Zeugnis nicht noch am selben Tag aus Zerbst verschwandest. Auf der Terrasse des Görbersdorfer Sanatoriums wirst du das Thermometer unter der Zunge drehen, ohne einleuchtende Gründe für deinen Fehler zu finden. Im Keller der Kommandantur wirst du dem Photographen Joachim Schenk gegenüberstehen und dir vorwerfen, daß du zu schwach gewesen warst, in einen Zug zu steigen, der dich nach Rotterdam, Le Havre oder Genua brachte. Hinterm Schreibtisch des Zerbster Landrats wirst du nachts im Weltatlas blättern und

mit tabakgelbem Zeigefinger die roten Schiffslinien abfahren. Auf der Anklagebank wirst du dir die Zeugenaussage deiner Frau anhören und dich währenddessen als Krankenpfleger in einer philippinischen Leprabaracke oder als Lumpensammler am Rande einer mexikanischen Müllkippe sehen. Solche künftigen, mit Selbstbezichtigungen gekoppelten Tauchversuche in die Vergangenheit beweisen aber nur deinen partiellen Gedächtnisschwund.

Nach der Abschlußfeier wird Hermann nämlich von einer gewissen Hanna Rechenthin erwartet, die er seit der mündlichen Prüfung kennt. Sie steht in ihrem feinsten Kleid auf dem Bürgersteig vis-à-vis, traut sich mit dem Veilchenstrauß aber nicht über die Straße, weil Hermann zwischen seiner Mutter und dem Bären geht. Er will Hanna seinen Eltern wohl noch nicht vorstellen, denn er macht ihr ein Zeichen: um zwei.

Auch Lothar Witte, der alte Freund, der gerade an seiner medizinischen Doktorarbeit bosselt, ist zum Festessen eingeladen. Aber der begreift, warum sich Hermann mit Suppe, Spargel und Rührei so beeilt. Heute abend, machen sie aus. Dann rast Hermann in den Schloßgarten. Die Bank am Kiekinpott, dem Turm in der Stadtmauer, ist noch leer. Hermann drückt den Uhrdeckel auf, besieht die Widmung in englischer Schreibschrift und das Zifferblatt. Noch neunzehn Minuten. Eine Ewigkeit! Und um fünf fährt Hanna wieder nach Güterglück. Seit dem Tod ihrer Mutter versorgt sie die jüngeren Geschwister. Davor hat sie als Stenotypistin in der Zerbster Bäckereimaschinenfabrik gearbeitet. Gott sei dank kennen die Knipser und Bummelzugschaffner Hannas Vater, den Bahnmeister Rechenthin, sonst brauchte sie bald mal ein neues Billett. Ein Jammer, daß man sich immer schon um fünf trennen muß, weil in Güterglück der Eintopf wartet. Nein, so geht das nicht weiter. In diesem Frühling wird was anderes gekocht. Da brennt Hannas rotes Haar und versengt Hermann die Haut, zum Beispiel jetzt beim Gratulations- und Begrüßungskuß. Die Veilchen sind noch frisch, weil sie im Schatten lagen, die Stiele in der Nuthe, und Hanna hat die ganze Zeit Wache gehalten, daß sie keiner klaut, doch wie sie die Blumen aus

dem Wasser langt, macht sie sich einen Schmodderfleck auf's Kleid.
»Siehst du den nicht?«
»Nein.«
Hermann sucht ihn, und als er ihn gefunden hat, stammelt Hanna: „Doch nicht da, du Wahnsinniger, alle Leute kucken her.«
Ja. Durch den Schloßgarten rollen die Kinderwagen heran, Siegfried und Kriemhild, Rüdiger und Ute, das Nibelungenlied des Standesamts. Darum kümmern wir uns einen feuchten Dreck, sagt Hermann. Nein, er drückt sich gewählter aus. Seit er mit Hanna geht, gibt er höllisch acht, daß er keinen Witz reißt, der zu einem Zimmergesellen passen würde. Das strengt ihn trotz der jahrelangen Sintenis-Nachhilfe mächtig an. Er muß innerlich Staub wischen und polieren, senkrechte Gedanken um einige Grade krümmen, bis er glaubt, ihm wachse ein Buckel im Gehirn. Oder redet er sich Hannas Empfindlichkeit bloß ein? Als er sie kennenlernte, wußte er schon: Demnächst bin ich Baumeister, und ein Baumeister ist ein höheres Wesen, das alle Weiber in Damen verwandelt, also auch in höhere Wesen, mit denen man sich natürlich nur in der Sprache höherer Wesen verständigen darf. Deswegen hat er vorhin nicht »Darum kümmern wir uns einen feuchten Dreck«, sondern »Ach, das läßt uns absolut kalt« gesagt. Hermann merkt, daß er sich selber zum Narren hält. Eine Frau ist eine Frau. Das hätte er auch früher kapieren können. Doch er pfeift auf die verlorenen Wochen, denn Hanna summt an seinem Ohr:
»Schade. Immer wenn's am schönsten ist, muß ich weg.«
»Heute bleibst du hier«, sagt Hermann.
Am Abend entschuldigt er sich bei Lothar mit der Wahrheit. In der Nacht trägt er Hanna in seine Mansarde, damit die Eltern nicht den Doppelschritt auf der Treppe hören. Am nächsten Morgen, bevor es hell wird, bringt er Hanna zur Bahn. Zum Abschied gibt es eine kleine Überraschung. Ehe Hanna auf den Perron läuft, flüstert sie lächelnd: »Gestern hat mir Vater erlaubt, daß ich bei meiner Cousine in der Brüderstraße schlafe.«

Ach, diese Weiber. Lothar Witte, der mit dem Gegenzug nach Leipzig will, sieht Hanna hinterher und meint:
»Jetzt verstehe ich dich.«
»Bist du etwa extra meinetwegen nach Zerbst gekommen?« fragt Hermann.
»I, bewahre«, sagt Lothar, doch er ist kein guter Schauspieler. Bis zu seiner Abfahrt sprechen sie über Berufsaussichten. Lothar hat es satt, auf Vaters Tasche zu liegen. Den Facharzt möchte er in Berlin machen, falls er eine Stelle findet. Für eine eigene Praxis fehlt ihm das Geld. Ja, Krankenhaus wird später wohl das beste sein.
»Und du, Herr Baumeister?«
Aber da bremst Lothars Zug, und Hermann geht langsam vom Bahnhof zu Ravens. Es ist ja noch früh am Tag. Am Frauentorplatz bleibt er stehen und blickt die Straße Richtung Klapperberg und Fohlenweide hinunter. Er schließt die Augen und schnuppert. Ist das Dill, Bohnenkraut oder Thymian? Nein, bitter riecht's und süß, wie Gewürznelken mit Vanille. Hermann hat noch die letzte Nacht in der Haut, obwohl sich Hanna kein Parfüm leisten kann.
Die Chaussee zwischen Kaserne und Heidetorfriedhof führt an Ravens' Büro vorbei, hundertzweiunddreißig Kilometer, über Dobritz, Wiesenburg, Belzig, Treuenbrietzen und Potsdam bis nach Berlin, wo Lothar Facharzt werden will. Eigentlich ist der Weg gar nicht weit: zwei Auto-, sechs Fahrradstunden oder drei Tage zu Fuß. Aber was soll Hermann in Berlin ohne das rothaarige Güterglück?
Ravens, der frühere Lehrmeister, dreht und windet sich, bis er endlich einem Gehalt zustimmt, das knapp überm Monatslohn eines Maurers liegt. Überstunden und Nebentätigkeiten sind durch das Regierungsprogramm gegen die Arbeitslosigkeit verboten. Hermann steht auch nicht, wie erwartet, am Reißbrett, sondern kontrolliert die Baustellen. Anfangs geniert er sich, den Leuten, die ihn aus seiner Gesellenzeit kennen, ins Handwerk zu reden. Als aber ein Zimmermann, der die verpfuschten Ecksparren wieder abbinden soll, was von »Stehkragen« murrt, huckt sich der Baumeister den Stänker auf den

Rücken, schleppt ihn die Leiter hoch und zeigt ihm, wie's gemacht wird. Das spricht sich rum, und wer in Zukunft anderer Meinung ist, sagt meist vorweg: »Sie brauchen mich aber nicht gleich übern Ast zu trecken, Herr Donath.«
Herr Donath. Sieh mal einer an. ›Herr Donath‹ haben die Bauschullehrer und Dr. Sintenis auch zu ihm gesagt. Das war deren Umgangston. Aus dem Mund von Zimmerern und Maurern klingt »Herr« ganz anders. Wie »Meister« oder wie »Leck mich am Arsch«. Hermann trifft Benno Poche, den vierschrötigen Tischler, und erkundigt sich nach den alten Freunden. Poche zuckt die Schultern. »Ich kümmere mich bloß um meine Familie«, sagt Benno und geht seiner Wege.
Vor Jahren, denkt Hermann, hat der Genosse Poche noch die Großagrarier enteignen wollen und »Brüder, zur Sonne, zur Freiheit!« gesungen. Klaus Mähnert, der SA-Mann, ist gesprächiger: »Mensch, du kommst in meinen Sturm! Bei mir wimmelt's von Bürohengsten. Lauter Tintenpisser. Mit denen kannste Skat kloppen, aber nicht exerzieren oder Rabatz machen. Die klemmen sich ihr Parteiabzeichen noch ans Nachthemde. Welche Hutnummer hast'n du?«
»Sechzig.«
»Grenzt schon an Wasserkopp. Bundweite? Schuhgröße?«
»Wozu brauchst du denn die?«
»Uniform, Mütze und Stibbel. Oder willst du etwa ins NSKK?«
»Nie gehört.«
»Lebst du auf'm Mond? Nationalsozialistisches Kraftfahr-Korps, mit Alkoholverbot, da ist Liesegang drin.«
Hermann erinnert sich an keinen Liesegang.
»Akensches Tor«, hilft ihm Mähnert. »Wir beide haben dich doch mit Jettchen Ritter erwischt. Ist jetzt bei der Edeka.«
»Jettchen?«
»Quatsch, Egon Liesegang.«
»Hast du'ne Ahnung, wo sich Reiner Sandkuhl rumtreibt?«
»Den mußten wir in Schutzhaft nehmen. Kriegt er wenigstens regelmäßig was zu beißen, der Wolkenschieber.«
»Was hat er denn verbrochen?«

»Der hat 'n Reichstag angesteckt.«
»Sandkuhl?«
»Die Kommunisten. Alle für einen, einer für alle, wie bei uns.«
»Und wo sitzt er?«
»Sowas fragt man nicht.«
»Ich frage dich trotzdem, Klausi.«
Klausi? Das ist zuviel. Mähnert ruckelt sein Koppel zurecht.
»Als ehemaliger Sozi sollten Sie lieber die Schnauze halten.«
»Darf man ihm wenigstens was zu essen schicken?«
»Schutzhäftlinge werden ausreichend verpflegt. Heil Hitler, Herr Donath!«
Wieder klingt er anders, der ›Herr‹.

13

Die Jahre gingen ins Land, und Hanna Rechenthin kam in die Jahre, wo Mädchen nicht mehr nur ans Heiraten denken (daran denken sie ja ununterbrochen), sondern sich allmählich vorm Sitzenbleiben fürchten. Und Hermann? Zum Dank dafür, daß Ravens ihm das Gehalt erhöhte, nahm er abends die Zeichnungen mit nach Hause, zwickte sie aufs eigene Reißbrett und rauchte zwei Schachteln Zigaretten pro Nacht. Vom Silo-Bau der Askanischen Maiswerke hetzte er zu Likör-Karnbachs Villenfundament, von der Aktiengesellschaft Braun zum Sportstadion, und sonntags im Grünen nickte er manchmal ein, bevor Hanna wieder angezogen war. Ob die Ehe Funken aus der Asche blies?
Hanna bummelte mit Hermann über die Alte Brücke. Bei Quast standen Photos von Hochzeitspaaren, aber das war zu direkt, und Hermann pfiff »Am Brunnen vor dem Tore«, was sich nicht schickte auf der Hauptstraße. Bei Juwelier Sanne erklärte er Hanna das falsche Verhältnis von Sockelhöhe zu Schaufenstertiefe, statt die ausgelegten Trauringe zu besichtigen. Für Textil-Merkers Strampelhosen hatte er auch keinen Blick. Ein hoffnungsloser Fall. Oder sollte Hanna ihn zwingen, Farbe zu bekennen? Bloß wie? Eine Schwangerschaft

vortäuschen? Pfui Deibel. Zu der Sorte gehörte sie nicht. Hermanns Eltern wußten natürlich, daß Hanna sonnabends in der Mansarde schlief. Aber wer klemmt sich hinter die künftige Schwiegermutter, um den Sohn zu kriegen? Später haust man unterm selben Dach und läßt sich sagen: Ohne mich wärst du heute immer noch Fräulein.

Ein Trauerfall in der Familie schien Hanna zu helfen. Sie weinte lange, als ihre Schwester Dora gestorben war. Dann besann sie sich, schrieb »Bitte, komm!« auf die Anzeige und schickte sie per Post zur Priegnitz.

Unter »Vermischtes« hatte Hermann den Unfall in den ›Askanischen Nachrichten‹ schon entdeckt, ihn wegen der abgekürzten Namen aber nicht mit Hannas Schwester in Verbindung gebracht:

Um auf der Fernverkehrsstraße zwischen Gommern und Wahlitz einem streunenden Hund auszuweichen, prallte der Kaufmann E. L. derart an einen Kilometerstein, daß die hinter ihm sitzende D. R. über ihn hinweg gegen einen Kiefernstamm geschleudert wurde und im Magdeburger Krankenhaus ihrer Gehirnblutung erlag. Inwieweit der unverletzt gebliebene Motorradfahrer oder der Halter des noch nicht aufgefundenen Hundes haftbar zu machen sind, bedarf der Nachforschung.

Hermann hatte die Familie Rechthin noch nie besucht, doch den Friedhof würde er schon finden. Er nahm einen halben Tag frei, klemmte die Hosenspangen in den dunklen Anzug und radelte, die Dahlien überm Schutzblech, nach Güterglück.

Hanna stellte ihn ihrem Vater vor:

»Baumeister Donath, mein Verlobter.«

»Das ist mir neu«, staunte Rechenthin.

»Mir auch«, bestätigte Hermann; er drückte ihm die Hand, gab Hanna die Dahlien, sagte »Mein herzliches Beileid« und schwang sich auf den Sattel.

Er fuhr zurück, ohne nach links oder rechts zu sehen. Er fror und schwitzte. Er wütete gegen Hanna, gegen ihren Vater, gegen die Verwandten in Rechenthins Trauerhaus, gegen sich selbst, und er stemmte seine Wut in die Pedale, bis er die Stelle erreichte, wo die Landstraße fast die Bahnlinie berührte, wo er sommers und winters seiner Liebe nachgewinkt hatte. Dort warf er das Rad auf die Böschung, warf sich daneben und drosch auf den Schotter ein, als könnte er die Welt blutig schlagen. Etwas in ihm zerriß, wofür er kein Wort wußte, weil es die Steine unter seinem Herzen und die Sterne über seinem Elend mit einschloß. Doch nachdem er sich aufgerappelt hatte, ruckelte er den Radlenker zurecht, und als er dabei gegen die scheppernde Klingel stieß, kamen ihm endlich die Tränen.

Das vierundzwanzigteilige Tafelgeschirr mit dem Eichenlaubdekor, das Hermann im August bei der Pferdemarkt-Lotterie gewann, schenkte er seiner Mutter.

»Brauchst du's denn nicht bald selber?« fragte Luise.

»Nein«, sagte Hermann.

Seitdem sprachen Donaths nicht mehr über die Güterglückerin. Aber woanders gab es einiges zu wispern und zu tuscheln. Seit die Hochzeitsanzeige von Franz Leyde, Reichsbahninspektor, und Hanna Leyde, geborene Rechenthin, erschienen war, galt Baumeister Donath als eine Partie, und sonntags sah man ihn in ›Rephun's Garten‹, am ›Vogelherd‹ oder im ›Café Friedrichsholz‹.

»Wie aus'm Ei gepellt«, fand die Dentistentochter.

»Ja, Geschmack hat er. Dunkelblau paßt gut zu blond.«

»Und die gestreifte Krawatte.«

»Gottseidank isser nich so'n Riese wie sein Vater.«

»Aber auf einsneunzig bringt er's ooch.«

»Schade, daß er einen nie zum Tanzen holt«, seufzte die Älteste von Fleischer Albrecht.

»Mußt du eben warten, bis Damenwahl ist«, sagte Trudchen Büchert.

»Ob ich mich überwinde? Nachher gibt er mir'n Korb?«

»Oder er kann gar nicht tanzen.»

»Mit dem Rotfuchs hat er jedenfalls gescherbelt.«

»Er kuckt so ernst.«

»Der leidet immer noch.«

»Ich würde ihn schon trösten.«

»Haste Töne – jetzt lacht er!«
»Mensch, die Zähne – komplett wie'n Gebiß.«
»Hmhm«, machte Lieselotte, »an dem ist alles echt.«
»Nu werd man nicht gleich ausfällig.«
»Ich meine den Charakter, Trudchen, im Gegensatz zu dir.«
»Heiratest du vielleicht 'n Charakter?«
»Ach, du grüne Neune – heiraten!«
»Wieviel verdient eigentlich 'n Baumeister?«
»Nach dem, was der zusammenqualmt, 'ne ganze Stange.«
»Also, wenn er mal am Nebentisch sitzt, bitte ich ihn um Feuer.«
»Traust du dich nicht.«
Traute sie sich. Eine traute sich sogar ohne Zigarette und hustete, als sie Hermanns »Senoussi« rauchte, damit er ihr auf den Rücken klopfte: der halbe Weg nach Rom. Manche fragte ihn beim Foxtrott: Finden Sie's hier nicht zu stickig? Dann schlenderte er mit ihr zur großen Magnolie hinter der Orangerie oder zum Götterbaum am Amalienberg oder zur Buschmühle an der Nuthe, und hin und wieder genügte auch ein Treppenhaus. Sagte Friedchen-Hildchen-Minchen aber einen Monat später, ihre Eltern würden sich freuen, falls er an dem und dem Abend noch nichts vorhätte, denn da wäre doch Sonnenwende, Erntedank, Herbstanfang, Reformationsfest, Buß- und Bettag, Marsch zur Feldherrnhalle, erster Advent, Silvester, Dreikönig, Machtübernahme, Fastnacht, Palmarum oder Himmelfahrt, suchte Hermann keine Entschuldigung, sondern gab der Blitzbraut einen unmißverständlichen Abschiedskuß, schickte Blumen oder Konfekt und grüßte in Zukunft aus sicherer Entfernung.
»Kennst du die Damen etwa alle?« wollte Otto Donath wissen, als sein Sohn zwischen Breite und Markt das elfte Mal den Hut lüftete.
»Nur flüchtig«, sagte Hermann.
Nach dem Abendbrot hörten sie gemeinsam die letzten Meldungen. Der Alte stellte das Radio ab, zwirbelte die Schnurrbartspitzen und zählte die Priemstücke, die auf dem Fensterbrett trockneten, bevor sie wieder in gesüßtes Wasser einge-

legt wurden. Hermann schob den Stuhl vom Tisch, doch sein Vater fragte: »Was machst du denn, wenn's losgeht?«
»Ich melde mich zu den Fesselballons.«
»Witze«, raunzte der Bär.
»Wegen Karlsbad fangen die Engländer und Franzosen keinen Krieg an«, sagte Hermann ernsthaft und merkte, wie schwer ihm das Reden wurde; als säße ein Korken im Hals.
»Und die Tschechen?«
»Alleine?« wollte Hermann zurückfragen, konnte aber nicht weitersprechen, sondern drückte das Taschentuch vors Gesicht, hustete und putzte sich auch noch die Nase, um den roten Fleck zu verstecken. Doch seine Mutter glaubte an kein Nasenbluten und gab erst Ruhe, als Hermann ihr hoch und heilig versprach, sich morgen von Dr. Sickel untersuchen zu lassen.
In dieser Nacht träumte Hermann zum ersten Mal von seiner Großmutter, nicht von der Donathschen, die neben ihrem Karl auf dem Heidetorfriedhof begraben war, sondern von Therese Beau. Die alte Frau trug einen fußlangen Rock, eine grobgestrickte Weste und ein Kopftuch. Sie fragte ihn, ob er ihr helfen wollte, die Hunde zu tränken, und weil er sich vor Hunden fürchtete, ergriff sie seine Hand und führte ihn zu ihrem Wagen, in dem der englische Matrose lag, der Hermann bei der Rauferei die Flasche über den Schädel geschlagen hatte, damals auf der Walze. Der ist tot, sagte Therese, und demnächst wird er verkauft. Verkauf ihn mir, bat Hermann, ich bringe ihn unter die Erde. Aber Therese streichelte den Matrosen und sagte: Ich gebe ihn noch nicht her. Willst du ihn dauernd rumkarren? Er ist doch dein Großvater, sagte Therese lächelnd, band die Hunde von der Deichsel, gab Hermann den weißen, nahm selber den schwarzen, und als sie an der Nuthe saßen und die Hunde soffen, löste Therese den Knoten unterm Kinn, schwenkte das Tuch in der Luft, strich es glatt, legte die flammenden Haare drauf, war plötzlich eine junge Frau und sagte: Komm. Hermann schmiegte sich gegen ihre Brust, hörte das Schlabbern der Hundezungen, spürte, wie Therese den Rock hochzog, und erwachte, als er in sie eindrang.

14

Er wollte den Traum vergessen, doch es gelang ihm nicht. Während er mit Ravens die anstehenden Arbeiten besprach, hörte er immer noch die schlabbernden Hundezungen und während er von Baustelle zu Baustelle fuhr, mußte er daran denken, wie er der roten Therese verfallen war.
»Nein«, belog er am Abend seine Mutter. »Doktor Sickel hat nur eine geplatzte Vene in der Luftröhre gefunden.«
»Gott sei dank«, sagte Luise, und alle Zerbster sagten einige Tage später dasselbe, weil der Führer das Sudetenland ohne Krieg heim ins Reich geholt hatte. Der Superintendent ordnete für jede Kirche ein ›Tedeum‹ an, und sogar eingefleischte Atheisten weinten beim Fackelzug auf dem Markt, denn die vereinigten Musikzüge des Infanterie- und des Ergänzungsbataillons spielten »Ich bete an die Macht der Liebe«.
»Ein Patentkerl, der Hitler«, sagte Dr. Lothar Witte, der seit dem letzten Jahr im Zerbster Krankenhaus praktizierte.
»Aha«, brummte Hermann.
»Das war doch ein diplomatisches Kunststück!«
»So?«
»Oder hast du was gegen ihn?«
Hermann zuckte die Achseln und nahm Lothars Frage auf seine Radtouren mit. Einerseits brauchte man den Schlawiner bloß in der Wochenschau zu sehen, wie er rumfuchtelte und Fratzen schnitt oder die Hände vorm Hosenstall faltete, dieser Veitstänzer, dem das Maul flutschte wie dem Scherenschleifer die Arschbacken. Andererseits ging, was er sagte, den Leuten ins Blut oder wenigstens in die Muskeln, denn Männer und Frauen rissen sich bei seinen Reden fast die Arme aus dem Gelenk, was sie wohl hätten bleiben lassen, wenn er bloß Kokolores verzapfte. Trotzdem war er ein Verbrecher. Er hatte den Eid auf die Verfassung gebrochen, als er alle Parteien außer seiner eigenen abschaffte, mit freundlichen Empfehlungen der Kleckervereine, die sich freiwillig auflösten, außer uns, den Sozialdemokraten. Andererseits hatte ihn der Reichstag durch Gesetz dazu ermächtigt. Denn nun mal Hand aufs

Herz, Hermann: Die Idee, daß jede Regierung ihre Opposition brauchte, war nicht auf deutschem Mist gewachsen, sondern reiner Importartikel. Wozu so viele Parteien? Machte man sich mit zweien nicht schon lächerlich? Hätten die Kommunisten gewonnen, säße heute jedenfalls Klaus Mähnert in Schutzhaft, und wetten, daß dein Brief ins Coswiger Zuchthaus dann auch mit dem Stempel ›Adressat hierorts unbekannt‹ zurückkäme? Aber dieses Gegeifer gegen den fremden Bazillus im deutschen Volkskörper! Da hetzen zwei Schrumpfgermanen in SA-Uniform auf die Alte Brücke, kleben das Plakat *Kauft nicht beim Juden* übers Schaufenster, und Zerbst erfährt plötzlich, daß Tapeten-Heilmann keine Vorhaut hat. Seine arische Putzfrau schrubbt die Blamage wieder weg, doch man muß sich eben schämen für das Pack. Andererseits sagen manche, der Führer ahnt gar nichts von solchen Auswüchsen, und die Juden wird er bald genauso vergessen wie die Brechung der Zinsknechtschaft. Na, auf den Leim war Hermann nie gekrochen. Herrschaften, die einem das Startkapital vorschießen, enteignet man nicht. Ansonsten hatte Adolf seine Versprechen gehalten: Es gab kaum noch Arbeitslose, stattdessen Autobahnen, neue Schulen, Siedlungen, Museen, Fabriken, Wohnhäuser, Kasernen, Grünanlagen, Flugzeuge, Kindergärten, Kanonen und Erholungsheime. Hielt er nun auch sein Versprechen gegenüber den Juden, oder machte er da eine Ausnahme, wie bei den Banken und der Industrie? Einerseits hoffte es Hermann, denn schließlich war Adolf ja vom Bau, und daß er keinen Klempnerladen, sondern bloß das Eiserne Kreuz an der Brust trug, wirkte direkt bescheiden, wie die alte ›Ehrbarkeit‹. Und wenn er beim Nürnberger Reichsparteitag durch den Korridor zwischen den Kolonnen marschierte, ganz alleine, ohne zu stolpern, ohne sich nach links oder rechts zu vertrippeln, immer hübsch geradeaus, dann dachte Baumeister Donath Hut ab!, weil er selber wußte, wie sich's in großer Höhe auf Dachbalken lief, einsam und gefährlich. Ja, das imponierte ihm: Einsamkeit und Gefahr. Dazu gehörte Mut. Andererseits konnte er diesen Mann beim besten Willen nicht bewundern, geschweige denn lieben, wie die

Zeitungen schrieben und was für viele sicher zutraf, besonders für die Zerbster Weiber, die zur Eröffnung des Anhaltischen Landestheaters mit Ofenbank oder Klappstuhl nach Dessau gereist waren, um dem schwarzen Mercedes entgegenzujubeln und beim Anblick des Leibhaftigen zu vergehen.
Also: Einerseits und andererseits? Ach, was sollte Hermann lange überlegen, wenn Lothar, ein Studierter, es schon nicht besser wußte. Es war kurz vor Weihnachten, und Willy Karnbach hatte sich aus dem neuerdings deutschen Karlsbad eine Frau mitgebracht; die wollte einiges ändern an der Villa in der Postpromenade, und dort fuhr Hermann jetzt hin.

15

»Herr Donath – meine Gattin«, stellte Karnbach vor.
»Freut mich sehr«, sagte Frau Karnbach, geborene Fritsche und trotz ihrer sechsundzwanzig Jahre schon verwitwete Pěkná, was aber außer Willy kein Mensch in Zerbst wußte.
»Ganz meinerseits«, sagte Hermann und biß die Zähne aufeinander, weil er Likör-Karnbach zum ersten Mal um seine Kröten beneidete. Womit hatte der sonst die Karlsbaderin vor den Standesbeamten geschleift?
»Möchten Sie nicht Ihren Mantel ablegen, Herr Baumeister?«
»Donath genügt«, sagte Hermann.
Heiß war's ja hier, aber davon, daß er den Ulster auszog, wurde der Salon auch nicht kühl. Dieses Weib konnte jeden mumifizierten Pharao in einen reißenden Puma verwandeln.
»Ich dachte, Herr Donath ist der Baumeister?«
»Das ist er auch, Vera, doch bei uns spricht man nicht jeden mit dem Titel an«, sagte Willy und erklärte der Böhmin, warum und wieso, bis der Name Vera alle anderen Namen aus Hermanns Gedächtnis radiert hatte.
Die Besichtigung der Villa begann im Keller, wohin Vera anstelle der Vorratsräume ein Schwimmbecken wünschte. Um ihr zu beweisen, daß dann eine Stützwand verschwinden müßte, entfaltete Hermann den Bauplan. Von der östlichen

und der westlichen Grundmauer her näherten sich zwei Finger, ein schlanker, weißer, und ein kräftiger, gebräunter; der schlanke bremste, als der kräftige auf die schraffierte Wand tippte.
»Und das bedeutet?« fragte Vera.
»Das Haus stürzt ein, mein Schatz.«
Insgeheim bedankte sich Hermann für Karnbachs Antwort, denn Veras Zeigefinger mit dem Mond zwischen Lack und Nagelbett verschlug ihm sekundenlang die Sprache.
»Schade. Hier kann ich also nicht schwimmen.«
»Wir haben die Badeanstalt und die Elbe«, sagte Hermann, doch das trug ihm einen Blick ein, als läge Karlsbad am Meer und Vera hätte sich dort täglich in die Brandung geworfen.
Man stieg wieder zum Parterre hinauf, Karnbachs Glencheck-Hosen voran, dahinter Seidenstrümpfe mit einer dunklen Naht, die sich unter Plissée verlief, und zuletzt Hermann, der das Kellerlicht ausknipste.
Von der Diele sollten nicht, wie bisher, Holzstufen mit gegenläufigem Richtungswechsel in den ersten Stock führen. Vera sah statt dessen eine breite, zweiarmige, sanft anschwebende Marmortreppe, die den Plafond überflüssig machte.
»Süß«, meinte Karnbach, »im Sommer wie die Hottentotten, im Winter wie die Eskimos.«
Ratlosigkeit, wußte Hermann, stand vielen Frauen gut zu Gesicht, besonders den dummen, die dadurch oft nachdenklich wirkten. Aber diese Frau war weder ratlos noch dumm, auch wenn sie sich jetzt den Anschein gab, als könnte sie kaum bis drei zählen. Sie wollte die Villa gar nicht umbauen. Sie wollte nur schnell herausfinden, wie hoch sie ihre Wünsche schrauben durfte, und wenn Karnbach zustimmte, würde sie sagen: Ach, lassen wir's lieber, mein Dickerchen.
Hermann hatte Vera begriffen, ohne Zwinkern, ohne Blinzeln, rein telepathisch, und Frau Karnbach staunte, daß der Herr Baumeister die griechischen Säulen im Obergeschoß genehmigte, doch dann merkte sie wohl auch, was passiert war, und verabschiedete sich.
»Es tut mir leid. Der Masseur wartet. Auf bald, Herr Donath!

Den Rest erzählt Ihnen mein Mann.«
Sie hielt Hermann die Hand an den Mund, drehte sich um und zeigte ihm den Nacken unter dem aufgesteckten, schwarzen Haar. Karnbach ging mit Hermann ins Herrenzimmer und goß Cognac ein. Sie tranken und rauchten. Hermann dachte daran, was der Masseur, wenn er keine Notlüge war, jetzt mit Vera machte, und seine Gedanken wurden ausschweifend.
»Das ist bloß der erste Ansturm«, sagte Karnbach. »Das legt sich wieder. Was kucken Sie denn so, Herr Donath? Sie haben doch mitgespielt. Ravens soll 'ne Rechnung über zwei Stunden Bauberatung schicken. Kommt mich billiger als 'n neues Haus, oder?«
Ein Halunke, der Karnbach.

16

Die Krähen standen an den Rändern des Winterroggens und in den zerbröckelnden Furchen. Sie hüpften über die weißen Kaliflecke, flogen vor dem Eggengaul kreischend in die Höhe und fielen hinter dem Knecht wieder auf den Acker. Die Birken wirbelten ihre Blätter um und um wie winzige Spaten. Am Flutgraben knisterte das Gras. Wo die Glut sich ausbreitete, wurden die Halme rot und schwarz und verblichen zu Asche, die der Wind auf den Exerzierplatz blies. Nächste Woche bin ich bei euch, sagte sich Hermann, als er den Spähtrupp über die Hindernisse klettern sah.
»Lesen Sie die erste Reihe!«
»Ich erkenne alle Buchstaben, Herr Doktor.«
»Herr Stabsarzt!«
»Jawohl, Herr Stabsarzt.«
»Ohren intakko? – Hm. – Woher stammt die Narbe?«
Hermann sagte es dem Musterungsmediziner.
»Gehirnerschütterung?«
»Nein.«
»Geschlechtskrankheiten?«
»Nein.«

»Zeigen Sie die Gießkanne lieber mal her.«
Hermann blickte durch die obere Scheibe im Fenster des Wehrbezirkskommandos. Auf dem Bürgersteig gegenüber ging Else Bartsch vorbei. Sie konnte nicht sehen, wie Hermann inspiziert wurde, denn die untere Scheibe war milchverglast.
»Auch keinen Tripper?«
»Nein, Herr Stabsarzt.«
Else bog um die Ecke.
»Zehn Kniebeugen!«
Inzwischen widmete sich der Stabsarzt dem Tischler Poche und legte Hermann noch zehn Kniebeugen drauf, weil Benno bei der zweiten Buchstabenreihe zu stottern anfing.
»Besitzen Sie einen Führerschein?« hörte Hermann den Stabsarzt fragen, ging schwitzend in die Hocke und richtete sich wieder auf.
»Für's Motorrad«, sagte Poche.
»Sie brauchen kein Motorrad, sondern einen Blindenhund!«
Nun hatten sie was zu lachen, die anderen Nackten, denen die Wehrmachtsschwestern die Plattfüße prüften oder den Brustumfang maßen. Der Stabsarzt nahm Hermanns Puls.
»Tief durchatmen«, sagte er, als er das Stethoskop ansetzte, und nach einer Weile: »Husten!« Hermann spürte Brechreiz. »Normal atmen!« Die Muschel wanderte über den Rücken, kroch nach vorn, tappte zur rechten Achsel und blieb dort kleben. Der Stabsarzt zog die Schläuche aus den Ohren und kommandierte Ruhe, ehe er Hermanns Brust abklopfte. »Auswurf? Ich meine, kommt beim Husten was mit? – Hmhm. – Nachtschweiß? – Aha. – Untersucht worden? – So, so. – Sie kriegen eine Überweisung und scheren sich noch heute ins Krankenhaus. Das ist ein Befehl, verstanden?«
»Jawohl, Herr Stabsarzt.«
»Und bilden Sie sich bloß nicht ein, daß Sie damit aus'm Schneider sind! Wer untauglich geschrieben wird, bestimme ich. Anziehen!«
Hermann fuhr zum Krankenhaus und fragte sich zu Dr. Witte durch. Nachdem er eine gute Stunde gewartet hatte, erblickte

er den alten Freund das erste Mal im weißen Kittel. In seiner Ordination wirkte Lothar ganz anders als bei Tabak-Mühling, wo sie sich jeden Morgen trafen, um Zeitungen oder Zigaretten zu kaufen. Seit Lothar verheiratet war, wohnte er nicht mehr in der Töpfergasse, sondern an der Heide, in bescheidenen zweieinhalb Zimmern. Das Arztgehalt reichte nicht für ein eigenes Haus, und Frau Inge, die Tochter eines zwangspensionierten Beamten, hatte außer Bettwäsche nur ihren Humor mit in die Ehe gebracht. Nein, große Sprünge konnten sie sich kaum leisten, die Wittes, und als Hermann zur Taufe eingeladen wurde, schenkte er seinem Patensohn Wolfgang von dem Geld, das der Bär aus dem Pächter des Beauschen Erbes herausprozessierte, einen Laufstall.
Hermann wußte, daß Lothar ihn gern öfter gesehen hätte, doch zwischen Doktor und Baumeister, Familienvater und Junggeselle, herrschte eine gewisse Verlegenheit, an der beide litten, weil beide so taten, als gäbe es sie nicht.
Nun saßen sie einander gegenüber, und Lothar kratzte sich die Stirn, während er den Zettel des Musterungsarztes las.
»Ich muß die Anamnese aufnehmen«, sagte er endlich und fügte hinzu: »Deine Krankheitsgeschichte.«
Die persönlichen Daten kannte er auswendig, aber vom Säuglingskeuchhusten bis zum Blutspucken kreuzte er die jeweiligen Felder auf dem Formular an. Todesursache der Großeltern? Väterlicherseits: Leberzirrhose und Herzschwäche. Mütterlicherseits? Therese war vielleicht ertrunken, Viehhändler Beau hatte sich im Suff das Genick gebrochen und schied für Hermann als Großvater aus.
»Keine Ahnung.«
»Wie war das eigentlich auf der Walze? Erzähl mal 'n bißchen.«
»Draußen warten noch andere.«
»Zier dich bloß nicht.«
Wie Hermann auf die Schlägerei mit dem englischen Matrosen im Hamburger Hafen zu sprechen kam, lachte Lothar und machte sich eine Notiz.
»Hattest du Grippe unterwegs?«

»Ja.«
»Wann?«
»Im Winter '25 auf '26.«
»Daran kannst du dich so genau erinnern?«
»Weil ich fast übern Jordan gegangen wäre.«
»Wurdest du behandelt?«
»Mit Schnaps und heißem Holundersaft.«
»Ohne Arzt?«
»Wovon sollte ich denn 'n Doktor bezahlen?«
»Und in deiner ganzen Familie gab's keinen Fall von Tuberkulose?«
»Nein.«
Lothar erkundigte sich telephonisch, wann der Röntgenraum frei war. Der blieb wohl noch eine Weile besetzt, denn Hermann mußte sich obenrum ausziehen, und Lothar horchte und klopfte ihn ab wie bei der Musterung, nur gründlicher.
»Jetzt gehst du ins Labor.«
Die Laborantin war die Schwester von Waldtraud Pfeiffer, mit der Hermann vorigen Sommer seine übliche Vier-Wochen-Poussage gehabt hatte, doch sie gab sich so, als ob sie Hermann nicht wiedererkannte, zapfte Blut ab und drückte ihm zwei Glasgefäße in die Hand, eines zum Pinkeln, das andere zum Husten. Nach dem Durchleuchten und Röntgen ging Hermann hinter Lothar in die Ordination zurück. Er hatte unbändigen Hunger, aber noch lieber hätte er jetzt ein Bier getrunken und ein Stäbchen geraucht.
»Mach's nicht so spannend«, sagte er im Sprechzimmer, »ich habe die Motten und basta.«
»Hundertprozentig weiß ich's erst, sobald der Laborbericht und die Röntgenbilder vorliegen. Das dauert drei, vier Tage. Bei uns ist Hochbetrieb.«
»Also, Freitag«, sagte Hermann und stützte die Fäuste auf den Schreibtisch.
»Warte«, sagte Lothar. »Du darfst jetzt nicht durchdrehen. Wenn ich dich zum Beispiel bitte, von heute an auf Tabak und Alkohol zu verzichten – was antwortest du?«
»Ab morgen«, bot Hermann an.

»Nein, du hast einen starken Willen. Sofort.«
»Du verrätst mir nicht alles«, sagte Hermann, und nach einer Pause, in der auch Lothar schwieg, meinte er:
»Na, schön.«
Freitag morgen trafen sie sich bei Tabak-Mühling auf der Heide. Beide kauften nur die Zeitung. Vor der Tür sagte Lothar: »Am besten bringst du heute nachmittag gleich dein Handgepäck mit.«
»In Ordnung.«
Hermann fuhr zu Ravens.
Die Tränen des Dreißigjährigen! Verdammter Wind, denkt er und wischt den Joppenärmel übers Gesicht. So wechselt das Elend mit dem Alter. Das Kind brüllt. Der Junge bückt sich stumm unters Winkeleisen. Dem wandernden Zimmergesellen verschwimmt der Horizont, wenn er die Inschrift auf Fränzis Amulett liest. Der Landrat wird heimlich Rotz und Wasser heulen. Die Augen des Fünfzigjährigen schwappen selten über, aber dann: Gute Nacht, Marie! Und alles zusammen ist derselbe Mann, der willensstarke, wie Lothar Witte denkt.
Ravens versprach, die Stelle trotz der glänzenden Auftragslage vorläufig nicht zu besetzen, doch das log er bloß zum Trost, denn beim Abschied drückte er sich vorm Handgeben wegen der Infektionsgefahr. Hermann fuhr in die Ankuhner Vorstadt, wo sein Vater arbeitete. Der Bär stieg vom Gerüst und hörte zu. Er überragte seinen Sohn immer noch um ein paar Zentimeter.
»Krankenhaus?« polterte er. »Gegen Schwindsucht hilft Hundefett, morgens und abends 'n Eßlöffel voll. Alles andere sind Mätzchen.«
Hermann redete weiter, doch der Alte plinkerte zum Dachstuhl hoch und biß sich auf die Schnurrbartenden. Für ihn schien die Sache erledigt. Um so mehr überraschte sein plötzlicher Stimmbruch. »Sonntag besuchen wir dich«, sagte er heiser. »Und bring's Muttern schonend bei.«
Luise schimpfte, weil sie es als erste geahnt hatte und als letzte erfuhr.

»Du und dein Nasenbluten!«
Zum Kofferpacken ging sie ins Schlafzimmer, obwohl Hermanns Nachthemden, sein Unterzeug und die Taschentücher in der Mansarde lagen. Nach einer Stunde drückte Hermann die Klinke. Die Tür war abgeschlossen, und Luise kam erst um Mittag raus.
»Deine Weiber haben dich ruiniert«, sagte sie beim Pufferbakken. »Besonders die Rothaarige, das Luder. Drei Jahre lang wickelt sie dich um'n Finger, und dann heiratet die Pest 'n Inspektor. Mein Sohn war ihr zu poplig. Na, warte, du Rabenaas, so läßt der liebe Gott nicht mit sich spaßen. Willst du Zucker oder Pflaumenmus drauf?«
Sie begleitete Hermann.
»Gib mir noch'n Kuß«, sagte sie vorm Krankenhaus.
»Es ist ansteckend«, warnte Hermann.
»Deine Mutter kannst du ruhig anstecken. Die stirbt gerne, wenn man du bloß gesund wirst.«
Als Hermann den Handkoffer wieder aufnahm, rief er ihr nach:
»Also, bis Sonntag!«

17

Aber am Sonntag erwartete Hermann seine Eltern schon nicht mehr. Er wußte, daß es auf dieser Station keine Besuche gab. Der Bär und Luise saßen jetzt wahrscheinlich bei Lothar, und der zeigte ihnen vielleicht sogar die Röntgenbilder. Hier, würde er sagen, haben die Tuberkelbakterien zwei Kavernen in den rechten Lungenflügel gefressen, und die Löcher müssen vernarben, bevor Sie zu Hermann dürfen. Wenn er atmet, fliegen nämlich die Bakterien durch die Luft, und andere Leute werden davon krank. Lothar würde beiden auch erklären, daß Hermann jetzt Ruhe brauchte, Geduld, reichlich Essen, vor allem Butter, Quark, Milch und Bienenhonig. Das würden sie verstehen und nach Hause gehen. Luise würde heute abend ein bißchen länger beten, und Otto würde, wenn

er ihre gefalteten Hände sähe, diesmal nicht fragen, ob sie schon wieder 'n Fliege gefangen hätte.
Hermann lag mit drei Patienten in einem Vierbettzimmer, das nach Desinfektionsmitteln stank. Während der nächsten Wochen lernte er die Bräuche der Mottenbrüder. Er hielt das Thermometer zwischen den Lippen, ohne vor Wut in die steigende Quecksilbersäule zu beißen; er spuckte ins Glas und pißte in die Ente, ohne das Laken zu bekleckern; er schämte sich kaum noch, wenn ihn die Schwester wusch. Er schlief ohne Kopfkissen und aß ohne Appetit.
Schwer zu ertragen waren nur die beiden Siechen an der Fensterseite. Ihr Röcheln weckte ihn nachts, und ihre täglichen Zänkereien peinigten ihn bis aufs Blut. Doch er kam gar nicht auf den Gedanken, sich bei Lothar über die Streithähne zu beschweren, denn gegen den Verdruß half sein Nachbar, der fünfzehnjährige Helmut Mathesius aus der Haselopstraße, der Junge mit dem therapeutischen Mundwerk, wie Lothar sagte, die Kodderschnauze, wie ihn die beiden Alten nannten. Hermann befürchtete, der Gymnasiast könnte vor ihm entlassen werden, so gern hörte er morgens den Zuruf:
»Die Garde stirbt, doch sie ergibt sich nicht, Herr Donath!«
Am meisten mochte er es, wenn Helmut von seiner ›Bande‹ erzählte, von den Halbwüchsigen, die das Weinberg-Viertel beherrschten. Dann kroch Hermann hinter den Haselop-Jungen durch den Bollwerkflieder, stöberte Liebespaare auf, schoß Spatzen, spielte Klingelzug, schmiß Stinkbomben, zwickte dem Lateinlehrer einen Kaninchenschwanz ans Sakko, rieb Schmierseife auf die Treppenstufen und erträumte sich eine Kindheit ohne Krieg und Rübenwinter, eine Jugend im Matrosenanzug und in der Tertia des Francisceums.
»Lasset uns beten«, sagte Helmut Mathesius, als man die moribunden Quälgeister verlegte und kein Nachschub für die Verstorbenen kam.
Im August hatte Hermann Geburtstag und durfte mit seinen Eltern durch eine Trennwand reden. Studienrat Sintenis schickte Hermann sein Buch ›Askanische Heimat‹ mit einer herzlichen Widmung. Ravens, Benno Poche, ein halbes Dut-

zend Damen, von denen nur der Vorname auf dem Kärtchen stand, Herr und Frau Karnbach und einige Firmen schickten Blumen, die wegen des Blütenstaubs allerdings gleich wieder weggeräumt wurden. Aber Hermann fühlte, er war noch nicht vergessen, und das bügelte manche Falte aus der Seele. Lothar gratulierte Hermann am Abend, und Mathesius wußte, daß er den beiden einen Gefallen tat, wenn er im Bad verschwand.

Ihre Unterhaltungen außerhalb der Visiten hatten vor einigen Wochen begonnen, und Hermann war zuerst der Meinung gewesen, sie gehörten zur Behandlung. Wo Fett und Eiweiß nicht anschlugen, sollten Glaube und Hoffnung kurieren, gewissermaßen. Deswegen hatte er sich anfangs gegen Lothars Idee gesperrt, eine Heilstätte für Lungenkranke zu bauen, und zwar gemeinsam, sobald Hermann gesund wäre.

»Na, ja«, hatte Witte damals resigniert, »ist wohl zu verrückt, und du bist auch kein Architekt.«

Das wurmte. Als ob Hermann einen Architekten brauchte. Sollte sich der Urinprophet doch mal umgucken, was Hermann die letzten Jahre hingestellt hatte ohne Architekt! Nicht ganz astrein, freilich, denn Ravens mußte seinen Namen für die Entwürfe und Konstruktionspläne hergeben, strich aber dafür ein Drittel des Honorars ein. Sogar Hoppedietz von der Baupolizei, Beamter mit neun Pfennig Spesen pro Fahrradkilometer, hatte Hermanns Handschrift erkannt, als er die Anträge genehmigte. Und dieser Mottenzähler behauptete, Hermann sei unfähig, ein Sanatorium hochzuziehen, weil er kein Architektendiplom besaß, oder was hatte Lothar gesagt?

Der Doktor schwieg, bis Hermann nach einigen unruhigen Nächten fragte: »Und woher nimmst du das Grundstück?«

Seitdem war der Freund jeden zweiten oder dritten Abend eine Weile bei Hermann geblieben, und sie hatten ihr Projekt beraten: Ein eingeschossiges Gebäude in Waldnähe, fünfzig Betten, gesonderte Trakte für Ärzte, Personal, Wirtschaftsräume, überdachte Wandelgänge und eine Südterrasse. Hermann bat um Papier und Bleistift für eine Skizze. Nein. Das verstieß gegen die Hausordnung. Lothar schmuggelte auch

keinen Rechenschieber ein. Aber an Hermanns Geburtstag brachte er die Luftaufnahme eines großen, gering besiedelten Areals mit.
»Leider wenig Wald.«
»Pappeln wachsen schnell«, sagte Hermann. »Wie heißt das nächste Dorf?«
»Wertlau.«
»Und wem gehört der Grund?«
»Teils, teils«, sagte Witte und sah auf das Fieberblatt am Fußende.
»Kannst du mit einem Tachymeter umgehen?«
»Nein. Wozu?«
»Wir müssen das Gelände vermessen wegen der Höhenunterschiede. Neben unser Krankenhaus dürfen wir keine Sickergrube setzen, und die Kanalisation braucht das richtige Gefälle.«
»Hier stimmt das Gefälle«, sagte Lothar und zog die Fieberkurve nach, die sich während der letzten Tage deutlich gesenkt hatte. »Ich schlafe jetzt besser, vielleicht liegt's daran«, sagte Hermann und betrachtete wieder die Photographie. Er kannte die Gegend. Mit Hanna war er in Wertlau gewesen. Hanna trug damals ein kariertes Kleid, und beim Radfahren hob sich der Saum über die Knie. Wir verdrücken uns lieber in die Thieleberger Heide, hier ist es so sandig, hatte Hanna gesagt, die jetzige Frau Leyde.
Dr. Witte merkte, daß Hermann nicht zuhörte, und klopfte gegen das Bett.
»Ich rede von deiner Reise.«
»Wohin denn?« fragte Hermann und zeigte zur Decke hoch.
»Ach, was. Schlesien.«
Mit einigen Worten hatte Lothar alles erklärt: Die Görbersdorfer Heilanstalt lag klimatisch günstig und versprach intensivere ärztliche Betreuung; ungefähr viermal müßte Hermann umsteigen, wenn er über Leipzig, Dresden und Görlitz fuhr; von Waldenburg würde man ihn abholen; die Krankenkasse hätte die Überweisung schon genehmigt.
»Wie lange muß ich dort bleiben?«

»Ich mache dir nichts vor, Hermann. Mindestens ein, zwei Jahre.«
»Wann geht's los?«
»Wenn sich deine Temperatur stabilisiert hat.«
»Und falls ich wiederkomme, bauen wir zusammen?«
»Ja.«
»Du wartest auf mich und nimmst keinen anderen?«
»Ich wüßte keinen.«
Hermann reichte ihm die Photographie, doch Lothar wehrte ab. »Die schenke ich dir zum Geburtstag. Damit du Wertlau nicht vergißt.«
Damit du *mich* nicht vergißt, hatte der Doktor sagen wollen, aber er war Zerbster und behielt seine Gefühle für sich, wie Hermann oder wie der Bär, wie Tischler Poche, Klempner Sandkuhl, Maurer Mähnert, Studienrat Sintenis, Architekt Ravens, Bahnmeister Rechenthin, wie einst Viehhändler Beau oder wie Baurat Epp, der Unvollendete, und wie Likör-Karnbach mit seiner Vera.
Die Frauen hatten's leichter, die blubberten drauflos, und keiner nahm sie ernst, obwohl sie ziemlich gefährlich werden konnten, besonders dann, wenn sie noch keine Bräute waren, und Hermann wußte sogar von einer, die noch über Hochzeit und Tod hinaus ihre Schlingen legte. Deswegen träumte er wohl diese Nacht auch von ihr. Aber die rote Therese umarmte ihn nicht, sondern schirrte ihn neben den schwarzen Hund an die Deichsel und peitschte das Gespann über die Chaussee, bis Hermann mit wundgeriebener Schulter erwachte.

18

Dreieinhalb Jahre blieb Donath in Görbersdorf. Später nannte er diese Zeit »meine sieben akademischen Semester«, und so ganz aus der Luft gegriffen war das nicht. Die Heilanstalt wurde ihm tatsächlich eine Art Universität. Er studierte gewissermaßen querbeet, denn seine Professoren waren

Patienten, und er mußte sich danach richten, wer gerade das Zimmer mit ihm teilte, denselben Spazierweg wählte oder neben ihm auf der Terrasse lag.
Vom Panzerdurchbruch an der Maas bis zum Waffenstillstand in Compiègne hörte Hermann bei einem sächsischen Konzertmeister Vorlesungen über den Unterschied zwischen Dur und Moll, über die Dirigiertechnik Bruno Walters und die Hauptfiguren des ›Ring des Nibelungen‹. Leider starb der Geiger bei der Resektion seines rechten Lungenoberlappens, sonst hätte er die Toscanini-Anekdote zu Ende erzählt.
Während deutsche Flugzeuge Südengland bombardierten, sah der Zerbster Baumeister in den nächtlichen Augusthimmel und beobachtete die Sternschnuppen, die Laurenzitränen, wie sein Nachbar sagte, obwohl sich der Münsteraner Apotheker weniger für Heiligenlegenden als für Astronomie und Latein interessierte. Bis zur Kapitulation der Italiener in Tobruk erläuterte er Hermann jedenfalls nicht nur die symmetrische Anordnung der Fixsterne im Verhältnis zur galaktischen Grundebene, sondern paukte ihm auch den *accusativus cum infinitivo* ein: *Ceterum censeo, Carthaginem esse delendam.* Karthago wurde grammatikalisch zerstört, doch der Pharmazeut scheitete an einer Brustfellentzündung und reiste im Blechsarg von Görbersdorf nach Münster.
Als sich Hermann in der Bibliothek einen Roman ausleihen wollte, zog ihn ein Königsberger Bankbeamter beiseite.
»Wozu dauernd Jeschichten, erfundenes Zeuch? Lesen Sie lieber Jeschichte. Ich bin Amateur-Historiker. Kennen Sie Jules Michelet? Nein? Dann lernen Sie mal was vom Erbfeind. Probieren Sie's, Verehrtester. Sonst erfahren Sie nämlich nie, was in unserem Jahrhundert mit Europa passiert. Statt Paris brauchen Sie immer bloß Petersburch oder Berlin zu lesen. Wetten, daß Ihnen der Kronleuchter aufjeht?«
Von Rommels Triumphmarsch durch die Cyrenaika bis zum Angriff auf Rußland büffelte Hermann die fünf Bände der »Geschichte der Französischen Revolution«, und sie erregten ihn mehr als der spannendste Schmöker. Er stieß auf unglaubliche Stellen. Den Freiwilligen von 1792 hatte man für den Fall

der Desertion angedroht, daß sie zehn Jahre lang keinen Armeedienst leisten dürften! Gab es ein schlimmeres Urteil über einen Politiker, als das Michelets über Danton? »Er war nicht rein genug, um das Böse zu hassen.« Einige Sätze schrieb Hermann in seine Kladde: »Man übernimmt die Erziehung der Kinder der Hingerichteten und nennt sie *Kinder des Vaterlands.*« »Das Dasein verdunstete.« »Man plauderte, aber man hatte die Rede noch nicht wiedererlangt.« Und galt für Hitler nicht dasselbe wie für den Konventskommissar Tallien? – »Er war nie mehr als eine Maske, ein falscher Schauspieler, aber sein Echo war um so größer, als er völlig hohl war.« Eher aus Spaß (oder in Gedanken an die Karlsbader Vera?) notierte er auch: »Die Ohnmacht der Zeit zeigte sich besonders in einem: dem plötzlichen Aufstieg der Frauen.«
»So«, sagte der Königsberger Bankbeamte, als General Manstein Ende Juni 1941 vor Dünaburg stand. »Wenn Sie die Fortsetzung erfahren möchten, dann holen Sie sich mal Napoleons Rußlandfeldzug aus der Bücherei.«
Hermann folgte dem Rat. Gemeinsam mit dem Kaiser der Franzosen sah er am 14. September 1812 von den Sperlingsbergen über den besiegten Kreml, und, eingehüllt in warme Decken, hörte er mit der ganzen Welt, daß die deutschen Truppen am Moskauer Stadtrand umkehren mußten. Hermann drehte das Thermometer unter der Zunge, tastete nach seiner doublé-goldenen Taschenuhr und erlitt eine Gedächtnisstörung. Wie konnte er sich sonst fragen, weshalb er an jenem Tag, als Hoppedietz die Abschiedsrede gehalten hatte, nicht in den erstbesten Zug gestiegen war, um ein für allemal aus Zerbst zu verschwinden?
»Schwarz opfert einen Bauern«, sagte der Düsseldorfer Auktionator, mit dem Hermann die Amsterdamer Partie Aljechin–Euwe nachspielte, während die Japaner Singapur besetzten.
»Warum?«
»Weil Euwe Bewegungsfreiheit für den eigenen Turm über die offene h-Linie sucht. Ein Löffelchen Lebertran gefällig?«
Die Leidenschaft des Düsseldorfers galt weder dem Schach noch der Versteigerung von Perserteppichen oder Rokoko-

möbeln. Sein Herz gehörte Venedig. Er hatte die Stadt nie gesehen, geschweige denn besucht, lebte dort aber seit Jahrzehnten und machte sich ein Fest daraus, dem Baumeister ihr Geheimnis zu erschließen. Sie standen noch zwischen den Granitsäulen der Piazzetta, als die Amerikaner Rache für Pearl Harbor nahmen. Kaum kletterten die beiden Görbersdorfer Traumwandler in ihre imaginäre Gondel zur Isola San Giorgio Maggiore, umzingelten die Russen Stalingrad. Im Februar 1943, ehe der Auktionator operiert wurde, blickte er neben Hermann ein letztes Mal vom Campanile herab, vertraute seine Seele den Taubenflügeln über der Lagune an, und Generalfeldmarschal Paulus ergab sich mit der 6. Armee.

Vor Hermanns Abreise herrschte Tauwetter. Gefährlich, warnten die Ärzte, wie jeden April. Aber Tod, wo war dein Stachel? Im Talkessel des Waldenburger Gebirges hatte er sich abgestumpft. Hier bedeutete er für viele nur das Ende der Mehlsuppen und Punktionsnadeln, des Wundliegens und Wartens. Hermann beneidete die heiteren Sterbenden nicht mehr um ihren Mut. Es war kein Mut, es war ein Irrtum. Sie hatten sich auch schon früher belogen. Sie waren immer Doppelmenschen gewesen, Zwitter mit einer Tagseite, wenn sie Pillen drehten, Wechsel diskontierten oder dem Meistbietenden die japanische Tuschzeichnung zuschlugen, und mit einer Nachtseite, wenn der Apotheker die Planetenbahn berechnete, der Bankbeamte den Jakobiner Marat erstach oder der Auktionator das Geländer der Rialto-Brücke streichelte. Das war ihre Krankheit. Daran ging es zugrunde, das gute Dutzend Görbersdorfer Professoren, dem Hermann die sieben Semester verdankte. Nur der sächsische Geiger war versehentlich gestorben. Der hatte aus seiner Liebe seinen Beruf gemacht. Wie ich, dachte Hermann, und ich lebe.

19

Im September 1943 heiratet der Luftschutzbevollmächtigte der Stadt Zerbst die Tochter des Tischlermeisters Heinrich aus Steckby. Pastor Bienengräber predigt über den 1. Korinther-

brief, Kapitel 13, 4–7, und hängt zur allgemeinen Freude noch den Beginn des achten Verses an: »Die Liebe höret nimmer auf.«
Der Bräutigam, ein Zwei-Zentner-Riese mit kleinen Geheimratsecken, öffnet nach einer Weile den obersten Kragenknopf, denn Bienengräber schwärmt und schwelgt, daß sich kein Ende absehen läßt, wie bei der Liebe. Wegen der beiden Elternpaare trägt die Braut, obwohl sie an ihrer Schwangerschaft nicht mehr zweifelt, Myrthenzweige im Haar. Trauzeugen sind Lothar Witte und eine Heinrichsche Erbtante, die vor Rührung ihren rechten Daumennagel beknabbert.
Zu den Gästen gehören der verwitwete Studienrat Sintenis mit den Kindern Ralf und Erika, der Bauunternehmer Ravens mit Gattin, der Likörfabrikant Karnbach ohne Gattin, der Leiter des Hochbauamts Hoppedietz mit seiner Verlobten, die Familien Poche und Mähnert, der 33er Absolventenjahrgang der Anhaltischen Bauschule, soweit nicht an der Front, und Photograph Quast, der anschließend alle miteinander vorm romanischen Kirchenportal zum Gruppenbild ordnet.
Der guten Sitte nach müßten Trauung und Hochzeitsschmaus eigentlich in Steckby stattfinden. Weil dem jungen Ehepaar aber eine Wohnung schräg gegenüber von St. Bartholomäi zugeteilt wurde, hat man sich geeinigt, in Zerbst zu heiraten und an der Schloßfreiheit zu feiern, hinterm Kavalierhaus, dem früheren Amtsgericht.
Wer weiß denn noch, daß die Unterkunft der Brautleute mal ein Gefängnis war? Die Stadt hat's doch längst zu Mietwohnungen für ihre Angestellten umgebaut, und wer sich heute trotzdem dran erinnert, vergißt es wieder, wenn er über die Tafel sieht: Die Schwiegermütter fahren auf, was Beziehungen und Lebensmittelkarten hergeben, und die Schwiegerväter spendieren den Sekt dazu.
Hoch sollen sie leben, Donaths Hermann und Heinrichs Annemarie, dreimal hoch!
Eine Unverschämtheit von Hermanns ehemaligen Poussagen, wenn sie behaupten, die Braut sei ein Landei und könne froh sein, daß sie wenigstens einen Schwindsüchtigen erwischt hat.

Hundsgemein, diese Schrapnells, und bloß neidisch, weil sie selber abgeblitzt sind. Das Mädchen aus Steckby ist beinah eine Schönheit. Ein Gesicht wie Milch und Blut. Und Augen nennt ihr sowas? Das sind die reinsten Schattenmorellen! Der Mund braucht keinen Lippenstift, die Taille kein Korsett. Bitte sehr, die Zähne, die Ickertchen, die sind ein Ideechen zu kurz. Aber versteckt Annemarie denn die Mausebeißer? I wo. Sie lacht aus voller Brust, und gegen den Balkon kommt nicht mal Hoppedietz' Verlobte an mit ihrer prallen Bluse.
Hoch soll sie leben, die Braut, dreimal hoch!
Hat Fräulein Heinrich etwa geheiratet, weil sie von Hermann schwanger ist? Keine Bohne. Wie sagte Pastor Bienengräber? Die Liebe ist langmütig und freundlich. Und weil Annemarie ihren Hermann liebt, ist sie eben schwanger von ihm. Sie verträgt alles, sie glaubt alles, sie hoffet alles, sie duldet alles, und was sie manchmal ärgert, ist nicht die ausgeheilte Tuberkulose, sondern Hermanns Sorglosigkeit.
Doch anders wären sie sich kaum begegnet, im Juni, in Steckby. Nebenan, in Steutz, hatte Hermann den Arbeitern erklärt, wie sie das Flachswerk und die Ziegelei am besten gegen Brandbomben schützten. Danach wurde er von drei Unbekannten so zusammengeschlagen, daß er die Nacht im Auwald liegenblieb.
Hoch soll er leben, der Bräutigam, dreimal hoch!
Die Unbekannten waren alte Bekannte, denen Hermann und Genossen vor '33 eine Saalschlacht geliefert hatten. Da wurde eine ausstehende Rechnung beglichen. Kein Grund, die Polizei zu rufen, im Gegenteil. Aber der Luftschutzbevollmächtigte wollte nicht gleich ganz Zerbst seine Platzwunden zeigen. Deswegen radelte er am Vormittag Dr. Wachsmut hinterher, der in Steckby Heinrichs Krampfadern behandelte, auch Hermanns Augenbraue nähte, und als Frau Heinrich die beide Herren zum Essen einlud, saßen sich der Baumeister und die Tischlerstochter gegenüber, und als Hermann gegen Abend nach Zerbst zurückfuhr, dachte er nur an das Mädchen und an die Johannisbeeren, die es für ihn gepflückt hatte.
Seitdem kam er öfter nach Steckby, schlenderte mit Annema-

rie durch die Elbauen, und nicht weit vom Badetzer Teich, wo Trappe und Schwarzstorch nisten, nahmen sie trotz Fliegen- und Mückenplage am hellerlichten Tag ihre Hochzeitsnacht vorweg.
Hoch soll das Brautpaar leben, dreimal hoch!
Hermann merkte, daß er Annemaries erster Mann und sie die richtige Frau für ihn war. Sie besuchten Wittes. Annemarie trug ein selbstgeschneidertes Perkalkleid, Pumps und Netzhandschuhe, sagte »Frau Doktor« und »Herr Doktor«, doch das wollten die beiden nicht hören, und weil Inge mittlerweile ihren zweiten Sohn geboren hatte, redeten die Damen über Kinder, die Freunde über Politik, und Lothar riet Hermann am nächsten Morgen bei Tabak-Mühling: »Fackele nicht lange, sonst schnappt sie dir einer weg!«
Aber Hermann präsentierte Annemarie auch seinen Eltern. Seine Mutter servierte Kaffee und Streuselkuchen, den Lieblingskuchen unseres Kaisers, sagte sie, gab Annemarie das Rezept für den feinen gelben Hefeteig – lauwarme Milch! –, ließ sich erklären, daß man in Steckby die Gewürzgurken mit einer halben Knoblauchzehe einlegte, und der Bär priemte nicht, sondern schmauchte Stumpen und meinte zum Abschluß: »Hätte ich als Geselle so ’ne schmucke Freundin gehabt, wäre ich nicht auf die Walze gegangen.«
Blieb also nur noch der Rest, der Weg nach Steckby, diesmal im dunklen Anzug und auf Gebrüder Beenekens durch die Augustsonne. Hermann machte seinen Antrag. Nein, sagte der Tischlermeister, ein städtischer Angestellter könne keine Familie ernähren. Doch, widersprach Hermann, denn der Krieg dauere nicht ewig, und anschließend sei Baumeister ein gesuchter Beruf. Aber wer, fragte Heinrich, übernähme die Tischlerei? Zur Not, drohte Hermann, würde er seine Braut eben entführen. »Sag schon ja!« bat Frau Heinrich und holte Annemarie herein.
Hoch sollen die Schwiegermütter und die Schwiegerväter leben, dreimal hoch!
Hermann setzt sein Sektglas ab und zeigt auf Sintenis’ Kinder, deren Mutter letztes Jahr an einem Hirntumor gestorben ist.

»Zweie wie die legen wir uns auch zu!« ruft er.
Der vierzehnjährige Ralf und die zwölfjährige Erika werden prompt rot.
Kannst du dich nicht ein bißchen bändigen, Hermann? Nein, er muß alles gleich rausplautzen und behält sogar recht, weil Annemarie nächsten April Zwillinge kriegt. Im Rathaus gratuliert Hoppedietz zum Doppeltreffer.
»Gott sei dank nicht an Adolfs Geburtstag«, sagt Hermann.
»Du quasselst dich noch ins Kazett«, warnt der Leiter des Hochbauamts.
»Aber Erwin!« protestiert der junge Vater und grinst dabei. »Sonst wüßten wir doch nie, wen wir zuerst feiern sollen, den Führer oder die Mädchen.«
»Habt ihr schon die Namen?«
Donath möchte Therese und Luise, doch da spielt Annemarie nicht mit. Und was sagt ein Mann, dessen Frau zwei Säuglinge an der Brust hat? Na, freilich, sagt er. Geht in Ordnung, sagt er. Also: Margot und Irene. Wenigstens kein Nibelungenlied, denkt er.

20

»Ein Jammer, daß Quast gestorben ist«, sagte Annemarie eines Abends. »Gerade jetzt, wo die Kinder beinah sitzen können, sind sie so süß zum Photographieren. Später hat man überhaupt keine Erinnerungen.«
»Das Geschäft wird doch weitergeführt.«
Donath drehte den SABA-Knopf auf ein Violinkonzert und sagte: »Moll.«
»Nein, Schenk heißt er.«
»Was?«
»Der neue Besitzer.«
Donath lächerte es ein bißchen, weil Annemarie die Musik mit dem Quast-Nachfolger verwechselt hatte. Aber als sie ihm in die Augen sah, schämte er sich und versprach: »Morgen kümmere ich mich darum.«

Die Alte Brücke stand sowieso auf seiner Liste. Die Dachböden, das Fachwerk und die vorspringenden Erker brannten wie Zunder, falls die Engländer Phosphor abwarfen. Die Häuser waren zwar tipptopp renoviert, doch wer tief genug im Keller buddelte, stieß noch auf Slawen-Keramik oder fand eine Haarspange aus der Bronzezeit. Ja, die Keller bereiteten Donath die meisten Sorgen. Das Gesetz verlangte massive Decken zwischen starken Tragmauern oder eine Absteifung durch Rund- oder Kanthölzer, aber auch drei Kubikmeter Luftraum pro Person, Notbeleuchtung, Splitterschutz und Ausgänge mit Gasschleusen. Wer sollte denn das bezahlen?
Herr Schenk hatte nichts dagegen. Joachim Schenk, stellte er sich vor, obwohl sein voller Name über dem Laden hing und darunter »Atelier und Verlag«. Mitte bis Ende Vierzig war er, trug weder Samtjacke noch Wagner-Barett wie Quast, sondern einen dunkelbraunen Zweireiher mit Nadelstreifen und Einstecktuch. Picobello. Kein Grüß-August und kein Fatzke. Hätte Donath Herrn Schenk irgendwo durch Zufall kennengelernt, er wäre nie auf die Idee gekommen, daß dieser Mann Brautpaare, Babys und Fronturlauber photographierte. Ob es die hohe Stirn machte, das Grau über den Ohren oder die schmale Nase? Nein. Das Noble lag im Blick, der Donath anzog und ihn eine Weile später wegschob, wie im Film, wenn die Kamera auf den Schauspieler losfuhr und danach wieder zurück. Mal vertraut, mal Distanz. Herr Schenk änderte bloß die Brennweite der Pupille, je nach Wunsch.
Gern zeigte er Herrn – wie war der Name? – Donath das Haus. Sehr gern. Im Erdgeschoß gab es nichts zu tadeln. Schenk hatte statt der hölzernen Jalousie ein Aluminiumrollo am Schaufenster anbringen lassen. Atelier, Dunkelkammer und Labor waren durch feuerfeste Läden geschützt.
»Sie dürfen sich ruhig Zeit nehmen«, sagte Schenk und verschloß die Eingangstür. »Um Mittag ist kein Geschäft.«
In der oberen Etage fand Donath auch nichts zu beanstanden. »Danke, vielen Dank«, wehrte er ab, als ihn Frau Schenk zu einer Tasse Kaffee einlud. Aparte Person, aber keine Vera Karnbach.

»Zigarre?«
»Rauchverbot«, sagte Donath und tippte gegen seine Brust.
»Sind Sie deswegen nicht Soldat?« fragte Schenk, während sie den Dachboden besichtigten.
»Ich war im Sanatorium«, begann Donath, erzählte weiter, wunderte sich plötzlich über seine Geschwätzigkeit und sagte unvermittelt: »Hier fehlen Sand, Wasser, Schippen und Feuerpatschen. Wickeln Sie am besten Lappen um die Besen, aber binden Sie die Lappen fest, daß sie nicht abrutschen. Kann ich noch den Keller sehen?«
Auf der Treppe sagte Schenk:
»Ich weiß, wie Ihnen zumute ist, Herr Donath. Hoffentlich werden Sie regelmäßig untersucht. Verkalkte oder vernarbte Kavernen sind keine Garantie. Meine Mutter ist daran gestorben, im Dezember, sonst hätten wir sie mitgebracht aus Berlin.«
»Und warum sind Sie nicht an der Front?«
»Das erkläre ich Ihnen in meinem Verlag«, sagte Schenk und öffnete die Kellertür.
Nachdem das Licht eingeschaltet war, erkannte Donath mehrere hohe, fast bis zur Decke gestapelte Pakete und einen Tisch, unter dessen Glasplatte Photographien lagen, Ansichtskarten, wie sich beim Nähertreten zeigte.
»In Berlin habe ich die Klischees oft selbst hergestellt, aber das Zeug liegt jetzt bei der Druckerei, und Photos, die mir gefallen, gebe ich einfach in die Klischieranstalt. Deutschtum im Ausland, mein Spezialgebiet. Bitte, setzen Sie sich doch, und kucken Sie sich's mal an.«
Donath sah ein paar dicke Mädchen in plissierten Röcken.
»Deutsche Jungbäuerinnen aus Ceglédbercel, südlich von Budapest«, erklärte Schenk. »Oder hier: Hermannstadt in Siebenbürgen. Das da ist ein deutscher Hochzeitszug in Bessarabien. Hübsches Photo. Davon bin ich sage und schreibe dreißigtausend Stück losgeworden. Pommerode in der Serra des nördlichen Santa Catharina, achtzehntausend. Jungen und Mädel einer deutschen Schule in Südafrika huldigen dem Führer. Lief nicht so gut, komisch, aber die bleibt mein Renner«,

sagte Schenk und pochte auf das Faltengesicht einer alten Frau. »Greisin aus dem deutschen Wolgagebiet. Da werden die Leute rührselig, und wenn jemand vor einem Bild weint, ist es einwandfrei Kunst.«

»Werde ich mir merken«, sagte Donath.

Schenk lachte.

»Jetzt sind Sie baff, was?«

Ein Wetterumschwung. Donath spürte ihn in den Schläfen, wie sein Vater im Ischiasnerv. Dieser Photograph legte die Karten auf den Tisch, auch wenn es bloß Ansichtskarten waren. Trotzdem: Langsam mit die jungen Pferde. Donath wischte über die Glasplatte.

»Wieviel ist denn von der Gegend noch deutsch?«

Schenks Blick schob ihn einige Lichtjahre zurück.

»Sie meinen, es wird mal wieder?« erkundigte sich Donath.

Auch das blieb ohne Antwort.

»Und dort liegen die unverkauften Karten?« fragte Donath zu den Stapeln hin. »Das sind feuergefährliche Stoffe.«

»Die müssen verschwinden.«

»Hier ist mein Verlag.«

»Bitte«, sagte Donath, »dann holt eben ein anderer den Krempel raus, oder glauben Sie, ich bin der einzige, der sich um Ihr Haus kümmert? Eines Tages kreuzt jemand vom Reichsluftschutzbund auf.«

»Ich dachte, Sie wären das.«

»Trage ich etwa Uniform?« Donath fühlte, wie ihn Schenks Augen näherzogen. »Oder es kommt wer von der Feuerwehr. Die mischen sich auch ein, genau wie das Tiefbauamt, die Kreisparteileitung, die Ortspolizei, die Hitlerjugend, die Gaubehörde, die Luftwaffe, der Arbeitsdienst –«

»Hören Sie auf!« bat Schenk. »Wer soll sich da noch auskennen?«

»Ich«, sagte Donath.

Beide schwiegen, als suchten sie einen Satz, der alles enthielt und nichts verriet. Schenk fand ihn.

»Wenn ich Sie recht verstehe, ist der totale Luftschutz ähnlich organisiert wie der totale Krieg?«

Donath nickte und lächelte. Schenk beugte sich vor und fragte leise: »Sind Sie Nationalsozialist?«
»Ich bin kein Parteigenosse, falls Sie das meinen.«
Schenk seufzte erleichtert, drückte den Rücken an die Stuhllehne, ließ den Kopf nach hinten sinken und pustete unsichtbare Seifenblasen gegen die Decke. Als er sich wieder aufrichtete, sagte er:
»Beneidenswert, Ihr Posten, Herr Donath. Kriegswichtig und unabkömmlich. Das ist was anderes als wehrunwürdig. Nun wissen Sie's.«
Donath erhob sich nach Schenk, und sie gaben sich die Hände. Der Photograph hatte kalte Finger.
»Die Karten schaffe ich aus dem Keller«, versprach er.
Erst jetzt fiel Donath der wahre Grund seines Besuchs ein.
»Zwillinge? Wie nett«, sagte Schenk. »Mit Kindern arbeite ich besonders gern.«

21

Seltsam. Während Donath den Kontrollgang über die Alte Brücke fortsetzte, wünschte er sich plötzlich, er wäre Schenk nie begegnet. Warum? Er wußte es nicht. Es gab keinen Zeugen für ihr Gespräch. Und was hatte er schon erzählt? Daraus konnte ihm niemand einen Strick drehen. Nein. Was Donath beunruhigte, war wohl eher der ganze wehrunwürdige Berliner mit dem Nadelstreifen im Flanell, mit dem wechselnden Objektiv in der Pupille und dem »Deutschtum im Ausland« unter der Glasplatte. Aber auch das genügte nicht. Auch das war zu oberflächlich. Irgend etwas stimmte nicht an Schenk. Vielleicht deswegen, weil alles stimmte? Mußte seine Mutter unbedingt an Tuberkulose gestorben sein, als er erfuhr, daß der Luftschutzbevollmächtigte in einer Lungenheilanstalt gewesen war? Es paßte so gut und wirkte so sympathisch. Zu gut. Und zu sympathisch. Die alte Frau aus dem Wolgagebiet, die blieb sein Renner. Und mit Kindern arbeitete er besonders gern. Weil er selber keine hatte? Oder trieb er bloß Schindlu-

der mit den Gefühlen der Leute, die seine Karten kauften? Wenn einer weint, ist es Kunst. Dem Mann ging jedes Wort glatt von der Zunge, auch der Vergleich zwischen Luftschutz und Krieg. Ein totales Durcheinander. Darin war Donath ja mit ihm einig. Aber warum sagte Schenk das ausgerechnet zu ihm und schon beim ersten Besuch? Hatte der Photograph keine Angst, daß Donath ihn verpfiff?
Um diesen Herrn machen wir in Zukunft mal einen Bogen. Doch wenn Annemarie die Kinder jetzt nicht knipsen ließe, würde Schenk mißtrauisch. Die sollte man hingehn.
Annemarie zog den Zwillingen frischgewaschene Strampelanzüge an und schwirrte los. Als Donath gegen Abend nach Hause kam, trug sie die Haare hochgesteckt. Stuka-Frisur, hieß das. Ja, Herr Schenk hätte auch ein paar Bilder von ihr gemacht, aber gratis. Ein reizender Mann und so vornehm.
»Runter die Locken!«
»Gefällt's dir nicht?«
»Der hängt dich ins Schaufenster!«
»Er sagt, es wäre nett, wenn ich nächste Woche in Tracht käme, mit Spenzer, Schleife und Haube . . .«
»Der verhökert dich als deutsche Mutter an der Heimatfront. Morgen holst du die Negative und sämtliche Abzüge, sonst haue ich dem Hund den Laden kaputt.«
»Dabei hat er so viel für dich übrig.«
»Der kann mir mal 'n Hobel blasen.«
Annemarie langt Kämme und Nadeln aus der Frisur und kämmt sich, bis ihr Haar wieder auf den Schultern liegt.
»Seit wann bist du denn eifersüchtig?«
»Schon immer.«
Nun ist ja alles wieder gut. Annemarie geht zu Schenk, und der gibt ihr den Film, ohne was zu fragen und ohne Bezahlung. »Die Zwillingsphotos, gnädige Frau, sind dann am Freitag fertig.« Alles ist wieder gut. Doch am Donnerstagabend meldet das Radio, der Führer werde zum deutschen Volk sprechen. Annemarie legt sich ins Bett. Donath hört die Rede bis zum Schluß. Am Morgen fragt Annemarie, ob Hermann die Bilder von Margot und Irene lieber selber abholen möchte.

Nein. Er verbietet ihr sogar, daß sie heute zu Schenk geht. Frühestens in vierzehn Tagen. Die Bilder laufen nicht weg.
»Was war denn letzte Nacht?«
»Im Führerhauptquartier ist 'ne Bombe explodiert. Ein Oberst Stauffenberg hat sie irgendwie reingeschmuggelt, aber Adolf hat bloß 'n paar Hautabschürfungen gekriegt, und jetzt wird abgerechnet.«
»Mein Gott«, sagt Annemarie.
»Nein, die Vorsehung«, sagt Donath, doch eine halbe Stunde später sagt er auch »Mein Gott«, als Hoppedietz ihn mahnt: »Wer heute kneift, der kann gleich Harakiri machen.«
Die Rathausgefolgschaft versammelt sich zur Gelöbnisfeier. Der Kreisleiter spricht den Treueschwur. Drei Strophen Deutschlandlied und drei Strophen Horst-Wessel-Lied. Da zittert den älteren Herren der ausgestreckte rechte Arm. Einige stützen den Ellbogen mit der linken Hand. Bloß den Arm oben halten und nicht dem Vordermann auf die Schulter legen. Ums Verrecken nicht.
»Heiliger, allmächtiger Gott!« betet Pastor Bienengräber auf Anweisung des Landesbischofs in St. Bartholomäi. »Vom Grunde unseres Herzens danken wir Dir, daß Du unserem Führer Leben und Gesundheit bewahrt hast. Sei und bleibe Du sein starker Helfer!«
Donath liest den Wortlaut des Dankgebets in den ›Askanischen Nachrichten‹ und denkt an den Königsberger Bankbeamten. »So jebet dem Kaiser, was des Kaisers, und Jott, was Jottes ist«, hat er gerne zitiert, wenn das Jungvolk mit den Blechbüchsen durch Görbersdorf klapperte, und nie einen Pfennig für die Winterhilfe spendiert, der ostpreußische Piepenzähler. Na, jetzt ist er im Himmel und hoffentlich in einem abgelegenen Sternhaufen, daß ihn die silbernen Bomber nicht stören, die Stirling und Halifax.
Wann gab es je einen schöneren August? Während der ersten großen Schulferien? Wie damals wird auch dieses Jahr alles früher reif. Kürbisse und Tomaten verfaulen. Hülsen und Schoten platzen. Was noch wächst, schießt ins Kraut. Ein lauwarmer Hauch bläst die Klaräpfel von den Zweigen. Wer sei-

nen Weizen in der Gelbreife schneiden wollte, kommt zu spät. Die Bauern zerbrechen die spröde Frucht zwischen den Daumennägeln. Wer noch zögert, spart sich den Drusch, weil das Korn bei der Mahd aus den Ähren fällt: totgereift. Doch der Keim lebt und treibt im nächsten Frühling Wurzel und Halm. Fast wie unsereiner, denkt Donath. Es sei denn, der Mensch gerät in die Mühle; nicht in die elektrische, ersatzweise durch Windkraft betriebene, ländliche Getreidemühle, sondern ins Mahlwerk des Volksgerichtshofs. Ob die Verschwörer jetzt auch diesen blauen Himmel sehen dürfen, bevor sie gehenkt werden? So einen letzten Blick wünscht Donath seinen Genossen. Die Feldmarschälle, Generäle, Grafen und Barone sind ihm nicht geheuer. Jahrelang sagen sie keinen Mucks, kassieren Ritterkreuze und Rittergüter, legen die Hände an die Hosennaht, und wie sie merken, der Krieg ist verloren, möchten sie ihren Oberbefehlshaber umbringen, ballern aber daneben. Warum hatte keiner von euch den Mut, sich mit Adolf gemeinsam in die Luft zu sprengen? Ach, ihr wolltet ein bißchen weiterleben? Und die Soldaten, die unter euerm Kommando krepierten, etwa nicht? Nu haben wir den Salat, meine Herren. Ganz Deutschland, steht in der Zeitung, schart sich heute noch enger um seinen geliebten Führer. Und das ist ausnahmsweise mal die Wahrheit.

Von Luso, wo er den Löschteich inspiziert, radelt Donath nach Zerbst zurück, macht einen Umweg und sieht auf der Alten Brücke Joachim Schenk in der Ladentür stehen. Der Photograph und der Luftschutzbevollmächtigte heben gleichzeitig den rechten Arm. »Jetzt kannst du die Bilder abholen«, sagt Donath zu Annemarie beim Abendbrot.

22

Der Schnee reichte bis an die Stadtmauer, wölbte sich über die Nuthe, wo sie am schmalsten war, zerfiel hinter den Toren in die Spuren der Flüchtlingstrecks und die Waffelabdrücke der Wehrmachtsfahrzeuge, war an den Bürgersteigen zu halbme-

terhohen Wällen gehäufelt und schien erst über den Dächern wieder zu werden, was der Herrgott mit ihm bei seiner Erfindung vorgehabt hatte: daß er als eine Decke auf ein Vierteljahr in Anhalt, woanders auf länger oder gar nicht, zudecken sollte, was anzusehen beschwerlich war und so müdemachend. Ja, er deckte alles zu, der Schnee. Auch dort, wo die Wagen fuhren, fiel er über Nacht aus den Wolken und deckte alles solange zu, bis am Morgen die städtische Reinigung kam mit ihrem Pflug. Unter dem Schnee lagen die Häuser, und in den Häusern waren die Wohnungen der Menschen, die Stuben der Soldaten und die Ställe fürs Vieh. Das Vieh schlief, wie die meisten Soldaten, aber beileibe nicht alle. Der Flakschütze Helmut Mathesius am Fliegerhorst ärgerte sich grün und blau, daß er dauernd das Ziel verfehlte, weil die Amerikaner den Radar durch Stanniolstreifen störten und er keine Flugzeuge, sondern Schokoladenpapier traf. Himmel, Arsch und Zwirn!
Viele Zerbster dachten an den nächsten Tag oder überhaupt an die Zukunft, die kommen würde wie die städtische Reinigung mit dem Pflug. Sie wälzten sich hin und her und um und um, tranken Schnaps, lagen auf ihren Frauen, weinten ins Kopfkissen oder fluchten, und nur wenige schliefen wie die Soldaten und das Vieh.
Manche grübelten sich in die Vergangenheit zurück, der kriegsverletzte kaufmännische Angestellte Egon Liesegang sogar bis zu der 500er »Zündapp« des NSKK, die er gegen den Kilometerstein gelenkt hatte, um zwischen Wahlitz und Gommern einem Drecksköter auszuweichen, wobei Dora vom Sozius flog und sich den Schädel brach und im Magdeburger Krankenhaus starb, Dora Rechenthin, die Schwester von Donaths Freundin. Und weil Egon Liesegang das Motorrad zu Liebesfahrten mißbraucht und schuldhaft zertrümmert hatte, wurde er aus dem Nationalsozialistischen Kraftfahr-Korps ausgeschlossen. Er schrie, wenn er daran dachte, doch immerhin kam er dabei auf eine gar nicht zu verachtende Idee.
Es war jedenfalls keine richtige Ruhe unter der Zerbster Winterdecke, denn selbst die Schläfer rührten sich oft im Schlaf, als ob ihnen was auf der Brust läge, ein Alpdrücken oder Nickert,

der Unhold, persönlich. Sie warfen die Schultern herum und träumten. Aber kaum kamen die Träumer ihrem Traum so nah, daß sie ihn fassen konnten. Hermann traf im Traum Reiner Sandkuhl und bat ihn um den Dietrich, doch der Klempner rückte ihn nicht raus, so daß Hermann allein in die Elbfähre stieg und auf das Schloß der Ankerkette einschlug, ohne es aufzubrechen. Wenn er Richtung Rietzmeck sah, schnappte der Strom mit tausend Fischlippen nach dem Giertau; blickte er nach Lorf, stäubten die Wellen gegen den Schatten des Auwalds, und über den Schlick aus den Kolken trug die Brise Katzenkraut und Thymian heran, süßes Gras und Heckenrosen, immer hintereinander, daß kein Mischmasch entstand. Lothar! rief Hermann, doch Sandkuhl antwortete: Du hast meinen Sperrhaken in den Schnee geschmissen, du Lump, und jetzt kriegst du ihn nicht wieder.

»Ist was?« fragte Annemarie.

»Ach wo.«

Den einen drückte die Liebe, den anderen der imaginäre Zeh des bei Antwerpen verlorenen Beins, den dritten die gestohlene Lebensmittelkarte, den vierten der versteckte Revolver, den fünften die erfrorenen Kartoffeln, den sechsten ein Massengrab in der Ukraine, den siebten die Autorschaft an dem Buch ›Askanische Heimat‹, wo es auf Seite 97 hieß: *Den letzten nördlichen Chorpfeiler der St. Nikolai-Kirche schmückt ein Hochrelief, darstellend ein Schwein, an dessen Zitzen zwei Juden saugen, die schon in gotischer Zeit so genannte Judensau.* Studienrat Sintenis kann den Selbstvorwürfen kein Ende setzen. *In gotischer Zeit.* Gewiß. Aber demnächst? Wird man nicht meinen, er hätte zum Brand der Synagoge oder gegen Tapeten-Heilmann gehetzt? Ach, einige wünschten sich sogar den Tod. Sie fürchteten nicht das Sterben, sondern eher das ungute Gefühl, das sie mit hinübernehmen würden. Aber was soll schon sein? dachte Lothar Witte. Heitere Verschwommenheit, träge Appetenz bei nachlassendem Erinnerungsvermögen, ein letztes leises Mitsummen der Archineuren, dann sinken wir in einen Sumpf aus Tang und Algen, der Bestand ändert sich kaum, es brandet nur nichts mehr an die Meißnerschen Tast-

körperchen, der Raum stülpt in die Zeit, Zeit wird Allgegenwart, ein kostbarer Gedanke.
In den Mythen aller Völker, Völker, die Kontinente beherrschten oder Wälder von der Größe eines Kontinents, Savannen und Steppen, in denen Platz für England war, Völker mit Kalifaten, Karawansereien und einem Stillen Ozean, gab es Gott, Götter, die Unsterblichkeit. Doch auch der Photograph Schenk sah in dieser Nacht keinen Gott. Er sah ein vergilbtes Bild und auf dem Bild zwei Herren im Café Kranzler Unter den Linden, bei Tee und türkischen Zigaretten. Der eine Herr sagt: ›Ich fände es besser, für Sie und für mich.‹ Der andere Herr sagt: ›Völlig überflüssige Sorgen, Verehrtester.‹ Welcher von beiden ist Joachim Schenk?
Ja, wohin werden sie blicken, die Zerbster, wenn sie hinübergehen? Der alte Mann mit dem weißen Bart war tot. Er hatte ausgedient. Er war entlassen worden, nicht mal in Ehren. Er hatte den Saum seines Mantels angehoben, aus dem die Erde, die Sterne, das Wasser und das feste Land gefallen waren, und war davongegangen, weit weg, niemand wußte, wohin. Also in die Leere würden die Toten blicken, die sich jetzt noch unter der Schneedecke und unter der Bettdecke wälzten, und solche Einsicht machte manche kribbelig, und unter denen waren wieder welche, die nicht einmal der Leere ihre Leere glaubten, weil sie fürchteten, die Leere könnte, so leer sie war, von gebrüllten Kommandos, geseufzten Zusagen und gelallten Geständnissen erfüllt sein. Die drehten sich auf die andere Seite oder betteten den Kopf vom schweißnassen Kissen aufs kühle Laken.
Karnbach weckte Vera, als er das Oberlicht anknipste und ins Bad ging. Er schlief nackt, und zwar »mit beschränkter Haftung«, wie er witzelte, denn die Ehe war kinderlos geblieben. Vera hörte das Klosett rauschen. Willy kam zurück. Er war sehr behaart. Das wirkte albern durch den Siegelring. Er tänzelte auf dem Teppich, pfiff dazu »Übers Jahr, wenn die Kornblumen blühen« und betrachtete seinen Bauch, als sähe er ihn das erste Mal.
»Bitte, Willy«, sagte Vera angewidert.

Karnbach wackelte mit der ausgestreckten Zunge. Déjà vu, dachte Vera, ich habe es schon gesehen, als du noch ein Affe warst und zwischen uns das Zoogitter.
Die Schlaflosen zählten die Wolken, die durch ihre geschlossenen Augen flogen, oder ließen die Schäfchen über die Nuthe springen oder atmeten durch die Nase ein und durch den Mund wieder aus oder legten die Hände flach neben die Hinterbacken und belauschten den Schlag ihres Herzens oder versuchten, sich an alle Strophen von Schillers »Lied von der Glocke« zu erinnern, oder sie multiplizierten kleine mit großen oder große mit großen Zahlen, oder sie kreuzten die Arme über der Brust und stellten sich vor sich selber tot, als lägen sie in einem Sarg oder Sarkophag oder wären aus Stein wie der Bürgermeister und Magister Elias Schmidt und seine Frau auf dem Heidetorfriedhof, oder sie sprachen stumm das Vaterunser, wie Luise Donath, bis Otto fragte: »Fängst du wieder Fliegen?« Oder sie machten schlapp, machten sich schlaff, die zwanzigtausend schlaflosen Schläfer, die Bälger eingerechnet, die Gierschlunke mit ihren Lehrer- und Familienängsten, oder sie sangen sich selber ein Wiegenlied, denn dein ist das Reich und die Kraft und die Herrlichkeit, bis sie gegen Morgen allmählich eindruselten, so daß um fünf herum der feine Brummton über der Stadt lag, das Zeichen der ersehnten Ruhe, das Ende der leidigen Wälzerei, aber schon um halb sechs zog der Pflug der städtischen Reinigung von der Alten Brücke her auf den Markt, in seiner Spur den glattgewalzten Schnee und die Zukunft, in Ewigkeit, Amen.

23

Am Freitag, dem dreizehnten April, wurde Donath zur Besprechung in die Heidetor-Kaserne befohlen. Warum ging er zu Fuß? Weil's bloß ein paar Schritte waren und er sich Bewegung verschaffen wollte? Weil ihm das Fahrrad zu unmilitärisch erschien? Wer weiß.
Auf der Schleibank überholte ihn der Karnbachsche DKW,

drosselte die Geschwindigkeit, fuhr eine Weile neben ihm und hielt vor der Trinitatis-Kirche. Frau Karnbach saß am Steuer. Sie winkte. Donath stieg ein.
»Ich bringe Sie, wohin Sie wollen«, sagte Vera, fragte aber nicht nach seinem Ziel, sondern fuhr durchs Heidetor und bog an der Kaserne rechts ab, ohne daß Donath widersprach. Auf eine Viertelstunde kommt's ja nicht an, dachte er. Frau Karnbach kutschiert ein bißchen in der Gegend herum, obwohl das Benzin knapp ist. Vielleicht sehnt sie sich nach Gesellschaft oder fürchtet sich vor der Feldgendarmerie. Vielleicht will sie auch nur mal raus aus der Stadt. Oder sie braucht jemand, mit dem sie sich ohne Lauscher unterhalten kann. Oder sie will mich einseifen, damit Karnbach die Geldstrafe wegen mangelhafter Verdunkelung erlassen wird. Oder sie glaubt, ich sei daran schuld, daß man ihr mit Einquartierung droht, und will sich beschweren.
Aber Vera sagte kein Wort, wendete vor Pulspforde und fuhr zurück. Donath suchte nicht länger nach Ausreden. Seit Jahren hatte er diesen Moment vorausgeahnt, diese scheinbar zufällige, in Wahrheit unvermeidliche Begegnung, bei der sie nun beide schwiegen, als säßen sie in einer Gewitterwolke und warteten auf den Blitz. Keiner sagte auf Wiedersehen, aber jeder nahm den Blick des anderen in seine Richtung mit, Vera zur Postpromenade, Donath in die Kaserne.
Das Stabsquartier war verraucht. Um den Tisch hockten Wehrmachtsoffiziere, SS-Chargen, Lazarett-Ärzte, der Oberbürgermeister und der Kreisleiter. Donath setzte sich zu Lothar, der außer seinen Patienten auch die Verwundeten in »Rephun's Garten« betreute.
»Wie steht's?«
»Kein Äther, keine Kohlensäure, kein Sauerstoff . . .«, sagte Lothar.
»Achtung!« rief jemand.
Oberst Kroeger, der Kampfkommandant, ein bleicher, vogelnasiger Mann, betrat den Raum und bat, wieder Platz zu nehmen. Heute morgen, berichtete er den Anwesenden, habe ihn der Viehhändler Papenroth aus Walternienburg besucht und

im Auftrag der Amerikaner die Kapitulation verlangt. Der Viehhändler sei nach einigen Stunden ohne bindenden Bescheid entlassen worden. Falls einer der Herren meine, man hätte den Kerl erschießen sollen, so erlaube sich der Oberst den Hinweis, daß der Feind die Division »Scharnhorst« zurückgeworfen und die Elbe bereits das zweite Mal überschritten habe. Er bitte deshalb um Wortmeldungen zur Forderung der Amerikaner.
»Parteigenosse Schlicht?«
»Ich mische mich nicht in militärische Angelegenheiten«, sagte der Kreisleiter.
Lothar Witte riet, Zerbst zur offenen Stadt zu erklären, sonst gäbe es ein Blutbad.
»Kein weiterer Vorschlag? Keine Gegenstimmen? Nur Sie, Herr Sturmbannführer? Das ist die Mehrheit. Danke.«
Nach einem kurzen Telephonat im Nebenzimmer versprach Oberst Kroeger den Herren, der Divisionsstab werde morgen früh zwei Unterhändler zu den Amerikanern schicken.
Donath beeilte sich nicht mit dem Nachhausekommen. Im ›Fürst Bismarck‹ trank er mit Hoppedietz noch ein paar Bierchen.
»Erinnerst du dich, wie ich damals dir zuliebe eingesprungen bin?« fragte Hoppedietz.
»Wann, damals?«
»Bei der Abschlußfeier in der Bauschule, mit der Rede.«
»Ach so«, sagte Donath und starrte auf die Schaumränder seines Glases.
»Damit hat's angefangen«, flüsterte Hoppedietz und tippte gegen sein Parteiabzeichen. »Ohne Bonbon hätten die mich nicht genommen bei der Baupolizei, aber du kennst ja meine innere Einstellung.«
»Ja«, sagte Donath.
»Habe ich dir je Schwierigkeiten gemacht?«
»Nie.«
»Obwohl ich genau wußte, der olle Ravens gibt bloß seinen Namen her, und die Zeichnungen stammen von dir.«
»Danke, Erwin.«

»Wenn ich nicht dafür gesorgt hätte, daß du ›unabkömmlich‹ geschrieben wirst, wärst du jetzt entweder Soldat, in Gefangenschaft oder tot. Kannst du dir aussuchen.«

»Tot«, sagte Donath, aber so leise, daß Hoppedietz es überhörte.

»Hoffentlich vergißt du's nicht. Laß mal deine Kröten. Geht auf meine Rechnung.«

Am nächsten Vormittag fuhr Donath zum Ausflugslokal »Vogelherd«, wo fast zweihundert Flüchtlinge, meist Frauen und Kinder, Unterkunft gefunden hatten.

Als er den Dachboden inspizierte, fragte ihn eine dralle jüngere Person: »Wo bleibt denn die Wunderwaffe?«

Das klang giftig.

»Alles zu seiner Zeit«, antwortete Donath und linste auf ihre nackten Beine, die wie Kanonenstiefel wirkten unter dem hochgeschürzten Rock. Doch ein kluges und frisches Gesicht hatte die Breslauer Lehrerin.

»Dort bin ich mal umgestiegen«, sagte er und ernannte Berta Hartung zum Luftschutzwart des »Vogelherds«.

»Den Titel können Sie sich an'n Hut stecken«, sagte sie, rannte aber gleich nach Wannen und Wasser.

Am Nachmittag, während Donath die Standorte der Löschzüge so bestimmte, daß ihr Einsatz durch keine Panzersperre behindert wurde, heulten die Sirenen Alarm. Hatten die Parlamentäre nichts erreicht bei den Amerikanern? Acht Flugzeuge warfen sechzehn Bomben ab.

Donath folgte den Feuerwehrleuten zum Hilleschen Haus auf der Alten Brücke. Als man ihm sagte, die Eigentümer der brennenden Ruine seien noch im Keller, versuchte er mit der Spitzhacke, einen Luftschacht durchs Trottoir zu treiben, doch das stürzende Mauerwerk drängte ihn zurück. Er hörte die Eingeschlossenen schreien, bis Rauch und Trümmer jeden Laut erstickten.

»Haben Sie mal die Marx-Brothers gesehen?«

Donath drehte sich nicht um. Die Stimme war unverkennbar.

»Von denen gibt es eine wunderbare Szene«, sagte der Photograph anscheinend teilnahmslos. »Der große Bruder schlägt

den kleinen zu Boden. Der kleine rappelt sich hoch, zieht die Krawatte straff und sagt mit Siegermiene zu dem großen: ›Lassen Sie sich das eine Lehre sein.‹ Passend, was?«
»Sie Komiker«, sagte Donath und scherte sich weg.
In der Nacht rief er seinen Schwiegervater an und bat ihn, Annemarie und die Kinder nach Steckby zu holen.
»Wann?«
»Sofort.«
»Solange es dunkel ist, darf ich nicht fahren.«
»Dann morgen früh.«
»Ich muß erst Sprit besorgen. Gegen Mittag.«
Donath legte sich ins Bett und erzählte Annemarie, was er mit ihrem Vater vereinbart hatte. Sie schwieg. Nach einer Weile tastete er über ihr nasses Gesicht.
»Ich bleibe bei dir«, sagte sie.
»Dann trage ich dich auf'm Buckel hin.«
»Aber du versprichst mir –«
Alles versprach er ihr, alles, und sie nahmen den Abschied vorweg wie einst ihre Hochzeitsnacht.
Am Sonntagmorgen begann Annemarie zu packen. Um Mittag standen ihre Brauttruhe, Hermanns Görbersdorfer Reisekoffer, zwei Wäschekörbe und einige Pappkartons im Flur.
Fehlt bloß noch das Sofa, dachte Donath, sagte es aber nicht, sondern holte eine kleine Holzkassette und stellte sie neben die Kartons. »Was ist da drin?« fragte Annemarie und knöpfte Margots Wintermantel zu. »Unsere wichtigsten Papiere«, sagte Donath und ließ Irene huckepack reiten, bis er seinem Schwiegervater beim Tragen helfen mußte.
»Ein Zirkus«, sagte der Tischlermeister, als sie die schwere Truhe über die Ladefläche schoben. »Warum sollen die ausgerechnet Zerbst bombardieren?«
»Und gestern?«
»Da hatten sie's auf den Flugplatz abgesehen.«
»Und verirren sich bei Tageslicht?«
»Na ja«, sagte Heinrich, »schaden kann's nicht, und ich mache 's gerne. Aber nu mal vorwärts, sonst spielen die Volkssturmfritzen verrückt.«

Donath küßte Annemarie und die Kinder, schwang sich auf den Sattel und begleitete den Lieferwagen zum Akenschen Tor. Die Durchfahrt war frei. Annemarie rief: »Wir telephonieren heute abend!«
Donath nickte und winkte mit seiner Schiebermütze. Als der Wagen im Straßenknick bei »Rephun's Garten« verschwand, trat er einen Schritt vor und blickte die Postpromenade hinunter. Das rote Dach der Karnbach-Villa leuchtete über dem Heckengrün. Plötzlich sprach ihn jemand an, den er nicht gleich erkannte, weil er einen Helm mit Sturmriemen trug.
»Was hast du gesagt?«
»Ein schönes Märchen geht zu Ende«, wiederholte Klaus Mähnert.
»Was denn für'n Märchen?«
»Laß die Fisematenten, Hermann. Weißt du noch, wie ich dir damals die Mansarde ausgebaut habe?«
»Ja, du, Poche und Sandkuhl.«
»Wo Sandkuhl ist, sind nächste Woche schon die Russen.«
»Falls er noch lebt.«
»Freilich«, sagte Mähnert. »Vorige Weihnachten war ich in Coswig, ganz legal. Ich habe Reiner sogar'n Bett im Krankenrevier verschafft. War so abgemagert, der arme Hund. Seitdem kriegt er doppelte Ration.«
»Dafür wird er dir ewig dankbar sein.«
»Wenn er mich nicht durch'n Fleischwolf dreht.«
»Auch möglich.«
»Wo fährsten hin?«
»In die Kaserne.«
»Zu Oberst Kroeger?« fragte Mähnert. »Der hat seinen neuen Gefechtsstand im Schloß. Heute morgen war Papenroth aus Walternienburg wieder da und wollte wissen, wo die Parlamentäre bleiben.«
»Na, und?«
»Zerbst wird auf Stabsbefehl bis zum letzten Mann verteidigt.«
»Schwindel!« rief Donath.
»Wäre Papenroth nicht verduftet, hätte Kroeger ihn abgeknallt.«

»Dieses Arschloch.«
»Brüll nicht so rum«, warnte Mähnert. »Denkst du etwa, die Amerikaner haben uns gestern aus Dudeldei bepflastert?«
»Halt die Ohren steif«, sagte Donath und stemmte sein Gewicht aufs Pedal.
Er fuhr zum Schloßgarten und schob das Rad über den Kies. Als Bauschüler hatte er gelernt: Das Schloß ist eine Barock-Residenz. Den Mitteltrakt, das Corps de logis, entwarf der Holländer Cornelius Ryckwaert, der Architekt der Festung Küstrin und der Trinitatis-Kirche; der Westflügel war das Werk des Schweizers Giovanni Simonetti; der Ostflügel bewies den Einfluß Cuvilliés und wurde von Knobelsdorff begonnen.
Jetzt war im Schloß der Gefechtsstand, aus dem Oberst Kroeger die Stadt verteidigte. Das hatte Donath an der Bauschule nicht gelernt, genausowenig, wie man Betonpyramiden zu Panzerfallen aufstellt und erwartet, daß sich die »Shermans« drin verhakeln, wo sie das Schloß mit Granaten wegfegen konnten.
»Der Oberst empfängt keine Zivilisten«, sagte der SS-Posten auf der Freitreppe.
»Ich bin der Luftschutzbevollmächtigte. Ich muß ihm was Wichtiges erklären.«
»Ausweis?«
Donath reichte ihm das Bakelitfutteral. Der Posten verschwand, und ein anderer pflanzte sich vor die Tür. Nach ein paar Minuten erschien der erste Posten wieder und gab Donath den Ausweis zurück.
»Oberst Kroeger läßt Ihnen sagen, er weiß selber, was wichtig ist, und Sie kümmern sich gefälligst um den Luftschutz.«
»So kann er mich doch nicht abfertigen!« schnauzte Donath und machte Miene, die beiden Burschen beiseite zu drücken. Der Posten, der im Schloß gewesen war, öffnete seine Pistolentasche.
»Ziehen Sie Leine, oder es kracht. Heil Hitler!«
»Ja, ja«, sagte Donath und ging die Stufen hinunter.
»Kennen Sie nicht den deutschen Gruß?« brüllte der Posten.

»Heil Hitler«, sagte Donath und winkelte den rechten Arm, bevor er aufs Rad stieg.
Den Rest des Nachmittags verbrachte er bei seinen Eltern, in Backofenduft und Stumpenqualm. Hier war Sonntag. Hier war kein Krieg. Was sich hier verändert hatte, war nicht zu sehen, bloß zu hören. Manchmal stampfte ein Stock durch die Mansarde. Flüchtlinge, zwangsweise eingemietet.
»Aber nette Menschen«, sagte der Bär. »Altes Ehepaar aus Gnesen. Er hat sich auf dem Treck das Bein gebrochen, seitdem lahmt er. Wie sie ankamen, mußte ich ihn hochtragen. Die Frau macht auch nicht mehr lange. Asthma. Klagt über die Treppe. Deswegen kauft Mutter mit ein für die beiden. Wenn man sie wenigstens richtig verstehen würde. Die reden ein Deutsch, wie früher die Saisonarbeiter aus'm Osten. Soll ja mal die Hauptstadt von Polen gewesen sein, Gnesen, so um die Zeit, wo Zerbst noch polnisch war, unter König Boleslaw. Könnten sich beinahe zu Hause fühlen, die Leutchen, fühlen sich aber nicht. Würdest du dich in Gnesen zu Hause fühlen? Siehste. Ach, Annemarie ist in Steckby? Und übermorgen haben die Mädchen Geburtstag, du Rabenvater. Schmeckt dir denn der Bienenstich ohne Mandeln und der Kaffee ohne Bohnen? Ja, so tief sind wir gesunken. Trotzdem – immer Nobel-Robert, Häkeldecke und Zuckerzange, wie bei Doktor Witte. Du willst doch nicht etwa schon wieder fort? Na ja, es wird dämmerig. Bestell Annemarie und Heinrich schöne Grüße, und laß dich balde mal wieder blicken, mein Junge.«

24

In der leeren Wohnung an der Schloßfreiheit sah Donath auf den Kalender. Am fünfzehnten April ging die Sonne kurz vor sieben unter. Jetzt war es halb acht. Ob Annemarie schon mal angerufen hatte? Donath wechselte die Schuhe und setzte sich neben das Telephon. Nach einer Weile stand er auf und betrachtete das Bücherregal. Die meisten Bücher hatte er auf Sintenis' Empfehlung gekauft, einige hatte ihm Lothar Witte geschenkt, manche stammten aus Annemaries Mitgift. Kraut und Rüben. Meyers Lexikon, im Abonnement bestellt, brach beim Stichwort »Soxhlet« ab. Weiter hatte das Papier nicht gereicht. Wer oder was war »Soxhlet«? Donath nahm den letzten Band heraus und schob ihn zurück, weil das Telephon klingelte. Karnbach meldete sich und bat um Donaths Begleitung nach Dessau. Seine dortige Filiale war beim Angriff schwer beschädigt worden; er brauchte jemanden, der ihm half. Am anderen Morgen um sechs Uhr böte sich Gelegenheit, mit einem Offizierswagen hinzufahren, gegen Mittag wäre man zurück.

»Tut mir leid«, sagte Donath. »Ich kann hier nicht weg. Aber probieren Sie's doch mal mit Gustav Hetzel. Der war in meinem Semester an der Bauschule und wohnt in Dessau. Patenter Mann.«

Karnbach notierte sich Hetzels Adresse und sagte:

»Empfehlen Sie mich Ihrer Frau Gemahlin.«

»Danke, gleichfalls.«

Donath fiel ein, daß er Karnbach wegen der Geldstrafe hätte mahnen sollen, aber jetzt verdunkelte er erstmal die eigenen Fenster. Als er das Schnapprollo im Bad runterzog, klingelte wieder das Telephon. Donath rannte durch den Flur, stolperte über die Wohnzimmerschwelle und verlor einen Pantoffel.

Ja, Annemarie war gut gelandet. Die Kinder schliefen schon. In Steckby blühen Tulpen und Narzissen und Primeln. Ach, der zweite Geburtstag. Die Zwillinge ahnen gar nicht, was das bedeutet. Deswegen soll sich Hermann keine Sorgen machen. Besser, er kommt übermorgen nicht nach Steckby. Die Tiefflieger schießen auch auf Radfahrer. Wo er denn heute gevespert hat? Aha. Und in der Speisekammer hängt Rotwurst. Wenn er im »Goldenen Löwen« essen will, darf er seine Lebensmittelkarte nicht vergessen, und wenn er doch nach Steckby kommt, soll er bitte schwarzen Tee mitbringen. Irene hat Durchfall. Sag mir doch was Liebes, Hermann. Sag's nochmal. Daran denke ich jetzt die ganze Nacht, und wenn's zehn schlägt, geben wir uns einen Kuß, ja? Und morgen rufst du an? Dann schlaf schön.

»Du auch«, antwortete Hermann und konnte sich vor Müdigkeit nicht erinnern, ob er zu Annemarie noch irgendwas anderes gesagt hatte. Er angelte den verlorenen Pantoffel, ging durch den Flur und trat in die Küche. Den Verschluß der Bierflasche stemmte er mit dem Daumen auf und beobachtete, wie die Kohlensäure aus dem Flaschenhals quoll. Er setzte sich an den Tisch, pustete die Blase weg und trank einen Schluck.
Als die Sirenen Voralarm gaben, ließ er den Kopf auf die Wachstuchdecke sinken. Das sind die Fliegenden Festungen nach Berlin, dachte er, doch der Gedanke verflüchtigte sich so rasch wie die Bomber. Erst das Entwarnungsheulen weckte ihn. Er trank die Flasche aus und sah auf die Küchenuhr. Annemarie hatte gesagt: Wenn's zehn schlägt, geben wir uns einen Kuß. Es war halb elf. Zu spät. Viel zu spät. Donath ging ins Bett. Er dachte noch einmal an »Soxhlet«, das letzte Wort in Meyers Lexikon, doch dann hörte er, wie der Wind die Regenhaube auf dem Schornstein drehte und schlief ein.
Donath erwachte kurz nach sechs. Als er sich rasiert, geduscht und angekleidet hatte, telephonierte er mit Hoppedietz.
»Ich klappere noch'n paar Bunker ab«, sagte er. »Wird so gegen zehn, bis ich im Büro bin.«
»Jawoll«, sagte Hoppedietz und gähnte.
Donath fuhr einen Umweg. Am Akenschen Tor konnte er Mähnert treffen. Deshalb fuhr er von der Schloßfreiheit über die Breite zum Frauentorplatz, schob das Rad an der Panzersperre vorbei und bog von der Friedrichstraße in die Postpromenade ab.
Wenn Karnbach zu Hause war, würde er zu ihm sagen: Ich habe mir's anders überlegt, ich komme mit nach Dessau. Und wenn Karnbach sagen würde, da hätten Sie eine Stunde früher kommen müssen, würde Donath eben sagen: Ja, dann tut's mir leid.
Er drückte den Klingelknopf neben dem Messingschild und blickte über den Zaun und den Steinplattenweg auf die Villa. Die Sonne hatte das Dach und das Obergeschoß erreicht. Deswegen konnte Donath schwer ausmachen, ob die Fenster noch verdunkelt waren. Eine Gardine schien sich zu bewegen, aber

das rührte vielleicht von dem hohen Rotdorn her, der alles Licht durch die Zweige filterte.
Als der elektrische Öffner summte, stieß Donath den Vorderreifen gegen das Gartentor und hörte es hinter sich einrasten. Das Fahrrad kippte er auf den Rasen, sobald er sah, wer ihn erwartete. Die letzten Meter lief er und hörte nicht nur, wie die Haustür hinter ihm zufiel, sondern auch, wie sie abgesperrt wurde. Aber das floß nun schon in eins mit anderen Geräuschen, die wie Worte klangen, ohne daß er sie begriff oder begreifen wollte. Donath lud sich Vera auf den Arm und trug sie dorthin, wo er den Mund erst von ihren Lippen nahm, als sie beide viel Atem brauchten.
Dann schwiegen sie, und das tat gut, obwohl Donath merkte, daß sie auf den Ehebetten lagen, in der weißen Schleiflackgarnitur mit den verschnörkelten Zierleisten, gegenüber den Spiegeln zwischen den Wandschränken, unter der chintzbezogenen Lampe, die Abend für Abend Likör-Willy beleuchtete. Donath drehte sich zu Vera, die ihn so ansah wie am Freitag vor der Kaserne bei der stummen Verabredung. Beide hätten noch eine Weile still bleiben können, doch bald wären sie sowieso anmarschiert, die lieben, die leidigen Sätze, und deswegen hieß es eben: »Seit wann?« Und: »Seit sechs Jahren.« Aber wer das gesagt hatte, war noch nicht zu unterscheiden. Das brauchte Zeit und dauerte, bis Vera fragte: »Hast du Hunger?« Und Donath antwortete: »Wie ein Bär.«
»Du bist auch ein Bär«, sagte sie, und nachdem das Tablett auf der Matratze stand, legte Donath die Pranken um Veras Schultern und brummte. Katzbalgerei, Bärbalgerei. Man lebt nur einmal. Oder?
»Wie spät ist es?« fragte Vera, als Donaths Uhrdeckel klickte.
»Viertel zehn.«
»Mußt du fort?«
Er nickte.
»Wann treffen wir uns wieder?«
»Wann du willst. Bloß nicht hier.«
In der Diele erkundigte er sich, ob Karnbach ein Lexikon hätte. Vera führte ihn ins Herrenzimmer. Im achtzehnten

Band fand er das Gesuchte. »Soxhlet, Franz, Agrikulturchemiker, geboren 13. Januar 1848 in Brünn«, las er Vera vor. »Ein Landsmann von dir.«
»Und?«
»Ach, Unsinn.«
Donath wollte das Buch zurückstellen, doch die Druckwelle der Detonation warf ihn neben Vera zu Boden. Er schüttelte die Splitter der geplatzten Fensterscheiben ab, hob Vera auf die Beine, lief ihr voran zur Haustür und drehte den Schlüssel um.
»Geh mit mir in den Keller!« bat Vera.
Donath hetzte über die Steinplatten, packte die Lenkstange und riß das Gartentor auf.
»Bleib hier!« schrie Vera, aber er war schon verschwunden, und sein Blick unter dem Mützenschirm folgte längst den wehenden Rauchschwaden. Vor der Panzersperre kippte ihn eine neue Explosion vom Sattel. Als er die Phosphorbomben auf die Dächer und das Pflaster fallen sah, rutschte er die Böschung zur Nuthe hinab, legte sich in den seichten Bach und wartete, bis er keinen trockenen Faden mehr am Leibe hatte. Triefend kroch er zu seinem Rad zurück und fuhr durch das Akensche Tor in die brennende Stadt.

25

Augenzeugen sind unzuverlässig.
Der Flakschütze Helmut Mathesius wird behaupten, das Bombardement habe eine volle Stunde gedauert. Diese Zeitangabe ist falsch, weil Mathesius schon bei Beginn des Angriffs durch eine stürzende Lafette ohnmächtig wurde und das Bewußtsein erst wiedergewann, nachdem man ihm beide Hände oberhalb der Handwurzelknochen amputiert hatte. Der kaufmännische Angestellte Egon Liesegang wird berichten, daß es ihm trotz heftigem Beschuß gelungen sei, dreißig russische Kriegsgefangene aus einem verschütteten Keller zu retten, was allein deswegen Argwohn erweckt, weil achtund-

zwanzig Gefangene erstickten, zwei sich selbst befreiten und hinter Liesegang her zum Heidetorfriedhof humpelten. Studienrat Sintenis wird versichern, er habe während seiner Flucht über den Kleinen Klosterhof und durch die Marienpforte mehrere Wellen amerikanischer Flugzeuge wahrgenommen. Auch dieser Beobachtung mißtraute man, denn die Entfernung von der Breite bis zur Karnbachschen Villa beträgt, wenn man den Durchschlupf benutzt, kaum zweihundert Meter, und Sintenis' Augenmerk galt einzig seinen in nasse Tücher eingewickelten Kindern Ralf und Erika, wobei der hochgewachsene HJ-Fanfarenbläser wie seine sommersprossige Schwester darauf bestehen werden, sie hätten die Maschinen sogar gezählt, und es wären neununddreißig Stück gewesen. Hanebüchen!

Was ist nun eigentlich die Wahrheit?

Lothar Witte beklagt den Verlust seiner Eltern und seiner Schwester Agnes. Stimmt es vielleicht auch, wenn Hermann Donath sagt, vom Himmel seien dutzendweise Tauben gefallen, Tauben mit zerrissener Lunge, wie die Amseln in jenem Winter vor dem ersten Krieg, als der große Frost einbrach? Muß man Klaus Mähnert glauben, daß ein Mann vor seinen Augen in den Florentinischen Brunnen sprang und aus einem Gully wieder emportauchte? Wer möchte denn Joachim Schenk widersprechen, der Stein und Bein schwört, daß ein lichterloh brennender Planwagen über die Kadaver auf der Alten Brücke rollte? Lügt denn jemand wie Ravens, der noch am Abend Hilferufe vom Nikolai-Turm hörte? Oder sind das etwa Flausen, wenn Otto und Luise Donath melden, daß sich ihre Gnesener Flüchtlinge mit Wäscheleinen in der Mansarde erhängten? Leichen und Trümmer sind die besten Zeugen. Doch es vergehen noch beinahe zwei Wochen, bis die amerikanische Artillerie die letzte Granate in die Stadt schießt, und erst nach der Kapitulation wird man wissen: ungefähr sechshundert Tote und über viertausend zerstörte Wohnungen. Das ehemalige Gefängnis, in dem Annemarie ihre Zwillinge zur Welt brachte, ist vernichtet wie das Schloß, die Bauschule und das Rathaus. Es gibt keine Kirchen mehr, außer der katho-

lischen, und nur noch vier Kneipen. Aber die Kaserne hinterm Heidetor ist stehengeblieben. Dort werden sie jetzt einziehen, die Sieger.
Von der Elbe, von Walternienburg und Steckby her, rückten sie an, Panzer und Sturmgeschütze, Munitionslaster und Nachrichtenjeeps mit langen Funkantennen, und weil auch die Ruinen weiße Fahnen trugen, filmten die uniformierten Kameraleute, wie die tapferen GIs den leeren Marktplatz stürmten, wie sie den Oberbürgermeister verhafteten und wie sich ein Sergeant den abgeschossenen Arm des steinernen Rolands vor den Hosenschlitz hielt.
Das ist eben der Krieg, dachte Donath. Weiter konnte er nicht denken, denn seit zwölf Tagen war er durch Zerbst gejagt, hatte Brandwachen und Löschzüge aufgestellt, brüchige Mauern gesprengt, Gasleitungen und Kanalrohre abgedichtet, Plünderer niedergeschlagen, Familien aus leergeatmeten Bunkern geborgen, Verwundete in Lazaretts geschleppt, krepiertes Vieh verscharrt, und manchmal, wenn ihn die Müdigkeit übermannte, war er torkelnd zur Priegnitz gefahren, um in der Obhut des Bären ein paar Stunden auf dem Sofa zu schlafen, bis es ihn wieder hinaustrieb, nicht zur verbrannten Wohnung an der Schloßfreiheit, sondern dorthin, wo geknickte Bäume die Sanitätswagen behinderten, wo man Leitern zwischen glimmende Dachpfetten lehnte, wo fauchende Orgelpfeifen zerschmolzen oder ein vergessener Hund um sein Leben jaulte.
Die Mütze hatte Donath gegen einen Helm getauscht, den Helm hatte er verloren, seine Brauen waren versengt, seine alte Schläfennarbe glühte noch vom Kolbenhieb eines tobsüchtigen Feldwebels, aus seinen Jackenschultern quoll Roßhaar, und der rechte Ärmel war zerfetzt, doch als ihm Joachim Schenk die Worte des amerikanischen Offiziers übersetzte, sagte er: »Dann brauchen wir Raumpflüge und Planierraupen.« Und weil der Photograph nicht genau wußte, wie das auf englisch hieß, erklärte Donath mit den Händen, was er meinte.
»Oh«, sagte der Offizier, »scrapers and bulldozers, okay,

tomorrow.« Am anderen Tag brummten die Monster auf den Markt. Donath wollte sich ans Steuer setzen, doch der Pionier hielt ihm die benagelte Stiefelsohle vor die Nase und knurrte irgendwas.
»Bitte, nur die Richtung angeben«, dolmetschte Schenk.
Ein mächtiger Pflug. Die hohen Keilblätter quetschten die dicken Brocken sogar gegen die intakten Häuser, doch da schrie sich Donath umsonst die Kehle aus dem Hals. Der abgebröckelte Putz und die eingedrückten Türen kümmerten den Fahrer nicht. Der war Soldat und schuf sich freie Bahn. Dieses Nest hier hatte kapituliert, Deutschland führte noch Krieg. Also, heidewitzka, go ahead, und weg mit den Klamotten. Die paar Kratzer spielten keine Rolle.
Schlimmer war es, wenn der Schutt nicht reichte, um einen Bombentrichter auszufüllen. Der Raupenfahrer wartete nicht so lange, bis man von anderswo Trümmer heranholte, sondern schickte seine Begleitmannschaft in die anliegenden Höfe, und die Soldaten zeigten den Bewohnern, was in den Krater mußte: Balken, Briketts, Eggen, Strohpressen, Aschenkästen, Tröge, Rübenschneider, Werkzeug, Mülleimer und Möbel.
Donath sagte zu Schenk: »Protestieren Sie doch gegen den Wahnsinn!« Aber der Photograph schob ihn mit den Augen zurück. »Ich wundere mich mehr darüber, daß sie keine Menschen einstampfen«, sagte er. »Lebende, natürlich, denn Leichen haben die Soldaten unterwegs genug gesehen, besonders die blauweißgestreiften Häftlinge mit dem roten Winkel auf der Brust. Ganze Berge, Herr Donath. Oder hören Sie jetzt auch zum ersten Mal davon? Nein? Freut mich. Hätte mich ungern in Ihnen geirrt. Sie sind Sozialdemokrat, nicht wahr? Sowas rieche ich.«
»Und Sie?«
»Das erfahren Sie bald«, sagte der Photograph und beobachtete, wie die Raupe den Trichter planierte. »Warten Sie noch ein bißchen, dann sind die Amerikaner verschwunden.«
»Besetzen uns die Russen?«
Schenk nickte und griff nach Donaths Arm.
»Meine Frau ist tot«, sagte er.

»Kondoliere«, sagte Donath.

»Lilli ist aus dem Keller rausgerannt«, sagte Schenk. »Ich merkte es gar nicht. Ich war oben im Wohnzimmer und riß die Gardinen ab, weil die Funken reinflogen. An der Badergasse fand ich sie. Ich habe sie selber begraben. Ich weiß nicht, warum sie weglief. Vielleicht vor Angst. Weswegen erzähle ich Ihnen das eigentlich?« Schenk biß die Zähne zusammen. »Ach, ja! Sie haben doch keine Bleibe mehr, und ich bin allein. Sie könnten mit Ihrer Familie im Atelier wohnen, sonst teilt man mir andere Leute zu.«

»Sehr liebenswürdig«, sagte Donath, »aber bei meinen Eltern ist die Mansarde freigeworden, und solange meine Frau in Steckby ist –«

»Holen Sie Ihre Frau sofort nach Zerbst!« unterbrach ihn Schenk. »Beeilen Sie sich! Über Steckby kommt die Rote Armee. Morgen früh besorge ich Ihnen ein *Permit*, damit Sie die Stadt verlassen können, und verstecken Sie Ihre Frau.«

»Ich dachte, das mit den Vergewaltigungen wäre Propaganda?«

»Keine Ahnung, wovon Sie reden!« schimpfte der Photograph.

Donath bedankte sich und radelte am nächsten Morgen zur Kaserne, um das *Permit* abzuholen. Schenk erwartete ihn schon und sagte, während Donath sein Fahrrad ans Gatter schloß:

»Die Amerikaner wollen eine provisorische Stadtverwaltung bilden. Damit sich kein Nazi einschleicht, suchen sie jemand, der den politischen Leumund der Kandidaten bestätigt.«

»Hm«, machte Donath.

»Ich habe Sie vorgeschlagen.«

»Mich? Ich will bloß'n Passierschein nach Steckby. Da nehmen Sie mal lieber den Pastor von Trinitatis, der ist besser zu Fuß unter der Nase.«

»Kneifen Sie nicht«, bat Schenk. »Die Amerikaner und die Kandidaten sind einverstanden. Anschließend kriegen Sie Ihr *Permit*.«

Donath überlegte eine Minute. Dann sagte er:

»Daß eins klar ist, Herr Schenk. Wenn Sie'n Denunzianten brauchen, sind Sie bei mir an der verkehrten Adresse.«

»Eben«, sagte Schenk. »Darum haben ja alle zugestimmt.«

Donath wurde ein bißchen schwummerig, als er das Stabsquartier betrat, in dem Oberst Kroeger die letzte Große Lage abgehalten hatte. Anstelle eines Führerbilds hing jetzt das Sternenbanner an der Wand. Der amerikanische Kommandant und sein Stab saßen hinter dem Tisch, ohne Schenk oder Donath Plätze anzubieten. Unter der Fahne, gegenüber den Offizieren, standen die Anwärter auf die Verwaltungsposten in ihrem Sonntagsstaat. Die meisten waren ältere Herren, teils Zwangspensionäre seit 1933, teils bekannte Gesichter aus Handel und Gewerbe, Bank- und Rechtswesen, jedenfalls durchweg Fachleute, frühere Schützenkönige, Vereinspräsidenten, Demokraten, Zentrumsmänner, Volksparteiler und zwei Sozialdemokraten. Aber nicht nur die beiden Genossen nickten auf Donaths Gruß freundlich zurück, sondern auch die ehemaligen Honoratioren, und der parteilose Katasterbeamte verbeugte sich sogar.

Das Verhör fing an. Die Fragen des Kommandanten übersetzte der amerikanische Dolmetscher, und die Antworten der Kandidaten übersetzte Schenk.

»Warum haben Sie . . .? Warum haben Sie nicht . . .? Weshalb waren Sie . . .? Weshalb waren Sie nicht . . .?« Die Offiziere rauchten, und die Zivilisten rauchten nicht. Die Offiziere saßen, und die Zivilisten saßen nicht.

»Ist es richtig, was der Rechtsanwalt Dobschütz sagte?«

»Ja, Herr Major.«

Die Offiziere durften pinkeln gehen, die Zivilisten nicht.

»Wie beurteilen Sie die Angaben des Prokuristen Gottschalk?«

»Er hat die Wahrheit gesagt, Herr Major.«

Die Kandidaten schwitzten, die Offiziere nicht.

»Glauben Sie, daß wir der Erklärung des Lehrers Wernicke trauen dürfen?«

»Absolut, Herr Major.«

Der Kommandant legte die Stiefel auf den Tisch, und die Kandidaten trippelten von einem Bein aufs andere.

»Nun zu Ihrer Person.«
»Wieso ich?« fragte Donath den Photographen.
»Zieren Sie sich nicht«, flüsterte Schenk, »Ihren Passierschein kriegen Sie schon.«
»Und dazu muß ich meinen Lebenslauf erzählen?« tuschelte Donath und begriff plötzlich, aus welchem Grund ihn der Photograph in die Kaserne gelotst hatte.
»Die wichtigsten Daten genügen«, hörte er den amerikanischen Dolmetscher sagen, »und sprechen Sie bitte deutlicher.«
»Den Gefallen tue ich Ihnen gerne«, sagte Donath, machte zwei Schritte vorwärts und polterte:
»Ich will keinen Posten, verdammt nochmal!«
Der Kommandant verstand Donath, denn er haute den rechten Stiefel auf die Tischplatte und rief etwas, worüber die Offiziere lachten und was der Dolmetscher den Zivilisten erst eindeutschen mußte. »Endlich ein Mann und ein Mann wie ein Bär«, übersetzte er mißmutig.
Die künftigen Stadtväter schmunzelten. Donath wurde rot, doch das kümmerte ohnehin niemanden, denn jetzt stellte man ihm die gleichen Fragen wie den anderen Kandidaten, nur mit dem Unterschied, daß Joachim Schenk für die Wahrheit der Antworten bürgte.
Am frühen Nachmittag radelte Donath zu seinen Eltern, um vor der Fahrt nach Steckby noch einen Happen zu essen. In seiner Brusttasche steckte die Ernennungsurkunde zum Stadtbaumeister, zum *municipal architect,* ein fürchterlicher Zungenbrecher, aber das gestempelte Papier galt als Passierschein.
Wie soll Donath denn ahnen, daß er gar kein *Permit* braucht, weil Annemarie die Flurtür an der Priegnitz öffnet und ihm um den Hals fällt? Nein, ist das eine Frau. Hat sie sich heute morgen mit den Zwillingen zu Wachsmut ins Auto gesetzt und ist nach Zerbst gejockelt, denn der Doktor mußte in die Klinik, und so eine Gelegenheit packt Annemarie doch am Kragen, wenn sie ihren Hermann wegen der kaputten Telephonleitungen seit vierzehn Tagen nicht mal sprechen konnte, geschweige denn anfassen und streicheln. Na, freilich ist sie an der Schloßfreiheit gewesen. Woher kämen denn sonst die rot-

geweinten Augen? Aber lange hat sich Annemarie da gar nicht rumgedrückt, sondern ist hierhergetrabt, Margot und Irene auf'm Arm. Sind sie nicht goldig? Der Bär hat den Mädchen Lieder vorgesungen, und Mutter hat Königsberger Klopse gekocht, und Dr. Wachsmut sagt Annemaries Vater Bescheid, daß er die geretteten Sachen mit dem Lieferwagen bringen und zwei Kinderbetten machen soll, zur Zeit gibt's leider bloß Fichte, aber das ist ja egal. Wir haben wieder ein Dach überm Kopf, und wegen der Mansarde hat Annemarie mit Schwiegermuttern schon alles beredet. Ach, was bin ich froh, daß wir gesund sind. Liebst du mich überhaupt noch, Hermann?
Und wie er sie liebt, der neue Stadtbaumeister.

Zweiter Teil

1

Es war der erste Sonntag im Mai, und seit dem frühen Morgen herrschte Spargelwetter: Die Sonne schien, doch es nieselte. Die Tropfen fielen in den Staub auf den Bürgersteigen, aber es war noch kein warmer, sämiger Sommerstaub, wie er sonst vor den Kehren der Schlammfänger lag, sondern trockener, kalter, mit Asche vermischter Dreck, und der Regen schlug spritzend hinein, bis er nach einer Weile zwischen den Steinen wieder hervorsickerte, ein kalkiger Schuhsohlenfresser, das reinste Rattengift.

Es war der Tag des Wachwechsels. Die Amerikaner räumten das Gebiet östlich der Elbe und zogen westwärts zur vereinbarten Demarkationslinie. Ausgenommen die geschwängerten Frolleins, hinterließen sie wenig Erinnernswertes. Man hatte nie genau gewußt, woran man mit ihnen war. Mal hü, mal hott, mal *hands up*, mal Schokolade. Seelisch betrachtet, meinte der Dezernatsleiter, dem auch der Schlachthof unterstand, wackelten die immer wie'n Sack Sülze. Gegen diese verkleideten Zivilisten wirkten die Russen wie richtiges Militär, und als die Knobelbecher aufs Pflaster knallten, hörten manche älteren Zerbster im Geiste den Stechschritt des grünuniformierten Regiments 93, der vielgeliebten »Laubfrösche«. Nur daß es heute keine Platzmusik gab, und die Iwans trugen ihre Orden doch tatsächlich in Zellophan eingewickelt!

»Entweder rostet das Zeug bei Regen, oder die Medaillen sind aus Pappe«, sagte Karnbach, der seine drei Untermieter – Schwager Sintenis, Ralf und Erika – auf den Markt begleitet hatte.

»Nicht so laut, Willy«, warnte der Studienrat.

»Wenn das der Führer sähe«, sagte Ralf.

»Der ist tot«, sagte Erika.

»Das glaubst auch bloß du«, maulte Ralf.

»Haltet endlich euren Rand!« befahl Sintenis und dachte schaudernd an seine eigene Vergeßlichkeit. Wie oft hatte er während der beiden letzten Wochen mit erhobenem Arm statt mit gezogenem Hut gegrüßt und sich dafür in Grund und Boden geschämt. Gräßlich, solche Gewohnheiten. Salve Caesar? Bitte. Aber wie war es diesem Österreicher gelungen, einem Altphilologen den römischen Salut in die Muskeln zu schleifen? Erbärmlich, schandbar, skandalös.
»Laß das, Erika!« rügte Sintenis seine kichernde Tochter, obwohl es ihm selber schwer wurde, ernst zu bleiben.
Hinter der von den Lastern gesprungenen und weitermarschierenden Infanterie rückte der Troß der Roten Armee heran, und so schnieke die Tête, so schäbig der Train. Da mußten sich einige das Lachen verbeißen, denn bis zum Krieg war Zerbst die Stadt der Pferdemarktlotterien, der Reit- und Fahrturniere gewesen. Hier kannte sich beinah jeder in Warm- und Kaltblütern, Kutschen und Equipagen aus. Sogar Sintenis konnte Trakehner von Belgiern und Phaetons von Landauern unterscheiden. Aber mit dem, was jetzt über den Markt rollte, brachten die hiesigen Bauern ja nicht mal den Mist auf den Acker.
Die Panjepferde zwischen der Doppeldeichsel, die grauen Gerippe unter dem Krummholz zogen keine Fuhrwerke, sondern ungefederte, bremsenlose, strohgepolsterte Klapperkisten, in denen kurzgeschorene oder glatzköpfige, manchmal auch schlitzäugige Soldaten saßen, Akkordeons oder Maschinenpistolen, halbgerupfte Gänse oder Balalaikas vorm Bauch. Sollte das die Parade der Sieger sein? Zum Piepen.
Wagen reihte sich an Wagen, zockelte hinter der Alten Brücke nach links über die Breite, kehrte also zu irgendeinem Sammelplatz zurück, und je länger die Karawane wurde, desto länger wurden die Gesichter der Zerbster, weil sie allmählich begriffen, daß sie mit solcher Besatzung einige Zeit zu leben hätten, mindestens ein paar Monate, möglicherweise ein Jahr, bestimmt aber bis zur Kapitulation oder bis zum Friedensvertrag, über den sich die Verhandlungen vielleicht auch ein bißchen hinzögen, so ähnlich wie dieser Treck.

2

Vor der Kaserne, in deren Keller sich die Büros der Stadtverwaltung befanden, warteten Bürgermeister Dobschütz, sein Stellvertreter Wernicke, die Dezernenten und die Abteilungsleiter. Nach dem Abzug der Amerikaner waren Hilfspolizisten durch die Kammern gerannt, hatten Laken von den Matratzen gerissen und die Federn aus den Inletts geschüttelt. An den Fenstersimsen im ersten Stock hingen jetzt jedenfalls weiße und rote Fahnen, leider ziemlich zerknautscht, doch zum Bügeln war, wie der Schuldezernent sagte, das Interregnum ohnehin zu kurz. Für Dobschütz, der bei Spargelwetter an Asthma litt, hatte Donath einen Holzstuhl vors Tor gestellt. Eine Weile stand man nebeneinander unter teils schwarzen, teils buntkarierten Regenschirmen, bildete dann nach und nach einen Kreis um den Bürgermeister, und als fehlte der Herde noch ein Hund, strich Baron Engelhard um die schweigsame Runde. Irgend jemand hatte den baltischen Flüchtling wegen seiner Russischkenntnisse zum Dolmetscher empfohlen, und ob sich Engelhard nun eine künftige Dauerbeschäftigung oder nur ein Tagessalär erhoffte, er bemühte sich redlich, den Herren einige Gruß- und Höflichkeitsformeln einzutrichtern. Aber man zeigte ihm die kalte Schulter. Nein, auch Donath wollte nicht lernen, was in dieser Lage Wahnwitz schien: Bitte, danke, Guten Tag, Auf Wiedersehen, Wie geht es Ihnen? Belemmert ging es ihnen. Danach brauchte sich keiner zu erkundigen. Das stand jedem im Gesicht, besonders dem aschfahlen Dobschütz. Den scherte es einen Dreck, wenn die Russen »Geinrich Geine« statt Heinrich Heine sagten, weil sie kein »H« kannten. Hatte Molotow zu Ribbentrop ›Geil Gitler!‹ gesagt? Eine wunderbare Sprache, behauptete Engelhard. Eine weiche, wohllautende, melodiöse, liedhafte Sprache. Man denke beispielsweise an Schaljapins Ultrabaß! Das mochte ja sein. Nur die Truppen, die vorhin durchs Heidetor karriolt waren, hatten eben trotz ihrer Mandolinen gar nicht den Eindruck gemacht, als wollten sie ein Sängerfest in Zerbst veranstalten. Also, sparen Sie sich Ihr blumiges Menkenke, Baron. Warum sind Sie denn in Ihren wasserdichten Galoschen aus Mitau oder Windau oder Libau weggelaufen, wo Sie Ihr schönes Russisch doch viel besser verwenden konnten? Erklären Sie lieber mal, was uns bevorsteht. Werden wir gleich gehenkt, oder verliest man uns noch die Todesurteile in Ihrer musikalischen Sprache? Ach, Sie meinen, wir merken's früh genug, wie wir abkratzen?

Solche Fragen richtete selbstverständlich niemand an den Baron. Aber manchem wurde es mulmig, und die meisten bereuten ihre voreilige Kandidatur, als der Kommandant aus dem Jeep stieg. Donath sah die klobige Figur mit den frühstücksbrettergroßen Epauletten und bereute nichts. Er war Stadtbaumeister geworden, weil er jedes Amt abgelehnt hatte. Jetzt besaß er das Amt und wollte es behalten. Vielleicht würde er ein halbes Leben brauchen, um die Stadt wieder aufzubauen, doch er hatte gerade die Hälfte rum, und wenn er gesund blieb, ließ sich alles schaffen, sogar das Sanatorium für Lothar. Hoffentlich brachte Schwiegervater Heinrich bald die Klamotten aus Steckby, besonders die Kassette mit der Wertlauer Luftaufnahme und den Entwürfen. Schenk mußte neue Photographien machen, als Anschauungsmaterial, damit die Stadt dem Projekt erst mal nähertrat und später, nach Vorlage der Pläne, den Bau genehmigte.

Nein, Donath erwiderte den Blick des russischen Obersten ohne Scheu. Feiste Backen hatte der Kerl, einen prächtigen Wanst, stechende Augen und den Mund voller Goldzähne. Ein Haudegen. Dem war mit Schmus nicht beizukommn. Der salutierte, winkte seinen Adjutanten zu sich, und Engelhard dolmetschte, daß der Herr Kommandant ins Stabsquartier geführt werden möchte. Der Raum war derselbe wie beim Verhör vor vier Tagen, doch diesmal durften alle sitzen wie bei der Großen Lage vor drei Wochen. Der Adjutant ließ Papirossy rumgehn. Dobschütz und Donath dankten höflich, während sich die Dezernenten und Abteilungsleiter bedienten. Wer hustete, sah anerkennend zum Kommandanten hin, als wollte er sagen: Dunnerlittchen, alle Achtung, starker Tobak.

Der Kommandant stellte sich vor: »Oberst Igor Timofejewitsch Tregubenkow.« Dann enfaltete er ein zweiseitig betipptes, leicht abgegriffenes Blatt und sagte: »Meine Cherren!« Für den Rest benutzte der Oberst seine Muttersprache. Zum Mitsingen eignete sie sich nicht. Donath fühlte sich eher an den Musterungsarzt des Wehrbezirkskommandos als an Schaljapin erinnert.
Nach etwa fünf Minuten schloß der Oberst die Rede und klatschte, wie sein Adjutant, in die Hände. Auch Baron Engelhard applaudierte und nickte aufmunternd ringsum, so daß die Stadtväter, obwohl sie nichts verstanden hatten, ihren Beifall schlecht verweigern konnten.
Der Übersetzung zu folgen, wurde Donath aus mehreren Gründen erschwert. Einerseits reichten die Kenntnisse des baltischen Barons nicht hin, um alle Feinheiten des Textes wiederzugeben. Andererseits mußte Donath den leichenblassen, nach Atem ringenden Bürgermeister stützen, der jeden Augenblick vom Stuhl zu rutschen drohte. Außerdem betrachtete Oberst Tregubenkow die eigene Ansprache, so sehr er sie selber beklatscht hatte, offenbar als reine Formalität, denn das Echo seines Publikums schien ihm schnuppe. Er empfing Offiziere, die ihm Papiere zur Unterschrift vorlegten, fertigte Melder ab, sprach mit seinem Adjutanten und stauchte einen Mongolen zusammen, der wie Dschingis Khan aussah, aber bloß Küchenbulle war.
Zweierlei behielt Donath im Gedächtnis: Die Notwendigkeit der Zerschlagung des Faschischmus und das Stalin-Wort *Die Hitler kommen und gehen, doch das deutsche Volk bleibt bestehen.* Das Zitat schmeckte ihm. Die Zerschlagung des Faschismus dagegen betraf die Italiener. Da hatte Tregubenkow anscheinend was verwechselt.
Jetzt verkündete der Adjutant in leidlich korrektem Deutsch, daß die sowjetische Kommandantur hiermit die Macht übernehme; sie befehle dem provisorischen Magistrat, seine Tätigkeit fortzusetzen, behalte sich jedoch das Recht personeller Veränderungen ausdrücklich vor; weiter befehle sie dem Magistrat, die Büros im Keller der Kaserne zu räumen; über

die Art der künftigen Zusammenarbeit entscheide die Kommandantur erst nach der deutschen Kapitulation; bis dahin werde der Magistrat durch die Befehle der Kommandantur instruiert.
Der asthmatische Dobschütz beschwor Donath, sich beim Kommandanten zu erkundigen, wohin der Magistrat umsiedeln sollte, wenn er den Keller verlassen müßte. Donath fragte.
»Konfiskazija«, antwortete Tregubenkow, und die Übersetzung wäre überflüssig gewesen, hätte der Oberst nicht noch einen Satz angehängt.
Der Adjutant blickte zu dem baltischen Baron.
»Beschlagnahmen«, sagte Engelhard.
»Richtig«, sagte der Adjutant und ergänzte: »Die Kommandantur hat schon ein Haus für sich konfisziert.«
Tregubenkow gab ihm einen Zettel.
»Am Frauentor, Ecke Alter Teich. Was der Magistrat konfisziert, ist Ihre Sache, meine Herren. Aber machen Sie es wie der Erlkönig in dem Gedicht von Goethe . . .«
Die Abschweifung trug ihm ein Lächeln des Obersten ein.
». . . reiten Sie geschwind! Ihre Papiere sind schon aufgeladen, und den Keller dürfen Sie nicht mehr betreten. Geben Sie uns bis heute abend Ihre neue Adresse.«
»Na, hören Sie mal!« erregte sich Donath.
»Das ist ein Befehl«, sagte der Adjutant, ohne die Stimme zu heben.
War das alles? Ja, das war alles. Sollte man jetzt gehen? Ja, man sollte jetzt gehen. Donath griff Dobschütz unter die Achseln, und die übrigen folgten den beiden im Gänsemarsch.
Aber wohin? Bitte, da stand der Lastwagen. Wer über die Ladeklappe sah, erkannte die ordentlich gestapelten Karteikästen, Register, Akten und Schnellhefter, die sorgsam auf Zeltbahnen gelegten Schreibmaschinen, Stempelkissen, Tintenfässer und Bleistifte.
»Dawei, dawei!« rief der Soldat aus der Fahrerkabine.
Ja, ja, los, los. Du hast gut reden, Kamerad Schnürschuh. Aber wo sollen wir denn hin mit dem Krempel?

Engelhard wollte den Fahrer beruhigen, doch der tippte auf alle drei Uhren an seinem Handgelenk. Wie konnte man den Muschkoten eine Weile beschäftigen? Der Hauptkassierer spendierte dem Fahrer eine Sumatra-Fehlfarbe, Friedensware, ohne zu ahnen, daß er dabei auch sein Feuerzeug einbüßte.
»Spassiwo«, sagte der Soldat.
»Danke«, übersetzte Engelhard.
»Armleuchter«, murmelte der Hauptkassierer, denn das Feuerzeug war ein Geschenk seiner Frau zur Silberhochzeit.
Schlimm, aber man hatte Zeit gewonnen, kostbare Minuten.
»Was halten Sie vom Francisceum?«
»Das Gymnasium? Unmöglich. Bis obenhin voll. Außerdem geht ja irgendwann der Schulbetrieb wieder los.«
«Und Rephun's Garten?«
»Wollen Sie ein Lazarett umquartieren, bloß damit wir unsere Beine untern Tisch schieben können?«
»Nu werden Sie man nicht gleich pampig, Kollege, sonst dürfen Sie Ihr Standesamt in meinem Badezimmer einrichten.«
»Sie haben noch ein Bad, schau, schau!«
»Meine Herren«, keuchte der Bürgermeister, »meine Herren!«
»Hotel Anhalt?«
»Beschädigt, aber der Bierkeller ist noch intakt. Ich glaube ja überhaupt, wir müssen die Verwaltung auf verschiedene Standorte verteilen.«
»Hm.«
Der russische Fahrer ließ das Feuerzeug klicken und lachte.
Ob Baron Engelhard ihm Witze erzählte?
»Nein, die wichtigsten Ressorts gehören zusammen.«
»Und welche sind das?«
»Polizei, Personalbüro, Wirtschafts- und Arbeitsamt.«
»Daß Sie dadurch die Dezernate zerreißen, merken Sie wohl nicht?«
»Würde ich vorläufig in Kauf nehmen.«
»Ein Haus, meine Herren, ein Haus!« ächzte der Bürgermeister und bat:
»Bleiben Sie beim Thema.«
»Die Post?«

»Seien Sie mir nicht böse, aber das ist nun wirklich das Dümmste, was mir heute zu Ohren gekommen ist, und heute wurde eine Menge Dummheiten gesagt.«
»Das Schützenhaus!«
»Gott hab Sie selig. Dort waren die Wandalen drin. Oder wie darf man die Herrschaften jetzt nennen, die früher am Flugplatz wohnten, die Holländer und Franzosen . . .?«
»Moment«, sagte Donath, »das wäre ein Ausweichquartier, bloß provisorisch, aber immerhin.«
»Wovon reden Sie?«
»Von den Fremdarbeiter-Baracken.«
»Aha. Ein Ausweichquartier für wen? Für den Magistrat?«
Donath wiegte unschlüssig den Kopf und nickte dann.
»Undenkbar! Zwei Stunden Fußweg hin und zurück. Das kann man doch niemandem zumuten. Ich spreche nicht von mir, sondern von denen, die Anträge stellen, Lebensmittelkarten holen und so weiter.«
»Das frühere Landratsamt«, sagte der Bürgermeister.
»Ja!«
»Ist es belegt?«
»Flüchtlingsfamilien«, sagte Donath und spürte, wie ihm der Puls gegen die Schläfen schlug. Aus dem Landratsamt konnte man über die Postpromenade und die Karbachsche Villa blikken. »Meine Herren!« rief Baron Engelhard vom Trittbrett des Lasters. »Das Feuerzeug brennt nicht mehr! Der Sergeant glaubt, Sie hätten ihn betrogen. Entscheiden Sie sich bitte rasch!«
»Gleich, gleich.«
»Na klar, das Landratsamt«, sagte Wernicke, Dobschütz' Stellvertreter.
»Man darf die armen Leutchen aber nicht einfach an die Luft setzen«, gab Donath zu bedenken.
»Wieso denn an die Luft? Wir schicken sie zum Flugplatz. Das Ausweichquartier war doch Ihre Idee.«
»Hilfe!« schrie Baron Engelhard. »Ich werde erwürgt!«
»Keine Bange!« rief man zurück. »Wir kommen! Wir fahren! Wir wissen jetzt, wohin!«

3

Der Sommer ist da, der Holunder ist verblüht, und der Pirol, der zu Pfingsten sein *Bülow, Bülow* vergessen hat, soll jetzt endlich pfeifen, der Bieresel, auch wenn im Schützenhaus bloß Dünnbier serviert wird und die Kapelle noch nicht spielt, weil die Trompete gefallen, das Schlagzeug vermißt und die Posaune in Gefangenschaft ist. Auch die anderen Vögel: Nu mal los! Der Kiebitz setzt sich auf die Stadtmauer an der Priegnitz. Dort sieht er entweder Donaths aufs Dach oder über den himmelblau gestrichenen Kasernenzaun bis zum Schwimmbad und braucht kein Opernglas, wie die Zerbster Mädchen, wenn die splitternackten Russen vom Zehn-Meter-Turm springen. Manche haben ja einen ausverschämten Dingerich.

»Nein, also wirklich«, sagt Dora Zähle zu ihrer Freundin Erika Sintenis.

Und die Amsel? Die gehört auf den Markt. Da schackert sie mit den Trümmerfrauen. Die dürfen ruhig mal Pause machen, obwohl sie Schwerarbeiterzulage kriegen. Der Kuckuck kommt auf den Kiekinpott, unter dem der Baumeister Donath und die Stenotypistin Hanna Rechenthin saßen. Der soll die Jahre zählen, die seitdem vergangen sind.

Die Elster lassen wir von der Wachsbleiche zum Geisthof fliegen. Die ist zu weiß und schwarz für unsere gute Laune. Annemarie fährt Margot und Irene im Schloßgarten spazieren, bis es Zeit wird, daß sie Hermann das Mittagessen bringt. Sie klopft immer an, bevor sie in sein Zimmer tritt. Daran merkt Donath, daß es Annemarie ist. Sie legt ihm eine Serviette auf den Schreibtisch, stellt den Henkeltopf daneben und tut ihm die Suppe auf. Eigentlich brauchte sie nur die doppelte Portion mitzubringen, und sie könnten gemeinsam essen. Niemand fände was dabei, und die Schwiegermutter würde die Kinder versorgen.

»Warum denn nicht?« fragt Helga, Donaths Sekretärin.

»Nein«, sagt Annemarie, »mein Mann will das nicht, und ich möchte es auch nicht. Hier ist keine Küche, sondern ein Amt.«

Die Schwalbe knerbelt am Glockenturm von St. Bartholomäi.

Der hat keine Haube und keine Glocke mehr, und die Uhr ist zwanzig Minuten nach zehn stehengeblieben Die Lerche hängt über der Ankuhner Vorstadt und spritzt ihre Triller in den Spinat, den die Bauern auf eigene Rechnung verkaufen dürfen. Die Dohle tippelt an die Nuthe und trinkt. Sie verbeugt sich, hebt den Schnabel, spreizt die Flügel, läßt sie schleifen, zieht den linken ein und dann den rechten, dreht sich plötzlich um und sagt was in der Vogelsprache, genauso unverständlich wie die kyrillischen Wegweiser.

Aber wenn im Herbst die Schule wieder anfängt, wird Russisch die erste Fremdsprache, von der fünften Grundschulklasse an aufwärts bis zu den Abiturienten. Deswegen kommt aus Halle Dr. Siegfried Sattler und gibt den Lehrern Unterricht, zweimal die Woche. Hübscher Kerl, der Dr. Sattler, ein richtiges Modellstück, außerdem Junggeselle. Auch Berta Hartung, die kanonenbeinige Breslauerin, die von Donath zum Luftschutzwart des »Vogelherds« ernannt worden war, nimmt an den Kursen teil. Polnisch kann sie ein bißchen, da fällt's ihr leichter.

Jeder tut seine Pflicht, und wer nicht pariert, dem wird nachgeholfen. Die Vorstellungen des Films über die Konzentrationslager sind straßenweise angesetzt. Am Eingang der Kammer-Lichtspiele liegt eine Liste aus. Wer sich nicht einträgt, kriegt keine Lebensmittelkarte. Nach dem sechsten Abend muß der Vorführer ausgewechselt werden, weil er den Projektionsapparat, die Filmrollen, sich selber und den Feuerlöscher bekotzt hat.

Helmut Mathesius, Donaths ehemaliger Krankenbettnachbar, der spätere Flakschütze, abonniert zwei Zeitungen, die ›Deutsche Volkszeitung‹ der Kommunisten und ›Das Volk‹ der Sozialdemokraten. Will er sie lesen, muß er sie aufpusten, denn mit den beiden Armstümpfen, die sich – zwei links, zwei rechts – in zitzenförmige Greifer verjüngen, kann er wohl Bleistift, Löffel oder Brotscheibe anfassen, aber weder eine Seite umblättern, noch seinen Hosenstall zuknöpfen. Er wohnt zur Untermiete, weil seine Mutter auf dem Heidetorfriedhof liegt. Die Vermieterin zieht den Einundzwanzigjähri-

gen jeden Morgen an und bindet ihm die Schnürsenkel, damit er in sein Büro im Landratsamt traben kann. Helmut ist Vorsitzender des antifaschistischen Jugendkomitees. Aber Ralf Sintenis, der Fanfarenbläser, trägt aus Protest gegen solchen Gesinnungswandel das Edelweiß-Abzeichen der früheren Gebirgsjäger, bis er von Benno Poche geohrfeigt wird.
Ja, da wallt so einiges hoch, und ein alter Unterschied kommt in den Sinn, der zwischen Siegen und Gewinnen. Siegen heißt: den anderen unterwerfen. Gewinnen: die geringeren Verlust haben. Viele Sieger gibt es diesen Sommer, wenige Gewinner. Bei den Siegern stellt sich nicht mal das richtige Triumphgefühl ein. Der Widerstand ist zu schwach. Stände es nicht gelegentlich in der Zeitung, sie merkten kaum was von ihrem Kampf. Es ist, wie wenn man einen Räuber, der durchs Fenster einsteigt, bittet: Ach, kommen Sie, lieber Herr, doch durch die Tür und bedienen Sie sich. Wer möchte da noch Räuber sein? Nur Lahmärsche drängeln nach solchem Dienst.
Der Sommer geht wie jedes Jahr über alle und alles hinweg. Er kümmert sich nicht um Sieg und Siegespalme. Er bleibt bei seiner Ermattungsstrategie. Er ist der Überwinder. Morgens niest er in den Staub, und die Wicken ranken durch den Maschendraht. Er haucht die Zwiebeln an, und aus den Schlotten quellen lila Seifenblasen. Mittags schlägt er die Blüten von den Akazien und streut sie in den Schatten. Abends fängt er eine Wolke und schiebt sie aufs Rübenfeld. Nachts holt er aus und schmeißt eine Brandmauer um.
Gefährlich! Wenn da nun zufällig jemand steht. Egon Liesegang zum Beispiel. Könnte doch sein. Der stromert, wenn's dunkel wird, öfter über die Alte Brücke und beobachtet den Laden von Photo-Schenk, das jetzige Parteilokal der Kommunisten.
Egon Liesegang? War der nicht früher bei der »Einkaufsgenossenschaft deutscher Kaufleute«, kurz EDEKA? Ja. Aber heute ist er Angestellter der »Zerbst-Ankuhner Gemüse- und Obst-Absatzgenossenschaft«, kurz ZAGO. Hatte er sich in Rußland nicht seinen Heimatschuß geholt und anschließend Trudchen Stock geheiratet? Richtig. Deswegen hat er auch

drei Kinder; Trudchen muß schon neue Sabberlätzchen häkeln, wenn ihr Mann sie scharf ansieht; sie empfängt mit derselben Leichtigkeit, mit der süßblütige Kinogänger von Flöhen besprungen werden.

4

Ist die Brandmauer Liesegang auf den Kopf gekippt? I, bewahre. Der steht weit genug weg und braucht sich bloß den Dreck abzuklopfen. Hoffentlich mache ich keinen Fehler, denkt er, als er über den Damm hinkt und die Ladenklinke drückt.

Joachim Schenk sitzt hinterm Tresen, über dem eine Decke aus rotem Fahnentuch liegt. Er bietet Liesegang einen Stuhl an, locht Formulare und heftet sie in den Ordner. Wenn sein Gesicht in den Lichtkegel der Bürolampe rückt, sind die faltigen Tränensäcke unter den Augen zu sehen.

Wo früher die Photos der Kundschaft hingen, hängen jetzt die Bilder von vier Männern, deren Bärte der Reihe nach immer kleiner werden: Marxens weißer Bettvorleger, Engels' dunkler Sauerkohl, Lenins Spitz- und Lippenbart, Stalins Schnauzer.

»So«, sagt Schenk, »dann wollen wir mal.«

Sie schütteln sich die Hände über der roten Fahne, Liesegang zieht den Stuhl näher und erklärt den Grund seines Besuchs. Er ist auf alle Fragen vorbereitet und verschweigt auch nicht, daß er Mitglied im NSKK war. Ganz im Gegenteil. Daraus wird das Hauptstück seines Lebenslaufs. Die Idee kam ihm letzten Winter. Schenk scheint zufrieden. Doch statt Liesegang nun das Aufnahmeformular zu geben, pocht er mit einem Besenstiel an die Zimmerdecke.

»Moment«, sagt er und hält Zigaretten hin.

»Besten Dank«, sagt Liesegang und greift zu.

»Sehr gut«, sagt Schenk.

Das betrifft nicht den Tabak, sondern einen Satz, den Liesegang verwendet hat, weil er ihn in der ›Deutschen Volkszei-

tung‹ fand: »Das Klassenbewußtsein der deutschen Arbeiter wurde durch die Faschisten systematisch eingeschläfert.« Sehr gut. Er hat den Satz natürlich umgemodelt, weil die Worte sonst so nach Druckerschwärze stinken, aber bei »eingeschläfert« ist er geblieben. Sehr gut. Trotzdem wird ihm allmählich flau im Magen. Warum hat Schenk an die Decke geklopft? Was hat das zu bedeuten? Wer ist dort oben? Ja, Egon, da staunst du, wer jetzt in der Tür steht!
»Reiner«, sagt Liesegang zu dem hageren Mann. »Menschenskind!«
Sandkuhl lächelt. Der rechte Schneidezahn fehlt ihm. Er trägt einen gestreiften Anzug und ein offenes Hemd. Er schluckt, daß sein Adamsapfel den Hals beult.
»Erkennste denn noch das olle Gerippe?«
»Ich bitte dich!« ruft Liesegang, spürt aber gleich das Mißtrauen, das ihm entgegenschlägt, wie kalte Jauche.
Sandkuhl setzt sich neben Schenk. Er will alles nochmal hören, was Liesegang schon erzählt hat, und so verwandelt sich der Ausschluß aus dem NSKK wegen Dora Rechenthins Tod und der demolierten »Zündapp« wieder in eine Verbannung wegen politischer Differenzen. »Würdest du das mal'n bißchen genauer auseinanderposamentieren?« fragt der befreite Coswiger Häftling.
»Mein Motorsturmführer verlangte, daß ich in die Partei eintrete«, sagt Liesegang. »Wochen und Wochen hat mich das Schwein bekniet, bis mir die Galle übergelaufen ist.« Er darf ruhig auf die Pauke hauen, der ZAGO-Koofmich, denn weder Schenk noch Sandkuhl waren damals in Zerbst. »Mit deinem Antrag, habe ich zu ihm gesagt, kannst du dir den Arsch abwischen. – Und danach ist es passiert.«
»Was?« fragt Sandkuhl.
»Furchtbar«, sagt Schenk.
Die schwierigste Hürde hat Liesegang mit der gleichen Eleganz wie beim ersten Mal genommen. Von nun an darf er bei der Wahrheit bleiben: Sein Ausschluß aus dem NSKK wurde im Brauch der Zeit gefeiert. Der Motorsturm brauste zum Exerzierplatz und bockte die Räder um die Maschine des

Sturmführers auf. Liesegang mußte die Uniform und die Turnhosen ausziehen. Nur die Wollsocken durfte er anbehalten und das braune Hemd, das bis zum Hals gekrempelt wurde, damit die Koppel in die Haut schnitten. Seine Füßen waren an die Naben des Hinterrads gefesselt und zuckten bei jedem Hieb. Er schrie, als er aufhörte, die Schläge zu zählen. Die Kameraden ließen ihn im Heidekraut liegen und sangen im Abfahren »Es zittern die morschen Knochen«. Liesegangs Uniform nahmen sie mit. Das Hemd konnte er nicht in den Bund der Turnhose stecken, weil der Rücken so blutete.

Eine Weile ist es still in dem ehemaligen Photogeschäft. Reiner Sandkuhl hat elf Jahre Zuchthaus hinter sich. Er ist der letzte, von dem Liesegang eine Gemütsbewegung erwartet.

Sandkuhl starrt lange auf das rote Fahnentuch, ehe er fragt: »Warum hast du bei dem Verein überhaupt mitgemacht?«

»Das wurde schon besprochen«, sagt Schenk und wiederholt sinngemäß Liesegangs Satz über die Einschläferung des Klassenbewußtseins.

»Quack«, sagt Sandkuhl. »Wie kommst du auf einschläfern, Egon? Meinst du abspritzen, Euthanasie? Dafür mußten andere herhalten, Zigeuner, Irre, Kriminelle. Dich haben sie nicht eingeschläfert. Dich haben sie verdroschen, weil du mutig warst.«

Sandkuhl steht auf, geht zum Schaufenster, obwohl in der mit Igelit verschalten Auslage nur eine winzige Glasscheibe steckt.

»Kennst du das Onkel-Doktor-Spiel, Egon?« fragt er.

»Nein«, sagt Liesegang gegen den schmalen Rücken.

»Da hauen sie dir ein Bleirohr aufs Schienbein, und das nennen sie Reflexprüfung. Oder sie treten dir in die Eier, das ist Stammbaumforschung.«

Sandkuhl dreht sich vom Fenster weg und macht einen Schritt auf Liesegang zu. Sandkuhl hat Tränen in den Augen, aber nicht, weil er daran denkt, wie er selber gequält wurde, sondern weil er in dem Mann, der jetzt vor ihm steht, einen Leidensgefährten sieht.

»Mir brauchst du nichts zu erzählen«, flüstert er, fällt Liesegang um den Hals und küßt ihn auf beide Backen.

5

Ja, dieser Sommer kommt einigen Leuten sehr zupaß. Wer im Frühling noch nicht ahnte, was ihm blüht, entdeckt plötzlich reife Kirschen, Äpfel, kastaniengroß, Pflaumen wie grüne Mandeln, ganze Obstgärten und Plantagen. Dieser Sommer hat's in sich, alabonnör.

Vera Karnbach und Hermann Donath liegen in einer Kuhle am Deetzer Teich, nicht Hand in Hand, aber Bein an Bein, Schuhsohle an Schuhsohle, einander gegenüber. Donath raucht. Er hat sich's wieder angewöhnt, trotz Lothars Warnung. Vera faltet ihr Kopftuch, bis es so klein wie eine Zusatzkarte ist, dann faßt sie es an einer Ecke und reißt es hoch. Das Tuch klappt in alle seine Quadrate auseinander, weht ein Weilchen und sinkt an den Arm zurück. Es wäre viel nachzuholen, wenn man wollte, aber anscheinend will man nicht. Schon daß sie sich getroffen haben, ist purer Zufall. Vera war in Deetz wegen frischer Butter, Donath in Nedlitz wegen der Bodenreform; Vera mit dem DKW, Donath mit dem Fahrrad.

»Ich möchte verreisen«, sagt Vera, »irgendwohin.«

»Da mußt du dich beeilen«, sagt Donath. »Spätestens im Oktober wird das zweite Gleis abgebaut.«

Tut sie bloß so, oder versteht sie's wirklich nicht?

»Die zweite Schienenspur wird demontiert und kommt nach Rußland.«

Vera nimmt das Tuch zwischen Daumen und Zeigefinger, am äußersten Ende des Zipfels, damit der Wind es waagerecht zur Seite bläst, wie das Tuch der roten Therese in Hermanns Traum.

»Kennst du Travemünde?« fragt sie.

»Ja«, sagt Donath und schiebt die Mütze in den Nacken. »Aber Travemünde ist in der englischen Zone, und die Engländer lassen keinen über die Grenze.«

Vera erinnert sich an Travemünde, doch die Reise liegt dreizehn Jahre zurück, also viel zu weit, um ausführlich erwähnt zu werden. Nein, Vera macht nicht denselben Fehler wie Frau Černá, die Gattin des Karlsbader Kurdirektors; die wollte wie

ein Backfisch aussehen und erzählte immer, daß sie bei der Beerdigung von Antonín Dvořák gleich hinter der Fleischerinnung marschiert sei, 1904, Anfang Mai. Ich werde mich ein bißchen niederlegen, hatte Dvořák beim Mittagessen gesagt, in Příbram, wo seine Tauben flogen, eigene Zucht, Trommeltauben, Lachtauben. Dann war er gestorben, und die Symphonie in h-Moll über die Niagarafälle blieb ungeschrieben. Die Černá hatte sich weiß Gott was drauf eingebildet, daß sie im Trauerkondukt mitgegangen war; inzwischen mußte sie ungefähr siebzig sein. Nein, Frauen sollten keine Geschichten erzählen, wenn sie auf gleitende Geburtstage Wert legen.
»Was sucht der Mathesius dauernd bei euch?« fragt Donath.
»Mein Schwager Sintenis gibt ihm Nachhilfestunden.«
»Ich dachte schon, er hätte was mit deiner Nichte.«
»Mit Erika? Die ist ja erst vierzehn.«
»Na und?«
»Wie soll er was mit ihr haben, ohne Hände?«
»Hm«, macht Donath und zerdrückt den Zigarettenstummel. »Sie könnte ihm ja'n bißchen entgegenkommen.«
»Das ist unappetitlich«, sagt Vera, als meinte Donath dasselbe wie sie. »Woher weißt du eigentlich, daß er uns besucht?«
»Ich habe einen prima Überblick aus meinem Fenster.«
»Über mich?«
»Über dich auch«, sagt Donath und nimmt die Oberlippe zwischen die Zähne.
Mein Gott, denkt Vera. Nein, Ježišmaria, denkt sie, denn das ist näher am Himmel, und um den geht es hier, um den Himmel auf Erden. Der Mann liebt mich ja, der liebt mich ja immer noch, und jetzt fängt das Sausen und Brausen auch bei ihr an. Der Sommer wird schuld sein, denkt sie, aber das ist ja unerhört, wie einem das die Adern dehnt, als wäre es das erste Mal.
»Daß du keine Angst hast«, sagt Vera, bloß um sich an irgendeinen Satz zu klammern, an möglichst wenig Worte, denn tief Luft holen darf sie nicht, sonst platzen die Nähte.
»Du paßt doch auf mich auf«, sagt Donath.
»Ich?«

»Na ja.«
Er hat sich nicht rasiert heute morgen, denkt sie. Er wird mir mit seinen Stoppeln die Haut zerkratzen. Ich muß mir zu Hause eine Gesichtsmaske auflegen. Ich habe noch eine Dose NIVEA in Reserve, und wenn Karnbach trotzdem fragt, woher die Schrammen sind, sage ich ihm, das kommt von dem Schweinefett, das er aus Jeberbergfrieden mitgebracht hat. Schweinefett macht Pickel.
»Paßt du auf?« fragt Donath.
»Ja«, flüstert sie und rutscht ihm entgegen.
»Auf mich?«
Vera kann nicht mehr antworten, weil sie Donaths Zunge im Ohr hat. Ich breite die Flügel aus, denkt sie, und Donath zerspringt am Rand ihrer Augen in winzige Scherben, die sich heben und senken mit jedem Atemzug. Ježišmaria, denkt sie, das ist der Himmel und im Himmel ein Bussard, der nicht haltmacht vor der Furche, sondern sich einbohrt samt Schnabel, Hals und Federkleid, die Maus ist nur ein Vorwand, um sich totzustoßen, ich werde mich ein bißchen niederlegen, sagt Dvořák, dann schwirren die Tauben über die Silberminen, die Waldtauben, die wilden Rosen und die h-Moll-Gischt der Niagarafälle. In Karlsbad, unter den Kolonnaden, schien alles so einfach. Nun bin ich, sakra, eine Frau in den Dreißigern.

6

Donath und Schenk trafen sich regelmäßig jeden Mittwoch im Antifa-Komitee. Beide hielten die Sitzungen für faulen Zauber, doch als Chefs der sozialdemokratischen beziehungsweise kommunistischen Partei durften sie's nicht laut sagen, weil die anderen sonst rebelliert hätten.
Die Liberalen, wie Sintenis und Gottschalk, traten für die private Wirtschaft und das Berufsbeamtentum ein. Wernicke und Klauer, die beiden Christen, verlangten die Beschlagnahmung aller Bodenschätze und Monopole. Donath ließ seinen Stellvertreter reden: Poche bestand auf der sofortigen Einfüh-

rung des Sozialismus. Für Schenk sprach Sandkuhl, der ein behutsameres Tempo vorschlug: Man sollte nicht das Sowjetsystem importieren, sondern eine parlamentarische Republik mit allen Rechten und Freiheiten errichten.
So verlief die Diskussion jeden Mittwoch, und wenn es Donath zu bunt wurde, klappte er das Fenster auf und hoffte im stillen, mit dem Zigarettenqualm würde auch der unerträgliche Schmus abziehen, die Salbaderei über Föderalismus und Gewerkschaften, Enteignung und Reparationen, besonders aber über die Demokratie, das Lieblingsthema des Komitees. Wo wollte man sie bloß hernehmen, die Demokratie? fragte er sich und blickte zu Schenk, der wohl ähnliches dachte, aber gleichfalls Demokratie forderte, wie Bürgermeister Dobschütz, wie die liberalen und die christlichen Delegierten, wie Donath selbst, wenn auch mit kleinen Unterschieden, denn schließlich klammerten sich alle an die Richtlinien ihrer Parteizentralen, und vermutlich hätte es genügt, sich die jeweiligen Beschlüsse gegenseitig vorzulesen, doch das wäre dann eben keine Demokratie gewesen, gemäß dem Befehl Marschall Shukows, des Vorsitzenden der Sowjetischen Militäradministration in Berlin-Karlshorst. Nein, Demokratie mußte sein. Befehl war Befehl.
Anfangs hatte sich Schenk bemüht, das Interesse des Komitees von der garantierten Religionsausübung auf die schärfere Kontrolle des Schwarzmarkts, das Verbot des wilden Bauens, die Reparatur des Gaskessels, die Wiederbenutzung der städtischen Wassermühlen, den Mangel an Zement, Sägeblättern, Fahrradreifen und Desinfektionsmitteln zu lenken, aber außer Donath war ihm niemand beigesprungen. Gewiß, man bestaunte die Sachkenntnis des Photographen, der trotz anderthalbjähriger Ansässigkeit noch immer als Ortsfremder galt; man zollte ihm sogar den schuldigen Respekt, doch mit seinen Sorgen wurde er an die zuständigen Ressorts verwiesen, und erleichtert widmeten sich die Herren wieder den Modalitäten der geheimen Gemeindewahlen. Seitdem hatte das Verhältnis Donaths zu Schenk neue Formen angenommen. Der Mittwoch wurde ihr gemeinsamer Tag. Im Anschluß an die

Sitzungen begleitete der eine den anderen nach Hause, und oft pendelten sie so lange zwischen ihren Wohnungen, bis sie die Taschenlampen einschalteten, um nicht über die Ruinen zu stolpern. Donath erinnerte sich an ein Zitat aus Michelets »Geschichte der Französischen Revolution« und versetzte es in die Gegenwart: »Im Landratsamt plauderte man, hatte aber die Rede noch nicht wiedererlangt.« Dagegen kam bei den Promenaden mit Schenk zur Sprache, was im Komitee unter den Tisch fiel. Donath machte kein Hehl aus seinen Zweifeln an der Demokratie, und Schenk gab ihm insofern recht, als er die Demokratie eine Durchgangsphase nannte; die Menschen sollten zuerst lernen, worauf sie eines Tages ohnehin verzichten müßten, und dieser Umweg über den Stimmzettel sei notwendig, denn der künftige deutsche Staat brauche die republikanische Legitimation. Manchmal unterhielten sich die beiden Männer auch über ihre Vergangenheit. Donath erzählte besonders gern, was ihm auf der Walze passiert war. Schenk sprach von Berlin, von seinem abgebrochenen Jura-Studium, von seiner Arbeit als Journalist, von der dreimonatigen KZ-Haft in Oranienburg und von der Gründung des Photo-Ateliers; sobald er aber seine Frau erwähnte, hakte er sich bei Donath ein und schwieg, bis er wieder seiner Lieblingsidee nachhing, der Vereinigung der Kommunisten mit den Sozialdemokraten.

Dann verstummte Donath, weil er Schenks Argumenten wenig entgegenzusetzen hatte. Eines Nachts, als er die Haustür aufschloß, und in der Mansarde, wo die Eltern seit Oktober wohnten, noch Licht sah, befragte er deswegen seinen Vater. Der Bär nahm eine Photographie und eine Zeitung aus dem untersten Schubfach der Kommode. Das Photo zeigte zwei Männer auf einer Art Pritsche. Am Fußende saß Otto Donath, am Kopfende ein etwa Vierzigjähriger mit Stoppelfrisur, Lippen- und Knebelbart; vom Mund hing ihm eine lange Tabakspfeife, den rechten Arm stützte er auf den Nachttisch, zwischen den Fingern hielt er ein Buch. Beide trugen gestreifte Kittel und Hosen wie Zuchthäusler.

»Hinten!« sagte der Bär.

Auf der Rückseite las Hermann in Kurrentschrift: *Meinem Genossen Otto zur Erinnerung an die gemeinsamen Tage im Reservelazarett Beuthen, April 1917, Wilhelm.*
»Jetzt kuckst du dir den hier an«, sagte der Bär und strich die Zeitung glatt.
»Der hat doch den Vorsitz bei den Kommunisten!«
»Und nu vergleich die Bilder. Denk dir den Bart weg, die Haare weiß, die Backen dicker und Schlips und Weste dazu.«
»Bist du sicher?«
»Ja«, sagte der Bär, »aber warte mal!«
Er ging zur Kammertür, öffnete sie einen Spalt, bückte sich und blieb horchend an der Schwelle stehen.
»Ist Mutter krank?« fragte Hermann, als sich der Alte zu ihm setzte.
»Heute atmet sie ruhiger.«
»Wenn's an der Treppe liegt, zieht ihr wieder runter. Die paar Möbel sind schnell ausgetauscht. War doch bloß wegen der Kocherei und daß euch die Kinder nicht auf'm Kopp rumtrampeln.«
»Nein«, sagte der Bär. »Es bleibt, wie's ist, auch mit Muttern.«
»Morgen schicke ich Lothar her.«
»Da hilft kein Doktor. Sie will nicht mehr aus'm Bett. Begreifst du nu endlich? Gib mir mal so'n Nasenwärmer.«
Hermann sah seinen Vater die erste Zigarette rauchen.
»Es muß sein«, sagte der Bär nach einer Weile. »Hätten wir vor '33 zusammengehalten, wäre der Schlawiner nicht ans Ruder gekommen.«
»Wer hat denn damals mit den Nazis gestreikt? Dein Wilhelm!«
»Was bringt's dir ein, wenn du den Spieß jetzt umdrehst?« fragte der Bär und schnippte die Asche in den Asparagus. »Wilhelm war'n feiner Kerl. Nach'm Lazarett mußte er in Kattowitz brummen, wegen Kriegsdienstverweigerung. Schade, daß er mit Spartakus marschiert ist, aber bei uns war auch manches verkehrt. Wie kann man denn seinen eigenen Reichskanzler stürzen, weil der Beitrag für die Arbeitslosenversicherung erhöht werden soll? Nein, mein Junge, manch-

mal haben wir uns angestellt wie die Zicke am Strick. Und wer büßt heute dafür? Die einen wie die andern. Nicht ewig, natürlich. Ewig ist ein langes Wort. Da bin ich mit Bismarck, dem ollen Bluthund, mal einig.« Der Alte drückte die Kippe in den Spargeltopf. »Ich weiß schon«, sagte er, »wo bei dir der Hase im Pfeffer liegt. Du möchtest keinen Fehler machen, sondern rechtbehalten, wenn's schiefgeht. Aber in der Politik behältst du bloß recht, wenn du die Finger davon läßt, und das paßt eben nicht zu dir, weil du keinen Kunsthonig im Gehirn hast. Nu scher dich zu Annemarie!«
Hermann stand auf.
»Und was wird mit Mutter?«
»Die rappelt sich wieder«, sagte der Bär.
Während der folgenden Wochen wurde die Braunsche Maschinenfabrik demontiert. Donath gehörte der Kommission an, die das Verfahren regelte, wie die Drehbänke, Radialbohrer und Werkzeugmaschinen abzuliefern waren. Am ersten Mittwoch im Januar erstattete er dem Antifa-Komitee seinen Bericht, und obwohl niemand widersprach, ließ sich die Meinung der Liberalen und Christen von ihren Mienen ablesen.
»Wir müssen den Termin der Gemeindewahlen verschieben«, sagte Schenk auf dem Nachhauseweg. »Sonst machen Dobschütz und Wernicke das Rennen.«
»Die Engländer und Amerikaner demontieren auch in ihren Zonen«, wandte Donath ein.
»Das kümmert unsere freisinnigen Betbrüder einen Dreck«, sagte Schenk und schüttelte den Schnee aus seinen Hosenumschlägen.
»Die werden mit den Reparationen so lange Stimmen fangen, bis sie einundfünfzig Prozent zusammenkriegen. Und wir? Was hat denn die Berliner Sitzung im Dezember gebracht? Schöne Reden von Aktionseinheit. Aber Ihre Freunde beschweren sich dauernd über die Erpressung durch die Russen und durch uns. Wer zwingt die Sozialdemokraten eigentlich? Der Kommandant, Sandkuhl oder ich? Jetzt stehen wir ohne gemeinsame Kandidatenliste da.«

»Nicht meine Schuld, was der Zentralausschuß beschließt«, sagte Donath. »Wenn's nach mir ginge –«

Schenk richtete die Taschenlampe gegen Donaths Brust.

»Meinetwegen könnten wir schon morgen die Ringe wechseln.«

Schenk lachte, knipste die Lampe aus und schob die Hand unter Donaths Arm.

»Vernunft- oder Liebesheirat?«

»Hauptsache, auf'm Teppich bleiben.«

7

Lothar Witte war mit seiner Doktortasche gekommen und hatte Luise Donath untersucht. Ohne Befund? Auf Ehre und Gewissen? Dir würde ich's doch verraten, Hermann.

Der Bär nahm Urlaub und wich nicht von Luises Bett. Der ehemalige Schwergewichtsmeister im Ringkampf saß wie ein ausgezählter Boxer in der Ecke, verzichtete auf Priem und Stumpen, sprang nur hoch, wenn Luise nach ihrer Tasse mit dem Holundersaft griff, oder wenn sie die Schwiegertochter und die Enkel zwischendurch sehen wollte.

Morgens balbierte sich der Bär und pfiff Luise zuliebe den »Hohenfriedberger« oder den »Fehrbelliner Reitermarsch«. Manchmal konnte er die Lippen nicht spitzen und brummte bloß.

»Hast du dich geschnitten?« fragte sie dann.

»Ach wo.«

Trotzdem mußte er ihr nachher das Gesicht zeigen, und sie streichelte ihm die Backen. Nach dem Frühstück las er ihr aus der Zeitung vor, zum Beispiel das Rezept für ein neues Heißgetränk aus kleingehackten Kiefernnadeln. Da hatten sie beide was zum Lachen, und wenn Luise einnickte, lagen noch die Schmunzelfalten um ihren Mund. Gegen zwölf brachte Annemarie das Mittagessen. Schon ihre muntere Stimme war appetitanregend. Schloß sich aber die Tür hinter der Schwiegertochter, stocherte Luise nur in den Kartoffeln herum und schob den Teller weg. Nachmittags, wenn die Wintersonne die obere Hälfte des Mansardenfensters vergoldete, mußte der Bär erzählen, wie er Luise am Vogelherd begegnet war und den ersten Rheinländer mit ihr getanzt hatte. Sie wußte noch die Melodie. Singen? Nein. Aber Otto sollte es immer wieder erzählen, und wenn er alles genau ausmalte, die Angersche Kapelle, das Reformkleid im Prinzeßschnitt und seinen Stehkragen, hörte er Luise summen und den Takt auf die Bettkante klopfen.

Abends sagten Margot und Irene den Großeltern Gute Nacht. Die Oma umarmten sie gern, doch vor Opas Kuß hüteten sich die Zwillinge, weil der Bart kitzelte. Hermann kam als letzter, wenn er es überhaupt schaffte; meistens nur sonntags.

Ende Januar richtete sich Luise mitten in der Nacht hoch und sagte:

»Bald ist es soweit.«

»Stehst du wieder auf?«

»Nein, ich sterbe. Aber'n Weilchen halte ich noch durch, und das reicht euch. Ich will keinen Sarg aus der Fabrik, auch keinen von Tischler Heinrich aus Steckby.«

»Du hast Fieber«, sagte der Bär, doch sie gab ihm ihre kühle Hand.

»Du holst mit Hermann einen Baum aus'm Nedlitzer Forst«, sagte sie, »und ihr macht mir meinen Sarg selber. Ich will in was liegen, wo ich zu Hause bin. Otto?«

»Ja«, sagte er und glaubte es nicht, wurde aber an sein Versprechen erinnert und ging ins Landratsamt, um mit seinem Sohn zu reden. Hermann füllte ein Formular aus, unterschrieb und stempelte es.

»Was ist das?«

»Ohne Genehmigung dürfen wir keinen Baum schlagen.«

»Du nimmst es also ernst?«

Statt zu antworten, erkundigte sich Hermann telephonisch beim Nedlitzer Sägewerk, wann er ein paar Meter Rundholz durchs Gatter schieben könnte.

Am anderen Morgen packten sie ihr Werkzeug in Dobschütz' Dienstauto. Weil die Zugsäge zu lang war, mußte während

der Fahrt ein Fenster offen bleiben. Babatz, der Chauffeur des Bürgermeisters, klappte griesgrämig den Mantelkragen hoch, aber nachdem er in Nedlitz eine Schachtel Zigaretten gekriegt hatte, grüßte er freundlich und wendete Richtung Zerbst.
Hermann borgte sich vom Sägewerk einen Rückewagen samt Krampen, Ketten und Schäleisen. Inzwischen erklärte sein Vater einem Kossäten, wann und an welcher Stelle sie ihn mit dem Zugpferd erwarteten.
Der Bär ging voran, trug die Schrotsäge, die beiden Äxte und die Keile. In seiner Spur treckte Hermann den zweirädrigen Wagen. Neben dem Waldweg ragten die Stubben aus dem Schnee, und hinter der Dickung, wo das Stangenholz begann, lag graupeliger Rauhreif in schmalen Streifen. Als sie einen Kahlschlag passierten, sanken die Räder durch den verharschten Schnee ins morastige Tauwasser. Hermann zerrte die Deichsel, und der Bär trat auf die Speichen, bis die Felgen wieder festen Grund bekamen. Dabei sprachen sie kein Wort, sahen sich weder an, noch gaben sie sich Zeichen, sondern taten das Nötigste mit dem geringsten Kraftaufwand und der größten Wirkung.
Nicht anders verfuhren sie, nachdem sie im Altbestand die richtige Kiefer gefunden hatten. Hermann klemmte die Backen der Meßkluppe an die Rinde, der Bär berechnete stumm den Schwartenverlust, und beide, Vater wie Sohn, markierten denselben Ast mit demselben Blick. Hermann haute die Fallkerbe und beilte den Wurzelanlauf ab. Gleichmäßig sägten sie, bis das Blatt verschwand und der Bär einen flachen Keil nachtrieb. Als der Stamm weit genug durchschnitten war, zogen sie die Säge heraus. Hermann hielt einen stärkeren Keil vor den Spalt und spürte die Axtschläge im Schultergelenk, während er zum Wipfel hinaufsah. Zitterte der Himmel oder der Baum? Die Kiefer ächzte, schwankte, stürzte, und ihre Krone brach über einem Stubben. Hermann zählte die Ringe vom rötlichen Kern bis zum hellen Splint.
»Na?«
»Zwanzig Jahre älter als Mutter, aber gesund.«
Mit den Axtstielen und der Wagendeichsel hebelten sie das

obere Ende auf den Stubben und sicherten es durch Krampen. Der Bär zog seinen Zimmererstift aus der Hose, teilte die Strecke, wies Hermann das kürzere grauborkige Stück zu und stemmte sein eigenes Schäleisen in die bräunliche Rinde unter den markierten Ast.

Nachdem beide Seiten geschält waren, hoben sie den Rückewagen auf den Stamm, ketteten die Deichsel fest, wodurch sich die Zangen der gekröpften Achse gegen das Holz drückten, und schnitten das Überstehende weg.

»Laß gut sein«, sagte der Bär, als Hermann den Rest behauen wollte.

»Du nimmst doch sonst alles mit?«

»Das ist der Lohn für den Bauern«, antwortete der Alte und griente.

»Geizkragen«, sagte Hermann, und der Kossäte hätte gern was Ähnliches gesagt, weil er von dieser Vereinbarung zum ersten Mal hörte, als er sein Pferd im Nedlitzer Sägewerk abschirrte. Doch er traute sich nicht und schluckte das Brennholz.

Während der Stamm durchs Gatter lief, sprachen Donath Junior und Senior mit dem Sägewerksbesitzer.

»Wenn Sie die Bretter gleich brauchen, können wir ja tauschen.«

»Nein, wir wollen unsere.«

»Die sind zu frisch. Die müssen 'n paar Wochen lüften.«

»Wie lange dauert's in der Trockenkammer?«

»Zwei, drei Tage. Kostet aber was.«

Sie einigten sich auf den Preis, inklusive Lieferung, und zahlten im voraus.

»Dürfen wir mal Ihren Numerierschlägel benutzen?«

»Wozu denn?«

»Damit die Bretter nicht verwechselt werden«, sagte der Bär.

»Bitte.«

Hermann ging neben seinem Vater über den Platz. Der Vorarbeiter führte sie zu dem gesäumten und gestapelten Schnittholz und holte den Schlägel. »Wollen Sie Buchstaben oder Nummern?« fragte er.

»Buchstaben«, sagte der Bär und stellte den stählernen Stempel auf L und D. »Mach du's«, bat er dann und drehte sich weg, als Hermann das Monogramm seiner Mutter in die Hirnseiten der Bretter schlug. Auf dem Rückweg erwischten sie kurz vor Deetz einen Lastwagen, der sie bis zum Heidetor mitnahm.

8

Das war am Sonnabend gewesen. Am Dienstag wurde das Holz geliefert. Der Bär hatte die Maße für den Sarg schon bestimmt, erkundigte sich aber vorsichtshalber bei Luise, ob sie noch immer auf ihrem Wunsch bestand. Sie nickte.
»Macht ruhig Krach, so lange ihr wollt. Mich stört's nicht. Im Gegenteil. Den Kinder sagt ihr, daß ihr 'ne Truhe baut. Annemarie weiß Bescheid. Hauptsache, ihr beeilt euch.«
Als Hermann nach Hause kam, verzichtete er aufs Abendessen, wechselte in die Manchesterhose und ging in die Werkstatt, wo der Bär die letzten Bretter zuschnitt. Als Hermann ein Zapfloch verdarb, zeigte ihm sein Vater, wie man das Brett einspannte, den Fuchsschwanz führte und das keilförmige Stück sachte mit Stemmeisen und Klopfholz herausschlug. Als Hermann die stumpfwinklige Verzinkung des Fußteils gelungen war, sagte der Bär:
»Nu nimmst du's auseinander und hobelst es auf drei Zentimeter Seitenstärke.«
»Hätte ich vorher machen sollen.«
»Wozu erst hobeln und dann verjurken? Gibt bloß doppelte Arbeit. Notfalls schmieren wir'n bißchen Leim dazwischen.«
Um Mitternacht lehnten sie den geschrägten, zum Kopfteil hin erweiterten Kasten gegen die Wand, und während der Bär notierte, was noch an Material fehlte, fegte Hermann die Werkstatt aus.
Am nächsten Tag hätte sich der Stadtbaurat gern vor der Komitee-Sitzung gedrückt, aber Wernicke bat ihn dringend um sein Erscheinen, und Donath konnte sich schlecht damit entschuldigen, daß er einen Sarg für seine lebende Mutter tischlerte.

Wernicke verlas einen Brief des Bürgermeisters. Dobschütz schrieb, daß er wahrscheinlich länger im Krankenhaus bleiben müsse, und empfahl, seinen Stellvertreter Wernicke der Kommandantur als Nachfolger vorzuschlagen.
»Zu seinem Asthma ist noch 'ne Lungenentzündung gekommen«, ergänzte Wernicke, faltete den Brief und legte ihn auf das grüne Löschpapier vor dem leeren Platz des Bürgermeisters, als wollte er sich den Stuhl dahinter schon immer mal reservieren.
Aus Schenks Schweigen schloß Donath, daß es günstiger war, die Meinung der Liberalen und Christen abzuwarten.
»Jemand sollte Herrn Dobschüz einen Blumenstrauß bringen«, sagte Studienrat Sintenis.
»Wo nehmen wir denn im Winter Schnittblumen her?« fragte Klauer von der christlichen Fraktion.
»Topfblumen sind bei Lungenentzündung verboten«, sagte der liberale Gottschalk. »Das weiß ich aus eigener Erfahrung.«
»Die werden doch aber nachts rausgeräumt«, gab Klauer zu bedenken.
Donath hatte während dieses kleinen Hickhacks Schenks Nachbarn im Auge gehabt und wunderte sich nicht, als der alte Klempnerfreund lospolterte:
»Jetzt reicht's mir aber mit euerm Grünfutter! Hier geht es nicht um Tulpen oder Alpenveilchen, sondern um Polletik!«
»Um Demokratie!« warf Poche ein.
»Jawoll, um Demokratie«, wiederholte Sandkuhl und hatte durch den Zwischenruf offenbar den Faden verloren, denn der liberale Gottschalk fragte in die Pause:
»Wie wär's, wenn wir abstimmen?«
»Worüber?« meldete sich Schenk. »Wer Bürgermeister wird? So einfach ist das nicht. Wollen Sie das Ergebnis der Gemeindewahlen vorwegnehmen? Im Grunde steht jeder von uns zur Disposition – oder was meinen Sie, Genosse Donath?«
»Ich finde«, sagte Donath, »wir sollten nicht so tun, als wäre Herr Dobschütz schon gestorben. Für mich ist er Bürgermeister, auch wenn er im Krankenhaus liegt. Jetzt rede ich, Reiner!« fuhr er Sandkuhl an. »Die Gemeindeordnung sieht vor,

daß im Fall der Abwesenheit des Bürgermeisters der Stellvertreter die Geschäfte weiterführt. Wenn Herr Dobschütz zurücktreten will, können wir Herrn Wernicke höchstens zum kommissarischen Bürgermeister ernennen. Ob ihn die Russen bestätigen, kriegen wir ja zu hören, und wenn Herr Wernicke Bürgermeister werden möchte, muß er in der Stadtverordnetenversammlung kandidieren, also nach den Wahlen. Alles andere sind Kinkerlitzchen.«

»Noch Wortmeldungen?« fragte Wernicke leise. »Keine, wie ich feststelle.«

Vorbehaltlich der Genehmigung durch Oberst Tregubenkow wurde er einstimmig zum kommissarischen Bürgermeister ernannt.

»Glänzend«, lobte Schenk auf dem Nachhauseweg.

»Ich weiß nicht«, sagte Donath. »Jetzt bleibt der ganze Dreck, den die Russen machen, an Wernicke und den Liberalen hängen.«

»Um so besser.«

»Spekulieren Sie auf den Posten?«

»Nein«, sagte Schenk, »aber wenn es zur Vereinigung kommt, muß einer von uns Bürgermeister werden.«

Donath hätte sich am liebsten schon auf der Alten Brücke abgehängt, doch weil er Schenk nicht erzählen wollte, was ihn heimwärts zog, konnte er die Begleitung schlecht verweigern. Als sie über den Markt gingen, zeigte Schenk auf das ausgebrannte Rathaus und gab zu bedenken, ob man den alten Zustand wiederherstellen oder die Ruine abreißen sollte.

Donath starrte durch die leeren Fenster in den Himmel, sah zum schwarzen Schalloch des Turms von St. Nikolai hinauf und begriff, wie sehr seine Mutter das Vesperläuten vermißte. Vielleicht, dachte er, ließe sich eine Glocke besorgen, die man irgendwo provisorisch hochwinden konnte, und sei's an einer Teppichstange? Keine große, die wäre zu schwer. Eine kleine genügte, zum Beispiel die von der Akener Elblände, doch der Fährmann würde die Signalbimmel kaum rausrücken, und auf Buntmetalldiebstahl stand Zuchthaus. Kuhglocken schepperten bloß. Aber halt, stopp! Doktor Trölk hatte einen chinesi-

schen Gong; der tue es auch. Nur lag die Zahnarzt-Villa, verdammt, in Schutt und Asche.
»Hören Sie mir überhaupt zu?« fragte Schenk.
»Freilich«, schwindelte Donath und ging voran. »Aber zuerst baue ich für meinen Freund Witte ein Sanatorium.«
»Ist das der frühere Chef vom Rephun-Lazarett?«
»Ja.«
»Möglicherweise eignet er sich für's Gesundheitsamt. War er Nazi oder Mitläufer?«
Donath kaute an der Antwort, bis er vor Wut überschnappte. »Ich will Ihnen mal was sagen, Herr Schenk – Mitläufer war jeder, der nicht im Knast saß oder umgebracht wurde. Ich war beim Luftschutz, Sie haben Ihre komischen Ansichtskarten verkauft, und leben tun wir beide noch. Schreiben Sie sich das hinter die Löffel! Guten Abend!« Ehe Schenk eine Erwiderung einfiel, stakste Donath über den Fischmarkt und verschwand zwischen den Trümmern der Schulstraße.
»Heute ißt du was«, bat Annemarie.
Donath aß Kartoffelbrei mit Stippe und ging in die Werkstatt. Der Bär hatte den ganzen Tag gearbeitet und stand in Hobel- und Sägespänen. Nur der Deckel fehlte noch. Und wie sollte man die Kiste imprägnieren? Teer verdarb die Maserung und wirkte so traurig. Ob Tischler Heinrich eine Dose Firnis spendierte und Schrauben für den Deckel? Ja, ein bißchen Eisen oder Messing war unentbehrlich. Der Sarg mußte gefüttert werden. Holzwolle? Auf keinen Fall. Annemarie konnte eine Matratze mit Kaliko beziehen.
»Wie geht's Mutter?«
Der Bär schüttelte den Kopf.
Als Hermann den Hobel säuberte, hörte er gegen das Türglas klopfen und rief gedankenlos: »Herein!«
Joachim Schenk, von dem sich Hermann vor einer Stunde getrennt hatte, betrat die Werkstatt, schloß die Tür hinter sich und nahm den Hut ab. Was kann der wollen? überlegte Hermann, stieß Messer und Keil in den Kasten zurück und hämmerte sie fest, bis die Schneide weit genug aus der Sohle ragte. »Ich möchte nicht stören«, sagte Schenk. »Ihre Frau war so

freundlich, mich reinzulassen.« Er drehte seinen grauen Hut zwischen den Fingern, warf einen Blick auf die Holzkiste und sagte zum Bären: »Ich glaube, wir kennen uns noch nicht.«
Hermann stellte Schenk vor, und Otto Donath beugte sich zur Begrüßung über den offenen Schragen.
»Mein Sohn hat von Ihnen gesprochen«, sagte der Alte und fragte Hermann: »Wollt ihr alleine bleiben?«
»Nein«, sagte Schenk, »ich gehe sofort wieder. Es ist sicher nur ein Mißverständnis, aber ich muß es aufklären.«
Hermann merkte, wie Schenk sich bemühte, ihn mit den Augen näher zu ziehen, doch der Brennweitenwechsel schien heute nicht zu funktionieren.
»Genosse Donath«, sagte Schenk, »ich bitte Sie um Verzeihung für meine dumme Frage nach Ihrem Freund Doktor Witte. Deswegen bin ich hier, und ich hoffe, Sie nehmen's mir nicht krumm.«
»Moment«, sagte Hermann. »Mir tut's selber leid, daß ich vorhin keine anderen Worte fand, aber ich war in Trab, und wenn Sie sich umkucken, wissen Sie ja, warum.«
»Jemand aus Ihrer Familie?«
»Ja«, sagte Hermann und erzählte Schenk das Nötigste, damit er nicht kondolierte.
»Die heutigen Särge sind Schund«, knurrte der Bär, als wollte er verhindern, daß Hermann den wahren Grund verriet.
»Hoffentlich müssen Sie noch ein paar Jahre warten, bevor Sie ihn brauchen«, sagte Schenk und ließ sich bis zur Haustür begleiten.
»Wenig Aussicht«, sagte Hermann beim Abschied. »Höchstens noch 'ne Woche.«
»Ich denke an Sie und Ihre Mutter«, sagte Schenk, und seine schmale Gestalt verflüchtigte sich in der dunklen Töpfergasse.
»Man bindet fremden Leuten nicht alles auf die Nase!« schimpfte der Bär, als sie den Mittelgrat durch die genuteten Deckelbretter schoben.
»Schenk ist kein Fremder.«
»Wofür hat er sich entschuldigt?«
Hermann sagte es ihm.

»Nobel«, meinte der Bär.
Nobel? Gar kein Ausdruck!
Am nächsten Abend rollte ein Laster der Roten Armee bei Donaths vor, und die vier Muschkoten huckten mächtig an dem Eichensarg mit Bronzefüßen, Bronzegriffen und echtem Damastfutter.
Schenk kletterte vom Trittbrett und sagte, das wäre eine kleine Aufmerksamkeit der Kommandantur. Doch jetzt mußte der Bär Farbe bekennen, und wie er dem edlen Spender Luises Wunsch gebeichtet hatte, gab Schenk sich nicht etwa beleidigt, sondern zeigte volles Verständnis, und eigentlich konnten einem bloß die Soldaten leid tun, die das Monstrum wieder auf den Wagen luden und sich fast die Schultern verrenkten bei dem Gewicht.
»Also, nischt für ungut, Herr Schenk!«
»Aber wieso denn, Herr Donath!«
An einem Donnerstag im März wurde Luise Donath in den Kiefernsarg gelegt, und Bürgermeister Dobschütz, der die Nacht zuvor gestorben war, kriegte den Eichensarg der Kommandantur mit den Bronzefüßen und dem Damastfutter.
Der Bär hatte den Tod seiner Frau verschlafen. Nach dem Frühstück am Mittwoch war er eingedruselt. Wie er wach wurde, rief er »Lieschen!« Doch Luise hörte ihn nicht mehr. Lächelte nur. Ihr Ringfinger steckte in ihrer Konfirmationsbibel. Der Bär schob seinen kleinen Finger neben ihren, klappte das Buch vorsichtig auf und kniff ein Eselsohr in die Seite. Dann setzte er sich zu Luise auf die Bettkante, faltete ihr die Hände und blieb mit ihr allein. Vorbei war's mit dem Vogelherd, dem Rheinländer, dem »Fehrbelliner Reitermarsch«, dem Reformkleid, der Pottsuse und dem Streuselkuchen. Vorbei. Die Zeit hatte ausgedient.
Erst eine Stunde später ging der Bär nach unten und sagte es Annemarie, und bald kamen Hermann und Lothar Witte und Fritz Erb von ›Trauer-Erb‹, und alles nahm seinen Gang. Eigentlich gab es nur eine einzige Peinlichkeit, nämlich als Tischler Heinrich aus Steckby kam und die mitgebrachten Messingschrauben in den Sargdeckel drehen wollte; der Bär

und Hermann lehnten dankend ab. Das machten sie selber. Die Verwaltung des Heidetorfriedhofs richtete es so ein, daß die Zerbster am Sonnabend nicht zwischen zwei Begräbnissen wählen mußten, denn in beiden Fällen war mit ungefähr derselben Trauergemeinde zu rechnen. Deswegen wurde Frau Donath, geborene Beau, vormittags und Herr Bürgermeister Dobschütz nachmittags beerdigt.

An Luise Donaths Grab predigte Pastor Scharfenberg über einen Vers aus der ›Weisheit Salomo's an die Tyrannen‹, den der Bär auf der Seite mit dem Eselsohr gefunden hatte: *Aber der Gerechte, ob er gleich zu zeitlich stirbt, ist doch in der Ruhe.* Während der helle Kiefernsarg herabgelassen wurde, bliesen die früheren Turmbläser von St. Nikolai »O Haupt voll Blut und Wunden«, und der Bär, Hermann und Annemarie griffen nach der Schippe, die ihnen der Wärter hinhielt. Dann stellten sie sich zu dritt neben das Grab und nahmen das Beileid entgegen. Außer Inge Witte, die sich mit ihren eigenen Söhnen um die Zwillinge an der Priegnitz kümmerte, fehlte niemand aus der Freundschaft und Bekanntschaft. Sogar Likör-Willy war gekommen mit einem seidengefütterten Chapeau claque und Vera im Halbschleier. Sie reichte Hermann stumm die Hand, und den Stich in der Brust fühlte er erst, als er Annemarie antworten hörte:

»Danke, Frau Karnbach.«

Am Nachmittag, beim Begräbnis des Bürgermeisters, blickte sich Donath vergeblich nach Vera um. Dafür entdeckte er einige russische Offiziere und sah sie salutieren, als die Feuerwehr-Kapelle »Lobet den Herren, den mächtigen König der Ehren« schmetterte.

9

Was ist wichtig oder unwichtig? Baron Engelhard, zum Beispiel, verduftet und schickt aus der amerikanischen Zone eine hämische Postkarte. Hat das irgendwelche Folgen? Nein, denkt man im ersten Moment, und eine Umsiedler-Familie

zieht in das freigewordene Loch. Aber plötzlich fragen sich die Stadträte, wer denn nun künftig die Gespräche mit der Kommandantur dolmetschen soll. Zum Adjutanten Tregubenkows und dessen Deutsch haben sie kein rechtes Zutrauen. Da springt Berta in die Lücke, die kanonenbeinige Breslauer Lehrerin. So viel Fliegen gibt's gar nicht, wie die mit einer Klappe schlägt: Heiratet den früheren Installateur Reiner Sandkuhl, unterrichtet an der Grundschule und am Gymnasium Russisch, arbeitet fürs Frauenkomitee, besucht den Fortbildungskurs von Dr. Siegfried Sattler, wird schwanger und hat nicht die leiseste Ahnung, ob der Hallenser Slawist oder der Zerbster Klempner der Vater ist. Als Übersetzerin macht sich Berta großartig. Das bestätigt auch Oberst Tregubenkow, der seinen Magistrat auf ganz besondere Weise traktiert. Igor Timofejewitsch, inzwischen zur Dessauer Straße umgezogen, steht nämlich im Ruf eines Trinknötigers, und der kommissarische Bürgermeister Wernicke hat kaum Aussichten, richtiger Bürgermeister zu werden, weil er nach einem Dutzend Wodka regelmäßig umkippt. Das lassen sich die übrigen Mitglieder der Stadtverwaltung eine Lehre sein. Vor jeder Einladung in die Kommandantur essen sie entweder hundert Gramm Schweinefett oder schlucken einen Viertelliter Leinöl. Soll helfen. Doch der Oberst liebt auch Goethes »Erlkönig« und kann das Gedicht auswendig aufsagen. Für gewöhnlich unterbricht er sich nach der fünften Strophe und wiederholt die Zeile:
»Willst, feiner Knabe, du mit mir gehn?« Dann sieht er scheinbar verlegen in die Runde, und falls der helfende Einsatz ausbleibt, pflaumt er über das deutsche Bildungsniveau in seinem glasklaren Russisch, das von Berta gedolmetscht wird. Seitdem legt sich der Zerbster Magistrat mit Goethe zu Bett und steht mit dem »Erlkönig« auf, bis er endlich nach der erwähnten Zeile weiterspricht:

»Meine Töchter sollen dich warten schön;
Meine Töchter führen den nächtlichen Reihn,
Und wiegen und tanzen und singen dich ein.«

Einmal hört Donath sogar den Wirtschaftsdezernenten aus dem Nachbarklosett memorieren:

»Ich liebe dich, mich reizt deine schöne Gestalt;
Und bist du nicht willig, so brauch ich Gewalt.«

Hat das nun alles die Flucht des baltischen Barons bewirkt? Sicher nicht. Doch ein gewisser Anstoß ist schwer zu leugnen. Ein anderes, ziemlich entferntes Ereignis verursacht dagegen eine Katastrophe. Drei Tage nach Luise Donaths Beerdigung veröffentlicht die ›Volkszeitung‹ einen Bericht, wonach Martha Brautzsch, die Initiatorin der Frauenkomitees, gemeinsam mit ihrem Chauffeur meuchlings ermordet wurde, zwischen Torgau und Halle, am achten März, also am Internationalen Frauentag, au wei. Und weil der liberale ›Morgen‹ den Artikel nachdruckt, kommt er auch einem Zerbster Obersekundaner zu Gesicht. Bald darauf meldet der Likör-Fabrikant Karnbach, ihm seien zwanzig Liter Benzin aus seinem Lager gestohlen worden. Polizei-Dezernent Poche und zwei Hilfspolizisten untersuchen den Tatort, finden aber weder Fingerabdrücke noch Fußspuren. Da das Lagertor unbeschädigt ist, liegt der Verdacht nahe, daß der Dieb den Schlüssel hatte oder einen Dietrich benutzte.
Karnbach will für seine Angestellten und Arbeiter die Hand ins Feuer legen, doch das ist ja nun albern. Dann hätte er sich die Anzeige auch schenken können. Also bleibt ihm nur die Wahl zwischen Poche und der sowjetischen Militärpolizei, und, wie zu erwarten, entscheidet er sich für Poche. Jetzt müssen sie antanzen, der Prokurist, der Buchhalter, die Tippfräuleins, Destillateure, Abfüller, Korkmaschinisten, Etikettiermädchen, Scheuerfrauen und der Kutscher.
Poche weiß von vornherein, daß seine Ermittlung wie's Hornberger Schießen ausgehen wird, sitzt aber im Warmen, nippt an Karnbachs Hausmarke ›Stichpimpulibockforcelorum‹, ein milder Magenbitter, und die Gerechtigkeit nimmt ihren Lauf.
Am Dienstag derselben Woche veranstalten die Zerbster Sozialdemokraten und Kommunisten eine Konferenz, auf der

Hermann Donath und Joachim Schenk die Gründung des Ortsverbandes der Sozialistischen Einheitspartei Deutschlands per Händedruck besiegeln. Dann singen sie genau so paritätisch wie bei der Aufteilung der Funktionärsposten die Lieder ›Brüder, zur Sonne, zur Freiheit‹ und die ›Internationale‹, und die beiden Vorsitzenden sind von nun ab per du.

Durch diesen *fait accompli,* wie Gottschalk die Vereinigung nennt, zieht sich die Sitzung des Mittwoch-Komitees natürlich in die Länge. Die Liberalen fühlen sich majorisiert, obwohl Donath sie geduldig an ihr Veto-Recht erinnert und Schenk hinzufügt, daß es sich vorläufig um ein rein lokales Bündnis handele, dem noch die Billigung der Zentralausschüsse fehle. Na, das findet die Christen-Fraktion aber zum Kichern. Jedenfalls tagt das Komitee wegen der nächtlichen Stromsperre schon bei Kerzenlicht, ehe der Benzindiebstahl an die Reihe kommt. Benno Poche kramt in seinem Aktenordner, zitiert Vernehmungsprotokolle, lobt die akkurate, leider ergebnislose Tätigkeit der Hilfspolizisten und empfiehlt zuguterletzt, das Verfahren wegen Geringfügigkeit einzustellen.

Was denn? Zwanzig Liter Sprit – geringfügig? Dagegen erhebt sich Protest. Studienrat Sintenis vermeidet den Ausdruck »mein Schwager« und nennt Karnbach »den Betroffenen«, dem die Versicherung nur dann Schadenersatz leiste, falls er den amtlichen Nachweis des Einbruchs vorlege.

Reiner Sandkuhl fragt, ob außer dem Lager auch die Karnbachsche Villa überprüft worden sei.

»Also, hören Sie mal!« beschwert sich Sintenis.

»Dazu hätten wir einen richterlichen Durchsuchungsbefehl gebraucht«, sagt Poche und bläht sich wegen seiner juristischen Beschlagenheit.

»Sehr richtig«, sagt Sintenis.

»Die Russen dürfen überall rein«, sagt Sandkuhl.

»Wollen Sie die Militärpolizei etwa einen Benzinkanister suchen lassen?« erkundigt sich Wernicke.

So schaukelt die Debatte hin und her, bis die Tür aufgerissen wird und ein Mann ins Sitzungszimmer schreit:

»Herr Schenk, Ihr Laden brennt!«

Bei dem Schummerlicht ist der Bäckergeselle nicht gleich zu erkennen. Welcher Laden? – Das Parteibüro auf der Alten Brücke. Poche will die Feuerwehr alarmieren, aber die ist schon unterwegs. Na, nu hastewaskannste. Schenk nimmt Donaths Fahrrad. Die anderen rennen hinterher. Am Glokkenturm von St. Bartholomäi sehen sie die rote Fackel. Sie hecheln weiter. Keine Spur von Feuerwehr. Schenk steht auf dem Trottoir gegenüber seinem Laden und beobachtet hilflos, wie die Flammen aus dem Dach, aus beiden Etagen und aus den Kellerfenstern fauchen. Donath stochert mit seinem Taschenmesser den Hydrantendeckel frei, doch als der Löschtrupp eintrifft, ist es zu spät. Die Männer schließen das Standrohr und den Schlauch an, öffnen die Ventile und bespritzen die verkohlte Ruine.

»Wir hatten 'ne Reifenpanne«, entschuldigt sich der Feuerwehrhäuptling.

»Drehen Sie das Wassser ab!« schreit Schenk, ohne daß jemand auf ihn hört. Der Strahl rauscht, solange irgendwo noch was züngelt und glimmt.

»Wo ist Berta?« fragt Schenk seinen Untermieter Sandkuhl.

»Beim Russisch-Kurs in Halle, wie jeden Mittwoch. Eigentlich müßte sie schon da sein, aber manchmal verpaßt sie den Zug.«

»Gott sei Dank«, sagt Schenk und wendet sich zu Poche: »Du läßt zwei Posten aufstellen und morgen früh durch zwei andere ablösen.«

Poche knallt die Hacken zusammen und borgt sich Donaths Fahrrad, um seine Männer zu holen.

»Reiner, du verständigst die Kommandantur!«

»Ich kann kein Russisch.«

»Trommle den Adjutanten aus'm Bett!«

Schenk traf seine Anordnungen, und die Herren des Komitees gehorchten. Selbst der kommissarische Bürgermeister Wernicke kriegte seinen Auftrag und machte sich auf die Socken. Nur Donath blieb zurück und reinigte sein Taschenmesser, während Schenk zu den Leuten trat, die der Brand angelockt hatte, und fragte, ob sie jemanden gesehen hätten, der ins

Haus geschlichen wäre, so vor anderthalb Stunden ungefähr, vielleicht auch ein bißchen später. Nein. Kopfschütteln. Die Zuschauer trollten sich, verschwanden in der Nacht. Keiner hatte was gesehen.
»Die halten zusammen wie Pech und Schwefel«, sagte Schenk. »Denen mußt du die Zähne einzeln rausbrechen, um was zu erfahren.«
Ein grobes Wort. Aber Donath sparte sich den Widerspruch, obwohl ihm die Art gegen den Strich ging.
»Hast du wenigstens deine Mitgliederkartei ins neue Büro an der Kastanienallee geschafft?«
»Wann denn? Gestern abend?«
»Dann ist alles verbrannt?«
»Alles«, sagte Schenk. »Die Anträge, die Formulare, die Akten, meine persönlichen Unterlagen, alles.«
Es hörte sich an, als ob er lachte.
»Na, ich kriege es schon raus. Oder hast du mal erlebt, daß ein Haus überall gleichzeitig zu brennen anfängt? An allen Ecken und Enden? Nein, sowas gibt's nicht, Hermann.«
»Woher kommt denn der Gestank?« fragte Donath.
»Zelluloid, meine alten Filme.«
»Schade drum.«
»Das läßt mich kalt. Ich will wissen, wer's war, und wenn ich das Schwein erwische –«
Er verstummte. Poches Gendarmen postierten sich vor den Eingang des ausgebrannten Photo-Ateliers und wirbelten ihre Holzknüppel um die Handgelenke. Nach einer Weile trat Schenk zu ihnen und tat, als wollte er in die Trümmer klettern.
»Halt!« sagte der eine Hilfspolizist und kreuzte seinen Knüppel mit dem des anderen. »Hier darf keiner rein.«
»Ihr kennt mich doch!«
»Der Befehl gilt für jeden.«
»Disziplin«, lobte Schenk, aber der Ton gefiel Donath wieder nicht.
»Du schläfst bei uns auf'm Kanapee, Achim.«
»Danke«, sagte Schenk und lauschte ins Dunkel, aus dem die

Absätze von Frauenschuhen herantackten. Als Donaths Taschenlampe die Beine traf, gab es keinen Zweifel mehr.
»Diese Verbrecher«, schluchzte Berta, nachdem sie alles erfahren hatte. »Meine Bücher, meine Hefte, das bißchen Wäsche und Geschirr . . .«
Zum Weinen blieb wenig Zeit. Ein Russen-Jeep bremste am Rinnstein, und Sandkuhl rief, Berta sollte einsteigen.
»Wo fahrt ihr hin?« fragte Donath.
»Immer gradeaus«, sagte Sandkuhl und sprang aufs Trittbrett, um Berta neben dem Adjutanten Platz zu lassen, bevor er sich selber in den Fond zwängte.
»Kommt nachher zu mir!« rief Donath.
»Wird gemacht!« brüllte Sandkuhl zurück.
Der Wagen wendete und fuhr die Alte Brücke hoch, Richtung Landratsamt. Schenk instruierte die Polizisten, wo er zu erreichen sei, und ging mit Donath zur Priegnitz.

10

Annemarie saß im Wohnzimmer und säumte Röcke für Margot und Irene. Sie war von Nachbarn geweckt worden, hatte den Feuerschein aus der Mansarde beobachtet und schon erwartet, daß Hermann später und wahrscheinlich in Gesellschaft nach Hause käme. Deswegen standen Tassen auf dem Tisch und eine Teekanne mit gehäkelter Wärmhaube.
»Vater schläft?«
»Ja«, sagte Annemarie, und zu Schenk sagte sie: »Es tut mir so leid.« Sonst stellte sie keine Fragen, nahm den Männern die Mäntel ab und hängte sie an die Flurgarderobe. Sie war auch nicht erstaunt, daß Schenk bei ihnen übernachten würde. Während sie den Tee eingoß, wollte sie nur wissen, ob zwei Wolldecken genügten, und Schenk bedankte sich für ihre Freundlichkeit. Erst als sie merkte, daß sich die beiden duzten, zog sie die Oberlippe zwischen die Zähne. Unter dem Vorwand, ein paar Brote zu schmieren, ging sie bald in die Küche, ließ die Tür aber angelehnt, um mitzuhören, wie Hermann

und Schenk über den möglichen Brandstifter spekulierten. Donath meinte, es könne bloß jemand gewesen sein, der genau wußte, wann das Parteibüro leerstand. Schenk sagte, der Mittwoch-Termin sei zu vielen bekannt, als daß sich der Kreis der Verdächtigen dadurch einengen ließe; seiner Ansicht nach käme entweder ein alter Nazi oder ein alter Sozi als Täter in Betracht. Doch Hermann nahm seine Genossen in Schutz und donnerte los: Wenn Achim sowas Hundsgemeines dächte, sollten sie den Einheitsbeschluß lieber rückgängig machen! Schenk entschuldigte sich, aber Hermann trumpfte weiter auf: Ob Achim etwa glaube, einer von den vier Sozialdemokraten, die gestern öffentlich gegen die Vereinigung gestimmt hatten, sei so dämlich, am nächsten Tag das Kommunisten-Büro in Brand zu stecken? Für jeden einzelnen – Hermann nannte die Namen – verbürge er sich mit Kopf und Kragen!
Annemarie bestrich die Brote und spürte ein Kribbeln im Nakken, wie Schüttelfrost. Sie kippte soviel Salz auf die Margarine, daß sie es wieder abpusten mußte. Wenn ich wüßte, dachte sie, welche Stullen der Kerl frißt, ich würde die Rückseite bespucken, aber nachher langte sich Herrmann eine davon, und ich könnte sie ihm nicht weggrapschen.
»Eins ist jedenfalls sonnenklar!« dröhnte Schenk, als Annemarie den Teller auf den Tisch stellte.
»Guten Appetit!« wünschte sie und bat, ein bißchen leiser zu reden, damit der Bär nicht wach wurde.
»Welcher Bär? Der Teddybär?« fragte Schenk.
Annemarie bereute, daß sie sich verplappert hatte, und sah zu Hermann.
»Mein Vater«, sagte er.
»Otto Donath, der Bär – wie treffend!« rief Schenk, besann sich aber und dämpfte die Stimme. »Wir dürfen den großen Zusammenhang nicht aus den Augen verlieren. Hier wächst eine neue Kraft heran.«
»Sind Sie das?« erkundigte sich Annemarie mit gespielter Harmlosigkeit.
»Das sind wir«, sagte Schenk, mit dem angebissenen Brot auf sich und Hermann deutend, »und irgendwo im Dustern lauert

der Feind.« Er beäugte den Abdruck seiner Zähne in der Margarine. »Manchmal glaube ich sogar, der Gegner, den wir im eigenen Schädel herumtragen, ist hinterlistiger als der greifbare Widersacher. Wie sollte es auch anders sein? Vor einigen Wochen, als wir uns über Doktor Witte unterhielten, stieß mich Hermann mit der Nase drauf, etwas drastisch, doch es hat genutzt.« Er biß einen Happen ab und sagte zu Annemarie: »Wir können keine Menschen formen nach unserem Bilde, ein Geschlecht, das uns gleich sei.«
»Möchten Sie noch Tee?« fragte Annemarie.
»Gern«, sagte Schenk und hielt die Tasse unter die Tülle.
»Bist du müde?« fragte Donath seine Frau und reckte sich.
»Hmhm«, machte Annemarie, obwohl sie nur deswegen auf dem Stuhl sitzen blieb, weil ihr auf dem Sofa sofort die Augen zugefallen wären. Doch der Gedanke, daß Hermann allein mit Schenk die Ankunft Sandkuhls erwartete, hätte sie im Bett keinen Schlaf finden lassen. Warum ängstigte sie sich? Ahnte sie Gefahr für Hermann? Vergaß sie denn die Galanterie des Photographen, als er ihre Kinder geknipst hatte? Erinnerte sie sich nicht mehr daran, wie er mit dem Sarg für ihre Schwiegermutter vorgefahren war? Doch, doch. Und trotzdem spürte sie wieder dasselbe Kribbeln wie in der Küche.
Alle drei rechneten damit, daß irgendwann Bremsen quietschten und Wagenschläge knallten. Schreckten sie deshalb hoch, als nach einer Stunde nur geklingelt wurde?
Die Kommandantur hatte Sandkuhl und Berta zu Fuß weggeschickt. Sie wirkten frisch und erregt gegen die drei um den Tisch. Bloß Berta zog sich rasch die Schuhe aus, weil sie den ganzen Tag in den hohen Absätzen gelaufen war, und Annemarie brachte Pantoffel.
»Sie sollten sich schonen, Frau Sandkuhl.«
»Ach, im sechsten Monat geht nichts mehr schief«, sagte Berta, bedankte sich, lächelte mit ihren blauen Augen, die sowohl dem Klempner wie dem Slawisten den Rauhreif von der Seele getaut hatten. »Zeigen Sie mir nachher mal Ihre Kleinen?«
Annemarie nickte.
»Wir haben ihn«, sagte Sandkuhl vom Sofa her, die Daumen

in die Armlöcher der Weste gesteckt, wie Lenin in dem bekannten MOS-Film »Lenin im Oktober«, weswegen die Nähte oft rissen, und das war der ganze Ruhm, den Berta mit Nadjeshda Konstantinowna teilte: Auch sie mußte die Kleider des Politikers ausbessern, blieb aber im Unterschied zu Frau Lenin von seinen Ideen separiert.
»Wer?« drängte Schenk.
Sandkuhl genoß die Spannung.
»Blitzartig«, sagte er. »Ohne jeden Umweg sind wir an die richtige Stelle gefahren. Ich hab's von Anfang an gewußt, und Poche auch, bloß getraut hat er sich nicht. »Dein Fahrrad«, wandte er sich zu Hermann, »steht im Landratsamt, damit den Göpel keiner klaut.«
»Das ist jetzt völlig egal!« rief Schenk. »Wer war's?«
»Immer der Reihe nach«, sagte Sandkuhl und entblößte die Zahnlücke. »Wozu denn so'ne Beeilung? Ist doch alles im Topp, wo's kocht.«
»Nu, mach ooch«, bat Berta.
»Der Sohn vom alten Sintenis.«
»Ralf?« fragten Annemarie und Hermann gleichzeitig.
»Jawoll«, sagte Sandkuhl.
»Der Hitlerjunge?«
Wer hat denn das gefragt? Schenk? Schon möglich, denn Donath sieht, wie er sich mühsam beherrscht, bevor er die Fassung verliert und brüllt: »Dieses Schwein!«
»Also«, sagt Sandkuhl ruhig, »wir sind erstmal zu Karnbach, und wie der die Russen spitzkriegt, wird er so groß mit Hut.« Sandkuhl läßt zwei Zentimeter Luft zwischen Daumen und Zeigefinger und klemmt den Daumen in die Weste zurück. »Durchsuchung? Aber selbstverfreilich, meine Herren. Und dann kommt seine Frau im Morgenmantel mit so'nem japanischen Muster, und Andropow kullern beinah die Augen aus'm Kopp – stimmt's Berta?«
Frau Sandkuhl winkt ab.
»Na, ja, und dann kommt Sintenis, der war auch schon im Schlafanzug, weil er ja bloß mit Halle telephonieren mußte, wie du ihm gesagt hattest, Achim –«

»Weiter, weiter!« verlangt Schenk.
»Und dann sind wir eben überall rum, und im ersten Stock haben wir den Jungen aus der Heia geholt.«
»Wo war denn Erika?« fragt Annemarie.
»Die hat 'n eigenes Zimmer unterm Dach. Die ist nicht mal wachgeworden bei dem Krach. Die hatte überhaupt keine Ahnung von Tuten und Blasen.«
»Schwindel«, sagt Schenk.
»Nein«, sagt Sandkuhl. »Sonst säße sie jetzt mit ihrem Bruder im Keller. Rede du doch mal'n Wort, Berta!«
»In ihrem Zimmer war der Fensterladen zugeklappt«, sagt Frau Sandkuhl. »Sie wußte nicht mal, daß es gebrannt hatte.«
»Und darauf bist du reingefallen«, sagt Schenk zu Berta, doch jetzt ist Sandkuhl wieder dran.
»Poche hatte Ralf schon letztes Jahr 'n paar geschallert, weil Ralf 'n Edelweißabzeichen trug. Deswegen knöppte ihn sich Andropow gleich vor. Anfangs wollte der Junge mogeln, aber dann hat ein Russe den Schrank aufgemacht, und der einzige Anzug, der drinhing, stank so nach Benzin, daß Ralf die Segel strich. Na, da kriegte er natürlich sein Fett weg und ist achtkantig die Treppe runtergeflogen. In der Kommandantur wurde er nochmal pampig, doch schließlich hat er alles zugegeben.«
»Alles?« fragt Schenk.
»Haarklein.«
»Hat er seine Hintermänner verraten?«
»Achim, der Junge ist siebzehn!«
»Heilige Unschuld!« sagt Schenk. »Und sowas erzählst du mir, Reiner, ausgerechnet du! Ist dein Verstand heute nacht auch verbrannt? Ein ehemaliger Hitlerjunge mit einem Edelweiß-Abzeichen – der gehört zum Werwolf! Der kämpft immer noch für seinen Führer, und zwar nicht alleine, sondern mit Rückendeckung, hier in Zerbst.«
»Du redest Blech«, sagt Donath.
»Komm du mir wieder mit deiner Menschenkenntnis«, sagt Schenk. »Welche Beweise überzeugen dich eigentlich?«
»Ich warte die Untersuchung ab, und bis dahin –«

Schenk springt hoch, wie von der Tarantel gestochen.
»Untersuchung!« schreit er und zerhackt das Wort, indem er jede Silbe einzeln hervorstößt. »Du wartest, bis wir an der Laterne baumeln!«
Jetzt brüllen alle durcheinander, auch Berta und Annemarie, und die Kinder trippeln ins Zimmer und heulen, weil nicht ihre Mutter, sondern eine fremde Frau sie auf den Schoß nimmt, die Tischdecke verrutscht, eine Tasse zerbricht, und eine Weile sieht es so aus, als ob sich die Männer ernsthaft an die Jacke gehen wollen, doch plötzlich knarkst die Flurtür, und mit einem Mal ist es ganz still.
Der Bär trägt seinen Wintermantel überm Nachthemd und blickt sich um, ohne jemand zu begrüßen.
»Ich bin in anderthalb Stunden auf meiner Baustelle«, sagt er, mehr nicht, bleibt aber an der Schwelle stehen.
»Wir wollten uns gerade verabschieden«, sagt Sandkuhl.
»Wo gehen wir denn hin?« fragt Berta leise, wechselt in die Schuhe und tätschelt die beiden Mädchenköpfe, ehe sie sich hinter Sandkuhl an dem Riesen vorbeidrückt.
»Achim schläft auf'm Kanapee«, erklärt Hermann seinem Vater.
»Soll mir recht sein«, sagt der Alte und macht kehrt.
Annemarie bringt die Kinder ins Bett und bezieht zwei Wolldecken für Schenk. Dann fegt sie die Scherben zusammen und kippt den Aschenbecher aus. Es wird schon langsam hell.
Was ist wichtig oder unwichtig? Daß Baron Engelhard neuerdings in Bayreuth wohnt, kümmert keinen, obwohl seine Flucht ja auch ihre Folgen hat. Über den Zerbster Vorfall berichten dagegen alle Zeitungen. Ohne den Namen des Brandstifters zu erwähnen, verkoppeln manche Redakteure das Feuer im Parteibüro mit einem ziemlich abgelegenen Ereignis, mit dem Mord an Martha Brautzsch zwischen Torgau und Halle.

11

Weil Sintenis der nächsten Mittwoch-Sitzung des Komitees fernblieb und Gottschalk, sein liberaler Kollege, bloß die Schultern zuckte, paßte Donath den Studienrat am anderen Tag vorm Francisceum ab, denn in Karnbachs Villa wollte er ihn nicht besuchen.

Aber der Kantor, wie er bei den Leuten hieß, war seit Ralfs Festnahme wunderlich geworden, und das besserte sich auch nicht, als Donath ihm erklärte, es gebe keine Sippenhaft mehr, und man solle den Prozeß abwarten. Sintenis nickte nur freundlich. Im Geist hatte er begonnen, die Trümmerstadt wegzuleugnen, war ins frühere Zerbst umgezogen und nannte es mit den alten Namen: Fischmarkt und Ratsapotheke, Brüderstraße, Ankuhn und Schloßfreiheit, als existierten noch St. Marien, Brüderstraße und Schleibank. Mittags ging er auf der nicht vorhandenen Breite in den ausgebombten ›Blauen Hecht‹, und während er die halluzinierten Kartoffeln in die imaginäre Blutwurst drückte, wuchsen auf der Rückseite der Welt die Türme von St. Nikolai und läuteten die volle Stunde durch die Bierbestellung. Ob der Herr Studienrat an der nächsten Sitzung teilnähme?

Nein, vielen Dank. Der Kantor lupfte den Hut, guten Tag, guten Weg.

Annemarie lud Erika Sintenis auf Hermanns Wunsch zum Kindergeburtstag ein. Die Fünfzehnjährige kam, brachte für Margot einen Hampelmann, für Irene eine Holzpuppe mit und sagte zu Annemarie oder zu Inge Witte mal ja, mal nein. Ihr Haar hing quer und schief bis zu den Brauen, wenig ponyhaft adrett, eher eine blonde Teppichkante, über die Hinz und Kunz liefen. Unter den Fransen blickte sie starr auf die beiden Mütter. Der linke Lidrand war durch ein Gerstenkorn verdickt, doch Erika hob ihr Kinn, daß die resolute Nase nicht übersehen wurde, und ihr Mund schien von einem launigen Porträtisten gemalt: die Lippen sanft geschweift und mit den roten Rissen des ersten Frühlingsschnupfens. Trotz dem Glokkenrock wirkte das Kleid wie eine Uniform. Der Stehkragen

verhüllte den Hals, und enge Manschetten umschlossen die Unterarme.
Als Frau Witte den Schnitt lobte, sagte Erika: »Danke.«
Als Annemarie fragte, ob sie keinen dunkelblauen Stoff gehabt habe, weil Dunkelblau ihr sicher gut stehe, sagte Erika: »Ich trage Schwarz, bis mein Bruder frei ist.«
Also, da war vorläufig nichts zu machen, und Donath hatte Sorgen genug. Zwei Genossen sollten zum Vereinigungsparteitag nach Berlin fahren – aber welche? Die ehemaligen Kommunisten schlugen Egon Liesegang vor. Der ehemalige Sozialdemokrat Poche behauptete, Liesegang wäre für einen Menschen zu dusselig, und für ein Schwein hätte er zu kleine Ohren.
»Dann begleitest du ihn eben«, sagte Donath, und die beiden rauschten ab.
Sandkuhl und Berta beklagten sich, weil sie in der Remise des Hotels Anhalt kampierten; Donath verschaffte ihnen ein möbliertes Zimmer mit Bad- und Küchenbenutzung. Schenk beschwerte sich nicht, schlief aber jede Nacht woanders. Donath quartierte ihn als Untermieter bei Dentist Sengebusch ein, dessen Tochter eine alte Hermannsche Liebschaft war. Daß er sich um solchen Plunder kümmerte! Hatte der Stadtbaurat etwa keine Arbeit? Na, und wie! Er war dauernd auf Achse, denn die Besitzer von Trümmergrundstücken hielten sich weder an das Fluchtliniengesetz, noch an die Entwässerungsvorschriften, hoben auf eigene Faust Fundamente aus oder zogen schon Wände hoch. Dann strampelte Donath an und rief: »Feierabend!« Er duldete nicht, daß wild in der Gegend rumgemauert wurde. Er forderte die Vorlage exakter Pläne, Maßstab eins zu hundert, sonst – »Wir haben kapiert.«
»Nein«, sagte er. »Ich will euch nicht anzeigen. Ich schicke meinen Vater her. Der haut euern Klumpatsch mit der Brechstange zusammen.«
Der Bär mit der Brechstange? Zuzutrauen war's ihm. Na, lieber nicht. Deswegen stapelten sich auf Donaths Tisch im Landratsamt die Zeichnungen. Aber was half's denn, wenn er die Errichtung eines Zweifamilienhauses genehmigte? Die

zuständige Firma beantragte postwendend Baumaterial. Gut. Backsteine ließen sich auftreiben. Doch wer lieferte Kalk, Zement, Balken, Rüstholz, Dachziegel, Fensterglas, ganz zu schweigen von Eisenträgern oder Beton? An wen sollte Donath den Antrag weiterleiten? Wer stellte die Bezugscheine aus? Mit den Hallenser Rundschreiben konnte er sich den Hintern abwischen, was übrigens nicht ungefährlich war, weil das Papier kratzte. Die Provinzialbaubehörde empfahl den örtlichen Verwaltungen die Gründung von Handwerkergenossenschaften, und im Juni erschien ein dringender Appell zur Selbsthilfe. Damit schloß sich der Kreis, und der Stadtbaurat lehrte nun diejenigen, die er am Eigenbau gehindert hatte, wie sie die gröbsten Fehler vermieden, wenn sie ihre Dachslöcher buddelten.
Aber das reichte ja noch nicht, denn gemeinsam mit Schenk war Donath Vorsitzender der Einheitspartei, und die Gemeindewahlen standen vor der Tür. Anfang September riefen die Plakate zur großen Versammlung ins ›Schützenhaus‹. Halb Zerbst drängelte sich auf den eng zusammengerückten Stuhlreihen, als ob dem Sieger des diesjährigen Preisschießens die Goldkette umgehängt werden sollte. Auch Oberst Tregubenkow und sein Adjutant Andropow kamen, und während Liesegang die Offiziere zu den Ehrenplätzen führte, verschwamm die Menge vor Donath zu einem einzigen Gesicht, das erst in viele Gesichter zersplitterte, als man wegen der Hitze die Fenster öffnen und wegen des Gesangs das Rauchen verbieten mußte. Nun erkannte er die ausgemergelten Figuren in den Schlotterjacken, die Schmalztollen und die Stuka-Frisuren, die erwartungsvollen Mienen der Obdachlosen, die Quadratschädel der Gemüsebauern, die hohlen Wangen der Schwindsüchtigen, die bleichen Rentner, die Kriegerwitwen mit den schwarzen Kopftüchern, die Tränensäcke und die langen Ohrenlappen, die unrasierten Hälse und die schlappen Schlipse, das Männerelend in den leeren Augen, die Weibertrübsal mit dem somnambulen Blick, das Fischblut und die Hundeschnauzen. Merkte denn keiner seiner Nachbarn am Präsidiumstisch, weder Schenk noch Poche, weder Sandkuhl

noch Liesegang, was sich die Leute dort unten erhofften? Donath wurde bange.
Der Chor des antifaschistischen Frauenkomitees, die »Roten Schmettertanten« genannt, sang zum Auftakt »An der Saale hellem Strande« und erntete stürmischen Beifall. Reiner Sandkuhl trat ans Pult, zog seine Rede aus dem Jackett und las sie ab, Zettel für Zettel. Solange er vom Coswiger Zuchthaus sprach, gab es keinen Muckser. Man lauschte auch gebannt, während er seine Flucht bis zur gesprengten Roßlauer Elbbrücke schilderte. Unruhe verbreitete sich jedoch, als er noch einmal die Coswiger Häftlingsschinderei beschrieb und kurz danach wieder an der Elbbrücke auftauchte, ohne sie zu überqueren.
Wegen der kaputten Brücke? Hm. Wie hatte er's eigentlich nach Zerbst geschafft? War er geschwommen, oder wie oder was? Die Geographie sprach eher dafür, daß er nicht am linken, sondern am rechten Ufer gestanden hatte. Na, mal sehen. Sandkuhl referierte gerade seine Begegnung mit dem Genossen Schenk, sehr eindrucksvoll, übrigens, »zwei alte Kämpfer sanken sich ans Herz«, nahm den folgenden Zettel und erreichte, offenbar selber perplex, zum dritten Mal die gesprengte Elbbrücke. Er runzelte die Stirn und legte eine Pause ein. Der erste Quieker kam vom Fenster her, dann prustete und wieherte der ganze Saal, und wütend warf Sandkuhl die verwechselten Blätter ins Publikum.
Nein, damit hatte nun wirklich niemand gerechnet. Ach, du grüne Neune, da kriegte man ja direkt Seitenstechen. Sogar das Präsidium grinste hinter vorgehaltener Hand. Nur Liesegang und Poche, die Parteitagsdelegierten, blieben ernst, und den Offizieren war der Anlaß zur allgemeinen Heiterkeit sowieso entgangen. Tregubenkow sah die fliegenden Zettel, blickte strafend zu seinem Adjutanten, und der hob die Schultern, daß sich die Achselklappen wie Flügel spreizten.
Hilfe! Wer rettet die Versammlung?
Die Schalmeienkapelle der Sowjetischen Aktiengesellschaft, vormals Anhaltische Schraubenfabrik, blies das alte Rotfront-Lied zu Ehren Karl Liebknechts:

»Es steht ein Mann, ein Mann,
Ein Mann wie eine Eiche . . .«

Donath sprach ohne Zettel und packte den Stier gleich bei den Hörnern: »Wir können noch keine Reden halten, weil wir zwölf Jahre lang die Klappe gehalten haben! Deswegen stolpern wir über unsere eigenen Sätze. Uns hat keiner mit Quasselwasser getauft, wie die Bierstrategen und Kaffeeschwestern. Ist das etwa ein Grund, sich vor denen zu schämen? Die kakeln heute so und morgen so, Hauptsache, es paßt ihnen in'n Kram. Sollen sie sich doch scheckig sabbeln! Sollen sie sich über uns lustig machen! Das Lachen wird ihnen schon vergehen. Wir haben denen nämlich was voraus, worum sie uns beneiden. Wir sagen die Wahrheit!«
Applaus.
Und Donath stand zu seinem Wort, schlich nicht wie die Katze um den heißen Brei, sondern zählte die Schwierigkeiten an den Fingern ab: Rationierung und Schwarzhandel, Wohnungsnot und Baustoffmangel, Stromsperren und Textilknappheit, Spekulanten und Schieber, Kanalisationsschäden und Seuchen.
»Wer hat uns denn das eingebrockt? Statt auf andere zu zeigen, sollten wir uns an die eigene Brust hauen! Denkt ihr denn, wir kommen aus'm Dreck, wenn wir Sprit gegen Autoreifen, Blumenkohl gegen Fahrradketten oder Speck gegen Reißverschlüsse tauschen? Ein paar besonders Schlaue haben ja Beziehungen. Die stecken jemandem hundert Mark in die Tasche, kassieren Kohlenkarten für drei Zentner Briketts, und die Kinder im Umsiedlerheim müssen frieren. Nein, so geht's nicht weiter. Ich bin felsenfest überzeugt, daß wir die Wahlen gewinnen. Wer aber glaubt, anschließend fällt das Paradies vom Himmel, der hat sich geschnitten. Vor uns liegen Jahre, vielleicht Jahrzehnte, wo nur eins hilft: Arbeit! Keiner schenkt uns eine neue Stadt. Darum vorwärts, liebe Mitbürger! Krempelt die Ärmel hoch, und ran!«

12

»Du hast mir die Butter vom Brot genommen. Was soll ich jetzt noch sagen?« flüsterte Schenk durch den Beifall, trat ans Pult und hatte den Saal sofort im Griff. Der Mann, die Stimme, die Gebärden wurden eins. Er sprach so sicher, daß man vermuten konnte, er hätte den Text auswendig gelernt. Doch als er einen Zwischenruf aufschnappte, ihn ohne weiteres seiner Rede einverleibte und dabei zugleich beantwortete, war jeder Argwohn beseitigt.

Am meisten imponierte wohl, wie Schenk die Weltpolitik mit den örtlichen Umständen verknüpfte. Er schilderte die katastrophale Wirtschaftslage der Siegermächte, von Amerika abgesehen, und landete im Zerbster Ernährungsdezernat. Er erinnerte die Leute daran, wie die deutschen Truppen beim Rückzug die ukrainischen Bahnschwellen zerstört hatten, und brauchte nicht mehr zu erklären, warum das zweite Gleis demontiert wurde. Aus dem Zerfall der Arbeiterbewegung folgerte er die notwendige und mittlerweile geglückte Vereinigung. Ohne den Juristen hervorzukehren, aber auch ohne den Akademiker zu unterschlagen, widmete er sich ausführlich dem streng demokratischen Charakter der Wahlen zum Kreistag und zur Stadtverordnetenversammlung, wehrte alle Gedanken an eine Kopie des Sowjetsystems ab, betonte den eigenen deutschen Weg in die Zukunft und rief die Anwesenden mit einem hinreißenden Schlußwort zur Stimmabgabe für die Kandidaten der Sozialistischen Einheitspartei auf. Nachdem Schenk sich gesetzt und der Applaus sich gelegt hatte, marschierte Egon Liesegang zum Pult und sagte:

»Die Diskussion ist eröffnet.«

Er leitete die Aussprache, weil er einige Monate auf der Parteihochschule »Karl Marx« in Liebenwalde gewesen war, sehr zum Kummer Trudchens, die nicht begriff, warum Egon zum Finow-Kanal fahren mußte, um Bücher zu lesen. Hätte er doch auch in Zerbst machen können.

Eine Hand reckte sich.

»Ja, bitte?«

»Dürfen wir jetzt rauchen?« krächzte ein schnurrbärtiger Mann. Auf solche Fragen hatte man Egon in Liebenwalde nicht vorbereitet. Er wandte sich zum Präsidium und sah erleichtert, wie Donath eine Zigarette zwischen die Lippen steckte.
»Das Rauchen ist gestattet«, sagte Liesegang und überhörte das Gekicher. »Ich bitte um weitere Wortmeldungen.«
Doch nun verging einige Zeit, bis die Stäbchen gedreht und die Pfeifen gestopft waren. Streichhölzer und Feuerzeuge flammten auf, der Qualm stieg zur Decke hoch und quirlte allmählich aus den Fenstern. Keine Wortmeldungen. Ja, was sollte man fragen? überlegte Donath. Etwa: Wo sind Erwin Hoppedietz und Klaus Mähnert abgeblieben? Die Amis hatten die beiden und ein paar Dutzend andere auf Lastwagen verladen und nach Buchenwald gekarrt, denn vorigen April unterstand das Konzentrationslager ja noch den Kaugummikauern, seit der Grenzberichtigung aber der Sowjetischen Militäradministration. Saßen der Leiter des Hochbauamts und der SA-Sturmführer noch immer in Thüringen oder mittlerweile hinterm Ural? Donaths Versuch, das Thema beim Kommmandanten anzuschneiden, war gescheitert. Baron Engelhard hatte die Übersetzung verweigert, und Berta gab vor, ihr Russisch reiche dafür nicht aus.
»Bitte sehr!«
»Mich würde mal interessieren, wann die Pfadfinder zugelassen werden.«
Helmut Mathesius trat neben Liesegang, vergrub die Armstümpfe in den Taschen der Windbluse und erklärte, die Freie Deutsche Jugend stehe als überparteiliche Organisation grundsätzlich allen offen, man solle sie aber nicht durch Wiederbelebungsversuche alter Vereine spalten.
Der hat sich gemausert, dachte Donath und hörte den Morgengruß des ehemaligen Mottenbruders: »Die Garde stirbt, doch sie ergibt sich nicht!« Wie lange lag das nun zurück? Sieben Jahre? Nein. Siebzig. Ein Leben, kurzgeschrumpft und kleingekrüppelt, ein Schnellkurs vom Flakschützen zum Funktionär, vom Räuberhauptmann zur Amtsperson.

»Wodurch unterscheidet sich der christliche Sozialismus eigentlich vom Sozialismus Ihrer Partei?« fragte eine Grundschullehrerin mit Frauenschaftsdutt.
»Die Christen wollen sich's mit keinem verderben«, sagte Donath vom Präsidiumstisch her. »Einerseits verlangen sie den Schutz des Privateigentums, andererseits möchten sie sämtliche Betriebe verstaatlichen. Da soll sich einer rausfinden!«
»Und wie beurteilen Sie das Programm der Liberalen?«
Jetzt ging Schenk zum Pult und drückte Liesegang weg.
»Die Liberalen sind die einzigen, die unverblümt gegen uns hetzen«, sagte er. »Haben Sie die Plakate unserer Partei an den Litfaßsäulen gesehen?«
»Ja.«
»Und haben Sie gelesen, was auf den Zetteln steht, die von den Liberalen drübergeklebt wurden?«
»Ja«, tönte es aus dem Saal.
»Für Angliederung an die Sowjetunion – wählt die Sozialistische Einheitspartei!« zitierte Schenk. »Während wir unseren Weg zu einer gerechten, freiheitlichen Ordnung gehen, werden wir verleumdet, die Räte-Republik errichten zu wollen. Ehrabschneiderei, Schmähsucht und Lästerung, aber nach außen hin der verläßliche Bündnispartner – das ist das Programm der Liberalen!« Schenk wollte zu seinem Platz zurückgehen, doch plötzlich erhob sich ein etwa Achtzehnjähriger und rief:
»Einen Augenblick, bitte!«
Donath beobachtete, wie Schenk wieder kehrtmachte und die Ellbogen aufs Pult stützte.
»Ich bin Schüler am Francisceum«, stellte sich der Junge vor.
»Angenehm«, sagte Schenk und wehrte die Lacher mit einer energischen Geste ab.
»Ich bin noch nicht wahlberechtigt«, sagte der blonde Gymnasiast.
»Lauter!« forderte eine Frau in der ersten Reihe.
»Deswegen gehöre ich auch gar nicht hierher«, fuhr der Junge fort und strengte sich an, seiner Stimme mehr Nachdruck zu geben. »Aber es schwirren so viele Gerüchte rum, daß ich

mich im Auftrag meiner Klassenkameraden vergewissern möchte, was daran wahr ist.«

»Welche Gerüchte?« fragte Schenk, und es wurde still.

»Unser Mitschüler Ralf Sintenis soll angeblich längst verurteilt sein und sich gar nicht mehr in Zerbst aufhalten.« Donath sah, welchen Mut es den Jungen gekostet hatte, diesen Satz über die Lippen zu bringen; sein Gesicht war bleich. Schenk zögerte einen Moment und kreuzte die Arme auf dem Pult, bevor er ohne Erregung oder Heftigkeit sagte:

»Nach meiner Kenntnis widerspräche es der deutschen Strafprozeßordnung, wenn ich mich als unmittelbar Betroffener und als mutmaßlicher Zeuge dazu äußerte. – Ich bin noch nicht fertig«, fügte er hinzu, als der Schüler sich setzen wollte. »Diese Angelegenheit fällt unter die Gerichtsbarkeit der Besatzungsmacht. Deswegen muß ich mich zuerst bei den sowjetischen Behörden erkundigen, ob sie zu einer Auskunft bereit sind. – Nein!« rief Schenk lächelnd, als der Junge enttäuscht die Miene verzog. »Der Herr Kommandant und sein Adjutant sind ja unsere Ehrengäste. Warum erledigen wir die Sache nicht gleich?« Courage, dachte Donath, als Schenk, Tregubenkow und Andropow an eines der Fenster traten, wo sie miteinander tuschelten, während die Versammelten, das Präsidium und der stehengebliebene Frager einhellig schwiegen. Donath nagte an seiner Zigarrenspitze und machte sich wenig Hoffnung, daß Achim was herausbrächte. Doch als die Offiziere wieder Platz nahmen, hörte er einen hundertfachen Seufzer, und wenn er richtig sah, erwiderte Liesegang Schenks Blick mit einem Zwinkern. Aber das konnte Angeberei sein. Liesegang war ein Waldesel.

»Der Herr Kommandant hat mir erlaubt, Ihnen das Folgende mitzuteilen«, sagte Schenk sachlich. »Die Gerüchte über Ralf Sintenis entbehren jeder Grundlage. Der Beschuldigte befindet sich in Zerbst, in sowjetischer Untersuchungshaft. Dort wird er so lange verbleiben, bis ein rechtmäßiges Urteil gegen ihn ergangen ist. Zusätzliche Informationen werden nicht gewährt, weil sie einem Eingriff in ein schwebendes Verfahren gleichkämen. Ich bitte Sie«, wandte sich Schenk an den Schü-

ler, »diese Erklärung Ihren Klassenkameraden zu überbringen, und fordere Sie gleichzeitig auf, dem gesamten Franciscеum die herzlichsten Grüße unserer Partei auszurichten!«
»Danke«, sagte der Junge und setzte sich.
Schenk wirkte müde und gebrochen. Donath bot ihm eine Zigarette an, doch er schüttelte nur den Kopf. Um die Veranstaltung zu beenden, sagte Liesegang:
»Wenn keine Wortmeldungen mehr vorliegen . . .«
»Hier!« rief ein altes Mütterchen und stemmte sich auf den Krückstock. »Wird mir mal jemand von euch verraten, wieso ich neuerdings 'n amtlichen Stoppelschein zum Ährenlesen brauche?«
Das betraf Poche.
»Damit wir zwischen ehrlichen Sammlern und Felddieben unterscheiden können«, sagte er.
Berta erhielt einen Wink, und alle erhoben sich, als die »Roten Schmettertanten«, begleitet von der Schalmeienkapelle, »Die Internationale« sangen.

13

Turmhoch fliegt alles, was Flügel hat, durch den blauen September, stürzt auf die gemähten Getreidestriche und pickt die Körner aus den Ähren: die Stare, die Finken, die Lerchen, ohne Stoppelschein, diese Banditen.
Turmhoch klettern Hermann Donath und Vera Karnbach, bis zur obersten Kammer der stillgelegten Moritzer Windmühle, und das vierbeinige Glück zerfällt erst wieder in den Stadtbaurat und die Gattin des Likörfabrikanten, als es sich gegenseitig den Mahlstaub von den Kleidern klopft.
Turmhoch, mit der Hälfte der abgegebenen Stimmen, siegt die Einheitspartei bei den Wahlen; da muß die Differenz zu den zwanzig Prozent der Liberalen und den dreizehn Prozent der Christen schon gebührend gefeiert werden.
Im Volkspark gibt's Ringelpietz mit Anfassen und zwei Flaschen Freibier pro Nase. Hermann und Annemarie schwoofen

bis zur Polizeistunde. Annemarie ist die Schönste, ungelogen, und ihr selbstgeschneidertes Etuikleid sticht die anderen Fetzen aus. Beim Walzer legt sie den Kopf zurück, und nach der Schlußdrehung schlingt sie Hermann vor lauter Seligkeit die Arme um den Hals. Er schwört sich, Frau Karnbach nie wieder zu treffen, nur noch ein allerletztes Mal.

»Darf ich bekanntmachen?« fragt Liesegang und stellt Alfred Schrottke vor, Mitglied der Provinzparteileitung seit August, verantwortlicher Sekretär für Agitation und Propaganda.

»Freut mich«, sagt Donath.

Alfred Schrottke, Ende Dreißig, hat ein Knautschgesicht; zu seinem grauen Sakko trägt er ein weißes Hemd und eine schwarzrot-karierte Krawatte mit Silberklemme; neben Liesegang, dem Hinkefuß, könnte man ihn für einen durchtrainierten Sportsmann halten. Nur die Schatten unter den dicken Lidrändern und die schlaffe Hand verraten den Aktenreiter.

»Habt ihr prima hingekriegt«, sagt er zu Donath.

»Hoffentlich geht's so weiter.«

»Wir müssen in die Sägespäne pinkeln, damit Ameisen draus werden«, meint Schrottke.

Annemarie hört sowas nicht gerne und zieht Donath aufs Parkett.

»Bis übermorgen!« ruft ihnen Schrottke hinterher.

»Widerlicher Kerl«, sagte Annemarie beim Kehraus. «Und wieso übermorgen?«

»Der Kommandant hat uns eingeladen.«

»Ohne mich, Hermann.«

»Annemarie«, bittet er halbherzig.

Nein, da bleibt sie zu Hause, obwohl die Fete in Tregubenkows Villa stattfindet, und zwar ausschließlich für die »Kader«, nach Liesegangs Ankündigung.

Kader? grübelt Donath, unterwegs zum Kommandanten. Wieder ein neues Wort. Ein Kader ist eine militärische Stammtruppe. Wieso bin ich plötzlich ein Kader? Verpassen uns die Russen etwa Uniformen? Na denn: Ade, du mein lieb Heimatland! Da sind die bei mir aber schief gewickelt.

Im Speisezimmer sieht Donath außer Berta keine Damen.

Demnach ist Berta ein Kader, und Annemarie wäre überhaupt nicht durch die Sperre gelassen worden.
Tregubenkow präsentiert seine Goldzähne: »Tawarisch Donath!«
»Tawarisch palkownik!«
Ja, so viel Russisch kann der Stadtbaurat mittlerweile, daß er weiß, was Oberst heißt.
Den ehemaligen Besitzer der Villa, einen Flugzeugingenieur, hatten schon die Amerikaner kassiert. Von der Blümchentapete blicken die neuen Klassiker herab. Auch eine Umstellung. Früher genügten Goethe und Schiller, beide glattrasiert, heute braucht man ein Bart-Quartett. Wozu dagegen stänkern? Andere Völker, andere Sitten. Nu erstmal prost! und na sdarowje! und dann ran an die Bouletten! Wer sagt denn, daß vier Offiziere, sechs Zivilisten und Berta in ihrer gelben Chiffonbluse keine bunte Reihe bilden können?
»Wie gemalt«, findet Poche.
Vor jedem Gedeck stehen zwei Kristallgläser, eins für den Wodka, eins für den Krimsekt. Ganz so schlimm, wie Schenk behauptet, scheint die wirtschaftliche Lage der Sieger wohl doch nicht zu sein: Wir kauen Kaviar, und woanders jubeln die Leute übern Salzhering.
«Eine Art Pfannkuchen aus Buchweizenmehl«, weiß Frau Sandkuhl und häuft ihrem Reiner diese komischen »Blini« auf den Teller, damit ihm der Schnaps nicht zu Kopf steigt.
»Es lebe die Freundschaft zwischen den Völkern!«
Schon geht's los, denkt Donath, merkt aber, wie die Russen heute bloß nippen, nicht kippen. Da wollen wir mal auch ein bißchen aufpassen.
»Es lebe die ruhmreiche Sowjetarmee!« ruft Alfred Schrottke. Er trägt einen anderen Binder als vorgestern, einen bernsteinfarbenen mit Fliegendreckmuster.
Und was ist das für eine Brühe, die der mongolische Küchenbulle jetzt serviert?
»Borschtsch«, sagt Berta, und der Major erklärt in fließendem Deutsch, welche Zutaten in den Borschtsch gehören: »Markknochen, gewürfelte Ochsenbrust, Weißkohl bezie-

hungsweise Wirsing, Mohrrüben, Sellerie, Rote Beete, Liebstöckl –«

Woher kennt denn der Russe so'n Kraut?

»– Kerbel, Petersilie, Zitronensaft, Pfeffer und darüber das Wichtigste: saure Sahne!«

»Es lebe der Borscht!« brüllt Sandkuhl, und Berta verhindert gerade noch, daß er sein Glas an die Decke knallt.

Nach dem kaukasischen Kalbfleisch und dem Eierquark mit Puderzucker wechselt man zu elft in den Salon, gruppiert sich auf Sofas und Sesseln um den Marmortisch, und Donath kommt Schenk gegenüber zu sitzen.

Tregubenkow, von dem deutschsprechenden Major gedolmetscht, macht keine langen Faxen: »Wann tritt der Kreistag zusammen?« – »Nächste Woche.« – »Die Stadtverordnetenversammlung?« – »Gleichfalls.« – »Wer wird Landrat?« – »Genosse Schenk«, sagt Schrottke.

»Charascho.«

»Moment!« meldet sich Schenk. »Nur unter der Bedingung, daß Hermann Donath Bürgermeister wird.«

»Njet«, sagt der Kommandant, und während er dem Major zuflüstert, was er gegen den Vorschlag einzuwenden hat, fühlt Donath zwei Augen auf sich gerichtet.

Achim jongliert heute nicht mit gebrochenen Linsen, stößt Hermann weder ab noch rückt er ihn heran. Kein Fackeln oder Flimmern, sondern ein doppelter Kugelblitz, und je länger Tregubenkows Zischeln dauert, desto deutlicher begreift Donath, wie diese Augen ihn künftig verfolgen werden, wenn er Achims Erwartung enttäuscht.

Der Major bringt den Sermon des Kommandanten auf die Formel: Um die antifaschistische Aktionseinheit zu garantieren, muß der Bürgermeister ein Liberaler sein. »Das ist kein Mißtrauen gegen Sie, Genosse Donath.«

»Doch!« widerspricht Schenk. »Genau da ist es, und wenn ihr Donath ablehnt, kann Sandkuhl oder Liesegang von mir aus Landrat werden.«

»Du hast nicht alle Tassen im Schrank«, knurrt der Klempner.

Liesegang lächelt geschmeichelt, aber Schrottke schüttelt den

zerknautschten Schädel und fummelt stumm seinen Schlips zwischen die Silberklemme.
Der vierte Offizier, ein Hauptmann mit borstigen Augenbrauen, beugt sich zum Kommandanten und tuschelt ihm etwas ins Ohr. Tregubenkow nickt, verständigt Berta, und die übersetzt:
»Die sowjetischen Genossen wollen sich beraten.«
Nachdem die Zivilisten unter sich sind, fragt Poche:
»Müssen wir das denn unbedingt heute entscheiden?«
»Ja«, sagt Schrottke, »sonst mischen sich die Stadtverordneten ein und palavern ewig und drei Tage.«
Donath läßt den Sekretär aus Halle weiterreden und stellt sich mit Schenk ans Fenster.
»Mach keinen Fehler, Achim«, warnt er leise. »Ich bin nicht scharf auf den Posten.«
»Das sagst du immer«, entgegnet Schenk. »Aber ich brauche dich, Hermann. Du bist hier geboren, du kennst jede Ecke. Wo du dich zeigst, bist du Hahn im Korb. Da kommt der Lange, der Lulatsch, rufen die Männer, und die Weiber –? Denkst du etwa, die Tochter von meinem Hauswirt hat dichtgehalten?«
Donath kratzt sich den Nacken und rollt die Lippen ein. Schenk steckt den rechten Daumen in eine Gardinenraute und drückt auf die Häkelfäden.
»Mich betrachten die Zerbster doch als Fremden«, sagt Schenk. »Die haben meinen Laden an der Alten Brücke noch nicht vergessen. Wenn jemand in die Partei eintritt und seinen Fragebogen unterschreibt, sehe ich ihm direkt an, wie er mich darum bitten möchte, daß ich ihn für seinen Ausweis photographiere. Du mußt mir helfen, sonst bleibe ich der Photo-Schenk aus Berlin. Du bist der einzige, dem ich von Grund auf vertraue. Ob's umgekehrt auch so ist, mußt du selber wissen. Dein Doktor Witte steht dir näher als ich. Ihr seid ein Herz und eine Seele, seid gemeinsam groß geworden, sowas läßt sich nicht in ein paar Monaten einholen, auch wenn ich's mir hundertmal wünsche. Aber bedenke, was wir zusammen leisten könnten und wie ich mit Gottschalk oder irgendeinem

anderen liberalen Mondkalb arbeiten soll. Meinetwegen glaub ruhig, daß bei mir auch Egoismus im Spiel ist, aber dann vergleich die Einsätze! Was riskierst du denn? Stadtbaurat bleibst du auf jeden Fall . . .«

»Und du?« fragte Donath.

»Ich lasse alles sausen.«

»Ist dir der Landrat so wichtig?«

»Nein«, sagt Schenk und sieht Donath dabei ins Gesicht. »Wir könnten auch tauschen. Wichtig ist der Landrat und der Bürgermeister, dasselbe Gespann, du und ich. Wir ziehen den Karren aus dem Dreck, wir geben uns Rückendeckung, wenn's hart auf hart geht. Wir haben uns oft genug gestritten, um zu wissen, daß wir uns wieder vertragen können, ohne daß der eine tritt und der andere kuscht. Überleg dir mal, was aus Zerbst wird, falls Poche und Gottschalk regieren. Da lachen doch die Hühner!«

»Du redest schon wie 'n oller Zerbster«, meint Donath.

»Leider bin ich keiner«, gibt Schenk zurück und will noch was sagen, aber die Schiebetür zwischen Speisezimmer und Salon wird geöffnet. Die eintretenden Offiziere sind sichtlich gehobener Laune, reißen unverständliche Witze, Tregubenkow läßt die Wodkagläser füllen, und als alle bedient sind, kommandiert er: »Do dna!«

»Ex!« übersetzt Berta korrekt.

Man ruckelt sich wieder um den Marmortisch zurecht, und der Major zieht einen gefalteten Zettel aus der Brusttasche. Donath ahnt die Bedeutung des Papiers, doch in seiner jetzigen Stimmung würde ihn nicht mal die Rezitation des »Erlkönigs« überraschen.

»Unsere Empfehlung«, sagt der Major, »ist ein Kompromiß, der das Bündnis der demokratischen Parteien festigt, ohne die Sieger der Wahlen zu benachteiligen. Wir schlagen Ihnen deshalb vor, die Kommandobrücke, wie der Genosse Stalin es formuliert, folgendermaßen zu besetzen.« Er entfaltet den Zettel und liest ab: »Landrat – Joachim Schenk, Erster Bürgermeister – Hermann Donath, Zweiter Bürgermeister – Fritz Gottschalk.«

Der Major knifft den Zettel, aber ehe er ihn weggesteckt hat, haut Sandkuhl die Faust auf die Marmorplatte.
»Das ist die Lösung! Genosse Tregubenkow, noch ’ne Runde!«
Als Schrottke gratulieren möchte, wehren Schenk und Donath ab: »Wir sind noch nicht gewählt.« Dem Händeschütteln mit den Offizieren entkommen sie allerdings so wenig wie der nächsten Batterie Krimsekt. Schenk klingelt ans Glas und bringt einen Toast aus, in dem er der Kommandantur für den salomonischen Rat dankt.
»Die Rote Armee, sie lebe –«
»Hoch! Hoch! Hoch!«
Nun könnte man ja langsam nach Hause traben, denkt Donath. Nein, davon wollen die Russen nichts wissen. Was die schlucken, ohne blau zu werden, enorm. Da ißt der Erste Bürgermeister mal lieber einen Happen zwischendurch.
»Marinowanni oguretz«, sagt der Hauptmann mit den Zahnbürstenbrauen.
»Aha.«
Komisch. Schmeckt wie Gewürzgurke.
Sandkuhl stolpert über seine eigenen Beine und sagt: »Ich tanze Krakowiak.« Als er umfällt, bettet man ihn aufs Sofa. Tregubenkow, Andropow und Berta singen »Wolga, Wolga«, und Schenk hört ihnen zu, bis die sechste Strophe ins Kaspische Meer sickert. Schrottke schweigt mit Liesegang; zwei Uhus, die sich beim Winterschlaf abwechseln. Poche hat seinen idealen Gesprächspartner entdeckt, den Sektkübel. Der wagt keinen Protest, höchstens daß er ein bißchen klickert, wenn Dschingis Khan eine volle gegen eine leere Flasche austauscht.

14

Allmählich wird es ruhig, beinahe so still wie damals im Wald, als Donath mit dem Bären die Kiefer schlug, oder wie in der Werkstatt, als sie die Schrauben in den Sargdeckel drehten, oder wie bei der Versammlung im »Schützenhaus«, als Schenk den Gymnasiasten fragte: Welche Gerüchte? Da hielt der ganze Saal den Atem an, und das Bürschchen dort hinter den Schulterstücken des Majors wird so bleich wie vor drei Wochen. Wie kommt der hierher? überlegt Donath. Wieso sehe ich plötzlich diesen Lümmel? Habe ich einen in der Krone? Verschwinde. Hau ab. Du bist hier nicht eingeladen. Du hast deine Antwort gekriegt. Die Sache ist erledigt. Kuck mich bloß nicht so schräg an. Denkst du, ich glaube an Gespenster? Zieh Leine, oder ich pfeffere dich durch die Tür, daß die Scheiben scheppern, du Rotzlöffel! Solche Wippchen kannst du dir in deinem Francisceum erlauben, hier nicht. Geh stiften, Freundchen!

Donath wischt den spukenden Gymnasiasten beiseite, ohne zu gewärtigen, daß seine Bewegung mißverstanden wird.

»Sie möchten mich sprechen?« fragt der Major.

»Ich?« wundert sich Donath.

»Es kam mir so vor, als hätten Sie nach mir gewinkt.«

»Verzeihung, Herr Major.«

»Kein Herr und kein Major«, bittet der Offizier. »Nur Pawel Nikolajitsch. Verraten Sie mir den Vornamen Ihres Vaters?«

»Otto.«

»Also, Hermann Ottowitsch, ich setze mich trotzdem, auch wenn meine Gesellschaft Ihnen lästig sein sollte. Rauchen Sie?« Der Major hält seine Papirossy-Schachtel hin und sagt, während sich Donath bedient: »Die deutschen Gefangenen nennen unsere Zigaretten Lungentorpedos. Ein ziemlich gewalttätiger Ausdruck, finden Sie nicht?«

»Mir schmeckt das Zeug«, sagt Donath, gibt aber acht, daß er nicht inhaliert.

»Wenn Sie wollen, besorge ich Ihnen ein ganzes Paket. Oder brauchen Sie irgendwas anderes? Wir haben ein kleines Depot für gute Freunde. Wollen Sie einen Mantel oder Stiefel, Wodka oder Butter? Nein? Mein Gott, Hermann Ottowitsch!« ruft er lachend. »Außer dem Genossen Schenk sind Sie heute abend der einzige, der wunschlos glücklich ist.«

»Wo haben Sie Ihr Deutsch gelernt?« fragt Donath.

Der Major neigt sich weit zum Aschenbecher vor und antwortet: »Meine Mutter stammt aus dem Wolgagebiet.«

Als er sich zurücklehnt, sind die Lachfältchen um den Mund und die Augen verschwunden. Seine Miene wirkt streng und abweisend wie die des steinernen Rolands auf dem Markt.
»Ich hätte schon einen Wunsch«, sagt Donath.
»Genehmigt.«
»Warten Sie erstmal ab! Ich brauche eine Besuchserlaubnis für einen Mann, dessen Sohn bei Ihnen in Untersuchungshaft sitzt.«
»Hm«, macht der Major. »Das fällt nicht in mein Ressort. Aber erzählen Sie!«
Er nickt, nachdem Donath seine Geschichte beendet hat, und gibt dem Hauptmann ein Zeichen, näherzutreten. Während sich die beiden auf Russisch unterhalten, merkt Donath, daß der Hauptmann andersfarbige Kragenspiegel als die übrigen Offiziere trägt. Dagegen entgeht ihm, wie sich Adjutant Andropow heranpirscht und hinter dem Sofa stehenbleibt, wo er jedes Wort aufschnappen kann.
Als sich der Major wieder Donath zuwendet, ist sein Gesicht eine traurige Pappmaske. Aus dem Mundschlitz sagt er: »Besuche sind vorläufig nicht gestattet. Unser Tribunal hat Ralf Sintenis wegen Sabotage und Diversion zu fünfzehn Jahren Zuchthaus verurteilt, gemäß dem Befehl einhundertsechzig der Sowjetischen Militäradministration. Von der Todesstrafe wurde seiner Jugend wegen abgesehen. Das ist alles.«
Donath greift nach dem Wodka-Glas, weil ihm die Zunge am Gaumen klebt. Der Schnaps hilft.
»Vielleicht für Sie, Pawel Nikolajitsch«, sagt er. »Aber in Zerbst gibt's kein Zuchthaus. Wo haben Sie den Jungen eingebuchtet? Ich meine, wo sitzt er?«
»Das ist alles«, wiederholt der Major.
»Auf der Bauschule hat man uns beigebracht, daß besonders schwere Brandstiftung auch mit lebenslänglich bestraft werden kann«, sagt Donath so zögernd, als müßte er die Gedanken abwägen, bevor er sie ausspricht. »Allerdings nicht, wenn der Täter erst siebzehn ist. Gut. Das wollen wir mal vergessen. Heute herrscht Besatzungsrecht. Aber warum verständigen

Sie nicht wenigstens den Vater, daß der Sohn verurteilt ist und wann er ihn besuchen darf?«
»Das erfährt er noch früh genug«, sagt der Adjutant.
Donath dreht sich um, sieht an Andropow hoch und fragt: »Aus der Zeitung?«
»Nein«, antwortet Tregubenkow anstelle des Adjutanten, und der Major übersetzt: »Das sowjetische Gesetz trifft den Schuldigen, doch es verschont seine Familie. Niemand wird verfolgt, weil ein Angehöriger ein Verbrechen begangen hat. Das Tribunal wird dem Vater eine Kopie des Urteils und der Urteilsbegründung zuschicken, von mir aus sogar auf deutsch. Zufrieden?«
Donath erhascht Schenks warnenden Blick und sagt: »Ja.«
Liesegang weckt Sandkuhl, alle nehmen ihre Gläser und stoßen reihum an.
»Es lebe die Freundschaft mit unseren deutschen Genossen!«
Tregubenkow legt die Schallplatte mit den ›Abendglocken‹ auf und umarmt die Gäste zum Abschied.
Bis zum Kontrollposten leuchten die Laternen, denn der Sperrbezirk ist durch eine Sonderschaltung an die Transformatorenstation angeschlossen. Hier kennt man keine Stromsperren. »Propusk«, verlangt der Soldat.
Hinterm Schlagbaum wartet Schrottkes Dienstauto.
»Nein, danke«, sagen Donath und Schenk, tasten nach den Händen der anderen, und als der Wagen an ihnen vorbeifährt, hören sie Sandkuhl irgendwas schreien, doch das Motorgeräusch übertönt ihn.
»Laß die Taschenlampe aus und kuck nach oben«, sagt Donath. »Das da«, zeigt er Schenk, »ist der Cepheus. Wenn du zwischen den fünf Hauptsternen Striche ziehst, denkst du, ein Kind hat ein Haus an den Himmel gezeichnet. Warum hattet ihr eigentlich keine Kinder?«
»Als halber Illegaler?« fragt Schenk zurück.
»Ach so«, sagt Donath. »Weißt du, wer Cepheus war? Ein äthiopischer König, verheiratet mit Cassiopeia, die liegt jetzt auf der Milchstraße und gleich daneben ihre Tochter Andromeda. Findest du den Polarstern?«

»Der ist das Schwanzende vom Kleinen Bären.«
»Richtig. Aber in dreizehntausend Jahren hat er ausgedient. Den Platz übernimmt die Wega mit ihrem dreifachen Sonnendurchmesser, und dann . . .«
Donath wird heiser, weil er sich an Görbersdorf, den Münsteraner Apotheker, die Laurenzitränen und den Blechsarg erinnert. Er räupert sich.
»Hermann?«
»Mir ist gerade was eingefallen. Über manches kommt man eben schlecht weg. Erzähle ich dir später mal.«
Sie gehen Richtung Heidetor. An dem Knick, wo die Chaussee nach Pulspforde abbiegt, sagt Schenk:
»Heute abend warst du großartig.«
»Ich hätte mich erkundigen sollen, wann der Junge verurteilt wurde«, sagt Donath und bleibt stehen.
Der Thujaduft schwappt über die Friedhofsmauer, und vom Pflaster weht eine Brise Pferdemist heran.
»Letzte Woche«, sagt Schenk.
»Hoffentlich.«
»Denkst du etwa, Tregubenkow hat mich im Schützenhaus belogen?«
»Wieso denn bloß dich? Uns alle! Der wollte, daß wir genug Stimmen kriegen. Vielleicht hätten wir die Wahlen auch so gewonnen, aber Untersuchungshaft macht sich besser als fuffzehn Jahre Knast.«
»Befürchtest du das wirklich, Hermann?«
»Ich hätte's lieber schwarz auf weiß.«
»Glaubst du keinem außer deinem Vater, deiner Frau und Doktor Witte?«
»Doch.«
»Auch mir?«
»Ja.«
»Vorigen Dienstag bin ich Zeuge im Prozeß gegen Ralf Sintenis gewesen.«
Donath riecht die bittere Thujahecke und den beißenden Pferdemist. Er holt tief Luft und bläst sie langsam wieder ab.
»Danke, Achim. Bis morgen!«

»Adjeh, oller Lulatsch!«
Als Hermann sich zu Annemarie legt, fragt sie:
»War's schön?«
»Och, ganz nett«, sagt er, »aber viel versäumt hast du nicht.«

15

Der Wertlauer Gemeindevorsteher bekam Besuch, noch dazu am Sonntag. Hohe Tiere konnten es kaum sein; die fuhren per Auto, nicht auf dem Drahtesel. Der Schlaks mit der Schiebermütze und dem Rollkragenpullover hatte eine Statur wie früher der Flügelmann der Potsdamer Garde. Der andere wirkte nobler, durch den Hut, die Brille und den Schlips. Sie ketteten ihre Fahrräder zusammen, der Lange nahm ein Stativ untern Arm, und der Kleinere trug eine Art Fernrohr.
Landvermesser? fragte sich der Dorfschulze und schlüpfte mal vorsichtshalber aus den Pantoffeln in die Zugstiefeletten. Oder wollen die hier was beobachten? Vielleicht sind es Orni-, Orni –? Das Wort fiel ihm nicht ein, aber die Trappen, Störche und Schnepfen hatten sich doch schon nach Afrika verkrümelt. Oder Astronomen? Unsinn, am Vormittag. Am Sonntagvormittag! Das grenzte ja an Hausfriedensbruch. Himmel, Arsch und Zwirn, um elf erwartet ihn seine Skatrunde! Bis dahin mußte Schluß sein, sonst –
Aha. Jetzt konnte er den Frühschoppen in den Wind schreiben. Der Gardemann war der Erste Bürgermeister von Zerbst und wollte die Katasterkarten sehen.
»Wegen der Steuer?«
»Nein. Wegen der Aufteilung der Parzellen.«
»Also wegen der Bodenreform?«
»Auch nicht.«
Und der andere war Dr. Witte vom Kreiskrankenhaus.
»Angenehm, Elze«, sagte der Gemeindevorsteher und brachte die Herren in sein Büro. Er mußte nicht lange suchen, weil ihm der Bürgermeister ein Photo zeigte.
»Ja, das is' aber'n altes Bild. Dort steht seit'm Frankreichfeld-

zug 'n Barackenlager für Fremdarbeiter, so ähnlich wie am Zerbster Fliegerhorst. Den Grund hat die Stadt damals enteignet, und die Bauern waren froh, weil sie Weideland dafür kriegten, Domänenwiesen zwischen Brambach und Neeken, wo sie ihre Schafe hielten und die Wolle nach Rodleben lieferten. Da hat mancher seinen Schnitt gemacht, wie er das bißchen Holz losgeworden ist. Um die paar Kiefern kümmert sich kein Revierförster. Was wächst schon auf Sand?«
Nun mischt sich aber der Doktor ein. Die Leute, sagt er, dächten immer, sie würden bloß im Harz oder in Thüringen, im Schwarzwald oder in Davos wieder gesund. Dabei beweisen die Sanatorien in Beelitz und Sommerfeld, wie erfolgreich sich die Tuberkulose auch im Flachland und auf Sandboden heilen läßt. Klimatisch wäre Wertlau direkt ideal.
Elze horcht genau hin. Die Schwindsucht nach Wertlau? Das fehlte ihm gerade noch. In Zerbst ist alles mit bösartigen Tuberkulosen belegt? Ach nee. Sollten die sich demnächst hier in Wertlau aushusten und das Dorf verpesten? Da hat der liebe Gott aber einen Riegel vorgeschoben!
Ob die Häuser zur Zeit bewohnt seien, will der Bürgermeister wissen.
»Im Sommer haben sich die letzten Flüchtlinge dünnegemacht«, sagt Elze. »Das beste ist, Sie kucken sich's selber mal an. Zwei Baracken sind abgebrannt, und die drei anderen, na, Sie werden's ja sehen.«
»Hast du'n Fahrrad?« fragt Donath. »Bei deinen Skatbrüdern habe ich dich schon entschuldigt. Binde dir'n Schal um. Draußen ist es windig.«
Gegen den Schwiegersohn von Tischler Heinrich in Steckby darf Elze nicht aufmucken, sonst kommt das bestellte Küchenbuffet erst nach Weihnachten, und er kriegt Ärger mit seinem Hausdrachen. Donath schultert das Stativ, Lothar Witte packt den Theodoliten, Elze holt Joppe und Fahrrad.
Hinterm Dorf knickt die Straße zweimal im rechten Winkel und läuft dann schnurgeradeaus durch Heidekraut, Ginster und Lupinen. Am südlichen Horizont, jenseits der Elbe, ragen die Eichen aus dem Lödderitzer Forst, doch auf dem Sand zwi-

schen Chaussee und Strom wachsen nur Wacholdersträucher, Dornbüsche und Krüppelkiefern. Ja, wenn sich das Land um ein paar Meter senken ließe, damit die Wurzeln bis in den Saugsaum reichten!
»Au weh«, sagt Lothar, als sie von den Rädern steigen, und auch Donath wird bei dem Anblick blümerant.
»Trostlos, was?« fragt Elze.
»Nu ja«, meint der Bürgermeister. Zwischen den Grundmauern der eingeäscherten Baracken liegen verrostete Kinderwagen, zerbrochene Pferdekumte, verschmorte Bakelitreste und schimmelige Karnickelknochen.
Donath geht das Betonfundament der Länge und Breite nach ab, ruft Lothar die Maße zu und ergänzt für sich: kein Keller. Dann besieht er die drei stehengebliebenen Baracken. Der graugrüne Tarnanstrich löst sich von den Planken. Stellenweise ist das Holz so verformt, daß man durch die Fugen ins Innere schielen kann.
»Wer hat die Dachpappe geklaut?«
»Was weiß ich«, sagt Elze.
Donath bückt sich nach einem Fetzen, kratzt und riecht daran und hält ihn Elze unter die Nase.
»Schnuppere mal!«
»Wozu?«
Donath zerreißt den Fetzen in zwei Teile.
»Weißt du wenigstens, was das ist?«
»Dachpappe«, brummt Elze und steckt die Hände in die Hosentasche.
»Aber die hier ist mit Bitumen getränkt und mit Talkum abgestreut. Bitumen macht sie weniger temperaturempfindlich, und Talkum verhindert, daß sie beim Einrollen zusammenklebt.«
»So, so.«
»Außerdem hat Bitumen noch einen Vorteil. Man kann es wunderbar von Teerpappe unterscheiden. Verstehst du mich immer noch nicht? Die Sache ist ganz einfach, Genosse Elze. Du nimmst deine Bimmel, marschierst durchs Dorf und berufst für heute abend 'ne Gemeindeversammlung ein,

Anwesenheit Pflicht. Und dann sagst du den Bauern, sie kommen ohne Strafe weg, wenn sie die geklaute Pappe zu dir zurückbringen, meinetwegen nachts, falls sie Schiß haben. Ich rufe dich morgen abend an und erkundige mich, wieviel Rollen mittlerweile da sind.«

»Unmöglich.«

»Dann eben andersrum. Ich schicke Hauptmann Poche mit zwanzig Polizisten her. Die sollen mal alles kontrollieren, Schuppen, Scheunen, Ställe, Keller, Taubenschläge und so weiter.« Donath wendet sich zu Lothar und fragt augenzwinkernd: »Zwanzig Leute reichen doch, oder was glaubst du?«

»Ich denke schon«, sagt Lothar und hält seine Brille gegen die Sonne, als suchte er einen Dreckfleck auf den Gläsern.

Elze läßt sich die beiden Dachpappenstücke geben und rubbelt sie gegeneinander.

»Muß es unbedingt Bitumen sein?« platzt er endlich heraus.

»Angebot«, sagt Donath. »Dreißig Rollen am Dienstag, egal, was für Pappe. Aber Dachpappe!«

»Wie soll ich mir denn dreißig Rollen aus'm Arsch leiern? Zwanzig!«

»Ich komme dir entgegen«, sagt Donath. »Du lieferst nächsten Sonntag.«

»Nein.«

»Dann schenken wir uns eben das Telephongespräch, und morgen tanzt Poche an. Bin mal neugierig, was der außer Dachpappe noch alles bei euch findet. An deiner Stelle würde ich Wertlau in'n Rucksack packen und umziehen. Bloß wohin?«

»Fünfundzwanzig«, knirscht Elze mit zusammengebissenen Zähnen.

»Am Mittwoch.«

»Am Sonntag!« brüllt der Gemeindevorsteher, schmeißt die Fetzen weg und greift nach seinem Fahrrad.

»Was ist?«

»Ich will die Versammlung ausläuten!«

»Später«, sagt Donath. »Jetzt wirst du uns begleiten.«

Die drei Baracken haben denselben Grundriß. Vom Mittelflur

führen sechs Türen in die Schlafsäle, deren Trennwände für Kanonenöfen durchbrochen sind, um mehrere Zimmer zugleich zu heizen. Zwischen den Doppelstockbetten hängen Spinnweben und Staubfäden, die im Wind zittern, sobald ein Fenster geöffnet wird.
Lothar Witte weicht den schlierigen Regenpfützen auf dem Bretterboden aus und wendet die Matratzen. Donath prüft die Öfen, klopft gegen die Abzugsrohre, daß der Ruß rieselt und wischt die Hände an der Manchesterhose ab, bevor er etwas in sein Notizbuch schreibt. Als er einen Lichtschalter entdeckt, warnt Elze vor Kurzschluß. Donath dreht den Schalter, und die nackte elektrische Glühbirne unter der Plafondverschalung glüht auf. Er sieht zu Lothar. Der Doktor lächelt, wie wenn er den ersten Preis bei der Pferdemarkt-Lotterie gezogen hätte. Auch in den Nachbarzimmern brennen die Birnen, doch die Schalter fehlen, und nichts deutet auf Diebstahl hin. Anscheinend hat man die Kabel gespart, um drei Räume mit einem Schalter zu bedienen, ausgenommen die Küchen, Waschküchen und Duschen. Im zwölfsitzigen Abtritt gibt es gar kein elektrisches Licht.
»Kacken kann man ooch im Dustern«, sagt Elze, aber Dr. Witte interessiert sich mehr für den Abfluß. Elze bietet an, die Sickergrube auszupumpen.
»Jauche brauchen wir selber«, sagt Donath, und Lothar nickt, weil auch er an Sträucher, Bäume und Rasen denkt.
Die Einrichtung der beiden anderen Baracken unterscheidet sich kaum von der ersten: mutwillig ramponierte Möbel, aufgeschlitzte Matratzen, aus denen die Polsterung quillt, abgerupfte Hühnerfedern, zerschlagenes Geschirr, ins Holz gekerbte Herzen mit Daten und Initialen, anatomisch nicht ganz einwandfreie, dafür aber um so größere männliche und weibliche Geschlechtsteile an den Wänden und überall Schrott, Lumpen, Splitter und Gestank.
»Was hat da eben gepfiffen?« fragt Donath, als sie die letzte Baracke verlassen.
»Der Mittagszug nach Magdeburg«, sagt Elze. »Der Bahnübergang zum Bernsdorfer Forst ist nicht beschrankt.«

»Na, denn guten Appetit!« wünscht Donath dem Gemeindevorsteher. »Und bis nächsten Sonntag!«
Elze sitzt schon auf dem Fahrrad, als Donath ihm hinterherbrüllt: »Fünfundzwanzig Rollen!«
Lothar lacht und schüttelt den Kopf.
»Wie schaffst du das bloß?«
»Ich? Dem imponiert dein Doktortitel.«
»Besten Dank«, sagt Lothar und schiebt den Hut ins Genick.
»Der fürchtet sich vor dir und Poche.«
»Irgendwie muß man die Leute ja überzeugen.«
»Mit Polizisten?«
»Ich weiß gar nicht, ob wir in Zerbst so viel Gendarmen haben. Aber so'n Wink mit'm Zaunpfahl, so'n bißchen Druck gehört dazu. Was nutzt es denn, wenn ich die Gauner anzeige? Das dauert Wochen, bis 'ne Kommission erscheint, und die findet 'n Dreck.«
»Zur Not können dir ja die Freunde 'n bißchen unter die Arme greifen.«
»Die Russen?«
»Wer denn sonst? Sind doch deine Freunde, oder?«
»Mal abwarten«, sagt Donath. »Gibt so'ne und solche.«
»Ja«, sagt Lothar und stippt die Schuhspitze gegen die Grasnarbe. »Bei uns auf der internen Station liegt ein achtzehnjähriges Mädchen aus'm Rosenwinkel. Die schicken wir morgen ins Irrenhaus nach Hoym, weil's dort Medikamente für'n künstlichen Winterschlaf gibt. Wir müssen sie anschnallen, Tag und Nacht. Traumatische Psychose, hysterische Krämpfe. Kratzt und beißt und schlägt um sich. Spuckt den Schwestern das Essen ins Gesicht. Hoym war ja früher herzogliches Blöden-Asyl, da werden sie wenigstens 'ne Zwangsjacke haben. 'ne halbe Kompanie Iwans ist über die Kleine gerutscht. Die sind nicht meine Freunde, Hermann.«
»Habt ihr's Tregubenkow gemeldet?«
»Freilich.«
»Und?«
»Der läßt die ganze Garnison antreten, damit das Mädchen die Schuldigen identifiziert. Die Kerle werden sofort erschossen,

hat er versprochen. Aber das Kind erkennt ja nicht mal mehr die eigene Mutter.«
Ja, so ist das, und Lothar tut es leid, daß er Hermann die Geschichte erzählt hat, gerade hier, gerade jetzt. Warum denn ausgerechnet heute? Konnte er's ihm denn nicht bei einer anderen Gelegenheit sagen?
»Wo willst du nächstes Jahr wohnen?« fragt Donath.
Lothar zeigt auf die mittlere Baracke.
»Die linke ist besser in Schuß.«
»Die nehme ich für die Patienten, weil sie im Windschatten steht. Wenn alles renoviert ist, kommen wir auf eine Kapazität von ungefähr hundert Betten.«
»Schätzungsweise«, sagt Donath. »Und nu putz deine Brille, daß du durch den Theodoliten kucken kannst.«
Während sie das Gelände vermessen, besprechen sie die Gliederung des künftigen Sanatoriums, den Krankentransport von Zerbst nach Wertlau, die Beschaffung der medizinischen Geräte, die Anwerbung des Personals, und wie sie sich am späten Nachmittag auf den Heimweg machen, sehen sie schon die fertigen weißgetünchten Häuser.

16

Bis Donnerstag arbeitete Donath jede Nacht an den Instandsetzungsplänen. Von Ravens hatte er ein Reißbrett geliehen und neben der Kammer seines Vaters in der Mansarde aufgebockt. Wenn der Bär keinen Schlaf fand, beobachtete er, wie Hermann die Schiene übers Papier schob, die Fundamente schraffierte, die Vorder- und Seitenansichten entwarf oder die Belastbarkeit der Hängebalken berechnete. Manchmal gab der Alte seinen Senf dazu, empfahl Vollwandträger statt Fachwerkbinder, Rampen statt Stufen, und oft waren die Argumente des Zimmerpoliers stärker als die des Baumeisters.
Am Freitagmorgen kam Hauptmann Poche in Donaths Büro. Aus dem Dorf Rietzmeck an der Elbe, wenige Kilometer südlich von Wertlau, war ein Diebstahl gemeldet worden: zehn

Rollen Dachpappe. Donath blickte von der Schlußkalkulation des Krankenhauses hoch und sagte: »Du kümmerst dich drum, Benno, aber wehe dir, du schnappst die Banditen!«
»Wieso denn nicht?«
»Dienstanweisung«, kommandierte der Erste Bürgermeister, hielt den Nullstrich des Lineals an den Rand der Sickergrube und kontrollierte noch einmal die Distanz zu Lothars Wohnung, um keine Tonrohre zu verschwenden. Gegen Mittag ging er mit den Unterlagen zu Schenk, in dessen Amtsbereich die Baugenehmigungen für den Landkreis fielen.
»Der Herr Landrat hat eine Besprechung«, sagte Ingelore, Schenks Sekretärin.
»Ja, mit mir«, antwortete Donath. »Ihr dürft ruhig hierbleiben«, sagte er zu Liesegang und Mathesius, während er die Pläne und Kostenvoranschläge ausbreitete.
»Wir diskutieren gerade das Problem der Schulungszirkel«, meinte Mathesius kleinlaut, und Liesegang, der Schenk gegenübersaß, bestätigte den Einspruch des Jugend-Funktionärs.
»Euern Zirkel brauche ich dringend«, sagte Donath. »Wieviel Teilnehmer habt ihr denn?«
»Ungefähr dreißig.«
»Genügt«, sagte Donath und erklärte die Umgestaltung der Baracken, ließ sich Zeit dabei, ging ins Detail und zauberte aus den verwitterten Behelfsunterkünften eine Heilstätte, neben der jedes Schweizer Sanatorium wie eine Nissenhütte wirkte.
»Schön und gut«, sagte Schenk, als der Bürgermeister fertig war. »Aber ich habe dem Kreistag versprochen, die Reitbahn zu renovieren. Die Leute schreien nach einem Saal, wo Theater gespielt werden kann.«
»Theater?« fragte Donath, und seine Schläfennarbe rötete sich. »Die Zerbster Mottenbrüder schreien nach einem neuen Krankenhaus, weil sie zu zwölft in Vierbettzimmern liegen. Geht das nicht in euren Dickschädel? Soll ich euch die Leichen zwischen die Aktendeckel schieben? Ich hole die Gerippe mit'm Sanka her, und dann wirst du entscheiden, was Vorrang hat, Theater oder Schwindsucht. – Und du«, wandte er sich an Liesegang, »marschierst zu dem Major, der so gut deutsch

spricht. Merk dir den Namen: Pawel Nikolajitsch. Mit dem fährst du in die Baumschule. Hundert Kiefern und hundert Pappeln. Die Rechnung ans Kulturdezernat, wohin denn sonst? – Und du«, sagte Donath zu Mathesius, »trommelst deinen Zirkel zusammen, alle dreißig mit Hammer und Zange. Treffpunkt Sonntag früh um sieben, unten vor der Tür. Worauf wartet ihr eigentlich noch?«

Liesegang räusperte sich und sah zu Schenk.

»Pawel Nikolajitsch«, wiederholte Donath, »vergiß es nicht, und die Bäume müssen mindestens 'n Meter hoch sein, aber schont mir die Wurzeln. Borg dir auch 'n paar Spaten. Ja, Egon, willst du die Löcher mit deinen manikürten Fingerchen buddeln? – Wie heißt euer Schulungsthema?« fragte er Mathesius.

»Die Praxis als Prüfstein der Theorie.«

»Siehste«, sagte Donath, »und den Satz beweisen wir am Sonntag.«

Mathesius rubbelte die Armstümpfe gegeneinander, als wollte er sich vor Vergnügen die Hände reiben. »Ich muß mich beeilen!« rief er und drückte die Klinke mit dem Ellbogen herunter. »Bitte um Entschuldigung, Genosse Schenk!«

»Und du, Egon?« fragte Donath. »Hast du in Liebenwalde nicht gelernt, daß die Partei der Motor unserer Bewegung ist?«

»Doch«, knurrte Liesegang.

»Dann setz dich mal in Bewegung und laß den Motor anspringen!«

Der frühere kaufmännische Angestellte kratzte seinen Hals und zupfte an den Ohrläppchen, wohl in der Hoffnung, daß der Landrat den Bürgermeister zurückpfiff. Vergebens.

»Mahlzeit!« wünschte er spitz und hinkte aus dem Zimmer.

Als sich die Tür geschlossen hatte, wälzte Schenk den Rumpf über die Tischplatte und lachte Tränen.

»Zerknorkle mir nicht meine Zeichnungen«, mahnte Donath.

»Kapierst du jetzt, warum ich wollte, daß du Bürgermeister wirst?«

»Halte keine Reden, Achim. Unterschreibe!«

»Wann renovieren wir die Reitbahn?«
»Wenn das Sanatorium steht.«
»Erpresser«, sagte Schenk.
Am Sonntag brauste ein Karnbachscher Anderthalbtonner nach Wertlau, mit Anhänger, denn Pawel Nikolajitsch hatte auch die Forstbaumschulen in Grimme und Nedlitz geplündert. Ein kleiner Wald ragte aus den Kastenwänden. Dahinter radelten Lehrlinge, Schüler und junge Arbeiter. Elze hatte fünfundzwanzig Rollen Dachpappe *organisiert.* Leider ersetzte jugendlicher Eifer weder handwerkliches noch gärtnerisches Geschick: Mancher Nagel saß schief, manche Kiefer stand krumm. An einigen Stellen war der Boden so ausgewaschen, daß der Kies vom Spaten rieselte. Lothar kaufte eine Fuhre Mist auf eigene Rechnung, schleppte Jauche, schlug Pfähle ein, band die dünnen Stämme fest und stampfte Stroh um die Wurzelballen.
Während der folgenden Wochen fuhren der Doktor und der Bürgermeister oft gemeinsam zu den Baracken, schwangen sich morgens um vier auf die Göpel, karriolten durchs Friedrichsholz, sahen bei gutem Wetter die Wolken über der Elbe, der Thieleberger Heide und dem Lödderitzer Forst, strampelten gegen den Wind zwischen Bias und Pakendorf, und lange vor Wertlau wurden ihre Fäuste rot. Mitunter nieselte ihnen der Regen die rechte Seite naß, doch das glich sich auf der Rückfahrt wieder aus. Hauptsache, sie hatten ein paar Dachstöße geteert, ein paar Scheiben gekittet, ein paar Bäume gedüngt, ehe der Winter kam und bevor sie, jeder für sich, aber mit den Gedanken beim anderen, die tägliche Plackerei begannen, das Doktern wie das Bürgermeistern.

17

Ende Oktober begriff Donath, daß er sich nicht länger zwischen drei Schreibtischen zerreißen durfte. Aber welchen Posten sollte er abgeben? Den Bürgermeister? Undenkbar. Den Parteivorsitz? Ausgeschlossen. Da würde Schenk sein

Veto einlegen, und selbst wenn er mitmachte, fiel dabei entweder Poche oder Liesegang die Treppe hoch. Nein. Donath mußte auf seinen Lieblingsplatz verzichten, den *municipal architect*, und er ließ die Stelle des Baudezernenten öffentlich ausschreiben. Die Bewerbungen häuften sich. Wer erwähnte, daß er Mitglied der NSDAP, im *Innersten* aber ein Gegner des Nationalsozialismus gewesen sei, wurde deswegen weder benachteiligt noch bevorzugt. Donath suchte einen Fachmann, keinen Ersatzmann, einen Könner, keinen Politiker. Also siebte er von den Baumeistern, Diplomingenieuren und Architekten fünf Kandidaten aus und bat sie auf den letzten Novembersonntag ins Landratsamt, im Einstundentakt ab acht Uhr. Soviel Zeit wollte er sich schon nehmen, wenn er Schicksal spielte.
»Gehst du auf'n Friedhof?« fragte Annemarie, als er in den schwarzen, an Ärmeln und Hosenbeinen gekürzten Anzug seines Vaters stieg.
»Wieso?«
»Heute ist Totensonntag.«
Totensonntag? Den hatte er vergessen. Aber was änderte das? Er zog den geretteten Ulster über und ging ins Amt. Die Provinzialbehörde hatte Schenk und ihm zwei BMW als Dienstwagen versprochen, Limousinen aus dem Eisenacher Filialwerk. Solche Ankündigungen waren kaum das Papier wert, auf dem sie standen. Aber mit dem Fahrrad mochte der Bürgermeister heute nicht fahren. Es hätte ihn ein bißchen geniert. Er ging zu Fuß in sein kaltes Büro, nahm den Hut ab, hängte den Mantel an die Fensterklinke, sah dabei, daß die Quecksilbersäule des Außenthermometers auf minus sieben Grad gesunken war und setzte sich hinter den Schreibtisch.
Der erste Kandidat hatte in Leipzig studiert. Wie werde ich ihn wieder los, wenn er mir nicht paßt? überlegte Donath. Sehr einfach, dachte er, knöpfte das Jackett auf und tastete nach der Uhrkette. Die Uhr funktionierte nicht mehr seit dem Bad in der Nuthe vor anderthalb Jahren. Die verrostete Feder mußte ausgewechselt werden, die Unruhfeder, vielleicht sogar das ganze Räderwerk. Die Uhr war bloß Doublé; trotz-

dem würde er sich nie von ihr trennen. Notfalls konnte er sie nachher aufklappen, egal welche Seite, das Zifferblatt oder den Deckel mit der Gravur *Für hervorragende Leistungen*, und damit sagte er dem Besucher dann gewissermaßen: Ich kann jetzt leider keine Zeit mehr erübrigen. Was für ein Wort: Erübrigen. Wie kam ihm das ins Gehirn? Weil dieser Akademiker antanzte?

»Herein!«

Der Mann trug einen dunkelgefärbten, über die Knie reichenden Soldatenmantel. Er bewegte sich merkwürdig steif, während er Donath die Hand schüttelte und auf dem Stuhl vor dem Schreibtisch Platz nahm. Die Art, wie er die Beine übereinanderschlug und den Rücken gegen die Lehne drückte, hatte etwas Marionettenhaftes.

»Sie kennen Zerbst, Herr Rolfs?« fragte Donath und blickte in das Gesicht, dessen linke Hälfte durch eine violette Narbe entstellt war.

»Ich bin bereits gestern angekommen und habe alles kontrolliert«, sagte Rolfs schnarrend und fügte hinzu: »Schätzungsweise brauche ich zehn Jahre, um die Chose hinzukriegen.«

»Ihre Verwundung?«

»Nein, die Stadt. Was meine Gesundheit betrifft, bin ich topfit.« Er hob ruckartig den linken Arm und legte den Mittelfinger an die lila Grube. »Granatsplitter«, rasselte er. »Ist die Stelle sofort oder ab ersten Januar frei?«

»Ab Neujahr.«

»Gut«, sagte Rolfs. »Haben Sie sonst noch Fragen?«

»Allerdings.«

»Schießen Sie los!« sagte Rolfs und schien mit dem nächsten Atemzug die Luft des ganzen Zimmers einzusaugen.

»Sie glauben ernsthaft, die Stadt läßt sich in zehn Jahren wieder aufbauen?«

»Selbstredend.«

»Erklären Sie das mal.«

»Ich war Oberleutnant bei den Pionieren, Herr Bürgermeister, und denke mir die Angelegenheit folgendermaßen: Die männliche Bevölkerung wird in sechs Bataillonen zu jeweils vier Kompanien zusammengefaßt, was einer numerischen Gesamtstärke von zirka sechstausend Rekruten entspricht. Parallel zur Schuttbeseitigung werden die Männer in Handwerksberufen ausgebildet, um anschließend die nötigen Kasernen zu errichten.«

»Kasernen?«

»Fassen Sie den Begriff nicht im streng militärischen Sinn«, schnarrte Rolfs. »Denken Sie meinetwegen an Mietskasernen, natürlich ohne den Beigeschmack der Gründerjahre. Keine Hinterhöfe, keine Sauställe, sondern gutgelüftete Gebäude mit Kasinos, Klubs, Schwimmbädern und Turnhallen. Die weibliche Bevölkerung –«

»Danach wollte ich mich gerade erkundigen«, sagte Donath und stützte das Kinn in die Hand, so daß die Finger den Mund verdeckten.

»Die alten Frauen betreuen die Gemeinschaftsküchen an den verschiedenen Standorten der Männerkompanien. Die jüngeren Frauen werden zur Acker- und Gartenarbeit eingesetzt, unter der Leitung einer Feldwebelin, hahaha!«

Donath legte die Hand auf den Tisch und erwiderte Rolf's Jubelsalve mit einem matten Lächeln.

»Falls Sie mir das Kommando geben«, sagte der Oberleutnant, »das heißt, falls ich klotzen darf und nicht kleckern muß, garantiere ich Ihnen: In zehn Jahren haben Sie eine neue Stadt, wie aus'm Bilderbuch.«

»Und gesundheitlich würden Sie sich's zutrauen?«

»Selbstredend!« rief Herr Rolfs, nahm den Brieföffner vom Schreibtisch und wuchtete die Spitze durch den Hosenstoff in sein Holzbein. »Was sagen Sie jetzt?«

Donath beugte sich vor, zog den Brieföffner aus der Prothese und sagte: »Ihre Adresse habe ich. Die Fahrkosten kriegen Sie ersetzt. Leben Sie wohl.«

Der nächste Bewerber, ein ehemaliger Bauhaus-Schüler, trug einen grüngelbgestreiften Schal, karierte Knickerbocker zu weißen Wollstrümpfen und eine blaue Baskenmütze. Er redete eine halbe Stunde über totale Architektur und versprach Donath: »Zerbst wird eine durchsichtige Stadt. Das

Glas hüllt die Riesenwürfel in eine transparente Haut. Tagsüber spiegeln die Gebäude das Universum, nachts leuchten sie aus sich selbst heraus und strahlen ihre blendende Helligkeit gegen den Himmel!«
Donath knipste den Uhrdeckel auf und erwischte die Seite mit der gravierten Widmung.
»Leider kann ich jetzt keine Zeit mehr erübrigen«, sagte er.
»Also Käse?« fragte der Bauhäusler ungerührt.
»Sie hören von mir«, antwortete Donath und schlüpfte in den Mantel, bevor der nächste Kandidat an die Tür klopfte.
Herr Zander vom Magdeburger Ingenieurbüro reichte einen ledernen Ringhefter über den Schreibtisch. »Meine Zeugnisse«, sagte er. »Schauen Sie sich die Sachen nur an, Herr Bürgermeister!« Die Urkunden lagen in Zellophanhüllen, das Abitur, die Gesellenprüfung als Maurer, der Immatrikulationsbescheid – und plötzlich das Photo zweier junger Damen mit kurzen Röckchen. War wohl zufällig dazwischengerutscht. Die Testate des Technikums. Dann wieder die Mädchen, blond und brünett, höchstens zwanzig, Prachtbusen in zweiteiligen Badeanzügen, süße Käfer, ein bißchen ordinär, aber keine Flittchen. Zanders Diplom, summa cum laude, Hut ab. Mehrere Anstellungsverträge und Beförderungen. Dann zuletzt die beiden Mädchen, diesmal als Nackedeis, hübsch verrenkt zu mannstollen Posen.
»Ich hoffe, Sie sind zufrieden«, sagte Zander, als sich der Ringhefter schloß.
»Hm«, machte Donath und dehnte seine Verlegenheit bis ans Ende des Atems.
»Wenn Sie mich auf den Posten des Baudezernenten berufen, ist selbstverständlich alles inbegriffen.«
»Was meinen Sie damit?«
»Inklusive der weiblichen Anlagen.«
»Ich sammele keine schweinischen Bilder.«
»Pardon!« widersprach Herr Zander energisch. »Erstens handelt es sich um künstlerische Darbietungen, zweitens um meine Töchter, und drittens überlasse ich Ihnen nicht die Photos, sondern die lebenden Originale. Sie sind verheiratet, Herr

Bürgermeister, aber wer viel unterwegs ist, hört mancherlei. Wollen Sie die Sache nicht noch mal beschlafen?«
»Wissen Sie was?« bullerte Donath.
»Gut, gut«, sagte Herr Zander und nahm den Ringhefter an sich. »Heute ist Totensonntag, und da flucht man nicht.« Zwischen Tür und Angel murmelte er: »Eigentlich sollte man nie fluchen.«
Eine Weile später ging Donath ins Vorzimmer, um nachzusehen, ob der vierte Bewerber schon wartete.
»Sind Sie Herr Pfannschmidt?« fragte er den bebrillten Mann, der sich bei seinem Eintritt erhoben hatte und nun kopfschüttelnd lächelte.
»Mensch, Gustav!« rief Donath.»Gustav Hetzel! Wie lange ist es her, daß ich deinen Nullenzirkel geklaut habe?«
»Siebzehn Jahre«, sagte Hetzel, »und bloß gepumpt.«
»Aber nicht zurückgegeben.«
»Ich habe ihn mir aus deinem Reißkasten geholt.«
»Also – quitt?«
»Absolut«, sagte Hetzel, und sein Gesicht wurde fast wieder so jung wie damals in der Bauschule. »Schenk mir mal reinen Wein ein, Hermann – soll ich warten?«
»Warum hast du dich so beeilt?« fragte Donath ausweichend.
»Ich hatte noch Glück, daß ich 'n Platz auf'm Trittbrett kriegte. Vielleicht schnappe ich mir auf'm Rückweg 'n Lastwagen, oder ich gehe zu Fuß nach Dessau.«
»Vor dir kommt Baumeister Pfannschmidt dran«, sagte Donath. »Wenn's zu kalt wird, mach 'n paar Kniebeugen.«
Was sprach für, was gegen Hetzel? überlegte er in seinem Büro. Doch die Gedanken ließen sich weder halten noch ordnen, sie segelten zur Schloßfreiheit, zu jenem Abend im April, als er das Wort »Soxhlet« gesucht, aber nicht gefunden hatte, weil er durch Karnbachs Anruf gestört worden war. Damals hatte er Gustav Hetzel als Fachmann empfohlen und war am nächsten Morgen nicht nach Dessau, sondern zur Postpromenade gefahren, und als er Vera den Abschnitt über »Soxhlet« vorgelesen hatte, waren die Fensterscheiben zersprungen.
»Ja!«

Pfannschmidt und Hetzel trugen einen unförmigen, in Zeitungspapier gewickelten Gegenstand herein. Nachdem sie ihn auf Donaths Schreibtisch abgesetzt hatten, verließ Hetzel das Büro. Pfannschmidt, ein vierschrötiger Mann in mittleren Jahren, begann zunächst recht einsilbig das Gebilde auszuwikkeln, wurde aber um so beredter, je deutlicher sich die Konturen abzeichneten. Donath traute seinen Augen nicht, als die Zeitungen am Boden lagen: Auf der Tischplatte stand das einstige Zerbst, soweit die Ringmauer es umfaßte, eine Puppenstadt vom Judenberg bis zum Kiekinpott, vom Schloßteich bis zum Frauentor, samt allen Kirchen und Klöstern, Roland, Butterjungfer und Florentinischem Brunnen, mit den Linden der Brüderstraße, dem Katzbuckelpflaster der Alten Brücke, mit Orangerie und Reitbahn, Synagoge und Rephun's Garten. Pfannschmidt nahm einen Bleistift und wies auf ein winziges, exakt rekonstruiertes Gebäude.

»Da wurden Sie geboren«, sagte er, und Donath blickte in die Mansarde des Bären.

»Wunderbar!«

»Mein Lebenswerk«, sagte Pfannschmidt. »Ich habe vorm Krieg damit angefangen, als ob ich's ahnte. Alles maßstabgetreu auf den Millimeter. Bloß bei den Bäumen mußte ich ein bißchen schummeln.«

»Natürlich«, sagte Donath und spürte, wie ihm die Stirn heiß wurde.

»Aber sonst«, meinte Pfannschmidt, »können wir Haus für Haus genau nachbauen.«

»Nein«, sagte Donath und erhob sich. »Ihr Modell, Herr Pfannschmidt, gehört nicht ins Baudezernat, sondern ins Museum. Vorläufig haben wir noch keins, und es wird wohl auch noch 'n paar Jahre dauern. Vielleicht sind Sie dann in dem Alter, wo Sie sich für 'ne Stelle als Kustos interessieren. Dann werden Sie unseren Enkeln zeigen, wie Zerbst früher aussah.«

»Ich bin schon Großvater«, sagte Pfannschmidt und senkte den Kopf.

»Gustav!« brüllte Donath.

Hetzel kam herein.
»Hilf Herrn Pfannschmidt beim Zusammenpacken. Aber behutsam. Das ist eine Kostbarkeit.«
Eine Viertelstunde später fragte Donath den ehemaligen Mitschüler:
»Weißt du, wie man aus Ruinen 'ne neue Stadt macht?«
»Eine Lage Ziegel und eine Lage Kalk.«
Gustav Hetzel wurde Zerbster Baudezernent.

18

Am anderen Morgen zockelte Donath von der Priegnitz ins Landratsamt, wieder zu Fuß, doch diesmal notgedrungen. Über Nacht hatte ihm jemand die Fahrradreifen aufgeschlitzt. Der Schnitt lief ringsum durch Schläuche und Mäntel, da ließ sich weder was flicken noch vulkanisieren. Anzeige gegen Unbekannt? Lächerlich. Donath konnte sich denken, wer der Messerstecher war. Erst nach dem Mittagessen erinnerte er sich an die heutige Verabredung mit Vera, zwischen Luso und Bone. Auf halber Strecke, um halb vier, so merkst du dir's am besten, hatte sie gesagt. Eine gute Wegstunde. Das Treffen verschieben? Aber wie? Telephonieren? Er hörte Karnbach aus der Muschel quaken: Ja-a? Sagen Sie doch bitte Ihrer Frau Gemahlin, ich kann heute nicht, weil mein Rad 'n Platten hat. Likör-Willy: Ach, das ist aber bedauerlich, Herr Bürgermeister. Vera freut sich seit'm Frühstück, daß sie mal wieder richtig durchgezogen wird. Möchten Sie mein Fahrrad?
Komisch, was? Und für solche Klamotten wollte Schenk die Reitbahn ausbauen. Damit sich die Zerbster vor Lachen kringeln konnten. Denkste.
Um halb drei machte sich Donath auf die Socken. Wenn ich wenigstens wüßte, ob Vera über Luso oder über Bone fährt, brummte er in seinen Kragen. Welche Straße er selber wählte, war fast egal. Auf beiden lief er gegen den Ostwind an. Über Luso sparte er vielleicht ein paar hundert Meter.
Hinterm Klapperberg setzte Schneetreiben ein, doch die Flok-

ken flogen noch einzeln und nicht wie weiße Bindfäden. Der Schnee blieb noch dick und pappig und naß, schmolz auf der Haut, knitterte den Mützenschirm und füllte die Hosenumschläge. Das war nichts Besonderes, obwohl es ein bißchen bremste. Erst nach einer Weile kam der wirkliche Wind aus Nordost und schwoll an, beileibe nicht mit einem Hieb, sondern langsam, fast trantutig, als müßte er den Balg vollpumpen, ehe er in die Orgelpfeifen blies. Das wurde ein Konzert, mein lieber Scholli. Jetzt ließen sich keine Flocken mehr unterscheiden. Das Eis sauste in waagerechten Schnüren über die Ebene. Donath erwartete, daß ihm beim nächsten oder übernächsten Schritt die Ohren abfielen. Er verbeugte sich vor dem Sturm wie die Chausseebäume, nur in entgegengesetzter Richtung, und er fing an zu fluchen. Auf das Wetter? Nicht doch. Das war genau die Sorte von Wetter, die zu ihm paßte. Darüber lästerte er nicht. Anfangs verfluchte er den Oberleutnant, der seine Reifen zerstochen hatte, belegte den beknickerbockerten Bauhäusler mit ewigem Bann, stellte den ausgestopften Modellbauer vors Landratsamt und schleuderte den Magdeburger Architekten samt Nackedeitöchtern ins Höllendezernat für Pinkelbudenluden und Mistbienen, gedachte aber später auch der benachbarten Abteilung für Ehebrecher, schmähte letztlich vor allem den Zerbster Bürgermeister, weil er auf dem Untugendpfad zu seiner Favoritin den Humbug der anderen Schwindler so erbarmungslos verurteilte. Ich bin nicht gerecht, ich bin selbstgerecht! dröhnte sein Gewissen in den mittlerweile nordwärts gedrehten Orkan. Doch der stumme Schrei war nur eine fallweise Schwäche Zerbster Gemüts, ein seelischer Edelzwicker, der augenblicks zur Neige ging, als Donath dem eisgeblümten DKW begegnete.

Blaugefrorene auf rotgeschminkten Lippen, achdu und achja, dann zum Hals, wo der Waschbärkragen stichelte. Für Weiterungen war es zu eng und zu kalt. Kapriolen, die Wigmanschem Ausdruckstanz oder orthopädischer Gymnastik ähnelten, genossen Donath und Vera nur im Sommer, nur zum Jux und bei mindestens einer geöffneten Autotür. Der Winter

blieb eine verhältnismäßig keusche Saison, obwohl gemeinsamer Eifer manchen Trick erfand, aber sogar darauf mußten sie heute zähneklappernd verzichten.
Natürlich war Vera über Bone gefahren. Wieso natürlich? Weil sie immer über Bone fuhr. Logik. Wenn sie nach Lindau wollte, fuhr sie dann auch über Bone?
»Pussinka«, sagte Vera. Das hieß: Küßchen. Hubitschka hieß Mäulchen.
Sie hatte schon geglaubt, er käme gar nicht. Weil's so stiebte? Nein. Weil er so viel Arbeit um die Ohren hatte. Oder wer kümmerte sich um die Preiserhöhungen? Donath hörte die Karnbachsche Nachtigall trapsen und sagte trotzdem, der Preisstopp-Befehl würde demnächst verschärft, das gälte auch für den Kräuterlikör »Stichpimpulibockforcelorum«, und Vera dürfte es Willy ruhig erzählen.
»Wovon sollen wir dann leben?«
»Von der Hand in den Mund.«
Hubitschka, Mäulchen.
»Eher schafft der liebe Gott die Heilsarmee ab, als daß er einen Schnapsfabrikanten verhungern läßt. Fahr mal besser 'n paar Meter vorwärts, sonst stecken wir nachher im Schnee –«
»Und morgen früh findet man die Erfrorenen von Luso«, sagte Vera lachend, stellte die Scheibenwischer an und rollte ein Stückchen Richtung Zerbst.
Hinter dem Frontglas surrten die Polarstrippen durch die Dämmerung, eine quergelegte Harfe aus Milliarden Saiten. Schade, daß der Görbersdorfer Geiger gerade über der Toscanini-Anekdote gestorben war. Doch möglicherweise gehörte der Sachse zu dem Orchester da draußen und fiedelte ein Furioso am ersten Pult. Wer ahnt denn, wohin die Reise geht? In einem Kinderwinter hatte Hermann zu einem Fremden Zimmergesellen gesagt: Ich gehe weiter als bis nach Königsberg, ich gehe bis nach Berlin.
»Aber dabei bleibt's doch nicht etwa?« fragte Vera.
»Wobei?«
»Bei den fixen Preisen.«
Das war nun streng geheim, doch wem konnte sie's denn aus-

plaudern? Karnbach hätte gleich nachgehakt: Woher weißt du das? Donath durfte Vera ruhig verraten, daß es gegen Jahresende noch dicker für die Privatbetriebe käme; sie müßten Fragebogen beantworten, anfangs pro Quartal, später monatlich, betreffend Maschinen und Gebäude, Vermögen und Grundbesitz, festes und flüssiges Kapital, ach, hol mich der Deubel.

»Und wozu?«

Darüber sollte sich Vera mal selber den Kopf zerbrechen. Tat ja nicht weh. Stand ihr sogar gut, als sie ernst wurde und den Mund vorstülpte. Hubitschka, Mäulchen? Nein, nein, Geduld. Donath folgte dem Schwung vom Kinn zur Dauerwelle, zu dem schwarzen Gefussel, das Vera immer etwas aufgebauscht trug. Hatte sie zu lange auf dem Rücken gelegen, toupierte sie die Mähne, weil sie ihren Hinterkopf zu flach fand. Mochte ja sein, daß er zu flach war, aber deswegen brauchte sie doch keine Ewigkeit für ein simples politisches Rätsel, oder war Vera in dieser Hinsicht begrenzt?

Nein, Donath war der Dumme. Erst jetzt merkte er, daß Frau Karnbach die ganze Zeit ihr Gesicht im Rückspiegel betrachtete, und er war sogar doppelt vernagelt, weil er nicht begriff, wie Vera sich zugleich bespiegeln und bedenken konnte.

»Wird Willy enteignet?«

»Nein.«

»Dann also Planwirtschaft?«

»Wirtschaftsplan«, verbesserte Donath. Die Umkehrung klang wie Nörgelei. Gott sei Dank mußte er ihr nicht den Unterschied erklären. Was Vera machte? Sie lachte. Pussinka, Küßchen. Und bevor sie losfuhr, sagte sie:

»Meine Schuld, wenn ich in dich verknallt bin.«

Ein Wort wie Liebe brachte sie nie über die Lippen. Das war ihr zu groß, zu feierlich oder sonstwas. Kenne sich doch wer aus mit den Frauen!

19

Später wird Donath denken: von nun an ging alles Schlag auf Schlag. In Wahrheit dauerte es fünf Monate und begann am Tag vor Heiligabend, als dem Landrat und dem Ersten Bürgermeister zwei schwarze BMW geliefert wurden.
Schenk behielt Dobschütz' Chauffeur, Herrn Babatz, und trat den ADLER an Gottschalk ab. Donath behauptete, sein Führerschein sei verbrannt, was gelogen war, weil er nie einen besessen hatte, doch Hauptmann Poche stellte ihm ohne Widerspruch einen neuen aus. Annemarie strahlte und setzte sich mit den Kindern auf die Rücksitze, damit ihr Schwiegervater vorn einsteigen konnte. Aber der Bär wollte zuerst wissen, ob der BMW Hermanns eigenes Auto sei.
»Nein.«
»Mit einem Dienstwagen kutschiert man nicht privat durch die Gegend.«
»Nu hab dich nicht so«, sagte Donath. »Im Februar sind wir auch mit'm Dienstwagen in Nedlitz gewesen.«
»Das hatte seinen Grund«, sagte der Bär bockig und ging ins Haus.
Aus der geplanten Spazierfahrt zu den Schwiegereltern nach Steckby wurde eine kurze Spritztour, über die sich nur die Zwillinge freuten, obwohl Annemarie rund um Zerbst herum lobte, wie geschickt Hermann lenkte, schaltete und die Winker ausklappte. Als der Wagen auf dem Rückweg das Heidetor passierte, meinte sie unglücklicherweise:
»Halte man gleich hier, wir gehen die paar Schritte zu Fuß, du mußt ja wieder ins Amt.«
Dafür rächte sich Donath, indem er am nächsten Tag allein ins Blaue gondelte, besser gesagt ins Weiße, denn alles lag unterm Schnee. Doch Blau stimmte auch, denn die Sonne schien, der Himmel war wolkenlos und trug Vergißmeinnicht mit gelben Schlundschüppchen.
Ein Besuch in Wertlau wäre fällig gewesen, aber Donath sehnte sich nirgendwohin. Er streunte wie ein Hund, schnüffelte durch Lindau, Loburg und Möckern, witterte Richtung

Burg, kehrte am Steglitzer Berg wieder um, entschied sich für Königsborn, geriet auf Liesegangs Schicksalsstraße zwischen Wahlitz und Gommern, mißachtete den schuldhaften Kilometerstein mit der harmlosen Schneehaube, bog in Leitzkau nach Südwesten, ließ Prödel samt Dornburg links liegen und gewärtigte immer noch nicht, was ihn erwartete. Bei Lübs wurde allerdings eine leichte Herzbeschwerde spürbar, die er, der Wirklichkeitskrämer, für Zwerchfellhochstand infolge geblähten Magens hielt, während es sich um einen unleugbaren Fügungsfinger handelte, der hinter dem Dorfe Gehrden seinen Nagel so tief in den Solarplexus bohrte, daß Donath die Frau mit dem Schlitten selbst dann erkennen mußte, wenn er sie im Affenzahn und nicht im Schlendrian überholt hätte. Sobald der Wagen hielt, hörte der Herzschmerz auf. Die Adrenalinausschüttung steigerte die Pulsfrequenz, erhöhte den Blutdruck, erweiterte die Bronchien und wärmte die Brust. Donath kurbelte das Seitenfenster herunter. Als die Frau, ohne den Blick zu heben, vorbeigehen wollte, rief er:
»Tach, Hanna!«
Sie sah ihn an und blieb stehen wie erstarrt, aber nicht vor Kälte. Dann ließ sie die Schlittenleine fallen, trat näher und schob den schwarzen Wollschal vom Scheitel in den Nacken.
»Hermann?«
Ihr Haar war so rot wie damals im Schloßgarten, auf der Bank am Kiekinpott. Veilchen hatte sie dem frischgebackenen Baumeister seinerzeit mitgebracht. Hanna Rechenthin hatte die Blumen in der Nuthe gewässert und Wache gehalten.
Donath stieg aus und gab ihr die Hand.
»Das ist aber ein Wunder«, sagte er, was natürlich Unsinn war, denn von Leitzkau hätte er schnurgerade nach Zerbst fahren können, ohne den Umweg.
»Ja, sowas«, sagte Hanna, die anscheinend vergaß, Donaths Hand wieder loszulassen, denn als sie es merkte und ihre Hand zurückzog, wurde sie verlegen.
»Das ist wohl euer Weihnachtsbaum?« fragte Donath.
Hanna nickte.
»Warum denn so'n kleiner?«

»Ach, für mich reicht er«, sagte sie. »'n schönes Auto hast du.«
»Seit gestern, noch ganz neu.«
Hanna bückte sich nach der Leine, um irgendwas zum Drehen oder Knüppern in den Fingern zu haben.
»Du bist . . .«, sagten beide gleichzeitig und verstummten.
»Erst du.«
»Nein, du«, sagte Hanna.
»Du bist so wendig.«
»Männer machen 'n Buckel, wenn sie was aufheben, und Frauen gehen in die Knie.«
»Wolltest du das vorhin sagen?«
»Nein.«
»Was war's denn?«
»Jetzt will ich's nicht mehr sagen.«
»Da machst du mich aber neugierig.«
Hanna wickelte die Leine ums Handgelenk, bis ihr der Schlitten mit dem angeschnallten Weihnachtsbaum gegen die Wade stieß. Sie ist so jung, dachte Donath. Sie ist so schlank, dachte er. Muß sie sich etwa von ihrer Lebensmittelkarte ernähren? Franz Leyde, ihr Mann, ist doch Reichsbahninspektor. Diese Strolche stecken mit den Lokomotivführern der Reparationszüge unter einer Decke und beziehen geschmuggelten polnischen Speck aus dem Kohlentender.
»Du warst im Sanatorium, habe ich gehört?«
»In Schlesien.«
»Und alles ausgeheilt?«
Donath klopfte dreimal aufs Schlittenholz und sagte:
»Toi, toi, toi.«
»Du bückst dich gar nicht wie 'n Beamter.«
»Sondern?«
Hanna schwieg und krauste die Stirn. So hatte es auch früher reagiert, das rothaarige Güterglück. Fände Donath jetzt das richtige Wort, brächte er Hanna zum Lachen.
»Denkst du, ich habe 'n Ladestock verschluckt, weil ich Bürgermeister geworden bin?«
Sie zog nur die Stirn wieder glatt.
»Sowas ähnliches hattest du aber auf der Zunge.«

»Nicht so frech«, sagte Hanna.
»Wie spät ist es eigentlich?«
»Hast du deine goldene Uhr verloren?«
»Die ist kaputt.«
Hanna blinzelte in die Sonne.
»Es geht auf halb vier«, schätzte sie.
»Na dann«, sagte Donath und öffnete den Kofferraum. »Wir packen deinen Schlitten und den Baum rein, damit du pünktlich nach Hause kommst. Du mußt den Baum ja noch putzen, oder machen das bei euch die Kinder?«
Hanna schüttelte den Kopf und ließ sich den Strick von der Hand wickeln.
»Mist«, sagte Donath. »Der Baum ist zu lang.«
»Ich schaffe's schon alleine.«
»Das fehlte noch.«
Donath band den Schlitten an die hintere Stoßstange, hielt Hanna die Tür auf, stieg auf seiner Seite ein und startete. »Du brauchst dich nicht umzudrehen«, sagte er nach einer Weile. »Ich fahr ganz langsam.«
»Trotzdem«, sagte Hanna und sah weiter durch das ovale Rückfenster.
»Wenn der Schlitten umkippt, halte ich sofort an.«
»Ich will mir bloß die Stelle merken«, sagte Hanna.
»Welche?«
»Wo wir uns begegnet sind«, sagte sie und drehte den Kopf nach vorn. »Meinetwegen können die Zweige abbrechen.«
»Da wird deine Familie aber ärgerlich.«
»Mein Mann ist in Norwegen gefallen, Kinder hatten wir keine, und meine Geschwister sind weggezogen.«
Donath rollte die Lippen zwischen die Zähne. Er hatte einige Mühe damit, die Vorderräder in der vereisten Treckerspur zu halten.
»Ich arbeite wieder als Tippse.«
»Wo denn?«
»Bei der Gemeinde.«
Kurz vor Güterglück stieg sie aus, wegen der Leute. Donath band den Schlitten ab und gab ihr die Leine.

»Danke, Hermann. Du hast wirklich 'n schönes Auto. Frohe Weihnachten!«
Das war der erste Schlag. Donath spürte ihn nicht, jedenfalls jetzt noch nicht. Ihm kam es eher so vor, als hätte ihn seine Jugend gestreichelt, süß und traurig, wie es zu Heiligabend paßte.

20

An der Priegnitz duftete es nach Fichtennadeln, Hering und Bohnerwachs. Annemarie ließ Hermann nicht in die Stube, sondern schickte ihn zum Umziehen in die Mansarde. Von nebenan aus der Kammer hörte Donath, wie sein Vater den Kindern eine Geschichte vorlas.
»Wo is'n das?« fragte Irene.
»Da muß man mit'm Schiff hinfahren«, sagte der Bär.
»Josef auch?«
»Nein, der ging zu Fuß.«
»Konnte der übers Wasser gehen?«
»Josef nicht, aber sein Sohn. Warum seid ihr denn so kiebig?«
Der Bär las weiter, bis Margot fragte:
»Was is'n das, schwanger?«
»Das is', wenn eine Frau 'n Kind erwartet.«
»Wenn der Klapperstorch kommt, ja?«
»Hier liegt der Fall 'n bißchen anders«, hörte Donath seinen Vater antworten. »Bei Maria war's so 'ne Art Taube.«
»Ist ein Kind für 'ne Taube nicht zu schwer?«
»Es wird wohl 'ne größere Taube gewesen sein«, erklärte der Bär, während sich Donath die Hosenträger anknöpfte. »Vielleicht 'ne Riesentaube.«
»Oder 'n Uhu?«
»Kein Uhu!« sagte der Bär. »Und als sie daselbst waren, kam die Zeit, daß sie gebären sollte. Und sie gebar ihren ersten Sohn und wickelte ihn in Windeln und legte ihn in eine Krippe.«
»Warum denn nicht ins Bett?«

»Sie hatten sonst keinen Raum in der Herberge«, las der Bär. »Deswegen!«
»Waren Josef und Maria auch ausgebombt?«
Donath setzte sich auf den Stuhl am Fenster und sah in die Dunkelheit. Als sich die Hirten vor dem leuchtenden Engel fürchteten, hörte er seinen Vater mit der Stimme des Engels sprechen: *Fürchtet euch nicht! Siehe, ich verkündige euch große Freude, die allem Volk widerfahren wird.* Zerbst lag in der Finsternis wie Bethlehem, und Donath war Landpfleger in Askanien, wie Cyrenius Landpfleger in Syrien gewesen war, doch er folgte nicht dem Gebot des Kaisers Augustus, *daß alle Welt geschätzt würde,* sondern er folgte dem Befehl Marschall Sokolowskijs, daß die gebrandschatzte Welt wieder aufgebaut würde, damit *Friede auf Erden* sei *und den Menschen ein Wohlgefallen,* und er behielt alle diese Worte in seinem Herzen, überhörte dabei sogar Annemaries Klingeln, bis ihm Margot und Irene in die Arme stürmten und er die Mädchen hinuntertrug.
Das war ja nun wirklich eine Überraschung: Stand doch der Baum nicht auf der Kommode, sondern auf dem Fußboden, hoch, buschig und fünfkerzig, genausoviel Lichter wie Köpfe! Und Nüsse und Papiergirlanden hingen an den Zweigen, Kugeln und Glitzerzeug, Pfefferkuchen und Schmalzgebäck! Und natürlich hatte ihn der Bär aus den Stadtfichten stibitzt, was denn sonst!
»Wir bescheren erst nach dem Essen«, sagte Annemarie und tischte Heringssalat mit Pellkartoffeln auf.
Als das Geschirr abgeräumt war, zündete sie die Kerzen an. Alle wünschten sich Frohe Weihnachten, und jeder nahm sein Päckchen. Margot fand einen Tuschpinsel, Irene zwei Zopfspangen, und Annemarie plinkerte durch ihre Freudentränen, weil in dem Etui ein Bernsteintropfen mit Silberkette lag. Nur der Bär wußte nicht, wozu er eine stumpfe Schere brauchte, bis Irene ihn belehrte, daß die Schere für den Bart bestimmt sei. Nun gab's Drückerchen und Küßchen reihum, und Donath wollte sich bei Annemarie gerade für Gorkis »Meine Universitäten« bedanken, als ans Fenster geklopft wurde.
»Hier ist der Weihnachtsmann!« rief jemand auf der Straße.

Die Stimme klang verstellt, doch Lothar konnte es nicht sein, denn bei Wittes waren Donaths morgen zum Mittagessen eingeladen.
»Hier ist der Weihnachtsmann!« wiederholte der Fremde.
»Der Landrat«, sagte Donath.
»Versuch, ihn abzuwimmeln«, flüsterte Annemarie. »Sag, die Kinder hätten Mumps!«
Das sage ich nicht, dachte Donath, und als er den Landrat im Schnee stehen sah, hätte er ihn notfalls auf Knien ins Haus gebeten. Um ein Haar wäre Schenks Auftritt mißglückt, denn die Mädchen versteckten die Gesichter in Annemaries Schürze. Der Landrat war aber auch herausstaffiert! Wo er die Zipfelmütze, den Wattebart und den feuerroten Mantel bloß her hatte? Und einen prallgefüllten Leinensack trug er über der Schulter. Nein, sowas. »Das ist doch Onkel Achim«, sagte Donath, und der Landrat zog den falschen Bart an den Gummibändern ein Stück herunter.
»Kuckt mal«, sagte Annemarie, und plötzlich waren die Zwillinge enttäuscht, daß der Weihnachtsmann die Mütze und den Mantel auszog, weil ihm zu warm wurde bei der Hitze.
»Aber den Bart behältst du um!« verlangte Irene, und noch nach Jahren wird Donath dieses Bild vor Augen haben: Joachim Schenk sitzt an Heiligabend auf dem Sofa und kippt Annemaries Muckefuck hinter die Watte. Doch heute ist heute. Die Kinder packten den Sack aus und fragten:
»Für wen ist das?«
Die Bonbons, die Puppen und die Bilderbücher waren für die Mädchen, der Schinken für die ganze Familie, das Moskauer Veilchenparfüm, der geblümte Kleiderstoff und die Korksandaletten mit dem echten Oberleder für Annemarie.
»Wie ißt man denn Kaviar?« erkundigte sich der Bär und betrachtete mißtrauisch die kyrillischen Buchstaben auf der Dose. »Langsam und löffelweise«, sagte der Landrat.
Hermann kriegte eine Flasche Wodka, eine Stange Papirossy und die »Geschichte der Kommunistischen Partei der Sowjetunion (Bolschewiki) – Kurzer Lehrgang«.
»Probieren Sie die Schuhe lieber mal«, sagte der Landrat, und

sein weißer Bart wackelte bei jedem Wort. »Wenn sie nicht passen, kann ich sie umtauschen.«
Annemarie ging in die Küche. Sie wurde ein paar Zentimeter größer, weil die Sandaletten einen Keilabsatz hatten. Die Riemchen drückten ein bißchen, doch die ließen sich weiten. Womit sollte sie sich bei Schenk bedanken? Sie nahm sechs Kerzen und einen Kerzenhalter, ging in die Stube zurück, wechselte die niedergebrannten Stümpfe gegen neue Lichter aus und klemmte die sechste Kerze an den Baum. Während sie ein langes Streichholz an die Dochte hielt, sagte sie:
»Die brennt für Opa, die für Herrn Schenk, die für Margot, die für Irene, die für Papa und die für mich.«
Es wurde ganz feierlich, als Annemarie die Deckenlampe ausschaltete und zum Sofa hin sagte:
»Jetzt sind Sie nicht mehr alleine, Herr Schenk.«
Die Antwort des Landrats war nicht zu verstehen, weil Annemarie »Stille Nacht, heilige Nacht« anstimmte. Nach der ersten Strophe fielen die Männer ab, nach der zweiten die Kinder, nur Annemarie sang das Lied zu Ende. Schenk wischte sich die Augen.
»Bist du müde, Onkel Weihnachtsmann?« fragte Irene.
»Ich muß mich verabschieden«, sagte der Landrat.
»Nein, Sie bleiben hier«, widersprach Annemarie energisch.
Gut, der Landrat blieb, bis Annemarie die Zwillinge ins Bett brachte. Dann schien es ihm an der Zeit, nach Hause zu gehen. Doch Annemarie kam nicht wieder, weil sie den Kindern Gesellschaft leistete oder sich selber gleich schlafen gelegt hatte, und als es zehn schlug, wollte auch der Bär in die Falle.
»Den Kaviar«, sagte er zu Schenk, »verputzen wir an Silvester. Sie sind herzlich eingeladen. Und nu machen Sie sich's man bequem. Hier ist es gemütlicher als bei Dentist Sengebusch.«
Der Bürgermeister und der Landrat blieben allein in der guten Stube; der Bürgermeister schaltete die Stehlampe an und pustete die Kerzen aus, der Landrat nahm den falschen Bart ab.
»Hör mal zu«, sagte Donath. »Für die Zukunft bitte ich dich, solche teuren Geschenke zu unterlassen.«
»Die haben mich keinen Pfennig gekostet.«

»Trotzdem. Du verwöhnst uns, und das ist Frevel.«
»Unsinn.«
»Sind wir was Besseres als die anderen?« fragte Donath.
»Ihr habt mich beschert!«
»Nein«, beharrte Donath. »Kaviar und Schinken, sowas soll gar nicht erst einreißen. Über das Buch freue ich mich, weil es mit Geschichte zu tun hat. Ohne Michelet wäre ich in Görbersdorf krepiert. Kennst du die Geschichte der französischen Revolution? Fabelhaft!«
Schenk nickte und fragte: »Wie sieht's in Wertlau aus?«
»Dächer, Fenster und Türen sind dicht. Hoffentlich kommen die Setzlinge durch'n Winter.«
»Vielleicht kann ich euch helfen«, sagte Schenk.
»In Wertlau? Womit?«
»Vielleicht«, wiederholte Schenk, »und auch bloß, wenn du dich anschließend um die Reitbahn kümmerst. Die Russen wollen ihr Lazarett Richtung Heimat verfrachten, weil sie's hier kaum noch brauchen, jedenfalls nicht in dem Umfang. Nach Neujahr bin ich bei Tregubenkow. Möglich, daß sich ein bißchen was abzwacken läßt . . .«
»Mensch, Achim, du mußt dir's Maul fusselig reden!«
»Mache ich«, sagte Schenk, »aber meine Chancen stünden günstiger, wenn der künftige Wertlauer Chefarzt unser Genosse wäre.«
»Dann gute Nacht, Marie.«
»Versuchen wir's beide«, sagte Schenk. »Du mit Doktor Witte und ich mit Tregubenkow, hm?«
Der Landrat steckte den falschen Bart in den Sack, zog den roten Mantel über und setzte sich vor der Haustür die Zipfelmütze auf.
»Bestell deiner Frau 'n schönen Gruß vom Weihnachtsmann!«
»Ja, danke.«
»Und daß du mir die Reitbahn nicht vergißt!« drohte Schenk lächelnd, bevor er sich umdrehte.
Dieses war der zweite Schlag, doch Donath spürte ihn so wenig wie den Hieb auf der Straße zwischen Gehrden und Güterglück.

21

Am ersten Feiertag nach dem Gänsebraten sagte Dr. Witte, er müsse nochmal ins Krankenhaus. Donath begleitete ihn und erzählte unterwegs, was der Landrat letzte Nacht empfohlen hatte.

»Weißt du, woran mich das erinnert?« fragte Lothar. »An die Abschlußfeier in der Bauschule. Damals solltest du die Rede auf Hitler halten, damit du die Stelle im Hochbauamt kriegst.«

»Plus neun Pfennig Spesen pro Fahrradkilometer«, sagte Donath und sah seine Felle davonschwimmen. Sie marschierten im selben Takt, ohne es zu merken. Ihr Gleichschritt ergab sich dadurch, daß sie nebeneinander gingen; er steckte ihnen seit der Kindheit in den Knochen. »Die Idee ist wohl zu affig«, sagte Donath, nachdem sie die Friedrichstraße erreicht hatten. »Ich gehe Kaffee trinken.« »Warte«, sagte Lothar und blieb stehen. »Hier handelt sich's nicht um mich.« Er zog die Brillenbügel unter den Klemmen der Ohrenschützer hervor, putzte die beschlagenen Gläser mit den Handschuhfingern, und seine Augen waren ratlos. »Darf ich denn so nebenbei hundert Leute zum Tode verurteilen, bloß weil ich mich weigere, euerm Verein beizutreten?«

»Das siehst du falsch.«

»Nein«, sagte Lothar und schob die Bügel wieder unter die Klemmen. »Wer garantiert eigentlich, daß wir wirklich was kriegen, wenn ich Mitglied werde? Das Lazarett in der Garnison ist ein Juwel und hat die modernsten amerikanischen Geräte. Angenommen, die Russen transportieren den ganzen Kram komplett nach Hause. Was'n dann? Schade, daß es nicht geklappt hat, Genosse Witte, wird der Landrat sagen. Und ich? Soll ich meinen Ausweis und mein Abzeichen per Post zurückschicken? Oder hättest du's lieber persönlich? Hau doch nicht gleich ab!« rief Lothar und hielt Donath fest. »Wann spricht Schenk mit Tregubenkow?«

»Nach Neujahr, hat er gesagt.«

Lothar ließ den Kopf hängen und stocherte mit der Schuhspitze im Schnee.

»Also noch ungefähr 'ne Woche«, sagte er.
»Du meinst . . .?«
»Ich meine gar nichts, sondern gehe ins Krankenhaus.«
»Willst du dir's wenigstens überlegen?«
»Ja«, sagte Lothar. »Aber lach nicht so dusselig.«
Dieses war der dritte Schlag. Donath gab ihm irrtümlich die Nummer 1 und rubrizierte ihn in seinem Mißverstand unter »Weihnachtsgeschenke.« Am Abend des zweiten Feiertags machte er einen Abstecher zum Landratsamt, ging in den Fernschreiberaum und überflog den schon erwarteten Befehl Nr. 357 der Militäradministration, betreffend die Einführung der Betriebsberichte. Er schnitt das Blatt von der Rolle, kopierte es neunmal, legte das Original auf den Schreibtisch des Landrats, behielt einen Abzug für sich und verteilte den Rest auf die übrigen Dezernate. Dem Polizisten, der das leere Haus bewachte, schenkte er eine Schachtel Papirossy und zeigte ihm, wie man das Mundstück kniffte.
Die Nacht wurde kalt. Alle Leute rückten eng zusammen, sogar die Eheleute, und die Geburtenziffer im nächsten September wird verraten, welche Fruchtbarkeit niedrige Außentemperaturen selbst auf sonst spärlich beackerten Feldern bewirken. Hermann und Annemarie waren ein Sonderfall, weil sie sich auch bei freundlicherem Wetter ineinandergenadelt hätten. Doch die frostige Zimmerluft und die Wärme unter den Gänsedaunen kamen hinzu, und als die Zwillinge ihren gleichmäßigen Atem an den geschwollenen Rachenmandeln vorbeibliesen, begann das vierbeinige, vierarmige Spiel. Hermann drückte die Nase ins Veilchenparfüm, Annemarie rieb die Doppelbuckel gegen seine Brust, blieb aber einstweilen so weit bei Besinnung, daß sie flüstern konnte:
»Aufpassen, ja?«
Als Hermann nickte, machte sie ihm Dampf, biß sich einmal, zweimal die Lippen wund, damit Margot und Irene nicht wach wurden, und benagte beim dritten Mal ihren Daumen. Woher sollte Annemarie ahnen, daß sie sich unter oder über diesem zärtlichen Berserker gelegentlich in eine andere Frau

verwandelte? Sie kannte die Dame nur von der Beerdigung ihrer Schwiegermutter und was außer Likör-Willy und dem Bären ganz Zerbst wußte, war ihr ein böhmisches Dorf. Hermann empfand den Tausch längst als Steigerung des Vergnügens, und zwar hier wie dort. Annemaries Schatten fiel ja auch über Vera, und welche der beiden litt eigentlich unter dem Wechsel? Keine. Sehr richtig. Deswegen kriegte Donath den vierten Schlag erst am nächsten Vormittag, als Schenks Sekretärin zu ihm sagte:
»Der Herr Landrat ist noch nicht da.«
»Hat er angerufen?«
»Herr Sengebusch hat kein Telephon.«
Aber Achims Dienstwagen stand vor dem Haus.
»Ist Herr Babatz heute auch nicht gekommen?«
»Der sitzt im Heizungskeller.«
»Schicken Sie ihn mal zu mir, Ingelore«, bat Donath, und während er in sein Büro in der zweiten Etage ging, dachte er: Warum muß ich mich denn an Achims Rockzippel hängen? Soll er sich doch ausschlafen. Zwischen Weihnachten und Neujahr ist sowieso Sauregurkenzeit. Die Bilanz ist erst im Januar dran.
»Herein!«
Babatz, Schenks Chauffeur, nahm die Lackmütze ab.
»Herr Bürgermeister haben befohlen?«
»Wir stellen uns an'n Ofen«, sagte Donath.
Babatz hatte heute morgen um dreiviertel sieben bei Dentist Sengebusch geklingelt. Fräulein Sengebusch hatte die Tür aufgemacht und gesagt, der Herr Landrat sei schon fortgegangen. Danach sei er, Babatz, die übliche Strecke zum Landratsamt zurückgefahren, ohne den Herrn Landrat zu treffen.
»Und seitdem spielen Sie Skat.«
»Jawohl, Herr Bürgermeister.«
»Hoffentlich mischt Ihnen einer 'n Grand mit Vieren.«
Wer sagt denn, daß 'n Löwe kein Schmalz frißt, dachte Donath am Schreibtisch. Unser pflichtbewußter und pünktlicher Achim macht blau. Der Herr Schenk schwänzt den Genossen Landrat. Donath wollte den Befehl lesen, doch nach

einer Weile fragte er sich: Warum vor dreiviertel sieben? Wer faulenzt, bleibt im Bett. Um halb sieben ist ja noch nicht mal die Sonne aufgegangen. Donath bat Helga, Herrn Babatz raufzuholen. Ich bin hirnverbrannt, dachte er. Ich mache mich lächerlich. Babatz wird nachher erzählen: Den Bürgermeister hat die Klucke gehackt. Und die anderen werden sagen: Der ist schon länger nicht richtig unterm Hut. Ich schicke ihn wieder weg, beschloß Donath, doch als Babatz kam, sagte er zu ihm: »Wie konnten Sie in der Dunkelheit erkennen, daß Sie den Landrat nicht überholten?«
»Ich hatte die Scheinwerfer an.«
»Die Kastanienallee ist breit.«
»Ich hatte auf Fernlicht geschaltet.«
»War kein Mensch unterwegs?«
»Doch. Die Frühschicht ging Richtung Bahnhof, aber ich bin, wie gesagt, ganz langsam gefahren.«
»Das haben Sie vorhin nicht gesagt!«
»Ich bitte um Verzeihung.«
Donath nickte.
»Gestatten Herr Bürgermeister eine private Bemerkung? Ich habe soeben einen Null-Ouvert-Hand gewonnen.«
»Gratuliere.«
Nein. Babatz würde ihn nicht verpflaumen. Babatz gehörte zur alten Schule. Dienstgespräche waren Dienstgeheimnisse. Vorgesetzte redete er grundsätzlich in der dritten Person an. Als junger Spund hatte Babatz einen Sohn der herzoglichen Familie chauffiert. Meinen Dessauer Prinzen, nannte er ihn unter vier Augen.
Donath telephonierte mit dem Schlachthof und erkundigte sich beim Fleischbeschauer, wieviel Zentner nächste Woche für die Freibank anfielen. Nur notgeschlachtete Pferde? Aha. Er verständigte Gottschalk, den Zweiten Bürgermeister, der zugleich das Dezernat Handel und Versorgung leitete. Ab Januar würden die Rationierungen gekürzt, erfuhr er von dem Liberalen.
»Sind Sie dem Landrat übern Weg gelaufen?«
»Heute noch nicht.«

Als Donath auflegte, kam ihm eine neue Idee: Na klar! Achim hatte sich von Lieselotte Sengebusch verleugnen lassen. Lieselotte, seligen Angedenkens, wann war das gewesen? Jedenfalls nach Hannas Hochzeit mit Reichsbahninspektor Leyde. Eine kesse Motte, die Lieselotte. Trotzdem Fräulein geblieben. Vielleicht lag sie jetzt mit dem Landrat im Körbchen? Ich gönne sie dir, amigo. Zu meiner Zeit trug sie einen schmucken Leberfleck am Nabel. Wie hingetupft! Hoffentlich hat den kein Pickeldoktor weggeätzt. Ob ich euch störe? Nein, mein Lieber. Steck 'n schönen Gruß mit rein, und Ende. Je länger Donath grübelte, desto alberner wurde alles. Arbeite, Hermann! Jawoll.
Und so verging der Tag.
Kurz vor Feierabend meldete sich Schenks Sekretärin: Sie hätte bei der Kommandantur angerufen und die Auskunft gekriegt, dort wäre der Herr Landrat auch nicht.
»Danke, Ingelore, Sie sind ein praktisches Mädchen«, sagte Donath. Die Nachricht war wertvoll. Hätte Achim mit Tregubenkow schon wegen des Lazaretts verhandelt, bliebe Lothar keine Zeit mehr zum Überlegen. So aber – ja, das beruhigte.

22

Am Sonnabendvormittag erschien Hauptmann Poche in blauer Affenjacke und gewichsten Knobelbechern beim Bürgermeister. Er brauchte eine Unterschrift. Warum schickte er nicht einen von seinen Eckenstehern? fragte sich Donath, las das Papier und sagte:
»Für die Flurbereinigung ist Gottschalk zuständig.«
»Nein«, sagte Poche, »der Landrat.«
»Dann scher dich zu dem.«
»Ich dachte, du bist unterzeichnungsberechtigt, wenn Genosse Schenk durch Dienstabwesenheit verhindert ist.«
Der Tischler hatte sich eine richtige Amtssprache angewöhnt und blähte dabei noch seinen Bauch gegen die verzinkten Blechknöpfe.

»Die Sache kann bis Montag warten.«
Während der Hauptmann die Anweisung faltete und einsteckte, verfiel er in seine alte Redeweise:
»Kreuzt er Montag wieder auf?«
»Was denn sonst?«
»Bilde dir man bloß keine Schwachheiten ein.«
Donath zählte von eins bis hundert, bis er Poche hinterm Akenschen Tor vermutete, gab Helga Bescheid, er sei in einer Stunde zurück, schnappte seine Mütze und rannte eine Treppe tiefer. Nein, sagte Ingelore, kein Anruf, nichts. Er ging mit ihr in Schenks Büro. Auf dem Schreibtisch fanden sie nur den Befehl Nr. 357, den Donath vorgestern dort hingelegt hatte. Der Eisenacher BMW wimmerte bloß. Donath holte Verstärkung aus dem Keller, Babatz, den Heizer und den Boten.
»Wir schieben«, erklärte Babatz, »und wenn Herr Bürgermeister das nötige Tempo haben, betätigen Herr Bürgermeister den zweiten Gang.«
Donath winkte dankend aus dem Fenster. Als er vor der Villa des Dentisten hielt, ließ er den Motor laufen, um später nicht auf Sengebuschs Hilfe angewiesen zu sein.
»Hast du dein Gebiß verloren?« fragte Lieselotte, das Luder.
»Ich würde mich gerne mit dir und deinem Vater unterhalten.«
»Bitte.«
Der Kronenlieferant Sengebusch wirkte so indigniert, als hätte Donath ihn gerade daran gehindert, ein Kilo Edelmetall in die eigene Manteltasche zu feilen. Sobald er begriff, worum sich's drehte, antwortete er aber ohne Stocken, und Donath erfuhr das gleiche, was ihm Babatz erzählt hatte.
»Stehen Sie auch im Winter schon um halb sieben auf?«
»Das ist doch nicht ungesetzlich, wenn wir jede Minute ausnutzen, wo keine Stromsperre ist«, warf Lieselotte ein.
»Ja, meine Tochter und ich sind Morgenvögel«, sagte der Brückenbauer und überhörte Donaths Räuspern. »Der Herr Landrat fand sogar, das Summen der Maschinen hätte etwas Einschläferndes.«
»Würden Sie mir mal sein Zimmer zeigen?«
»Nun«, sagte Sengebusch, »einen Blick dürfen wir Ihnen wohl

gestatten.« Sie verfügten sich zu dritt ins Obergeschoß, und Lieselotte öffnete die weißgelackte Tür. Als Donath die Schwelle überschreiten wollte, sagte der Dentist:
»Das wäre eine Verletzung des Privatbereichs.«
Donath zog den Fuß zurück. Das Bett stand anscheinend im toten Winkel. Alles andere war gut zu erkennen.
»Danke«, sagte Donath. »Nein, danke, es genügt.«
Der Dentist verabschiedete sich in der Diele und ging zu seinen Kautschukkiefern.
»Ja, ja«, seufzte Lieselotte und lächelte ein riesiges DAMALS mit ihrem Puppenmund. Donath griente zurück und überlegte: Wieso fragt keiner von den beiden, warum ich mich nach dem Landrat erkundige? Doch jetzt mußte er achtgeben, denn Lieselotte traf einige Anstalten, ihm auf den Pelz zu rükken. In Windeseile vergewisserte er sich, daß Schenk letzte Nacht nicht hier geschlafen hatte. Außerdem war noch etwas unklar, eine Kleinigkeit:
»Gestern früh hast du zu Babatz gesagt, der Landrat wäre schon weggegangen. Ist das wörtlich zu verstehen?«
»Was?«
»Könnte er nicht in ein Auto gestiegen sein?«
»Keine Ahnung«, druckste Lieselotte. »Ich habe bloß die Haustür klappen hören.«
»Lottchen!« grölte der Stiftzahnartist aus seinem Atelier.
»Adjeh«, sagte Donath.
So unrecht war sie gar nicht, die Lieselotte. Sie konnte sich nicht mal verstellen, wenn sie jemandem die Hucke vollog. Donath klemmte sich hinters Steuer und fuhr ein paar hundert Meter, damit er außer Sichtweite kam. Nach seiner Rechnung war dies der zweite, in Wahrheit jedoch der vierte Schlag. Es sprach für Sengebusch und Tochter, daß ihr Schwindel zum Himmel stank. Doch wer den Zerbster Bürgermeister lackmeiern wollte, mußte ihn für einen ganz besonderen Nulpetitsch halten. Ein Mann, egal ob Landrat oder Landstreicher, geht nicht morgens um halb sieben bei minus zwanzig Grad auf die Straße und läßt seinen einzigen Mantel und seinen einzigen Hut am Kleiderhaken hängen. Das war's, was Donath

sofort gesehen und weswegen er darauf verzichtet hatte, noch länger in Schenks Zimmer zu stieren.

Aber wohin geht ein Mann ohne Mantel und Hut bei dem Frost? Wohin trabt er, wenn er weder sternhagelblau noch plemplem ist? Schleicht er ins nächste Haus und fragt: Darf ich mich bei Ihnen aufwärmen? Kokolores. Ein Mann, der freiwillig ohne Mantel und Hut –

Moment! Wieso freiwillig? Warum nicht gezwungen? Mit vorgehaltenem Revolver? Irgendwo lungerten immer noch Banditen rum und machten Jagd auf die neuen Oberhäupter. Martha Brautzsch hatte sich vergangenen März auch nicht freiwillig erschießen lassen. Sie war freiwillig ins Auto geklettert, weil ihr Chauffeur drin saß, doch daß sie zwischen Torgau und Halle zu ihren Mördern gesagt hätte »Nu ballert man los!«, davon wußte keiner was. Ob Ingelore Neuigkeiten gehört hatte? Gehört nicht, aber gelesen. Sie gab ihm das Formular, das sie in Schenks Schublade entdeckt hatte. Donath erkannte Achims Handschrift. Jeder städtische Bedienstete war bei der Anstellung verpflichtet gewesen, einen Fragebogen zur Person auszufüllen.

»Warum hat der Landrat den nicht abgegeben?«

»Es ist ein Duplikat«, sagte Ingelore.

Donath kontrollierte die vier Seiten Zeile für Zeile. Manche Fragen kamen ihm jetzt direkt unverschämt vor. Parteizugehörigkeit der Eltern? Mitglied einer Freimaurerloge oder der Zeugen Jehovas? Achims Unterschrift fehlte. Ach, so, ein Duplikat.

»Ist Ihnen denn gar nicht das Sterbedatum der Mutter aufgefallen?«

Donath sah nochmal nach und las: 28. 12. 1943.

»Heute ist der achtundzwanzigste Dezember«, sagte Ingelore triumphierend. »Und was machen Sie am dritten Todestag Ihrer Mutter, Herr Bürgermeister?«

»Ich gehe auf'n Friedhof. Aber mit Mantel und Hut.«

Donaths Argument verfing nicht. Doch ließ er sich von Ingelore etwa ungern überzeugen, daß man an einen einsamen Witwer nicht die Elle des glücklichen Familienvaters legen

durfte? Im Gegenteil. Er hätte ihr stundenlang zuhören können. Das Mädchen war absolut im Recht. Wie sehr der Landrat an seiner Mutter hing, bewies am besten ihre Photographie in seinem Schreibtisch, linke Seite, zweites Schubfach. Ja, ja, wir sind hart, wir gehen am Leid des anderen vorbei, auch wenn er zum Bahnhof geht und uns seine Verzweiflung nicht brühwarm erzählt. Ans Grab der Mutter treibt die Verzweiflung einen alleinstehenden Menschen, weil er dort Trost findet. Sollte er etwa vorher um Urlaub bitten? Wie würde denn der Regierungspräsident in Halle darauf reagieren? Genau wie wir. Der würde es auch nicht kapieren. Aber der Sohn wird wach in der Nacht und denkt, übermorgen ist der dritte Todestag meiner armen Mutter. Der denkt an keine Genehmigung, nicht an Mantel und Hut.
»In Roßlau ist er dann in den Zug nach Berlin umgestiegen.«
Ingelore weinte. So gerührt war sie.
»Und wann kommt er zurück?«
»Spätestens morgen abend.«

23

Wozu noch die Schläge zählen? Ab Montag prasselten sie nieder bis Ende Mai. Donath hatte von Anfang an gewußt, wo Achim war. Er hatte sich selber hinters Licht geführt. Warum? So konnten höchstens Kinder fragen, und die kämen auch auf die richtige Antwort: aus Angst. Aber ein Mann wie ein Bär, ein Bürgermeister mit Weisungsbefugnis, ein Prachtkerl, den mindestens zwei Frauen anhimmelten, der brauchte zu dieser Antwort eben etwas mehr Zeit, nämlich bis Mitte Februar, als Erika Sintenis statt Trauer bunte Schals trug, nicht weil man ihren Bruder Ralf entlassen hätte, sondern weil Joachim Schenk im Keller der Kommandantur saß.
Den Befehl, das Amt des Landrats kommissarisch weiterzuführen, erhielt Donath per Post. Sein schriftlicher Einspruch wurde abgelehnt, und Tregubenkows Brief drohte im Weigerungsfall mit Konsequenzen. Was das bedeutete, war klar.

Donath übernahm Schenks Ressort, ohne das Büro zu wechseln. Als der Stadtrat im neuen Jahr das erste Mal zusammentrat, fragte Gottschalk, ob Donath künftig beide Posten in Personalunion bekleiden wolle. Bis zum Abschluß des Verfahrens.

Und Schenks Dienstwagen?

Erika Sintenis blieb mit ihrer Freude nicht allein. Gottschalk kriegte den BMW des Landrats und borgte seinen ADLER dem Wirtschaftsdezernenten.

So sind die Menschen, dachte Donath. Aber wann und wo und wen hatte er denn nach Erwin Hoppedietz und Klaus Mähnert gefragt? Seit dem Gnadenerlaß an Weihnachten liefen der ehemalige Leiter des Hochbauamts und der ehemalige Volkssturmführer wieder frei herum, wie lebendige Vorwürfe. Sie waren nur versehentlich in Buchenwald gewesen. Kriegsverbrechen hatte man ihnen nicht nachweisen können. Sie tippten an die Krempe, wenn Donath grüßte, doch Gespräche vermieden sie. Ich hab's eilig, sagte Hoppedietz, der als technischer Zeichner untergekrochen war. Mähnert arbeitete in der Zeidlerschen Ziegelei: Ach, mir geht's gut, sagte er und schleppte sein Gerippe über die Alte Brücke. Hilfe? Nein, danke.

Bei der Vorstandssitzung im Parteibüro gab Liesegang zu bedenken, ob Schenks Mitgliedschaft für die Dauer der Untersuchung ruhen solle. Alfred Schrottke, der Hallenser Sekretär, hob die Achseln. Auch Sandkuhl und Poche gaben sich unentschlossen. Die Situation wurde erst brenzlig, als Schrottke vorschlug, die Landesleitung zu informieren und sich derem Urteil zu beugen.

»Dann könnt ihr meinen Ausweis gleich hierbehalten«, sagte Donath.

»Kapitulantentum!« brüllte Schrottke, doch Liesegang war der einzige, der das Wort begriff, und man vertagte die Entscheidung.

Auf einer Stippvisite nach Wertlau meinte Lothar:

»Aus der Traum. Gott sei Dank bin ich nicht –«

»Ja, ja, Herr Doktor!« schnauzte Donath, weil er sich von

allen verlassen fühlte, außer von Annemarie, Vera und seinem Vater. Annemarie nähte sich ein Kleid aus Schenks geblümtem Stoff. Frau Karnbach sagte: Pack schlägt sich, Pack verträgt sich. Und als Donath zur Kommandantur bestellt wurde, riet ihm der Bär: Schweigen hat noch nie geschadet.

Darüber dachten die beiden Offiziere, die Donath aus Tregubenkows Villa kannten, natürlich anders. Aber zuerst baten sie ihn mal in ein Zimmer, wo er den Mantel ablegen und sich hinsetzen durfte.

»Die Sekretärin wird bald hier sein«, sagte Pawel Nikolajitsch und plazierte sich neben den Hauptmann, der Donaths Blick mit einem Lächeln erwiderte. Hu-hu, GPU? Ach, wir machen uns doch nicht gleich in die Hosen.

Um Viertel nach neun brachte die uniformierte Tippse einen Aktenstapel, packte ihn auf den Schreibtisch und hockte sich vor ihr Büroklavier. Hätte wenigstens guten Tag sagen können. Keine Manieren, die Tochter der Revolution.

Auf den Anfang hatte man sich anscheinend vorher geeinigt. Pawel Nikolajitsch sprach deutsch und übersetzte Donaths Antworten danach für den Hauptmann und das Flintenweib, das die kyrillischen Buchstaben abschoß.

»Erzählen Sie uns doch bitte, wie Sie Joachim Schenk kennenlernten.«

Und so weiter bis letzten Dezember, was durch die Zwischenfragen immerhin anderthalb Stunden dauerte. Donath ließ bloß Achims Ansichtskarten beiseite; sonst redete er frei von der Leber weg.

Jetzt kam der Hauptmann an die Reihe, und der Major mußte doppelt dolmetschen. Der Nachteil dieser Methode, das ermüdende Warten, überwog ihren Vorteil, die Denkpausen. Donath begann, seine Antworten auszudehnen. Je länger sie wurden, desto öfter klingelte die Schreibmaschine am Zeilenschluß. Das Geräusch weckte und warnte ihn. Trotzdem erlag seine Aufmerksamkeit allmählich dem weichen Gezischel des Majors, und wenn er selber sprach, glaubte er, einen Fremden an seiner Stelle antworten zu hören.

»Was sagten Sie?«

»Warum haben Sie unterschlagen, daß Schenk faschistische Photographien verkaufte?«
»Das habe ich vergessen.«
»Prawda?« fragte der Hauptmann.
»Nein.«
»Warum haben Sie gelogen?«
»Weil das Zeug verbrannt ist, und weil Sie mir sowieso nicht glauben, daß Schenk den ganzen Scheißkram als Tarnung benutzte.«
»Was finden Sie daran so komisch, Hermann Ottowitsch?«
»Ich bin mal neugierig, was Scheißkram auf russisch heißt.«
Pawel Nikolajitsch übersetzte die Antwort, nachdem er die Sergeantin hinausgeschickt hatte. Donath hielt so viel Diskretion für reichlich übertrieben; zwischen Ural und Elbe mußten der Kameradin Schnürschuh doch schon ganz andere Redensarten zu Ohren gekommen sein. Aha. Sie holte bloß das Frühstück von nebenan und goß Tee in die Tassen. Als sie wieder an der Maschine saß, diktierte ihr der Hauptmann einen Satz, bei dem sie keine Miene verzog.
»Greifen Sie nur zu«, bat Pawel Nikolajitsch.
Donath nahm ein Schinkenbrot.
»Schenk und Sie waren gute Freunde?«
»Wir *sind* gute Freunde«, sagte Donath und trank, ohne daß die Teetasse zitterte.
»Sprach er bei Gelegenheit von Radom?«
»Was ist das?«
»Eine Stadt in Polen.«
»Schenk hatte keine polnischen Ansichtskarten, aber welche aus Ungarn. Vielleicht bringen Sie das durcheinander?«
»Er hat Radom also nie erwähnt?«
»Mir gegenüber nicht.«
»Und Shitomir oder Winniza?«
»Shitomir kenne ich nur aus'm Wehrmachtsbericht.«
Der Hauptmann und der Major tuschelten. Donath knabberte eine Gewürzgurke und sah auf die Wanduhr: zwanzig nach eins. In einer Dreiviertelstunde trat der Stadtrat zusammen, um die Arbeit der Dezernate zu koordinieren.

»Darf ich mal telephonieren?«
»Nein.«
»Dann denken meine Kollegen, ich bin verhaftet.«
Der Hauptmann wählte, reichte Donath den Hörer, und der Bürgermeister verschob die Sitzung auf morgen.
»Kennen Sie die Nazi-Zeitung ›Der Angriff‹?«
»Vom Hörensagen.«
»Wie beurteilen Sie einen Journalisten, der Redaktionsmitglied dieser Zeitung wurde?« fragte Pawel Nikolajitsch und langte eine vergilbte Nummer des ›Angriff‹ aus dem dicken Papierstapel.
»Das muß ein mächtiger Hornochse gewesen sein.«
»Sind Sie einverstanden«, erkundigte sich der Major, »wenn ich Hornochse mit Dummkopf wiedergebe?«
»Von welchem Journalisten reden Sie denn?«
»Die Fragen stellen wir.«
»Bitte sehr. Aber falls Sie Ihrer Sekretärin diktieren, ich hätte Schenk einen Dummkopf genannt, weigere ich mich, das Protokoll zu unterschreiben.«
»Das Protokoll dient nur zu unserer Information«, sagte der Major und zeigte Donath Schenks Namen im Impressum. »Zufrieden?«
»In Deutschland gibt's viele, die so heißen«, sagte Donath, doch er spürte, wie er seinen Wuppdich verlor, und als die Sergeantin Tee nachgoß, war er seiner Hand nicht mehr sicher genug, um die Tasse anzuheben.
»Erwähnte Schenk seine Zugehörigkeit zur SS?«
»Nein.«
Pawel Nikolajitsch legte die Zeitung auf die Akten.
»Dann verschwieg er Ihnen also auch, daß er in Radom stationiert war?«
Donath schwieg.
»Warum antworten Sie nicht?«
»Sage ich ja, beschuldige ich ihn. Sage ich nein, beschuldige ich mich.«
Der Major übersetzte, und sein Nachbar machte eine flüchtige Bemerkung.

»Der Hauptmann meint, Sie wären ein guter Landrat.«
»Ich übe das Amt nur so lange aus, bis Genosse Schenk den Posten wieder antritt.«
Als Pawel Nikolajitsch die Antwort übersetzt hatte, schwoll dem Hauptmann der Kamm. Er schlug auf den Tisch, daß die Tassen schepperten und die Perlzwiebeln von der Leberwurst rollten. Was er brüllte, blieb einstweilen unverständlich, obwohl er einige Namen, Ausdrücke und Bezeichnungen öfter verwendete. Die Schreibmaschine klingelte ununterbrochen. Konnte das Mädchen nicht stenographieren, oder gab es im Russischen keine Kurzschrift? Und wie merkte sich der Major das Geseire? Hatte er ein so perfektes Gedächtnis, daß er keinen Spickzettel brauchte?

24

Gegen halb drei ging die Ansprache zu Ende. Pawel Nikolajitsch fragte eine einzige Silbe, und die Erwiderung des Hauptmanns war genau so kurz. Mehr als ein Jahrzehnt später wird ein Slawistik-Dozent eine neue Rasierklinge darauf verwetten, daß die beiden Monosyllaben ›wsjo‹ (= alles) und ›da‹ (= ja) bedeuten. Die Wette fällt ins Wasser, weil Donath die Erklärung einleuchtet. Doch heute, an diesem Februar-Montag, ist er ganz Ohr für Pawel Nikolajitsch, der den Radau des Hauptmanns nicht imitiert, sondern sachlich und flüssig redet, als verläse er eine ohnehin erwartete Meldung.
»Das Wort Genosse ist ein heiliges Wort«, sagte er so, wie jemand »Übermorgen gibt's Buttermilch« sagt. Dadurch wirkte jeder Satz noch gewichtiger. »An der Bahre des Genossen Lenin schwor Genosse Stalin, den erhabenen Namen eines Mitglieds der Partei hochzuhalten und in Reinheit zu bewahren. Als Genosse Lenin von uns schied, hinterließ er uns das Vermächtnis, keinen Schmutzfleck auf dem Schwert der Partei zu dulden. Wir erfüllen dieses Vermächtnis und werden es weiter erfüllen.« Üllen, üllen, tönte das Echo hinter Donaths Trommelfellen. »Untersuchen wir, ob Schenk den Namen

Genosse verdient. Als Redakteur des ›Angriff‹ begleitete er Adolf Hitler auf mehreren Wahlkampfreisen, schrieb darüber Reportagen und zeichnete sie mit seinem vollen Namen: Joachim Schenk. In den dreißiger Jahren machte er Karriere bei der SS, deren Mitglied er schon vor der sogenannten Machtübernahme geworden war. Als die Faschisten Polen besetzten und das Generalgouvernement gründeten, kam Schenk zur Gestapo-Leitstelle Radom.« Pawel Nikolajitsch stützte die Ellbogen auf den Tisch und fragte: »Muß ich Ihnen erzählen, was die Gestapo in Polen trieb?«

»Nein.«

Pawel Nikolajitsch ließ die Hände sinken.

»Als Hauptsturmführer durfte er Juden und Priester erschießen, doch das durften andere auch. Selbst die schnelle Beförderung zum Obersturmbannführer genügte ihm nicht. Sein Ehrgeiz suchte größere Ziele, und die bekam er nach dem Überfall auf die Sowjetunion. Als die Grenzen des Reichskommissariats Ukraine abgesteckt waren, wurde Schenk zum Standartenführer ernannt. Vor ihm lag seine Lebensaufgabe. Entsprechend dem Generalplan Ost sollte er die Slawen aus ihrer Heimat zwischen Shitomir und Winniza vertreiben und Deutsche dort ansiedeln. Jetzt ging es nicht mehr um ein paar Untermenschen, sondern um einige hunderttausend Quadratkilometer schwarze Erde und um ein Volk, das teils nach Sibirien gehörte, teils germanisiert werden konnte. Zigarette?«

Donath verneinte wortlos.

»Schenk prüfte sehr sorgfältig, ob sich die Kinder aus gewissen sowjetischen Familien zur Aufnordung eigneten, denn die deutschen Bauern rückten nicht im selben Tempo nach, wie die deutschen Panzer vorrückten. Das war bedauerlich. Den Weizen, den Hanf, die Sonnenblumen und die Zuckerrüben sollte doch die Herrenrasse ernten! Nun, vorläufig zwang der Standartenführer die minderwertigen Ukrainer auf die Felder, und wer Widerstand leistete, wurde erschossen, wie in Radom. Aber daneben widmete sich Schenk besonders dem Körperbau und der Schädelform. Das Modell war der SS-Mann mit der vorgeschriebenen Mindestgröße. Schenk ließ

das Wachstum Jugendlicher durch Ärzte vorausschätzen. Er selbst photographierte nur oder forderte von anderen Rasseforschern Photographien an. Auf diese Weise brachte er die Ihnen bekannte Sammlung ›Deutschtum im Ausland‹ zusammen. Einen Moment, Hermann Ottowitsch.«
Der Hauptmann flüsterte dem Major etwas ins Ohr und verließ das Zimmer.
»Demnächst erfahren wir«, sagte Pawel Nikolajitsch, »wann Schenk in Berlin eintraf. Die Rote Armee eroberte Shitomir am 26. Februar 1944. Schenks Mutter starb aber Ende 1943, und zu ihrer Beerdigung kam er schon in Zivil. Sie staunen? Oh, das ist kein Einzelfall. Von einigen Sadisten reinigte sich sogar die SS. Schenk hatte Glück. Er wurde nicht hingerichtet, nicht an die Front geschickt, nicht verhaftet. Er durfte ins Privatleben zurückkehren und Ansichtskarten verkaufen. Ein märchenhaftes Glück! – Ja, bitte?«
Donath mußte sich räuspern, als wäre ihm die Stimme genau so eingeschlafen wie der rechte Fuß.
»Warum hat er sich keinen anderen Namen zugelegt?«
»Das werden *Sie* mir erklären!«
»Ich?«
»Wer von uns beiden arbeitete zu dieser Zeit bei einer deutschen Behörde?«
»Aber wenn Schenk SS-Offizier war –«
»Was heißt *wenn?*« rief der Major und zeigte auf den Aktenstapel. »Dort liegen die Beweise!«
»Eine Kennkarte fälschen konnte Kopf und Kragen kosten«, sagte Donath, »doch in seiner Position . . .«
»Er hätte drei neue Ausweise gebraucht, für seine Mutter, für seine Frau und für sich. Ein viel zu großes Risiko. Er brauchte nur deswegen eine neue Kennkarte, um die Berufsbezeichnung zu ändern. Von nun an war er wieder Journalist. Außerdem unterschätzen Sie die Intelligenz Ihres früheren Freundes. Beim geringsten Verdacht hätten wir doch seine Identität überprüft. Ich frage Sie: Gibt es eine raffiniertere Maske als den eigenen Namen?«
Das Telephon klingelte.

»Charascho«, sagte Pawel Nikolajitsch und legte auf. »Möchten Sie den Häftling besuchen?«
Donath nickte. Ihm wurde schwarz vor Augen, obwohl die Sergeantin längt das Licht angeknipst hatte.
»Sie müssen hier noch unterschreiben«, hörte er den Major sagen und spürte Papier zwischen den Fingern.
»Was ist das?«
»Sie verpflichten sich, den Inhalt unseres Gesprächs und Ihre Beobachtungen in der Kommandantur gegenüber jeder anderen Person zu verschweigen. Haben Sie einen Füller?«
»Ja«, sagte Donath.
Statt ›Gespräch‹ las er ›Verhör‹. Das Wort ›Person‹ schloß die Familie ein. Verletzte er die Schweigepflicht, drohte ihm nach Artikel Stuß, Paragraph Krampf eine Zuchthausstrafe von heute bis ungewiß. Was sollte der Quatsch? Er klierte seinen Namen hin und folgte Pawel Nikolajitsch.
Das Haus war ihm vertraut. Als Luftschutzbevollmächtigter hatte er bei dem Besitzer auf den Bau von Splitterwänden vor den Kellerfenstern gedrungen. Aber daran erinnerte er sich jetzt nicht. Sein Gedächtnis war so leer wie der Flur, durch den er mit Pawel Nikolajitsch ging, und sein Herz bullerte.
Der Major klappte eine Luke hoch und gab einen Befehl. Ein Schlüssel wurde umgedreht. Die Tür schnalzte aus der Gummidichtung.
»Nach Ihnen«, sagte Pawel Nikolajitsch.
Donath übersah den wachhabenden Soldaten. Er überhörte auch das zweite Schnalzen der Tür. Er sah nur den weißhaarigen Mann in dem langen Armeemantel, den Gefangenen, der den vorgebeugten Rumpf nach rechts und links schwenkte, ohne aufzublicken, und er hörte nur die Mantelschöße über den Zementboden wetzen und dazu den stoßweisen Atem, hin und her, aus und ein.
»Achim«, sagte Donath. Aber er hatte es wohl nur gedacht oder nicht laut genug gesagt, denn Schenk pendelte weiter nach rechts und nach links, tick und tack, ein Mensch, der seine Sekunden mit seinen Muskeln zählte, eine Uhr mit einem Sieben-Wochen-Bart.

»Achim!« rief Donath.

Schenk geriet aus dem Takt. Sein Versuch, sich wieder einzuwiegen, mißlang. Er kippelte über den linken Fuß, stolperte in eine vergessene Zeit, griff nach dem Fenstergitter, streckte dabei das Rückgrat und erkannte Donath.

»Hermann«, keuchte er, lehnte sich gegen die Wand, als wäre ihm schwindlig, und schloß die Augen.

»Bleiben Sie, wo Sie sind, « sagte der Major.

Donath gehorchte. Er roch den kalten Mief und spürte, wie ihm der Frost in die Hosenbeine stieg. Vom niedrigen Plafond leuchtete eine vergitterte Glühbirne, deren Netzschatten über die ganze Zelle fiel. In der rechten Ecke lag eine blaue Matratze ohne Bezug und ohne Kissen. Auf der Matratze lag ein Armeemantel, der sich von Schenks Mantel nur dadurch unterschied, daß er keine Knöpfe hatte. In der linken Ecke standen ein dreibeiniger Hocker mit einer Blechschüssel und ein bedeckelter Eimer. In dem weitmaschigen Zwielicht schienen selbst der Boden und die Wände vom Gewebe einer Riesenspinne umfangen.

Schenk hob die Lider und starrte Donath an, als müßte er sich vergewissern, daß er kein Phantom sah. Der Blick bohrte und schmerzte, doch er hatte die Kraft verloren, sein Gegenüber heranzuziehen oder abzustoßen. Donath fühlte sich nur auf die gleiche Stelle verwiesen, die auch der Major bestimmt hatte, und je länger er den Augen standhielt, desto deutlicher ermatteten sie.

»Ich freue mich so«, stammelte Schenk. »Bist du's wirklich?«

»Kuck mich doch an«, sagte Donath.

»Ja, du bist es«, sagte Schenk, strich den Bart über die rechte Faust, noch einmal, noch einmal, bis die Schultern mitschwangen, bis der Rumpf sich einpendelte und der Gefangene ächzte: »Du bist es, du bist es, du bist es . . .«

»Hör auf, Achim«, bat Donath, aber Pawel Nikolajitsch sagte in seinem Rücken: »Gönnen Sie ihm das Vergnügen. Er treibt nur eine Art Gymnastik wegen der Kälte.«

»Du bist es, du bist es«, stöhnte das Schlagwerk.

»Achim!« brüllte Donath.

Die Uhr blieb stehen.
»Kannst du dir nicht denken, weswegen ich hier bin?«
»Doch, doch«, sagte Schenk und strich das ausgebleichte, lange Haar hinter die Ohren. »Ich kann es mir schon denken.«
»Dann laß mal mir zuliebe die Schaukelei.«
Schenk antwortete nicht, steckte nur die Hände in die Manteltaschen und schwieg. Doch plötzlich blitzten seine Augen, und Donath glaubte zu sehen, wie der Aktenstapel in der oberen Etage getroffen wurde, wie Seite um Seite verbrannte – bis auf einen Rest, bis auf einen kleinen Verdacht.
»Irgendwas muß ich doch machen, Hermann. Was soll ich denn sonst machen?«
Bis auf einen Rest.
»Dich verteidigen. Die Beschuldigungen widerlegen, oder?«
Bis auf einen kleinen Verdacht.
»Achim!«
»Ja?«
»Das Gespräch ist beendet«, sagte Pawel Nikolajitsch und trat zu dem Gefangenen.
»Eine letzte Frage«, bat Donath.
Bis auf einen Rest. Bis auf einen kleinen Verdacht.
»Hast du mich belogen, Achim?«
Schenks Gesicht zuckte. Er riß die Hände aus den Manteltaschen und bedeckte seinen Mund.
»Nun?« drängte der Major. »Antworten Sie, Herr Standartenführer!«
Schenk ließ die Hände sinken, krümmte sich und winselte: »Ich habe dich belogen, aber nur –«
»Schluß!« befahl Pawel Nikolajitsch und stellte sich vor den Gefangenen, damit er Donath die Sicht benahm. Nach einer Weile drehte er sich um und fragte halb über die Schulter: »Oder wollten Sie noch etwas sagen?«
Schenk schüttelte den gesenkten Kopf, anfangs ruckartig und schnell, dann langsamer, um seinen Rumpf dem Rhythmus anzupassen, um ihn aus der Hüfte mehr dahin und mehr dorthin zu schwingen, tiefer und tiefer, bis die Mantelschöße den Zement streiften.

25

Gewiß, es war etwas passiert, aber nichts Ungewöhnliches, nicht mal für Zerbster Verhältnisse. Das Leben ging weiter auf einem linken und einem rechten Bein, es wechselte gelegentlich die Richtung, genau wie Donath, der jetzt nach Hause ging, doch strenggenommen gingen beide, das Leben und der Landrat, immer vorwärts.
Der Bär fragte, was Schenk auf dem Kerbholz habe, und Donath sagte, es reiche für den Galgen. Mehr sagte er nicht, und sein Vater verstand wohl, warum. Später im Bett sagte Annemarie, er solle nun mal erzählen, und weil Hermann ewig nicht antwortete, fragte sie, ob er vor ihr Geheimnisse habe. Nein. Und er erzählte ihr das Wichtigste, und Annemarie sagte: Das glaube, wer will. Dann zog die Spinne ihr Netz über die Wand, und hinter den geschlossenen Lidern peitschte die rote Therese ihren Hundewagen durch die Maschen und schrie vom Kutschbock: Er hat dich belogen, aber nur –!
Ihr Enkel hätte die Fortsetzung gern gehört, und deswegen fand er keinen Schlaf. Am Morgen war er wie gerädert, sprach mit niemandem im Büro, und Helga, seine Sekretärin, dachte: Na, den hat's aber erwischt. Abends im Bett fing das Theater von vorne an. Annemaries Baldriantropfen wirkten wie Wadenwickel bei Beulenpest. Ja, die Nächte. Donaths Schlaf kam allenfalls nach zwölf Stunden Arbeit und drei Flaschen Bier. Doch der Schlaf war kein Schlaf, weil die Arbeit keine Arbeit war. Holzhacken oder Schneeschippen, das wäre Arbeit gewesen, aber Sitzungen und Konferenzen?
Am übernächsten Mittwoch beriet der Parteivorstand den vertagten Beschluß. Schrottke brachte die Entscheidung der Landesleitung gleich mit.
»Wer wünscht das Wort?« fragte Liesegang.
»Seinen Parteiausweis hat er mir nie gezeigt«, sagte Sandkuhl, »auf Treu und Glauben bin ich reingefallen.«
»Mangelnde Wachsamkeit«, sagte Schrottke.
»Komm du mich man mit deine Sprüche!« fuhr ihm Sandkuhl übers Maul und drohte, seine Jahre in Coswig herzubeten.

»Die Beweise sind erdrückend«, sagte Hauptmann Poche wie ein Staatsanwalt.
»Daß sich unsere sowjetischen Genossen irren, ist für mich völlig undenkbar«, sagte Liesegang.
Überlaß das Denken lieber den Pferden, wollte Donath zu Liesegang sagen, doch das paßte nicht in die Atmosphäre, und außerdem hatte Donath anderes zu tun. Er mußte das *Permit,* den *municipal architect,* die gemeinsamen Spaziergänge, den Sarg für seine Mutter, den Weihnachtsmann und die Korksandaletten für Annemarie vergessen, damit er sich an Schenks »Greisin aus dem deutschen Wolgagebiet«, an Schenks Marx-Brothers-Geschichte, an Schenks Vorliebe für Kinder-Photos und an Schenks Hysterie nach Ralfs Verhaftung erinnern konnte.
»Und du?« fragte Liesegang.
Donath nickte. Die Gegenprobe erübrigte sich, die Resolution für die Mitgliederversammlung wurde nach dem Prinzip des demokratischen Zentralismus durch den Parteivorstand formuliert. Als Liesegang sich erkundigte, ob er »Doppelzüngler« oder »Verräter« schreiben sollte, bot Sandkuhl »Halunke«, Poche »Mörder« und Schrottke »Faschist« an. »Nein«, sagte Donath. »Das wäre ein Bruch meiner Schweigepflicht.«
»Da haste recht«, sagte Poche.
»Was denn nu?« fragte Sandkuhl, der Lenin-Darsteller, mit den Daumen in den Achsellöchern der Weste.
»Lügner«, sagte Donath.
Das genügte den anderen nicht, und man einigt sich auf »parteischädigender Betrüger«.
War das etwa Arbeit für einen erwachsenen Mann? Unfug war das, Hokuspokus und Leichenfledderei.
»Hast du eigentlich den ›Kurzen Lehrgang‹?« fragte Schrottke beim Abschied.
»Den kurzen – was?«
»Die Geschichte der Bolschewiki.«
»Habe ich.«
»Lies mal den Abschnitt über Bucharin und Sinowjew, ziemlich weit hinten.«

»Hm.«
Donath ahnte nicht, wie wertvoll Schrottkes Hinweis für ihn werden sollte. Am Abend legte er sich aufs Sofa, blätterte über Achims Widmung weg und fing mit der Einleitung an. Als Margot und Irene Gute Nacht sagen wollten, lag der »Kurze Lehrgang« auf Vaters Gesicht. Annemarie schleuste die Zwillinge in die Falle, kam auf Zehenspitzen zurück und hob vorsichtig, vorsichtig –
Halt! Das große Licht mußte sie ausmachen und die Stehlampe anschalten – und hob vorsichtig, vorsichtig das Buch von Donaths Nase. Das Lesezeichen klemmte sie zwischen die Seiten zwölf und dreizehn. Dann holte sie das Daunenbett, knipste die Stehlampe aus, und um Mitternacht hörte sie ihren Hermann schnarchen. Vater unser, der Du bist im Himmel, betete Annemarie.
Beim Frühstück war Donaths Genick noch ein bißchen steif von der Sofarolle, doch am Abend lag der »Kurze Lehrgang« wieder auf dem Nachttisch. Der Gefangene im Eiskeller der Kommandantur sagte: Ich habe dich belogen, aber nur –! Doch Donath hatte sein Schlafmittel entdeckt, ein unfehlbares Hypnotikum ohne Nebenwirkungen und Suchtgefahr. Er las: *Im Jahre 1899 gab eine Gruppe Ökonomisten (Prokopowitsch, Kuskowa und andere, die später Kadetten wurden) ein Manifest heraus.* Er überlegte, wie aus Ökonomisten Kadetten werden konnten, dachte an die preußische Kadettenanstalt in Berlin-Lichterfelde und druselte ein.
Als die Zeitungen schrieben, Preußen sei durch ein Gesetz des Alliierten Kontrollrats aufgelöst worden, hatte Donath die Kadetten längst vergessen. Warum fuchste ihn die Meldung trotzdem? Weil Anhalt früher unter preußischer Militärhoheit gestanden hatte? Wer weiß. Der Stich saß, und die Wunde vernarbte nicht über Nacht.
Im März wählte der Kreistag bei vier Stimmenthaltungen Hermann Donath zum Landrat. Eine Formalität? Wie man's nimmt. Tregubenkow schickte immerhin seinen Adjutanten zur Gratulation. Und wer wird Bürgermeister?
Donath wollte nicht dauernd auf zwei Hochzeiten tanzen,

doch als ihn Andropow um einen Vorschlag bat, stand der neue Landrat wie ein begossener Pudel da.

»Es ginge höchstens, wenn ich Gottschalks Arbeitsbereich erweitere«, sagte er.

»Charascho.«

»Hat der Prozeß schon stattgefunden?«

»Welcher Prozeß?«

»Gegen meinen Vorgänger.«

»Eile mit Weile«, sagte Andropow, mächtig stolz auf sein Deutsch, und am Abend schmökerte der Landrat einige Seiten mehr. So hielt er es auch in den folgenden Nächten, wobei sich zeigte, daß der »Kurze Lehrgang« eben doch kein Schlafmittel ohne Nebenwirkungen war.

Mitte April, als die überschwemmten Elbauen gefroren und die Schuljugend zwischen den Eichen Schlittschuh lief, beendete Donath den Abschnitt, den ihm Schrottke empfohlen hatte. Zu einer Stelle blätterte er sich nochmal zurück: *Hauptinspirator und Hauptorganisator dieser ganzen Bande von Mördern und Spionen war der Judas Trotzki.* Von dem hatte Donath schon manches gehört; Bucharin und Sinowjew kannte er nur den Namen nach, aber deswegen rannte er nun nicht gleich zu Rechtsanwalt Börne. Das war eine andere Angelegenheit.

Als Börne noch Notar gewesen war, hatte er das Einverständnis Otto Donaths mit der Wanderschaft des unmündigen Hermann beglaubigt. Seit langem vertrat er die Interessen des Bären gegen den Kochstedter Pächter Helmerich. Darüber war der Rechtsanwalt selber graumeliert geworden, doch immer picobello geblieben: Bügelfalte, Stecktuch, weißer Kragen und kein Kind von Traurigkeit. Zur Zeit poussierte er mit der Gattin des Zweiten Bürgermeisters. Wen juckte das? Börne war Witwer, und Frau Gottschalk stand eben ungern trocken.

»Womit kann ich Ihnen dienen, Herr Landrat?«

Das waren so seine Redensarten. Man benahm sich nicht wie Rotz am Ärmel, außer wenn's ums Honorar ging.

»Wir behandeln den Fall anonym, und sie machen sich keine Notizen«, sagte Donath.

»Soll ich alles vergessen?«
»Das kommt drauf an.«
Als Donath mit seiner Geschichte fertig war, nickte Börne, meinte aber das Gegenteil, denn seine Miene sprach Bände: Zwanzig Bände Brockhaus, wie sie über seinem Kopf im Regal standen.
»Sogar die Kriegsverbrecher in Nürnberg hatten ihre Verteidiger.«
Börne nickte weiter.
»Und im Gericht saßen auch sowjetische Richter.«
»Auch«, unterstrich Börne, »weil es ein internationaler Gerichtshof war. Bei den hiesigen Militärtribunalen sind deutsche Anwälte leider nicht zugelassen.«
»Das ist doch keine Gerechtigkeit.«
»Also, diesen Satz vergesse ich bestimmt, Herr Landrat.«
»Wer verteidigt dann den Angeklagten?«
»Fragen Sie mal Ihre Freunde!«
Donath zog sein Portemonnaie, um die Konsultation zu bezahlen, doch Börne hatte noch was auf Lager.
»Wenn Sie die Unschuld des Angeklagten hieb- und stichfest beweisen können«, sagte er, »sollten Sie die Unterlagen beim Kommandanten einreichen.«
»Ja«, sagte Donath. »Darf ich mal in Ihr Lexikon kucken?«
»Bitte.«
Börne verlangte kein Honorar, weder für die Auskunft noch für den Blick in seinen Brockhaus, Jahrgang '29.
Bucharin war Chefredakteur der ›Prawda‹ gewesen; Sinowjew, eigentlich Hirsch Apfelbaum, hatte die Westeuropa-Abteilung der Komintern geleitet. Dem »Kurzen Lehrgang« zufolge wurden beide als Mörder und Spione erschossen. Lesen bildet.
Ich habe dich belogen, aber nur –.
Ich habe dich belogen, aber nur, weil ich –.
Ich habe dich belogen, aber nur, weil ich dich belügen mußte?
»Hast du's schon durch?« fragte Annemarie.
»Ja.«
»Besorg dir doch wieder 'n ähnliches Buch.«

»Mal sehn«, sagte Donath und atmete gleichmäßig, bis Annemarie eingeschlafen war.
Dann kam Achim. Nacht für Nacht.
Ich habe dich belogen, aber nur aus Freundschaft?
Ich habe dich belogen, aber nur, weil ich nicht wollte, daß –?
Im Mai fuhr Donath mit Lothar Witte nach Wertlau, um den Fortgang der Bauarbeiten zu besichtigen. Im Herbst konnte der Doktor übersiedeln. Auf der Rückfahrt fragte er:
»Wann machst du eigentlich Urlaub, Hermann? Du siehst aus wie Braunbier mit Spucke.«
»Heute mache ich Ferien«, sagte Donath, setzte Lothar vorm Zerbster Krankenhaus ab und fuhr hinterm Breite-Straßen-Tor Richtung Trebnitz.

26

Die Sonne blendete. Er fuhr so langsam, daß der Motor stotterte. Er wechselte den Gang, bog hinter Trebnitz nach rechts und trudelte peu-à-peu nordwestwärts.
Ich habe dich belogen, aber nur –.
Ich habe dich belogen, aber deswegen brauchst du noch lange nicht –.
Ich habe dich nur einmal belogen, aber –
Donath merkte, daß der BMW am Güterglücker Gemeindebüro stehengeblieben war. Dort arbeitete Hanna als Tippse, hatte sie Weihnachten gesagt.
Ich habe dich nur einmal belogen, aber –.
Falsch.
Ein barfüßiger Dorfjunge trat vor Donaths Auto. Er hielt Eimer und Schippe in der Hand und besah neugierig die blanke Motorhaube und das Nummernschild.
Ich habe dich nur einmal belogen, aber –.
Nein, andersrum. Ich habe dich belogen, aber nur einmal. Wieso nur einmal? Wann denn?
Der Junge bückte sich, kratzte die Pferdeäpfel auf der Straße zusammen und schüttete sie in die Eimer. Prima Tomatendün-

ger. Besser, man wässert ihn ein bißchen, sonst ist er zu scharf. Donath roch den frischen Pferdemist, und noch eine andere Brise schwappte heran – wie Thuja, oder? Von wo kam der Duft? Der Güterglücker Friedhof lag doch nicht neben dem Gemeindebüro. Ich habe dich belogen, aber nur einmal. Ach, so. Nur einmal. Na, freilich.
Donath schob den Kopf aus dem Wagenfenster und schrie: »Scher dich beiseite!«
Der Junge spritzte weg. Donath gab Gas, und unterwegs fing er an zu singen. Auf der Volksschule war er schwach im Singen gewesen, doch jetzt schallerte er ein Lied der Fremden Zimmergesellen:

Der Wind weht übers Stoppelfeld
in sonneheißer Glut,
und in der Tasch kein Kreuzer Geld,
aber immer mit dem Hut.
Heidi, heidu, heidallalla!
Aber immer mit dem Hut!

Das Lied hatte zu viele Strophen für die paar Kilometer bis zur Zerbster Postpromenade. Vera machte die Tür auf, wurde ein bißchen blaß um die Nase und verdrehte die Augen, was ungefähr bedeutete: Sind dir die Sicherungen durchgebrannt?
»Ich möchte zu Studienrat Sintenis«, sagte Donath.
»Wer ist denn da?« rief Karnbach.
»Der Herr Landrat«, antwortete Vera laut und schickte einen Seufzer hinter Donath her.
»Mein Schwager ist beim Friseur«, sagte Karnbach. »Er kommt aber jeden Moment zurück. Warten Sie doch so lange bei uns.«
»Danke«, sagte Donath.
»Ich könnte Ernst schnell abholen«, bot Vera an.
»Womit denn?« fragte Karnbach. »Das Auto ist in der Werkstatt.«
»Ach, richtig.«
»Als ob du das nicht weißt«, brummte der Schnapsfabrikant,

und sie setzten sich zu dritt ins Herrenzimmer. Das war Donaths erster Besuch, seit ihm Vera die Schmalzstullen an Likör-Willys Bett serviert hatte.
»Ich brauche den Wagen spätestens am Donnerstag«, sagte Vera. Was hackt die Süße bloß immer auf dem Auto rum, überlegte Donath, bis er begriff, daß sich Vera in Gegenwart ihres Mannes mit ihrem Schwarm verabredete: Donnerstag um fünf in Lindau. Ein Mordsweib. Willy tat Donath fast leid. Aber es war so mühsam, jemanden zu bedauern, der einen Witz nach dem andern erzählte.
Als die Haustür klappte, entschuldigte sich Donath für die Störung und erwischte den Studienrat noch auf der Treppe. Sintenis schien wenig davon begeistert, daß ihn sein ehemaliger Schüler sprechen wollte. Ach, wegen Ralf? Das war was anderes. Der alte Herr wurde ganz kregel, schaffte in seinem Zimmerchen Platz für den Gast und hockte sich rittlings auf die Schreibtischkante. Donath möchte Ralfs Urteil in der deutschen Fassung sehen? Selbstverständlich. Sintenis brachte etwas Verglastes und Gerahmtes, rieb den Jackenärmel drüber und reichte es dem Herrn Landrat.
»Früher hing es nämlich an der Wand«, erklärte er, während Donath das Datum des Urteils las. »Wenn irgendwelche Aussichten bestehen, daß Ralf begnadigt oder die Strafe gemildert wird . . .?«
Mein Gott, dachte Donath und fragte:
»Haben Sie davon 'ne Kopie?«
»Ja, aber nehmen Sie ruhig das Original mit!«
Donath genügte die beglaubigte Abschrift, und als er sich verabschiedete, sagte Sintenis: »Ich mache mir keine falschen Hoffnungen. Trotzdem war Ihr Besuch ein kleiner Trost.«
Donath hatte gefunden, was er finden wollte. Achim hatte ihn nur einmal belogen, und zwar in der Nacht am Heidetorfriedhof, nach der Siegesfeier bei Tregubenkow: Ralf Sintenis war nicht im September, sondern schon im Mai verurteilt worden. Alles klar, schwarz auf weiß. Aber Donath saß am Steuer, sah einen Maikäfer gegen die Frontscheibe prallen, vom Glas aufs Blech rutschen, die Flügel ausbreiten und wegfliegen. Warum

rauschte er denn nicht los, der Landrat, und sang sein Gesellenlied weiter? Weil er wußte, wen er zuerst überzeugen mußte, bevor er die anderen überzeugen konnte.

»So, so«, sagte der Bär, nachdem sich Donath die Seele aus dem Leib geredet hatte. »Du bist ein guter Junge, Hermann«, sagte er, legte seinen Priem aufs Fensterbrett der Mansarde und putzte die Finger an der Hose ab. »Auch ein kluger Junge«, fügte er hinzu und geriet langsam in Fahrt. »Aber du darfst nicht so überkandidelt sein, daß du gleich schlappmachst. Ja, ich weiß, du findest dich mutig, weil du rangehst wie Hektor an die Bouletten. Und was hast du in der Hand?«

»Hier!« sagte Donath, und zeigte seinem Vater noch einmal die Abschrift des Urteils mit dem korrekten Datum.

»Kein Beweis«, sagte der Bär. »Steck's dir an'n Hut! Ob Ralf im Mai oder im September verdonnert wurde, ist den Kameraden absolut wurscht. Die werden erst hellhörig, wenn du kommst und sagst: Vor den Wahlen habt ihr das und das behauptet und nach den Wahlen das Gegenteil – was stimmt denn nu? Da machen die Freunde Spannemann. Oder meinst du, die bestätigen dir, daß Schenk geschummelt hat? Damit würde der Kommandant ja seinen eigenen Schwindel im Schützenhaus zugeben. Nie!«

»Und Sintenis?«

»Um den brauchen die sich nicht zu kümmern, der hat die Hosen gestrichen voll. Der darf das Urteil vom Mai sogar an die Wand hängen.«

»Und mir darf er die Kopie geben?«

»Weil du nicht irgendwer bist, sondern der Landrat, und für den Notfall ist neben Schenk noch 'ne Zelle frei.«

Der Bär tappte eine Weile durchs Kabuff, langte in die Hosentasche, sah den Priem auf dem Fensterbrett liegen und schüttelte den Kopf.

»Darüber wundere ich mich am meisten«, sagte er. »Das hätte ich von dir nicht erwartet.«

»Was denn?«

»Daß du vor dir selber wegläufst«, sagte der Alte und setzte sich wieder in den Sessel. »Merkst du nicht, wie du dich drückst, wenn du mit dem Papier da in die Dessauer Straße rennst?«

»Hier geht's doch um Achim.«

«Das redest du dir ein, weil du die Verantwortung den Russen aufladen willst, oder es ist noch schlimmer, und du stürzt dich absichtlich in dein Verderben. Du darfst nicht nach einem Schuldigen suchen. Keiner ist frei von Schuld, jedenfalls keiner, der so alt geworden ist wie du. Hältst du Schenk für unschuldig? Dann laß dich mit ihm einsperren. Dann konntest du auch Sandkuhl in Coswig Gesellschaft leisten oder Hoppedietz und Mähnert in Buchenwald. Wer zukuckt, hat 'ne weiße Weste, und wer mitmacht, kriegt dreckige Finger.«

»Wir sind auf'm falschen Dampfer, Vater.«

»Nein«, sagte der Bär, »die Richtung stimmt. Wir hätten bloß die ersten sein müssen, und zwar vor dreißig Jahren.«

»Aber wie sollen wir denn leben, wenn sowas passiert?«

»Leben . . .«, sagte der Bär. »Du bleibst Landrat und lebst mit Schenk.« Er zögerte, ehe er fortfuhr: »Ich bleibe Zimmermann und lebe mit Therese Beau. Ja, deine Großmutter ist meinetwegen ins Wasser gegangen, weil sie mir keine Schande machen wollte. Sie war dauernd besoffen, lag immer irgendwo rum, und auf'm Bau hat mich der Stift ausgelacht. Eines Tages ist mir der Kragen geplatzt. Ich hatte die Schnauze voll von dem ewigen ›deine Schwiegermutter kann aber gurgeln‹. Therese, habe ich gesagt, jetzt ist Feierabend mit der Schluckerei. Den Wagen und die Hunde haben wir dann an der Elbe gefunden. Wie wir in Kochstedt auf'm Friedhof waren, konnte ich dir das nicht so ausführlich erzählen. Damals bist du noch zu klein gewesen. Heute verträgst du's. Heute ist sogar die beste Gelegenheit, sonst denkst du noch, ich rede wie der Blinde von der Farbe. Ja, ich habe mich schuldig gefühlt, wie Therese verschwunden war, aber ich konnte ja nicht auf'n Nikolaiturm klettern und runterspringen, obwohl ich's am liebsten gemacht hätte, denn auf ihre Art habe ich sie doch ganz gerne gehabt. Nein, das ging nicht, denn du warst da, und deswegen habe ich eben jeden Abend an deinem Bett gesessen und dich angekuckt. Du warst ja damals noch so'n Hämeken und wolltest mir immer 'n Bart abreißen. Na, nu weine man nich, mein Junge. Ich habe ja bloß den einen Sohn. Weißt du eigentlich, warum? Wie du geboren warst, hat deiner Mutter wer eingeblasen, daß sich Trunksucht meistens in der zweiten Generation vererbt. Zinnober! Aber Luise hat's geglaubt, und deswegen hast du keine Geschwister. Ja, Hermann, dann wollen wir mal, sonst komme ich morgen früh nicht aus den Federn.«

27

Die Anstreicher pinselten weiße Buchstaben auf rote Tücher, von denen jeder, der keine Zeitung kaufte und kein Radio hörte, das Weltgeschehen ablesen konnte. Durch die Saumseligkeit der Zerbster Feuerwehr, die für den Umtausch der Spruchbänder zuständig war, ergaben sich leider gewisse Verzögerungen. So flatterte die Mai-Losung bis Mitte Juni über der Bahnhofstraße, und das Transparent gegen den Marshall-Plan wurde erst entfernt, als der September-Parteitag das Studium des Leninismus forderte. Der Aufruf zum Deutschen Volkskongreß wedelte bis Januar, und die Devise *Für Einheit und gerechten Frieden* wollte die Löschmannschaft nicht mal abhängen, als die Rote Armee schon den Verkehr zwischen den westlichen Besatzungszonen und Berlin blockierte.
Aber niemand beschwerte sich über die verschlissenen Parolen. Manche fanden die Farbtupfer sogar dekorativ, denn was wirklich wichtig war, erfuhr man sowieso zu spät, beispielsweise den Wachwechsel in der Dessauer Straße. Jawohl, Tregubenkow, Andropow, der Hauptmann und der familiennamenlose Pawel Nikolajitsch hatten Zerbst ohne Abschied verlassen. Na, das war ein Benehmen. Sich nach drei Jahren einfach verkrümeln und kein Sterbenswort? Pachulken.
Verglichen mit seinem Vorgänger wirkte der neue Kommandant direkt bescheiden, obwohl er bei der Antrittsvisite des Landrats und der Stadtverwaltung nicht die Mütze abnahm. Doch das gehörte wahrscheinlich zum Zeremoniell, wie

Major Bogomolows eigener Applaus zu dem Scheibenkleister, den Berta brav übersetzte. Ja, Anton Sergejewitsch Bogomolow hieß er, mochte seine fünfundvierzig Lenze auf dem Bukkel haben und blickte so melancholisch, als wäre ihm eine andere Garnison lieber gewesen. Aus der Antwort des Landrats machte Berta offenbar denselben Rhabarber, den der Kommandant geredet hatte. Bogomolow lächelte jedenfalls.

Wozu sollte man über Schenk sprechen? Letzten Herbst hatte die ›Freiheit‹ das Urteil des Hallenser Militärtribunals bekanntgegeben: Fünfundzwanzig Jahre, nach umfassendem Geständnis. Auch Donath erwähnte ihn nicht. Er war dem Wink seines Vaters gefolgt. Wie jemand, der aus Faulheit fleißig wird, hatte er Mut aus seiner Angst gewonnen. Seitdem lebte er mit Schenk. Das war keine Freundschaft wie mit Lothar Witte, weil es zugleich mehr und weniger war. Hermann und Lothar waren Freunde und trafen sich, wann sie wollten. Schenk saß wer-weiß-wo. Wie lebte Donath dann mit ihm? Dachte er dauernd an Schenk? Erschien ihm Schenk als Nikolaus oder als Standartenführer? Auch nicht? Wiegte er Donath in den Schlaf und schaukelte anschließend seinen Mantel durch Donaths Träume? Half er ihm bei der Einrichtung des Wertlauer Sanatoriums, oder zwang er ihn, den Zerbstern für einen alten Hundert-Reichsmark-Lappen einen neuen Zehner-Schein auszuhändigen?

Nein. Der Sträfling, ob nun schuldig oder unschuldig, war der Gefangene des Landrats geworden, ein Teil seiner Natur, seines inneren Wesens. Donath konnte ihn oft monatelang vergessen, weil er sich selber hätte vergessen müssen, um ihn zu vergessen. So lebte er mit Schenk, ohne Lothar zu vernachlässigen.

Im Juli war Doktor Witte mit Sack und Pack nach Wertlau übersiedelt, und an Donaths Geburtstag im August fand die Einweihung statt, kein Tamtam, nur eine kleine Feier in aller Stille, schon wegen der Patienten. Auch der Bär stieg in den Dienstwagen, und Annemarie, die zwischen den Zwillingen saß, balancierte während der Fahrt ein Blech mit Kirschkuchen auf den Knien. Ihr Veilchenparfüm hatte sich verflüchtigt, doch das geblümte Kleid und die Korksandaletten trug sie mittlerweile den zweiten Sommer. Wer wollte ihr das verbieten? Wo sie ging und stand, drehten sich die Männer nach ihr um. Sowas genießt man als Frau. Bei Wittes in Wertlau küßte ihr Professor Menzel, der Landestuberkulosearzt, sogar die Hand. Und wie sich die anderen vor ihr verbeugten, die beiden Lungen-Doktoren, Baudezernent Hetzel, Gemeindevorsteher Elze, Liesegang, Sandkuhl und Mathesius – eine wahre Wonne. Und als sie zu Inge Witte in die Küche ging, konnte Hermann ja mal sehen, wie die Augen hinter ihr her kullerten. Täte ihm gut, so'n bißchen Eifersucht. In letzter Zeit schmuste er ziemlich sparsam, beinahe knauserig.

28

Man bildete eine bunte Reihe, Sakko neben Bluse, und Donath kam zwischen Trudchen Liesegang und Frau Professor Menzel zu sitzen. Warum war er denn so verbiestert? Wegen Annemarie, die von Mathesius zu Tisch geführt wurde? Ach was. Weil ihn die akademischen Pflasterkästen nur mit pflaumenweichen Pfoten begrüßt hatten? Schon eher. Oder weil die Frau Professor ihren Stuhl wegruckelte und mit Hetzel tratschte? Nu ja. Oder weil ihm kein Aas zum Geburtstag gratulierte? Das hatte er sich doch ausdrücklich verbeten, obwohl er es jetzt vielleicht bereute, denn je älter der Nachmittag wurde, um so mehr glaubte er, die ganze Kaffeetafel rückte von ihm ab.
»Gemütlich, was?« fragte Trudchen Liesegang zu seiner Linken. Statt freundlich zu antworten, nickte er nur und hörte zu, wie der eine Lungen-Doktor dem anderen erklärte, was über die Luftbrücke nach Westberlin transportiert wurde, Fleisch und Briketts, Puddingpulver und Rosinen – »Ja, denken Sie mal: Rosinen!« –, Milch und Schokolade, Klosettpapier und Kindernahrung. – Wo steckten eigentlich die Kinder? Margot und Irene saßen am Katzentisch. Die Witte-Söhne trieben sich anscheinend draußen rum. – Haferflocken

und Gewürze. »Einfach alles«, sagte der Mottenzähler.
»Auch Kirschkuchen?« fragte Donath so laut, daß es dem Doktor die Sprache verschlug.
Doch ehe das Schweigen allgemein wurde, klingelte Lothar gegen seine Tasse, sagte »Lieber Hermann!«, fing mit dem Anfang vor fast zehn Jahren an und bat den Freund zum Schluß, der Heilstätte ihren Namen zu geben, bevor man einen kleinen Rundgang antreten wollte: »Denn das ist wahrscheinlich das beste, was wir dir zu deinem Geburtstag schenken können.«
»Danke«, sagte Donath und erhob sich. »Ab heute heißen die Baracken Waldkrankenhaus, worüber sich mancher wundern wird, denn von Wald und von Krankenhaus ist wenig zu sehen. Die Bäume sind noch mickrig, und Doktor Witte muß seine Patienten per Omnibus oder Pferdewagen zum Durchleuchten nach Zerbst karren, weil er bloß ein Mikroskop und einen Sterilisator hat. In Wertlau regnet's nämlich weder Rosinen noch Puddingpulver und Röntgengeräte schon gar nicht. Laboranten, Pfleger und Schwestern fehlen auch.«
Klipp und klar, wie ihm der Schnabel gewachsen war, redete er weiter, und die Gäste hörten ihm zu, weil er ihnen keinen blauen Dunst und keinen faulen Zauber vormachte, sondern die Wahrheit sagte. Der Landestuberkulosenarzt und die Doktoren staunten, wie jemand so schwungvoll aus dem Stegreif sprach, dabei Politik und Medizin vermischte, ohne zu geifern, ohne zu beschönigen. Nein, allabonnör, der Lulatsch hatte Format trotz Parteiabzeichen.
Aber was denn nun? Zuviel Kaffee getrunken oder den Faden verloren? Der Landrat feixte stumm, krümmte sich plötzlich vor Lachen, und alle glotzten ihn an, als wäre er übergeschnappt. Und das scherte ihn einen Deubel. Er lachte weiter. Unfaßbar. Schade um die stille Feier.
»Hermann?« fragte Lothar besorgt, und Annemarie kramte in ihrer Handtasche schon nach Hoffmannstropfen, obwohl man ja an der Quelle saß.
»Wir müssen auf unseren Rundgang verzichten«, sagte Donath mühsam. »Ich habe jedenfalls keine Schnürsenkel

mehr. Ob die Herren mal bei sich selber nachkucken?«
Wegen seiner orthopädischen Schuhe hob Liesegang als erster die Tischdecke an.
»Verflucht!« sagte er.
Der Bär bückte sich nicht, weil er Zugstiefeletten trug, aber Elze stolperte aus seinen Elbkähnen, und Berta quiekte vor Schadenfreude, als sie die Löcher in seinen Wollsocken sah. Professor Menzel zog den Damast über den Kopf, und nachdem ihm die beiden Doktoren gefolgt waren, begann ober- und unterhalb der Kaffeetafel ein vereintes Kichern und Juchzen, denn außer Otto Donath war kein Mann verschont geblieben.
»Nein«, seufzte Sandkuhl und putzte die Lachtränen mit der Tischdecke ab. »Nein, sowas!«
»Wolfgang!« rief Frau Witte. »Werner!«
Die Lümmel hatten hinter der Tür gelauscht und kamen herein, zerknirscht, aber insgeheim mordsfidel über den gelungenen Streich, die Hände voller Schnürsenkel, an jedes Paar ein Schild geheftet, damit kein Durcheinander entstand.
»Nicht schimpfen«, bat der Professor.
»Aber einfädeln!« verlangte Lothar.
»Danke, Jungens«, sagte Donath. »Meine Rede ist zu Ende. Ihr habt mir direkt aus der Patsche geholfen.«
Das glaubte dem Landrat keiner, doch es klang nobel, und als alle Schleifen gebunden waren, trat man den Rundgang an, nur zu fünft, denn es sollte nach Visite aussehen, und mehr Arztkittel hatte Inge nicht auftreiben können.
Lothar führte Hermann, Sandkuhl, den Landestuberkulosearzt und den Luftbrücken-Doktor zuerst zu den leichteren Fällen in die linke Baracke. Wie in der Wohnung waren auch hier die unteren Fenster klarverglast, und die Kippflügel mit Igelit abgedichtet, so daß beim jetzigen Sonnenstand bräunliche Schatten in die Sechser-Zimmer fielen. Die Betten stammten teils aus dem früheren Lager, teils aus Wehrmachtslazaretten, und statt Nachttischen hatte man Holz- oder Aluminiumhocker aufgestellt.
Die Kranken waren verwundert über den Andrang. Einige

richteten sich hoch, erwiderten den Gruß oder fragten, ob was passiert sei.

»Eine Kommission«, schwindelte Doktor Witte, wußte für jeden das passende Wort, und die rotgefleckten Gesichter sanken besänftigt zurück. An der Frauenstation öffnete er eine doppelt gesicherte Tür.

»Vorsicht ist die Mutter der Porzellankiste«, sagte Sandkuhl. Die weiblichen Patienten durften, wenn sie fieberfrei waren, ein bißchen stricken oder häkeln. Aber auf dem Boden sitzen und Schnipp-schnapp spielen durften sie nicht.

»Nie wieder«, schworen die beiden Mädchen und krochen ins Bett. Lothar kontrollierte ihre Fieberblätter und sagte:

»Ihr habt auch keinen Grund dazu.«

Donath wollte das letzte Zimmer der linken Baracke schon verlassen, als er plötzlich einen Blick auffing, der ihm die Sohlen an die Bretter nagelte.

»Ich komme sofort nach«, sagte er zu Professor Menzel.

»Schön, daß du mich besuchst«, sagte Hanna und fingerte ihr rothaariges Gekräusel ums rechte Ohr, wie damals die Schlittenleine ums Handgelenk, oder wenigstens so ähnlich.

»Seit wann bist du hier?« fragte Donath, als wäre er mit Hanna allein.

»Ungefähr 'ne Woche«, sagte sie. »Vorher haben sie mich in Zerbst geröntgt.«

»Schlimm?«

»Bloß die Lungenspitzen«, sagte das Güterglück.

»Soll ich dir irgendwas bringen?«

»Hmhm. Mir reicht's, wenn du mal wiederkommst.«

»Wir warten, Herr Landrat!« rief der Luftbrücken-Doktor aus dem Korridor.

»Ich komme«, versprach Donath, schob Hannas Lidschlag ins Gedächtnis und wünschte ringsum gute Besserung. Während er sein Herzstottern über den Rasen trug, erkundigte er sich beiläufig, ob die Frauen auch zu den leichteren Fällen gehörten. »Die meisten«, sagte Lothar. »Frauen sind hartnäckiger. Nimm doch bloß unsere eigenen!«

»Ja«, sagte Donath, »ja, ja.« Wozu gleich dreimal? Wußte er

etwa nicht, an welche er denken sollte, der Vielweiberich? Er hatte tatsächlich einige Schwierigkeiten, weil ihm der Heiligabend einfiel, der tote Reichsbahninspektor und die vereiste Treckerspur. Meinetwegen können die Zweige ruhig abbrechen, hörte er Hanna sagen, und nun kurierte sie ihre Lunge bei Lothar.

In der rechten Baracke waren die Schwerkranken untergebracht, die Sekundärstadien, die galoppierenden Tuberkulosen, Männer und Frauen Wand an Wand, ohne Doppelschlösser. Hier mußen Donath und Sandkuhl vor der Tür bleiben, und der Luftbrücken-Doktor setzte kaum den Fuß über die Schwelle.

»Zwischen solchen Leuten hast du in Schlesien gelegen?« fragte Sandkuhl durchs Taschentuch.

Ja, zwischen solchen Leuten hatte er gelegen, weniger hoffnungslos, nicht so eng und mit mehr Komfort.

Als sie wieder zu fünft waren, hängten sie die Mäntel in den Sterilisierschrank, wuschen die Hände mit verdünntem Kreosol und wedelten sie im Freien trocken. Dann trennten sich ihre Wege. Lothar und der Doktor gingen an die Kaffeetafel zurück. Sandkuhl und der Landestuberkulosearzt wollten noch frische Luft schnappen, und Donath folgte ihnen in einigem Abstand. Manchmal hörte er Sandkuhl etwas fragen und den Professor antworten, doch an ihrem Gespräch nahm er nicht teil, weil er die Begegnung an Heiligabend bis zum Kiekinpott und bis ins letzte Zimmer der linken Baracke verlängerte, bis in die Tiefe der Jahre und bis in die Gegenwart.

»Wieviel Häuser haben Sie denn mit Ihren Anträgen gebaut, Herr Landrat? Ein Dutzend?«

»Etwa«, sagte Donath überrascht.

»Ich werde Ihnen beiden mal ein läppisches Beispiel geben«, fuhr der Professor fort und betrachtete den mageren Pappelbestand. »Ich kenne einen Rosenzüchter, dessen meistgekaufte Sorte früher ›Lili Marlen‹ hieß. – Hören Sie mir zu?«

»Ja, ja«, sagte Donath, obwohl er den Zusammenhang noch nicht begriff.

»Seit vergangenem Herbst«, sagte der Professor, »nennt der

Mann seinen Betrieb ›Mitschurin-Garten‹, bietet dieselbe Rose als ›Panzerkreuzer Aurora‹ an, kriegt einen zinslosen Bankkredit und macht den doppelten Umsatz, weil er die Landesregierung beliefern darf. Sie lachen, Herr Sandkuhl?«
»Ist doch Schwindel.«
»Nein, so läuft der Hase. Wenn Sie Doktor Witte helfen und dabei selber aus dem Schneider kommen wollen, dürfen Sie das Pferd nicht vom Schwanz her aufzäumen. Ich lese doch Ihre Bettelbriefe: Ziegel, Zement, Förderbänder, Rundstahl, Armierungen . . .«
»Brauchen wir ja auch«, sagte Donath.
»Dann dürfen Sie sich aber nicht mit leeren Händen an irgendeine Verwaltung wenden!«
»Sondern?« fragte Sandkuhl.
»Was Ihnen fehlt«, sagte der Professor, »ist vor allem ein großer Entwurf, ein imponierendes Projekt mit einem zugkräftigen Namen, eine zündende Idee, die in den Wirtschaftsplan paßt, ein Geistesblitz, der ganz ganz oben einschlägt, wie der Schuß aus dem Panzerkreuzer Aurora. Nur so regnet es in Zerbst Baumaterial und in Wertlau eventuell ein Röntgengerät. Aber verzeihen Sie, ich sehe dort meine Frau. Vielen Dank für den reizenden Tag, und Ihnen, Herr Landrat, nochmals meinen herzlichen Glückwunsch!«
»Der alte Knabe weiß, wovon er redet«, sagte Sandkuhl, als der Professor verschwunden war. »Eine zündende Idee!«
»Und woher nehmen?«
»Mal nachdenken.«

29

Nachdenken, gut. Aber wann? Wenn der Landrat durch den Landkreis jockelte? Wenn er den Schweißern der Roßlauer Elbewerft bessere Zeiten ankündigte, obwohl ihnen gute Zeiten genügt hätten? Wenn er im Sisalstaub der Coswiger Mattenfabrik die Flechterinnen vom Vorteil des Leistungslohns überzeugte? Wenn er den Neubauern auf den parzellierten Domänen einen Futtersilo versprach, damit sie ihr Ablieferungssoll erfüllten? Er kam mit leeren Taschen und ging mit Gewissensbissen. An seinem Schreibtisch versank er in Gesetzen, Befehlen, Verordnungen und Beschlüssen. Wollte er sich freischwimmen, besuchte er Lothar Witte, eine Scheibe Speck oder eine Dose Kunsthonig für Frau Leyde im Gepäck. Die Doktor-Baracke wurde sein Schlupfwinkel und Hannas Dankbarkeit sein Trost.

Am liebsten fuhr Donath aber die roten Schiffahrtswege entlang, reiste mit dem Zeigefinger über den Weltatlas, kroch in den Laderaum der *Mauretania* und wartete, bis ihn hinter den Kapverdischen Inseln die grüne Dünung des Atlantik aus dem Zerbster Elend hob. Dann weitete sich das Schraubenwasser zu einem silbernen Keil, und der blinde Passagier erblickte das gelobte Land, wenn die abendliche Stromsperre sein Büro verdunkelte. Woche um Woche wechselte er die Routen. Auf dem Schnelldampfer *Rex* verließ er den Golf von Genua, mit der *Ile de France* durchquerte er das Arabische Meer, streifte die Malediven und nahm Kurs auf Australien. Als er Ende Oktober um Kap Hoorn bog, entdeckte er neben der Linie Valparaiso-Honolulu eine Tränenspur, die er mit dem Tintenlöscher trocknete, bevor er die Anker lichtete. Doch weder in Sidney noch in Batavia begegnete er dem Panzerkreuzer Aurora. Der erhoffte Kanonenschuß traf nicht ihn, sondern den ehemaligen Klempner Reiner Sandkuhl. Er fand die entscheidende Stelle in Sintenis' Broschüre ›Askanische Heimat‹, und Donath, der sich dunkel an das verbrannte Geschenk des Studienrats erinnerte, las mit wachsendem Staunen:

Im Jahre 949 tritt uns in der Gründungsurkunde des Bistums Brandenburg der Name Ciervisti (Zerbst) zum ersten Mal als slawischer Gau entgegen. Da die Magdeburger Mauritius-Kirche zur selben Zeit den Honigzehnten aus Ciervisti eintrieb, gibt es keinen Zweifel am Vorhandensein einer gleichnamigen befestigten Siedlung (oppidum). Wenn der Chronist Thietmar von Merseburg für das Jahr 1007 Zerbst als Stadt (urbs) erwähnt, gewährt er uns deshalb nur eine nachträgliche Bestätigung.

»Op-pidum«, sang Sandkuhl und tanzte Foxtrott übers Parkett, »das – ist die – Idee!« Er schwoofte weiter im Wechselschritt. »Näch – stes Jahr, tau – send Jahr, das – ist die – Idee!«
Ja, das war der Geistesblitz. Donath strich seine Vormittagstermine. Ein einziger Feiertag? Unsinn, mindestens eine Woche! Nur eine Woche? Das ganze tausendste Jahr seit der Gründung!
»Op-pidum!« trällerte Sandkuhl.
Aber die Sache brauchte –
»Nu setz dich endlich hin!«
– einen zugkräftigen Namen, wie Professor Menzel geraten hatte, damit sie von der Provinzialregierung und von der Kommandantur bewilligt wurde. ›Zerbster Tausendjahrfeier‹? Das lassen wir vorläufig mal links liegen. Wir beschäftigen uns mit der Strategie: Die Festivität gibt den Anstoß zum Wiederaufbau, inklusive aller Begleiterscheinungen, als da sind – Zuschüsse für Wohnungen und Kindergärten und Schulen, für die Reitbahn, für ein Geschäftshaus mit staatlicher Handelsorganisation, für die Erweiterung der volkseigenen Werkzeugmaschinenfabrik etceterapepe.
»Pferdemarktlotterie!«
Richtig. Wenn der Jugendverband hunderttausend Lose à drei Mark an den Mann brächte, ließe sich ein dicker Batzen einstreichen, vorausgesetzt, die Graphische Anstalt druckte die Nieten zum Sonderpreis.
»Hauptgewinn?«
»Ein Luftballon«, ulkte Sandkuhl.
Wozu denn gleich in die Details gehen? Den Ablauf des Programms bestimmte sowieso das Festkomitee. Blieb nur noch offen, wem man den Antrag zuerst unterbreiten sollte, der Regierung oder der Kommandantur? Klarer Fall: Sagten die Freunde ja, konnte Halle nicht kneifen. Taktisch einwandfrei.
Anfang November stiebelten Donath, Frau Sandkuhl, ihr Angetrauter und Liesegang zur Dessauer Straße. Da Berta das Wochenende unter dem Hallenser Slawisten Dr. Siegfried Sattler verbracht hatte, konnte sie dem Landrat hilfreich zur

Hand gehen, und das war bitter nötig, denn Bogomolow witterte ›germanskij schowinism‹. Ja, wie denn sowas? monierte Berta. Germanischer Chauvinismus bei slawischem Ursprung? Wußte Anton Sergejewitsch etwa nicht, woher der Name Tscherwisti = Ciervisti kam? Wirklich nicht?
Bogomolow schüttelte den Kopf, verteilte dadurch fünfzig Gramm Wodka im Mund, schluckte, besann sich und sagte: »Tscherwi ist eine Spielkarte.«
»Ja, das Herz«, bekräftigte Berta, »und tscherwiwij bedeutet wurmstichig, denn tscherw ist der Wurm, tscherwjak die Schnecke und tscherwetz die Schildlaus.«
Sandkuhl grinste, als wäre mit der Schildlaus alles erklärt. Doch die Stirn des Majors verformte sich zu gefährlichen Donnerwülsten, was heute gut zu sehen war, weil er keine Mütze trug.
»Tscherwetz führt zu tscherwonnij«, kauderwelschte Berta ungerührt weiter, »und tscherwonnij heißt rot. Wie kriegen wir nun aus der Schildlaus tscherwonnij?«
Liesegang blickte schon mächtig vertscherwt, und auch den anderen schien unwohl in ihrer Haut. War Zerbst eine Lausestadt? Aber jetzt ging Bogomolow ein Licht auf. Er drückte den Daumennagel gegen die Tischplatte und sagte: »Krack!«
»Sehr richtig«, lobte Berta, »die ausgepreßte Schildlaus, die polnische Koschenille liefert das Rot. Allerdings nur die Weibchen«, fügte sie mit einem Seitenhieb auf ihren Mann hinzu. Dr. Sattler hatte Berta in seinen freien Minuten noch die Verwandtschaft der Koschenille mit lateinisch *coclea* (Schnecke bzw. Wendeltreppe) und *coccum* (scharlachfarbenes Tuch) erklärt, doch solche Ergänzungen hielt Frau Sandkuhl zurecht für überflüssig. Handfest mußte das Angebot sein: Zerbst hieß Zerbst, weil hier vor tausend Jahren slawische Siedler mit slawischen Schildläusen slawisches Linnen gefärbt hatten, und zwar rot, wie das Banner der Arbeiterklasse.
»Charascho«, sagte Anton Sergejewitsch.
Die schriftliche Genehmigung der Kommandantur legte Donath dem Antrag an die Landesregierung bei, die nun ihrerseits das Fest erlaubte und Subventionen im Rahmen der

gegebenen Möglichkeiten versprach. Als die ›Freiheit‹ das Millenium bekanntmachte, meinte der Bär: »Rein rechnerisch müßte ich tot sein, denn 1907 haben wir das neunhundertste Jubiläum gefeiert.«
»Das war ein historischer Irrtum«, sagte Donath.
»Mag sein. Schön war's trotzdem.«
Wie der Bär dachten viele Zerbster, und manche fühlten sich durch den Umtausch von *oppidum* gegen *urbs* direkt beschummelt, obwohl die Beweise in der Zeitung standen oder gerade deswegen. Einige meckerten hemmungslos. Gottschalk behauptete, die Schildlaus sei kein Wurm, gehöre auch nicht zur Arbeiterklasse, sondern zur Unterklasse der Fluginsekten, Ordnung Pflanzensauger. »Der liberale Heini soll sich lieber drum kümmern, ob seine Salatschnecke in Börnes Furzmulle gehört«, raunzte Sandkuhl. Der Rektor des Francisceums bemängelte die etymologische Unverfrorenheit, mit der man von Ciervisti auf die Koschenille geschlossen hatte; die ältere Schreibweise Kervisti führte zweifelsfrei zur Kermesschildlaus, die schon bei den islamischen Abassiden als Fes-Farbstoff verwendet worden war. Ja, freute sich denn kein Aas auf die Tausendjahrfeier? Doch. Alfred Schrottke, der Ameisenspezialist, gratulierte: »Jetzt haben wir für den Kampf an der ideologischen Front die günstigste Ausgangsposition.« Donath ließ ihn eine Weile schwafeln und zeigte ihm dann, wo der Ausgang war.
Halt, stopp, einer überkugelte sich vor Freude, umarmte den Landrat und rief: »Ob du's glaubst oder nicht, Hermann – Professor Menzel hat mir geschrieben, daß ich im Januar ein Röntgengerät kriege!« Na, bitte. Und Vera erzählt dir, wie glücklich Karnbach über die erwartete Umsatzsteigerung seines »Stichpimpulibockforcelorum« ist.
Hubitschka, Mäulchen.
»Heißt tscherw tatsächlich Wurm?«
»Ja«, stöhnte Vera, »aber was soll denn *das* jetzt?«
»Ach, bloß so.«
Pussinka, Küßchen.

30

Der Geist blitzt schnell wie's Katzenmachen, doch Sandkuhls Jubeljahr-Idee wirft keine Mieze. Nach langer Trächtigkeit kommt nur ein Brief aus Halle: »Um die Erfüllung des Wirtschaftsplans und die Durchführung des 200. Goethe-Geburtstags zu gewährleisten, sehen wir uns leider gezwungen, die Subventionen für Ihr Heimatfest erheblich zu reduzieren.«

Bei Donaths Tobsuchtsanfall gehen, laut Poches Protokoll 1 Bürolampe, dito 2 (in Worten: zwo) Fensterscheiben, dito 1 Holzstuhl zu Bruch. Der Hauptmann verzichtet auf eine Anzeige, meldet dem Kommissariat 5 der Deutschen Volkspolizei aber vorsichtshalber: ›Unflätige Beschimpfung staatlicher Behörden seitens des Genossen Donath.‹ Wer weiß, wann man's mal braucht.

Donath schreibt direkt an das Landessekretariat der Partei, das sowieso verfügt, was die Landesregierung beschließt. ›Werte Genossen!‹ Was versprochen ist, ist versprochen, sonst gib mir mal das Beil von der Kommode, etwa in diesem Stil. *Wanderers Sturmlied. Den du nicht verlässest, Genius. Wirst ihn heben übern Schlammpfad mit den Feuerflügeln.* Ja, wo lebst du denn eigentlich, Menschenskind? Hat dich die Klucke gehackt? Deine Partei wandelt sich seit Januar zur »Partei neuen Typus«, und du, Hermann, statt dir den rotzfrechen Wisch um die eigenen Ohren zu hauen, ballst die Faust gegen die Vorhut der Arbeiterklasse? Na, warte. Jetzt bläst dir Schrottke den Marsch.

»'tschuldigung«, sagst du und hoffst, das genügt?

Irrtum, mein Lieber.

»Das Wesen der Selbstkritik besteht nicht darin, deine Fehler zu bedauern, sondern aus ihnen zu lernen, indem du dich der objektiv gesetzmäßigen, weil wissenschaftlich fundierten Generallinie der Partei unterordnest.«

»Soll ich mir das Geld woanders besorgen?«

Quack. Die einzig richtige Lehre, die du aus deinen Fehlern ziehen kannst, ist die Mobilisierung der Massen im Wahlkampf zum Volkskongreß, der die Verfassung der künftigen Deutschen Demokratischen Republik verabschieden soll.

»Und dadurch«, meint die Zangengeburt mit dem Himbeerschlips und der Silberklemme, »ergibt sich die großartige Schangse, das Jubeljahr als Waffe gegen den Klassenfeind einzusetzen.«
»Aha, und bei den paar Piepen bleibt's?«
»Bist du taub?«
»War bloß 'ne Frage.«
Das sind so Momente, wo du den ganzen Krempel hinschmeißen möchtest. Eskimo oder Beduine wäre auch ein Beruf. Kanu oder Kamel, Iglu oder Zelt, Seehund oder Datteln. Aber die Familie? Ob in Annemarie plötzlich die Sehnsucht nach Birnenklump und Hühnerfrikassé, nach Butterspargel und Gewürzgurken erwacht? Verlangen Margot und Irene am Nordpol oder in der Sahara den Streuselkuchen, der ihre Kindheit bekrümelte? Das sind nur so Momente, denn dann denkst du wieder: Wer in den Apfel beißt, muß auch den Griebs schlucken, der Landrat ist der erste Diener seines Landes, Weigerung ist Meuterei, Rücktritt Fahnenflucht, ich tue meine Pflicht und Schuldigkeit, gekniffen wird nicht. Mit den gekürzten Subventionen läßt sich immerhin die Reitbahn renovieren. Im März ziehen die Stukkateure ein, im April die Parkettleger, im Juni veranstaltet Kapellmeister Radebold eine Akustikprobe. Darum kümmerst du dich nicht. Für barockes Bandelwerk, gedieltes Fischgrätenmuster und schallschluckende Wände fehlt dir die Zeit. Du merkst kaum, daß Frühling ist. Die Tage gehören dem doppelten Amt und die Abende der Stadt und dem Land, bis in die Nacht.
Du redest vor Lehrern und Gemüsebauern, Rentnern und Gewindedrehern, Handwerkern und Waldarbeitern, Umsiedlern und Krankenschwestern. Wir brauchen, sagst du, keine *formale*, sondern eine *reale* Demokratie, wo jeder das Recht und die Pflicht zur Mitgestaltung hat. Deswegen wird es im künftigen Parlament keine Opposition geben. Die Regierung ist das Vertrauensgremium *aller* Parteien und Organisationen. Wir bleiben, sagst du, bei den Farben Schwarz-Rot-Gold und bei unserer Hauptstadt Berlin, weil wir am einigen Vaterland festhalten. *Das ist Wasser, das ist Erde, und der*

Sohn des Wassers und der Erde, über den ich wandle göttergleich. Für das einige Vaterland kriegst du Applaus? Aber kalter Krieg? Ist doch kalter Kaffee. Und NATO? Natho heißt ein Dorf zwischen Kleinleitzkau und Streetz. Und Besatzungsstatut? Wir kennen bloß Major Bogomolow. Und die Ruhrbehörde? Unsere Jungens pickern Uran aus dem Erzgebirge für die russische Wismut AG. Das westliche Grundgesetz soll kolonialistisch sein und die östliche Verfassung demokratisch? Dann könnten wir die Parteien doch getrennt wählen, statt bloß mit Ja oder Nein zu stimmen.

Anschließend Diskussion? Hat sich was. Anschließend traben die paar Männeken heimwärts, hören den amerikanischen Sender, der ihnen die Diskussion erspart, und anschließend Tschättenugatschutschu. Nach der Gemeindeversammlung in Wertlau fragt Lothar Witte:

»Glaubst du eigentlich, was du den Leuten erzählst?«

»Da kannst du Gift drauf nehmen!«

Klingt gereizt. Betrügst du deinen besten Freund? Ach, was. Ein Volkstribun haut eben auf die Pauke und übertreibt auch mal ein bißchen. Doch deine Reden gehn ins Leere, und diese ewig gleichen Phrasen entfernen dich genausoweit von deinem Publikum wie von dir selber. Begreife endlich, Hermann: Aus Sägespänen werden keine Ameisen. Mehr als ein Drittel aller Wähler kreuzt das Nein der Einheitsliste an.

31

Am dritten Augustsonntag feierte Zerbst seinen tausendsten Geburtstag. Die Bummelzüge der Deutschen Reichsbahn karrten nicht nur Leute aus der Umgebung, sondern auch Dessauer und Magdeburger, Wittenberger und Leipziger ran. Die Städter hatten leere Henkeltaschen, Beutel und Netze um die Handgelenke. Irgendwas wollten sie doch abstauben, Gurken, Tomaten, Zwiebeln oder wenigstens Rhabarber.

Wo steckte denn der Landrat? Fummelte er immer noch an seiner Rede rum? Schade, daß er nicht sah, wie die Bauern

antraten. Hier Tornau! Hier Lübs! Hier Güterglück! riefen sie, nahmen den Hut ab, und der Wind kühlte die hellen Stirnränder. Von den Frauen trugen manche die alte Tracht des Zerbster Kreises: den rotgestreiften Rock mit dem bestickten Saum, den Spenzer, aus dem die gekräuselten Ärmel fielen, die weißen Spitzen überm Schultertuch und im Nacken die schwarze Schleife. Die Bäuerinnen gingen nicht auf die Damentoilette. Sie standen ein Weilchen zwischen den Bäumen der Bahnhofsanlage, tratschten, machten runde Augen, raschelten mit Samt und Seide und folgten den Männern über die Pfützen. Wohin? Zum Bierzelt im Schloßgarten. Unterwegs kauften sie Lose. Die Gewinne durften in der Reitbahn begutachtet werden, außer dem Hauptgewinn, der hätte das Parkett zertrampelt, die Stukkatur beschädigt oder die Preistische mit den Taubenschlägen und Fahrrädern, Nähkästen und Hühnervolièren, Meerschweinchen und Maniküretuis umgestoßen. Was war denn das da? Der Bär, das Zerbster Wappentier! Ganz aus Mirabellen, Kirschen und Pflaumen modelliert, ein richtiges Kunstwerk auf seine Art.
Wat ha ick Ihnen? Jeschubbst? Soll die olle Kuh doch uffpassen, wo ihr Ellboren bleibt, wennse de Bluse in'n Rock stoppt! Mache dich dammfeuchte, du Transuse mit deine Entwarnungsfrisur. So'n Patentekel mechte ich nich ma uff'n Pantoffeln jestickt ham. Kumm, Mutter, wir missen raus, dor Spielmannszuch rickt an, un dor Landrat will wat verklickern. Bier is nich jut bei die Hitze, kriste nachher, un deine Bräjenwurschtsemmel ooch, is balde Mittach.
»Liebe Mitbürgerinnen und Mitbürger!« sagte der Landrat.
»Liebe Gäste aus nah und fern!« Da fiehlt man sich direkt anjesprochen, un de Tränen kennten einem kommen, wemmer nich so abjebrüht wäre. Aber dann sagte der Landrat: »Nach der Zerschlagung des Hitlerfaschismus durch die ruhmreiche Sowjetarmee . . .«, und den Rest konnte er sich schenken.
Mußte er heute auch wieder so'n Schmus quackeln? Ja, sonst strich ihm die Landesregierung den Zuschuß für die Reitbahnbestuhlung, und im November könnt ihr euch die ›Zauberflö-

ten‹-Töne stehend anhören. Alfred Schrottke hatte den Entwurf der Rede praktischerweise gleich mitgebracht. Eine Hand wusch die andere, die Partei hatte ihre Linie, der Landrat sein Theater, und die Leute hielten ihn für den Schwindelmajor, denn der Zerbster Hitlerfaschismus wurde nicht von den Russen, sondern von den Amerikanern zerschlagen. Mahlzeit!

Am Nachmittag saß Donath auf der Tribüne, *umschwebet mich, ihr Musen, ihr Charitinnen,* neben sich Annemarie mit Haubenfleck und Nackenband wie die Bäuerinnen. Der Anblick wikkelte ihn in Gänsehaut. *Weh! Weh! Innre Wärme, Seelenwärme, Mittelpunkt!* Da weiteten sich die Adern. Zur Therapie der Arteriosklerose sind oft klimatische Kuren nützlich: Mittelgebirge, Riviera. *Glüh entgegen Phöb Apollen! Kalt wird sonst sein Fürstenblick über dich vorübergleiten.* Er stand auf und gab den Start frei für das Reitturnier. Meineckes Täfe machte den Anfang, nahm die Reisighürde, bremste den Oldenburger Wallach, hoppste aus dem Sattel, kniete vor dem niedrigen Wasserbottich, in dem die Pfirsiche schwammen. Eiserne Regel: Der Reiter mußte den Pfirsich mit dem Mund fischen, ohne Fingerei.

»Beißen!« riefen die Schlaumeier.

Alle lachten. Annemarie verzog bloß die Lippen, schämte sich wegen der kurzen Ickertchen, beneidete Frau Karnbach, zwei Reihen schräg unter ihr, diese Kreuzotter mit den Giftzähnen, die riß die geschminkte Gosche auf, ein einziger Malkasten, der Trottoirfasan.

Die Haare troffen, doch Täfe hatte den Pfirsich! Mann, was der kaute, wie er den Oldenburger bestieg! Jetzt brauchte er nur noch den Kern durch die Drahtschlaufe unter der Reckstange zu spucken, aber im Galopp. Er stemmte die Stibbeln gegen die Bügel, richtete sich hoch, zielte, spuckte – und spuckte daneben. Ungeschickt läßt grüßen. Ein Fehlerpunkt, weit über anderthalb Minuten, keine Aussicht auf Sieg. Der nächste, bitte.

Am Abend war die Ziehung der Pferdemarktlotterie. Die Treffer hingen nach Nummern geordnet vor dem Eingang zur

Reitbahn. Der Hauptgewinn wurde am Nasenring präsentiert: Bulle Fridolin, Ankuhner Herdbuchzucht, Gesundheitsattest, Körschein, Deckerlaubnis inklusive. Er fiel an Pastor Scharfenberg von St. Bartholomäi.
Wer schrie da: »Schiebung!«?
Donath gratulierte, obwohl sich die beiden nicht riechen konnten, denn als der Landrat aus der Kirche austrat, sagte Scharfenberg: »Ihretwegen trägt unser himmlischer Vater keinen Zylinder.« Ulkiger Vogel. Jetzt erklärte er feierlich: »Ich stifte Fridolin meiner tausendjährigen Heimatstadt!« Wollte sich wohl ranschmeicheln, der Bibelhusar.
Damit war der Tag aber noch nicht zu Ende. Die Dessauer forderten die Zerbster zum Wettsaufen heraus: die Sonnenköppe gegen die Bollenlatscher. Man einigte sich auf zehn Helle pro Kopf. Gewertet wurde die Zeit der ersten drei. Was übrigblieb, schütteten die Gewinner den Verlierern ins Gesicht. Wie erwartet, mußte die Polizei anrücken, doch da war der Vorderteil des Bierzelts längst zusammengebrochen, dem Schankwirt steckte die Festplakette im rechten Ohr, die Brägenwurstbrötchen waren verschwunden, und über den Schiedsrichter des Reittourniers hatte Meineckes Täfe einen Eimer Senf gekippt. Auf dem Podium nebenan röhrte der Leipziger Rundfunk-Baß das Dunajewskij-Lied:

»Ach, es hat schon seinen Sinn, ja-ja!,
Daß ich Wasserträger bin, ja-ja!«

Plötzlich versagte ihm die Stimme, weil der Kotflügel des Sanitätswagens das Lautsprecherkabel zerriß.
»Singe, du Sack!« brüllte Sandkuhl.
Doch der Draht war nun mal kaputt und konnte auch nicht mehr geflickt werden in dieser Nacht, weil ihn jemand eingerollt, abgeschnitten und mitgenommen hatte. Da leerten sich die Zuschauerbänke. Man trank noch einen Abschiedsschluck oder kuckte noch ein Weilchen auf den Tanzboden, wo das Schwarz-Weiß-Sextett die ›Capri-Fischer‹ dudelte.
Im November führte das Opernensemble des Dessauer Lan-

destheaters die »Zauberflöte« auf. Ergreifend! Und wer saß drei Plätze von Donath entfernt? Hanna Leyde, kuck an. Wie war das rothaarige Güterglück denn zu der Eintrittskarte gekommen? Der Landrat hatte ihr das Billett einfach per Post geschickt, aha.
Regieanweisung: Die Königin kommt unter Donner aus der mittleren Versenkung, und so, daß sie gerade vor Pamina zu stehen kommt.
Königin: Zurück!
Pamina: (erwacht) Ihr Götter!
Monostatos schlich ab, Mutter und Tochter hatten einiges wegen Sarastro zu bekakeln. Ihr Gespräch war leider nicht so durchsichtig wie ihre Kostüme. Klar wurde bloß, Pamina war dafür, die Königin der Nacht dagegen, und der Höhenunterschied zwischen beiden war beträchtlich, weil Muttern auf'm Versenkungspodium stand.
Königin: Siehst du hier diesen Stahl? Er ist für Sarastro geschliffen. Du wirst ihn töten und den mächtigen Sonnenkreis mir überliefern. – Mord, fand die Tochter, war ein bißchen viel verlangt.
Pamina: Aber, liebste Mutter! –
Königin: Kein Wort!
Jetzt sang sie nämlich, *wie die Lerche, du da droben,* ein Koloratursopran, und bei irgendeinem dreigestrichenen ›f‹ blickte Hermann nach links und Hanna nach rechts.
Königin: (singt) Verstoßen, verlassen und zertrümmert alle Bande der Natur, wenn nicht durch dich Sarastro wird erblassen! Hört, hört, hört, Rachegötter! Hört der Mutter Schwur!
Nun hätte die Königin der Nacht eigentlich versinken müssen, aber leider versagte die Reitbahn-Hydraulik, doch dafür klappte die Äugelei zwischen Hermann und Hanna, und keiner merkte es. Endlich arbeiteten die Drucksäulen wieder, und Frau Kammersängerin Schmidt-Ammerschlag tauchte weg. Die große Überraschung kam am Schluß. Das Orchester intonierte die Nationalhymne der Deutschen Demokratischen Republik, und wer wollte, konnte mitsingen, der Text war im Programmheft abgedruckt: »Auferstanden aus Ruinen . . .«

Ja, ja, seit Oktober hatten wir unsern eigenen Staat, und der Präsident hieß Wilhelm, wie der Mann auf dem Photo aus dem Beuthener Reservelazarett. Und im Dezember feierten wir noch einen Geburtstag: Stalins Siebzigsten. Der Führer und Lehrer aller Werktätigen schwärmte für Nachtigallen. Deswegen wurde sein Lieblingslied von sämtlichen Solisten und gemischten Chören mit Begleitung oder a cappella gesungen: »Wo bist du, mein Lieb, Suliko?« Das war keine Fehlgeburt, sondern ein Jubeljahr nach Maß.
Wen du nicht verlässest, Genius, nicht der Regen, nicht der Sturm haucht ihm Schauer übers Herz. Wen du nicht verlässest, Genius, wird dem Regengewölk, wird dem Schloßensturm entgegensingen, wie die Lerche, du da droben.
Oder wie Suliko, die Nachtigall.

Dritter Teil

1

Für Donath galten Gesetze nicht deswegen, weil sie gerecht, sondern weil sie Gesetze waren. Das betraf auch den Erlaß, der die Doppelfunktionen bei den örtlichen Behörden abschaffte. Hermann Donath wurde Landrat, und Egon Liesegang wurde Oberbürgermeister. Donath wechselte an den Schreibtisch Joachim Schenks und hängte den Präsidenten der Republik an die Wand. In Liesegangs Büro hing der Generalsekretär mit dem Spitzbart. Ob Wilhelm oder Walter, war Jacke wie Hose. Gesetze blieben Gesetze, und auf Beschluß der Landesleitung belegte Donath den einjährigen Fernkurs an der Parteihochschule. Wäre es nach seinem Willen gegangen, hätte er sich eher an der Verwaltungsakademie in Forst-Zinna eingeschrieben, doch es ging nicht nach seinem Willen. Also abonnierte er die theoretische Monatsschrift ›Einheit‹, büffelte die ausgewählten Werke der Klassiker des Marxismus-Leninismus, saß dabei, um nicht einzuschlafen, auf einem Hocker, studierte die Schulungsbriefe, beantwortete die Fragebogen und erhielt übers Jahr ein in rotes Kunstleder gebundenes Diplom, das ihm die Eignung zum Parteiarbeiter neuen Typs bescheinigte. Verquirlte er den bestandenen Kurs mit seinem Zerbster Leben, hieß das Resultat: Die dialektische Methode hatte vier Merkmale, der philosophische Materialismus drei Grundzüge, der Landrat einen Freund, zwei Kinder, drei Frauen und vier Hauptschwierigkeiten beim Aufbau der neuen Gesellschaft – Frühling, Sommer, Herbst und Winter. Drei Frauen? Na, da prahlte er ein bißchen. Mit Hanna fuhr er gelegentlich zum Dornburger Schloß und trudelte mit ihr um die Teiche herum. Hin und wieder gingen sie auch bis zum Pretziener Wehr, durch das die Elbe bei Hochwasser reguliert wurde. Im Frühling sahen sie ein mattes Grau über dem

Strom, ein sphärisches Segel, das der Westwind einrollte oder zerriß. Die blattlosen Eichen reckten ihre dicken Astknorren in den Himmel, die Deichweiden blühten, und abends schlossen die Wiesen der Niederung ihre Pusteblumen. Donath und Hanna lehnten sich gegen einen Sandsteinpfeiler der Wehrbrücke und blickten Richtung Glinde oder Schönebeck. Wenn es jenseits der Elbe gewitterte, zuckten die Blitze über das spiegelnde Wasser, und der Landrat wie Frau Leyde dachten an Artillerie oder Krieg. Aber sowas sprachen sie nicht aus. Sie kramten keine Erinnerungen hervor. Es genügte ihnen, daß sie beide dieselbe Luft atmeten, den Modder aus den Sielen, die bitteren Sauergräser, den Dunst der Haselnußsträucher, die Fäulnis des Bretterstegs und endlich, auf dem Rückweg, Nessel und Minze und das süße Heu, den herzanhebenden Duft der Ebene. Ziemlich schweigsam, solche Abende; Hermann sagte allenfalls: »Knapp sechs Meter hoch ist der Stau. Hat mir mein Vater mal gezeigt, wie ich noch Stift bei Ravens war.«
Hanna fragte nicht nach Ravens, obwohl ihr der Name im Gedächtnis brannte, weil sie Ravens die Schuld an Hermanns Zögern gab. Hanna wußte noch gut, wie der Unternehmer seinen Angestellten so mit Aufträgen überhäuft hatte, daß der junge Baumeister nicht ans Heiraten denken konnte. Doch das ließ sie jetzt beiseite. Das rothaarige Güterglück hatte den Lungenspitzenkatarrh ausgeheilt, war von der Tippse zur Sachbearbeiterin aufgerückt und züchtete nebenher Kaninchen, schlachtete sie selber, schneiderte die Felle zu Rheumawickeln und tauschte sie gegen Lebensmittel.
»Fressalien«, sagte Hanna. Nein, danke, sie kam alleine durch. Aber Hermanns Geschenke hatten ihr im Waldkrankenhaus mächtig geholfen.
Wenn es dunkel wurde, nahm Donath ihren Arm, damit sie nicht über die Wurzeln stolperte. Er drückte Hannas Ellbogen, sonst nichts.
»Nächste Woche kriege ich 'ne Angorazippe«, sagte Hanna, »dann kann ich balde Pullover stricken.«
»Und für mich 'n Paar Pulswärmer.«

»Du mit Pulswärmern?«
»Vielleicht werde ich doch noch ’n richtiger Beamter.«
Darüber lachte Hanna. Das konnte sie sich nicht vorstellen, und Hermann wollte es auch nicht glauben, obwohl er es goldgedruckt und kunstledern eingebunden hatte, mit Wilhelms Unterschrift, man denke. Hanna lachte. Es wurde nie langweilig. Meistens schlenderten sie zum Pretziener Wehr. Manchmal trug Hanna weiße Kniestrümpfe. Sehr hübsch. Aber *drei* Frauen? Pure Übertreibung. Sogar *zwei* Frauen stimmte nicht mehr, denn Annemarie zählte kaum noch mit. Zu Beginn des Fernkurses hatte sie Hermann die Antworten auf die Kontrollfragen abgehört. Dabei unterlief ihr irgendwann ein Fehler. Entweder verwechselte sie den proletarischen Internationalismus mit der II. Internationale oder die Produktivkräfte mit den Produktionsverhältnissen oder die Sowchosen mit den Kolchosen. Welche politischen Begriffe es gewesen waren, hatte sie vergessen. Doch Hermanns »dumme Kuh« hatte Annemarie nicht vergessen. Erklärte das ihre Verwandlung seit dem fernen Fernkursabend? War sie eines Schimpfworts wegen so üppig geworden, daß die Nähte zu platzen drohten? Kam ihr Speck vom Kummer oder ihr Kummer vom Speck? Sie wußte es selber nicht. Als sie spürte, wie Hermann ihr entglitt, warf sie ihre Liebe auf die Kinder; ihre ganze Liebe. Am ersten Schultag trugen Margot und Irene die schönsten Kleidchen und Zuckertüten. Annemarie führte den Zwillingen die Hand bei Buchstaben und Zahlen. Brachten die Mädchen Einsen nach Hause, wurden sie wie Wunderkinder behandelt, und Annemarie feierte die künftigen Triumphe ihrer Töchter mit Festessen vorweg. Geld spielte keine Rolle, dank Donaths Großzügigkeit. Bei Sonderzuteilungen mußte Annemarie nirgendwo Schlange stehen. Man wußte schließlich, mit wem man es zu tun hatte. Für die Frau Landrat wurden Raritäten unterm Ladentisch reserviert, Würfelzucker, Rollmöpse, Fondants, Hering in Tomate, Liebesknochen, Schlackwurst.
»Früher hast du öfter gesungen«, sagte der Bär. »Ich höre es so gerne. Sing doch mal wieder.«

»Heute bin ich nicht in Stimmung.«
Annemarie sang nur mit den Kindern, und auch dann saß ihr ein Kloß im Hals. Als Donath den Kurs abolviert hatte, wollte er zu den alten Gewohnheiten zurückkehren. Annemarie ergab sich ihm ohne Lust. Nein, das Nachthemd behielt sie an.
»Es ist so kalt«, sagte sie und ahmte ihr ehemaliges Vergnügen nach, damit er schneller fertig wurde. Donath schwante der wahre Grund.
»Was ist denn?« fragte er.
»Nichts«, sagte sie und weinte ein bißchen, als er schnarchte. Es war wirklich nichts. Sie war unglücklich, ohne genau zu wissen, warum. Was bedeutete das schon? Morgen würde sie den Kindern Schreibhefte und Lakritze kaufen. So lebten Millionen Frauen, und so starben die meisten. So lebte Annemaries Mutter in Steckby und beschwerte sich nicht. Solange der Mann nicht fremdging, konnte jede Frau so leben. Wo waren die Tränen? Im Kissen. Da strich man vielleicht nochmal den Ärmel über die Augen, bloß sicherheitshalber, und pustete den Kräuselkram aus der Stirn. Bis daß der Tod euch scheidet, bitte sehr. Morgens stehen wir auf, ziehen uns an, wischen den Rock glatt, eine Gebärde, der wir lebenslänglich treu bleiben: Aufstehen, das Kleid striegeln, klar Schiff und keine leeren Versprechungen, mein Herr. Das war alles, und das reichte. Donath war es zu wenig. Er traf sich mit Vera Karnbach in Leipzig. Das hieß bei ihm: Besuch der Frühjahrsmesse. Vera reiste anschließend weiter nach Bad Lausick zur Kur. Deswegen brauchte sie drei Koffer. Bevor sie sich von Karnbach zum Bahnhof bringen ließ, gab sie Erika Sintenis einige Ratschläge, die Wäsche, die Lebensmittelkarten, die Mistbeete und den Tapezierer betreffend. Vera hatte zwanzig Flaschen Kräuterlikör gegen einen blauseidenen. Stoff für Übergardinen getauscht. Erika sollte die alten Vorhänge nicht etwa verbrennen, sondern Hadern daraus schneiden.
»Hadern?«
Lappen, Staub- und Scheuertücher. Wir sind keine Millionäre. Fast hätte Vera ihre Lockenwickler vergessen. Gerade die Blechklemmen waren so wichtig bei den täglichen

Schlammbädern, besonders wenn man später zum Kurkonzert ging oder in einen Liederabend wie letztes Jahr, als der Tenor aus Berlin die »Winterreise« gesungen hatte, ein jugendlicher Feschak mit glatter Haut statt Willys ekligem Pelz. Vera goß halbvolle in halbleere Gurkenmilchfläschchen um und ordnete ihre Cremes für die Bauch- und Brustmassage. Von den Eispackungen, die eine Magdeburger Kosmetikerin empfohlen hatte, war sie abgekommen; die machten zu viel Schweinereien, es sei denn, man schlief wie ein Bettnässer auf Gummilaken. Elf Paar Schuhe reisten mit, dieselbe Anzahl Kleider, Schlüpfer, Unterröcke, Hemdchen, Büstenhalter, Strapse und Strümpfe, auch warme Mäntel und ein Regencoat. In Lausick bat Vera immer um einen zusätzlichen Schrank.

2

Das Leipziger Doppelzimmer war für Herrn und Frau Donath gebucht, denn die Hotelordnung verbot sowohl Ledigen verschiedenen Geschlechts wie Verheirateten aus zweierlei Ehen das gemeinsame Übernachten. Vera unterschrieb den Meldezettel als Annemarie Donath und legte in ihren Personalausweis einen geknifften Blauen, den Herr Löffler ohne Federlesens einsteckte. Er pfiff auf das Geld. Was bedeuteten ihm hundert Mark? Er konnte sie der »Volkssoldarität« für ein Altersheim spenden. Als Chef der Rezeption, als Mitarbeiter des Staatssicherheitsdienstes und als Agent des amerikanischen CIA bezog er ohnehin ein dreifaches Gehalt. Löffler ging es nicht um Moneten, sondern um eindeutige Tatbestände (Urkundenfälschung, Bestechung), die er sowohl an die betreffenden Leipziger wie Münchner Adressen weiterleitete. Von dort nahmen die Listen ihren Weg nach Halle oder Frankfurt am Main, in die Berliner Normannenstraße oder nach Washington, wer weiß. Alfred Schrottke nannte Löfflers Register »Schmetterlingssammlungen«, und weil Donath und Vera nicht das erste Mal in dieser Herberge logierten, gehörten sie beide schon vor ihrer Ankunft zu den Geheimdienstpräpara-

ten, aufbewahrt zu eventuellem späteren Gebrauch, der Landrat neben der Fabrikantengattin unter östlichem und westlichem Zellophan, das besser durchschaubar war als der düstere Leipziger Himmel hinter den verrußten Scheiben.
Auf der Herfahrt hatte Donath beschlossen, sich entweder von seiner Frau oder von Vera zu trennen. Er hatte es siebenundsiebzig Kilometer lang überlegt und glaubte, mit sich im reinen zu sein. Entweder – oder. Doch das Urteil sollte nicht hier fallen, nicht in dem stickigen Zimmer, dessen Fenster sie wegen des Küchengestanks aus dem Parterre nur nachts öffnen konnten, nicht hier im Hotel, sondern irgendwo draußen, unter Menschen, unter Sachsen, wo man weniger Rücksicht nehmen mußte, weil alle zuhörten, ohne was zu verstehen.
Donath wollte nicht die Schuhe ausziehen. Er wollte sich nicht zu Vera aufs Bett legen. Er saß an der Frisiertoilette und stützte den Ellbogen auf die gesprungene Glasplatte. Bewegte er den Arm, knirschten die Bruchstücke gegeneinander.
»Erzähl was.«
Was konnte er Vera erzählen? Daß man dem Kreis-Etat die Gewerbe- und die Lohnsummensteuer entzogen hatte? Daß ihm der Tag schwante, an dem er mit der Kino- und Hundesteuer würde wirtschaften müssen? Daß er beim Prozeß gegen die Conti-Gas-Angeklagten im Parkett des Dessauer Theaters gesessen hatte? Daß Poche zu dämlich war, um diese F-Schmierer zu erwischen? Ja, das ging.
»Eff?« fragte Vera. »Was heißt Eff?«
»Freiheit«, sagte Donath.
»Ach«, sagte Vera. »Ich dachte immer, wo Eff an der Wand steht, hängt ein Feuerlöscher.«
Donath nickte. Es war sinnlos. Vera begriff ihn nicht. Trotzdem mußte die Entscheidung fallen, so oder so.
»Gehen wir spazieren?«
»Später.«
Donath zog die Schuhe aus und stellte sie unters Bett, was Vera falsch verstand. »Ich will nur mit dir reden«, sagte Donath und kam nach einer Viertelstunde wieder zu sich. »Irgendwas muß passieren«, sagte er zu laut und zu wichtig, »ent-

weder oder.«

»Hm«, machte Vera und gähnte. »Was denn ungefähr?«

Donath erklärte es ihr. Vera betrachtete die Risse in der Schrankpolitur und fühlte sich überflüssig. Sie kriegte keine Kinder, nicht mal durch Moorbäder. Alle kriegten Kinder, Berta Sandkuhl, Annemarie Donath, in ein paar Jahren würde Erika Sintenis welche kriegen, blonde Bälger, sommersprossige. Nur Vera kriegte keine, selbst dann nicht, wenn sie anschließend ein Kissen unter den Hintern schob. Sie liebte Donath, auch wenn ihn die Leute für einen Bonzen hielten. Das war ihr schnuppe. Sie hätte gern Söhne von ihm gehabt, Riesenkerle, enorme Hutnummern, breite Schultern, Matrosengemüter, zu Haus auf dem Meer, zu Schiff über Land, einen Traum am Mund statt Marmelade, wie Karnbach beim Frühstück, obwohl Willy nicht der Schlechteste war. Sie hatte die Wahl zwischen einem Leben ohne Kinder mit einem Schnapsfabrikanten und einem kinderlosen Leben mit einem geschaßten Landrat, denn seinen Posten kostete es Donath, wenn er sich ihretwegen scheiden ließ. Vor zwanzig Jahren hätte sie nicht gezögert, aber seit heute morgen wurde das Schlafzimmer tapeziert, weinrot mit weißen Empire-Kränzen, und nun sollte sie auf die Chaussee? Nach Hohenwarthe oder nach Rostock, wo Donath Arbeit als Baumeister fände? Oder nach Aue?

»Du darfst ihnen das nicht antun.«

»Wem?«

»Deinen Kindern.«

3

Auf siebenundsiebzig Kilometern hatte Donath weder an Margot noch an Irene gedacht. Sie waren ihm angewachsen wie zwei Extrahände, also eher was für Klavierlehrer, aber niemand verzichtete auf seinen kleinen Finger, selbst wenn er ihn nur zum Popeln oder zum Abschluß von Tonleitern benutzte. Rief Donath die Mädchen, rief er: Maggi! Dann

hopsten sie in seine Arme. Er würde sie nicht mitnehmen können. Aber was kümmerte das Vera? Sie sagte das gleiche, was Annemarie sagen würde: Du darfst ihnen das nicht antun. Ein Spruch fürs Poesiealbum: »Und immer hör ich's rauschen – Deine Fränzi.« Otto Donath war nicht vom Nikolaiturm gesprungen, weil ihm Luise einen Hermann geboren hatte. Sieh an, auch der Bär.
Keine Freiheit, kein Eff. Wer kam da noch mit? Was hieß hier entweder, oder? Die Kinder hatten Väter, die keine Väter waren, die Frauen hatten Männer, die keine Männer waren. Wäre es nicht das beste, wenn sich die Männer in Mütter verwandelten? Ob Lyssenko das Kunststück schaffte? Glaubte man den Zeitungen, mutierte der Moskauer Obergenetiker die Erbanlagen durch veränderte Umweltbedingungen, züchtete Erdbeeren am Polarkreis und Weizen in der Tatarensteppe. Dem konnte doch auch die Mutation des homo sapiens glücken, die Liebe zum Selbermachen, der Zwitter mit der Wiege neben der Fräse.
Warum hatten sich die sonst so geschwätzigen Klassiker gerade darüber ausgeschwiegen? Nur Engels, in der »Dialektik der Natur«, verwies auf die Zweigeschlechtlichkeit des Bandwurms. Aber Bandwürmer waren eine Darmfrage. Der Hauptkonflikt wurde unterschlagen. Marx schwängerte seine Köchin. Was meinte Jenny von Westphalen dazu, Karls adlige Gattin, die sogar Engels' Freundin den Besuch verwehrte, weil *dear Frederick* mit dem Fräulein nicht mal verlobt war? Wie bewältigten Lenin und die Krupskaja das vierte Merkmal, den inneren Widerspruch, der die Bewegung bekanntlich vorantrieb? Stopfte Nadjeshda ihrem Iljitsch bloß die Socken, ohne ihm ein paar Ohrfeigen zu verpassen, wenn er nach schmukken Komsomolzinnen schielte? Die Biographen verschmähten solche privaten Details. Der Heilige im Mausoleum am Roten Platz hatte keine verkorkste Ehe geführt, und sein Nachfolger forderte die strikte Einhaltung der bolschewistischen Moral, obwohl er schon zum dritten Mal verheiratet sein sollte. Da wüßte man doch gerne, wie sich Jossif Wissarionowitsch scheiden ließ. Vorm Kreml-Amtsgericht? Dshugaschwili

gegen Dshugaschwili? In gütlichem Einvernehmen? Oder stritt der Führer aller Werktätigen mit seiner jeweiligen Frau um die Kinder, die Möbel, die Wäsche und das Tafelsilber? Wo steckten sie eigentlich, die früheren Stalin-Damen? Hörte er ihretwegen immer wieder »Wo bist du, mein Lieb, Suliko?« Oder hatte ihm seine neue Nachtigall die Flötentöne beigebracht?

Donath verstreichelte den Entschluß an Veras Hüften. Entweder, oder? Ach, Unsinn. Der Landrat und Frau Karnbach aßen zu Abend in »Auerbachs Keller«. War ja wieder mal Goethe-Jahr, der hundertzwanzigste Todestag. »Trinkt Weine der Freundschaft!« ermunterte das Transparent unter dem Gewölbe. Sie tranken rumänischen Weißwein, »Tarnave Feteasca«, ziemlich süß, trotzdem erheiternd. Am nächsten Morgen frühstückten sie im Hotel. Um die Mittagszeit notierte der vigilante Rezeptionschef: ›Abreise V. K. Bad Lausick, H. D. Zerbst.‹ Er hätte noch hinzufügen können: Per Eisenbahn, V. K. zweiter Klasse, H. D. dritter. Doch der Unterschied schien für Löfflers Schmetterlingssammlung belanglos.

4

Das Abteil war gerappelt voll. Hinter Rackwitz wurden die Einweckgummis von den Aluminiumbüchsen geschnipst. Zwischen Zschortau und Delitzsch zerquetschte Donaths Gegenüber ein leergelöffeltes Hühnerei und fragte, ob er das Fenster herunterziehen dürfe. Bitte sehr. Doch Donath mußte dem alten Herrn helfen, weil der Lederriemen abgeschnitten war. Es dauerte eine Weile, bis sich die klebrigen Eierschalen von den Fingern gelöst hatten. Währenddessen drang rußiger Dampf ins Coupé. Als das Fenster geschlossen war, vermischten sich Braunkohlenschwaden mit dem Geruch feuchter Mäntel und schwitzender Messinggriffe.

In Bitterfeld stiegen viele aus, und die müde Frühschicht enterte den Zug. Ab Wolfen stand ein AGFA-Schnösel zwi-

schen Donaths Knien und parodierte johlend den Schlager »Dreh dich noch einmal um, eh wir auseinandergehn«.
»Zugabe! Zugabe!« brüllten seine Kumpels, und der Komiker ließ sich nicht lange nötigen. »Dreh mich noch einmal um, eh ich auseinandergeh'!« Bis Dessau dröhnte der Gesang in Donaths Ohren, und als die Jungens über den Bahnsteig an ihm vorbeizogen, grölte ihr Anführer wie zum Abschied die letzten Takte.
Neue Leute stiegen zu, Leute mit Henkeltaschen und Rucksäcken. Donath erkannte auch ein älteres Zerbster Ehepaar; die beiden erkannten ihn noch nicht, denn sie hatten nur Augen für das Gepäck und die Sitze. Da mußten die Netze verstaut und die Plätze gesichert werden, bevor man sich umsah. Donath bemerkte ihren Schreck und wollte sie anreden, aber der Name war ihm entfallen. Doch da sagten sie schon aus einem Mund: »Guten Tag, Herr Landrat!«
Und nun konnte er sich ja erkundigen. Methfessel. Natürlich, Methfessel.
»Ordentlich eingekauft?«
»In der Kavalierstraße bei Zeeck.«
»Im HO-Warenhaus«, verbesserte Herr Methfessel, während die Kuppel des herzoglichen Mausoleums verschwand.
»Die Auswahl ist wohl größer als in Zerbst?« fragte Donath.
»Möchte ich gar nicht unbedingt behaupten, Herr Landrat.«
Bürohengst. Methfessel arbeitete im Kontor der Sozialversicherung, klarer Fall. Seine Frau schnappte Donaths Blick zu den prallen Netzen auf und sagte:
»Klopapier.«
»Riesenportion.«
»Drei Rollen pro Nase.«
»Sind da nicht mehr als sechs Stück drin?«
»Wir haben uns siebenmal angestellt.«
Zweiundvierzig Rollen, rechnete Donath aus. Was diese Leute zusammenschissen, unglaublich.
»Wenn man sparsam damit umgeht, reicht es bis Weihnachten«, sagte der Kontorist. »Leider Gottes erfolgt die Belieferung sehr sporadisch.«

»Hamstern ist trotzdem verboten«, sagte Donath. »Sogar strafbar«, fügte er hinzu, um Methfessels den Spaß zu verderben. »Sollen wir das Toilettenpapier zurückschicken?« fragte der Kontorist.

»Ach was«, brummte Donath und sah aus dem Fenster. Seinetwegen konnten die beiden so oft auf den Lokus gehen, wie sie Lust hatten. Er wischte sich den Hintern mit der ›Freiheit‹, mit dem Eff. Vielleicht war das auch strafbar. Worauf wartete denn der verdammte Zug? Das Dampfventil pfiff den Foxtrott »Frauen sind keine Engel«: Dü-da, dadadadü-da! Endlich ruckte die Lokomotive wieder an, und die Waggons schlichen über die Elbbrücke.

Roßlau. Hier begann der Zerbster Landkreis. Jemand aß ein Brägenwurstbrot. Brägen bedeutet Schweinehirn. Liesegang hatte einen Brägen und war Oberbürgermeister. Im Abteil herrschte Stille. Die Mitreisenden fürchteten sich, weil ein leibhaftiger Landrat sie das Gruseln lehrte, und der Landrat ärgerte sich, weil die Leute nicht aufmuckten. Zwischen Tornau und Rodleben drosselte der Zug das Tempo, bremste und hielt vor dem Bahnübergang zum Bernsdorfer Forst.

»Adjeh«, sagte Donath, öffnete das Coupé, sprang auf den glitschigen Schotter und lief davon.

»Herr Landrat!« rief ihm Methfessel hinterher. Leckt mich am Arsch, daß es euch bis Weihnachten reicht, dachte Donath.

5

Von hier nach Wertlau sind es rund drei Kilometer. Keine Entfernung für einen Fremden Zimmergesellen, der seinerzeit die Strecke Simmern–Beilstein im Tag- und Nachtmarsch schaffte, quer übers Hunsrück. Aber damals hing nur der Charlottenburger am Knotenstock, und heute zerrt der Koffer am Arm. Wie nennen die Österreicher solche Art Regen? Bindfadenregen oder so ähnlich. Härr Kollägä, sagt Karl Paryla als Doktor Semmelweis; in dem gleichnamigen DEFA-Film kämpft der Wiener Geburtshelfer auch gegen Dreck, nicht gegen Straßenschlamm wie Donath, sondern gegen die ärztlichen Schmutzfinken auf den Entbindungsstationen. Hygiänä, trichtert er den Gynäkologen ein und senkt die Sterblichkeitsrate bei Säuglingen um mindestens soundsoviel Prozent. Was schert das den Landrat? Sitzt er im Kino, oder watet er im Matsch? Schnürlregen, sagt Semmelweis, wenn es wie heute regnet. Danke, Härr Kollägä. Donath verzichtet aufs Händeschrubben. Sein Mantel und sein Anzug sind aus einem besonderen Stoff. Die Verkäuferin in der Textilwarenabteilung sagte, »Somolana« wäre die Abkürzung für sowjetisch-mongolische Lamm-Naturwolle. Daran kommen dem Wanderer einige Zweifel. Das sowjetisch-mongolische Lamm gehört zu einer Schafsrasse, die auf Aktenbergen weidet.

Jedenfalls ist Donath pitschnaß, als er bei Wittes eintritt. Ja, das ist aber eine Überraschung. Zu Fuß vom Bernsdorfer Forst? Bist du denn bei Trost? Du holst dir doch den Tod. Ab in die Badewanne, damit du richtig schwitzt. Ach, wunderbar, wenn die warme Seifenlauge um den Bauch quirlt. Anschließend borgt ihm Lothar weiße Arzthosen, denn Hermanns Röhren müssen chemisch gereinigt werden und sind nicht fertig vor morgen früh.

»Du schläfst bei uns.«

»Ausgeschlossen.«

»Keine Widerrede.«

Inge hat schon mit Annemarie telephoniert, daß sich die Familie nicht um den verschollenen Vater zu sorgen braucht. Und Donath ruft im Zerbster Landratsamt an, daß Herr Babatz ihn morgen früh abholen soll. Keine Hektik, alles langsam und friedlich, wie immer, bei jedem Besuch. Die einzige Neuerung ist, daß Wolfgang, der älteste Witte-Sohn, vor dem Abendessen betet: »Komm, Herr Jesus, sei unser Gast und segne, was du uns bescheret hast.«

Auch Lothar und Inge falten die Hände, als wäre das ganz selbstverständlich. Donath sieht leicht verwirrt auf die Pellkartoffeln, den Quark und das Leinöl. Ihm kommt der Herr Jesus ein bißchen plötzlich reingeschneit, doch darüber läßt sich ja später noch reden. Jetzt will Werner, der Steppke, nämlich wissen, warum Onkel Hermann auf freier Strecke aus dem Zug gehopst ist. Mir gingen die Leute im Coupé auf den Wecker, und da kriegte ich Sehnsucht nach euch, würde Donath am liebsten antworten. Aber das findet er zu sentimental. Deswegen erzählt er, wie ihn Methfessels mit ihrem Klopapier getriezt haben und übertreibt dabei so ungeheuer, daß sich die ausgewickelten Rollen von Wertlau bis zum Mond ziehen und die Jungens vor Lachen fast vom Stuhl kippen. Da sage noch wer, Donath wüßte nicht, wie man mit Kindern umgeht. Mit Töchtern in Chiffon und Taft, das ist schwierig. Aber Söhne, denen er die Entstehung der Urstromtäler erklären soll?

»Ihr müßt ins Bett«, drängt Inge.

»Augenblick mal«, sagt Donath, zerknittert eine Zeitung und fährt mit dem Zeigefinger über das Geknorkel, bis Wolfgang und Werner die Eiszeit und die Gletscherschmelze kapiert haben.

»Gute Nacht, Onkel Hermann.«

»Gute Nacht, ihr Banditen.«

Wieso Banditen? fragen die Gesichter.

»Klaut ihr keine Schnürsenkel mehr?«

Daran können sich die Jungens nicht erinnern, obwohl es kaum vier Jahre her ist.

»Na, denn schlaft man schön.«

Was bleibt im Gedächtnis? Die Luftaufnahme eines großen Areals. Ein verrottetes Flüchtlingslager. Bitumen-Dachpappe. Gemeindeschulze Elze und Achim Schenk, der die Baugenehmigung unterschreibt. Pawel Nikolajitsch und die geplünderten Baumschulen. Donaths Geburtstag und die Einweihungsfeier mit Professor Menzel.

Die Kaffeetafel und der Kirschkuchen.

Heute ähneln nur noch die Holzwände in der Doktorwohnung dem früheren Waldkrankenhaus. Medikamente haben die kleine Lungenchirurgie abgelöst. Streptomyzin verkürzte die Behandlungsdauer. Mitunter stand ein ganzer Trakt leer. Lothar ließ die morschen Bretter durch massives Mauerwerk ersetzen, ausgenommen die mittlere Baracke, die mit Rabitzwänden verschalt wurde. In seinen eigenen Zimmern hätte der Doktor das Holz vermißt. Wenn der Ofen bullert oder die Sonne brennt, duften die Wände nach Harz, als wollten die Kiefern zum letzten Mal bluten.

Die Männer sitzen in Lothars Kabuff, in Sesseln mit Ohrenbacken und breiten Lehnen, zwischen Bücherregalen, die der Doktor selber getischlert hat. An der Wand hängt ein Photo von Robert Koch und ihm gegenüber ein Stilleben, grüne Äpfel, die Reproduktion eines Cézanne-Aquarells, Ladenpreis zwölf Mark fünfzig. Donath muß es wissen, denn er hat Lothar das Bild geschenkt.

»Was wackelst du denn dauernd?«

»Mich kneift deine Hose«, sagt Donath. Sonst fühlt er sich eigentlich wohl. Bierchen, Zigarre. Nebenan bügelt Inge Hemden und singt irgendwas dabei, aber kein Kirchenlied. Es klingt eher fröhlich. Apropos Kirche: Wozu das Tischgebet?

»Die Kinder brauchen einen Halt«, sagt Lothar.

Er wirkt immer noch so zart und schmächtig und nobel, wie damals, als er mit Hermann dieselbe Schulbank drückte. Aber das täuscht. Der Doktor kann aufbrausen und krakeelen. Dann wird das Kabuff zum Duellplatz, denn Donath läßt sich nichts bieten und ballert zurück. Heute ist ihm nicht nach Streit zumute. Es würde genügen, wenn er sagte, Religion ist Opium fürs Volk, und sie hätten den Kladderadatsch, aber nein. Komm, Herr Jesus, sei unser Gast. Bitte sehr. Meine Mutter war fromm, und mein Vater liest meinen Töchtern an Heiligabend aus der Bibel vor, heimlich, versteht sich. Donath gibt dem Gespräch eine andere Richtung.

»Als ich am Nachmittag über die Elbe fuhr, kamen mir so komische Gedanken«, sagt er. »Da floß alles unter mir weg, die Elbe und die Elbkähne und noch tiefer der Schwemmsand, das treibt von selber hin, und unsereiner muß ewig antreiben, anstacheln und anspornen, weil nichts von selber läuft, und in der Zeitung lese ich die gleichen Redewendungen. Einer schwingt die Peitsche, der andere schwingt sich aufs hohe Roß, und wieder wer trägt Scheuklappen.«

»Oder hält den Steigbügel«, ergänzt Lothar.

»Woher kommt das?« fragt Donath und nippt an seinem Bier. »Sind wir denn bei der Kavallerie?«
»Du vielleicht nicht«, sagt Lothar, »aber deine Obergenossen in Halle und in Berlin. Die kommandieren aus'm Sattel, wie Zieten und der olle Dessauer, doch die Preußen hatten wenigstens Charakter, und für die Karussellhusaren ist Charakter Verrat. Die klammern sich an ihr Holzpferd, damit sie nicht runterkippen, und ohne die Russen könnten sie gleich kapitulieren. Deine Piefkes sind keine Reiter, weil sie keine Männer sind, sondern Stallknechte.«
Ganz hübsch für den Anfang, doch das ist erst der Anfang.
Nach zehn Minuten hat Lothar auch die Stromsperren, das Gesundheitswesen, den Leistungslohn, die Oder-Neiße-Linie, den Moskauer Vorschlag für einen Friedensvertrag, die Jungen Pioniere, den Block der Nationalen Front und die Kasernierte Volkspolizei erledigt. Am Boden liegt die Republik und schnappt nach Luft, weil der Chefarzt des Waldkrankenhauses ihr den Fuß auf die Brust setzt. Das brauchen wir uns nicht gefallen zu lassen, auch wenn die Hose zwickt. Da gibt Donath Pfeffer, und man bloß nicht zu knapp. Angriff ist die beste Verteidigung.
Zieten aus'm Busch, und in Jesu Namen feste druff, wie der Alte Dessauer bei Kesselsdorf.
»Du hast grade Grund, dich zu beschweren. Von deinem Gehalt kann ein halbes Dutzend Arbeiter leben. Andere rakkern sich ab, und dir blasen sie Zucker in den Hintern. Du leidest wohl an Gedächtnisschwund. Bei deinen Kindern ist das verzeihlich, aber bei dir scheint der ganze Film gerissen. Erinnere dich mal, wie die Baracken vor fünf Jahren aussahen. Wieviel Lichtschalter haben wir denn damals gefunden? Und heute beklagst du dich über Stromsperren. Sitzt du im Dustern? Nein, du hast deinen eigenen Anschluß ans E-Werk, und der darf nicht unterbrochen werden, weil du deine Patienten sonst mit der Kerze suchen müßtest. Du hast eine Wohnung wie'n Kommerzienrat, und wenn du ins Telephon hustest, wird deine Intelligenzzulage erhöht. Hast du eigentlich schon mal darüber nachgedacht, wem du das verdankst?«

»Dir«, sagt Lothar.
»Das möchte ich nicht gehört haben«, warnt Donath und erklärt, woher die Pfennige kommen, die Hunderter und die Tausender, mit denen die Krankenhäuser, die Ärzte, die Schwestern, die Pfleger, die Röntgenapparate, die Spirographen, die Labors und die Antibiotika finanziert werden, nämlich vom Staat, und der Staat sind die Werktätigen.
»Und warum hauen die scharenweise in den Westen ab?«
Donath kennt die Flüchtlingszahlen aus dem Einwohnermeldeamt.
»Antworte!« sagt Lothar.
»Manche Leute lassen sich eben für dumm verkaufen. Denen sind Bohnenkaffee und Nylonstrümpfe und Schokolade wichtiger als ehrliche Arbeit.«
So einfach geht das nicht. Hier wird weitergebohrt und gestritten. Inge wummert gegen die Wand, weil sie schlafen will, doch darauf können Lothar und Hermann keine Rücksicht nehmen. Wo ihnen Beweise fehlen, spucken sie Gift und Galle, der Doktor und der Landrat, bis sie sich gegen Mitternacht versöhnen, die Freunde für jede Saison, ob nun im Frühling oder im Spätherbst, wenn Donath schon nicht mehr Landrat ist, sondern Vorsitzender des Rates des Kreises.

6

Dann prasselt der Oktoberregen ans Fenster, und der Ofen im Kabuff läßt das Holz nach Kienspan riechen, und Donath feixt, weil Liesegang statt Oberbürgermeister »Erster Stellvertreter des Vorsitzenden des Rates des Kreises« heißt.
»Drei Genitive«, sagt Lothar, »Donnerwetter. Wie reden dich denn die Leute an?«
»Die sind beim alten Titel geblieben.«
»Gott sei Dank.«
Im Sommer hat die Regierung die Länder abgeschafft, an deren Stelle Bezirke gegründet und die Kreise verkleinert. Roßlau ist dabei selbständig geworden, Zerbst an den Bezirk

Magdeburg gefallen. Seit August liest man die ›Volksstimme‹ anstelle der ›Freiheit‹ und baut den Sozialismus auf. Halle, ade, scheiden tut weh. Der Nachfolger von Alfred Schrottke heißt Rudi Bunge. Er ist weder Ameisenspezialist noch Sägespänepinkler, sondern gemeingefährlich. Wo andere ihre Brieftasche tragen, trägt der Instrukteur der Magdeburger Bezirksparteileitung seine Dienstpistole.
»Wirklich?«
»Wahrhaftig.«
Als die erste Landwirtschaftliche Produktionsgenossenschaft im Zerbster Kreis eingeweiht wurde, verkündete Rudi Bunge: Wir marschieren mit Siebenmeilenstiefeln vorwärts!
»Aber die Leute von der LPG ›Neuland‹ in Nutha schreien nach Gummistiefeln«, sagt Donath.
»Und die Gummistiefel mußt du besorgen.«
»Ja«,
»Ich kann dir helfen, wenn du keine neuen brauchst.«
»Prima.«
»Wir packen sie nachher in dein Auto.«
»Danke.«
Prösterchen. Der Ofen bullert, die Wände duften, zum Abendessen gibt's Heringssalat; es ist beinahe alles wie im Frühling nach der Leipziger Messe, sogar der Regen.
»Bring doch Annemarie mal wieder mit«, sagt Lothar, während er seine Brillengläser putzt.
»Ja«, sagt Donath.
»Inge würde sich mächtig freuen, und die Kinder könnten zusammen spielen.«
»Ja,« sagt Donath.
Lothar schiebt die Bügel hinter die Ohren und beäugt den Vorsitzenden des Rates des Kreises durch fünf Dioptrien.
»Oder stimmt irgendwas nicht?«
»Was soll denn nicht stimmen?«
»Willst du deine Frau vor uns verstecken?«
»Annemarie versteckt sich selber«, sagt Donath und pustet den Zigarrenrauch auf Cézannes grüne Äpfel, um bei der Gelegenheit das Gesicht wegzudrehen.

»Warum?« fragt Lothar und stochert weiter, weil Donath die Achseln zuckt: »Hol sie doch raus aus ihrem Versteck!«
»Ja«, sagt Donath und besieht den eingerahmten Tuberkelentdecker.
»Wenn du nicht aufhörst mit deinem ewigen Jajaja, dann scher dich zum Deubel!«
»Was sagst du dazu, daß Scharnhorst und Gneisenau wieder modern werden?«
»Die können mir gestohlen bleiben.«
»Scharnhorst hieß die Wehrmachtsdivision, die uns gegen die Amerikaner verteidigte.«
»Ich rede nicht über Scharnhorst, ich rede über Annemarie.«
Donath fühlt sich eingezwängt wie die Angeklagten auf der Bühne des Dessauer Theaters, links und rechts ein Polizist. Wie Achim Schenk im Keller der Kommandantur. Wie Johann Burianek unterm Fallbeil. Das Oberste Gericht hatte Burianek zum Tode verurteilt, weil er eine S-Bahn-Brücke sprengen wollte. Nein, Burianek wurde erschossen, wie Ferdinand von Schill. Dem sollen unsere Soldaten und Offiziere nacheifern, nicht dem Johann, sondern dem Ferdinand. Von dem können sie lernen, daß es die erste Pflicht jedes patriotischen Deutschen ist, für die Interessen der Nation einzutreten. Stillgestanden! Richt euch! Am Tag der Mobilisierung der nationalen Verteidigung hat Hauptmann Poche sogar den Mittwoch-Schwoof in »Rephun's Garten« verboten. Wegen der ernsten Bedeutung des Ereignisses. Aber wer wird denn hier angeklagt, eingesperrt oder hingerichtet? Bleib mal gefälligst auf dem Teppich, Verehrtester. Du sitzt in keiner Zelle, sondern in einem gemütlichen Kabuff. Dein Freund will mit dir über deine Frau reden. Quassele dir den Ärger von der Seele!
»Hörst du mir nicht zu?«
»Entschuldige, ich war'n Moment woanders.«
Lothar zögert, dieselbe Frage noch mal zu stellen. Er wünscht sich, Inge käme jetzt ins Zimmer und sagte, die Staublunge auf Station III verlangte nach ihm. Doch die Staublunge schläft, Inge wäscht das Geschirr ab, und Lothar fragt:
»Weiß Annemarie was von deiner Affäre?«

Das ist die korrigierte Fassung. Beim erstenmal fragte Lothar: »Hat Annemarie etwa dein Verhältnis mit Frau Karnbach spitzgekriegt?«
Ein feiner Unterschied. Auf die zweite Frage könnte Donath ausweichend reagieren, aber er antwortet, als hätte er die erste Frage gehört:
»Nein.«
»In Zerbst zerreißen sich alle das Maul darüber.«
»Sollen sie doch«, sagt Donath bockig. »Deswegen bleibt's ja geheim.«
»Und wenn's Annemarie eines Tages trotzdem erfährt?«
»Dann wird sie's nicht glauben, weil's die ganze Stadt weiß.«
»Du bist unverbesserlich«, sagt Lothar. »Wieviel Gummistiefel brauchen deine Bauern?«
»Zwanzig rechte und zwanzig linke.«
Beim Abschied verspricht Donath, daß er nächsten Monat wiederkommt. Doch das sagt sich so hin. Im November wird die Margarine knapp. Pistolen-Bunge behauptet, einigen kapitalistischen Elementen sei es gelungen, die Versorgung durch planmäßige Schädlingstätigkeit zu stören. Davon wird keiner satt, und Donath muß die Maurer in der Brüderstraße zur Steigerung der technischen Arbeitsnormen ermuntern, weil Gustav Hetzel sich nicht auf die Baustelle traut; die Betonierer haben ihm Keile angedroht, falls er sie noch mal heimsucht mit Stoppuhr und Tabelle. Der Landrat darf reden, der war selber Zimmermann. Koksöfen, sagt er. Und woher nehmen wir den Koks? Ich fahre mal zum Schlachthof, sagt er. Hat der Schlachthof Koks? Ja, aber der Direktor will den Koks nicht rausrücken. Wie soll er seine Schweine ohne Dampf abbrühen? Der Landrat deichselt einen Ringtausch: Die Reichsbahn liefert dem Schlachthof Briketts, der Schlachthof spendiert der Brüderstraße Koks, das Nedlitzer Sägewerk zweigt Grubenholz nach Bitterfeld ab, aus Bitterfeld kriegt die Reichsbahn Rohbraunkohle, und das Nedlitzer Sägewerk bleibt vorläufig Privatbetrieb. Eine Hand wäscht die andere, Kollägä Semmelweis. Pistolen-Bunge gründet einen Operativstab zur Auswertung des XIX. Parteitags der

KPdSU. Der Operativstab versammelt sich jeden Mittwochabend in der Ausleihstelle der Marx-, Engels-, Lenin- und Stalinbüsten. Die Klassiker stehen in Regalen, nach Größe und Gewicht gereiht, die Metallschädel unten, die Gipsköpfe in der Mitte, die Pappmachéhäupter oben. Von dort blicken sie mit gußeisernen oder goldglänzenden Augen auf die Waden des Ausleihmädchens, nur vormittags von 9–12 Uhr geöffnet, oder in die Nacken der Operativstäbler. Wer ein Schaufenster, eine Aula, ein Büro oder ein Wartezimmer fortschrittlich dekorieren möchte, kann sich die Klassiker gebührenfrei borgen. Lenin geht am besten, sagt Monika, das Ausleihmädchen, eine Halbtagskraft. Lenin ist ihr Renner, sagt sie, weil er so eindrucksvoll kuckt. Der zweite Marx von links in der vierten Reihe von oben grient ein bißchen. Wahrscheinlich ein Formfehler, oder der Gipser hat sich einen Spaß erlaubt.
Manchmal trifft sich der Operativstab bloß zum Saufen. Der Alkohol, sagt Rudi Bunge, ist unser Gegner, aber es gibt Naturen, die seit frühester Jugend trinken, und bei denen würde eine plötzliche Unterbrechung schwere gesundheitliche Schäden nach sich ziehen. Solche Naturen sind er selber und Poche. Der Polizeihauptmann meidet Lokale. Sobald Benno einen gewissen Pegel erreicht, muß er singen, ob er will oder nicht.
Er hat einen flotten Tenor, doch als Offizier darf er in der Öffentlichkeit keine Lieder aus dem »Kleinen Rosengarten« trällern. Liesegang, Mathesius und Sandkuhl gehören gleichfalls zum Operativstab, der Landrat auch, wenn er sich nicht drückt. Heute ist er mal gekommen, weil über Investitionen in der Schwerindustrie diskutiert werden soll.
»Wo bleibt Genosse Sandkuhl?« fragt Pistolen-Rudi.
»Reiner hat Grippe«, sagt Donath.
Da irrst du dich, Hermann. Reiner Sandkuhl ist wieder auf den Beinen und sitzt heute abend bei Annemarie, weil er weiß, daß du nicht zu Hause bist.
Während seiner Grippe entdeckte Sandkuhl einen Brief, der nur an seine Frau gerichtet sein konnte, denn er begann mit den Worten: *Liebste Berta, mein süßes, kleines, rosiges Ferkelchen!*

Der übrige Text legte eine längere Verbindung zwischen Berta und dem mit »S« unterzeichneten Absender nahe. Kein Kuvert, keine Adresse. Wer war »S«? Sintenis schied aus. Dr. Sengeblei von der Poliklinik? Wendelin Seitz, der Bankkassierer? Schilling, der Gewerkschaftsonkel? Unsinn. Das waren Familiennamen, und wer die Ehefrau des Parteisekretärs als *süßes, kleines, rosiges Ferkelchen* anredete, unterschrieb vermutlich mit seinem Vor- oder Kosenamen.
Sandkuhl kopierte den Brief und schob das Original unter die Laken zurück. Was tun? »Was tun?« hieß ein Standardwerk von Lenin, doch Iljitsch war hier inkompetent, unzuständig, besser gesagt. Sandkuhl brauchte eine Vertrauensperson mit ähnlichem Schicksal. Annemarie? Sandkuhl trank Fliedertee und wartete bis Mittwoch.
Bunge erläutert dem Operativstab die Nina-Nasarowa-Methode. »Ich pflege meine Maschine wie eine Mutter ihr Kind«, hat die sowjetische Dreherin gesagt. Donath erinnert sich dunkel an sein Leipziger Zwitter-Projekt. Nina Nasarowa fegt täglich ihren Arbeitsplatz. Donnerwetter.
Zur selben Zeit sitzt Sandkuhl auf Donaths Kanapee und sagt zu Annemarie:
»Jeden Morgen sehe ich, wie sie sich räkelt, die Schlumpe, und mir will's nich in'n Kopp. Dann kommt sie vom Klo mit ihre Lockenwickler und plinkert mich immer so an. Ich könnte das Reff erwürgen, aber das darf ich nicht als Genosse.«
»Berta?« fragt Annemarie.
»Ja«, sagt Sandkuhl. »Berta ist eine Konkubine.«
Er zieht an den Fransen der Häkeldecke, daß der Aschenbecher zur Sofaseite rüberrückt.
»Das glaube, wer will«, sagt Annemarie.
»Ich hätte den Brief mitgebracht, wenn nich so'ne Sauereien drinständen. Du würdest dich schämen, Annemarie, und was habe ich nicht alles für sie getan? Berta war doch bloß Braunbier mit Spucke, wie sie nach Zerbst kam. Aber das sind die Schlesier. Ich sage dir, die Schlesier und die Sudetengauner: Hände weg! Nich umsonst heißen so viele Juden Breslauer. Ich bin kein Antisemit, außer gegen die Zionisten, wie Slansky

und so'ne Brüder. Wir Kommunisten kennen keinen Unterschied zwischen Juden und Negern. Bist du für den Frieden, oder bist du für den Krieg? So steht die Frage. Aber die Schlesier, da kann einer sagen, was er will. Manchmal bereue ich's direkt, daß wir die im Siebenjährigen Krieg erobert haben, und ich gehe jede Wette ein, der Scheich, der mir mein Geweih verpaßt hat, ist auch'n Schlesier oder aus'm Sudentengau wie die Karnbachen, aber da möchte ich mich nich einmischen. Was meinst du denn?«
Der Lockvogel pfeift: Geteiltes Leid ist halbes Leid. Doch nicht mal ein Spatz landet neben ihm auf dem Leim. Irgendwas verschlägt Annemarie die Sprache, sobald Frau Karnbach erwähnt wird. Wenn sie bloß wüßte, woran das liegt.
»Wir sind alle nicht auf Rosen gebettet«, sagt Sandkuhl und seufzt.
Fremdes Unglück schmeckt süß, und Annemarie läßt es auf der Zunge zergehen, fast schadenfroh. Scheidung? Da müßte Reiner Bertas Schuld beweisen. Kann er das? Der Brief genügt. Von wem stammt denn der Brief? Sandkuhl malt ein »S« in die Luft, wie einen Fleischerhaken. Annemarie weiß sofort, wer »S« ist, möchte aber, daß Reiner den Namen selbst errät. Stefan? Sie kennen beide keinen Stefan. Aber wenn der Mann aus Zerbst ist, braucht er Berta doch nicht zu schreiben, hilft Annemarie, die vernachlässigte, beiseite geschobene, in die Ecke gestellte Landratsfrau, das Heimchen am Herd, jetzt ganz Heimtücke. Sandkuhl dämmert's.
»Siegfried Sattler«, sagt er leise. »Und ich dachte, Berta fährt zum Russischkurs nach Halle. Die haben was anderes als Russisch geübt, die Tiere. Der Pflaumenaujust soll mir bloß in die Quere kommen.«
»Du darfst ihn doch nicht ohne weiteres verdächtigen!«
»Schönen Dank, Annemarie. Du hast mich auf'n richtigen Trichter gebracht. Doppel-S. Na, wer denn sonst?«
»Überleg's dir noch mal in Ruhe.«
Nein, dafür ist es nun zu spät. Annemarie verschweigt Hermann das Gespräch. Er fragt ja auch nicht danach. Er ist mit seinen Gedanken dauernd woanders, nie bei ihr. So vergehen

der November und der halbe Dezember. Weihnachten, sagt Hermann, besuchen wir Wittes in Wertlau, und zwar am ersten Feiertag. Er hat schon alles geregelt, telephonisch. Keine Geschenke, haben sie ausgemacht, der Doktor und der Landrat. Den Gänsebraten besorgt Inge.

7

Aber bis Weihnachten passiert noch etwas. Drei Tage vor Weihnachten hat der Suliko-Verehrer Geburtstag, und Dr. Siegfried Sattler referiert im Haus der Gesellschaft für deutsch-sowjetische Freundschaft über die vorletzte Stalin-Broschüre »Der Marxismus und die Fragen der Sprachwissenschaft«. Das Thema brennt den Leuten offenbar nicht auf den Nägeln, denn der Vortragende hat nur sieben Zuhörer: den Ortsvorsitzenden der Gesellschaft für deutsch-sowjetische Freundschaft, den Hausmeister des Hauses der Gesellschaft für deutsch-sowjetische Freundschaft, dessen Frau, dessen Nichte, einen Rentner und zwei Oberschüler. Nach den einleitenden Worten Dr. Sattlers schließt der Hausmeister die Augen, verlagert sein Körpergewicht und drückt das Kinn an die Brust. Der Rentner schläft bereits. Ohne sich dadurch beirren zu lassen, erläutert der Referent die Rolle der Sprache als ein von Basis und Überbau geschiedenes Instrument menschlicher Verständigung. Er beweist schlüssig, daß sowohl die englischen Kapitalisten wie die englischen Proletarier fließend englisch sprechen. Der Ortsvorsitzende der Gesellschaft für deutsch-sowjetische Freundschaft nickt heftig. Die Nichte des Hausmeisters reibt ihren runden Hintern über das immer heißer werdende Igelitpolster, bis sie endlich den Mut aufbringt, sich nach den Oberschülern umzudrehen.
Die beiden Pennäler sind wegen ihrer schlechten Zensuren in Gegenwartskunde hier. Sie haben sich freiwillig selbstverpflichtet, monatlich mindestens eine Veranstaltung im Haus der Gesellschaft für deutsch-sowjetische Freundschaft zu besuchen; das hebt die Noten. Der Blonde löst Kreuzworträt-

sel, der Dunkle drückt schielend Mitesser aus der Nase. Angeekelt wendet sich die Hausmeistersnichte wieder dem Redner zu. Der ist ein flotter Hirsch. Stimmt, mein Kind. Fragt sich bloß: Wie lange noch? Am anderen Morgen, etwa um die Zeit, als in Moskau die Salutschüsse zum Beginn der Festparade erdröhnen, finden die Männer der städtischen Reinigung den Hallenser Philologen im Schnee, halbnackt und blutsabbernd. Weil er nicht laufen kann, wird er zum Krankenhaus gefahren. Der Unfallarzt diagnostiziert Unterkühlungen, Prellungen, Hautabschürfungen, Platzwunden im Gesicht und eine leichte Gehirnerschütterung.

»Multiplizieren Sie elf mit dreiunddreißig«, sagt Dr. Just.

»Dreihundertdreiundsechzig«, antwortet Dr. Sattler.

Ambulante Behandlung genügt. Erstattet der Slawist Anzeige gegen Unbekannt? Nein. Er hat seine Hose im Vollrausch verloren und ist dann, weil er sich hierorts nicht auskennt, gegen einige Bäume und Laternen getorkelt.

»Hat man Sie bestohlen?«

Auch nicht. Er trägt Ausweis, Schlüssel, Geld und so weiter stets im Jackett. Er bedankt sich für die Pflaster und verspricht, die Hose per Einschreiben zurückzuschicken.

Soll man die Polizei benachrichtigen?

»Wozu?« fragt Dr. Sattler. »Das brächte doch bloß Ärger ein. Ich bin Dozent in Halle, Sie verstehen?«

Akademiker verstehen sich immer, vor allem in Schnapsfragen. Irgendwelche Bedenken gegen die Abreise? Nein. Wo kein Kläger, da kein Richter. Ein Sanka schafft den Philologen zum Bahnhof: Angenehme Fahrt! Die Sache hat noch ihr Nachspiel, aber die Konsequenzen sind rein privat und zeigen sich mit Verspätung. Natürlich bleibt der Vorfall nicht geheim. Die Krankenschwestern plaudern, und die Geschichte erreicht sogar Wertlau.

»Doktor Just hätte wenigstens 'ne Blutprobe machen müssen«, meint Lothar beim abendlichen Gänsebraten am ersten Weihnachtsfeiertag.

»Hör hin, Hermann«, brummt der Bär. »Trink nicht so viel, sonst stehst du da als Landrat ohne Hose.«

Die Witte-Jungen lachen. Margot und Irene sehen fragend zu ihrer Mutter, ob sie auch lachen dürfen. Annemarie schüttelt den Kopf. Ihr ist nicht wohl bei dem Gespräch. Doch sie weiß nicht, wie sie das Thema wechseln soll. Sie sehnt sich weg von hier, weg von dieser Doktor-Familie, raus aus den Barackenwänden, nach Hause, aber lieber nach Steckby als nach Zerbst, mehr zu ihren Eltern als zu ihrem Mann und dem Schwiegervater. Bei Tischler Heinrich wurden an Weihnachten keine Witze gerissen. Aber man kann eben nicht einfach aufstehen und mit den Töchtern davonlaufen, denn Inge serviert Vanillepudding, mit Rosinen und Schokoladestückchen belegt.

»Aus Hamburg«, sagt sie, »von Lothars Studienfreund.«

»Paul Rodenbach«, erklärt Lothar. »Den kennst du doch, Hermann.«

»War der früher bei den Dessauer Diakonissen?«

»Genau.«

»Und jetzt in Hamburg?«

»Seit zwei Jahren, als Röntgenologe im Altonaer Krankenhaus.«

»Feiner Mann, der Doktor Rodenbach«, sagt Donath. »Warum ist er abgehauen?«

Lothar lächelt traurig.

»Frag mich was Leichteres.«

»Ach so.«

»Wir müssen langsam«, drängt Annemarie. »Die Kinder sind müde.«

»War schön«, sagt Inge beim Abschied, und alle sagen etwas Ähnliches, obwohl jeder das Gegenteil denkt.

8

Im Februar fuhr Donath nach Güterglück. Er stoppte den Wagen an derselben Stelle, wo ihm der Schluß des Satzes eingefallen war, den Schenk nicht zu Ende sprechen durfte. Heute wußte ihn Donath ohne Thuja und Pferdemist. »Nur einmal«, wiederholte er stumm und suchte eine Eselsbrücke,

um seinem Besuch des Gemeindebüros den notwendigen offiziellen Anlaß zu geben.
Jawoll, sagte er dem Bürgermeister, wegen der LPG-Gründung sei er hier. Eine Genossenschaft würde allmählich fällig, wenn die Herdbuchzucht solche Fortschritte machte. Der Bürgermeister, zugleich geschmeichelt und besorgt, erkundigte sich, welchen Typ der Landrat denn im Auge habe. Gerade das sollte man bereden, meinte Donath etwas lauter, weil nebenan die Schreibmaschine klapperte. Nach den Musterstatuten brachten die Bauern entweder nur ihr Ackerland ein und blieben dessen persönliche Eigentümer; oder sie übereigneten der LPG auch Pferde, Ochsen, Trecker und Maschinen, wenn sie nicht sofort Typ III wählten, bei dem alles zusammengelegt und Grenzsteine und Feldraine beseitigt würden. Von diesem dritten Typ riete er, Donath, vorläufig ab, denn die Mitglieder erhielten bloß zwanzig Prozent der Reinerträge, was angesichts der bestehenden Flächenunterschiede wohl schwer zu bewerkstelligen wäre. Aber Typ I?
»Frau Leyde!« rief der Bürgermeister, und Hanna trat ein.
»Meine Sachbearbeiterin kennt sich da am besten aus«, sagte der Bürgermeister und machte Hanna mit dem Landrat bekannt.
»Freut mich«, sagte Donath.
Als sie das Gespräch verhältnismäßig erfolgreich abgeschlossen hatten, war es spät und dunkel genug, um Hanna unbemerkt nach Hause zu fahren. Donath hielt die Petroleumlampe, während sie ihr Viehzeug fütterte, weiße Wiener mit roten Augen und rosigen Lauschern, plusterige Seidenhasen und klein kurzohrige Hermelinkaninchen.
»Schlachtest du die selber?«
Nein, das brachte sie nicht übers Herz. Da half ihr ein pommerscher Flüchtling, ebenso beim Scheren der Angorafelle, beim Krempeln, Strecken und Kämmen, je nachdem. Das Spinnen und Stricken, Zuschneiden und Färben schaffte sie allein, meistens sonntags. Die Wolle tauschte sie gegen Hafer und Heu, die Pullover und Schals gegen Lebensmittel. Manches verkaufte sie auch unter der Hand.

»Das ist meine Wohnung«, sagte sie, als ob Hermann die beiden Räume im Gedächtnis geblieben wären. Seinerzeit, beim Begräbnis ihrer Schwester, hatte er nur den Korridor gesehen, und seit der Teilung des Hauses gab es keinen Korridor mehr.
»Hübsch«, sagte Donath trotzdem.
An Franz Leyde erinnerte das Modell eines amerikanischen Postwaggons. *Norfolk & Western* stand am oberen Rand der Blechverschalung und unter den vergitterten Puppenstubenfenstern *United States Mail – Railway Post Office.* Hanna erwischte den Blick und sagte:
»Das Ding stammt noch von meinem Vater.«
Dann stocherte sie in der Ofenglut, schippte Braunkohle nach, nahm die Herdringe heraus und setzte den Wasserkessel auf.
»Trinkst du einen Grog?«
»Hast du Rum?«
»Eine ganze Flasche für einen falschen Chinchillamuff«, sagte Hanna und ging in ihr Schlafzimmer. Donath warf seinen Mantel über den Sessel und klappte den Korkenzieher aus seinem Messer. Der Rum war niedrigprozentiger Verschnitt, schmeckte aber wie Jamaica, als Hanna zurückkehrte: Sie trug ein quittegelbes ärmelloses Kleid zu ihrer hochgesteckten Frisur. Donath knöpfte seinen Kragen auf. Hunger? Nein, danke. Das rothaarige Güterglück wirkte so schlank und so jung. Schon vierzig? Kaum zu glauben. »Kummer?«
»Nu ja«, sagte Donath und rührte den Löffel im Glas, als wollte er den letzten Alkoholrest herausschlagen. Er hatte keine Lust, Hanna mit seinen Sorgen zu behelligen. Er dachte daran, daß sie seit rund zehn Jahren allein in diesem Loch hauste. Es reichte ihm, sie zu sehen und zu hören. Wenn er einen Wunsch hatte, dann allenfalls den, daß sie sich zu ihm aufs Sofa hockte und den Kopf an seine Schulter lehnte. Weiter nichts. Das wäre genug. Aber Hanna saß ihm gegenüber und erzählte von wirtschaftlicher Rechnungsführung und Rentabilität.
»Bei euch auch?«
»Du hast es doch angeordnet«, sagte Hanna. »Sparen mit jeder Minute, jedem Gramm, jedem Pfennig.«

»Ja«, nickte der Landrat, denn so mußte er morgen, übermorgen, nächste Woche und nächsten Monat reden, leider nicht mit Hannas sanfter Stimme, sondern mit drohendem Baß und Pistolen-Bunge im Rücken.
»Möchtest du noch'n Grog?«
Donath wehrte ab und schnappte sich den Mantel. Warum war er hierhergefahren? Was hatte ihn nach Güterglück getrieben? Achim Schenk und der unvollendete Satz? Die LPG und die Herdbuchzucht? Hanna und der Trost, den er bei ihr zu finden hoffte? Er wußte es nicht mehr. Vergessen. Unter der Tür bückte er sich zu Hanna, und ihre Lippen suchten seinen Mund. Da war er, der Friede, ein Kinderkuß.
»Wann kommst du wieder?«
»Bald.«

9

Anfang März verschied der Führer des Weltproletariats, der Suliko-Verehrer, der Genius, der die Nachtigallen liebte und die Tauben vor den Habichten schützte, weil er selber ein Adler war, der bedeutendste Schlachtenlenker seit dem mazedonischen Alexander, das Stummelpfeife rauchende Väterchen, dem die Völker gehorchten, der Wettermacher, unter dessen Blick die Wüsten schäumten, der Kapitän am Steuer der Morgenröte, die wissenschaftliche Koryphäe, die den Marxismus-Leninismus auf eine neue, ungeahnte, klassische Stufe hob, der glänzende Rhetor, der die Parteitage zu Lachsalven und Ovationen hinriß, der Schöpfer des Wolga-Don-Kanals, der Initiator aller Siege im Großen Vaterländischen Krieg, der Experte, der die Pläne zur Umkehr der sibirischen Ströme entwarf, der virtuose Ästhetiker, der den Schriftsteller als den Ingenieur der menschlichen Seele definierte, der bescheidene, in eine graue Litewka gekleidete Mann, hinter dessen Kremlfenster die Leselampe erst gegen Morgen erlosch, das Vorbild an Mut, Energie und Disziplin, der Abgott der Jugend, dem die Herzen zuflogen, wenn er die Tribüne des

Lenin-Mausoleums betrat, er hatte ins Gras gebissen. Die Dichter krümmten sich vor Schmerz und reimten den Verewigten ans Firmament. Hätten die internationalen Observatorien zugestimmt, wäre die Milchstraße in Stalinallee umbenannt worden. Der Unsterbliche war gestorben, und manch einer mochte nach diesem Tod nicht mehr leben. Liesegang, zum Beispiel, saß hinterm Schreibtisch und betrachtete den Dshugaschwili-Schnauzer auf der schwarzgeränderten Titelseite des ›Neuen Deutschland‹.

»Was soll nun aus uns werden?« fragte er Donath und knallte die Stirn gegen das Photo des Generalissimus. »Ich bringe mich um.«

»Stell dein Radio an«, empfahl ihm der Landrat.

Ein richtiger Tip. Wer Musik liebte, kam in jenen Tagen auf seine Rechnung. Die Rundfunkleute leerten die Archive und dudelten Ernstes oder Erhabenes von morgens bis abends, nur gelegentlich durch gleichfalls ernste, erhabene Nachrichten unterbrochen. Dann tönten wieder Beethoven und Tschaikowskij, Brahms und Schostakowitsch, Bruckner und Liszt. Am zweiten Märzsonntag jaulten die Sirenen der Werkzeugmaschinenfabrik, der Ziegelei und des Schlachthofs zum Beginn der Moskauer Prozession. Alarm oder Entwarnung? überlegten die Zerbster bei dem vertrauten Klang, während die im »Schützenhaus« Versammelten stehend das Ende des Geheuls abwarteten, ehe sie sich hinsetzten. Die städtische Orchestergemeinschaft unter Kapellmeister Radebold spielte die »Coriolan«-Ouvertüre. Reiner Sandkuhl hielt die Festrede. Als Rausschmeißer dirigierte Radebold »Unsterbliche Opfer, ihr sanket dahin«.

Bald, hatte Donath dem rothaarigen Güterglück versprochen. Aber was hieß bald in solchen Zeiten? Auch Vera Karnbach mußte einsam nach Bad Lausick fahren, und Herr Löffler, der Leipziger Rezeptionschef, strichelte ein Fragezeichen in seine Schmetterlingssammlung. Der Frühling brach aus mit unverminderter Wucht, mit Schneeglöckchen und der Entfaltung des sozialistischen Wettbewerbs, mit Krokussen und der Erhöhung der Fleischpreise, mit Forsythien und dem Kampf

gegen die evangelische »Junge Gemeinde«, mit weißblau blühendem Waldmeister und zehnprozentiger Erhöhung der Arbeitsnorm.
Das ist dein Frühling, Hermann. Bei Stalins Tod hast du nicht geweint, aber jetzt kommen dir die Tränen, du Lulatsch. Mitte Juni müssen die Häuser in der Brüderstraße bezugsfertig sein, forderte der Landrat. Neuerdings bockten die Arbeiter und wollten Genaueres über die Kennziffern für den Leistungslohn hören. Senkung der Selbstkosten? Bitte sehr. Bloß – wie? Pünktlichkeit?
»Wer hier faulenzt«, antwortete der Polier, »sind die Zulieferbetriebe. Wo bleiben unsere Dachziegel, Herr Landrat?«
»Ach, ihr Knochenschoner«, sagte Donath. »Beschaffe ich das Zeug, macht ihr wieder blau wie im Winter, wo ihr die Briketts gekriegt habt.«
»Das war nicht unsere Schuld, da klemmten die Kranräder. Sobald Sie die Biberschwänze besorgen, klotzen wir ran, notfalls auch sonntags, oder?«
Der Polier sah sich um. Einige zuckten die Achseln, andere wiegten unschlüssig den Kopf. Sonntags? Hm!
»Wer von euch wird hier wohnen?« fragte der Polier.
Ein Zimmermann meldete sich.
»Na also!«
»Moment«, sagte der Angesprochene, klappte seinen Zollstock auf und stellte ihn neben den Landrat. »Einsneunzig!« rief er. »Das ist die Kennziffer, mit der wir unseren Lohn für die Sonntagsarbeit malnehmen.«
»In Ordnung«, sagte Donath.
Ohne sich zu zeigen, brüllte jemand aus dem Obergeschoß: »Wenn uns der Landrat bescheißt, haben wir sein Sargmaß.«
Donath ballte die Faust und schüttelte sie scherzhaft zu dem leeren Fenster hoch. Doch außer ihm schien keiner die Drohung des versteckten Kollegen spaßig zu finden. Die Männer gingen weg, an die Arbeit. Der Polier verabredete noch den Papierkram, dann trollte er sich auch, und Donath blieb allein auf dem Pflaster der Brüderstraße. Um den Rest konnte sich Hetzel kümmern. Der Landrat hatte einen Sieg errungen, den

er, recht bedacht, dem Polier verdankte. Doch so sollte es ja sein, oder? Entfaltet die schöpferische Initiative der Volksmassen, verlangte der Spitzbart. Die Diktatur des Proletariats war keine Sache der Bürokraten, sondern der Maurer, Schlosser, Elektriker und Ziegelbrenner.
Zeidler, der Ziegeleibesitzer, gab sich verschlossen. Seine Kapazität sei ausgelastet. Donath bestand jedoch auf Einsicht in die Geschäftsbücher. Oberschule, las er, zweitausend Mönche, zweitausend Nonnen, Trinitatiskirche, Kreiskrankenhaus, Maschinenausleihstation Gehrden, Turnhalle, Kino, Schlachthof.
»Sitzen die etwa alle im Regen?«
»Bei den meisten Aufträgen geht es um Reparaturen.«
»Sie verdienen sich dumm und dämlich, Herr Zeidler.«
»Bei meinen Steuern, Herr Landrat?«
Donath grinste zurück, bis Zeidler das Lachen verging.
»Ich vermisse die Brüderstraße.«
»Der Vertrag ist beim Baukombinat.«
»Und Sie haben keine Kopie?«
»Nein.«
Donath quetschte seinen Zigarettenstummel in den Aschenbecher, bevor er fragte:
»Wissen Sie, wie man sowas früher nannte?«
Zeidler zog die Weste glatt und schwieg.
»Schlamperei«, sagte Donath ruhig. »Heute benutzen wir ein anderes Wort. Soll ich's Ihnen verraten, oder haben Sie schon mal was von Sabotage gehört?«
»Ja«, sagte Zeidler und wurde zusehends blaß.
»Wie einigen wir uns dann?«
Zeidler bot an, eine andere Bestellung zu annullieren, wenn ihm Donath die schriftliche Vollmacht erteilte.
»Das nicht«, sagte der Landrat und fragte scheinbar nebenhin: »Ist Herr Mähnert eigentlich noch bei Ihnen beschäftigt?«
»Ja, ein hervorragender Mann«, bestätigte Zeidler, korrigierte sich allerdings sofort: »Abgesehen von seiner Vergangenheit, natürlich.«
»Könnten Sie ihn mal herholen?«

Zeidler pfiff durch die Zähne, ehe er nach dem Telephon griff. Als es klopfte, erhob er sich und sagte: »Sie möchten vielleicht lieber unter vier Augen ...«
»Bleiben Sie man hier«, meinte Donath und stand auf, um Mähnert die Hand zu geben. »Tach, Klaus.«
»Tach, Hermann.«
»Nehmen Sie Platz«, bat Zeidler.
»Mit meinen dreckigen Klamotten?« fragte der ehemalige Volkssturmführer.
»Setz dich hin«, sagte Donath und sah dem alten Kumpan ins Gesicht, wie um sich zu vergewissern, ob es einen Sinn hätte, den Vorschlag anzubringen. Mähnerts Blick unter den versengten Augenbrauen wirkte ehrlich überrascht.
»Wo brennt's denn?«
»In der Brüderstraße«, sagte Donath und erklärte sein Nachtschicht-Projekt, als wäre der Ziegeleibesitzer längst eingeweiht und einverstanden. Der Trick glückte. Zeidler riskierte keine Lippe, während Mähnert vom Leder zog. Ihn ärgerte es schon lange, daß der Dauerbrandofen jeden Morgen neu angeblasen würde. Bei der täglichen Erhitzung und Abkühlung der Kammern ginge ungefähr ein Drittel der Wärme verloren. Aber woher die Leute für die Nachtschicht nehmen?
»Tja!« schnalzte Zeidler.
»Klaus«, sagte Donath, »wie ihr das technisch organisiert, ist deine Angelegenheit. Hauptsache, Herr Zeidler liefert morgen früh unsere Biberschwänze in die Brüderstraße und zahlt euch den doppelten Stundenlohn für die Nachtschicht, damit er seinen anderen Verpflichtungen fristgemäß nachkommen kann. Mehr als 'ne Woche werdet ihr kaum brauchen, um die paar tausend Ziegel wieder aufzuholen. Was ist? Schmeißt du den Laden, oder kneifst du?«
»Beim Barte des Propheten«, sagte Mähnert, winkelte den rechten Daumen hoch und verschwand.
»Sie ruinieren mich, Herr Landrat!« rief Zeidler. »Wer gibt mir denn das Geld für den doppelten Stundenlohn?«
»Den setzen Sie von Ihrer Steuer ab. Dabei machen Sie noch'n Geschäft, und wenn zufällig der Betriebsprüfer aufkreuzt, zei-

gen Sie ihm einfach den Vertrag mit dem Baukombinat, so wie mir, Herr Zeidler. Wiedersehn.«
Während Donath zum Landratsamt zurückfuhr, regnete sich ein Gewitter über der Stadt aus. Gut für den Spargel, dachte er und sah durch die wedelnden Scheibenwischer. Jetzt das Tochheimer Ufer runterrutschen, in die Elbe springen und unter den Blitzen schwimmen. Heute war Mittwoch, der letzte im Mai. Sollte er Hanna anrufen, damit sie ihm entgegenradelte bis zum Lepsgraben hinter Walternienburg? Von dort wären sie in fünf Minuten am Tochheimer Steilhang. Nein. Auf der Treppe kam ihm Liesegang in die Quere, und in dessen Büro saß Hauptmann Poche.

10

Liesegang schob das Kinn wie den Balg eines Photoapparats in den Hals und schielte zu Poche. Der drückte seinen Schmerbauch an die Tischkante und meinte, es gäbe da eine Vermutung, einen Verdacht, sozusagen, der sich noch nicht hundertprozentig erhärten ließe, obwohl das Indiz genau den Täter bezeichne, nämlich die angeblich verlorene Hose.
Donath blickte zu den nassen Fenstern, und der Horizont zerbröckelte in rosiggrauen Matsch. Kein Wunder. Der Landratsmagen knurrte schon seit Mittag. Annemarie, Maggi und die Kartoffelpuffer warteten. Wer? Was? Reiner Sandkuhl hatte Dr. Sattler niedergeknüppelt? Mein Gott, warum denn?
»Eifersucht«, sagte Poche. Die beiden Oberschüler wollten zuerst nicht mit der Sprache rausrücken, aber dann gaben sie im Laufe der Vernehmung zu, wie sie beobachtet hatten, daß sich Sattler nach dem Vortrag mit einer Frau traf, und weil diese Frau ihre Russischlehrerin war, interessierte sie die Geschichte natürlich. Sattler und Berta gingen zunächst ins Hotel Anhalt. Dann brachte er die Lehrerin zur Käsperstraße. Auf dem Rückweg wurde er von einem Mann verfolgt. Wie den die Jungens erkannten, machten sie sich dünne.
»Leckt mich doch mit eurer Schnüffelei«, sagte Donath müde

und starrte in die sinkende Sonne zwischen den abziehenden Gewitterwolken.
»Wir dürfen nicht zulassen, daß ein führender Genosse einem wissenschaftlichen Kader die Hosen klaut«, erregte sich Poche. »Unser Staat fördert die Intelligenz, und Sandkuhl tritt ihr in die Eier.«
»Ein grober taktischer Fehler«, beteuerte Liesegang.
»Immerhin besser als Scheidung«, sagte Donath. »Ihr solltet mal erleben, wie die beiden seitdem wieder turteln, mein Reinerle und mein Bertachen. Alles andere ist Mumpitz. Sattler wird schon wissen, warum er auf die Strafanzeige verzichtet. Wollt ihr Sandkuhl deswegen 'ne Rüge verpassen? Einem Kommunisten mit zwölf Jahren Knast auf'm Konto? Wo waren wir denn in der Zeit? Ihr an der Ostfront und ich beim Luftschutz. Gedrückt haben wir uns, und der einzige, der sich um Reiner kümmerte, war Klaus Mähnert, jawoll, der besorgte ihm 'n Bett im Coswiger Krankenrevier, keine Heldentat, aber, aber . . .!«
Nun konnte Donath von der Ziegelei erzählen und Sattler dabei untern Teppich kehren.
Zum ersten Sonntagseinsatz schickte der Landrat den Baudezernenten und den Jugendsekretär in die Brüderstraße. Donath selber mußte nach Magdeburg zur Bezirkskonferenz. Dort wurde den Kreisvorsitzenden die Umbildung der Volksausschüsse in ständige Kommissionen erklärt. Ehrenamtliche Vertrauensleute, freiwillige Polizeihelfer und gewerkschaftliche Obmänner sollten künftig für strenge Wachsamkeit in Wohnvierteln, Schulen und Betrieben bürgen. Denunzianten gehörten zu Poches Ressort, beruhigte sich Donath während der Rückfahrt. Der Landrat garantierte die Generallinie.
Am anderen Morgen trabten Gustav Hetzel und Helmut Mathesius in sein Büro. Der Baudezernent trug eine Mullbinde um den linken Daumen. Versehentlich zwischen Tür und Angel gequetscht, behauptete er. Helmut schien unversehrt. Einem handlosen Krüppel konnte keiner die Finger einklemmen.
Ja, Zeidler hatte geliefert. Die Biberschwänze wurden bloß

noch nicht gedeckt, weil im Unterwagen des Drehkrans zwei Stützschrauben fehlten.

»Flaschenzüge?«

»Sonntags?« fragte Hetzel. »Ohne Lastwagen?«

»Ziegelhucken ist wohl gesundheitschädlich?«

Hetzel besah seinen Daumen, und Donath verstand. Mathesius hatte probiert, eine Jugendbrigade zu gründen, wie bei der Reitbahn. Aber die Jugendfreunde hatten ihn in die Baubude gesperrt. »Sie wollten entweder arbeiten oder diskutieren, und wenn Diskussion, dann zum doppelten Stundenlohn«, entschuldigte sich Mathesius.

»Schert euch an eure Karteikästen«, kommandierte Donath und fuhr zur Brüderstraße. Er bremste an den Neubauten und hupte, bis der Polier kam, und es dauerte eine Weile, ehe er kapierte, was das Hupen bedeutete. Dann trommelte er seine Leute zusammen. Als alle um den BMW standen, stieg Donath aus. Der Knall, mit dem er die Wagentür zuwarf, wirkte wie ein Schuß. Sollte er auch.

»Wem es hier nicht mehr paßt, der kann seine Papiere abholen!« rief Donath. »Das gilt besonders für diejenigen, die gestern zu faul zum Hucken waren. Am Mittwoch hatten wir uns gegenseitig was versprochen. Ich habe mein Versprechen gehalten. Ihr habt euer Versprechen gebrochen. Da liegt's im Dreck!« schnauzte er und zeigte zu den Ziegelstapeln hin. »Was bildet ihr euch eigentlich ein? Denkt ihr, ich bin'n Glanzarsch mit Pensionsberechtigung? Wie ich so alt war wie du«, donnerte Donath und nahm einen Zimmermann aufs Korn, »da habe ich'n Gesellen übern Ast gestreckt und die Leiter hochgehuckt, bis in die Sparren. Und weißt du, warum? Weil er'n Pfuscher war und Stehkragen zu mir sagte. Wenn ihr wollt, mache ich heute dasselbe mit dem Schweinehund, der die Kranschrauben rausgedreht hat. Der braucht bloß Farbe zu bekennen, und husch wie die Waldfee schwirrt er nach oben. Aber dazu ist der Kerl zu feige, oder er hat zu viele Gesinnungsgenossen bei euch. So sieht es wahrscheinlich aus.«

»Stimmt nicht!« schrie jemand in die Atempause.

»Dann beweist es doch!« schrie Donath zurück. »Baut ihr viel-

leicht 'ne Landratsvilla, was? Jeder kennt meine Adresse. Wir leben zu viert in Stube, Kammer, Küche und mein Vater in der Mansarde. Aber ich bin der letzte, der 'ne Wohnung beantragt. Die ersten, die in diese Häuser einziehen, sollen Arbeiterfamilien sein. Das verstehe ich unter Sozialismus, und dafür könnt ihr mich in Stücke reißen.«
Kein Beifall begleitete ihn, als er einstieg und wegfuhr, kein Fluch oder Pfiff. Die Männer gingen an die Arbeit, reparierten den Kran, schufteten die ganze Woche und erschienen pünktlich zur nächsten Sonntagsschicht. Hetzel verständigte den Landrat, die Häuser Nr. 18 und 20 seien eingedeckt. Gut.

11

Am folgenden Donnerstag las Donath in der Zeitung, der Regierung wären in der Vergangenheit einige Fehler unterlaufen, und zahlreiche Personen hätten deswegen die Republik verlassen. Der Ministerrat wollte darum jetzt einen neuen Kurs steuern, die Lebenshaltung verbessern, die Betriebssicherheit stärken sowie den Einzelbauern, Handwerkern und Gewerbetreibenden Kredite gewähren. Wer geflüchtet war, durfte heimkehren und kriegte seinen Besitz zurück. Mitglieder der »Jungen Gemeinde« konnten wieder Oberschulen und Universitäten besuchen. Dieser Passus betraf Wolfgang Witte, den das *Franciscеum* wegen seines ›Gemeinde‹-Kreuzes vom Unterricht ausgeschlossen hatte. Donath telephonierte mit Inge. Sie wußte es schon und sagte nur: »Danke, Hermann.« Sonst nichts. Merkwürdig. Donath las weiter. Für Reisegenehmigungen im Interzonenverkehr genügten künftig familiäre Gründe. Häftlinge, die nach dem Gesetz zum Schutze des Volkseigentums mit Mindeststrafen bis zu drei Jahren verurteilt worden waren, erhielten die Freiheit.
Jubelte Donath? Tanzte er die Treppe zu Liesegang hinauf? Umarmte er vor Begeisterung wenigstens seine Sekretärin? Nicht die Bohne. Statt erleichtert, fühlte er sich gelähmt, und anstelle der Freudentränen kamen ihm Zweifel. Hatte er

wirklich so viel falsch gemacht? Ähnelte der *Neue Kurs* nicht eher den westlichen Parolen, die gegen alles hetzten, was nun auch die eigene Regierung verwarf? Wem sollte man noch trauen? Dem Sender im sowjetischen Sektor, der Sparerfolge, Planziele und Ernteschlachten lobte, oder dem Rundfunk im amerikanischen Sektor, der die Namen der Staatssicherheitsspitzel, den Wechselkurs der Ostmark und die Zahl der Flüchtlinge durchgab? Ratlosigkeit herrschte im Landratsamt. Unglaube sprach aus den Gesichtern um den mit rotem Fahnentuch bezogenen Konferenztisch. Deprimiert wirkten Sandkuhl und Poche. Ruhig Blut, sagte der Hosendieb. Keine Überstürzung, warnte der Hauptmann.

Liesegang, als einziger, kratzte die Kurve im Nu. Historisch genommen, erinnere der *Neue Kurs* an Lenins Neue Ökonomische Politik, sagte er, und von der Sowjetunion lernen, heiße siegen lernen. Über wen, bitte sehr? Wirtschaftsdezernent Wernicke griente, weil die lutherischen Bischöfe das Politbüro besiegt hatten. Donath ermächtigte den Christdemokraten, dafür zu sorgen, daß die zwangsweise geschlossenen Privatgeschäfte ihre Läden wieder öffneten. Was noch? In Zerbst war kein Gefängnis, außer ein paar Arrestzellen, wo die Durchläufer nach Magdeburg einsaßen. Nur der Bezirksstaatsanwalt konnte die Untersuchungshaft aufheben.

»Wieviel sind's denn?«

»Einer«, sagte Poche. »Schwere Körperverletzung.«

Ach so. Na ja. Daran mochte niemand rühren. Und die republikflüchtigen Heimkehrer? Gottschalk, Donaths zweiter Stellvertreter, wackelte mit dem Kopf, als hätte er den Tatterich. »Wer mal in Zerbst war, ist auf ewig weg.«

»Na, nu!« kollerte Liesegang. Die anderen schwiegen. Abwarten und Tee trinken.

Fürs Wochenende brachte Donath einigen Schriftkram zur Priegnitz. Am Sonntag hörte er, daß mehrere tausend Gefangene entlassen seien. Obwohl die Brüderstraße kaum vierhundert Meter entfernt lag, hörte der Landrat dagegen nicht, wie der Dachdecker Max Blumenthal von der Traufe des Hauses Nr. 26 auf das zwölf Meter tiefere Pflaster prallte. Donath

hörte nur das Telephon klingeln und stand wenige Minuten später am Unfallort.
Der Polier erklärte ihm den Absturz. Max Blumenthal, mittlerweile beim Leichenbeschauer, hatte nach dem seitwärts im Sparren steckenden Lattenbeil gegriffen. Durch die Drehung war er aus seinen verlatschten Pantinen gerutscht und dann bergab die Biberschwänze.
»Lange gequält?«
»Gleich mausetot.«
»Wie alt?«
»Ende Zwanzig.«
»Kinder?«
»Dreie.«
»Mist.«
»Passiert eben.«
»Zeugen?« fragte Donath und blickte an den Häusern hoch, wo Installateure und Elektriker die Fensterbänke füllten.
»Eisern«, sagte der Polier. »Wir warten bloß auf den Ingenieur, damit wir keinen Ärger kriegen von wegen Arbeitsschutz. Sowie der Knabe fertig ist, geht's wieder ran.«
»Macht Feierabend heute.«
»Unmöglich«, widersprach der Polier. »Das gäbe Krawall wegen dem Stundenlohn. Die würden am liebsten bis Mitternacht schuften. Wäre ja denkbar, wo's so lange hell bleibt, und das prima Wetter . . .«
Der Onkel vom Arbeitsschutz kam. Der Polier, zwei Dachdecker und Donath stiegen hinter ihm ins Hängewerk. Gemeinsam besichtigten sie den teils gelatteten, teils eingedeckten Dachstuhl. Nach den Angaben der Blumenthal-Kollegen skizzierte der Ingenieur den Hergang, notierte die nötigen Details und ließ außer den beiden Dachdeckern auch den Polier unterschreiben, bevor er das Protokoll gegenzeichnete.
»Alles klar«, sagte er und schob die Bögen in die Aktentasche.
Donath folgte dem Ingenieur und fragte ihn, ob er, was den Unfall betraf, irgendwelche Bedenken hätte.
»Ich nicht. Sie etwa?«
Als Donath in den Wagen stieg, hörte er den Ausleger des

Drehkrans kreischen. Sollte er Blumenthals Familie besuchen? Noch zu früh. Um die Kondolation nicht zu vergessen, erkundigte er sich am nächsten Morgen bei Trauer-Erb, wann die Beerdigung stattfinde und bestellte für die Mittwochausgabe der ›Volksstimme‹ eine Beileidsanzeige des Rates des Kreises. Erst jetzt las er den gestern versäumten Artikel. Das ›Neue Deutschland‹ rügte die Methoden, mit denen leitende Genossen Normerhöhungen im Wohnungsbau erpreßten und sich dann durch schöngefärbte Bilanzen über das berechtigte Mißtrauen der Arbeiter hinwegschwindelten. Nu macht aber halblang, dachte Donath. Ich scheuche die Leute sonntags mit der Brechstange vom Bauplatz, und ihr schreibt, das wäre Beschiß? Schickt uns euern Reporter her. Der soll sein blaues Wunder erleben.
Am Dienstag wollte Pistolen-Rudi telephonische Gewißheit, daß sich der Landrat und seine Mannschaft bewaffnet hatten. Waffen? Wozu? Weil in Berlin die Maurer streikten.
»Quack.«
»Wenn ich dir's sage!« grölte der Instrukteur aus der Muschel. »Stell mal's Radio an!«
»Komm doch zu uns mit deiner Feuerspritze.«
Nein. Bunge wurde in Magdeburg gebraucht. Donath beherzigte zumindest den einen Rat, setzte sich vor den SABA und lauschte. Der Berliner Rundfunk kündigte eine baldige Parteiaktivtagung an, die den *Neuen Kurs* erläutern sollte. Hm. Der RIAS kommentierte den Marsch der Bauarbeiter von der Stalinallee zum Haus der Ministerien. Dort hatten die Demonstranten den Rücktritt der Regierung verlangt und später den Generalstreik für Mittwoch beschlossen. Abends sprach der Spitzbart im Friedrichstadtpalast. Während der Nacht tickerte eine Meldung in den Fernschreiber: Das Politbüro schlug vor, die obligatorische Erhöhung der Arbeitsnormen als unrichtig aufzuheben.

12

Am Mittwoch zogen Trauer-Erbs Rappen den Sarg mit Max Blumenthal schon zwei Stunden vor dem Begräbnis durch die Stadt. Der Familie folgten die Dachdecker, denen sich die Betonierer der Alten Brücke und die Handwerker anderer Baustellen angeschlossen hatten.

Donath bog von der Schleibank her auf den Markt, bremste und kurbelte die Scheibe herunter. Dann nahm er die Mütze ab. Der Kutscher erkannte das Auto des Landrats und lenkte das Gespann nach rechts. Doch plötzlich löste sich ein junger Maurer aus der Gruppe hinter der Familie, griff dem Handpferd in die Trense und führte es so zur Marktmitte, daß auch der Trauerkondukt einen Haken schlagen und zwischen Roland und Butterjungfer den Platz überqueren mußte. Der Maurer trug einen schwarzen Flor am Jackenärmel, blickte verächtlich zu Donath und trat dem scheuenden Rappen in die Weichen.

Es war sehr still. Nur die Räder knirschten, die Hufe klackten, und die Schuhe schlurften. Die Bläser ließen die Instrumente austropfen oder steckten die Noten um. Die Witwe ging gebeugt zwischen ihren Kindern. Der Vater des Toten starrte auf das Rückfenster des Leichenwagens, und die Mutter preßte die Hand ans Kinn, als wollte sie den zitternden Unterkiefer festhalten. Von den Frauen abgesehen, marschierte Blumenthals letztes Geleit nicht in Schwarz. Die Dachdecker und Maurer trugen helle Kluft, die Schlosser und Installateure blaue Monturen, und aus den Manchesterhosen der Zimmerer lugten gelbe Zollstöcke.

Rund dreihundert Leute, schätzte Donath. Er bedauerte, daß er nur eine Anzeige aufgegeben hatte, statt der Familie persönlich zu kondolieren. Aber das konnte er ja am Grab nachholen.

Als er im Büro saß, rief Sandkuhl an. Donath beorderte ihn zu sich. Gleich danach stürmte Poche herein und sprang dem Landrat ohne die übliche militärische Ehrenbezeigung entgegen.

»Was bedeutet das, diese –?« Der Hauptmann suchte ein

unverfängliches Wort, das er später nach Belieben drehen und wenden konnte. »Dieser Aufzug?«
Donath zuckte die Achseln und sagte:
»Ich gehe auch zum Friedhof.«
Poche strich sich über die Stirn und wischte seinen Angstschweiß ins rote Tischtuch.
»Willst du 'ne Rede halten?«
»Ich gebe bloß meinen Kranz ab.«
Es klopfte, und Poche seufzte befreit, als Sandkuhl eintrat.
»Die Frage steht doch, wer die Geschichte organisiert hat.«
Donath merkte, wie der Hauptmann den Parteisekretär um den Ausdruck ›Geschichte‹ beneidete und sagte: »Keiner.«
»Nach dem, was heute in Berlin passiert, kannst du doch nicht behaupten, die Leute traben spontan hinter Blumenthal her!« brüllte Sandkuhl. »Das ist ein regelrechter Aufstand, wenn du wissen willst, wie ich darüber denke.«
»Jawohl«, bestätigte Poche. »Für den Fall der Fälle habe ich schon scharfe Munition ausgegeben.«
»Bist du bekloppt?« fragte Donath. »Wir sind in Zerbst, nicht in Berlin.«
»Ich habe meine Befehle«, sagte der Hauptmann. »Jede Zusammenrottung ist zu zerstreuen.«
»Auch Beerdigungen?« erkundigte sich der Landrat.
»Ich lasse den Friedhof sperren. Bloß die Familie darf rein, ansonsten wird geräumt.«
Sandkuhl explodierte.
»Dir haben sie wohl ins Gehirn geschissen und vergessen umzurühren. Den Friedhof räumen, und morgen rede ich mir wieder die Lunge aus'm Hals von wegen *Neuer Kurs!* Wer hat dich eigentlich so dumm geboren, Benno?«
»Keine Injurien«, verwahrte sich der Hauptmann, »und besonders nicht aus deinem Munde, du Hosenklau!«
Sandkuhl wurde rot und fragte, um abzulenken, nach dem Bürgermeister.
»Der ist krank«, sagte Poche. »Angina.«
Es war wie eine Gedenkminute für Liesegangs Mandelentzündung, als sie zu dritt verstummten.

»Streik kommt jedenfalls nicht in die Tüte«, sagte der Hauptmann nach einer Weile.
»Streik?« fragte Donath. »Die Leute verlieren einige hundert oder tausend Stunden Lohn. Rechnen wir denen das vor, sagen die uns: Und was war die verflossenen Wochen? Da mußten wir bummeln, weil die Biberschwänze fehlten, und letzten März ist der Bagger ausgeblieben, und nächsten Montag kriegen wir keinen Perlkies für den Kratzputz, und im Juli klemmen die Kranscheiben. Nein, heute machen wir blau, weil Blumenthal übern Jordan ist, und morgen fangen wir wieder an. Adjeh, meine Herren, ich verdufte.«
Während der Fahrt ärgerte sich Donath, daß er Poche nicht entlassen durfte, weil Poche weder ihm noch Liesegang, sondern dem Innenministerium unterstand. Als Landrat konnte er den Hauptmann nur zum Major hochloben, oder am besten gleich zum Oberst. Für geflochtene Schulterklappen mit drei Sternen wäre Zerbst zu klein.
Donath wollte den Wagen am Friedhofstor parken, doch der Wärter winkte ihn auf den Hauptweg und mahnte zur Eile. Donath stieg am Brunnen aus und strich die Kranzschleifen glatt. Im Weitergehen zog er die Mütze und schob sich durch die Menge, um in die Nähe des Grabes zu kommen. Danke, nickte er, als Klaus Mähnert ihn vorbeiließ. Der Landrat grüßte Hetzel, Mathesius und Erika Sintenis, die irgendwie zu dem Jugendsekretär zu gehören schien. Schließlich fand er einen Platz, von wo er die fast tausendköpfige Gemeinde überblicken konnte.
Die Turmposaunen und die Schalmeien bliesen ›O Haupt voll Blut und Wunden‹. Neben dem Sarg stand Pastor Scharfenberg, der vor vier Jahren den Bullen Fridolin gewonnen hatte und sein Pfarrhaus die K-u-K-u-K-Kanzlei nannte, weil er sich die Räume mit dem Katasteramt und dem Kindergarten teilte. Unter dem Beffchen hielt er die offene Bibel, und als der letzte Akkord verweht war, las Scharfenberg den Vers, den Blumenthals für die Einsegnung bestimmt hatten: *Ich bin die Auferstehung und das Leben. Wer an mich glaubet, der wird leben, ob er gleich stürbe.*

Was, fragte Pastor Scharfenberg, wollte uns der Evangelist Johannes nun damit schenken? Trost und Heilsgewißheit, was unsere Unsterblichkeit betraf. Klärchen. Doch deswegen war man nicht stundenlang durch die Stadt gezockelt, und die Leute wurden unruhig. Keiner murrte oder mäkelte. Nein, nein. Aber Standbein wechselte gegen Spielbein, und Hakkeneisen trampelten, ob drohend oder bloß zappelig, ließ sich schwer unterscheiden. Die Berichte an mehrere Behörden werden später darin übereinstimmen, daß Scharfenberg seine Johannes-Exegese nur als Pflichtübung absolvierte, bevor er zur ›theologischen Kür‹ (so das Urteil des Superintendenten) beziehungsweise zur ›ideologischen Schwarzmalerei‹ (so die Wertung der Bezirksleitung) ansetzte. Jedenfalls fiel nun endlich das erlösende Wort, auf das der Pastor die weitere Predigt stützte, und es war ein Spruch des Psalmisten: »Wo der Herr nicht das Haus bauet, so arbeiten umsonst, die daran bauen.«
»Bravo!« rief jemand hinter Donath.
»Sehr richtig!« bellte ein Klempner.
Scharfenberg, durch die doppelte Billigung ermuntert, versuchte zuerst mal, die Sündhaftigkeit irdischer Macht an den Kriegsschäden zu illustrieren, fand damit aber wenig Anklang. Warum zerstörte der liebe Gott denn seine eigene Wohnung in St. Nikolai, St. Marien, St. Bartholomäi, St. Trinitatis und verschonte die Kasernen und den Fliegerhorst? Nein, das überzeugte noch niemanden. Scharfenberg spürte das geringe Echo und begab sich in die Gegenwart, will sagen, in die Brüderstraße, wo der Dachdecker Max Blumenthal vergangenen Sonntag sein junges Leben gelassen hatte. Weil er aus seinen alten Holzpantinen gerutscht war, wußte Donath; ein trauriger, selbstverschuldeter Unfall. Aber Scharfenberg deutete Blumenthals Tod als Menetekel: Nicht der Herr baute die Häuser in der Brüderstraße, wie David sang, sondern ein anderer. Wer, verschwieg der Pastor. Doch dafür eignete sich wohl nur Luzifer, und der Leibhaftige war, um Max vom Dach zu kippen, offenbar in die Gestalt des Landrats geschlüpft, denn Donaths Anrainer ruckelten ein bißchen von ihm ab.

»In sechs Tagen«, tönte Scharfenberg, »schuf der Herr Himmel und Erde und das Meer und alles, was darinnen ist, und *ruhete* am siebenten Tage. Darum segnete der Herr den Sabbat und heiligte ihn. Gewiß, wir sind Gottes Mitarbeiter, Gottes Ackerwerk und Gottes Gebäu, wie Sankt Paulus an die Korinther schreibt. Wer uns aber zwingt, die göttliche Stille durch knechtischen Akkord und sklavische Sonntagsarbeit zu entweihen, den treffe die Strafe des Herrn!«
Mut hat er, der Toffel, dachte Donath.
»Und deshalb flehe ich dich an«, rief Scharfenberg, »Gott, mein Ruhm, zögere nicht! Die irdische Gewalt hat ihr Maul wider uns aufgerissen, geifert gegen uns mit falscher Zunge und treibt die Gerechten um ihres Gehorsams willen in den Tod. Ach, wüßten die Gottlosen doch, was ihrer dereinst harret, während wir jetzt und immerdar beim Herrn bleiben. Deshalb lasset uns beten ...« Schon möglich, daß Pastor Scharfenberg betete. Er wandte sich zum Grab, faltete die Hände um die Bibel und senkte den Kopf. Vielleicht wollte er auch übersehen, was in seinem Rücken geschah.
Donath traute seinen Augen nicht, als jemand vor ihm ausspuckte. Um sicher zu gehen, wer gemeint war, blickte er auf seine Nachbarn. Links stand eine Frau mit braunem Umschlagtuch trotz der Hitze, rechts ein Oberschüler, der im ›Volkshaus‹ den ›Prometheus‹ gesprochen hatte. Die beiden? Nein. Aber nun spuckte der nächste, gleich nach ihm der dritte, und der Schüler machte einen Schritt beiseite, damit er nicht versehentlich getroffen wurde. Andere kamen, spitzten den Mund oder zischten bloß, als hätten sie vor dem Landrat ausgespien, ehe sie zum Grab gingen und Max Blumenthal drei Hände Erde in den Himmel nachwarfen.
Donath sah den Elektriker, der die Lüster in der Reitbahn repariert hatte. Endlich begriff er, was ihm der Strippenzieher und die übrigen antaten. Bis heute hatte er geglaubt, daß er zu ihnen gehörte, namentlich zu den Maurern und Zimmerern, Eisenbiegern und Schwellenlegern, Dachdeckern und Hukkern, die nun der Reihe nach vorbeizogen, und über ihn grinsten wie über einen toten Hund.

Aber warum schmähten sie ihn, denselben Mann, den sie vor ein paar Jahren umjubelt und ihren Kindern gezeigt hatten, den Langen, den Lulatsch, den Sohn des Bären, den neuen Bürgermeister, der Furcht und Hoffnung auf sich lud, nichts versprach, nur die eigenen Schwielen vorwies? Wo war sie geblieben, die steinreiche Armut? Damals nörgelte keiner wegen der Sonntagsarbeit. Ohne doppelten, ohne jeglichen Stundenlohn hatten sie die Trümmer weggeräumt. Beim ersten Richtfest wurde eine Urkunde mit Donaths Unterschrift ins Fundament gemauert, ein DIN-A4-Blatt in einer Bakelitrolle. Was Besseres gab es damals nicht, und der Bürgermeister scherbelte den Zimmermannstanz mit dem ältesten Polier. Was hatte sich seitdem geändert? Sogar der Prometheus-Rezitator spitzte jetzt die Lippen. Donath haute ihm den Kranz um die Ohren, daß die Schleifen flatterten. Der Schüler fiel auf die Knie und heulte wie ein Schloßhund.
»Denn dein ist das Reich und die Kraft und die Herrlichkeit », betete Scharfenberg drohend.
»Dann machen Sie sich mal auf was gefaßt!« brüllte Donath und schmiß ihm den Kranz hin.
»In Ewigkeit – Amen!« fauchte der Pastor.
Donath ging davon, ohne Max Blumenthal die letzte Ehre zu erweisen. Am Brunnen stand der Wagen, daneben Klaus Mähnert. » Nicht einsteigen, Hermann«, warnte er.
Donath sah die Bescherung. Wer zu feige gewesen war, ihm vor die Füße zu spucken, hatte wenigstens sein Auto berotzt.
»Soll ich's abspritzen?« fragte Mähnert.
»Nein, danke, Klaus. Ich hab's ja nicht weit.«

13

Als Donath im Landratsamt anrief, hatte Oberst Krajewskij, Bogomolows Nachfolger, schon das Kriegsrecht über Zerbst verhängt. Wozu? Bloß so. Bloß vorsichtshalber. In Berlin war die rote Fahne vom Brandenburger Tor gerissen worden. Aha. Die Arbeiter randalierten, holten die Gefangenen aus dem

Knast und stürmten die Parteibüros. Ach was, sagte Sandkuhl, mein's nicht. Liesegang sei übrigens auch angetanzt, einen dikken Schal um den Hals, der Scharlatan.
»Ich komme«, versprach Donath und wechselte das Hemd. Vor dem Haus erwartete ihn Schenks ehemaliger Chauffeur mit dem frischgewaschenen BMW.
» Nein, Herr Babatz, das Auto will ich nicht mehr. Ich nehme mein Fahrrad.«
»Aber Herr Landrat werden doch . . .«
»Keine Widerrede«, sage Donath, setzte den Fuß aufs Pedal und schwang sich in den Sattel. Babatz trudelte hinter ihm her, wie der Leibwächter einer übergeschnappten Majestät. Auf dem Markt, zwischen dem steinernen Roland und der vergoldeten Butterjungfer, stand ein sowjetischer Panzer, aus dessen Luke ein Lederhelm ragte. Anscheinend flüsterte der Tankist irgendwas in sein Mikrophon. Der Drehturm schwenkte herum, und das Geschützrohr blieb auf die beiden ungleichen Fahrzeuge gerichtet, bis sie am Ende der Alten Brücke verschwanden.
Sandkuhl und der vermummte Liesegang hörten Nachrichten. Sie gratulierten Donath zum glimpflichen Ablauf der Beerdigung. Das Trauergeleit Max Blumenthals war zu den Baustellen marschiert und arbeitete weiter.
Donath leistete Liesegang und Sandkuhl Gesellschaft. Hin und wieder brachte Helga ein Fernschreiben, das sich wie eine Botschaft außerirdischer Wesen las. Der Rat des Bezirks drängte den Rat des Kreises zu verschärfter Wachsamkeit und zur Unterstützung der Roten Armee. Seite an Seite mit den Sowjetsoldaten sollte die Volkspolizei den Putschisten entgegentreten. Die Regierung schrieb: Käufliche Elemente und Agenten fremder Staaaten versuchten, den *Neuen Kurs* zu durchkreuzen. Die Gewerkschaft schrieb: Westberliner Aufwiegler mißbrauchten die gutgemeinten Demonstrationen ehrlicher Kollegen zu Krawallen und Tumulten.
Der Radiosprecher nannte Orte, wo die besonnenen Kräfte Oberwasser gewannen. Donath lag im Sessel und rauchte. Warum wurde Zerbst nicht erwähnt? dachte er. Der Heide-

torfriedhof, die Brüderstraße, das Werkzeugmaschinenwerk, die Thermometerfabrik, der Schlachthof, die Ziegelei und Karnbachs Likörbude? Das Telephon klingelte. Poche war dran. Nein, weder Ausschreitungen noch Zusammenstöße. Als er von Donaths Anwesenheit hörte, wollte er wissen, wer den Dienstwagen des Landrats bespuckt hatte. Zufällig stand Sandkuhl am Apparat.
»Hermann hat keine Augen im Genick«, sagte er. »Denkst du etwa, du kriegst'ne Namensliste wegen dem Rotz?«
»Das war eine gezielte Provokation.«
»Ach, ja?« höhnte Sandkuhl, verdeckte die Muschel und fragte nach Donaths Meinung.
»Wenn er wen verhaftet, puste ich ihn pfundweise durch'n Trauring«, sagte der Landrat.
Liesegang runzelte die Stirn, doch Sandkuhl sagte ins Telephon:»Mach keine Faxen, Benno, sonst muß ich beim Bezirk Bericht erstatten.«
»Mit Vergnügen«, dröhnte Poche aus dem Hörer.
»Moment«, sagte Sandkuhl. »Du bist nicht alleine dran schuld. Ich war ja auch dabei, wie du Hermann ohne Polizeischutz auf'n Friedhof geschickt hast.«
»Ich wollte den Friedhof sperren lassen, aber euretwegen habe ich meine Leute zurückgepfiffen«, brüllte der Hauptmann so laut, daß Donath und Liesegang jedes Wort verstanden. »Dann halte dich künftig an deine Befehle«, mahnte ihn Sandkuhl, » oder wir sorgen dafür, daß dir die Achselklappen abfallen.« Weil der Hauptmann schwieg, fügte Sandkuhl beruhigend hinzu: »War bloß Spaß, Benno. Hermann und ich vergessen den ganzen Rummel in deinem Interesse.«
Nach einer Pause sagte Poche:
»Danke.«
Bei Einbruch der Dunkelheit klingelte es wieder. Donath nahm den Hörer. Diesmal war Poches Nachricht kurz. Donath wurde blaß und legte auf.
»Rudi Bunge ist tot«, sagte er. »In Magdeburg haben ihn die Kerle erschlagen, im Ernst-Thälmann-Werk.«
Liesegang hinkte zum Fenster und sah hinaus, als lauerte sein

Mörder hinter dem Bockwurst-Kiosk am Akenschen Tor. Sandkuhl ballte die rechte Faust, streckte die Finger und wiederholte das Spiel, bis die Knöchel unter der Haut hervortraten. Dann hieb er die Faust durch die Luft wie ein Schattenboxer, der den gedachten Gegner zu Boden schmettert, verfehlte ihn aber augenscheinlich, denn plötzlich betastete er seinen ruckenden Adamsapfel und schluchzte: »Die Schweine.«
Gegen Mitternacht radelte Donath heimwärts. Die Scheinwerfer des Panzers erhellten den Markt, verfolgten den Radfahrer aber nicht. Auch am Donnerstag stand der Panzer noch zwischen Roland und Butterjungfer. Erst am Freitag wurde er abgezogen, und am selben Morgen las Donath in der ›Volksstimme‹:

Bekanntmachung des Militärkommandanten der Stadt Magdeburg

Ich mache hiermit bekannt, daß die Einwohner Dartsch, Alfred, und Strauch, Herbert, wegen der aktiven provokatorischen Handlungen am 17. Juni 1953, die gegen die festgelegte Ordnung gerichtet waren, als auch wegen der Teilnahme an den banditenhaften Handlungen vom Gericht des Militärtribunals zum Tode durch Erschießen verurteilt worden sind.

Das Urteil ist am 18. Juni 1953 vollstreckt worden.

Der Militärkommandant
der Stadt Magdeburg

Bald, hatte Donath dem rothaarigen Güterglück gesagt. Inzwischen waren über vier Monate vergangen. Was hielt ihn noch ab von einem Besuch?

14

Rache ist Blutwurscht, und Leberwurscht ist Zeuge. Berta Sandkuhl kannte den Spruch und beherzigte ihn, als Reiner ihr verriet, mit wessen Hilfe er das »S« auf dem Liebesbrief entschlüsselt hatte. Sandkuhl beichtete es im Februar anläßlich der endgültigen Versöhnung. Wäre Berta siegreich gewesen, hätte sie Annemarie verziehen. Aber Berta empfand Sattlers

Rückzug als Niederlage und hielt es wie die Franzosen nach dem Verlust Elsaß-Lothringens: Immer daran denken, nie davon reden. Berta konnte warten. Sie pflegte ihren Rachedurst, indem sie ihm jeden Tropfen verweigerte. Die Kehle sollte verdorren, die Seele verschmachten, bis der Zufall Ende Juli Frau Sandkuhl an Frau Donaths Tisch plazierte. Die Einweihung des renovierten Konzertpavillons in Rephun's Garten war eine günstige Gelegenheit. Berta genoß eine Kostprobe auf den Schluck aus der Pulle. Die Vorfreude bleibt, abgesehen von der Schadenfreude, die schönste Freude. Frau Sandkuhl mit Boris und Frau Donath mit Margot und Irene aßen Streuselkuchen, tranken Muckefuck und lauschten der für kleines Orchester arrangierten »Petersburger Schlittenfahrt«. Eigentlich, juxte Berta, müßte das Stück »Leningrader Schlittenfahrt« heißen, doch was würde dann aus dem Schlesischen Himmelreich und den Königsberger Klopsen? Schlesisches Himmelreich? fragten die Zwillinge. Frau Sandkuhl erklärte: Pökelfleisch, Backobst und Kartoffelklöße. Igittegitt. Da schwärmten Margot und Irene mehr für Mamis Speckkuchen. Was denn? Frau Sandkuhl hatte noch nie Speckkuchen gegessen, geschweige gebacken?

»Und Reiner jiepert so danach«, sagte sie.

»Ist ganz einfach«, sagte Annemarie.

»Ja, für den, der's kann.«

Nun ging alles so leicht, daß Berta sich beinah genierte. Annemarie diktierte ihr nicht etwa das Rezept, sondern bat sie zu sich nach Hause.

»Den besten Speckkuchen«, schränkte sie ein, «bäckt meine Freundin, Frau Doktor Witte. Ich würde sie einladen, aber Frau Doktor Witte ist mit Kind und Kegel an der Ostsee.«

Annemarie sagte gern ›meine Freundin, Frau Doktor Witte‹, weil es so vornehm klang; Berta war froh, daß die Arztfamilie gerade Urlaub machte.

»Mittwoch?«

» Da ist mein Mann in Magdeburg.«

»Wie meiner«, sagte Berta.

Aber man könnte den Kuchen ja warmstellen und die Männer

abends überraschen. Würde es passen so gegen elf, oder hätte Frau Sandkuhl während der Ferien Schuldienst?
» Das richte ich mir schon ein«, sagte Berta.
Also, Mittwoch. Am Morgen wurde Boris vom Scheitel bis zur Sohle gewaschen und in seinen Sonntagsstaat gesteckt. Dann schmiß sich Berta in Schale, riß die Korsettschnüre zusammen, schlüpfte trotz Hitze in ein Unterkleid, das der Bluse lila Schatten gab, und an die Taille hakte sie den rostbraunen Rock, aus dem Bauch und Gesäß quollen.
Auch Annemarie hatte sich vorbereitet. Damit sie schlanker erschien, trug sie Längsgestreiftes unter der Schürze. Um das Linoleum nicht zu verstauben, liefen die neunjährigen Mädchen in Socken, wirkten ansonsten aber wie aus dem Modeteil der ›Berliner Illustrierten‹ geschnitten. Kurz vor elf Uhr durften sie Sandalen anziehen und dem Besuch zum Heidetor entgegenrennen.
Mehl, Zucker, Milch, Zwiebeln, Hefe und Speck warteten in Reih und Glied. Das eingefettete Kuchenblech brauchte Annemarie bloß auf den Tisch zu stellen. Im letzten Augenblick gewahrte sie noch den alten Fliegenfänger und warf ihn ins Feuer.
»Eine Dämmse«, stöhnte Berta und trank Boris die halbe Brause weg, bevor er mit Maggi auf dem Hof spielen durfte. Aus dem Wohnzimmer gingen die Frauen in die Küche. Annemarie rührte den Hefeteig an. Berta sah zu, wie die Kruke mit einer Serviette abgedeckt und in die Nähe des Ofens geschoben wurde. Dann saßen sie am Küchentisch, und Annemarie sagte, sie säße am liebsten in der Küche. Berta lag lieber im Bett und rieb den Hintern übers kühle Laken, aber das gehörte sich jetzt nicht. Annemarie, der kein besserer Gesprächsbeginn eingefallen war, kam sich trinig vor.
»Mein Gott, was werden Sie für einen Eindruck von mir haben«, sagte sie und blickte zu dem Kohleneimer in der Ecke.
»Aber Frau Donath!« protestierte die Russischlehrerin.
»Ich bin eben keine Städterin und wollte nie in die Stadt.«
»Zerbst ist doch keine Stadt.«
»Nein?«

»Ich bin Breslauerin«, sagte Berta und fragte, wie lange der Hefeteig gehen müßte, damit sie nicht unterbrochen würde, wenn sie bis Breslau ausholte.
»Das dauert«, sagte Annemarie.
Berta erzählte von ihrer Mischpoche: zwei Geschwister, tot, Vater Beamter, tot, Stiefmutter, tot, und Vierzimmerwohnung zwischen Graben und Hauptbahnhof.
»Das war eine Stadt, Frau Donath!«
Weil Zerbst gegen Breslau vermickerte, lief Annemarie in Gedanken nach Steckby, brachte Vogeleier und einen Mundvoll Süßkirschen mit.
»Nett«, sagte Berta.
Und die Elbe? Die war doch wohl erheblich breiter als die Oder, oder? Wasser ist zwar auch Natur, und man kann nicht dafür: Aber, aber!
»Jedem seins«, sagte Berta und spürte einen Anflug von Sympathie mit der Landratsfrau. Gleich nach dem Krieg wären sie vielleicht Freundinnen geworden. Damals hatte Berta nur Indianer getroffen, undurchdringliche Zerbster Rothäute, abweisend, grimmig. In Ihre Flüchtlingsseele war damals eine Kröte gesprungen und hatte die Milch zu Quark gepanscht.
Sandkuhl, der Rettungsanker; Sattler, der Märchenprinz. Siegfried lachte, wenn sie lachte. Dem weinte sie sich aus. Fast hätte er's nicht überlebt. Und deswegen war Berta hier. Ihr Hemdchen schillerte lila durch die Bluse.
»Ich bin ganz anders, als ich aussehe«, sagte sie. »Wissen Sie, was ich eigentlich bin?«
»Eine herzensgute Frau«, antwortete Annemarie ehrlich.
»Und darum habe ich dauernd Pech«, sagte Berta.
Daß Sandkuhl die Wäschekommode durchstöbert hatte, fand Annemarie plötzlich genauso schandbar wie den entdeckten Sattler-Brief.
»Ehen werden im Himmel geschlossen«, sagte sie seufzend und sah nach dem Hefeteig.
»Ehen«, meinte Berta bissig. »Ist der Krampf nicht noch größer, wenn beide so tun, als wäre alles in Ordnung, und jeder ist seine eigene Hölle?«

Annemarie lächelte und holte das Blech.
Sie weiß Bescheid und kann mir nicht in die Augen sehen, glaubte Berta. Sie ist zu anständig, mir was zu predigen, wo sie selber im Dreck steckt. Doch wenn kein Blut floß, sollte wenigstens Gerechtigkeit fließen. Zwei Elend beisammen war nur die halbe Misere.
Annemarie knetete den Teig, walzte ihn aufs Blech und drückte die Speckscheiben an, bevor sie die Zwiebeln fingerdick darüber breitete.
»Weiter nichts?« fragte Berta enttäuscht.
»Doch«, sagte Annemarie, »jetzt kommt der Zucker.«
»Auf die Zwiebeln?«
Annemarie nickte, schüttete Zucker in die Hand und ließ ihn durch die Finger rieseln. »Goldgelb müssen sie werden«, sagte sie dabei, schob das Blech ins Rohr und spülte die Hände am Ausguß, während Berta den Tisch abwischte. »Ganz goldig gelb.«
Dann goß Annemarie Kaffee in die Tassen. Eine Fliege summte gegen das Fenster. So still war es.
»Verstehen Sie mich wenigstens?« fragte Berta.
»Das ist es eben«, sagte Annemarie. »Ich kann da nicht mitsprechen. Ich weiß nicht, wie eine Frau ihrem Mann wegläuft. Ich weiß, daß es das gibt, ich habe es immer wieder gehört und gelesen, trotzdem begreife ich's nicht.«
»Und umgekehrt?« fragte Berta.
»Ich bin kein Mann, Frau Sandkuhl«, sagte Annemarie und wischte sich die Augen, die noch von den Zwiebeln tränten. »Ich denke mir bloß, daß sowas nicht gut geht, schon gar nicht, wenn Kinder da sind. Die brauchen Vater und Mutter. Da darf keiner einfach abhauen.«
»Und wie werden Sie damit fertig?«
»Ich?« fragte Annemarie zurück. »Warum soll ich mir darüber den Kopf zerbrechen?«
»Na ja, so gesehen«, sagte Berta. »Aber man läuft wie auf Kohlen, oder?«
Annemarie zuckte die Schultern.
»Das ist doch kein Leben, was Sie führen«, sagte Berta leise.

»Wer?« fragte Annemarie.
»Sie«, sagte Berta, glättete den Rock und strich die Falten heraus. »Sind Frauen denn Viehzeug ohne Gedanken? Hat unsereins etwa keinen Stolz?«
Annemarie merkte, daß Bertas Quengelei irgendwas zu bedeuten hatte. Zwischen ihr und Berta und Bertas Besuch und dem Speckkuchen gab es eine Verbindung, die sie nicht durchschaute. Annemarie fühlte sich wie an jenem Abend in Steckby vor zehn Jahren, als sie Donath noch ein Stück begleitet hatte. Damals war sie in den Garten zurückgegangen und dann ins Haus, und beide waren ihr mit einem Mal fremd geworden, beinahe feindlich, denn Donath hatte sie gefragt, ob sie ihn heiraten wollte, und sie hatte ja gesagt. Sie hatte die Tür und den Korridor verraten, den Tisch und die Hitsche an der Treppe, die Weidenkörbe und das Geländer. Das war die Stunde des Abschieds gewesen, als sie in ihre Kammer ging, sich aufs Bett legte, unter den ausgestopften Uhu, von dessen Konsole der vertrocknete Glücksklee baumelte. Damals, in jener Stunde, ging sie weg und nahm nichts mit, ließ stehen und liegen, woran ihr Herz hing, Federn, Blumen, Bücher, Boote aus Kiefernrinde, Hefte und rosa Löschblätter und Initialen, die unleserlich wurden.
»Wovon sprechen Sie eigentlich?« fragte Annemarie kalt.
»Auch noch scheinheilig«, sagte Berta.
Das war starker Tobak. Wenn Annemarie keine Ahnung hatte, mußte sie Frau Sandkuhl an die Luft setzen. Doch Annemarie wog jetzt drei Zentner, und die Zunge lag ihr wie Blei im Mund.
»Nu reden Sie schon«, bat sie mühsam.
Berta erhob sich.
»Ich kucke mal nach den Kindern.«
»So kommen Sie hier nicht raus«, sagte Annemarie.
»Wollen Sie mich festhalten?« fragte Berta, und plötzlich schrie sie: »Aber das weiß doch die ganze Stadt! Ganz Zerbst weiß es, und Sie nicht?«
»Setzen Sie sich hin«, sagte Annemarie und wiederholte die Bitte, weil Berta stehenblieb. »Trinken Sie noch eine Tasse?«

fragte sie und schenkte ein, den Ellbogen aufgestützt, damit sie nicht kleckerte.
»Nein«, sagte Berta, nahm aber Platz und schob den Zeigefinger durch den Tassenhenkel. »Ich kann ja bleiben, bis der Speckkuchen . . .«
»Wer ist es?« fragte Annemarie. »Sagen Sie mir den Namen.«
»Und was dann?«
Ja, was dann? War das wichtig? Erkundigt man sich bei jemandem, der aus großer Höhe stürzt: Und was dann? Du willst es wissen und willst alles wissen. Was dann? Ein Schmetterling, ein Wort, Libellenflügel. Am Rand des Gartens blühen die Sonnenblumen. Was dann? Es regnet. Die Bäume legen Ringe an und treiben Äste. Die Kinder stehen in den Zweigen und atmen mit weiten Nasenlöchern. Was denn dann?
»Nichts«, sagte Annemarie. »Was soll schon sein?«
»Frau Karnbach«, sagte Berta.
»Ach, die«, sagte Annemarie, ging zum Herd, bückte sich, klappte das Backrohr auf und fiel um. Berta sprang ihr bei, rannte zum Ausguß, kam zurück, schüttete Annemarie Wasser ins Gesicht, schloß das Backrohr, feuchtete ein Handtuch an, rieb Annemarie die Stirn und den Nacken, redete ihr zu, bis sie sich endlich bewegte, aufstützte und die Beine unter den Rock zog.
»Sie machen Sachen«, sagte Berta.
»Ja«, sagte Annemarie und lächelte. »War ich lange weg?«
»Paar Minuten«, sagte Berta.
»Wie hundert Jahre«, sagte Annemarie und legte das Kinn auf den Stuhl. »Ich glaube, wir können ihn rausholen. Aber seien Sie vorsichtig und nehmen Sie'n Topflappen. Ich rappele mich gleich wieder. Ist er gut?«
»Goldgelb«, sagte Berta.
»So muß er sein«, sagte Annemarie.
Berta setzte das Blech auf die Herdplatte und trat beiseite, daß Annemarie den Speckkuchen sehen konnte.
»So ist er richtig«, sagte Annemarie im Aufstehen.
»Duftet«, sagte Berta und schnupperte. »Jetzt traue ich's mir selber zu.«

»Den Speck können Sie auch oben drauf tun«, sagte Annemarie. »Ich schichte ihn lieber drunter. Dadurch wird der Teig saftiger.«
»Wollen Sie sich nicht'n bißchen hinlegen, Frau Donath?«
»Vielleicht ruhe ich mich'n Weilchen aus«, sagte Annemarie, »aber Sie packen sich was ein von dem Kuchen, ja?«

15

Als Donath aus Magdeburg nach Hause kam, rief er Annemarie und die Kinder. Aus der Küche sah er in den Hof. Er roch den Speckkuchen, konnte ihn aber nicht finden. Ihm war, als träten Annemarie und die Kinder zur Tür herein, sobald er den Speckkuchen gefunden hätte. Sie ließen ihn doch nicht allein essen. Er zog das Blech aus dem Rohr, nahm den Rest und biß ein Stück ab. Er saß nicht vorgelehnt, sondern hatte die Beine übereinandergeschlagen, wie im Lokal, wenn das Tischtuch schmutzig war. Die Krümel warf er in den Ausguß. Dabei sah er das Geschirr, die Kaffeekanne, zwei Porzellantassen und drei Gläser. Er langte eine Tasse aus dem Becken und betrachtete sie. Annemarie benutzte keinen Lippenstift.
Donath lief die Treppe zur Mansarde hoch und fragte seinen Vater. Der Bär vermutete, daß sie ins Kino gegangen waren. Heute wurde ein Märchenfilm gespielt: »Die schöne Wassilissa«. Annemarie hatte schon vorgestern davon gesprochen. Aha. Donath radelte zum Landratsamt und wollte an der Portierloge vorbeigehen, doch die Wache schoß heraus.
»Moment, Genosse!«
»Was ist?«
»Ihren Ausweis, bitte.«
»Du bist wohl nicht bei Trost«, sagte Donath.
»Sie sind der Landrat, aber ohne Ausweis darf ich Sie nicht durchlassen«, sagte der Wachtmeister.
»Wer hat das angeordnet?«
»Hauptmann Poche.«
»Merke dir mal eins, Erich«, sagte Donath ruhig. »Hier in

Zerbst und in diesem Haus kommandiere ich. Kein anderer, verstanden?«
»Jawoll, Herr Landrat«, sagte der Wachtmeister. »Aber sagen Sie denen im Keller gleich Bescheid, damit ich weiß, woran ich bin.«
Im Keller? Ach, richtig. Heute war Mittwoch. Der Operativstab tagte.
»Wird erledigt«, sagte Donath.
Das Landratsamt war sein Haus. Er besaß es nicht, es gehörte ihm. Seit acht Jahren ging er hier ein und aus. Acht Jahre waren keine Zeit für ein Haus, aber für ein Leben. Das frühere Eichamt stammte aus dem Jahre 1903. Damals hatten wir Geld für Erker und Gebälkträger in Damenform. Seit wir Kaiser geworden waren, reichten die Wagenburgen nicht mehr aus, die Backsteinkasernen mit den Schießscharten in die Steppe. Der ›Hohenfriedberger‹ genügte bloß noch für Schützenfeste. Statt dessen: »Steuermann, laß die Wacht!«, Majestät in der Loge, in Admiralsuniform, Kieler Woche mit Tristan-Harmonik. Das Steueraufkommen aus der Braun-AG, dem Maiswerk und der Maschinenfabrik Meinecke rechtfertigte eine Marmortreppe für die Behörde. Der grünbordierte Läufer wurde als luxuriös empfunden. Nach dem letzten Krieg machten sich die Buntmetallsammler an die Messingösen. Donath schritt dagegen ein, doch die Halterungsstäbe mußte er rausrücken. Der Teppich kommt wieder, schwor er. Nach acht Jahren lag immer noch kein Teppich auf den Stufen. Nur die Ösen blinkten verheißungsvoll. »Wird erledigt«, versprach Donath. Als Schüler hatte er gelesen, wie Kronprinz Friedrich und sein Freund Hans Hermann von Katte nach England fliehen wollten und wie Katte auf dem Küstriner Festungswall hingerichtet wurde, nach dem Wunsch des Königs vor dem Fenster des Kronprinzen, am sechsten November 1730. Also dürfte schon Schnee gelegen haben, und Hermann erhielt den Bescheid, *es wäre besser, daß er stürbe, als daß die Justiz aus der Welt käme.*
»Wird erledigt«, versprach Donath. »Wer ist denn unten?«
»Poche«, sagte der Wachtmeister. »Liesegang, Sandkuhl, Mathesius und der Neue aus Magdeburg.«

»Brennecke?«
»Ja, ich glaube, so heißt er.«
Donath ging in den Keller und setzte sich vor die Tür, hinter der die Operativstäbler versammelt waren. Er saß auf der kalten Steintreppe und suchte eine Zigarette in seinen Taschen. Wachtmeister Rose, der ihn begleitet hatte, hielt ihm eine grüne ›Turf‹-Schachtel hin.
»Kriegste morgen wieder«, sagte Donath und rauchte.
»Sie werden sich'n Hintern verkühlen, Herr Landrat.«
Ein wohliges Gefühl. Jemand dachte an seine Gesundheit. Noch gar nichts verloren. Aber hinter der Tür feierten und soffen die anderen. Kronprinz Friedrich war ohnmächtig geworden, als das Beil fiel. Liesegang und Sandkuhl und Brennecke würden sich kranklachen, wenn Donath Zucht und Ordnung verlangte. Diese Widerlinge. Jetzt bist du ungerecht, Hermann. Ja, er sah es ein.
»Kalineka, Kalineka, Kalineka majá!« sang Poche hinter der Tür.
»Komm«, sagte Donath, »wir machen wieder kehrt.«
»Ich hab's Ihnen doch gleich gesagt, Herr Landrat.«
»Hast du das?«
»Freilich. Ausweis muß sein.«
Es war noch hell. Donath fuhr zu den Corso-Lichtspielen und wartete das Ende der ›Schönen Wassilissa‹ ab. Annemarie und die Kinder waren nicht unter den Zuschauern. Donath radelte an die Priegnitz zurück. Er hockte in der leeren Küche, bis ihn die Müdigkeit übermannte. Das Muster des Linoleums lief von ihm weg; er spürte den Zwang, ihm zu folgen und legte sich ins Bett. Als er erwachte, war es dunkel. Er drückte den Knopf der Nachttischlampe und merkte, daß er kaum eine Stunde geschlafen hatte. Er rief den Namen seiner Frau, erhielt keine Antwort und öffnete die Schranktür, um sein Hemd zu wechseln. Annemaries Kleider fehlten, auch die Kindersachen. Nun wußte er Bescheid. Über die Gründe zu rätseln, schien sinnlos, weil es nur einen Grund gab, und für die Suche nach dem Waschmaul, das Annemarie den Kronleuchter aufgesteckt hatte, kam ganz Zerbst in Betracht.

Erst hinter den Bahngleisen begriff Donath, daß er unterwegs zu Heinrichs war. Er klinkte den Dynamo ans Vorderrad und wich den Schlaglöchern aus. Früher wäre er die Strecke nach Steckby mit verbundenen Augen gefahren, doch die schweren Mähdrescher der MAS hatten die Chaussee ruiniert. Als er durch Leps radelte, dachte er plötzlich, Vera selber sei zur Priegnitz gegangen. Er sah Frau Karnbachs Glacés auf der Klinke, ihr Tuch um den Hals, ihre Lippen an der Tasse. So, Frau Donath, hörte er sie sagen, jetzt machen wir mal reinen Tisch. Hirngespinste! Gestern hatte Vera im Landratsamt angerufen und mit ihm getuschelt: Hubitschka, Pussinka.
Bei Heinrichs brannte kein Licht mehr. Donath klopfte. Ein Zweig raschelte. Ein Vogel flog davon, ein größerer Vogel, rauschend. Eine Amsel? Es dauerte lange, bis jemand kam.
»Ich muß mit Annemarie reden«, sagte Donath.
»Die ist nicht hier«, sagte sein Schwiegervater.
Heinrich hatte eine Hose übers Nachthemd gezogen. Die Träger hingen an den Seiten wie Säbel-Portepees.
»Darf ich?« fragte Donath und trat in den Flur.
»Wenn ich dir sage, daß sie nicht da ist!« rief Heinrich.
Donath ging trotzdem durch alle Zimmer, auch ins Schlafzimmer, und antwortete Frau Heinrich: »Wenn ich's wüßte, wäre ich nicht hier, Mutter.«
Er stieg nach oben und öffnete Annemaries ehemalige Kammer. Im Schein der grünseidenen Deckenlampe standen zwei Horden mit Williamsbirnen. Donath schaltete das Licht aus und kam herunter.
»Vielleicht erklärst du uns, was los ist«, sagte Heinrich, die Helligkeit des Wohnzimmers im Rücken.
»Annemarie ist weg«, sagte Donath.
»Und die Kinder?« fragte Frau Heinrich.
»Auch.«
Frau Heinrich war ihrer Tochter sehr ähnlich. Sie hatte die gleichen dunklen Augen und hohen Backenknochen, den weichen Mund und das resolute Kinn.
»Ich bringe's schon wieder ins Lot«, sagte Donath zu ihr.
»Was hast du bloß angestellt, Hermann?«

»Bin ich etwa abgehauen?« brüllte er und glaubte sich im Recht, weil im Stich gelassen.
»Sei nicht zu hart«, bat Frau Heinrich.
»Wo willst du sie denn suchen?« fragte der Tischler.
»Überall«, sagte Donath und ging an ihnen vorbei aus dem Haus. Er machte drei, vier Schritte, dann wurde er festgehalten. Barfuß war ihm seine Schwiegermutter nachgelaufen.
»Versprich mir, daß du ihr nichts tust«, flüsterte sie. »Schlag sie nicht. Sie ist kein schlechter Mensch. Du darfst sie nicht schlagen. Denk an die Kinder.«
Ihr Mund kam seinem Kopf zunah. Sie stand auf den Zehen. Er hielt ihr die Wange hin.
»Martha!« rief Heinrich aus dem Flur.
»Bitte«, sagte sie und rannte zurück. Die Tür fiel ins Schloß. Dann wehte der Wind vom Westen her, hatte sich angewärmt im Lödderitzer Forst und abgekühlt über der Elbe, blies die Entenfedern übern Teich und schlotterte die strampelnden Hosenbeine. Ein nichtsnutziger Wind ohne Regen, dachte Donath, ein falscher, verlogener Wind.

16

Am anderen Morgen, als er sich rasierte, schlug eine Faust gegen den geschlossenen Fensterladen. Donath stieß Fenster und Laden auf. Ein unbekannter Bengel, kaum vierzehn, fragte: »Sind Sie der Landrat?«
»Ja«, sagte Donath, noch Schaum an den Ohren.
»Sie sollen ins Hotel Anhalt kommen.«
»Wieso? Wer hat dich geschickt?«
»Ihre Frau«, sagte der Lümmel, verbiß sein Feixen und sockte ab. Ausgeschlossen, daß Annemarie im Anhalt übernachtete. Sie verabscheute Hotels. In den Thüringer Winterurlaub hatte sie Bettwäsche mitgenommen. Sonst kriegte sie Plustern, ihrer Ansicht nach. Donath seifte sich nochmal ein und rasierte sich gegen den Strich.
»Nummer acht, erster Stock, links«, sagte der Anhalt-Portier.

Annemarie öffnete auf Donaths Klopfen, ließ ihn herein und bot ihm einen Platz an. Sie war geschminkt und hatte die Augenbrauen nachgezogen. Ihrer schwarzen Litweka konnte sich Donath nicht erinnern. Doch mehr als alles, was nun gesprochen wurde, überzeugte ihn das strenge Kostüm, wie ernst es Annemarie meinte. Den ursprünglichen Vorsatz, sie einfach nach Hause zu schleppen, gab Donath auf. Seine Annemarie, die richtige, wirkliche Annemarie, würde jetzt weinen. Diese Frau hier saß ihm am frühen Morgen in hohen Hacken gegenüber, und er sah sie rauchen.
»Wo sind die Kinder?«
»Spazieren.«
Die Betten wirkten nicht frischgemacht, sondern unberührt. Die steifen Mangelfalten ragten aus den Bezügen, und die Kissen hatten keine Dellen.
»Wo bist du letzte Nacht gewesen?«
Annemarie antwortete, als hätte sie die Frage überhört.
»Ich wäre dir sehr dankbar, wenn du uns nach Steckby fährst. Ich weiß, was ich dir zumute, aber vergiß mal heute den Widerwillen gegen dein Dienstauto. Das Notwendigste ist gepackt und steht beim Portier. Den Rest kann mein Vater irgendwann bringen. Gottlob sind Ferien. Dadurch verwinden Margot und Irene leichter den Schulwechsel.« Sie zerdrückte die Zigartte, erhob sich und griff nach ihrer Handtasche. »Ich habe noch siebzig Mark. Damit komme ich nicht weit. Du mußt das Hotel bezahlen und monatlich etwas Geld für die Kinder schicken. Ich selber brauche nichts.« Sie hängte die Tasche übern Arm und schien zu erwarten, daß Donath den Wagen holte.
»Wir wollen uns mal lieber in Ruhe . . .«, begann er.
»Nein«, unterbrach ihn Annemarie und ging aus dem Zimmer.
Eine Stunde später lieferte Donath seine Familie in Steckby ab. Nachdem er den Transport der übrigen Sachen verabredet hatte, sagte er Heinrich und den Kindern Lebewohl. Als er Annemarie die Hand hinhielt, nickte sie nur. Margot und Irene freuten sich auf die Ferien bei den Großeltern.
»Besuch uns bald, Papa!« riefen sie ihm hinterher.

17

Um die Mittagszeit servierte Helga dem Landrat drei Bockwürste und zwei Flaschen Bier; gegen Abend das gleiche Menü. Weil Donath Appetit auf Saures hatte, kaufte er am KONSUM-Kiosk einen Rollmops. Während er den Hering kaute, beobachtete er vom Sattel aus, wie die Verkäuferin ihre Tagesabrechnung machte. Sie benutzte eine Tintenfeder aus gezwirbeltem Glas. Mit solchem Füller hatte er früher selber mal geschrieben, und der Anblick erschütterte ihn. Er merkte, wie die Tränen hochstiegen, schnipste den Holzstocher weg und trat das Pedal. Was ihm als Wasser in den Augen stand, konnte jetzt auch vom Fahrtwind kommen.

Die addiert Bonbons und Bier, Rollmöpse und Würste, dachte er. Die macht ihren Laden dicht, holt die Gören aus der Krippe, schmiert Stullen, wäscht Socken – und dann diese Glasfeder, um Buntmetall zu sparen, dieser kannelierte Dreck, durch den die Zahlen flossen, gramm- und stück- und flaschenweise. Bloß kratzen und Furchen ziehen kann dieses Scheißding! Donath wendete. Er wollte der KONSUM-Tante seinen Füller mit der Stahlfeder schenken. Kurz vor dem Kiosk bremste er. Die Verkäuferin würde ihn nicht begreifen. Vielleicht nähme sie den Füller ab, aber ihrem Mann sagte sie bestimmt: Der Landrat ist verrückt geworden. Nein, er blamierte sich nur, und zwar auf eine Weise, die ihn und sie bloßstellte. Der Herr Landrat besorgte sich ohne weiteres einen neuen Füller. Die Verkäuferin dagegen protzte mit dem Geschenk, und ihr Objektleiter würde in der Partei- oder Gewerkschaftsgruppe zwei Fragen aufwerfen: Erstens, ob die betreffende Kollegin die Auszeichnung verdiente; zweitens, ob die Art, wie man ihr die Auszeichnung überreicht hatte, den Normen sozialistischen Zusammenlebens entsprach? Wurde die erste Frage verneint, erübrigte sich die Antwort auf die zweite, und Donath kriegte den Füller zurück. Wurde die erste Frage bejaht, konnte der KONSUM-Sekretär Donaths feudale Gepflogenheiten vor der Kreiskontrollkommission kritisieren. Verteidigte sich der Beschuldigte dann mit dem Argument, ihm wären beim Anblick des Glasfüllers die Tränen gekommen, lachten ihn die Genossen entweder aus oder dächten dasselbe wie die Verkäuferin: Der Landrat ist bescheuert. Jetzt sah sich Donath die Tante mal genauer an. Doppelkinn, Bart auf der Oberlippe, in den Ohrläppchen Ringe mit grünen Steinen, der Busen schwappte, wenn sie sich bückte und den Bierkasten auf den Tresen stemmte. Der wollte er seinen Füller schenken? Diesem Trampel mit nassen Locken in der Achsel und Riefen im Hals? Die tippte doch, kaum drehte er den Rücken, ihren dicken Zeigefinger an die Stirn. Die sollte man ihre Glasfeder behalten. Wir fahren raus ins Friedrichsholz, ins Café »Waldfrieden«. Wir drücken den Daumen gegen die Pulle: Peng!

»Bin ich etwa plemplem?« fragte Donath die Serviererin.

»Noch 'ne Flasche?«

»Ja und 'n Harten.«

Herrlich, der Abend. Aber der »Waldfrieden« schloß wochentags bei Einbruch der Dunkelheit. Nur sonnabends und sonntags war bis Mitternacht Betrieb. Wann bricht die Dunkelheit herein? Was heißt im Sommer überhaupt Dunkelheit? Wenn es duster ist wie im Negerarsch, oder wenn man die Striche aufm Bierdeckel nicht mehr zählen kann? Dazwischen war doch allerhand Spielraum.

»Ich meine bloß, wir machen balde zu«, sagte die Serviererin.

»Das Lokal bleibt ausnahmsweise länger geöffnet«, sagte Donath, »denn der Einbruch der Dunkelheit erfolgt heute erst, wenn ich genug habe.«

»Ja, Herr Landrat«, sagte die Serviererin, knickste und verschwand.

»Wer mir die Sonne wegnimmt, begeht keinen Mundraub, sondern Diebstahl!« rief Donath und drohte dem Himmel: »Unterstehe dich, du Strolch!«

Er legte die Füße auf den nächsten Stuhl und trank noch einige Flaschen. Als er aber auch im Finstern nicht aufhören wollte, brachte ihm der Wirt die Rechnung und beleuchtete das Blatt mit der Taschenlampe.

»Wachtmeister Rose?« fragte Donath.

»Nein, Oberfeldwebel Kunze, Herr Landrat«, sagte der Wirt.
»Halt dir mal die Funzel vor die Fassade, damit ich sehe, was du für'n Galgenvogel bist.«
Der Wirt lächelte in den schwachen Lichtstrahl.
»Im ›Bismarck‹ warst du früher Kellner.«
»Ganz recht«, sagte der Wirt und richtete die Lampe wieder auf die Rechnung.
»Ich bin nicht blau«, sagte Donath.
»Keine Spur«, bestätigte Kunze.
»Bist du blau?«
»Ich auch nicht.«
»Dann hol mir mal meinen Jöpel«, sagte Donath. »Hier sind zwanzig Mark. Den Rest kriegt die Kleine.«
Kaum saß er auf dem Fahrrad, blieb ihm vor Durst die Spucke weg. Ich habe höchstens zehn Flaschen Bier getrunken, dachte er, aber ich muß mindestens noch zehn Flaschen kippen, damit die Zunge feucht wird.
Er fuhr zum Bahnhof, kam am Rondell in den Geleisen der alten Pferdebahn aus dem Gleichgewicht und stürzte. Die Lenkstange verbog sich, der Klingeldeckel sprang ab und war nicht zu finden, die Knöchel der rechten Hand schlug er sich auf, und im Weitergehen kam es ihm so vor, als ob er auch die rechte Kniescheibe eingebüßt hätte.
Über dem Bahnhofseingang flammte das Emblem des Wirtschaftsplans, eine riesige rote Fünf vor einem schwarzen Hammer, an dem ein weißer Zirkel hing. Sechs Gersteähren strahlten gelb um den Hammer herum. Am Mitteltrakt stand auf fleischfarbener Leinwand: *Entfaltet die schöpferische Aktivität der Volksmassen!*
Donath lehnte das Fahrrad gegen die Mauer und putzte sich ab. Als er die Mütze geraderücken wollte, merkte er, daß er sie verloren hatte, aber nicht bei dem Sturz, sondern vorher schon. Er besann sich sogar, wie wohltuend es gewesen war, als ihm der Fahrtwind den Deckel anhob und nach hinten riß.
Im Wartesaal saß ein knappes Dutzend Leute, von denen nur eine Familie mit zwei Kindern zusammengehörten. Die Familie hatte Stühle ans Bahnsteigfenster geschoben und die Mäntel

über die Lehnen gelegt. Vater, Mutter und die beiden Krabben waren wohl die einzigen, die auf einen Zug warteten. Als Donath eintrat, blickten alle hoch und verstummten. Der Wirt sah ihn durch die Schnapsgläser oberhalb der Zapfhähne näherkommen.

»Guten Abend«, sagte Donath, ging zur Theke und bestellte ein Bier.

»Du erinnerst mich an wen«, sagte er zum Wirt, nachdem er genippt hatte.

»An wen?« fragte der Wirt unlustig.

»An Doktor Semmelweis.«

»Kenne ich nicht.«

»Den Retter der Mütter?«

»Ach so.«

»Starb in der Irrenanstalt.«

»Hast du Worte.«

»Weißt du, wen ich meine?«

»Nein.«

»Härr Kollägä«, sagte Donath und lachte.

Der Wirt nickte munter, als hätte ihm der Landrat die Konzession verlängert, und trug das Bier an den Tisch.

Es war kühl hier und still. Wie schön wäre es, dachte Donath, wenn jetzt wer antrudelte, der mich kennt und den ich kenne. Mathesius, zum Beispiel. Aber der wüßte nicht, wie er das Glas halten sollte.

Hinter den Fenstern rollte ein Güterzug vorbei. Der Zug war endlos und schien um den Bahnhof herumzufahren. Der Donner verkleinerte den Wartesaal, bis sich die Achsen durchs Gehirn drehten und die Puffer die Augäpfel heraustrieben. Doch danach kam ein Gespräch in Gang, und Donath setzte sich dazu. Der geredet hatte, ein Eisenbahner, schwieg. Sein Gegenüber, ein muskulöser Glatzkopf, brauchte Minuten für einen Schluck. Der dritte, wohl der Älteste im Saal, zerknitterte die Stirn.

»Ich möchte nicht stören«, sagte Donath.

»Ich bitte Sie«, sagte der Eisenbahner.

Der Alte räusperte sich so geräuschvoll, daß man befürchten

mußte, er würde sich erbrechen. Der muskulöse Glatzkopf knallte dem Alten die Faust auf den Rücken.
»Mein Schwiegervater«, sagte er zu Donath, als wäre damit alles erklärt.
»Ach, du jrünes Lieschen«, röchelte der Alte.
»Die Bronchien«, sagte der Eisenbahner. »Nächste Woche wird er verschickt.«
»Wohin denn?« fragte Donath.
»Nach . . .«, fing der Muskelprotz an, doch es war ihm entfallen. Er schlug wieder zu, und der Alte nickte, als bedankte er sich für den Hieb.
»Wo schickense dich hin?«
»Aach.«
»Nu antworte!« sagte der Eisenbahner, »du bist hier nich bei'n Vertrauensarzt.«
»Nach Friedrichroda«, rang sich der Alte ab.
»Es geht nischt über die Gesundheit«, sagte der Athlet.
Der Eisenbahner bestellte vier Harte, und Donath revanchierte sich. Dann schmiß der Dicke eine Lage Bier, und der Alte bestellte vier Doppelte: »Zum Abjewöhnen.«
Als der Wirt Polizeistunde verkündete, sagte Donath:
»Wann Betriebsferien sind, bestimme ich.«
Der Muskelmann zauberte Skatkarten hervor. Weil im Wartesaal nicht um Geld gespielt werden durfte, spielten sie Räuberskat, und zwar nur bis zu 222 Miesen, um Zeit zu sparen. Wer verlor, zahlte eine Lage Bier oder Harten. Der Athlet schrieb, Donath mischte und teilte aus. Auf den Null des Eisenbahners gab der Alte Contra, und sein Schwiegersohn schob dem Schienenprüfer die Herz-Acht unter dessen blanke Herz-Zehn. Anschließend riskierte Donath ein Eichel ohne Vieren und gewann.
»Meine Fresse«, rasselte der Bronchiker.
Irgendwann verschwand die wartende Familie, stieg in irgendeinen Zug und dampfte irgendwohin. Nach der dritten Runde Bier warf der Eisenbahner sein Blatt auf den Tisch und sagte: »Ihr Maurer.«
»Das kriegste aber angeschrieben«, drohte der Alte.

»Moment«, sagte der Eisenbahner. »Ich gehe bloß mal kotzen.«
Ehe er die Toilettentür erreichte, versaute er den Fußboden. Der Wirt rief ihn zur Theke und gab ihm Eimer und Lappen, damit der Eisenbahner seinen Dreck selber beseitigte. Während der Eisenbahner Wasser in den Eimer laufen ließ, summierte der Muskelmann den Verlust. Zum Dank dafür kippte ihm der Eisenbahner den vollen Wassereimer über die Glatze. Dabei wurden alle mehr oder weniger naß und erhoben sich. Der triefende Athlet schlug zuerst den Eisenbahner nieder und dann den Wirt, der den Streit schlichten wollte. Donath versuchte, den Dicken daran zu hindern, dem Eisenbahner den linken Arm aus der Schulter zu reißen, doch im selben Augenblick knallte ihm der Alte den Aschenbecher auf den Schädel. Das letzte, was Donath sah, war der Finger des Wirts in der Wählscheibe des Telephons. Als er wieder zu sich kam, saß er auf einem Stuhl, und ihm gegenüber saß Hauptmann Poche. Am Eingang zum Wartesaal standen zwei Polizisten mit gezogenen Schlagstöcken. Donath spürte den Schmerz im Hinterkopf, war aber hellwach und fast nüchtern. Daß sich seine Skatrunde aus dem Staub gemacht hatte, begünstigte die Situation.
»Ich danke dir, Benno«, sagte Donath und drückte dem verblüfften Hauptmann die Hand. »Du bist der einzige, auf den Verlaß ist. Keiner hat daran gedacht, bloß du. Meine Frau hat's vergessen, meine Kinder, meine Freunde, ja, sogar meine Genossen. Das war ein schwerer Schlag für mich.«
»Ne Schlägerei war's«, sagte Poche und wollte seine Hand zurück, doch Donath ließ nicht locker.
»Ich habe heute Geburtstag, und wo mußte ich ihn feiern? Im Wartesaal!« dröhnte er. »Alleine, unter wildfremden Menschen, und nur du hast es nicht vergessen.«
»Ich brauche die Personalien von den Leuten.«
»Feine Jungs«, sagte Donath und winkte den Wirt heran. »Hat sich etwa einer fläzig benommen?« fragte er ihn, ohne Poches Hand freizugeben.
»Bißchen laut war's schon«, meinte der Wirt eingeschüchtert.

»Und da rufen Sie gleich die Polizei?« brüllte der Hauptmann.
»Na ja, im Eifer des Gefechts«, murmelte der Wirt.
»Kuck ihn dir mal genau an«, sagte Donath. »Sieht er nicht aus wie Semmelweis?«
»Semmelweis?« Poche spitzte die Ohren. »Hat dich der Kerl vermöbelt?«
»Nein«, sagte der Wirt. »Semmelweis war der Retter der Mütter und starb in der Irrenanstalt.«
»So ende ich hier auch noch«, schnauzte der Hauptmann.
»Weißt du, was es für mich bedeutet, daß du als einziger an meinen Geburtstag gedacht hast, Benno?«
»Ich werde katholisch!« rief Poche.
»Und deswegen willst du mir nicht gratulieren?«
»Alles Gute«, wünschte Benno, eroberte seine Hand und stand auf. Bevor Donath dem Hauptmann folgte, steckte er dem Wirt Geld zu. Die Grüne Minna brachte ihn und sein Fahrrad nach Hause.
Auf dem Nachttisch lag eine Ansichtskarte von Boltenhagen mit Blick über die Lübecker Bucht. »Alter Freund«, schrieb Dr. Witte, »der Ginster blüht, die Ostsee rauscht, und abends essen wir Schollen. Herz, was begehrst du mehr? Liebe Grüße an Annemarie, Deinen Vater und die Kinder von Deinem Lothar mit Inge, Wolfgang und Werner.«
Donath las die Karte noch ein paar mal. Allmählich verschwamm die Schrift. Herz, was begehrst du mehr?

18

Beim Frühstück sagte der Bär: »Jemand muß sich um die Wirtschaft kümmern, bis Annemarie zurückkommt. Vielleicht fragst du die Nappern Fitzau, ob sie'n bißchen hilft.«
»Ja.«
»Am ersten Oktober gehe ich in Rente. Dann kann ich selber einkaufen und putzen. Aber bis dahin ist Annemarie wieder hier.« Der Bär stippte den Bart in die Tasse und wischte anschließend den Jackenärmel über den Mund. »Vorausgesetzt, du hast die andere inzwischen abserviert.«

»Ich rede mit ihr«, sagte Donath.
»Mit wem?«
»Mit Nappern Fitzau.«
Donath machte einen Schlenker zu dem buckligen Fräulein, das niemandes Nachbarin war und trotzdem von den meisten Zerbstern Nappern genannt wurde. Trudchen Fitzau verdankte ihr Ansehen ihrer Uneigennützigkeit. Sie wohnte in einer alleinstehenden Kate zwischen den Ruinen der Färbergasse, direkt gegenüber dem ausgebombten Witte-Haus. Sie konnte kunststopfen und häkeln, Fliedersaft kochen, Johannisöl pressen, wahrsagen und handlesen. Besonders hielt sie auf Reinlichkeit. Blitzeblank war es bei ihr immer. Manche glaubten, sie hätte das zweite Gesicht.
»Aber gerne, Herr Landrat«, sagte sie, als er über die Schwelle trat.
Um die Mittagszeit meldete sich Poche am Apparat.
»Halunke«, schimpfte er aus dem Hörer. »Ich habe deine Personalien überprüft. Alles erstunken und erlogen von wegen gestern. Du hattest schon vorige Woche Geburtstag.«
»Das war 'ne kleine Nachfeier, Benno.«
»Unsereinen um den Schlaf bringen. Frechheit!«
»Entschuldige.«
Donath erledigte seine Arbeit, als wäre nichts geschehen. Aber wenn ein Aktenordner ins Regal geschoben wurde und dabei an die Rückwand stieß, klang es wie ein Kanonenschuß. Legte Liesegang unerwartet die Hand auf seine Schulter, sträubten sich die Nackenhaare. Der Kaffee, morgens, war immer zu heiß. Im Büro nagte Donath die versengte Lippenhaut ab und schluckte sie runter. Auch ein Stück von mir, dachte er.
Am Sonntag kam Tischler Heinrich mit dem Lieferwagen aus Steckby. Er hatte eine Liste, auf der alles stand, was Annemarie brauchte. Der Bär verschloß sich in der Mansarde, doch Donath packte mit zu. Die Kinderbetten, selbstredend. Das Silberbesteck? Natürlich. Das war ja das Hochzeitsgeschenk von der Erbtante. Handtücher, Wäsche, Kruken, Vasen, Schuhe. Der Weihnachtsbaumständer? Bitte sehr. Schulbücher, Hefte, Lineale, Tuschkästen. Die Schaukel? Nein, die

könnt ihr behalten. Danke schön. Aber die Nähmaschine und das Tablett. Was für'n Tablett? Das Mahagonitablett, hatte Annemarie geschrieben. Ach, so. Den Wintermantel und das Brautkleid stecken wir am besten in die Truhe, oder? Gewiß doch. Den Regenschirm. Stehen die Einweckgläser auch auf der Liste? Nein, die gehen unterwegs bloß kaputt, und Obst wächst bei uns genug.
»Da hast du dir ja was eingebrockt«, sagte der Bär, als Heinrich abgefahren war.
»Ja«, sagte Donath und lag lange wach in der Nacht. Er tastete über Annemaries Kopfkissen. Schlaf du man wenigstens, dachte er. Dann fiel ihm das Lied ein, das sie oft gesungen hatte: »Schön Riekchen war ein junges Ding, das gerne mit den Burschen ging, Bi-Ba-Burschen ging.«
Er heulte vor Sehnsucht nach ihr und den Kindern. Er sah die Mädchen Frauen werden und heiraten: Eine Doppelhochzeit. Margots Bräutigam trägt grüne Uniform, kommt von der Forstschule Ballenstedt und richtet in Wendgräben eine Fasanerie ein. Irenes Mann ist Abteilungsleiter im Ministerium für Handel und Versorgung, wechselt in den diplomatischen Dienst, und seine Frau betrügt ihn in Sofia mit dem polnischen Presseattaché. Das sah Donath, obwohl seine Töchter erst neun Jahre alt waren, alles voraus. Woher sollte er denn wissen, daß sich seine Ahnung erfüllte? Die Retuschen sind geringfügig! Margot wird einen Artillerieleutnant heiraten und Irene einen Roßlauer Schiffsbauingenieur. Irenes Ehe wird zerbrechen, weil sie den Ingenieur mit einem Major der II. Mot.-Schützendivision hintergeht. Keine astreine Prophezeiung, aber immerhin.
Bei Vera versagte Donaths Talent völlig. Er fand es richtig, sich von ihr zu trennen, als er für sie frei war. Darin sah er keinen Widerspruch, sondern einen Ausgleich: Wie ich mir, so du dir. Am Dienstag begriff er den Irrtum. Vera kam in Weiß zum »Vogelherd«. Donath in Dunkelblau. Sie tranken Limonade unter einer Kastanie. Vera hatte zweitausend Mark bei sich, um nicht 3. Klasse fahren zu müssen. Wohin? Das wäre Donaths Sache gewesen. Doch sie witterte das Unbehagen

und plauderte über ihre Nichte. Die hatte Prontosil geschluckt und lag im Krankenhaus.
»Wollte sich Erika wegen Mathesius umbringen?«
»Nein, braun werden«, sagte Vera. »Das Mädchen ist meine Schule. Einen Mann hat man, und wenn man ihn nicht mehr hat, dann hat man ihn gehabt. Ganz einfach.«
»Gilt das auch umgekehrt?«
»Bin ich ein Mann?«
Die Kastanienblätter zerbröselten das Licht und beschatteten die Hände. Donath suchte einen Satz, mit dem er Vera und sich überzeugen konnte, daß sie an diesem Nachmittag von lauter Seligkeiten Abschied nahmen. Was einmal war, das sollte rund gewesen sein. Er schwieg. Trotzdem hörte Vera jedes Wort. Sie dachte ein bißchen anders darüber. Deshalb machte sie Donath ein Geschenk, eine Art Mit-Gift. Sie erklärte ihm, wie er es anstellen müßte, seine Annemarie zurückzuholen. Natürlich kam Vera dabei ohne Namen aus, denn sie sprach ja davon, wie Karnbach sich mit ihr in solchen Fällen versöhnte.
»Mein Mann, wenn er fremdgeht . . .«
Donath merkte: Das Furnier war runter, das Holz schlug durch. Bevor Willy wieder in die Heia durfte, mußte er alles beichten: ob seine Donna große Füße hatte oder ein Gebiß, ob sie sich das Haar färbte, ob sie kitzlig war, sich die Augenbrauen rasierte, ob sie weinte, wenn er wegging und so weiter.
»Manchmal übertreibt er«, sagte Vera. »Er will mir einen Gefallen tun, aber die Sache hat zwei Seiten. Macht er eine Vogelscheuche aus ihr, schäme ich mich für ihn. Besser, sie wirkt auf den ersten Blick ganz propper und auf den letzten wie'n Haufen Hefeteig.«
Donath hielt den Nacken hin und wünschte das Ende herbei. Er war klug genug, nicht zu widersprechen. Aber er glaubte, Vera wollte ihm die Zukunft vergällen.
Menschenskind, Hermann, ahnst du denn nicht, woher der Geifer kommt? Bist du tatsächlich so phantasielos? Was brauchst du? Klare Verhältnisse? Ist dir ein amputiertes Bein etwa lieber als Zehen, zwischen denen man gelegentlich pol-

ken muß? »Einer Frau kann man alles aufladen«, sagte Vera, »sogar einen ramponierten Wartesaal.«
Donath bezahlt die Limonaden. Hubitschka, Mäulchen, Pussinka, Küßchen? Vorbei. Sie gehen und fahren auseinander. Donath hat das Jackett unter den Gepäckträger geklemmt. Das durfte sie mir nicht antun, denkt er. Esel!
Vera, hinter dem Steuer des DKW, macht die Augen weit, damit sie nicht überlaufen. Warum wohnt sie noch hier in diesem Kuhdorf und Lausenest? Wäre sie in Karlovy Vary geblieben, sie säße als Direktrice im Grandhotel oder hätte einen kleinen Putzmacherladen. Abends ginge sie über die Kurpromenade an der Tepl, in nahtlosen Strümpfen, im Sommer ohne, Flieder am Hut, einen Feschak am Arm, Arzt oder Offizier. Man wäre Sieger. Nun hatte sie plötzlich den Krieg verloren, ganz überraschend, heute nachmittag am »Vogelherd«. Wer hatte ihn eigentlich gewonnen!

19

Anfang Oktober trat der Bär in den Ruhestand. Vom Baukombinat erhielt er zum Abschied eine Medaille und einen Strauß Astern, und weil er nun Rentner geworden war, strich ihm das Wirtschaftsamt die Zusatzkarte für Schwerarbeiter. Den Strauß legte er auf Luises Grab; die Medaille wanderte zu dem Photo von 1917, das ihn mit Wilhelm, dem heutigen Präsidenten, auf der Pritsche des Beuthener Reservelazaretts zeigte.
Einige Wochen mühte er sich redlich, die ungewohnte Muße auszukosten. Morgens schlief er bis in die Puppen, rasierte sich dann sorgfältig, zog den Bratenrock über und schlenderte durch die Stadt. Manchmal ging er in den »Union-Keller«, wo die Veteranen ihren Stammtisch hatten. Doch ob er nun saß oder stand, der Bär überragte die Altersgenossen, und bei seinem bloßen Anblick schienen die Klappergestalten zu erschrecken. Jedenfalls dauerte es eine Weile, ehe sie ihre Weißt-du-noch-Gespräche wieder aufnahmen, und der Bär

gab seinen Senf dazu, doch im Grunde langweilten ihn solche Reden, und allmählich merkte er, daß man ihn lieber von hinten als von vorne sah. Die Baustellen mied er. Nur dem Gerüst der Trinitatis-Kirche und dem Rohbau der Kinderkrippe am Heidetor konnte er nicht ausweichen, weil sie am Wege lagen. Schließlich leuchtete ihm ein: Arbeitslos war schlimmer als Akkord.

Was der Bär ab Dezember in seiner Werkstatt trieb, wurde rasch bekannt. Er reparierte fremde Fensterrahmen, Gartenstühle und Kleinkram. Auf Bestellung fertigte er auch einfache Möbel an. Statt Geld nahm er Naturalien in Zahlung, Kartoffeln, Erbsen, Bohnen, was eben fehlte. Die Hundehütte für den Reudener Müller erbrachte eine geräucherte Speckseite, und die Nappern Fitzau jubelte. Sie kochte nicht so würzig wie Annemarie, doch ihr Vanillepudding mit Preiselbeeren, die Apfelsülze und die Götterspeise – oho!

Zu Weihnachten schickten die Enkelinnen dem Großvater einen Brief und ein Päckchen Kautabak. Margots und Irenes Brief klang ein bißchen altklug, wie von der Mutter diktiert. Trotzdem bedankte sich der Bär, und in den kürzer werdenden Nächten dachte er oft daran, die Schwiegertochter und die Kinder aus Steckby zurückzuholen. Doch dann schob ihm die Erinnerung den Tischler Heinrich, die Liste und den Lieferwagen dazwischen, und er entschied: Soll die Blase bleiben, wo der Pfeffer wächst.

Donath verschwieg dem Bären, daß Annemarie seit Februar bei Lothar als Hilfsschwester arbeitete. Der Landrat fraß seinen Groll in sich rein, und im Frühling mußte ihm Trudchen Fitzau die Anzüge weiten. Als er fragte, was er ihr für die Änderung schuldete, sagte sie:

»Die linke Hand.«

Das bucklige Fräulein bog Donaths Daumen zum Arm, pusselte an den Fingerkuppen herum und erkundigte sich nach seinem Geburtsdatum. Löwe, aha, ein gutes Sternzeichen. Sie erklärte, wie die Linien durch den Handteller verliefen und nannte sie bei Namen: Leben, Herz, Kopf, Schicksal. Auch die Berge hatten einen bestimmten Sinn: Venus regierte die

Liebe, Mars den Krieg, Merkur den Handel, Apollo die Kunst, Jupiter den Ruhm und der Mond die Phantasie.

»Die wird wohl in Ihrem Beruf am meisten gebraucht«, sagte Donath, doch Trudchen Fitzau ließ sich nicht verärgern.

»Sie sind spendabel und leben lange«, sagte sie.

»Das genügt«, sagte Donath.

»In Ihrer Jugend haben Sie mächtig gesündigt, Herr Landrat, und auf Ihre ollen Tage geben Sie immer noch keine Ruhe. Aber das stört mich eigentlich weniger.« Sie hob Donaths Hand vor die Augen und schüttelte den Kopf. »Sowas sieht man selten.«

»Vielleicht 'ne Scheidung?« wollte ihr Donath helfen.

»Einstweilen nicht«, sagte das bucklige Fräulein obenhin und versenkte sich wieder in die Betrachtung des Donathschen Handtellers. »Was mich stört, ist die Acht da. Erkennen Sie die Zahl? Eine ganz klare Acht.«

Donath beugte sich vor, und die Nappern Fitzau strichelte mit ihrem Fingernagel in dem Faltengewirr zwischen seinen Schicksals-, Kopf- und Herzlinien herum, bis er sagte:

»Das kitzelt.«

»Haben Sie die Acht gesehen?«

»Nein«, antwortete Donath wahrheitsgemäß, doch um der Haushälterin einen Gefallen zu tun, sagte er: »Die Lösung ist ganz einfach. Der achte Monat im Jahr ist der August, und im August bin ich geboren.«

»Könnte sein«, sagte die Nappern Fitzau, aber so richtig überzeugt schien sie nicht.

Wenn Donath nach Wertlau fuhr, fragte er vorher telephonisch an, ob sein Besuch gelegen käme. Er machte solche Umstände, weil er Annemarie nicht übern Weg laufen wollte. Das hatte seit Monaten auch geklappt, aber im Juni ritt Inge Witte der Teufel, und ausbaden mußten es die, denen ihr Freundschaftsdienst galt. Lothar wurde nicht eingeweiht. Zur vorgesehenen Zeit kontrollierte der Doktor Zuckerwerte im Labor. Der Landrat wartete im Kabuff, blätterte in einer medizinischen Fachzeitschrift und hörte jemanden sagen:

»Ich bringe den Tee.«

Eine Krankenschwester balancierte das Tablett zum Tisch, hob dann den Blick, und Inge rief von der Schwelle her: »Laßt's euch schmecken!«
Tür zu.
»Ich«, sagten beide gleichzeitig. Darüber herrschte Einigkeit: Weder Annemarie noch Donath hatten die Begegnung geplant oder verabredet. Trotzdem stand man nun zwischen Robert Koch und Cézannes grünen Äpfeln, und irgendwas mußte schließlich passieren, wenn man so dastand. Man konnte sich zum Beispiel gegenseitig ankucken. Doch Donath und Annemarie schoß das Blut ins Gesicht. Man konnte auch Platz nehmen, nur auf'n Sprung. Paßte zu ihrem Haar, das Häubchen. Wer hatte die Knöpfe an seinem Sakko versetzt? Schlank war sie geworden. Dagegen wirkte er richtig mollig. Daß man sich hier traf, ging auf Inges Kappe. Ja. Wahrscheinlich meinte sie's gut. Ja. Aber damit rechnete doch keiner.
»Dann will ich mal wieder«, sagte Annemarie und blieb sitzen.
»Alles gesund?« erkundigte sich Donath. Und munter? Wäre ihm beinahe rausgerutscht.
»Ja, danke«, sagte Annemarie. »Und bei euch?«
Donath horchte dem *bei euch* hinterher. Das war der letzte Zapfenstreich.
»Bei uns auch«, antwortete er.
Plötzlich redeten sie befreit, Annemarie über ihre Arbeit als Pflegerin, Donath über seine Versuche, Zweigwerke von Industriebetrieben anzulocken. Man plauderte, und nach einer halben Stunde verriet Donath sogar, was ihm die Nappern Fitzau aus der Hand gelesen hatte.
»Die Acht war deine Zimmernummer im Anhalt, falls du dich erinnerst.«
Annemarie schmunzelte, als erzählte ihr Donath einen harmlosen Witz.
»Man vergißt dabei bloß immer die Hauptsache«, sagte er. »Die senkrechte Acht ist eine Zahl, und die waagerechte ist das Zeichen für unendlich.«
»Aha?«
»Die Nappern Fitzau prophezeit mir ein langes Leben, aber

der huste ich was. Ich geistere noch durch Zerbst, wenn die Hühner schon Eierkuchen legen.«
»Ist die Acht in deiner Hand denn waagerecht?«
»Woher soll ich das wissen? Der einzige Mensch, der die verdammte Acht sieht, ist Trudchen, und die dreht meine Hand mal dahin, mal dorthin!«
Annemarie und Donath lachten. Ein knappes Jahr hatte ihnen genügt, sich so fremd zu werden, daß sie gemeinsam lachen konnten. Wittes im Wohnzimmer glaubten, die beiden wären wieder eins.
»Und du putzt mich runter«, sagte Inge.
»Weil man sich in solche Geschichten nicht einmischt«, sagte Lothar.
»Warte mal«, sagte Inge.
Ja, das ließ sich bald beurteilen. Annemarie trat aus dem Kabuff und trug das Tablett mit der vollen Keksschale und dem unberührten Teegeschirr zur Anrichte.
»Lieb von dir«, sagte sie zu Inge und fragte den Chef: »Zuerst den Keuchhusten umbetten oder die Spritzen steriliseren?«
»Umbetten«, sagte Lothar und rief Annemarie nach: »Schwester Heidi soll dir helfen!«
Dann kam Donath, schon die Mütze in der Hand.
»Ach, was«, wehrte er Inges Entschuldigung ab. »Wir haben uns ganz nett unterhalten. Wir finden bloß, damit reicht's.«
»Jetzt hast du den Salat«, sagte Lothar zu Inge.
»Mach ihr keinen Vorwurf«, bat Donath. »Inge wollte das Beste, weil sie nicht Bescheid wußte. Tut mir leid. Ansonsten bleibt's wie bisher. Ihr könntet uns übrigens mal in Zerbst besuchen, oder?«
Lothar versprach es, aber im August kam nur eine Ansichtskarte, wieder aus Boltenhagen, diesmal mit Blick auf das Intelligenzheim, wo Wittes logierten.

20

Die Tageszeiten und die Jahreszeiten, alles ging seinen Gang. Der Bär rumorte in der Werkstatt, die Nappern Fitzau im Haushalt, und Donaths Dienstwagen rumorte auch. Gegen den alten BMW hatte er sich lange genug gesträubt. Das neue Auto war ein Eisenacher WARTBURG, Baujahr 55. Der Zweitaktmotor knatterte bei geringem Tempo. Doch wohin sollte der Landrat denn eilen? Ja, nach Wertlau, bitte sehr. Aber Lothar machte sein Versprechen gelegentlich wahr und kreuzte an der Priegnitz auf, bis er wieder eine Karte schrieb, Poststempel Boltenhagen.
Über Zerbst und dem Zerbster Kreis lagerte eine unsichtbare Wolke aus Mattigkeit und Stumpfsinn. Die Versuche, Industrie anzusiedeln, waren mißlungen. Wer auswärts arbeitete, kehrte abends wie ein Weltreisender in das verschlafene Nest zurück. Was wunder, wenn manche durchdrehten. Von einem Gast im Anhalt wurde erzählt, er habe bei Nacht nicht die Toilette gefunden und seine Notdurft in seinen Socken verrichtet. Als er den Socken aus dem Fenster wirbeln wollte, entglitt ihm das Geschoß, und der Hotelier setzte die bekleckerten Tapeten auf die Rechnung. Stadtgespräch! Monatelang! Auch der Konzertchor, der im November Beethovens Neunte Symphonie mit der berühmten ›Ode an die Freude‹ aufführte, konnte den Kackstrumpf nicht übertrumpfen. Zum Verzweifeln.
Donath und Hanna machten Winterurlaub in Friedrichroda, Gewerkschaftsheim. Hanna teilte ihr Zimmer mit einer Rostockerin, Donath schlief neben einem Berliner. Als sich der Berliner und die Rostockerin nähergekommen waren, nächtigte man pärchenweise, und Donath genoß die letzten vier Tage sein rothaariges Güterglück, nicht brausend und überschwenglich, bloß sanft und wohlig. An irgendwelche Zukünftigkeiten dachten weder Hanna noch Donath. Aber schön war's, sagten sie, und nächsten Sommer fahren wir an die Ostsee.
Im Januar erhielt der Bär von Rechtsanwalt Börne einen Brief.

Demzufolge war der Pächter Helmerich gestorben, und sein Sohn Alwin fragte, was nun mit dem Pachtland werden sollte, wenn er in die Kochstedter Genossenschaft eintrat. Helmerichs Tod, schrieb Börne, sei kein Kündigungsgrund. Deshalb empfehle er, Alwin Helmerich die Unterverpachtung an die Kochstedter LPG zu gestatten. Herr Donath könne zwar, rein juristisch gesehen, die Pacht Anfang Juni kündigen, müsse dann allerdings die möglichen Verluste Alwin Helmerichs ersetzen. Börne riet, die schon Jahrzehnte dauernden Komplikationen durch eine Unterredung an Ort und Stelle zu beenden: »Oder haben Sie die Absicht, den Beruf des Landwirts zu ergreifen?« schloß er ironisch. Während der Bär einen Taubenschlag für die Nappern Fitzau zimmerte, überdachte er alles, und beim Sägen der Fluglöcher kam er auf eine andere Idee als der Rechtsanwalt. Doch er verschwieg sie auch vor Hermann, erklärte sein Einverständnis mit dem Gespräch, und an einem frostklaren Morgen kutschierte der Landrat den Bären und Börne nach Kochstedt.
Donath stoppte den WARTBURG vor dem Beauschen Gehöft und fragte seinen Vater, ob er draußen bleiben solle, um die Erbschleicher aufzufangen. Aber dem Alten war nicht nach Witzen zumute. Er ging schnurstracks ins Haus, wo der Pächter und der Vorsitzende der LPG »Roter Oktober« bereits warteten.
Bei der Begrüßung, als Namen und Titel genannt wurden, merkte Donath, wie der LPG-Chef Klotsch zusammenzuckte: du heiliger Schreck, der Zerbster Landrat.
»Ich bin bloß der Chauffeur«, beruhigte ihn Donath.
So. Nun saß man zu fünft um den Küchentisch, auf dem die früheren Prozeßakten lagen, und Alwin Helmerich wirkte zuerst ganz sympathisch. Aber nach und nach ergab sich, daß er seinen Schnitt machen wollte, wenn er der Genossenschaft beitrat, und zwar auf Otto Donaths Kosten: Unterverpachtung des ehemals Beauschen Besitzes an die LPG mit stark reduzierten Zinsen.
»Theoretisch denkbar«, sagte Klotsch.
»Und praktisch«, sagte der Bär, »bin ich mit Haus und Hof,

zwei Morgen Wald und acht Morgen Acker stellvertretender Genossenschaftsbauer.«
Acht Morgen. Acht. Da war sie wieder, die ulkige Zahl. Donath hörte seinen Vater weiterreden und begriff nur den Satz:
»Ich kündige und verkaufe.«
»An wen?« fragte Klotsch.
»An den, der das meiste bietet.«
»Heutzutage?« warnte Börne.
»Ihre Sache, Herr Rechtsanwalt.«
Acht, dachte Donath. Warum hatte der Viehhändler August Beau seiner Tochter ausgerechnet acht Morgen Land vererbt? Ob die rote Therese dahintersteckte, die Trödlerin mit dem Planwagen und den japanischen Wunderblumen?
Mittlerweile sprach man über Bodenpreise. Donath sah an Alwin Helmerichs Hand eine blaue Tätowierung. Ob Kreuz oder Anker, war schwer zu unterscheiden, weil der Pächter dauernd herumfuchtelte. Er taktierte schlau. Anfangs schilderte er seine finanziellen Verbindlichkeiten, dann erkundigte er sich nach einem billigen Kredit der Bauernbank. Der LPG-Chef durfte den Gewinn eines neuen Mitglieds nicht am Geld scheitern lassen.
»Einen Kredit für den Fall, daß du eintrittst«, vergewisserte er sich.
»Ja.«
Börne übernahm den Kaufvertrag und die geschäftliche Abwicklung. Adjeh!
»Zum Friedhof?« fragte Donath seinen Vater im Auto.
»Hat keinen Sinn, ist sowieso alles verschneit.«
Donath fuhr nach Zerbst, setzte den Rechtsanwalt an seiner Kanzlei, den Bären an der Priegnitz und sich selber am Landratsamt ab. Im Büro des Bürgermeisters erörterten Liesegang und Sandkuhl, welche Losungen zum Moskauer XX. Parteitag aufgehängt werden sollten. Donath empfahl Geduld, bis die offiziellen Parolen im ›Neuen Deutschland‹ erschienen. Sandkuhl antwortete: »Du weißt genau, was die Anstreicher für falsche Fuffziger sind.«

»Wir hinken immer hinterher«, ergänzte Liesegang mit seinem orthopädischen Schuh.
Donath wärmte sich am Ofen. Er dachte an Alwin Helmerich. Wegen der acht Morgen Land? Nein. Befürchtete er, Alwin Helmerich könnte dem Bären das Fell über die Ohren ziehen? Nein. Ihn störte etwas an diesem Kochstedter Vormittag, und es betraf einzig und allein Alwin Helmerich.
»Wie findest du: *Zerbst marschiert unterm Banner des großen Stalin?*« fragte Liesegang.
»Hm«, brummte Donath.
Sie waren ungefähr gleichaltrig, er und Achim. Achim? Wieso Achim? Alwin. Alwin Helmerich. Sie konnten sich als junge Männer irgendwo begegnet sein, er und Alwin. Vielleicht hatten sie sich per Zufall mal die Hand gegeben, die Hand mit dem blauen Anker oder dem blauen Kreuz. Die Tätowierung.
»Was hältst du von *Zerbst grüßt die Delegierten der ruhmreichen KPdSU?*« fragte Sandkuhl.
»Klasse«, sagte Donath und ließ die beiden weiterrätseln.
Von seinem Büro telephonierte er mit der Ziegelei. Klaus Mähnert machte Urlaub. In Zerbst? Nein, im Elbsandsteingebirge. In etwa vierzehn Tagen wäre er wieder da. Klingeling. Lothar wüßte es bestimmt, würde aber fragen: Wozu? Möglich, daß es in Börnes Lexikon stand. Und wenn der Rechtsanwalt dem Landrat über die Schulter linste? Dazu war Börne zu klein, doch ein Blick übern Arm genügte. Hoppedietz müßte es auch wissen. Der war in Buchenwald gewesen. Aber Hoppedietz hatte sich zum Abteilungsleiter im Baukombinat hochgemausert und bangte wahrscheinlich um seinen Posten. Nein, Donath wartete auf Klaus Mähnert.
Zwischendurch meldete sich Hanna wegen des Sommerurlaubs an der Ostsee: Wenn man die Anträge nicht rechtzeitig stellte, wären die Heime ausgebucht. Donath vertröstete sie: Er müßte bei seinem Vater bleiben, solange Börne mit Kochstedt verhandelte. Die Mauschelei könnte bis Juli dauern, doch notfalls besorgte er die Ferienplätze ruckzuck.
Vor Beginn des Moskauer Parteitags erwischte Donath den Ziegelbrenner Klaus Mähnert. Ja, Elbsandsteingebirge, prima.

Schnee? Haufenweise. Du, ich habe mal eine Frage, so und so. Ganz einfach. Aha, danke schön, und mach's gut, alter Knabe. Du auch, Hermann. Und jetzt?
Jetzt diktierte Donath einen Brief ans Ministerium des Innern: Werter Genosse Minister! Ich bitte Sie, den Strafgefangenen Joachim Schenk daraufhin untersuchen zu lassen, ob er, wie alle ehemaligen SS-Mitglieder, an der Innenseite des linken Oberarms seine eintätowierte Blutgruppe trägt. Für eine baldige Information wäre ich Ihnen sehr verbunden. Mit sozialistischem Gruß.
Das ist doch nicht dein Ernst, Hermann!
Nein, das war eine Schnapsidee, und reiner Wein wurde erst Anfang März aus Moskau eingeschenkt, streng geheim, aber über Nacht weltweit bekannt.
»Ich hatte immer so'n leisen Verdacht«, sagte Liesegang.
»Gerade du«, sagte Sandkuhl.
Poche erwog nüchtern die Konsequenzen.
»Was machen wir mit den Köppen?«
»Welchen Köppen?«
»Mit den Stalinköppen im Keller?«
»Die werden nicht mehr ausgeliehen«, sagte Liesegang. »Die müssen wir einschmelzen.«
»Gipsköpfe einschmelzen?«
Ja, das war kompliziert. Aber was fiel denn leicht in den nächsten Wochen und Monaten? Die Verwandlung des Halbgotts in den Halsabschneider? Der Verzicht auf die Theorie des verschärften Klassenkampfs? Das Eingeständnis eigener Fehler? Nein. Alles vollzog sich so mühsam und zäh wie die Verhandlungen Börnes mit dem Kochstedter Pächter Helmerich.
Wenn Lothar Witte an die Priegnitz kam, gebrauchte er Ausdrücke, doll. Arschkriecher und Saftsäcke gehörten zu den harmlosen. Der vornehme Doktor, nicht wiederzuerkennen. Von wegen Personenkult, sagte er im Mai. Die Moskauer Brüder hätten die Leiche bloß deswegen gefleddert, um die anderen Toten zu verstecken. Und der Spitzbart konnte sich schon nicht mehr auf Stalins Namen besinnen, sagte Lothar im Juni. Bleib mir gestohlen mit deinem Tauwetter, schimpfte er,

während der Holunder durch die offenen Fenster duftete und mit dem Holunder die Erinnerung an zwei Jungens, die vor unausdenklichen Zeiten ihre Schulranzen in die Zweige gehängt hatten.
Gegen Mitternacht fuhr der Landrat den Doktor nach Wertlau. Nur im Labor des Waldkrankenhauses brannte noch Licht.
»Doktor Hennig, mein Assistenzarzt«, sagte Lothar und legte plötzlich den Arm um Donaths Schulter. »Ich verderbe dir jeden Abend, Hermann.«
»Ach was. Bei irgendwem mußt du's ja loswerden.«
»Du bist nicht irgendwer.«
»Nimm die Hand weg, oder mir kommen die Tränen.«
»Dann weinen wir eben 'n bißchen«, sagte Lothar.
»Du hast keinen Grund«, sagte Donath, und als Lothar ausstieg, sagte er: »Laßt euch nochmal blicken, bevor ihr abdampft.«
Am ersten Juli-Sonntag kamen Wittes mit dem Taxi zur Priegnitz. Ihre Koffer hatten sie schon als Reisegepäck aufgegeben. Sonst muß man sich immer so schleppen, erklärte Inge. Donath holte seinen Vater, und die Nappern Fitzau brachte für Wolfgang und Werner frischen Bienenstich. Der Doktor und der Landrat machten kurzen Prozeß.
»Hermann.«
»Lothar.«
Inge fiel Donath um den Hals.
»Dein Mann wird eifersüchtig«, alberte er und bugsierte sie ins Taxi. Schickt uns 'ne Karte aus Boltenhagen, haltet die Ohren steif, bleibt gesund, und was man zum Abschied so sagt.

21

In der zweiten Juli-Woche begleitete Donath seinen Vater zum staatlichen Notariat, wo der Vertrag zwischen dem Bären und Alwin Helmerich unterschrieben wurde, bei sofortiger Fälligkeit der Kaufsumme, natürlich. Sonst hätte sich der

»Rote Oktober« schwarz warten können auf den neuen Genossenschaftsbauern. Rechtsanwalt Börne strahlte übers ganze Gesicht. Das bedeutete: Die Rechnung wurde happig. Doch der Bär ließ sich das Geschäft nicht verdrießen, trabte seelenruhig zur Sparkasse und sah mit Befriedigung, wie der hochnäsige Piepenheini vor dem Scheck dienerte.
Donath verständigte Hanna. Jetzt sei es zu spät, meinte sie. Jetzt kriege man nur noch Plätze im Harz oder in Thüringen. Habe Hermann nicht gesagt, er werde notfalls ruckzuck was besorgen? Freilich, versprach er ihr. Aber wohin er sich wandte, Gewerkschaft, Partei, Bezirk, alles umsonst. Zwei Betten im Juli zwischen Elmenhorst und Ahlbeck? Sie leben wohl auf 'm Mond, Genosse. Probieren Sie's mal mit 'ner Privatpension, riet ihm ein Magdeburger Kulturbundfritze.
Donath kannte an der Ostsee bloß ein paar Herbergen zur Heimat, keine Privatpensionen. Erzgebirge, schlug er Hanna vor. Ach, dann bliebe sie lieber bei ihren Karnickeln. Das tat weh. In Gedanken setzte Donath einen Brief an Lothar auf: Könntest du dich nach einem Doppelzimmer für mich umsehen, möglichst außerhalb von Boltenhagen, daß wir uns nicht übern Weg laufen? Nein, das wäre genierlich, Inges wegen. Besser, er redete mit Lothar von Mann zu Mann. Schließlich hatte Hanna ihren Lungenspitzenkatarrh bei Lothar auskuriert. Alte Bekannte, sozusagen. Donath schickte ein Blitztelegramm: *Erbitte dringend Anruf, Hermann.* Das Telegramm kam als unzustellbar zurück. Nanu. Donath ließ seine Sekretärin die Boltenhagener Telephonnummer suchen und sprach mit der Leiterin des Intelligenzheims. Dr. Witte und Familie, hörte er, hätten für dieses Jahr keine Zimmer gebucht.
»Wohnen sie vielleicht woanders?«
»Da müssen Sie die Kurverwaltung fragen«, sagte die Tante und gab Donath die Nummer.
Die Kurverwaltung bat den Landrat um Rückruf in einer Stunde. Er klappte die reparierte Taschenuhr auf und erledigte Papierkram. Nach jedem Absatz blickte er auf das Zifferblatt, und zur verabredeten Zeit hatte er das Gelesene vergessen. »Danke«, sagte er.

Ein Doktor Lothar Witte war weder bei der Kurverwaltung noch bei der Polizei registriert. Donath schloß den Deckel über dem Zifferblatt und schob die Uhr in die Tasche. Er glaubte nicht, was er schon wußte. Ihm fehlte noch ein Beweis, und deshalb fuhr er nach Wertlau.
Eine Krankenschwester sagte ihm, der Wohnungsschlüssel wäre bei Dr. Hennig. Der Nachtarbeiter, dachte Donath und wartete auf den Assistenten, der tagsüber zu schlafen schien, denn es dauerte eine Weile, bis er antanzte.
»Prima Auto«, sagte der junge Arzt und wischte die Hände am Kittel ab, ehe er die rechte herausrückte. »Was kostet eigentlich so'n Ding?«
»Haben Sie die Schlüssel?«
»Ja, aber da dürfen Sie nicht rein.«
»Ich darf noch ganz andere Sachen.«
»Wirklich?«
Dr. Hennig lächelte, als wollte er eine Keilerei riskieren.
»Machen Sie keine Faxen«, warnte Donath. »Wenn ich tief Luft hole, liegen Sie mir quer vor der Nase.«
»Guten Tag, Herr Landrat!« sagte eine Stationsschwester, und Donath erwiderte den Gruß. Dr. Hennig entschuldigte sich und öffnete die Tür.
»Gemeinsam«, bat Donath.
»Ist was passiert?«
»Nein, Ihr Chef möchte, daß ich ihm was nachschicke.«
Dr. Hennig nickte und latschte mit quietschenden Kreppsohlen über das Linoleum. Alles war an seinem Platz. Im Kabuff griff Donath ins Regal und blätterte in alten medizinischen Zeitschriften.
»Das ist die richtige Nummer«, sagte er, klemmte das Heft untern Arm und vermißte plötzlich die grünen Äpfel, die er Lothar zum vierzigsten Geburtstag geschenkt hatte, die Reproduktion des Cézanne-Aquarells. Der Rahmen war leer.
»Was hat 'n Ihr Wagen so drauf?« fragte Dr. Hennig.
»Noch das Schlafzimmer«, sagte Donath und ging voran.
In den Schränken hingen Mäntel, Anzüge, Kleider, in den Fächern lag die komplette Wäsche.

»Ach«, sagte Donath, »nachher verwechsle ich die Hosen. Soll er sich welche in Boltenhagen kaufen. Hundertzwanzig.«
»Wie meinen Sie?« fragte Dr. Hennig, der einen Moment den Faden verloren hatte.
»Hundertzwanzig macht die Karre spielend.«
»Aha.«
Während sie die Wohnung verließen, erkundigte sich Donath beiläufig, ob Schwester Annemarie heute Dienst hätte.
»Die hat Nachtschicht. Soll ich was ausrichten?«
»Nein«, sagte Donath. »Oder doch. Bestellen Sie ihr 'n schönen Gruß.«
»Gerne, Herr Landrat.«
Donath steckte das Heft ins Handschuhfach, fuhr nach Steutz und bog links ab. Wo sich die Chaussee zur Elbe hin senkte, bremste er. Auf der Fähre trieben Männer mit Motorrädern über den Strom. Als die Fähre am Akener Ufer anlegte, wendete Donath, fuhr ohne Halt durch Steutz und Steckby und weiter nach Güterglück. Hanna hockte neben dem pommerschen Flüchtling, der ihre Angorakaninchen schor, und sammelte die Flocken ein. Als sie Donath sah, schüttelte sie die Flocken aus ihrer Schürze in den Korb.
»Guten Tag«, sagte Donath, aber der Pommer gab keine Antwort.
»Wenn's sein muß«, sagte Hanna in der Küche, »dann eben Erzgebirge.«
»Nein, wir verschieben unsere Ferien 'ne Woche und brummen anschließend ins Blaue.«
»Ist was passiert?«
Warum fragte sie ihn denn dasselbe wie dieser beknackte Assistenzarzt?
»Bloß 'ne Dienstreise«, sagte Donath und las die Schrift auf dem Modell des amerikanischen Waggons: *Norfolk & Western, United States Mail-Railway Post Office.*
»Mit 'm Zug?« wollte Hanna wissen.
»Was dir einfällt.«
»Ruf mich an von unterwegs«, bat sie.
»Ist dein Angorafriseur immer so maulfaul?«

»Der ist taubstumm.«
»Dann poussiert er wenigstens nicht mit dir.«
Hanna lachte.
Donath fuhr heimwärts und ging in die Werkstatt seines Vaters. »Pump mir mal dreitausend Mark«, sagte er.
Der Bär fragte nicht wozu, sondern wann.
»Bevor die Sparkasse schließt.«
Der Bär hob das Geld ab und gab Hermann das Kuvert. Im Landratsamt füllte Donath den Urlaubsantrag aus und brachte ihn zu Liesegang.
»Beneidenswert. Wie bist du zu erreichen?«
»Steht alles da.«
Donath hatte die Boltenhagener Adresse auf den Antrag geschrieben, aber die Telephonnummer des Intelligenzheims ein bißchen verdreht. Flüchtigkeitsfehler, könnte er später behaupten.
»In Ordnung«, sagte Liesegang.
Als die Nappern Fitzau nach dem Abendbrot verschwunden war, sagte der Bär:
»Bleibst du länger weg?«
»Höchstens 'n paar Tage.«
Donath packte Unterwäsche, Schlafanzug und Rasierzeug in seine Aktentasche. Dann trennte er das Hutfutter auf und verstaute die Geldscheine zwischen Filz und Schweißband. Sehr früh am anderen Morgen parkte er den WARTBURG in der Nähe des Roßlauer Bahnhofs. In Zerbst hätte das Schalterfräulein Stielaugen gemacht, wenn der Herr Landrat ein Billett nach Berlin löste. In Roßlau wunderte sich niemand.

22

Zwei Tage später kehrte Donath mit dem Berliner Abendzug nach Roßlau zurück, passierte die Sperre und ging zu seinem Auto. Die brennenden Gaslaternen verstärkten den Eindruck, daß die Nacht hereinbrach. Doch es war Juli und warm, und die Roßlauer liefen noch in Blusen und hochgekrempelten

Ärmeln. Als Donath den Wagenschlüssel aus der Hose gefischt hatte, hörte er seinen Namen rufen.
»Ja«, sagte er und drehte sich um.
Der hagere Mann trug Zivil. Er zeigte Donath eine Blechmarke und sagte: »Sie sind verhaftet.«
Ehe Donath antworten konnte, nahm ihm der Hagere Schlüssel und Aktentasche ab. Zwei andere Männer führten Donath zu dem EMW, der vor dem WARTBURG stand. Der Hagere wartete, bis seine Männer den Landrat zwischen sich geklemmt hatten, setzte sich dann neben dem Chauffeur und nickte. Als das Auto anruckte, sagte er:
»Legen Sie die Hände auf die Knie.«
Donath gehorchte und empfand ein ungekanntes Gefühl von Freiheit. Er schwitzte nicht mehr, wie vorhin in der Eisenbahn. Er spürte das kühle Hutleder an der Stirn, die trockenen Achseln unterm Jackett und den lauen Wind. Als sie durch Zerbst fuhren, flatterte sein Puls, doch hinterm Breite-Straßen-Tor pendelte er sich wieder ein und klopfte den alten Takt. Von der Magdeburger Elbbrücke sah Donath die Back- und Steuerbordlichter eines Lastkahns. Der EMW bog in den Justizpalast ein und hielt in der Durchfahrt. Während der Hagere verschwand, wurde Donath in eine Amtsstube geführt, wo ihm ein Richter den Haftbefehl zeigte. Das Schriftstück beschuldigte den Zerbster Landrat eines Verbrechens nach Artikel 6, Absatz 2 der Verfassung.
»Wahnsinn«, sagte er, unterschrieb aber, und seine Begleiter brachten ihn in ein anderes Büro.
Bei Donaths Eintritt brüllte der Hagere:
»Ab in die Ecke! Gesicht zur Wand!«
Donath stellte sich neben den gelben Kachelofen und betrachtete die Rauhfasertapete. Der Hagere telephonierte.
»Jawohl, Genosse Oberleutnant«, sagte er. »Absolut glatt.«
Das Geräusch, mit dem die Telephongabel einrastete. Dann zwei Schritte und ein Schlag.
»Kein Benehmen, was?«
Donath bückte sich nach seinem Hut, aber der Kleiderständer schnauzte: »Gesicht zur Wand!«

Donath starrte wieder auf die Tapete. ›Der Hut flog mir vom Kopfe, ich wendete mich nicht‹, dachte er und summte lautlos weiter: ›Nun bin ich manche Stunde entfernt von jenem Ort, und immer hör ich's rauschen, du fändest Ruhe dort.‹ Und immer hör ich's rauschen? Die Zeile hatte ihm Fränzi Quast vor seiner Walze ins Amulett gravieren lassen.
Die Tür wurde geöffnet. Ein Mann, nicht der Kleiderständer, sagte: »Sie benachrichtigen die U-Haft.«
»Jawohl, Genosse Oberleutnant«, sagte der Hagere und zitterte ab.
Doppelschritte, Stiefel und leichteres Schuhwerk, doppeltes Stuhlscharren.
»Kommen Sie, hier ist'n Platz für Sie.«
In den Stiefeln steckte ein sympathischer Zivilist um die Dreißig, in den Schuhen eine lehmbraununiformierte Mittvierzigerin, Marke Suppenhuhn. Donath sah seinen Hut auf dem Karteikasten liegen und setzte sich.
Das Suppenhuhn stenographierte die Fragen des Oberleutnants und Donaths Antworten. Ergab sich eine Pause, stemmte die Protokollantin den Bleistift in die Anspitzmaschine und kurbelte. Donath hielt dem Sicherheitsoffizier eine Schachtel »Juno« hin, und gemeinsam rauchten sie den Aschenbecher voll. Als der 21. Juli dämmerte, wurde das Verhör unterbrochen.
»Ihre Aussage können Sie morgen unterschreiben«, sagte der Oberleutnant und verbesserte: »Heute nachmittag.«
Im Trakt des Untersuchungsgefängnisses gab Donath alles, was er am Leibe trug, zu den Effekten, inklusive Hut. Der Verwalter händigte ihm Filzlatschen, ein gestreiftes kragenloses Hemd, dazugehörige Unterhosen und eine abgelegte dunkelblaue Polizeiuniform mit der aufgenähten Nummer 2321 aus. Den Rest brachte ihm ein Kalfaktor nach Zelle 26: einen Blechnapf, einen Löffel, eine Zahnbürste, einen sogenannten Zahnstein als Ersatz für Zahnpasta, einen Krug Wasser, zwei Handtücher, drei Wolldecken, blauweißkarierte Bettwäsche, die Hausordnung und das Frühstück. Während Donath den Muckefuck trank und die Marmeladenbrote verschlang, las

er, daß morgens um fünf geweckt und abends um neun das Licht gelöscht wurde; Lärmen, Singen und Pfeifen waren verboten; mittwochs durften Wünsche vorgetragen werden; mittwochs und sonnabends hatten die Häftlinge zur Rasur zu erscheinen; Dusche und Wäschewechsel erfolgten im Abstand von vierzehn Tagen. Donath sank auf die Pritsche und schlief ein.
»Sind Sie wahnsinnig geworden?«
Der Wachtmeister, ein zwanzigjähriger Knirps, rüttelte Donath, bis er sich aufrichtete.
»Wenn ich Ihre Zelle betrete«, sagte der Wachtmeister, »stellen Sie sich mit dem Gesicht zur Wand, legen die Hände auf den Rücken und nennen Ihre Nummer.«
»Ja«, sagte Donath, »nächstes Mal. Ich bin noch neu hier.«
»Außerdem dürfen Sie tagsüber nur sitzen, nicht liegen.«
»Und wie lange darf man auf'n Lokus?« fragte Donath.
»Die Benützung des Kübels ist lediglich zur Ex-, na, zur Dings, na, wie soll ich mal sagen, zum Kacken erlaubt.«
»Jawohl, Herr Wachtmeister!« rief Donath und hielt, als das Bürschchen abgeschlossen hatte, die Hand über den Türspion.
»Das ist auch verboten!« brüllte der Knabe aus dem Gang. »Dafür streiche ich Ihnen heute die Freistunde!«
Zum Mittagessen gab es Graupensuppe.
»Wie jeden Sonnabend«, sagte der Kalfaktor. »Willste'n Nachschlag?«
»Erst mal probieren.«
Nein, Donath wollte keine zweite Portion. Er setzte sich mit heruntergelassener Hose auf den Kübel, kreuzte die Arme über den Knien und schlief, bis er zum Verhör geholt wurde. Das Protokollzimmer wirkte freundlicher als in der vergangenen Nacht. Auf dem Karteikasten standen Nelken, der Oberleutnant trug eine eigelbe Krawatte, die Stenographin ein Jägerkostüm mit Hirschhornknöpfen, und nach der schmalen Kübelbrille erschien der Holzstuhl wie ein Plüschsofa.
»Ist das alles?« fragte er, als ihm die Protokollantin einen maschinengetippten Bogen gab.
»Unwichtige Einzelheiten haben wir weggelassen«, erklärte

der Oberleutnant. »Was da steht, ist sowieso nur die Vorgeschichte. Unterschreiben Sie 's?«
»Nummer oder Name?«
»Name«, bat der Offizier, legte den unterschriebenen Bogen in einen Hefter und meinte: »Gestern sind wir bis Berlin gekommen.«
»Ja«, sagte Donath, »in Schöneweide bin ich ausgestiegen.«
Das Verhör endete vor dem Abendessen.

23

In seiner Zelle bezog Donath die Wolldecken mit der blauweißkarierten Bettwäsche. Der Kalfaktor servierte ihm drei Scheiben Margarinebrot, eine geschälte Zwiebel und eine Blechtasse Pfefferminztee.
»Wird sonnabends nicht geduscht?«
»Nächsten Sonnabend.«
»Und rasiert?«
»Da warst du grade in der Quetsche«, sagte der ältere Häftling, trat über die Schwelle und öffnete den Kübeldeckel.
»Bloß Pisse?« Er nahm den Einsatz heraus und brachte ihn bald zurück. »Anfangs streikt die Verdauung«, tröstete er Donath, »nachher läuft's wie geschmiert.«
Am Morgen wurde Nr. 2321 zur Freistunde geführt. Der gemauerte Pferch war kaum geräumiger als die Zelle, und die hohen Wände verhinderten den Blick in die Nachbarkoben, doch darüber spannte sich der Himmel, und Donath massierte den verrenkten Nacken noch auf dem Weg zum Protokollzimmer.
»Mit der S-Bahn«, las er, »verließ ich den demokratischen Sektor, fuhr über den südlichen Ring bis zum Bahnhof Papestraße, stieg dort um und fuhr nach Marienfelde. In der Herrentoilette des Bahnhofs Marienfelde entnahm ich meinem Hut die von meinem Vater geliehenen 3000 Mark der Deutschen Notenbank. Daraufhin begab ich mich zum Flüchtlingslager Marienfelde und erhielt einen sogenannten ›Laufzettel für das Notaufnahmeverfahren‹. Als mich der Beamte in

der Anmeldung fragte, warum ich den Laufzettel nicht ausgefüllt hätte, erwiderte ich ihm, daß ich kein Flüchtling sei, sondern meinem geflohenen Vetter Dr. Lothar Witte nur den obigen Betrag überbringen möchte. Die Verwandtschaft täuschte ich vor, um den Aufenthaltsort Dr. Wittes und seiner Familie zu erfahren. Der Beamte verweigerte mir jedoch jede Auskunft, solange ich mich nicht legitimierte. Da in meinem Personalausweis die Berufsbezeichnung ›Baumeister‹ steht, glaubte ich, das Dokument vorzeigen zu können, ohne meine Funktion zu verraten. Der Beamte notierte meine Personalien und schickte mich in den Warteraum. Nach ca. anderthalb Stunden wurde ich zu demselben Beamten gerufen. Er sagte mir, daß sich Dr. Witte nicht mehr in Berlin aufhielt. Erst diese Nachricht verhalf mir zu der endgültigen Gewißheit, daß Dr. Witte geflohen war. Der Beamte versprach, mir um 9.00 Uhr anderntags, d. h. am 19. Juli 1956, die neue Adresse Dr. Wittes mitzuteilen. Ich kündigte ihm mein pünktliches Erscheinen an und verließ das Lager um ca. 14.30 Uhr. Meinen ursprünglichen Plan, in den demokratischen Sektor zurückzukehren und dort zu übernachten, gab ich auf, weil ich eine Festnahme durch die Grenzorgane bzw. durch die Mitarbeiter des Ministeriums für Staatssicherheit befürchtete.«

»Falsch«, widersprach Donath und zeigte dem Oberleutnant den betreffenden Satz. »Ich habe Ihnen gestern klipp und klar gesagt, daß ich in West-Berlin geblieben bin, weil ich dachte, ein westlicher Geheimdienst könnte mich beschatten. Wäre ich von denen beim Grenzübergang beobachtet worden, hätte ich Doktor Wittes Adresse nie gekriegt. Das müssen Sie ändern, Genosse Oberleutnant!«

»Herr Oberleutnant, bitte!«

»Vorläufig sind wir noch Mitglieder derselben Partei«, sagte Donath. »Aber falls Sie's wünschen, lasse ich den Genossen beiseite. Hauptsache, Sie korrigieren das hier.«

Der Oberleutnant lächelte und unterkringelte den beanstandeten Satz.

»Obwohl ich wußte«, las Donath weiter, »daß die Verbringung von Mark der Deutschen Notenbank nach West-Berlin bzw. in das Bundesgebiet strafbar ist, tauschte ich in einer Wechselstube 1000 Mark der Deutschen Notenbank gegen etwa 250 Mark der Deutschen Bundesbank um. Damit wollte ich mir die finanzielle Möglichkeit verschaffen, den Aufenthaltsort von Dr. Witte zu erreichen.«

»Hier fehlt der Grund«, sagte Donath.

»Das Motiv Ihrer Reise ergibt sich aus dem ersten Protokoll.«

»Hoffentlich, liebe Tante.«

»Sprechen Sie mit mir?« fragte das Suppenhuhn drohend.

»Nein, mit mir«, sagte Donath und las:

»Ich begab mich zum Flughafen Tempelhof und ließ mir für Dienstag je einen Platz für die folgenden Linien reservieren: PAN AM nach München, BEA nach Hamburg, AIR FRANCE nach Frankfurt am Main. Anschließend unternahm ich einen Stadtbummel. Beim Verkehrsamt erfragte ich am Abend die Anschrift eines preiswerten Hotels und übernachtete im Hospiz Friedenau, Fregestr. 68. Am Morgen des 19. Juli 1956 informierte mich der schon erwähnte Marienfelder Beamte, daß sich Dr. Witte und seine Familie im Hamburger Flüchtlingslager Finkenwerder befänden. Der Beamte erkundigte sich nicht nach meinen weiteren Absichten. Mit den Marienfelder Büros des amerikanischen, britischen und französischen Geheimdienstes, von deren Vorhandensein ich durch Gespräche im Warteraum wußte, hatte ich keinen Kontakt. Gleiches gilt für alle anderen, auf dem ›Laufzettel‹ genannten Dienststellen. Um die Zeit bis zu meinem Abflug zu überbrücken, besuchte ich das am Vortag versäumte Schloß Charlottenburg und besichtigte das Reiterstandbild des Großen Kurfürsten.«

»Ist das so wichtig?« fragte Donath.

»Wir können's auch streichen«, bot der Oberleutnant an.

»Ach, lassen Sie's drin«, sagte Donath und las den letzten Satz des Protokolls: »Um 15.00 Uhr flog ich mit einer Maschine der BEA von Berlin-Tempelhof nach Hamburg-Fuhlsbüttel.«

»Bringen Sie uns zur Feier des Sonntags mal 'ne Kanne Kaffee?« bat der Oberleutnant.

»Wieviel Tassen?« fragte die Protokollantin.
»Drei.«
Als sie allein waren, sagte der Oberleutnant: »Sie dürfen übrigens Ihre Angehörigen und genauso Ihren Rechtsanwalt verständigen.«
»Geben Sie meinem Vater Bescheid«, sagte Donath und diktierte außerdem Börnes Adresse und Telephonnummer.
»Und Ihre Frau?«
Donath schwieg.
»Privatsache«, sagte der Oberleutnant und steckte Börnes Adresse ins Jackett. »Aber die Zeugen der Anklage besorgt sich der Staatsanwalt, und Sie werden 'n paar Leute brauchen, die Ihre Aussage bestätigen. Fällt Ihnen wohl gar nicht so leicht, was? Kann ich mir lebhaft vorstellen.«
Donath überlegte eine Weile.
»Ich selber bin der Beweis.«
Der Oberleutnant schüttelte den Kopf.
»Zeugen sind besser. Reden Sie schleunigst mit Ihrem Anwalt, der soll Sie –«
Das Suppenhuhn öffnete die Tür.
»– mal ordentlich rasieren«, vollendete er den Satz und brüllte: »Sie sehen ja aus wie'n Penner!«
Nachdem jeder an der Tasse genippt hatte, fragte er:
»Sind wir jetzt in Hamburg?«
»Ja«, antwortete Donath.
Um Mittag aßen sie zu dritt Bockwürste und Kartoffelsalat. Später schickte der Oberleutnant die Protokollantin noch einmal Kaffee holen und sagte zu Donath: »Wenn Sie müde sind, machen wir Schluß. Ich möchte bloß das Wichtigste heute in einem Aufwasch erledigen.«
»Gerne«, sagte Donath, und der Aufwasch dauerte bis Mitternacht.
Am anderen Morgen probierte er einen Liegestütz, doch der Raum vor der Pritsche reichte nur für Kniebeugen.
»Na, bitte!« gratulierte der Kalfaktor beim Kübelwechsel. Frühstück, Freistunde, Rumpfbeugen, »Am Brunnen vor dem Tore«, Kniebeugen, »Sah ein Knab' ein Röslein stehn«,

Nudelsuppe, die Hauptstädte Europas, Kniebeugen, die Zeugen der Verteidigung, »Das Wandern ist des Müllers Lust«, die vier Merkmale der dialektischen Methode, der *accusativus cum infinitivo*, Rumpfbeugen, das Ganze wieder von vorne und der Blick durch die Luftritze in den nächtlichen Hof.
Am Dienstag nach der Bohnensuppe wurde Donath rasiert. Statt in die Zelle, führte ihn der Wachtmeister ins Sprechzimmer des Gerichtstrakts.
»Herr Börne!«
»Herr Landrat!« grüßte der Rechtsanwalt, als der Wachtmeister die Tür von außen verschlossen hatte.
Börne war frischgeplättet und duftete nach Brasil und Lavendel. »Wir dürfen keine Zeit verlieren«, sagte er und setzte sich Donath gegenüber. »Womit hat der Richter Ihre Verhaftung begründet?«
Donath sagte es ihm.
»Au, weh. Boykotthetze gegen demokratische Einrichtungen? Morddrohung gegen Politiker? Kriegspropaganda? Kommt doch bei Ihnen wohl nicht in Frage, oder? Na, erzählen Sie mal.«
»Hört uns keiner?«
»Sie können ganz offen reden.«
Donath faßte sich kurz.
»Aha«, sagte Börne. »Übernehme ich. Unterschreiben Sie das Mandat? – Danke. Da hole ich Sie raus. Verstoß gegen die Wirtschaftsverordnung. Da kommen Sie mit'm blauen Auge davon. Wir müssen uns allerdings beeilen, Herr Landrat. Der Juni-Aufstand in Posen hat bestimmt seine Nachwirkungen. Wir könnten's grade schaffen, ehe der Wind umschlägt.«
»Was meinen Sie mit'm blauen Auge?«
»Sagen wir, 'n Jährchen.«
»Ein Jahr Knast?« fragte Donath ungläubig.
»Versprechen will ich's nicht«, sagte Börne. »Hängt viel von den Zeugen ab. An erster Stelle rangiert natürlich Ihre Frau.«
»Die möchte ich lieber raushalten.«
»Dann lege ich mein Mandat nieder, und jeder andere Anwalt, sage ich Ihnen, würde genauso handeln.«

Gut. Donath einigte sich mit Börne auf Annemarie, seinen Vater, Dr. Hennig und Reiner Sandkuhl.
»Übrigens«, sagte Börne und faltete die Vollmacht. »Haben Sie in irgendeinem Zusammenhang mal die alte Geschichte erwähnt? Sie wissen schon . . .?«
»Schenk? Wozu?«
»Gott sei Dank! Und beachten Sie bei jeder Vernehmung, daß Sie immer dasselbe Wort für denselben Sachverhalt benutzen. Kein Rumjonglieren!«
»Was mich betrifft, ist die Ermittlung im großen und ganzen beendet.«
»Sie sind ja'n Vorzugsschüler. Ist der Justizminister etwa Ihr Schwippschwager? – Ach!« rief er plötzlich. »Heute habe ich noch 'ne Scheidung in Dessau.«
»Wer wird eigentlich mein Nachfolger?« fragte Donath.
»Ich fürchte, Liesegang. Traurig, traurig, Herr Landrat, aber Kopf hoch!«
Börne klopfte dreimal gegen die Tür.

24

Am Mittwoch wurde Nr. 2321 wieder rasiert, weil Mittwoch war. »Heute sehn Sie ja direkt wie'n Mensch aus«, lobte der Oberleutnant. Donath unterschrieb das korrigierte Sonnabendprotokoll. Dann gab ihm das Suppenhuhn die Seiten des letzten Verhörs, und er las:
»Als ich am Donnerstag, dem 19. Juli 1956, ca. 16.10 Uhr in Hamburg landete, ging ich zum Flughafenschalter der British European Airways, um noch für den gleichen Tag fünf Plätze nach Tempelhof zu bestellen. Ich erfuhr jedoch, daß sämtliche Donnerstag-Flüge wegen der Gedenkfeiern zum Jahrestag des Attentats auf Hitler ausgebucht waren. Deshalb ließ ich fünf Plätze für den BEA-Flug am Freitag 12.45 Uhr reservieren und hinterlegte fünfzig Mark (West). Weil meine finanziellen Mittel zur Bezahlung der fünf Rückflugbilletts nicht ausreichten, faßte ich den Vorsatz, die mir verbliebenen zweitausend

Mark der Deutschen Notenbank baldmöglichst in Westmark einzuwechseln.
Da ich mich im Jahre 1927 mehrere Wochen als Fremder Zimmergeselle in Hamburg aufgehalten hatte, kannte ich Finkenwerder und suchte angesichts der beträchtlichen Entfernung eine billige und schnelle Fahrgelegenheit. Ein Gepäckträger versprach mir Hilfe. Tatsächlich gelang es ihm, einen Taxi-Gast aufzutreiben, der bereit war, mich bis zur Elbchaussee mitzunehmen, wenn ich die Hälfte des Fahrpreises entrichtete. Als mir der Chauffeur den ungefähren Preis nannte, stieg ich in den Wagen und verließ ihn, nach Verrechnung meines Anteils, an der Anlegestelle Teufelsbrück. Was die Identität des Taxi-Gasts betrifft, vermute ich, daß er Geschäftsmann war, weil er während der ganzen Fahrt, ohne ein Wort an mich zu richten, das ›Handelsblatt‹ las.
Von Teufelsbrück setzte ich mit der HADAG-Fähre über die Elbe und ging von der Anlegestelle Rüschkanal zum Flüchtlingslager. Um eine Kontrolle zu vermeiden, trat ich vor die Anschlagtafel gegenüber der Portiersloge und rückte, während ich die Stellenangebote las, Schritt für Schritt durch das offene Tor. Dann lief ich ein kurzes Stück über die Hauptallee, die von etwa einem Dutzend langer Baracken flankiert wird. Den Fenstern zufolge, schätzte ich die Gesamtzahl der Barackenräume auf knapp fünfhundert. Die Suche nach meinem Freund und seiner Familie erschien mir so aussichtslos, daß ich umkehrte und mich gegen alle Bedenken beim Portier erkundigte. Möglicherweise hielt mich der Portier für einen Lagerinsassen, denn er erteilte mir die gewünschte Information. Ich eilte zu dem bezeichneten Haus und geriet durch meine Hast versehentlich in die Gemeinschaftsküche. Als ich die Tür schließen wollte, erkannte ich Inge Witte an einem der Gaskocher. Ich rief ihren Namen. Sie stürzte mir entgegen und fragte nach meiner Frau und meinen Kindern. Um sie über ihren Irrtum nicht in Anwesenheit anderer aufzuklären, begab ich mich mit ihr in das Zimmer, das der geflüchtete Dr. Lothar Witte mit seiner Familie bewohnte. Der geflüchtete Dr. Lothar Witte –«

»Muß man das dauernd wiederholen?« fragte Donath den Oberleutnant und zeigte ihm das zweimalige ›geflüchtet‹.
»Wegen stilistischer Probleme wenden Sie sich bitte an das Ministerium für Kultur«, war die Antwort.
»Der geflüchtete Dr. Lothar Witte«, las Donath, »begrüßte mich herzlich, erriet aber sofort die Ursache meines Besuchs und drängte mich, augenblicklich nach Zerbst zurückzukehren. Ich billigte den Vorschlag unter der Voraussetzung, daß er und seine Familie mich begleiteten. Der geflüchtete Dr. Lothar Witte befürchtete in diesem Fall sowohl seine wie auch meine Verhaftung. Der Versicherung, ich würde in meiner Eigenschaft als Vorsitzender des Rates des Kreises dafür sorgen, daß er als Wertlauer Chefarzt ungehindert weiterarbeiten könnte, schenkte er keinen Glauben. Als ich ihn nach seinen Fluchtmotiven befragte, reagierte er mit Hinweisen auf den angeblichen Volksaufstand von 1953, auf die angebliche Unterdrückung der Meinungs-, Glaubens- und Redefreiheit, auf die angeblich schädliche Erziehung seiner Söhne im Geiste des Marxismus-Leninismus sowie auf die angebliche Allmacht des Ministeriums für Staatssicherheit.«
»Also, *angeblich* hat Doktor Witte nicht gesagt«, wandte Donath ein.
»Aber Sie und ich«, sagte der Oberleutnant. »Oder möchten Sie sich der Überzeugung Doktor Wittes nachträglich anschließen?«
»Nein«, antwortete Nr. 2321 und las:
»Ich bemühte mich, dem geflüchteten Doktor Lothar Witte die Errungenschaften beim Aufbau unserer sozialistischen Gesellschaftsordnung zu verdeutlichen, doch er wiederholte nur die sattsam bekannten gegnerischen Argumente der sogenannten parlamentarischen Demokratie und der sogenannten westlichen Freiheit. Nach unserem etwa vierstündigen Gespräch, bei dem wir mit Inge Witte sowie den Söhnen Wolfgang und Werner auch zu Abend aßen, forderte ich Dr. Witte zu einem Spaziergang auf, um mit ihm allein zu reden. Über die etwa einen Kilometer lange Hauptallee begaben wir uns bis zur Elbe. Dort erinnerte ich den geflüchteten Dr. Lothar

Witte an unsere alte Freundschaft, an den schweren Anfang nach dem Krieg und an unsere gemeinsame Arbeit bei der Errichtung des Waldkrankenhauses. Dr. Witte fragte mich, ob es mir möglich wäre, meine Abreise um einige Tage zu verschieben. Ich entgegnete, dies sei unmöglich, da ich für Freitag fünf Plätze reserviert hätte und außerdem meinen Vater nicht so lange allein lassen dürfte. Darauf antwortete der geflüchtete Dr. Lothar Witte, meinen Vater würde ich wahrscheinlich allein lassen, aber nicht mein Vaterland. Als ich dies bejahte, umarmte mich der geflüchtete Dr. Lothar Witte und weinte.«

25

»Geben Sie mir 'ne Zigarette?« bat Donath.
Der Oberleutnant reichte ihm eine Schachtel »Casino« und Streichhölzer. Das Suppenhuhn trommelte auf den Schreibmaschinendeckel und gähnte oder seufzte.
»Ich begriff«, las Donath weiter, »welche günstige Gelegenheit sich mir bot, Dr. Lothar Witte zur Rückkehr zu bewegen, doch meine innere Erregung hinderte mich am Sprechen. Als wir das Barackenzimmer betraten, schliefen Inge Witte und ihre Söhne bereits in dem einen der beiden Doppelstockbetten. Der geflüchtete Dr. Lothar Witte wies mir den Unterteil des anderen Betts zu. Während der Nacht fand ich keine Ruhe, weil ich die Unruhe des über mir Liegenden spürte. Erst gegen Morgen schlief ich ein. Als ich erwachte, war ich allein mit Frau Inge Witte, die mir erklärte, ihr Mann sei mit Wolfgang und Werner zu Hagenbecks Tierpark gefahren, weil er eine Fortsetzung der gestrigen Debatte für sinnlos halte. Da die Zeit drängte, verabschiedete ich mich und fuhr unter Benutzung öffentlicher Verkehrsmittel zum Flughafen Fuhlsbüttel. Dort machte ich die Reservierung von vier der fünf bestellten Plätze rückgängig und erhöhte den hinterlegten Betrag um die nötige Summe für ein Rückflugbillett. Danach verfügte ich noch über ca. DM 2,50 (West). Als man die Passagiere zur Abfertigung rief, trat mir plötzlich der geflüchtete

Dr. Lothar Witte mit seinen Söhnen in den Weg. Er bat mich, Dr. Hennig auszurichten, daß bei dem Wertlauer Patienten Lammert der Verdacht auf infektiöse Gelbsucht bestände. Ich versprach, Dr. Hennig zu informieren und fragte, ob ich noch etwas anderes erledigen sollte. Offenbar vermochten Dr. Witte, Wolfgang und Werner nicht zu antworten. Sie gaben mir zum Abschied nur die Hand.
Von Berlin-Tempelhof fuhr ich ca. 14.30 Uhr mit der U-Bahn zum Bahnhof Friedrichstraße, stieg dort in die S-Bahn um, verpaßte aber am Ostbahnhof den Leipziger D-Zug. Da mir bis zur Abfahrt noch einige Stunden verblieben, rasierte ich mich im Waschraum des Ostbahnhofs und telephonierte anschließend mit Dr. Hennig. Ich unterrichtete ihn vom Verdacht seines Chefarztes. Um ca. 19.00 Uhr fuhr ich mit dem Eilzug bis Roßlau, um von dort nach Zerbst zurückzukehren.«
»Und jetzt bin ich hier«, sagte Donath, nachdem er jede Seite des Protokolls unterschrieben hatte.
»Ja«, sagte der Oberleutnant. »Genau da, wo Sie hingehören.«

26

Es regnete seit Mitternacht. Es regnete, als sich der Gefangene duschte und die Zivilkleidung anzog, die er bei seiner Verhaftung getragen hatte. Es regnete, während der Angeklagte in einem fensterlosen Raum auf den Beginn der Verhandlung wartete. Selbst die Schuhe seiner beiden Bewacher zeigten noch Regenspuren.
Aber der Regen paßte zur Jahreszeit. Im August war es heiß gewesen, im September windig, und jetzt im Oktober regnete es. Das war beinahe ein Naturgesetz, obwohl nur eines mit beschränkter Gültigkeit, denn Donath erinnerte sich an manchen Oktober, in dem es fast nie geregnet oder schon geschneit hatte. Ein so unzuverlässiges Naturgesetz konnte den Gesetzen, die der Zerbster Landrat gebrochen haben sollte, nicht mal das Wasser reichen, bildlich gesprochen. Verglichen mit dem sechsten Artikel und seiner dauernden Geltung, durfte

man dem Oktoberregen höchstens eine gewisse Häufigkeit nachsagen. Deswegen beherzigten die Bauern im Oktober auch mehrere Regeln: Sankt Gallus naß, für den Wein kein Spaß. Oder: Mengt der Oktober sich in den Winter, wird der Winter um so gelinder. Solchen Weisheiten war sogar ein schlichtes Gesetz wie das Paßgesetz überlegen. Das Paßgesetz verpflichtete alle Bürger, sich vor Westreisen einen Interzonenpaß zu besorgen, wogegen die Wolken, bloß mal als Beispiel, einfach über die Grenze flogen, ohne behördliche Genehmigung, die Luder. Ganz zu schweigen von der Wirtschaftsstrafverordnung, die nun wirklich keinen ungeschoren ließ, der Ostmark in Westmark umrubelte, egal, bei welchem Wetter. Ach, Hermann, und da denkst du an Oktoberregen und Naturgesetze.

Die Tür zum Gerichtssaal wurde geöffnet.

»Vorwärts«, sagte der ältere der beiden Bewacher.

Donath trat über die Schwelle und sah die Zuschauer auf den ansteigenden Bänken. Er ahnte nicht, daß Reiner Sandkuhl die Verteilung der Eintrittskarten geregelt hatte und wunderte sich über die vielen Zerbster. Während ihn die Polizisten zur ersten Reihe führten, erkannte er seinen Vater, Annemarie, Liesegang, Poche und Dr. Hennig auf der Zeugenbank. Die Polizisten lösten ihm die Handschellen. Nach dem Klicken der stählernen Acht holte das Publikum wie mit einer Lunge Luft und blies sie wieder ab, was bei rund zweihundert Leuten einigen Wind machte.

An der Frontwand, hinter dem leeren Gerichtstisch, hing die Photographie des Staatspräsidenten. Vor dem Fenster zum Innenhof saß Rechtsanwalt Börne, ihm gegenüber Staatsanwalt Moser, ein schnoddriger Enddreißiger, der Donath mehrmals vernommen hatte. Ebenfalls in der ersten Reihe, doch durch den Mittelgang vom Angeklagten getrennt, saßen die Zeugen, und Donath entdeckte unter ihnen jetzt auch Reiner Sandkuhl.

»Vorne ist die Musik«, sagte der jüngere Polizist.

Alle Anwesenden erhoben sich und nahmen wieder Platz, nachdem sich der Erste Strafsenat hingesetzt hatte. Die For-

malitäten dauerten kaum fünf Minuten. Dann verließen die Zeugen den Saal, und Oberrichter Friebel befragte Donath kurz zur Person, ehe er dem Staatsanwalt das Wort erteilte.
Der Verlesung der Anklageschrift hörte Donath nur mit halbem Ohr zu, weil er den Text vor vier Tagen so ziemlich auswendig gelernt hatte. Er nutzte die Zeit, um die Mitglieder des Gerichts zu betrachten. Die Schöffin, eine Magdeburger Hausfrau vom Typ Beißzange, trug einen grauen Dutt, ein schwarzes Kostüm und ein markstückgroßes Parteiabzeichen. Ihre Miene verhieß: Rübe runter. Doch als der Staatsanwalt den Artikel 6 abhakte, popelte die Schöffin hinter der Hand. Ein menschlicher Zug. Der Vorsitzende war um die Fünfzig. Nach Statur und Frisur hätte sich Friebel zum Oberkellner wie zum Dirigenten einer Kurkapelle geeignet. Seinen Bauch versteckte er unter der Robe, seine Halbglatze unter seitlich gekämmten Strähnen. Das Sardellenbrötchen, die wulstigen Brauen, die Tränensäcke und die bläulich durchblutete Nase ergaben das Porträt eines Genießers. Trotzdem wirkte der Oberrichter hart und grausam, weil er den Angeklagten ohne das leiseste Lidzucken anstarrte. Donath erwiderte den Blick, bis er merkte, daß der Strafsenator selbst dann in die gleiche Richtung glotzte, wenn sich sein Vis-à-vis abwandte. Entweder wollte Friebel den Eindruck von Unerbittlichkeit erwekken, oder er schlief mit offenen Augen.
Den Schöffen neben dem Oberrichter hatten die Verbrechen des Zerbster Landrats schon derart erschüttert, daß er unter Maulsperre litt. Seine Kiefer- und Halsmuskeln verkrampften sich, und während des ganzen Prozesses verlor der Staßfurter Feinmechaniker keine Silbe. Staatsanwalt Moser gelang ein schwungvoller Schluß, und Friebel fragte Donath, ob er sich im Sinne der Anklage schuldig bekenne. Wie Börne ihm geraten hatte, sagte Donath nein zu Punkt eins, aber ja zu Punkt zwei und drei. Dem Oberrichter mißfiel die Antwort, denn nun mußte er erläutern, daß die Donath zur Last gelegten Verbrechen in Tateinheit begangen worden waren.
Der Verteidiger verwies auf die Bedeutung des Artikels 6 und beantragte die gesonderte Behandlung der jeweiligen

Anschuldigungen. Zwischen Börne und dem Staatsanwalt entwickelte sich daraus ein spitzfindiger Zwist um Real- und Idealkonkurrenzen, den Friebel zugunsten der Verteidigung schlichtete: Das Gericht beschloß, den Angeklagten zum gesamten Hergang zu vernehmen und die Einzelheiten entsprechend dem jeweiligen Gesetz zu würdigen. Börne verbuchte die Entscheidung als Erfolg, obwohl alles dieselbe Soße war. Nachdem Donath Auskunft über seine frühere Beziehung zu Dr. Witte gegeben hatte, durfte er sich setzen, und Friebel ließ den ersten Zeugen rufen.
»Ihr Name?«
»Annemarie Donath, geborene Heinrich.«
»Ihr Beruf?«
»Hilfsschwester.«
»Sie sind die Ehefrau des Angeklagten?«
»Ja.«
»Sie leben von Ihrem Mann getrennt.«
»Ja, in Steckby.«
»Nennen Sie uns die Gründe für Ihre Trennung.«
»Nein.«
»Laut Strafprozeßordnung haben Sie kein Zeugnisverweigerungsrecht.«
»Dann sagen Sie mir bitte, Herr Vorsitzender, was die Trennung von meinem Mann diese Leute hier angeht.«
Donath traute seinen Ohren nicht. Er sah bloß Annemaries Rücken, das gewellte Haar auf dem Mantelkragen und den lächelnden Oberrichter.
»Wie würden Sie das Verhältnis des Angeklagten zu Doktor Witte charakterisieren?« fragte Friebel und ermahnte die Zeugin, nur eigene Beobachtungen mitzuteilen.
»Waren Sie in die Freundschaft einbezogen?« unterbrach er sie nach einigen Minuten.
»Anfangs ja«, antwortete Annemarie. »Später kam ich mir mehr als sechstes Rad am Wagen vor. Verzeihung, ich meine, als fünftes.«
Jemand kicherte.
»Der Saal wird sofort geräumt!« donnerte Friebel ins Publi-

kum und machte der Schriftführerin ein Zeichen, den Passus zu unterdrücken. Dann erkundigte er sich freundlich:
»Woran lag das?«
Annemarie zuckte die Achseln. Der Verteidiger, der im Gegensatz zum Staatsanwalt keine direkten Fragen an die Zeugen richten durfte, bat den Herrn Vorsitzenden, Frau Donath zu fragen, ob sich der Angeklagte und Dr. Witte jemals gestritten hätten. Friebel gestattete die Frage.
»Die letzten Jahre lagen sie sich dauernd in den Haaren«, sagte Annemarie.
»Warum?«
»Wegen der Politik.«
»Das müssen Sie uns ein bißchen erklären.«
»Dr. Witte schimpfte über manches, was für meinen Mann irgendwie heilig war, und mein Mann gab ihm Saures, zum Beispiel wegen der Wahlen und der Wiedervereinigung oder der Volksarmee.«
»Sie bestätigen also«, mischte sich Moser ein, »daß dem Angeklagten die feindliche Gesinnung Doktor Wittes gegen unseren Arbeiter- und Bauernstaat schon jahrelang bekannt war?«
»Nein«, widersprach Annemarie. »Das möchte ich lieber wie der Generalsekretär der Partei formulieren. Der hat nämlich gesagt, man soll nicht gleich nach der Kriminalpolizei schreien, sondern sich mit den Leuten, die dummes Zeug reden, auseinandersetzten.«
Die Schöffin nickte, und Annemarie fügte hinzu:
»Genau das hat mein Mann mit Doktor Witte gemacht.«
»Wußten Sie vom Plan des Angeklagten, Doktor Witte nach West-Berlin zu folgen?«
Annemarie überlegte eine Weile, bevor sie antwortete:
»Wenn mein Mann Doktor Witte gefolgt wäre, säße er heute nicht hier. Ich kann mir bloß denken, daß er seinen Freund zurückholen wollte, und davon hatte ich keinen Schimmer.«
»Weitere Fragen an die Zeugin?«
Annemarie wurde entlassen, aber gebeten, sich noch zur Verfügung zu halten. Statt die Vernehmung des Angeklagten fortzusetzen, las Friebel zwei Seiten des Ermittlungsprotokolls

vor und rief dann Dr. Hennig in den Zeugenstand. Der kommissarische Leiter des Waldkrankenhauses zitterte, als ginge es um sein Leben. Bei der Schilderung des Besuchs in Wertlau erwähnte er, Donath habe ungewöhnlich lange einen leeren Bildrahmen betrachtet. Donath klärte das Gericht über den Grund auf, buchstabierte der Schriftführerin den Namen des Malers und ergänzte, daß er die Reproduktion der ›Grünen Äpfel‹ in Finkenwerder wiedergesehen habe.
»Das war alles, was Doktor Witte mitgenommen hatte.«
»Setzen Sie sich!« kommandierte Friebel und fragte Dr. Hennig: »Nannte der Angeklagte den Ort, von wo er mit Ihnen am 20. Juli telephonierte?«
»Nein.«
»Warum haben Sie sich nicht danach erkundigt?«
»Er war doch der Landrat, und außerdem wollte ich so schnell wie möglich zu der Hepatitis.«
»Zu wem?« fragte der Staatsanwalt.
»Zu der Gelbsucht«, übersetzte Oberrichter Friebel und sagte zu Dr. Hennig: »Sie können nach Hause fahren.«

27

Seit dem Auftritt des Wertlauer Arztes war die Spannung des Publikums einer gewissen Trägheit gewichen. Bei allem Mitleid mit dem Landrat hatte man Sensationen erwartet und fühlte sich nun durch grüne Äpfel und Gelbsucht geprellt. Diese Stimmung steckte sogar Donath an. Während Annemarie sprach, war er noch Feuer und Flamme gewesen. Als er aber hörte, welchen Zeugen der Richter jetzt hereinrief, hätte er am liebsten den Kopf auf die Achselklappe seines Nachbarn gelegt.
Friebel zeigte Liesegang ein Formular und fragte, ob dies der Urlaubsantrag des Angeklagten sei. Der Zeuge sagte ja, und Friebel fragte, ob der ehemalige Landrat Urlaub machen durfte, wann es ihm gerade einfiel.
»Der Angeklagte ging zum dritten Mal in Urlaub, und ich –«

»Was heißt zum dritten Mal?«
»Zum dritten Mal in elf Jahren«, sagte Liesegang.
»Wollen Sie damit behaupten, der Angeklagte hat in elf Jahren nur dreimal Urlaub genommen?«
»Nur zweimal, denn das dritte Mal –«
»Warum haben Sie das bei der Voruntersuchung verheimlicht?« raunzte Friebel.
»Ich habe nichts verheimlicht«, wehrte sich Liesegang. »Die Personalakte wurde im Juli vom Staatsanwalt angefordert.«
Friebel wandte sich zu Moser.
»Entsprechen die Angaben des Zeugen den Erkenntnissen der Staatsanwaltschaft?«
»Ja«, sagte Moser, räusperte sich und befragte Liesegang wegen der Telephonnummer des Boltenhagener Intelligenzheims. Nachdem der Zeuge bestätigt hatte, daß die Nummer insofern fehlerhaft war, als die Zahlen nicht in der korrekten Reihenfolge standen, wurde er einstweilig entlassen.
»Frühstücken Sie gefälligst woanders!« brüllte der Oberrichter ins Publikum, und durch die Stille hörte man das Knistern von Butterbrotpapier.
»Herr Angeklagter!«
Donath erhob sich.
»War die unrichtige Telephonnummer ein Schreibfehler?«
»Nein.«
»Sie haben den Zeugen demnach vorsätzlich getäuscht?«
»Ja«, sagte Donath, »meine Sekretärin hatte die richtige Nummer. Eigentlich wollte ich den Zeugen Liesegang bloß 'n bißchen ärgern.«
»Mithilfe einer Urkundenfälschung?« fragte Moser.
Der Oberrichter schüttelte den Kopf, bis der Staatsanwalt den Unterschied zwischen Urkunde und Urlaubsantrag begriff. Beim Hinsetzen warf Donath einen Blick über die Zuschauer. Die meisten stemmten Hände oder Knie gegen die Vorderlehnen, als fürchteten sie, vor Müdigkeit abzurutschen. Eine falsche Telephonnummer – nervenzerfetzend! Und nun noch Hauptmann Poche, in Zivil eine halbe Portion, aber hackenknallend wie beim Appell. Was wußte Poche denn? Gar

nichts. Poche wußte nur, was alle schon zum Erbrechen wußten: Der Landrat hatte vor seiner Reise keinen Interzonenpaß beantragt. Hau ab, kehrt marsch, Benno! Der Hauptmann durfte nach Hause.

Oberrichter Friebel rief einen weiteren Zeugen auf, und niemand wunderte sich über den Namen, denn dieser Zeuge hatte, genau wie die anderen, im Anschluß an die Eröffnungsformalitäten den Saal verlassen. Vielleicht war einigen schon zu Beginn der Verhandlung die breitschultrige Gestalt aufgefallen, doch was jetzt, beim zweiten Eintritt des Zeugen, geschah, hatte eine ungeheure Wirkung. Manche glaubten, der Saal senkte sich in dem Maße zum Richtertisch hin, wie der Zeuge die Stufen des Mittelgangs herabstieg, und der Staßfurter Schöffe umklammerte sogar den eigenen Rumpf, als könnte er sich der Fliehkraft entziehen. Doch das war, wenn überhaupt nötig, vergeblich.

Otto Donath trug den schwarzen Bratenrock, den er einst nur bei Festlichkeiten, in letzter Zeit auch bei Spaziergängen anzog. Zwischen den Revers hing kein Schlips, sondern ein hellgrauer Seidenplastron, den eine Goldspange unter den Kragenecken festhielt. Der sorgfältig gebürstete und gezwirbelte Bart betonte die gesunde Hautfarbe des Alten. Sein Blick war ruhig, sein Schritt gemächlich, und als er vor dem Gericht stand, kannte jeder den Mittelpunkt des Saals.

»Einen Stuhl«, bat Friebel den Gerichtsdiener.

»Ich spreche lieber im Stehen«, sagte der Bär, und Donath durchschaute den Wunsch. Sein Vater wollte mit dem erhöht sitzenden Gericht auf gleichem Niveau reden.

»Uns fehlt noch Ihr Beruf«, sagte Friebel.

»Zimmermann, jetzt Rentner.«

»Erstaunlich, daß ein Rentner so viel Geld besitzt.«

»Ist das eine persönliche Bemerkung oder eine Frage, Herr Vorsitzender?«

»Eine Frage.«

»Dann werde ich Ihnen eine Geschichte erzählen, die vor einem Jahrhundert anfing.«

»Nein«, winkte Friebel ab, »wir wissen Bescheid. Sie haben

dem Angeklagten dreitausend Mark geliehen. Ist das richtig?«
»Ja.«
»Sagte Ihnen der Angeklagte, wozu er das Geld verwenden wollte?«
»Nein, aber –«
»Danke, das genügt.«
»Ihnen genügt das, aber mir nicht«, sagte der Bär mit einer Stimme, die keinen Widerspruch duldete. »Ich hätte meinem Sohn auch das Doppelte gegeben, um Lothar zurückzuholen.«
»Sie machen sich strafbar durch Ihre Äußerung.«
»Ach, Herr Vorsitzender«, sagte der Bär, streckte den Arm aus und zeigte über den Gerichtstisch hinweg. »Seit ich den Mann da kenne, fürchte ich mich vor gar nichts mehr.«
Der Strafsenat fuhr herum. Dann sahen drei ratlose Gesichter den Zeugen an. Die Schöffin fing sich als erste und flüsterte dem Oberrichter etwas zu. Der nickte.
»Sie sind vermutlich überanstrengt, Herr Zeuge. Ich lasse die Sätze aus dem Protokoll streichen, und wir unterhalten uns –«
»Wo haben Sie denn Ihre Augen?« fragte Donath senior.
»Dort steht wirklich niemand«, sagte die Schöffin.
»Aber hängen tut er!« rief der Bär und wies wieder in dieselbe Richtung. Notgedrungen und verlegen lächelnd, drehte sich Friebel noch einmal um.
»Meinen Sie etwa den Präsidenten unserer Republik?« fragte er über die Schulter.
»Wen denn sonst?«
»Das ist natürlich schön, wenn Sie bei seinem Anblick Hoffnung schöpfen«, sagte Friebel wie zu einem Blödsinnigen.
»Ich verbitte mir diesen Ton«, herrschte der Bär den Oberrichter an. »Ich erwarte von Ihnen keine Albernheiten, sondern den Ernst und die Würde, die Ihrem Amt zukommen.«
»Ganz gewiß«, sagte Friebel und wedelte einen Gerichtsdiener heran, der dem Bären bis zur Brust reichte.
»Der Wachtmeister wird Sie hinausbegleiten.«
»Der Hahnepampel?« fragte der Bär, griff den Polizisten an Kragen und Koppel, stemmte ihn über den Kopf und erklärte, bevor er ihn absetzte: »Früher schaffte ich's mit einer Hand,

aber man wird älter.« Dann entschuldigte er sich: »Nischt für ungut, Herr Wachtmeister.«
Der Polizist schwankte leicht benommen, und die beiden Bewacher des Angeklagten machten Miene, den Bären zu überrumpeln, doch der Oberrichter schickte die drei auf ihre Plätze zurück.
Friebels Nase roch eine Wahrheit.
»Sind Sie mit unserem Präsidenten genauso umgesprungen?« fragte er den Zeugen.
»Ach wo«, sagte der Bär. »Damals hatte ich 'ne Schulterzerrung, und Wilhelm war auch krank. Wenn Sie's nicht glauben, beweise ich's Ihnen.« Er zog eine Art Postkarte aus dem Bratenrock, die Friebel eine Weile mit dem überlebensgroßen Bild des Präsidenten verglich.
»Die Rückseite, Herr Vorsitzender.«
Friebel wendete die Photographie und las laut:
»Meinem Genossen Otto zur Erinnerung an die gemeinsamen Tage im Reservelazarett Beuthen, April 1917, Wilhelm.«
»Soll das ins Protokoll aufgenommen werden?« fragte die Schriftführerin.
»Wie's beliebt, Frollein«, antwortete der Bär und sagte zu Friebel: »Damit wir uns richtig verstehen, Herr Vorsitzender, ich bin nie Wilhelms Schoßkind gewesen, aber ich habe von Wilhelm gelernt, daß man Mut braucht und nie kapitulieren darf. Hier zittern alle wie Espenlaub, und deswegen sage ich Ihnen: Ich lege für meinen Sohn die Hand ins Feuer, und wenn das nicht genügt, sperren Sie mich ein. Nach Zerbst gehört wieder 'n anständiger Landrat und keine Transuse, womit ich niemanden beleidigen möchte. Würden Sie mir das Photo zurückgeben? Es ist 'n Andenken.«
»Bitte«, sagte Friebel.
»Danke«, sagte der Bär, »und noch was. Bestrafen Sie den Angeklagten, wenn er seine Pflicht verletzt hat, und sprechen Sie ihn frei, wenn er unschuldig ist. Mehr habe ich hier nicht zu sagen.«
»Weitere Fragen an den Zeugen?« erkundigte sich Friebel.
Moser und Börne verneinten.

»Sie können gehen.«
Der Bär trat zu seinem Sohn und drückte ihm die Hand, ohne daß ihn die Polizisten daran hinderten. Der Oberrichter wartete, bis die Saaltür hinter dem Alten ins Schloß gefallen war. Dann verlas er jene Teile des Untersuchungsprotokolls, die den entscheidenden Vorwurf des Staatsanwalts – Donaths Kontakte mit Dienststellen der Flüchtlingslager Marienfelde und Finkenwerder – bewiesen. Nach etwa zehn Minuten fragte Friebel:
»Bestreitet der Angeklagte diese Aussagen?«
Donath stand auf und sagte:
»Nein, aber –«
»Das genügt. Nehmen Sie Platz.«
Doch der Angeklagte blieb stehen und beschwerte sich darüber, daß die Zitate aus dem Zusammenhang gerissen seien.
»Darin liegt nun mal das Wesen des Zitats«, sagte Friebel, blickte auf seine Armbanduhr und unterbrach die Verhandlung für eine Stunde.

28

Donath saß in dem fensterlosen Warteraum und aß Kartoffelsuppe. Als Börne eintrat und seine Sprecherlaubnis zeigte, ketteten die Polizisten die linke Hand des Angeklagten an die Stuhllehne und verschwanden. Während Donath weiterlöffelte, begründete Börne den Verdacht, der Staatsanwalt könnte von Sandkuhls Manipulation mit den Eintrittskarten erfahren haben. Welche Konsequenzen sich daraus ergäben, wäre sonnenklar. Man sollte, sagte Börne, einen Bauern opfern, um den König zu retten. Er erklärte Donath den Dreh.
»Bedenken Sie den Vorteil! Ich bin präpariert, aber Moser haut es vom Sockel, wenn er stante pede plädieren muß. Abgemacht?«
»Schade«, sagte Donath und nickte.
»Eine Dame läßt Sie grüßen.«

»Aus Zerbst?«
»Nein, aus Güterglück.«
»Danke.«
»Fassen Sie sich beim Schlußwort bitte kurz, ja?«
»Meinen Sie, das Urteil kriege ich heute noch?«
»Unbedingt.«
»Wieviel?«
»Sieg mit gedämpftem Trommelklang«, sagte der Rechtsanwalt.
Nachdem Oberrichter Friebel die Fortsetzung der Verhandlung verkündet hatte, erbat Börne das Wort.
»Um den Prozeß nicht zu verschleppen, verzichtet die Verteidigung auf die Vernehmung des Zeugen Sandkuhl.«
»Herr Staatsanwalt?« erkundigte sich Friebel.
»Einverstanden«, sagte Moser und grinste immer noch, als der Oberrichter schon fragte, ob weitere Erklärungen zur Beweisaufnahme anständen.
»Dies ist offenbar nicht der Fall«, sagte Friebel und forderte Moser zum Schlußvortrag auf.
»Wenn wir jetzt«, las der Staatsanwalt vom Blatt, »die Verbrechen des Angeklagten würdigen, so haben wir uns stets vor Augen zu halten, daß es sich bei dem Täter um den ehemaligen Vorsitzenden des Rates des Kreises Zerbst handelt, um einen Funktionär, dem Ausmaß und Schwere seiner Rechtsverletzung bekannt waren. Wie anders sollten wir denn sonst die Heuchelei verstehen, mit der er zu Werke ging? Sein Freund, ein gewissenloser Schädling, verläßt die Republik, um seine medizinischen Kenntnisse an die Monopolherren zu verkaufen — und was tut der Angeklagte dagegen? Vertraut er sich seinen Genossen an? Meldet er die entdeckte Flucht den zuständigen Organen? Veranlaßt er, wie es seine Pflicht gewesen wäre, die sofortige Durchsuchung der Dienst- und Wohnräume des Geflüchteten? Nichts davon! Dieser Verräter begibt sich in die Zentrale der menschenfeindlichen Kräfte, deren Zweck es ist, unsere Republik ökonomisch und politisch zu schwächen, die imperialistische Rüstungsindustrie mit hochgebildeten Fachleuten zu versorgen, die in unserer Repu-

blik gemachten Erfindungen und Neuentwicklungen für aggressive Absichten zu nutzen und damit die friedliche Wiedervereinigung unseres Vaterlandes auf demokratischer Grundlage zu vereiteln. Die Verlogenheit des Wortes ›Vaterland‹ im Mund des Angeklagten ist unüberbietbar. Wir wissen aus seinen eigenen Geständnissen, welches Land er meint, wenn er von Vaterland spricht. Ist es etwa das Vaterland, das den Sozialismus aufbaut? Nein, es ist das Vaterland, in dem man einen Laufzettel bekommt, um den westlichen Geheimdiensten die Nachrichten zu verschaffen, die sie zur Unterwühlung unseres Arbeiter- und Bauernstaates benötigen. In diese Gesellschaft trieb es den Angeklagten. Dort ist sein Vaterland, in den Rattenlöchern der Flüchtlingslager, im Spionagedschungel der Agentenbüros ...« Und so weiter, ungefähr eine halbe Stunde, bis Donath erwartete, Moser würde lebenslänglich beantragen, doch der Staatsanwalt begnügte sich mit fünf Jahren Zuchthaus. Trotzdem: Armer Börne.

Oberrichter Friebel ließ das Publikum eine Weile verschnaufen, ehe er dem Rechtsanwalt zunickte.

»Gestatten Sie mir«, begann Börne, »dem Herrn Staatsanwalt für die ausgezeichnete Darstellung der politischen Lage zu danken. Der Herr Staatsanwalt hat damit jene unwissenschaftliche Betrachtungsweise widerlegt, die in den vergangenen Jahren manche Juristen daran hinderte, strafbare Handlungen umfassend zu analysieren. Früher traten die Persönlichkeit des Angeklagten und die Entwicklung seines Bewußtseins häufig hinter falschen Thesen zurück, so daß spezifische Erscheinungsformen der Kriminalität, ihre Ursachen, Tendenzen und Strukturen oft unerforscht blieben. Die Partei der Arbeiterklasse hat mit solchen Entstellungen auf ihrer März-Konferenz ein für allemal Schluß gemacht und eine Kommission eingesetzt, deren Empfehlung vom Juni dieses Jahres darauf hinausläuft, die sozialistische Gesetzlichkeit durch eine großzügigere Handhabung der Rechte der Verteidigung zu verbessern. Ich beziehe mich auf diese Empfehlung, wenn ich meine Verteidigung den folgenden Gesichtspunkten unter-

ordne: die Klassenzugehörigkeit des Angeklagten, seine politische Haltung und die Zielrichtung der ihm zur Last gelegten Taten.«
Börne entfaltete sein Taschentuch und schneuzte sich so laut, daß der Staßfurter Schöffe erschrak. Der Rechtsanwalt legte das Tuch wieder zusammen, schob es bis zum Ellbogen seines Jackettärmels und sagte:
»Vor Ihnen sitzt ein Angeklagter, der seine proletarische Herkunft nicht durch biographische Täuschungsmanöver beweisen muß. Von Jugend auf kämpfte er in den Reihen der Sozialdemokratischen Partei, und nach dem ruhmreichen Sieg der Sowjetarmee über das faschistische Deutschland gelang es ihm, seine damaligen Genossen mit den Genossen der Kommunistischen Partei zum unauflöslichen Bruderbund zu vereinen. Niemals drängte er nach einem Posten. Niemals aber weigerte er sich, die gewaltigen Aufgaben anzupacken, die ihm seine Partei übertrug. Als Baurat, als Bürgermeister und als Landrat opferte er seine ganze Kraft seiner Heimatstadt. Daß er in elf Jahren nur zweimal Urlaub nahm, spricht für sich ...« Und so weiter, bis Börne allmählich zur Sache kam.
»Gegen diesen Mann wird nun der Vorwurf des Verrats von Dienstgeheimnissen und der Subversion nach Artikel sechs unserer Verfassung erhoben. Worauf stützt sich eigentlich diese Anklage? Stützt sie sich auf Schriftstücke, Indizien, Zitate, Belege und Beweise? Ja, darauf stützt sie sich, und die Verteidigung erklärt feierlich, daß sie alle diese Beweise anerkennt, denn alle diese Beweise stammen aus dem Munde des Angeklagten, ohne daß ein einziger, gegen den Angeklagten sprechender Beweis von anderer Seite beigebracht worden wäre. Unterschlage ich etwa die gefälschte Telephonnummer und den fehlenden Interzonenpaß? Nein, auch diese Beweise sind älter als die Aussagen der befragten Zeugen, weil sie schon im Ermittlungsprotokoll stehen.«
Börne verschränkte die Arme und nahm Friebel aufs Korn.
»Unsere ganze Gewißheit gründet sich also auf die Angaben des Angeklagten. Akzeptieren wir die Glaubwürdigkeit dieser Angaben, müssen wir uns aber fragen, welche Ursachen die

Staatsanwaltschaft wohl dazu bewogen haben, die Anklage von den eingestandenen Verstößen gegen das Paßgesetz und die Wirtschaftsstrafverordnung auf das Verbrechen nach Artikel sechs auszudehnen.« Börne griff nach einer broschierten Zeitschrift und sagte, während er blätterte: »Damit bin ich bei der Zielrichtung der dem Angeklagten zur Last gelegten Taten angelangt und möchte mit Erlaubnis des Herrn Vorsitzenden einen Artikel aus der zweiten Septembernummer der ›Neuen Justiz‹ zitieren. Unter Hinweis auf Kontakte mit Flüchtlingslagern schreiben zwei führende Rechtswissenschaftler unserer Republik wie folgt: ›Für die Verbindungsaufnahme müßte, wenn sie strafbar ist, die feindliche Zielsetzung des Täters festgestellt werden.‹ Ende des Zitats. Darf ich Ihnen die Quelle zeigen, Herr Vorsitzender?«

»Ich kenne den Aufsatz«, sagte Friebel.

Börne legte das Heft zu den Akten und rief:

»Wer, frage ich, hat wann und wo die feindliche Zielsetzung meines Mandanten festgestellt? Ergibt sie sich aus den Protokollen? Nein. Was hier und heute vorgetragen wurde, waren die Belege eines gescheiterten Versuchs, den ehemaligen Chefarzt des Wertlauer Waldkrankenhauses aus Marienfelde beziehungsweise Finkenwerder zurückzuholen. Und da sage ich mit allem gebotenen Respekt: Entweder man bezweifelt das gesamte Geständnis des Angeklagten – dann würde mich der milde Antrag des Herrn Staatsanwalts erstaunen, weil ich die Todesstrafe für angemessen hielte –, oder«, Börne machte eine effektvolle Pause, »man nimmt das komplette Geständnis des Angeklagten für bare Münze und erkennt wegen der erwähnten Verstöße auf eine Gefängnisstrafe mit Bewährung.«

Börne nahm Platz, wühlte im Abgrund seiner Robe, und während er sich schneuzte, ermunterte er Donath aus weit aufgerissenen Augen.

»Dem Angeklagten gebührt das letzte Wort«, sagte Friebel.

Donath erhob sich und wußte nicht, wohin mit den Händen. Sollte er sie hinter dem Rücken verschränken, vor den Bauch halten oder baumeln lassen?

»Nun?« fragte der Oberrichter.
Donath straffte sich und sagte:
»Wenn ich etwas bereue, dann meine Heimlichtuerei bei der Suche nach Lothar Witte. Ich baute auf unsere Freundschaft. Deswegen probierte ich's allein, ihn und seine Familie zur Rückkehr zu überreden. Mit Hilfe unseres Staates wäre es mir vielleicht sogar gelungen, und das ist der schwerste Vorwurf gegen mich selber. Aber die Idee kam mir zu spät. Ich danke den Untersuchungsorganen, dem Strafsenat, dem Herrn Staatsanwalt und meinem Verteidiger für ihre Mühe. Ich bitte um ein gerechtes Urteil.«
Das Gericht zog sich zur Beratung zurück. Nach anderthalb Stunden verkündete Friebel im Namen des Volkes: ein Jahr Zuchthaus. Der Senat war dem Antrag des Staatsanwalts nicht gefolgt, weil und dank und zwecks und hinsichtlich. Die Untersuchungshaft wurde angerechnet.
»Nehmen Sie das Urteil an?«
»Ich nehme das Urteil an.«
Was denn sonst? So billig kommen wir nie wieder weg. Die restlichen acht Monate sitzen wir im Namen des Volkes auf einer Backe ab, und anschließend besorgen wir uns eine Stelle im Baukombinat, oder?

29

Kein Regen und immer noch Oktober. Während der Freistunde wirft Donaths Nachbar eine winzige Papierkugel über die Mauer. Donath bückt sich, wie nach einem Stein im Schuh. In seiner Zelle liest er: *Aufstand in Ungarn.* Darunter ist ein Hakenkreuz gemalt. Donath zerreißt den Zettel und verschluckt das erste Hakenkreuz seines Lebens. Anfang November schreibt ihm Rechtsanwalt Börne, daß der Staatsanwalt gegen das Urteil beim Obersten Gericht Protest eingelegt hat. Aus gesundheitlichen Gründen kann Börne den sehr geehrten Herrn Donath bei der Überprüfung des angefochtenen Urteils leider nicht vertreten.

»Deshalb darf ich Sie bitten, einen anderen Anwalt mit der Wahrnehmung Ihrer Interessen zu beauftragen. In der Anlage finden Sie meine Kostenaufstellung, von der ich Ihrem Herrn Vater einen Durchschlag zuleite. Hochachtungsvoll.«
So, so, die Gesundheit. Aber ein stolzes Honorar inklusive drei Prozent Umsatzsteuer. Es summiert sich: Abwesenheitsgeld, Fahrkosten, Tagegeld, Porto, Telephonspesen. Vom Haftrichter hört Donath, daß man schon einen Pflichtverteidiger für ihn bestellt hat. Falls er ihn ablehnt, würde er die Untersuchungshaft nur verlängern. Am anderen Morgen pickt Donath einen neuen Schnipsel auf. *Ungarn kaputt.* Unter die Buchstaben hat der Absender diesmal einen Sowjetstern gemalt. Der Fünfzack nimmt denselben Weg wie das Hakenkreuz.
Lesen und Arbeiten sind verboten. Donath benutzt die Zahnbürste als Zollstock, zerlegt alle Gegenstände seiner Zelle, den Kübel ausgenommen, in rechtwinklige Dreiecke und bestimmt den Flächeninhalt der Hypotenusenquadrate. Sobald um neun Uhr das Licht abgeschaltet wird, tritt er seine nächtliche Winterreise an. In Steckby begegnet er Annemarie und sieht sie die Etiketts der Gurkengläser beschriften. In der Reitbahn trifft er Kapellmeister Radebold, der ihm das Charakteristische einiger Komponisten erklärt: Mozart ist zärtlich, aber kraftvoll, Beethoven vulkanisch, aber beseeligend, Haydn elegant, aber tief, Schumann volksliedhaft, aber zerrüttet, Brahms innig, aber herb. In Luso fährt dem Landrat der Karnbachsche DKW entgegen, und aus dem offenen Fenster flattert Veras violettes Halstuch. Donath streichelt Hannas Angorakaninchen, und das Güterglück verspricht ihm ein Paar Pulswärmer für den Winter. Er hört den Bären die Weihnachtsgeschichte vorlesen, und dazu läuten schon die Magdeburger Domglocken. Donath feiert den Heiligen Abend bei Schweinekotelett, Sauerkohl und Salzkartoffeln. Ende Januar, als er nach seiner Rechnung die Hälfte der Strafe verbüßt hat, wird er ins Sprechzimmer gebracht, wo ihn Besuch erwartet.
»Noack, Mitglied des Rechtsanwaltskollegium«, stellt sich der Pflichtverteidiger vor. »Ich hoffe auf gute Zusammenarbeit.«

»Ganz meinerseits«, sagt Donath und überlegt, was er an dem Dreißigjährigen vermißt. Der Anwalt hat alles, was ein durchschnittlicher Mann zu seinem Gesicht braucht. Trotzdem fehlt, wie Radebold sagen würde, das Charakteristische, vulkanisch, aber zärtlich oder so, und weil Donath befürchtet, er könnte Noack aus dem Gedächtnis verlieren, sucht er einen Anhaltspunkt.
»Das Oberste Gericht«, sagt Noack, »hat dem Protest des Staatsanwalts entsprochen.«
Die Hände, ja, die kurzen Hände und die mondlosen Fingernägel. Die sind notfalls ein Merkmal, wenn der Herr Pflichtverteidiger nicht zur Maniküre geht.
»Das Oberste Gericht hat das Urteil kassiert und die Sache ans Bezirksgericht zurückverwiesen«, sagt Noack.
»Dann wird das Verfahren wieder aufgenommen?«
»Morgen früh um acht«, sagt Noack, drückt den Summer unter der Tischplatte und sagt zum Wachtmeister gewandt: »Abführen.«
In der Nacht steigt Donath auf die Pritsche, öffnet die Fensterklappe und sieht den Halbmond. Daran werde ich Herrn Noack wiedererkennen, denkt er. Später zieht er die blauweißkarierten Decken über die Schultern, doch er findet wenig Schlaf. Von den Geleisen unweit der Haftanstalt pfeifen die Lokomotiven. Die Züge der Bundesbahn kommen aus Helmstedt über die Grenze und bremsen vor den Magdeburger Signallampen. Die Streckenwärter schwenken Laternen: rot, halt, grün, vorwärts. Die Rangierer blasen Hornsignale. Einmal lang: vorwärts. Dreimal kurz: halt. Die Züge der Reichsbahn kommen aus Magdeburg und rollen nach Helmstedt. Interzonenhandel: rot, halt, grün, vorwärts.

30

Der Prozeß beginnt pünktlich, aber in einem kleineren Saal als beim vorigen Mal. Daß Staatsanwalt Moser den Ausschluß der Öffentlichkeit beantragt, ist bloß eine Formalität, weil nie-

mand anwesend ist, den Friebel vor die Tür schicken könnte, auch kein Zeuge.
Die Verlesung der Anklageschrift dauert heute etwas länger, und Mosers Stimme klingt heute etwas schärfer. Doch Donath sagt sich, die obersten Richter werden wohl gewußt haben, warum sie das Urteil kassierten, und Moser muß die Gründe nun auseinanderposamentieren.
Als Moser fertig ist, möchte Donath Herrn Noack fragen, worin eigentlich der Unterschied zwischen den beiden Anklagen besteht, doch Herr Noack dankt dem Herrn Staatsanwalt bereits für die glänzende Analyse. Fast wie Börne. Nur daß Börne sich beim Schlußplädoyer bedankt hat, und hier soll's ja erst losgehen. Börne hat sich damals auch nicht hingesetzt, wie jetzt Noack, sondern ein rhetorisches Brillantfeuerwerk abgebrannt, jedenfalls für Magdeburger Verhältnisse. Da müssen wir uns wohl mal melden.
»Verzeihung«, sagt Donath.
»Sie schweigen«, wird der Angeklagte gerügt.
Von wem? Von Friebel? Von der Beißzange mit dem riesigen Parteiabzeichen? Von Moser oder von dem Staßfurter Feinmechaniker? Ach, bewahre. Der Pflichtverteidiger Noack befiehlt seinem Mandanten, die Klappe zu halten. So läuft der Hase. Aha. Na, Mahlzeit. Und der Oberrichter sagt:
»Wenn der Angeklagte weiterhin stört, werde ich ihn aus dem Saal entfernen lassen.«
Auch Friebel. Kuck einer an. Der Bär wurde nicht mal zu einer Ordnungsstrafe verdonnert, als er den Wachtmeister in die Höhe stemmte, aber heute ist es schon zuviel, wenn man »Verzeihung« sagt. Friebel, das Sardellenbrötchen, der Schlappschwanz.
»Ich eröffne die Beweisaufnahme und rufe den geladenen Zeugen.«
Donath sieht einen weißhaarigen Herrn eintreten. Der Herr trägt einen dunkelbraunen Zweireiher, eine gepunktete Krawatte und das passende Stecktuch. Die Gerichtsdiener geleiten ihn so vor den Tisch des Strafsenats, daß er Donath den Rükken zudreht.

»Name?« fragt Friebel.
»Joachim Schenk.«
»Beruf?«
»Journalist.«
Was ist das? Ein Schock, eine Herzschwäche, eine Lähmung oder eine leichte Ohnmacht? Wohl von allem ein bißchen. Sonst würde Donath weder die Finger noch die Zehen verkrampfen und den Schweißausbruch nicht zugleich mit der Gänsehaut spüren. Die Polypen nehmen ihre Plätze ein, und Friebel fragt den Zeugen:
»Erkennen Sie den Angeklagten?«
»Ja, Herr Vorsitzender.«
Schenk hat es zu schnell gesagt. Donath würde einen Moment zögern, wenn Friebel ihn, den Zeugen betreffend, dasselbe fragte. Nicht deswegen, weil der Angeklagte an Maulsperre leidet wie der Staßfurter Schöffe. Auch nicht deswegen, weil er die Identität des Zeugen bezweifelt. Nein. Donath sucht in Achims erloschenen Augen nur jenen Blick, der ihn einst abstieß oder anzog, besänftigte oder entflammte. Vergeblich. Trübe. Kein Wunder nach zehn Jahren. Leer. Was haben sie dir angetan? Erzähl es mir, Achim.
Der Staatsanwalt bittet den Zeugen um eine Darstellung seiner persönlichen Beziehung zu dem Angeklagten. Schenk macht kehrt, wie zu einer imaginären Wand, und sagt ohne Stocken: »Am Freitag, dem 4. August 1944, besuchte mich der Angeklagte in seiner Eigenschaft als Luftschutzbevollmächtigter . . .« Donath merkt, wie sich die Muskeln lockern, wie sich der Puls reguliert, wie die Stirn abkühlt. Ihr braucht mich nicht mehr, denkt er, ich bin nur noch ein Requisit in eurem Kaspertheater. Das ist ein angenehmer Gedanke, weil er taub macht gegen das Gefasel, aber empfindlich für die Luft, die plötzlich heranweht. Anfangs riecht sie nach Heu, wie damals im Juli, im Auto der Staatssicherheit, dann riecht sie nach Flieder, nach Nelken, nach Beifuß und Thymian. Es ist ein bitterer und süßer Duft, nicht zweierlei Duft, sondern bittersüß, und eine Nacht gehört zu ihm, eine Septembernacht und ihre Sternbilder. Dort ist der Cepheus, der äthiopische König, dort

Cassiopeia, seine Frau, dort Andromeda, seine Tochter, und mir verschlägt es die Sprache. Jedenfalls gebe ich dir keine Antwort, Achim. Erst am Ende der Milchstraße, oder sagen wir mal dort, wo die Straße nach Pulspforde abbiegt. Ja, am Friedhof, wo sie mir vor die Füße gerotzt und mein Auto stellvertretend für den Staat bespuckt haben, aber das war später, im Juni, und wir sind im September, da schwappt dieser Duft über die Mauer. Thuja, der Lebensbaum, richtig, der Zypressenersatz, und vom Pflaster brist Pferdemist. Das ist die Mischung, die ich meine. Jetzt haben wir's. Thuja und Pferdemist. Aber das wollte ich dir nicht sagen. Ich wollte dir irgendwas erklären in dieser Nacht.

»Und bei den Amerikanern?« fragt der Staatsanwalt.

»Am Donnerstag, dem 26. April 1945«, antwortet der Zeuge.

»Das genaue Datum können Sie sich sparen!« fährt ihm Moser über den Mund.

»Das ist sehr wichtig«, wehrt sich der Zeuge und wiederholt: »Am Donnerstag, dem 26. April 1945, traf ich mich mit dem Angeklagten vor der Kaserne.«

Was ist denn daran wichtig, Achim? Laß doch den Quatsch. Besinn dich auf Thuja und Pferdemist. Das muß auch der Duft um den Viehhändler Beau und die rote Therese gewesen sein. Meine Großmutter? Kennst du nicht? Da kommt sie! Hörst du sie? Gleich springen die Türen auf, die Wolfshunde zerren den Karren übers Parkett, und Therese peitscht uns den Strafsenat aus dem Weg, weil sie einen Toten im Gepäck hat, einen toten Matrosen, den Hamburger Matrosen, den Engländer, der mir die Narbe verpaßte. Nein, Irrtum. Da liegt der Apotheker mit der Brustfellentzündung im Blechsarg, der hat mir in Görbersdorf, du weißt doch, im Sanatorium, die Laurenzitränen gezeigt und gesagt: Wir fallen von den Menschen ab, wie die Schnuppen vom Himmel. Sowas darfst du nicht glauben, sonst wird's wahr. Das ist so eine schwindsüchtige Apothekerweisheit. Der Münsteraner hat daran geglaubt, wie an den lieben Gott, aber ich sage dir, wenn morgen die Welt unterginge, würde ich keinen Apfelbaum, sondern eine Eiche pflanzen, denn die Eichen in den Elbauen überdauern sogar die Apoka-

lypse, obwohl unser Kalfaktor das Gegenteil behauptet, aber der ist Spiritist und hat keine Ahnung von Tuten und Blasen, von Thuja und Pferdemist. Der fürchtet sich vor bösen Geistern, und zu einem Hund, der auf der Schnauze liegt, kann man schlecht ›Platz!‹ sagen. Das ist so ähnlich, wie wenn du dich nach einer großen Liebe mit einer kleinen Liebe zufrieden gibst. Du vegetierst wie ein Scheintoter. Du wartest und wartest, aber du wartest nicht mit derselben Geschwindigkeit, mit der dich die Leute begraben. Du denkst, du weißt nun alles, doch warum, wenn's friert, ausgerechnet solche und keine anderen Blumen an den Fenstern wachsen, weißt du nicht.
»Durch wen erfolgte die Bestätigung?« fragt Moser.
»Durch den sowjetischen Stadtkommandanten Tregubenkow, und zwar am Sonntag, den 6. Mai 1945.«
Das Datum weißt du noch? Wohl so'ne Art Tick von dir oder willst du Gewißheit? Die Gewißheit hat Flügel, aber die Ungewißheit und die Unruhe machen den Wind, und der Wind schmeckt bitter und süß. Vier Propeller wirbeln den Wind unter die Tragflächen, dann hebt sich die Maschine und fliegt durch den unsichtbaren Luftkorridor über die unsichtbare Grenze zwischen Schwanheide und Büchen, zwischen Mecklenburg und Holstein, zwischen Deutschland und Deutschland. Wir sind ein gehorsames Volk, doch der Strom fließt durch uns hindurch, und die ganze Ecke von Böhmen bis zur Nordsee duftet nach Thuja und Pferdemist, wie damals vorm Güterglücker Gemeindebüro, als ich dir auf die Sprünge kam: ›Ich habe dich belogen, aber – nur einmal.‹ Stimmt's? Und auf der Rückfahrt habe ich vor lauter Freude gesungen: »Der Wind weht übers Stoppelfeld in sonneheißer Glut!« Das singe ich jetzt nicht. Wo denkst du denn hin? Das summe ich dir bloß in den Rücken.
»Lassen Sie diese dauernden Daten beiseite!« brüllt der Staatsanwalt. »Wir wissen, wann unsere Partei gegründet wurde.«
»Der Angeklagte und ich hatten uns über die Gründung aber bereits am Mittwoch, dem 2. Januar 1946, geeinigt«, sagt der Zeuge Schenk.
»Na schön«, seufzt Moser. »Weiter.«

Lothar und ich, weißt du, sind die Allee zwischen Neßkanal und Rüschkanal runtergegangen, und du warst mit von der Partie, Achim. Du erinnerst dich doch an Lothar, oder? Du sagst, du warst nicht dabei? Seit zehn Jahren bist du immer dabei. Gut. Immer ist ein langes Wort. Manchmal mußte ich mich auch auf was anderes konzentrieren. Dann hast du mir eben bloß über die Schulter gekuckt. In Finkenwerder sind wir jedenfalls zu dritt an die Elbe gegangen, du, Lothar und ich. Natürlich nicht in Fleisch und Blut. Ich habe doch keine Knastmacke, Achim, wie du damals mit deiner Schaukelei. Aber in Finkenwerder erzählte ich Lothar, was ich dir eigentlich schon viel früher erzählen wollte, nämlich in der Nacht, als wir von der Siegesfeier bei Trejubenkow kamen. Du warst der neue Landrat und ich der neue Bürgermeister. Weißt du das noch? Bei deinem Zahlengedächtnis, Achim! Denk mal an Thuja und Pferdemist. Riecht zwar streng, und dem Herrn Oberrichter stinkt's sogar, aber wir schnuppern ihn gerne, den bittersüßen Duft, denn seine Spur führt zur Dobritzer Straße, wo die Kaserne steht, und zur Milchstraße, wo die äthiopische Königsfamilie liegt. Du knipst deine Taschenlampe aus, und ich bringe für dich ein bißchen Ordnung in den Himmel, doch damit werde ich nicht fertig, weil mir mein Görbersdorfer Astronomieprofessor in die Quere kommt. Den sehe ich plötzlich im Blechsarg und denke, hoppla, alter Kumpel, so darfst du dich nicht verdrücken. Aber dann erinnere ich mich an seine Hinterlassenschaft, ein Stück Papier mit seinem Lieblingsspruch: *Omnia mea mecum porto.* Und weil der Apotheker meinem Latein nicht ganz traut, hat er gleich die Übersetzung dazugeschrieben: Alles Meinige trage ich bei mir. Ja, so ist der Münsteraner Richtung Heimat gereist, und das wollte ich dir schon im September vor zehn Jahren erzählen, doch da blieb mir die Spucke weg. Deswegen habe ich's Lothar und dir in Finkenwerder erzählt, und heute sage ich's dir nochmal: Alles Deinige trägst du bei dir. Du kannst dich nicht davon trennen. Keiner kann es dir nehmen, und wer behauptet, du hättest es verloren, der lügt, weil er will, daß du dich aufgibst. Aber du trägst es mit, wohin du auch gehst, und wenn du es eines Tages begreifst, wirst du dir selber gehören. Dann kommst du mit allem, was dein ist, zu dir.

»Angeklagter!«

Donath erhebt sich, und Achim macht einen Schritt nach rechts, wie um die Aussicht auf den Tisch des Strafsenats nicht zu verdecken.

»Der Zeuge«, sagt Friebel, »hat erklärt, daß Sie zu jedem Opfer für Doktor Witte fähig waren. Bestreiten Sie diese Aussage?«

»Nein.«

Moser meldet sich.

»Der Zeuge hat Sie seinen Freund genannt«, sagt er zu Donath, »wollen Sie dazu etwas anmerken?«

»Nein.«

Moser wendet sich zu Friebel und sagt:

»Ich bitte den Herrn Vorsitzenden, folgenden Satz ins Protokoll eintragen zu lassen: Der Angeklagte bestätigt auf Befragen, daß der rechtskräftig verurteilte SS-Standartenführer Schenk nach wie vor sein Freund ist.«

»Moment mal«, sagt Donath.

»Danke«, sagt Friebel. »Setzen Sie sich.«

Doch da ist der Herr Oberrichter schief gewickelt, denn auf das Stichwort SS hat der Angeklagte gewartet. Der Statist tritt aus der Kulisse und beansprucht die Hauptrolle. Er kennt das Stück, hält sich aber nicht an den vorgeschriebenen Dialog. Er weiß, es ist seine Abschiedsvorstellung, und er muß sein Bestes geben.

»Ich bin mit der Formulierung nur dann einverstanden«, sagt er, »wenn mir der Zeuge die Tätowierung auf der Innenseite seines linken Oberarms zeigt.«

»Sch-sch-sch!« macht Noack.

»Ich habe Sie gewarnt!« brüllt Friebel.

»Und ich warne Sie!« brüllt Donath zurück. »Was riskieren Sie denn, wenn mir der Zeuge die Tätowierung zeigt? Ihren Posten? Aber nicht doch, Herr Oberrichter. Sie haben keine Schuld. Das waren andere.«

»Abführen!« befiehlt Friebel.

»Fragen Sie Major Pawel Nikolajitsch!« ruft Donath.
»Schaffen Sie den Angeklagten hinaus!«
Doch ehe die beiden Wachtmeister dem Landrat die Schellen anlegen können, klemmen sie in seinen Schraubzwingen zwischen Faust und Schulter, und ihre Dienstmützen purzeln aufs Parkett.
»Ich will die Blutgruppe sehen!« schreit Donath. »Zieh deine Jacke aus, Achim, und kremple die Ärmel hoch!«
Schenk schüttelt den Kopf und lächelt traurig.
»Zeig mir die Tätowierung!« schreit Donath und sieht noch, wie sich Achim vor ihm verbeugt, sich fast bis zum Boden vor ihm verneigt. Aber das kann schon Phantasie mit Schneegestöber sein, denn die Bewacher des Zeugen dreschen dem Angeklagten ihre Holzknüppel über den Schädel, und der kleine Saal wirbelt um Donath herum, ein Kinderkarussell, auf dessen Elephanten der Strafsenat, der Staatsanwalt, der Pflichtverteidiger und die Polypen reiten.
Das Urteil kommt mit dem Abendessen, drei Margarinebrote und acht Jahre Zuchthaus wegen Schädlingstätigkeit infolge Verbindung mit feindlichen Agentenzentralen, eine saure Gurke und die Aberkennung der bürgerlichen Ehrenrechte. Die Kosten des Verfahrens trägt der Angeklagte. Als Zeugen sagten aus: Joachim Schenk, Journalist; Eugen Löffler, Hotelkaufmann, Leipzig; Alfred Schrottke, Parteiarbeiter, Halle. Der Rezeptionschef mit der Schmetterlingssammlung und der Sägespänepinkler. Die U-Haft wird angerechnet.
»Ich brauche Schreibzeug.«
»Wozu?« fragt der Wachtmeister.
»Ich gehe in Berufung.«
»Beschweren dürfen Sie sich bloß mittwochs.«
Heute ist Freitag. Donath nutzt die Zeit, um sich den Text ins Gedächtnis zu hämmern. Am Mittwochmorgen kriegt er Papier und Bleistift. Am Abend nimmt ihm der Wachtmeister nur den Bleistift ab, nicht das säuberlich beschriftete Papier.
»Nächsten Mittwoch«, sagt er.
Das Gericht verwirft die Berufung des Angeklagten wegen Überschreitung der einwöchigen Frist. Das Urteil ist rechts-

kräftig. Acht Jahre Zuchthaus. Die Nappern Fitzau versteht ihr Handwerk. Der Gefangene hat die Nummer 2321 und sitzt in Zelle 26. Die Quersumme beider Zahlen ergibt jeweils eine 8. Es ist keine liegende, ewige, unendliche, sondern eine aufrechte Acht.

Vierter Teil

1

Damals im '53er August, als der Speckkuchen gebacken, Berta Sandkuhl verschwunden und der Koffer ins »Hotel Anhalt« geschafft war, ließen sich die Zwillinge mit der Antwort abspeisen:

»Das versteht ihr noch nicht.«

Worüber sollten sich Margot und Irene auch den Kopf zerbrechen? Am anderen Morgen kam der Vater, brachte sie und die Mama zu den Großeltern, und alles war wieder gut.

Doch dann holte Opa Heinrich die Betten aus Zerbst, die Ranzen, den Schulkram. Mußten die Mädchen in den Ferien etwa büffeln? Nein. Na, Gott sei Dank. Aber wozu brauchte Mama das Silberbesteck, den Wintermantel und die Truhe?

»Das versteht ihr noch nicht.«

Im Obergeschoß des Heinrichschen Hauses richteten die Tischlergesellen zwei Zimmer für die Ewigkeit ein, stemmten Ziegel aus der Mauer, befestigten Rahmen und Füllung der Verbindungstür, spannten elektrische Kabel und tapezierten die Wände. Mama ordnete die Wäsche in den Schränken, hängte Lampen und Gardinen auf, und Oma Heinrich legte Rupfenteppiche vor die Kinderbetten. Wozu die Umstände, wenn man am Monatsende nach Zerbst zurückfuhr?

»Das versteht ihr noch nicht.«

Nein, das war Margot und Irene so unbegreiflich wie die plötzliche Hitzewelle in der zweiten August-Woche. Das Teerdach des Holzschuppens schwelte. Aus den Kiefern floß das Harz und gerann zu riesigen Zapfen. Weil die Kohlekähne auf Grund liefen, wurde die Elbschiffahrt eingestellt. Der Steckbyer Bäckerlehrling behauptete sogar, er hätte die sagenhaften Römersteine in der Strommitte gesehen. Die Bauern klemmten das Hungerblech an die Grasmäher, um den letzten

Halm zu retten, und während die Pferde vorweg trotteten, harkten die Frauen mit langen Schleifrechen den Grünschnitt zusammen. Abends schwankten die Fuder ins Dorf. Auf dem trockenen Grumt saßen die fremden Jungen, lenkten die schweißflockigen Gespanne und knallten mit den Peitschen beim Anblick der Mädchen. Flügellahm hockten Amseln und Kleiber hinterm Zaun der Vogelschutzwarte. Erst nach Sonnenuntergang sang die Grasmücke im Gebüsch, und ihre Strophe schien den Kindern genauso bedrohlich wie der Eulenschrei oder der Käuzchenruf. Eines Nachts erwachten die Zwillinge von einem nie gehörten Stöhnen. Sie liefen ins Nebenzimmer und knipsten die Lampe an.
»Ich habe geträumt«, sagte Annemarie.
»Und warum hast du geweint?«
»Das versteht ihr noch nicht.«
Neun Jahre waren die Mädchen damals. Doch zwei mal neun macht achtzehn, und beim Frühstück fragte Irene:
»Wann besucht uns Papa?«
Die Großeltern schwiegen. Annemarie vertröstete die Kinder, ging mit ihnen am Nachmittag durch den Auwald bis zum Rand des Steilhangs, von wo sie über das Brennesseldickicht und den Weidensaum auf die schmaler gewordene Elbe sahen. Dort erzählte Mama, daß sie nun zu dritt für immer in Steckby blieben. Der Umzug erleichterte vieles, sagte sie. Die Zerbster Wohnung würde sowieso zu klein. Eltern und Kinder dürften nicht dauernd im selben Zimmer schlafen. In Steckby dagegen sei Platz genug, sagte Annemarie, und hier finde sie eher Arbeit als in der Stadt, wo jeder sie kannte, und arbeiten möchte sie eben.
»Das versteht ihr doch hoffentlich?«
»Und Papa kommt dann später?«
»Nein«, sagte Annemarie. »Der Papa ist Landrat, und als Landrat muß er in Zerbst wohnen. Außerdem . . .
»Was denn?«
»Das versteht ihr noch nicht.«
»Doch«, widersprach Irene und schlug die nackten Fersen auf den Sand.

»Wir stören ihn nur«, sagte Annemarie.
»Du auch?« fragte Margot.
»Ja.«
Die Mädchen lehnten sich an die Mutter und wollten mit ihr traurig sein. Aber Irene entdeckte zwei große Vögel im Schlick und zeigte sie Margot. »Sind das Störche?«
»Nein, Fischreiher«, wußte die Mama. »Im Herbst fliegen sie weg, und im Frühling kommen sie wieder. Seht mal den krummen Hals und die schwarzgrauen Federn!«
Annemarie stellte ihre Töchter dem Direktor der Steutzer Zentralschule vor, Herrn Fritz Kuhnert, einem höflichen Mann. Bot Stühle an, der Direktor, ganz korrekt und adrett, im ehemaligen Salon des Gutsgebäudes, dem jetzigen Direktorat. Ohne das Abzeichen am Revers hätte Herr Kuhnert wie der frühere Junker gewirkt. Seine Rede zerhackte er auf Casino-Art: Aha, soso. Er gratulierte den Mädchen zu den Zerbster Zeugnissen und erkundigte sich bei der Mutter, ob sie zufällig eine Verwandte des gleichnamigen Landrats sei. Aha, sagte Herr Kuhnert, winkelte den Arm ein, ruckte die Krawatte zurecht, strich den Scheitel glatt, soso. Hervorragende Zensuren. Er selbst unterrichte Deutsch und Gegenwartskunde. Ob es sich nur um einen zeitweiligen Schulwechsel handele? Aha, soso. Er war zu taktvoll, den Gründen nachzuforschen. Brächte der Chauffeur die Kinder zur Schule?
»Nein, sie kommen mit dem Bus.«
»Sagen Sie dem Genossen Landrat meine herzlichsten Grüße«, bat der Ahasoso beim Abschied.
Mama nickte, und auf dem vier Kilometer langen Rückweg beschwor sie die Kinder, niemandem zu verraten, geschweige denn damit zu prahlen, daß der Papa Landrat war.

2

Ab September saßen Margot und Irene zwischen Rietzmecker Lümmeln, Brambacher Gören und Steutzer Rotznasen. Wegen ihrer Stadtkleider wurden die Zwillinge anfangs ver-

lacht, doch aus den Seidenfummeln wuchsen sie rasch heraus. Dann nahm alles seinen Gang mit Pullovern und Hosen, Aha und Soso. Im Dezember schrieben sie Weihnachtsbriefe, Irene nach Dessau, Margot nach Zerbst.
»Lieber Opa Bär«, diktierte Annemarie.
»Und lieber Papa«, stichelte Irene, weil sie den Glückwunsch an die Dessauer Erbtante allein verfassen mußte.
»Kümmere dich um deinen Kram!« schimpfte Annemarie und sagte zu Margot: »Ausrufezeichen.«
Nach dem Gute-Nacht-Kuß luchsten Margot und Irene auf das helle Schlüsselloch. Als die Lampe im Nebenzimmer erlosch, krochen die Mädchen zusammen und betuschelten den Zerbster Brief.
Störte es den Vater, wenn er *lieber Papa* las? Hinderte es ihn bei seiner Landratsarbeit? Was bedeutete eigentlich Landrat? Herrschte ein Landrat wie ein Kaiser oder König, oder war ein Landrat bloß ein Angestellter wie Direktor Ahasoso? Fürchtete sich Mama vor dem Landrat Donath wie der Großwesir vor dem Kalifen Hassid, dessen Zorn die Haremsdamen erschreckte? Aber seit wann saß der Vater auf dem Thron des Kalifen von Bagdad? Und wenn schon: Kannte er denn das Zauberwort?
»Mutabor«, flüsterte Margot.
»Ja, mutabor«, gähnte Irene, breitete die Schwingen aus und flog, die Mütze des Landrats im roten Schnabel, unablässig kreisend himmelwärts, bis ihre Augen über den Horizont sanken. An Heiligabend schenkte Onkel Lothar den Kindern Schlittschuhe. Die Teiche waren noch eisfrei, doch das tat der Freude keinen Abbruch. Die Mädchen schnallten die Kufen trotzdem an und stockebolzten auf dem Wohnzimmerteppich. Das Geheimnis, das Mama und Onkel Lothar währenddessen im Obergeschoß beredeten, wurde erst im Februar gelüftet. Sie wollte sich nun morgens auch auf die Socken machen, und zwar nach Wertlau zum Waldkrankenhaus, sagte Annemarie. Halbe Stunde hin, halbe Stunde zurück, per Fahrrad.
»Ihr seid mittlerweile groß genug, oder?« fragte die künftige Hilfsschwester.

»Na, sicher«, antworteten die großen Töchter und heulten später ihren Kummer in die Gänsedaunen, aber ganz leise, daß Mama nichts merkte.

An der Steutzer Zentralschule lernten sie in den beiden folgenden Jahren Bruch- und Prozentrechnung, russische Vokabeln, deutsche Kommaregeln, den gesellschaftlichen Fortschritt, Volleyball, die Sinnesorgane der Insekten, Gedichte, das Vogelskelett, Flötespielen, den vierteiligen Magen der Wiederkäuer und die Ozeane. Nebenher lernten sie bei Oma Heinrich, was Haushalt und Garten erforderten, und aus den städtischen Zwillingspuppen schlüpften zwei ungleiche Landschmetterlinge, Margot, der blonde Zitronenfalter, und Irene, der dunkle Lindenschwärmer.

War das Hochwasser gefroren, warfen die Zwölfjährigen ihre Schultaschen beiseite, vergaßen Geographie und Mathematik, nahmen die Schlittschuhe und rannten zur Elbe. Sie humpelten ein paar Schritte, bis die Grasnarbe das Stellgewinde freigab, faßten sich bei den Händen und schwebten übers Eis.

An einem Sonntagabend fuhr ihnen Annemarie zum Großen Wehl hinterher und beobachtete sie von der Böschung. Zwischen den Weidenästen schaukelten Lampions. Die Steutzer Kapelle der Freiwilligen Feuerwehr blies Militärmärsche. Margots heller Zopf lag steif auf dem blauen Pullover, Irenes Haar flatterte. Mit überkreuzten Armen zogen sie eine riesige Schleife, als gehörte ihnen der Tanzplatz allein. Von neuem begriff Annemarie das unwiderrufliche Dasein ihrer Töchter. Nichts ließ sich umkehren oder zurückdrehen, nicht dieser Abend, nicht diese Musik, nicht die wiegenden Hüften. Es gab sie, die Kinder, sie lebten. Annemarie hatte Margot und Irene das erste Mal bei der Geburt verloren, und nun, zwischen leuchtenden Monden und Fratzen, Sternen und Pagoden, zwischen Blech und Eis, Tuba und Taillenknick, sah die Wertlauer Hilfsschwester den zweiten, den endgültigen Abschied voraus. Schlich da nicht irgendein Flegel an die beiden heran? Aber die Mädchen waren noch Kinder. Sie suchten kein Techtelmechtel, sondern suchten sich selbst und fanden sich nicht beim Schlittschuhlaufen, sondern beim Stöbern in Mutters

Truhe, im Photo-Album. Mamas Taufbild, drollig. Mama mit Schultüte, zum Kringeln.
»Weiter«, drängte Irene, und Margot übersprang einige Seiten.
»Halt, die Hochzeit!«
Sonnabend, 18. September 1943, stand unter dem Bild. Jetzt setzten sie sich auf den Teppich und rechneten: April 44 minus neun Monate = August 43.
»Mensch, wir sind schon dabei!« rief Irene und lachte.
Margot schämte sich und blätterte weiter. Das Brautpaar, die schöne Mama mit dem Schleier, der Vater mit den blonden Wuscheln über der hohen Stirn.
»Hier sind wir«, sagte Margot und tippte auf die hellen Strampelhosen.
»Wie alt?« fragte Irene, weil das Datum fehlte.
Margot löste das Bild aus den Haftecken und las den Stempel auf der Rückseite.
»Joachim Schenk, Atelier und Verlag«, antwortete sie und klemmte das Photo wieder ein.
Die Eltern beim Reitturnier 1949. Mutter in Tracht, Vater im dunkelblauen Zweireiher.
»Gefällt dir Papa?«
»Schnieke«, sagte Margot.
»Hättest du ihn geheiratet, wenn du Mama gewesen wärst?«
»Vielleicht.«
»Sag richtig ja oder nein.«
»Ja.«
»Ich auch«, sagte Irene und drückte die Schulter gegen die Truhe. Sie stülpte die Lippen vor wie immer, wenn sie grübelte, und wickelte eine Locke ums Ohr.
»Damals konnte man's ja nicht ahnen«, sagte sie nach einer Weile.
»Was?« fragte Margot und starrte auf das leere Blatt neben dem Turnier-Photo.
»Muß man dir Trine denn alles erklären?«
Margot schloß das Album und hob es mit solchem Ruck vom Boden, daß Irene die Arme überm Gesicht verschränkte.

»Ich schlage keine kleinen Kinder, du Pute!« rief Margot, und der Rest ging im Rattern der Heinrichschen Hobelmaschine unter.
Anfang April bestellte der Ahasoso die Mama zu sich. Die Leistungen der Mädchen, sagte Direktor Kuhnert, seien bedauerlicherweise abgefallen. Margot und Irene würden wahrscheinlich versetzt, doch Frau Donath sollte künftige Schwierigkeiten vermeiden.

3

Hilfsschwester Annemarie wechselte in die Nachtschicht des Waldkrankenhauses, schlief vormittags und paukte die Mädchen jeden Nachmittag durchs Pensum. Das '56er Juli-Zeugnis bescheinigte den Schülerinnen eine deutliche Verbesserung im Laufe des zweiten Halbjahres.
Wo blieb der Freuden- und Ferienschrei? Der blieb im Halse stecken. Irgendwas war geschehen. Auf einmal grüßten die Steckbyer Bauern, wenn sie den Mädchen begegneten. Der Leiter der Vogelschutzwarte schenkte ihnen zwei Nistkästen. Beim Bäcker kriegten sie Extrasemmeln, knusprige und gratis. Tischler Heinrich kaufte ihnen einen reinrassigen Labradorwelpen aus Nedlitzer Zucht. Danke, Opa. Akka hieß die schwarze Hündin. Akka, wie süß. Doch woher kam der unerwartete Segen? Wofür wurden sie so reichlich beschert? Für die Zeugnisse? Das glaube, wer will. Warum flüsterten die Großeltern mit Mama in der Küche, und warum hielten sie den Mund oder redeten dummes Zeug, sobald man die Klinke drückte?
Fragen? Ach, fragen. Auf Fragen gab es immer die Antwort: »Das versteht ihr noch nicht.«
Nur bei einem konnte man sich allenfalls erkundigen, aber zu dem mußte man nach Wertlau fahren, heimlich, morgens, wenn Mama noch schlief. Akka lag im Korb auf Irenes Gepäckträger. Wolfgang und Werner würden staunen: echt Labrador, jawohl, mit Stammbaum. Und ganz zwanglos

könnte man Onkel Lothar fragen, weswegen sich die Erwachsenen neuerdings so komisch benahmen. Doch die Fensterläden waren verriegelt, und am Türschloß klebte ein silberner Pappstern mit schwarzrotgoldenen Troddeln unterm Wappen der Republik.
»Verreist«, sagte Margot, »schade.«
»He!, ihr da!« rief jemand.
»Guten Tag!« grüßten die Mädchen, richteten die Räder auf und merkten plötzlich, daß der Hund sich verdrückt hatte. Akka zog mit der Leine den Korb übern Rasen und gehorchte nicht, das Biest.
»Moment«, kommandierte der Mann im weißen Kittel. »Den Köter schnappen wir schon. Sagt mir erst mal, was ihr hier sucht.« Der Mann war kein Doktor. Ärzte trugen keine Schaftstiefel, auch nicht im August.
»Wir wollten Wolfgang und Werner unsere Akka zeigen.«
»Wie heißt ihr denn?«
Die Vornamen waren dem Mann zuwenig.
»Aha. Die Töchter von Schwester Annemarie?«
»Ja«, sagte Irene. »Was hängt'n da für'n Stern an der Tür?«
»Ein Dienstsiegel. Nu fangt man euern Hund und haut endlich wieder ab.«
Als der Mann verschwand, trottete Akka, den Korb im Schlepptau, von allein heran und schüttelte die langen Ohren um den Kopf, wie wenn sie sagen wollte: Laßt euch bloß nicht mit dem falschen Doktor ein. Doch was die Hauptsache betraf, schien Akka hilflos. Sollte man den Ausflug nach Wertlau sofort beichten oder lieber warten, bis Mama selber dahinterkam? Kurz vor Steckby stiegen die Mädchen ab, lehnten die Räder gegen einen Chausseebaum und setzten sich in den Graben. Margot war für Offenheit, Irene für Schweigen. Darüber mußte man sich einigen, in Rückenlage und den Hund an der Leine.
»Uns verrät keiner was«, sagte die Dunkle.
»Irgendwann erfährt sie's trotzdem«, sagte die Blonde.
So tratschten sie eine Weile, bis sich von Steutz her ein Trekker näherte. Der Fahrer lachte, als die Mädchen die Röcke

übers Knie zogen. Akka bellte, verfolgte den Treckerschatten bis zum Anschlag des Halsbandes und duckte sich zum Wasserlassen.
»Ich muß auch mal«, sagte Irene.
Margot stand Schmiere und sah aus dem Treckerstaub eine weiße Haube blinken.
»Beeilung«, rief sie, »Mama!«
»Nichts verpetzen«, mahnte Irene.
Mama wußte längst Bescheid. Die Wertlauer Stationsschwester hatte Margot, Irene und den Polizisten erkannt und mit Steckby telephoniert.
»Bist du uns böse?«
»Ist ja meine Schuld. Wir setzen uns 'n bißchen hin.«
»Vorsicht«, warnte Margot. »Hier hat Reni gepinkelt.«
Ein paar Meter weiter erzählte Annemarie, was sie über Wittes und Papa gehört hatte. Viel war es nicht, doch es reichte, und die Mädchen spürten die Wahrheit in Mamas Stimme. Margot nahm den Zopf zwischen die Zähne, Irene drückte die Augen auf Akkas Fell.
»Ihr tut einfach so, als wäre nichts passiert.«
»Und wenn uns wer fragt?«
»Wird keiner mehr fragen.«
Mutter behielt recht. Niemand fragte, weder Lehrer noch Schüler. Statt dessen spannte sich um die Mädchen ein Netz aus Wohlwollen, das manchmal sogar den Blick auf den Vater behinderte.
Im Oktober kam die Mutter aus Magdeburg zurück, klitschnaß, weil sie den Regenschirm im Justizpalast hatte hängen lassen. Ein gräßliches Wort: Justizpalast. Daneben erschien die Strafe fast gering. Ein Jahr Zuchthaus. Was war ein Jahr? Wie lange wohnten sie schon bei den Großeltern? Knapp dreieinhalb Jahre. War die Zeit nicht verflogen?
Aber nächsten Februar korrigierte das Bezirksgericht die schlanke 1 zur bauchigen 8. Wegen Schädlingstätigkeit, schrieb die ›Volksstimme‹. Papa ein Schädling, wie Kiefernspanner und Kartoffelkäfer?
»Ach, so«, sagten die Dreizehnjährigen und begriffen nicht,

warum der Vater wegen Onkel Lothars Flucht verurteilt wurde. Acht Jahre überstiegen ihre Einbildungskraft. Acht Jahre waren mehr als die Hälfte ihres Lebens. Acht Jahre ließen sich den eigenen Jahren zuzählen, aber nicht von der Zukunft abziehen, denn die Zukunft begann ja, während man noch rechnete, raste vorwärts in den Mai, und Irene entdeckte auf der Margueritenwiese eine Blutspur von ihrer Badehose über den Schenkel und die Wade bis zur Ferse. Das Jahr verging mit den Jahreszeiten, und der Vater wäre als Album-Photo vergilbt, hätte ihn die Phantasie der Töchter nicht zum Helden schuldlos erlittenen Unrechts erhoben. Das mußte natürlich geheim bleiben, genauso geheim wie Akkas Schwanzwedeln im Oktober vor Nachbars Hasso.

»Laß ihn«, sagte Irene.

Margot wollte den Schäferhund gar nicht vertreiben. Margot tappte bloß zum Zaun und lehnte sich gegen die Latten, solange der Rüde die hitzige Akka besprang. Margot hielt sich bloß am Zaun fest und wartete, bis das Rinnsal den Kniestrumpf erreichte. Endlich habe ich dich eingeholt, dachte sie und meinte die Schwester, der es im Mai beim Schwimmen geschehen war. Endlich bin ich so weit wie du, dachte sie und staunte über Hassos lieblosen Abschied von Akka.

Vaters Weihnachtsbrief kam nicht per Flaschenpost aus Bagdad, sondern aus der Strafvollzugsanstalt Magdeburg-Sudenburg. An das Blatt war ein gedruckter Hinweis geheftet, wonach Gefangene alle vier Wochen einmal Post (20 Zeilen DIN-A4) in gut lesbarer Schrift empfangen durften: *Keine Photos, keine Bilder, keine Briefmarken oder dgl.*

»Für wen hält uns Papa eigentlich?« fragte Irene, als sie die erlaubten Zeilen gelesen hatte.

»Für Babys«, sagte Margot, gleichfalls enttäuscht.

Die Mädchen wurden manchmal schon gesiezt, und Papa erwähnte Puppenwagen: haarsträubend!

»Ihr schreibt ihm jeden zweiten Monat«, sagte Annemarie, »die übrige Post kriegt er von Opa oder sonstwem.«

Da rissen sich die Zwillinge nun kein Bein aus. Mit solchem Vater war kaum Staat zu machen. Unter Mamas Berichte

schrieben sie zwar Gewäsch und Nettigkeiten, doch daß sie Akkas Bastardwelpen verschenken mußten, traf sie tiefer als Vaters Glückwunsch zum fünfzehnten Geburtstag. *Meine kleinen Frolleins,* gratulierte der Strafgefangene aus der Vollzugsanstalt Cottbus. Wieso Cottbus und nicht mehr Magdeburg? War Papa umgezogen?
»Ja, verlegt«, sagte Annemarie und befühlte das Kuvert in der Schürzentasche. Direktor Kuhnert bat Frau Donath auf kommenden Mittwoch nach Steutz. Zu einer persönlichen Aussprache? Ach, nee.

4

Mit der Straßenbahn bis Pankow-Kirche, hatte Reiner Sandkuhl gesagt. Den Rest gehen Sie zu Fuß. Sandkuhl kannte sich aus in Berlin. Sandkuhl hatte die Sache arrangiert. Sandkuhl ließ die Photographie aus dem Beuthener Reservelazarett kopieren, verfaßte den entsprechenden Brief, der Bär unterschrieb ihn, und dann hatten sie bis Dezember warten müssen, ehe die Einladung des Präsidenten nach Schloß Niederschönhausen kam. Privataudienz, gewissermaßen. Sandkuhl bot Auto und Begleitung an, aber Otto Donath war allein gefahren, mit dem Eilzug, dann mit der S-Bahn, dann mit der 49 bis Pankow-Kirche, wie Sandkuhl gesagt hatte.
Die Ossietzkystraße: ein Teppichgeschäft, ein Elektroladen, ein Fleischer, gegenüber Vogelfutter und Käfige für Kleintiere. Photobedarf. Vielleicht hätten sie hier eine bessere Kopie gemacht? Nun ist es zu spät. Was sind das für Bäume? Schwer zu erkennen ohne Laub. Freigelände, Straßen links, Straßen rechts. Hatte Hermann mit Annemarie im Krieg vorm SABA getanzt: »Ich schau mich um, einmal rechts und einmal links, weiß nicht, warum, einmal rechts und einmal links.« Das Pflaster ist gefegt. Hier fährt der Präsident. Der Bär hatte ihn in der Wochenschau gesehen, im »Augenzeugen«, wie er aus dem Auto stieg, wie aus einer Laube: Gardine am Fenster, Wilhelm schob sie beiseite und winkte, kletterte raus, der

Chauffeur reichte ihm die Schirmmütze nach, letzten Januar beim Marsch zur Gedenkstätte der Sozialisten nach Friedrichsfelde. Die meisten trugen Hüte oder Papachas, Wilhelm seinen Schieber, setzte ihn auf und nahm ihn gleich wieder ab. Die anderen waren über die Frankfurter Allee stadtauswärts marschiert und hatten gefroren wie die Schneiderhunde. Konnte keiner von Wilhelm verlangen. Paar Tage zuvor war er dreiundachtzig geworden. Also, alles, was recht ist!
Reden Sie einfach frei von der Leber weg, hatte Sandkuhl gesagt. Sie sind doch sein Lazarettkumpel. Sie brauchen gar nicht dran zu denken, daß er unser Präsident ist. Sie können ihn ruhig duzen, falls er Sie duzt. Geben Sie ihm die Hand, und dann werden Sie weitersehen.
Ich habe mir die Hände gewaschen, aufm Bahnhof, einmal rechts und einmal links. Neben mir, auf der Herrentoilette im Bahnhof, stand ein Chinese und polkte sich im Mund rum mit einem Zahnstocher aus Elfenbein, einmal links und einmal rechts. Was es alles gibt in Berlin, nicht auszudenken. Ganz richtig, daß hier scharenweise Polizisten lauern. Die haben so schöne lange Mäntel und Wollhandschuhe, und da, wo der schwarze Lack aufhört, fangen die roten Backen an. Gehen immer hin und her und behalten die Straße im Auge. Wenn er nun plötzlich vorbeifährt, Wilhelm. Untereinander nennen sie ihn wahrscheinlich auch bloß Wilhelm. Er heißt eben Wilhelm. Warum sollen sie denn nicht? Manchmal machen sie so eine Art Wechselschritt, wie beim Rumba oder Samba oder wie die Jugend das Zeug nennt. Ich könnte den Polizisten ja sagen: Für die nächste Stunde herrscht Ruhe, Kameraden, trinkt 'ne Tasse Bouillon, keinen Alkohol im Dienst. Solange wie ich bei Wilhelm bin, passiert ihm nischt. Na ja. Ihr laßt euch ungern die Butter vom Brot nehmen, was? Schiebt man Wache.
Riesenbäume, da rechts. Müssen Eichen sein. Solitäre, wie an der Elbe. Dicke Riefen in der Borke, als ob das Regenwasser Rinnen zieht im Lauf der Jahre. Sagen wir mal, im Lauf der letzten dreihundert Jahre. Demnach standen die Eichen schon, wie die Frau von Friedrich dem Großen hier gewohnt hat.

Dunnerlittchen. Andererseits Platanen mit fleckigem Stamm, die Rinde abgesprungen, nun kommt der gelbe Bast zum Vorschein. Die Wege sind verschneit. Aber jemand ist durch den Park gegangen, deutliche Spuren. Hoffentlich haben ihn die Kameraden gesehen. Wer weiß, nachher schleicht da einer bis an die Schloßmauer, klettert hoch, legt sein Gewehr an, zielt, und wenn Wilhelm zum Luftschnappen auf die Terrasse tritt, wird er abgeknipst. Er ist so beleibt, man kann ihn kaum verfehlen.
Mein Gott, warum denke ich so was? Warum denke ich nicht, daß jemand Blumen rüberwirft, vielleicht Alpenveilchen, jetzt im Winter, aber nicht im Topf, sondern geschnittene, ein lieber Gruß aus unserm Garten und eine Handgranate im Bukett. Nein! Ich wünsche mir, daß du lange lebst, Wilhelm. Mindestens hundert sollst du werden. Wir hatten noch keinen Besseren als dich. Du lachst so schön, Wilhelm, wenn du dich in der Oper an die Brüstung stellst oder wenn du auf der Autobahn, bevor das Rennen anfängt, die Strecke abfährst, im offenen Wagen, wenn du die Hand hebst und winkst, aus deiner Loge, vom Balkon, von der Tribüne am ersten Mai, da lachst du so schön, Wilhelm, so väterlich.
Das ist der Schlagbaum. Geht man um ihn herum, oder wartet man, bis er sich hebt? Es gibt vier Schlagbäume für Autos und zwei für Fußgänger. Mache ich was falsch, wenn ich winke? Nein, da hebt er sich an!
Sie zeigen Ihre Einladung und Ihren Ausweis, hatte Reiner Sandkuhl gesagt. Sie zeigen einfach die Einladung und den Ausweis, Genosse Donath.
Es gab eine Eingangs- und eine Ausgangswache und zwischen beiden drei Eisengeländer. Ein Polizist sprang über die rotweiße Reling, hielt sich nur mit einer Hand dabei fest, sportlich, und sein langer Mantel schlug ihm nach. Er rannte zur Schranke, hakte die Sperrkette ab und drückte den Baum hoch. Er winkte die schwarze Limousine auf das Kontrollfeld zwischen den weißen Strichen im freigefegten Asphalt, klappte den Baum runter und trat an den Wagen.
Der Bär ging in den Wachraum, reichte die Einladung samt

Ausweis durch die Luke und sagte: »Ich bin angemeldet.«
Das Schalterfenster wurde geschlossen. Aus dem Lautsprecher über der Tür kam leise Blasmusik, die sich so anhörte, als marschierte eine Zinnsoldatenkapelle heran und setzte nahe Donaths Ohr die Trompeten ab. Wilhelms Bild hing an der Wand, das berühmte Bild mit der Perle im Schlipsknoten. Das Bild hier war nachkoloriert. Deswegen sah Wilhelm wie geschminkt und gepudert aus. Früher der Bart stand ihm besser. Ach, apropos. Nein, im Spiegel war alles, wie's sein sollte. Der Atem hatte den Schnauzer vereist, und jetzt fing er an zu tauen. Das erledigen wir mit dem Mantelärmel. Wäre schade um das saubere Taschentuch. Die Nappern Fitzau hatte es ihm eingesteckt, für alle Fälle. Wie war das gemeint? Dachte die gute olle Hexe etwa, ihm kämen die Tränen? Nie die Beherrschung verlieren, hatte Reiner Sandkuhl gewarnt. Unsinn, nicht im Traum.
»Sie werden dann geholt«, sagte der Polizist und fügte gleich hinzu: »Es dauert noch 'n Weilchen.«
Mit einem Mal fühlte der Bär sein Herz schlagen, rund und voll, zwei kräftige Schläge, als wär's die halbe Stunde vom Bartholomäi-Turm. Er stellte sich vor die Heizung und stemmte die Knie gegen die Lamellen.
Mein Name ist Sowieso, werde ich sagen, und wenn du das Photo gesehen hast, wirst du dich wohl daran erinnern, wie wir beide im April 1917, also vor fast dreiundvierzig Jahren, auf deiner Pritsche im Reservelazarett Beuthen saßen. Meinem Sohn Hermann ist Folgendes passiert, aber ich bitte dich nicht um Gnade, sondern ich bitte um Gerechtigkeit. Bloß das nicht! hatte Sandkuhl den Bären beschworen. Sie müssen den Präsidenten um Gnade bitten, Genosse Donath, sonst können Sie sich die Reise sparen. Bei Gerechtigkeit zeigt er Ihnen die kalte Schulter. Da beißen Sie auf Granit. Dafür hat er seinen Sekretär Kootz. Wilhelm darf nur begnadigen, weiter nichts, und das macht er auch, weil der Landrat inzwischen fast die Hälfte abgebrummt hat.
Gut, andersrum. Mein Name ist Soundso, das und das ist passiert, und ich bitte um Gnade für meinen Sohn. Wo sitzt er

denn? wird Wilhelm fragen. In Cottbus, und wenn du ihn begnadigst, lecke ich dir den Dreck vom Boden. Also, Otto, du hast Ideen! wird Wilhelm zetern. Erstens sind wir alte Freunde, und zweitens wird bei mir jeden Tag gebohnert. Angenehm, die Wärme unterm Mantel. Schade, daß kein Thermometer vor der Scheibe hängt. Jetzt fahren drei Autos zu Wilhelm. Auf dem letzten liegt ein angeschnallter Geigenkasten, nein, beinahe Kontrabaß. Besuch, und ich kann bis Abend warten. Hätte mir 'ne Stulle mitnehmen sollen.
»Herr Donath?«
Plötzlich war's eilig. Ein Polizist begleitete ihn. Es war so still. Der Weg war so blitzeblank. Die beschlagenen Absätze klikkerten so auf dem Pflaster. Man geniert sich direkt, weil man so'n Radau macht mit den Zugstiefeletten. Im Schloß liegt bestimmt Parkett. Ob's auch Filzpantoffel gibt, wie im Wörlitzer Schloß, gleich hinterm Einlaß, neben dem Apollo vom Belvedere, bevor man nach links ins Specksteinzimmer geht?

5

Hier wirkten die Bäume feierlich, wie gelackt, als hätte wer Staub gewischt. Donaths Begleiter übergab den Gast einer Sekretärin, die den Genossen Donath beim Genossen Kootz meldete. Um auf Wilhelms Sekretär nicht herabzusehen, sah der Bär woandershin.
»Ihren Mantel lassen Sie bitte hier«, sagte Kootz und legte Donaths Ulster über einen Stuhl. Kootz hatte eine hohe, bucklige Stirn und flinke Augen. Das graue Haar trug er glattgescheitelt. Kootz schilderte den Ablauf des Besuchs. Fünf Minuten vorher und fünf Minuten nachher. Dazwischen würden die Musiker ein Streichquartett spielen, Köchelverzeichnis 590. Während des Konzerts sollte der Genosse Donath nur sprechen, falls ihn der Präsident etwas fragte. Kootz blickte in den Park hinaus, den Kopf in Höhe des Fensterknaufs.
»Hat der Präsident das Photo gekriegt und den Brief gelesen?«
»Gewiß«, antwortete Kootz, ohne sich umzudrehen.

An der Wand überm Schreibtisch hing eine Rötelzeichnung des Präsidenten im Halbprofil.
»Ich brauche es ihm nicht nochmal zu erzählen?«
Kootz schwenkte herum, spitzte den Mund, daß die Oberlippe die Nase berührte und schnalzte das Mäulchen zurück.
»Keineswegs«, sagte er. »Dazu würde die Zeit gar nicht reichen. Haben Sie Durst?«
»Nein, danke.«
»Ein Glas Wasser? Gegen die Aufregung?«
»Ich bin nicht aufgeregt«, sagte der Bär. »Aber vielen Dank für Ihre Freundlichkeit.«
»Nachher gibt's Tee«, sagte Kootz, trat an den Schreibtisch und betrachtete die farbigen Knöpfe der Signalanlage.
»Hat sich der Präsident eigentlich wiedererkannt?«
»Was meinen Sie?«
Der Bär änderte die Frage.
»Hat der Präsident mich wiedererkannt auf dem Photo?«
»Ach, so, das Photo, ja, ja«, sagte Kootz. »Wahrscheinlich stimmen sie noch die Instrumente. Bei der Kälte verzieht sich das Holz.«
»Hitze ist auch gefährlich«, sagte der Bär.
Im selben Moment summte es, und ein gelber Knopf leuchtete. Kootz kam um den Schreibtisch herum und schritt voran.
»Sehen Sie selbst! Hören Sie selbst! Urteilen Sie selbst!« hatte der »Augenzeuge« das Kinopublikum aufgefordert. Irgendwann fiel die dritte Bitte untern Tisch. »Urteilen Sie selbst?« Sowas grenzte an Objektivismus. Die Wochenschau lieferte das Urteil in sprechenden Bildern: Der Präsident winkte aus seiner motorisierten Gartenlaube. Trotzdem, hatte Sandkuhl gesagt, ist er immer noch der Beste. Gehen Sie man zu Wilhelm. Jetzt ging der Bär zu Wilhelm.
Die Wände des Salons waren mit Seide tapeziert; ob flaschengrün oder pfauenblau, ließ sich bei dem Licht schwer sagen. Das Streichquartett saß in der Mitte, Instrumente und Bogen parat. Die Frackschöße hingen von den Stühlen. Der Bär und Kootz kamen von links, Wilhelm und Tochter von rechts. Der Bär stand eine Weile allein, weil Wilhelm, seine Tochter und

Kootz die Musiker begrüßten. Dann brachte Kootz den Bären zum Präsidenten und stellte ihn vor.
»Bist du gewachsen?« fragte Wilhelm und hob das Kinn vom Kragen, um Donath ins Gesicht zu sehen.
»Eher geschrumpft«, antwortete der Bär und bemerkte den Stock in Wilhelms linker Hand.
»Wie groß warst du denn in Beuthen?« fragte Wilhelm.
»Zwei Meter vier.«
»Das ist übrigens meine Tochter«, sagte der Präsident und lächelte.
»Freut mich«, sagte der Bär.
»Ganz meinerseits«, sagte Elly und setzte sich an den Teetisch, während Kootz den Präsidenten zum einzigen Backensessel führte. Der Bär saß links, die Tochter rechts von Wilhelm. Kootz wollte Wilhelm was zuflüstern, doch Wilhelm stieß den Gummipfropfen seines Gehstocks auf den Perserteppich und sagte: »Lauter.«
»Das Berliner Kammerquartett spielt eines der sogenannten preußischen Quartette von Mozart«, sagte der Sekretär und nahm im vierten Sessel Platz.
»Woran denkst du, wenn du Preußen hörst?« fragte Wilhelm.
»An die Sozialistengesetze«, sagte Donath.
»Genau wie ich«, sagte Wilhelm, »aber ist ja von Mozart. Wo bleibt mein Tee?«
Elly goß reihum Tee ein, und Donath dankte, als sie die Zuckerzange nochmal in die Dose steckte.
»Blasentee«, sagte der Präsident. »Schmeckt bitter. Nimm lieber zwei Stückchen.«
»Na, schön.«
»Was hast du auf'm Herzen?« erkundigte sich Wilhelm und stützte das Kinn auf den Stockgriff.
»Meinen Sohn.«
Wilhelm ließ die runzligen Lider sinken und entspannte die Backenmuskeln, als wollte er sich für den Modelleur seiner Totenmaske zurechtmachen. Er hatte alles im Leben getan, was man ihm auftrug. Er war Mitglied des preußischen Landtags und des preußischen Staatsrats gewesen. Er war nach

Frankreich und nach Moskau emigriert. Er war Generalsekretär der Komintern gewesen. Er hatte das Nationalkomitee Freies Deutschland mitbegründet. Er hatte Karl Liebknecht und Rosa Luxemburg, Lenin und Stalin, Max Hölz und Ernst Thälmann, Radek und Dimitroff überlebt. Er war zum Staatspräsidenten gewählt worden. Er mischte sich gern unter die Leute, er spürte die Zuneigung. Nur sein Bauch hinderte ihn, jemanden zu umarmen. Und schon lange war er krank. Müde wie ein Karrenhund und sterbenskrank. Und nun mußte er noch mitanhören, was dieser weiße Schnauzbart von einem gewissen Hermann erzählte, früher Landrat von Zerbst, seit dreieinhalb Jahren im Kittchen. Es war immer dasselbe.
»Zerbst?« fragte Wilhelm und hob den schweren Kopf vom Stockgriff.
»Trink mal«, sagte seine Tochter.
Er ließ die Untertasse in Ellys Hand und trank einen kleinen Schluck.
»Bitterbier«, sagte er.
»Jawoll, Bitterbier«, sagte der Bär. »Zerbster Bitterbier.«
»Wie ich auf der Walze war, als Tischler, bin ich bestimmt durch Zerbst gekommen«, sagte der Präsident.
»Wird leider nicht mehr gebraut«, sagte der Bär.
»Ach!« rief Wilhelm. »Dann kennt außer uns beiden keiner hier das Gesöff?«
Der Primgeiger, ein Kahlschädel mit abstehenden Ohren, verbeugte sich im Sitzen. Das war Wilhelm zu wenig. Er wußte nicht, ob er schon mal in Zerbst gewesen war, und ob er dort Bitterbier getrunken hatte, wußte er auch nicht. Er war schon überall gewesen, sogar im Beuthener Reservelazarett, wie der Zimmerpolier da behauptete, obwohl er sich auf den bärtigen Bettnachbarn partout nicht besinnen konnte. Bitteres Bier hatte er oft getrunken. Dortmunder Union, zum Beispiel, war ihm immer ziemlich bitter vorgekommen, auch Pilsener Urquell und Wernesgrüner. Bier half gegen Nierensteine, schliff die Zacken ab, und die Dinger piekten nicht mehr so schlimm. Blasentee, pfui Deibel. Warum antwortete niemand? Wozu redete er überhaupt mit solchen Kaschuben? War er

bloß noch gut genug als Patenonkel für Drillinge und als Abnehmer für die Beglaubigungsschreiben der Botschafter? »Bitte«, sagte der Präsident zum Primgeiger.

6

Der Bär wagte nicht, die Tasse abzusetzen, obwohl das Quartett ziemlichen Krach machte. Er mochte Musik, doch Wiederholungen triezten ihn. Sein Radio hätte er nach fünf Minuten ausgeschaltet. Er blickte dem Quartett auf die Finger, besonders dem Cellisten. Dessen Kuppen torkelten schrittchenweise hoch, bis der Ton so dunkel wurde, daß er einem in der Brust zitterte. Donath überlegte, ob er Wilhelm alles, was Hermann betraf, klitzeklein erklärt hatte. Ja. Und nun, wo der erste Satz aufhörte, setzte er die Tasse ab.
Der zweite Satz war langsamer, die Melodie prägte sich ein, und Worte paßten dazu, wenn man welche fand: Hast du endlich gefrüüüh-stückt? Oder: Morgen gibt es Kohlraaa-bi. Der Bär fühlte Wilhelms Hand auf seinem rechten Arm. In Wilhelms Augen sah er Tränen. Donath lächelte traurig zurück. Oder sollte er, Hermann zuliebe, mitweinen? Nein, wir sind keine Heulsusen. Aber was tat man, wenn der Staatspräsident persönlich nasse Augen kriegte? Man atmete tief ein und aus. Sehr richtig. Wilhelm drückte Donaths Arm, und der Primas klemmte seine Geige unters Kinn.
Als Donath mit Kootz in den Salon gekommen war, duftete der Raum wie das Hutgeschäft auf der Zerbster Breite. Die Seide ist türkis, halb blau, halb grün. Der Präsident hat mich angekuckt und geweint. Glaubt mir keiner, höchstens die Nappern Fitzau, vielleicht noch Hanna Leyde aus Güterglück, das treue Mädchen. Wunderbare Augen hat Wilhelm. Und ganz dicke Augenbrauen. Erkennt man gar nicht auf den offiziellen Photos. Sieht man mal wieder, was die Brüder rumretuschieren. Wenn ich den vierten Satz überstehe, marschiere ich zu Fuß nach Hause, hundertzwanzig Kilometer. Lieber Gott, trockne mich ab, sonst schwimme ich weg. Wie diese

Kerle mit den Bogen über die Därme sausen, weiß der Himmel, warum. Geigen die Hermann aus der Bredouille?
Fertig. Der Präsident, der Bär, Kootz und Elly klatschten. Die Streicher standen auf und verbeugten sich. Kootz zeigte Wilhelm einen Zettel, und Elly flüsterte ihrem Vater was ins Ohr. Der Präsident wischte das Papier beiseite und richtete den Stock auf die rechte Tür.
»Ihr geht an eure Arbeit«, kommandierte der Herr im Haus. Elly nickte nur. Kootz wies auf die linke Tür, um dem Besucher zu bedeuten, wo er seinen Mantel abholen sollte. Husch, weg waren sie, die Tochter und der Sekretär.
»Erfüllen Sie mir einen Wunsch?« fragte der Präsident die Musiker.
»Jeden«, erwiderte der Primgeiger.
»Spielen Sie nochmal den zweiten Satz, ja? Aber gedulden Sie sich 'n Moment.« Der Präsident ruckelte zu Donath herum und betrachtete ihn argwöhnisch. »Die Sache mit deinem Sohn lasse ich überprüfen«, sagte er leise. »Ich verspreche dir, daß ich einen Bericht aus Cottbus anfordere. Mehr verspreche ich dir nicht. Und nu mal die Hosen runter: Bist du tatsächlich zur selben Zeit wie ich in Beuthen gewesen, oder ist das Bild von uns beiden 'ne lumpige Photomontage?«
»Ach was«, sagte der Bär und hielt dem Blick stand. »Werde ich meinen Kragen riskieren? Erinnere dich mal, wie du dich krümelig gelacht hast über die Geschichte vom Kaiser-Wilhelm-Kanal.«
»Kaiser-Wilhelm-Kanal?«
»Heute heißt er Nordostseekanal.«
»Und was ist daran so komisch?«
»Ich möchte dir nicht auf die Nerven fallen.«
»Dann mach's kurz.«
»Also 1895«, sagte der Bär und räusperte sich, »da schickten alle Staaten ihre Admiralsschiffe zur Einweihung, und immer, wenn eins in den Kanal fuhr, spielte das kaiserliche Marineorchester die entsprechende Nationalhymne. Klappte auch prima bei Engländern, Franzosen, Italienern und so weiter, bis das türkische Admiralsschiff kam mit'm Halbmond getoppt,

und plötzlich war Sense, das Orchester hatte keine Noten für die Türken, die Noten ließen sich in der Eile auch nicht besorgen, aber irgendwas mußte geschmettert werden, sonst wäre es zu diplomatischen Verwicklungen gekommen, und weißt du, was die als türkische Nationalhymne geblasen haben?«
»Guter Mond, du gehst so stille!« sang der Präsident und lachte.
»Richtig«, bestätigte der Bär, ohne die Miene zu verziehen.
»Entschuldige, Otto«, bat ihn Wilhelm. »Ich hatte's wirklich verschwitzt.«
»Schon gut.«
Die Musiker hielten ein Weilchen die Bogen über die Saiten. Anscheinend warteten sie, bis alle Töne zurückkamen, die sie aus ihrem Holz gestrichen hatten. Dann fiedelten sie los, und Donath sah, wie Wilhelm den Kopf an die Sesselbacke lehnte. Nach dem letzten Akkord hob der Primgeiger die Schultern. Donath nickte. Das Quartett spielte auch den dritten und vierten Satz und verschwand auf Zehenspitzen durch die rechte Tür.
»Adjeh, Wilhelm, und besten Dank«, flüsterte Donath. Als er sich bei Kootz den Mantel anzog, sagte er: »Der Präsident ist eingeschlafen.«
»Tot?« fragte der Sekretär entgeistert.
»Ach was. Bloß müde.«

7

Im 60er Frühling wurde die untere Pritsche frei. Donath hätte ins Parterre wechseln können, aber er blieb, wo er war. Auch in Magdeburg hatte er ungern unten gelegen, weil er die Wälzerei über sich schwer ertrug. Außerdem wollte er nicht den Blick durchs Fenster verlieren. Im Winter waren bloß Mond und Sterne zu sehen gewesen, aber jetzt im April, vor Beginn der Frühschicht, zerriß der Nordwestwind die Nebel und quirlte die Fetzen über die Spree. Jenseits der polnischen Grenze dämmerte es. Die Wolken trieben grau und still, bis

die Sonne den Zwischenraum schwefelgelb färbte. Dann zog der Himmel Drillich an, wie die Gefangenen.
Nach einigen Tagen tauchte ein Neuer in der Zwölferzelle auf, schlank, fast mickrig, Brille, so Mitte vierzig. Hans Heiduck hieß er und kam aus der Schacksdorfer Ziegelei. Am Ringofen, sagte Heiduck, hätte er vom ewigen Stehen Krampfadern bekommen. Donath glaubte ihm kein Wort. Das Arbeitslager gehörte zum Zuchthaus Cottbus und galt als Paradies. Richtung Schacksdorf wanderten die Glückskinder, die Kriminalstudenten mit dem Bombendusel. Wer Schacksdorf wegen Krampfadern verließ, war entweder bescheuert oder ein Zinker. Heiduck zeigte seine Gummistrümpfe an den Waden. Ja, ja, Gummistrümpfe. In knapp vier Jahren Knast hatte Donath manchen Trick erlebt. Auf Gummistrümpfe fiel der Landrat nicht rein. Nein, Heiduck. Du machst einen ehrlichen und intelligenten Eindruck, aber mit elastischen Socken kommst du nicht vorwärts, genausowenig wie mit deiner staatsfeindlichen Gruppenbildung. Hier sagt jeder, daß er aus politischen Gründen sitzt, und früher oder später verkümmert Spionage zu Scheckbetrug, Subversion zu Steuerhinterziehung, Hetze zu Diebstahl, Verleumdung zu Vergewaltigung. Du kannst mich mal, Heiduck. Wer weiß, wofür du deine sechs Jährchen kassiert hast, und nu ruckele nich so lange rum. Davon werde ich mowulwe. Soll ich dir'n Tip zum Einschlafen geben? Erfinde für Cottbus immerzu andere Namen: Stacheldratz, Handschellenberge, Gitterlingen, Hundeloch, Knackstedt. Dann schnarcht die Welt, und gute Nacht, Marie, das Geld liegt auf der Fensterbank.
Vielleicht tue ich ihm unrecht, dachte Donath, als er am nächsten Morgen sah, wie Heiduck die Gummistrümpfe über die blauen Knoten rollte. Beim Rasieren wurde Donath wieder argwöhnisch: Heiduck bot ihm eine nagelneue Klinge an.
»Die behalte man selber.«
Vertrauen war Eselei, Mißtrauen der kategorische Imperativ.
»Deine ist rostig«, sagte Heiduck.
»Na und?«
Der Wachhabende ließ die Männer von Haus II zur Wäsche-

rei marschieren, doch das Ziel war die Entgraterei im Obergeschoß. Die Werkstatt hieß so albern, weil hier überstehende Kunststoffkanten abgefeilt, geschmirgelt, geglättet und poliert wurden, sprich: entgratet. Zwei Brigadiere, Fachleute, aber Häftlinge, bestimmten die Norm, bewerteten die Leistung und berechneten den Monatslohn. Aufsicht führte ein Zivilmeister des Spremberger Preßstoffwerks, das Teller und Tassen, Speiseplatten, Lager für Pleuelstangen und Teile von Radiogehäusen lieferte.
Donath legte sein Frühstücksbrot in die Schublade, überprüfte das Tagessoll, griff nach der ersten Lautsprecherblende und dem Werkzeug. Das Reiben einer einzigen Feile klang so, als ob Griffel auf Schiefertafeln schrieben; ein wisperndes und freundliches Geräusch. Wenn aber ein Dutzend Feilen den Kunststoff beschabte, hob ein Kreischen und Knarren an, bald verstärkt durch das Rumpeln der Schwabbelmaschine und die gellenden Schleifsteine. In diesem Geheul dachte sich Donath weit zurück und wurde taub, bis er nach etwa einer Stunde wieder das anfängliche Geräusch vernahm, die gleitenden Griffel auf den Schiefertafeln. Dann sah er Lehrer Foese die Zerbster Volksschulklasse betreten, und nun genügte ein Seitenblick, um Lothar Witte zu erkennen. So machte es Donath schon zwei Jahre, entgratete Gewinde und Skalen, Knöpfe und Streben, sah zur Seite, wo der Nebenmann im Drillich saß, und sah an dessen Stelle Lothar in Joppe und kurzen Hosen, den Kopf über die Tafel gebeugt, die Zunge zwischen den Lippen, und Lehrer Foese kommandierte: Schreib sauber, du Toffel!
Auch heute hielt es Donath wie zuvor. Der Lärm verebbte, Ruhe kehrte ein, ganz großes Schweigen, stundenlanges. Dann knisterten die Griffel aus der Ferne, schnurrten näher, immer näher, und Donath sah nach rechts. Wo Lothar Witte sitzen mußte, saß Hans Heiduck und rubbelte an seinem Preßstoffteller, bis alle Ringe und Walzen der schwabbelnden Lakkiermaschine, bis sämtliche Steine und Riemen und Feilen in Donaths Ohren sausten. Er klammerte sich an den Tisch, denn er meinte, um seine eigene Achse zu rotieren, wie im Magde-

burger Prozeß, als ihn der Strafsenat per Karussell umkreiste, lautlos damals, heute mit Gebrüll, und Elephanten können trompeten – mein lieber Schwan!
Keine Übertreibungen, Hermann. Wird ja wieder. Schön atmen. Nicht zu tief, sonst holst du dir 'ne Staublunge, schön gleichmäßig, am besten durch die Nase rein und durch den Mund raus. Mittlerweile hast du zweiundfünfzig Lenze auf'm Ast, da darfst du dir solche Kinkerlitzchen nicht mehr zumuten. Denk an dein vegetatives Nervensystem. Frag mal den Sanitätsgefreiten! Sympathicus erregt, Vagus bremst. Ist dir Hans Heiduck plötzlich sympathisch?
»Pause!« rief der Wachhabende.
Donath stellte sich zu den Nichtrauchern an die Heizung. Die Raucher gingen die Treppe runter auf den Hof. Heiduck, der Gummistrumpf, stand zwischen Tür und Angel. Offenbar hatte er weder Frühstück noch Zigaretten. Donath brach seine Stulle durch und hielt ihm die Hälfte hin.
»Verzichte dankend.«
»Gibst mir die Rasierklinge dafür«, sagte Donath. »Wenn du Cottbus kennst, solltest du eigentlich wissen, daß jeder seinen eigenen Pinkus zum Entgraten mitbringt.«
Heiduck nahm das Brot, biß rein und sagte kauend: »Ach, daher weht der Wind. Hast wohl Schiß vorm Löwenkäfig?«
»Und wie.«
Jetzt drehte Heiduck den Spieß um und verlangte genauere Auskunft. Donath beschrieb den Arrest in Haus II: Feuchter Keller, Gitterkarzer in der Mitte, täglich einen Becher Malzkaffee und eine Scheibe Karo einfach, zweimal pro Woche warme Suppe und eine Matratze zum Schlafen; ansonsten nur ein Brett auf dem Beton.
»Stimmt«, sagte Heiduck.
»Denkst du, ich schwindle?«
»Ich denke dasselbe wie du. Warum warst du drin?«
»Bevor du gekommen bist, hat'n Zeuge Jehovas unter mir gelegen«, sagte Donath. »Dem knallte der Küchenbulle immer 'ne Kelle Blutwurst in die Schüssel, weil die Zeugen Jehovas kein Blut essen. Da habe ich eben Rabatz gemacht. Gab vier-

zehn Tage. Edel sei der Mensch, hilfreich und gut. Im Käfig habe ich's bereut. Soll der Heini doch Blutwurst fressen. 'n anderer würde sich die Finger nach ablecken. Aber die Bibelforscher erlauben ja nicht mal Bluttransfusion. Berufen sich auf Moses.«

»Und auf Tertullian«, sagte Heiduck, »den römischen Kirchenlehrer.«

»An die Arbeit!« kommandierte der Wachhabende.

Genügte auch für heute. Es war ein Anfang, mehr nicht.

Am nächsten Morgen rasierte sich Donath mit Heiducks Klinge, doch Wochen vergingen, in denen die beiden einander umschlichen, umfragten, umhorchten, Indianer auf dem Kriegspfad, Mokassins unter den Worten, bis Heiduck endlich auspackte, scheibchenweise, mal nachts, mal im Kino, mal sonntags, wenn der Pastor predigte und der Politoffizier dabei die Parteizeitung las, hauptsächlich aber in der Entgraterei.

Mitte Mai bildeten die Steinchen ein Mosaik: Dr. Hans Heiduck, Slawistik-Dozent an der Berliner Humboldt-Universität, gründet während des Ungarn-Aufstands einen Diskussionszirkel; die Teilnehmer werden verhaftet; Hans Heiduck kassiert sechs Jahre; anschließend wandert er vom Brandenburger *Sanatorium* in den Hallenser *Roten Ochsen,* ins Zwikkauer *Schloß Osterstein,* durchs Bautzener *Gelbe Elend* und landet in Cottbus. Zuerst murkst er in der Nopperei, zwickt Knoten aus dem Rohgewebe, dann ab nach Schacksdorf in die Ziegelei und wegen Krampfadern Kommando zurück. Klarer Fall? Nein. Wozu der Umweg?

»Ich bin Experte für Serbokroatisch.«

Hm.

»Unsere Regierung nimmt mit Belgrad diplomatische Beziehungen auf.«

Und?

»Die Zuchthäuser werden nach ehemaligen kroatischen SS-Leuten durchkämmt. Man möchte doch dem jugoslawischen Botschafter 'n kleines Präsent überreichen, wo man wieder befreundet ist.«

Aha.

»Da mußte ich dolmetschen. Straferlaß hatten sie mir versprochen. Denkste.«
»Bist du vielleicht einem SS-Standartenführer Joachim Schenk begegnet?« erkundigte sich Donath Ende Mai.
»Wer soll'n das sein?«
Der Landrat erzählte alles der Reihe nach, Photo-Atelier, Kaserne, Eiskeller, Magdeburger Prozeß inclusive. Als er fertig war, sagte Heiduck: »Mir dämmert, von wem du redest.«
»Kennst du ihn?«
»Nein. Aber ich glaube, er müßte es sein. Bei der SS ist er jedenfalls gewesen. Ein irrer Vogel. Kann dir im Handumdrehen den passenden Wochentag für jedes Datum nennen. Du sagst: 1. September 1939, und der sagt: Freitag. Stimmt zufällig, ich meine, bei mir, weil wir da unsern Marschbefehl kriegten. Aber bei dem Kerl stimmt's immer. Hat alles im Kopf, verrückt.«
»Wo sitzt er?«
»Keine Ahnung. Ich habe bloß von ihm gehört, Menschenskind. Bis heute wußte ich nicht mal, daß er Schrenk heißt.«
»Schenk«, verbesserte Donath und ließ nicht locker. »Wo hast du von ihm gehört?«
»In Schacksdorf, in der Ziegelei.«
»Wer hat's dir erzählt?«
»Auch so'n SS-Fritze.«
»Name?« bohrte Donath weiter.
»Du machst mich total plemplem«, sagte Heiduck. »Ein gewisser Diels.«
»Vorname?«
»Gerhard. Wird dir wenig helfen. In Schacksdorf segelte er unter Adjutant.«
»Warum gerade Adjutant?«
»Das-weiß-ich-nicht«, sagte Heiduck und sah zur Tür.
Ein Läufer kam in die Werkstatt, ein Gefreiter, der Botengänge erledigte. Er tuschelte mit dem Wachhabenden und gab ihm einen Zettel.
»Strafgefangener Donath!« brüllte der Wachhabende durch den Radau. »Hopp, hopp, zu mir!«

Donath hatte sich beim Aufruf erhoben und ging nach vorn.
»Besuch«, sagte der Wachhabende.
»Mein Vater?« fragte Donath.
»Der Osterhase«, war die Antwort.
Der Gefreite begleitete Donath über den Hof und lieferte ihn in Haus II ab. Dort führte ihn ein Unteroffizier auf die Zelle, zum Waschen und Rasieren.
»Ich habe mich heute morgen rasiert«, sagte Donath, während er sich wusch.
Der Unteroffizier betastete Donaths Kinn. Na, ja. Der Gefangene stieg aus dem Arbeitsdrillich in die Normalkluft mit den gelben Zielstreifen für die Maschinenpistolen auf den Ärmeln.
»Wünschen Sie den Scheitel links oder rechts?« fragte er.
»Ich trete dir gleich den Sack ab, du Drecksau.«
Beide grienten. War nicht böse gemeint, nur die übliche Frotzelei. In der Kleiderkammer mußte sich der Gefangene noch mal umziehen. Schikane? Nein. Donath erhielt die streifenlose Besuchsuniform, tipptopp gereinigt und gebügelt. Leider waren alle Sprechzellen im Augenblick belegt.
»Ein Andrang, heute«, sagte der Gefangene.
»Gesicht zur Wand!«
Er gehorchte. Er roch den Schmierseifenduft seiner Besuchsklamotten und wartete. Gegenüber, dachte der Gefangene, wartete auch einer. Wer? Irgendwann, vermutlich nach der Sintflut, ging eine Tür auf und zu. Als die Schritte verhallten, durfte der Gefangene kehrtmachen: zack. Ein ungefähr dreißigjähriger Wachtmeister nahm sich seiner an. Schlüssel rein und rum. Bumm. Herzklopfen, jedes Mal.

8

»Tach, Hermann«, sagte Annemarie und streckte die Hand übers rote Fahnentuch. Willkommen und Abschied durch Händeschütteln waren gestattet, Umarmungen ordnungswidrig, doch in diesem Fall ohnehin unbegehrt. Man setzte sich zu dritt, der Wachtmeister an die freie Schmalseite des

Tischs. Annemarie wirkte so jugendlich, als wäre sie die Verlobte des Polypen. Trug sie seinetwegen den grünen Pullover und den Faltenrock? Dummes Zeug. Donath sah die Silberkette mit dem Bernsteintropfen in Annemaries Ausschnitt, das Weihnachtsgeschenk vor vierzehn Jahren. Damals weinte sie Freudentränen, bis Achim den Schmuck durch die Sandaletten und den geblümten Stoff übertrumpfte.
Annemarie hatte Photos mitgebracht. Während der Wachtmeister die Photos kontrollierte, erzählte sie von Steckby, von ihren Eltern, den Kindern und der Arbeit. Stationsschwester war sie jetzt, jaha.
Der Wachtmeister schob dem Gefangenen die Photos zu. Margot in Samtkleid und Irene in Organdy beim Tanzstundenball; Tischler Heinrich und Frau zwischen Tomatenstauden; Margot und Irene auf Schlittschuhen; Margot und Irene in Bikinis an der Elbe, Schnappschuß, leicht verwackelt und überbelichtet, dann das Personal des Waldkrankenhauses, weißgekittelt, in der ersten Reihe Chefarzt Dr. Hennig, aufgenommen vor der mittleren Baracke, Annemaries Häubchen unterm Fenster von Lothars Kabuff. Zum Schluß der Labrador, schlappohrig.
»Wie heißt der?«
»Akka«, sagte Annemarie, steckte die Photos in die Handtasche, ließ den Verschluß klicken und fragte: »Hat dir dein Vater geschrieben, daß er bei Wilhelm gewesen ist?«
»Ja«, sagte Donath.
»Hat sich was getan?«
»Keine Spur. Ich weiß doch, wie sowas läuft. Wilhelm macht sich 'ne Notiz und gibt sie seinem Sekretär, der gibt sie seinem Referenten, der fummelt sie um und gibt sie seinem Sachbearbeiter, und der schickt seinen Bericht genau dorthin, von wo alles ausgegangen ist.«
»Hast du überhaupt keine Hoffnung?«
»Der Besuch liegt nun schon'n halbes Jahr zurück. Hätte Wilhelm was angeordnet, wäre sofort was passiert.«
»Also nicht die geringste Aussicht?«
»Wozu fragst du immer dasselbe?«

»Ich brauche Klarheit«, sagte Annemarie und kramte, ohne den Blick zu senken, in ihrer Handtasche unterm Tisch.
»Ist doch ganz einfach«, sagte Donath. »Du lebst dein Leben, und ich lebe meins, und mein Leben betrifft dich nicht.«
»Aber die Kinder«, sagte Annemarie, »und darüber müssen wir uns einigen. Margot und Irene wollen im Herbst auf die Oberstufe nach Zerbst gehen, denn in Steutz können sie kein Abitur machen. Nach Zerbst kommen sie aber nur mit der Empfehlung von Direktor Kuhnert.«
»Und der weigert sich?«
»Jedenfalls so lange, wie wir verheiratet sind.«
»Aha.«
»Noch knapp zehn Minuten«, sagte der Wachtmeister, weil das Schweigen andauerte.
»Rate mal, wer mich hergefahren hat«, sagte Annemarie.
»Rektor Kuhnert?«
»Stichpimpulibockforcelorum.«
»Fremdsprachen sind verboten!« schnauzte der Wachtmeister.
»So heißt ein Kräuterlikör«, erklärte Donath dem Spieß und fragte Annemarie: »Willy?«
»Nein, Vera.«
»Duzt Ihr Euch etwa?«
»Hast du sie vielleicht gesiezt?« Annemarie hob die Stimme und das Taschentuch. »Vera und ich sind richtig befreundet, seit sie mit ihrer Schilddrüse bei uns lag. Wir behandeln neuerdings auch Überfunktionen, Allergien und Rheumatiker. Tuberkulose ist ja fast ausgerottet. Bei Vera waren's die Wechseljahre. Aber jetzt weiß ich alles, Hermann, von Anfang an. Sogar, wann du's erste Mal in der Postpromenade gewesen bist.«
»So, so«, sagte Donath.
Annemarie schneuzte sich und steckte das Taschentuch weg.
»Und zwar an dem Abend, wo du behauptest hast, Rudi Bunge spricht im Operativstab über Nina Nasarowa.« Annemarie lachte. »Von wegen Operativstab und Nina!«
Was sollte Donath mehr bewundern? Veras Geflunker oder Annemaries blindes Vertrauen? Beides. Dorthin: Hubitschka,

Mäulchen. Pussinka, Küßchen. Dahin: Du gutes, du liebes Herz.
»Nimmst du dir'n Rechtsanwalt?«
»Wüßte nicht, wozu«, sagte Donath.
»Na, für unsere Scheidung.«
»Ach so. Nein.«
»Dann bist du einverstanden?«
»Mach's man, wie's für die Kinder am besten ist.«
»Ende!« rief der Wachtmeister und klopfte mit dem Schlüssel auf das rote Tischtuch.
»Danke, Hermann«, sagt Annemarie und drückte Donaths Hand.
»Grüß Margot und Irene!« bat der Gefangene.
»Alles in Butter?« schrie Hans Heiduck durch den Radau der Entgraterei. Donath nickte und sah sie verschwinden, Vera und Annemarie, Annemarie und Vera. Nur Hanna fehlte, Hanna Leyde aus Güterglück, und sie wären komplett gewesen. Aber Hanna durfte ihn nicht besuchen, weil sie mit dem Gefangenen weder verwandt noch verheiratet war. Dafür schrieb ihm Hanna, wenn der Bär es erlaubte. Donath fand Hannas Briefe schön. Hätte er ihr gar nicht zugetraut. Im August gratulierte sie zu seinem Geburtstag: ›Lieber Hermann‹, schrieb sie, ›erinnerst Du Dich an unsere Spaziergänge um Schloß Dornburg? Da fahre ich öfter hin. Die alten Quarzitsteinbrüche sind aufgelassen und voll Grundwasser. Im Königssee bei Plötzky und im Tiefensee bei Pretzien kann man baden. Am liebsten sitze ich aber oben auf dem Rad und sehe, wie sich die Birken spiegeln.
Denke nicht, daß ich traurig bin, wenn ich Dir sowas schreibe, obwohl ich schon Anlaß hätte. Als mein taubstummer Angorafriseur gestorben ist, habe ich die Kaninchen weggegeben. Die Wolle brachte ja nichts mehr ein, und bei der Strickerei verderbe ich mir die Augen. Oder willst Du mich mit Brille wiedersehen? Brauchst Du bloß zu sagen, und ich gehe zum Optiker.‹
Solche Briefe schrieb das rothaarige Güterglück, und Donath atmete nicht mehr Zellenmief, sondern den Duft der Niede-

rung hinterm Pretziener Wehr. Aber es kam noch mehr Post, zum Beispiel das Scheidungsurteil, pünktlich zu Schulbeginn. Daran war nichts Erstaunliches. Donath wunderte sich nur, daß der Richter ihn gemäß Paragraph 8 der Eheverordnung von Frau und Kindern trennte. Fand der Gesetzeshüter keinen anderen Paragraphen, keine andere Zahl? Mußte es unbedingt eine Acht sein? Die Nappern Fitzau würde sagen: Steht doch in Ihrer Hand, Herr Landrat.

Mit Hans Heiduck redete Donath noch mal über Schenk, schilderte dabei seine eigene Vernehmung, die knappe Frage des Majors und die knappe Antwort des Hauptmanns.

»Monosyllaben?« wollte Heiduck wissen.

»Was?«

»Ob's einsilbige Worte waren?«

»Bestimmt.«

»Dann hat der Major wsjo und der Hauptmann da gesagt, nämlich ›alles‹ und ›ja‹.«

»Möglich.«

»Ich wette mit dir um'ne Rasierklinge.«

»Wird wohl seine Richtigkeit haben.«

Am zweiten Donnerstag im September erschien das ›Neue Deutschland‹ mit Trauerrand, und die Cottbuser Zuchthausfahne sank auf Halbmast. Der Präsident hatte ins Gras gebissen. Das Warten auf den Nachfolger fing an. Irrtum. Kaum war Wilhelm tot, schaffte die Volkskammer sein Amt ab und gründete den Staatsrat.

»Da ist was im Busch«, sagte Heiduck, weil die Gefangenen im Oktober keine Zeitungen mehr kriegten.

»Was soll schon sein?«

»Pressesperre bedeutet immer, daß Großes bevorsteht.«

Ach, du mit deinen Kroaten und Gummistrümpfen und Einsilbern, dachte Donath. Aber im November platzte tatsächlich die Bombe: Amnestie!

Bleib ruhig, Hermann, ganz ruhig. Der Gnadenerweis des Staatsrats betrifft Strafen bis zu einem Jahr, Strafen bis zu drei Jahren, die zur Hälfte abgebrummt sind, und Strafen über drei Jahre, wenn zwei Drittel verbüßt wurden. Du kannst doch

rechnen, Landrat. Zwei Drittel von acht Jahren sind fünf Jahre und vier Monate. So lange sitzt du noch nicht. Lies den »Empfang bei der Welt« von Heinrich Mann ruhig weiter. Ehe dich die Welt empfängt, geht noch Zeit ins Land. Sag Hans Heiduck was Freundliches zum Abschied. Schließlich hat er dir seinen Rasierpinsel geschenkt, echtes Dachshaar.
»Halt die Ohren steif«, sagte Donath und marschierte mit dem letzten Zellengenossen, neun Jahre wegen Totschlags, zur Entgraterei. Dort waren viele Stühle leer, und der Zivilmeister aus Spremberg ließ sich nur der Form halber blicken. Kurz vor Weihnachten wurde der Strafgefangene Donath zum Büro im Erdgeschoß von Haus II geholt. Der Offizier der Arbeitsverwaltung ließ den begleitenden Wachtmeister abtreten und sagte: »Wie ich aus Ihrer Akte ersehe, sind Sie früher im Baufach tätig gewesen.«
»Jawohl, Herr Major.«
Der Offizier genoß die Schmeichelei ein Weilchen, bevor er den Titel korrigierte.
»Sollten Sie inzwischen gelernt haben!«
»Jawohl, Herr Oberleutnant.«
Der Verwaltungsknabe, anscheinend mehr Glanzhose als Kommißstiebel, nahm eine Zigarre aus der Schublade und knipste das Mundende mit den Zähnen ab.
»Gestatten Sie, Herr Oberleutnant?« fragte Donath und zeigte auf das Tischfeuerzeug.
»Bitte sehr.«
Donath hielt die Flamme an die Zigarrenspitze, bis das Deckblatt schmorte. Der Oberleutnant blies eine blaue Wolke über die beiden Schnellhefter. Beim Feuergeben hatte Donath die Etiketts gelesen. Auf dem einen stand *Braunkohlenkombinat Schwarze Pumpe,* auf dem anderen *Haftarbeitslager Schacksdorf.* Keinen Fehler machen, schwor er sich und hörte das Blut in den Ohren summen. Sage ich Schacksdorf, schickt mich der Kerl in die Schwarze Pumpe. Sage ich Schwarze Pumpe, komme ich nach Schacksdorf – oder auch nicht. Vielleicht lagen die Ordner rein zufällig auf dem Tisch, und Donath wurde zum Brigadier in der Entgraterei ernannt.

»Fachleute wie Sie sind heutzutage Mangelware«, sagte der Oberleutnant.
Donath dachte: Ich muß zum Adjutanten, zu Gerhard Diels, nach Schacksdorf.
»Und zwar völlig egal, ob in der Braunkohle oder in der Ziegelei«, sagte der Oberleutnant.
Wie hieß der römische Feldherr, von dem der Münsteraner Apotheker erzählt hatte? überlegte Donath und konjugierte: Cuncto, cunctas, cunctat.
»Sie können sich's aussuchen«, sagte der Oberleutnant. »Schwarze Pumpe oder Schacksdorf.«
Cunctator. Fabius Cunctator. Fabius, der Zauderer. Fabius kämpfte nicht gegen Hannibal, sondern wartete.
»Wir sind hier keine Stellenvermittlung«, brüllte der Oberleutnant.
Fabius schwächte Hannibal durch sein Zögern und eroberte Tarent.
»Scher dich nach Schacksdorf, du Rindvieh!«
»Jawohl, Herr Oberleutnant!«

9

Schacksdorf war kein Paradies. Schacksdorf war ein riesiges Geviert im Sand der Niederlausitz. Schacksdorf war umstellt mit Wachtürmen, aus denen Maschinenpistolen ragten. Schacksdorf war ein gutes Dutzend Baracken und eine Ziegelei für Hohllochsteine, umgeben von einem doppelten Sicherheitsgürtel, zwischen dessen Stacheldrahtzäunen Schäferhunde liefen, Tag und Nacht. Infolge der Amnestie hatte Schacksdorf nahezu die halbe Belegschaft eingebüßt. Die Zahl der Gefangenen betrug kaum noch zweihundert. Wir sind praktisch ausgeblutet, erklärte der Schacksdorfer Zivilmeister dem Zerbster Baumeister und beorderte ihn als Oberbrigadier der Spätschicht an den zweiten Ringofen. Schacksdorf war Schinderei. Aber Schacksdorf war zugleich der unvergitterte Himmel über jedem viertelstündigen Marsch von den Barak-

ken zur Ziegelei oder umgekehrt. Und deswegen war Schacksdorf, verglichen mit dem Panorama des Cottbusser Zellenfensters, eben ein Paradies.
Donath hütete sich wohlweislich, nach einem gewissen Gerhard Diels zu fragen. Einstweilen genügte ihm die Tatsache, daß der Mann, den er suchte, weder zu seiner Schicht noch zu seiner Baracke gehörte. Erst bei der Quartalsabrechnung Ende Juni, als die Lohnlisten kontrolliert wurden, entdeckte er den Namen und die Barackennummer. Der Adjutant wohnte im übernächsten Haus und hatte einen Bummelposten am Kollergang des dritten Ringofens. Dort konnte ihn der Oberbrigadier unverdächtig beobachten. Er sah einen schlanken, älteren Mann, der den Siebrosten Proben entnahm, die Feinheit der Tonbrösel prüfte und das Scharrwerk so regulierte, daß größere Stücke nochmals auf die Mahlbahn gelangten. Das Merkwürdige an Diels war die Beflissenheit, die offenbar nur der Verschleierung seines Druckpostens diente. Der Adjutant hatte, an den strengen Normen des Haftlagers gemessen, eigentlich gar keine Arbeit. Trotzdem stand er kaum eine Minute still, geschweige denn, daß er sich gesetzt hätte. Diels hob sich auf die Fußspitzen und spähte über den Rand der Schale, als wollte er die Zertrümmerungswalzen zu schnelleren Umdrehungen anspornen. Sein Griff ins Sieb ähnelte einer Pantomime, deren Sinn Donath verborgen blieb. Es war kein Ruck oder Riß. Es wirkte weder fachgerecht noch beiläufig, eher virtuos und graziös. Der Adjutant ließ das Mahlgut nicht durch die Finger rieseln, sondern warf die Brösel mit Schwung aufs Band zurück. Wenn er die Antriebswelle ölte, wurde die lange Kannentülle zur Stichwaffe, und er stieß den Degen in einen Stiernacken, nicht in ein lausiges Ventil. Allmählich ging Donath ein Licht auf. Dieser Mann und seine Gesten waren eins. Diels kam es weniger darauf an, seine Faulheit zu bemänteln. Die eleganten Bewegungen entsprachen seiner Natur, rührten von innen her, glichen dem Charakter oder hatten sich einem auferlegten Zwang angepaßt. Donath ging zum Maukenmischer weiter, als sich die Blicke trafen. Der Oberbrigadier nickte, und der mindestens sechzigjährige Arbeiter

im Drillich erwiderte den Gruß mit Hackenknallen und einer leichten Verbeugung. Eine Artigkeit gegenüber dem Vorgesetzten? Hirnverbrannt. Donath bemerkte den Schmiß im Gesicht des Adjutanten. Keine lange Narbe, nur ein dünner, blasser Strich vom rechten Mundwinkel zum Jochbein. Korpsstudent, Berufsoffizier, Eintänzer? Ja. Diels hatte sich wie vor einer Dame verbeugt: Darf ich um den nächsten Tango bitten? Aber immer. Kann auch Foxtrott, Quickstep oder Walzer sein, schöner Gigolo, armer Gigolo, ich zahle, du mußt tanzen. Doch dazu war es nötig, sich dem Adjutanten zu nähern, und zwar möglichst unauffällig. Weder Diels noch die Wachen durften Verdacht schöpfen.

Daß Donath bald in derselben Baracke, im selben Raum und auf der oberen Pritsche desselben Doppelstockbetts wie der Adjutant lag, verdankte er seiner Funktion als Oberbrigadier und einem äußeren Ereignis, das manchen Wirrwarr verursachte.

Anläßlich der Oktober-Amnestie waren die restlichen Strafgefangenen, um Heizmaterial zu sparen, in vier Baracken gepfercht worden. Das Lagerkommando hatte seitdem immer wieder um Nachschub für die freien Arbeitsplätze gebeten, und zu Beginn des dritten Quartals rollten wahrhaftig mehrere Transporte an. Beim Zählappell rief der letzte Mann im letzten Glied:

»Einhundertzwo!«

Nun hätte man die Gefangenen ohne weiteres in die leeren Baracken einweisen können, und vorläufig ließ man sie dort auch schlafen. Doch die Zivilmeister waren am Zusammenhalt ihrer alten Mannschaften gleichermaßen interessiert wie an deren Ergänzung durch qualifizierte Neuzugänge. Die Spreu wurde daher vom Weizen geschieden, und weil den Verwaltungsoffizieren eine solche Aufgabe über den Kopf wuchs, holten sie die Brigadiere und Oberbrigadiere zu Hilfe. Die Einquartierung der Neuen und ihre Verteilung sollte sowohl nach der jeweiligen Befähigung wie nach dem Prinzip der Brigaden- und Schichtzugehörigkeit erfolgen. Zum Leidwesen der Lagerleitung erwies sich die Regel allerdings als unbrauchbar, denn die Registrierung erbrachte ein dauerndes Umsiedeln und Anfordern von Arbeitskräften, bis endlich jenes Donath so nützliche Durcheinander entstand, in dem er den Kollergänger aus dessen Brigade herauszog, ihn der eigenen Schicht eingliederte und sich selbst auf die Pritsche über dem Adjutanten versetzte.

10

» Mahlzeit, Donath«, sagte der Oberbrigadier.
»Diels, herzlich willkommen«, sagte der Adjutant und preßte Donaths Hand. »Hast du mir die Ochsentour als Abfahrer verschafft?«
»Was dagegen?«
»Frische Luft ist gesund«, sagte Diels und ließ die Hand los.
»Leider wiegen die Steine ungefähr 'n halben Zentner.«
»Am Kollergang war's bequemer, hm?«
Der Adjutant gab keine Antwort, fuhr nur mit dem Zeigefinger über seinen Schmiß.
»Möchtest du lieber als Zubringer an den Ofen?« fragte Donath.
»Da sei Gott vor, siebzig Grad Hitze!«
»Kriegst aber Sonderverpflegung und kannst'n paar Wochen Strafe einarbeiten.«
»Wochen spielen bei mir keine Rolle«, sagte Diels.
Warum und wieso? Nicht doch. Donath trug sein Drillichzeug zum Spind und kletterte auf die Pritsche. Als die Wände des Barackenraums vom zwanzigstimmigen Schnarchen wakkelten, hörte Donath den Untermann klopfen.
»Herein!«
»Wo kommst du her?«
»Aus Cottbus.«
»Aus Cottbus kommen alle. Ich meine, davor?«
»Aus Magdeburg.«
»Bist du Magdeburger?«
»Sehe ich so aus?« fragte Donath.

»Ich bin Berliner«, sagte Diels. »Und du?«
»Kennst du sowieso nicht. Zerbst.«
»Nein, kenne ich nicht«, sagte Diels und wälzte sich auf die Mitte zurück.
Entweder ist er ein ganz gerissener Hund, oder Heiduck hat mich angeschmiert, dachte Donath. Deswegen schlief er auch schlecht. Großmutter Therese schaute mal wieder vorbei, und zwar feste druff auf die Wolfshunde, bis die roten Zungen hechelten.
»Wie hieß das Nest?« fragte der Adjutant am anderen Morgen. Nur mit der Ruhe. Nichts überhasten.
»Welches Nest?«
»Na, wo du herkommst.«
Donath sagte es ihm.
»Katharina die Große, aha.«
»Und ich«, sagte Donath.
In Kolonne marschierten sie zur Ziegelei. Dann ging Donath seinen Weg vom Beschicker zu den Walzen, vom Maukenmischer zur Presse, vom Schneidapparat zu den Lattenrosten, von den Heizern zum Ringofen. Die beiden Männer in der Ofenkammer trugen lederne Schürzen und Fäustlinge. Sie packten die gebrannten Hohlsteine und setzten sie auf die flache Lore. War der Wagen beladen, schoben ihn andere beiseite. Die Abfahrer sortierten den Ausschuß in Kipploren und treckten den Bruch über die Schienen auf Halde. Der Bruch kühlte ab und kam zum Beschicker. So schloß sich der Kreis. So vergingen Wochen. Donath zögerte bis zum zwölften August. An diesem Tag gab es keine Zeitungen. Der Zivilmeister zuckte die Achseln: »Ich würde's Ihnen verraten, wenn was Neues drinsteht, Herr Donath, aber es ist immer derselbe Kram.«
Vielleicht konnte der Lausitzer nicht zwischen den Zeilen lesen. Jedenfalls mußte sich der Oberbrigadier beeilen.
»Noch eine Amnestie?« fragte Diels, als er mit Donath unterm Dach des Trockenschuppens saß. »Nein, die wären doch bescheuert. Überleg mal, was zehntausend Zwangsarbeiter jährlich erwirtschaften. Ich wollte, ich hätte so'ne Firma,

besonders zu den Bedingungen: Kein Urlaub, kein Krankengeld, keine Streiks, und bis zur Entlassung behalte ich ein Drittel des Lohns als zinsloses Darlehn. Würdest du auf Gewinne pfeifen, die in die Millionen gehen?«
»Trotzdem ist was faul«, sagte Donath.
»Im Staate Dänemark«, ergänzte Diels. »Kennst du Hamlet?«
»Kennst du Zerbst?« fragte Donath bissig.
»Ja, ich kenne jemanden, obwohl der Betreffende kein gebürtiger Zerbster ist. Aber Hamlet, mein Lieber, das ist 'ne Bildungslücke, um nicht zu sagen, ein Bildungsabgrund. Wenn du Lust hast, rezitiere ich dir den Hamlet.«
»Gerne«, sagte Donath.
Der nächste Tag war ein Sonntag. Doch Diels schaffte es nur bis zum Auftritt der Schauspieltruppe im dritten Akt, denn am Montag erfuhren die Gefangenen trotz Zeitungssperre, daß die Grenze zu den Berliner Westsektoren abgeriegelt war.
»Also nicht bloß fünfundzwanzig Jahre, sondern lebenslänglich«, kommentierte der Adjutant, und Donath widersprach ihm nicht.
»Jetzt marschieren die Amerikaner ein!« grölte jemand durch die Dunkelheit. Freudengeheul war die Antwort. Donath blieb stumm, wie gelähmt. Dann richteten sich die Scheinwerfer der Wachtürme auf die Baracken, und während der folgenden Woche patrouillierten Doppelposten mit Schäferhunden an den Fenstern vorbei. In der Ziegelei standen die Bullen an jeder Maschine, verschwitzt und schußbereit. Ein Fluchtversuch scheiterte im Stacheldraht und endete im Bunker neben der Verwaltungsbaracke. Der Oberbrigadier vergaß seinen Geburtstag. Es war keine gute Zeit zum Feiern. Das ›Neue Deutschland‹, nun wieder druckfrisch geliefert, erwähnte die albernen Proteste der Kalten Krieger gegen den »antifaschistischen Schutzwall«.
Fortinbras, Prinz von Norwegen, flüsterte Shakespeares Schlußverse:

> »Nehmt auf die Leichen! Solch ein Blick wie der
> ziemt wohl dem Feld, doch hier entstellt er sehr.
> Geht, heißt die Truppen feuern!«

In Bautzen hatte Diels sogar die Regieanweisungen auswendig gelernt: »Ein Totenmarsch. Sie gehen ab, indem sie die Leichen wegtragen; hierauf wird eine Artilleriesalve abgefeuert.«

11

Eines Morgens im November, kurz vor Beginn der Frühschicht, fragte der Oberbrigadier seinen Bruchfahrer:
»Kanntest du nicht jemanden aus Zerbst?«
»Ja, einen gewissen Schenk.«
»Den ehemaligen Landrat Joachim Schenk?«
»Genau.«
»Und den anderen kanntest du auch.«
»Welchen anderen?«
»Es gibt zwei, die Joachim Schenk heißen«, sagte Donath, »der eine ist meiner, der andere deiner, und du kennst beide. Mein Schenk hatte keinen Adjutanten. Ich warne dich, Kumpel. Wenn du nicht auspackst, wanderst du als Setzer in den Ringofen, und ich lasse dich schmoren, bis du abkratzt.«
»Wie bist du dahintergekommen?« fragte Diels.
»Meinem Schenk fehlt die Tätowierung unterm Arm. Der Standartenführer ist jemand anders, Herr Adjutant.«
Diels zog die Lederfäustlinge an und sagte:
»Gratuliere, Herr Landrat.«
Jetzt brauchte man nichts zu überstürzen. Jetzt nötigte niemand zur Eile. Jetzt wurden Donath die Jahre so kurz wie Kinderjahre. Der Winter dauerte eine Stunde, eine Stunde wog einen Sommer auf. Jetzt hatte Donath Zeit wie Schneeflocken, wie Heuschrecken, wie Sand am Meer.
»Kannst du dir das überhaupt vorstellen?« fragte Diels. »Zwei Herren sind im Café Kranzler Unter den Linden verabredet, so Anfang der dreißiger Jahre. Später Nachmittag, die Bäume, die Autos, die kessen Bienen, arbeitslos, aber quietschfidel, ach, mich laust der Affe! Keine Romantik, nicht doch, Herr Landrat. Mancher versilbert, mancher vergoldet seine Erinnerungen. Die meisten haben bloß zehn Pfennige im Gedächtnis,

wenn sie'n Groschen erleben. Bei mir wird 'ne Mark draus. Na, schißkojenno. Jedenfalls Café Kranzler, Terrasse und Sonnenschirm oder Markise, Schmeling ist Weltmeister, das ›Weiße Rößl‹ hat Premiere, und Cosima Wagner ist tot, so um die Drehe. Die beiden Herren trinken Mokka, rauchen türkische Zigaretten, tragen gedecktes Tuch, adrett und penibel. Warum die bei Kranzler sitzen? Dein Joachim Schenk will meinen Joachim Schenk dazu bringen, daß er sich ein Pseudonym zulegt. Sehen Sie mal, Herr Schenk, sagt deiner, Sie schreiben für den ›Angriff‹, ich für Linksblätter, empfiehlt sich da nicht 'ne Namensänderung? Nennen Sie sich von mir aus Max von Stroheim oder Erich Reinhardt! Ich möchte nicht mit Ihnen verwechselt werden, tut mir leid, klingt beleidigend, politisch stimmt's, persönlich sind Sie mir sympathisch, doch irgendwie müssen wir uns einigen. Aber mein Schenk sagt: Als ehemaliger Pandektenstudiker – ach, Sie sind auch 'n abgebrochener Jurist? – bin ich im ›Angriff‹ nur der Sitzredakteur. – Weißt du, was das ist?« fragt Diels.
»Ja«, sagte Donath zu seinem Nachbarn auf der Latrine, »einer, der für die Zeitung ins Kittchen geht.«
»Richtig«, sagte Diels, »und dein Schenk ist beruhigt. Man trifft sich nochmal beim Presseball, basta. Und hast du Töne – zwischen '33 und '45 landet dein Schenk bloß'n Vierteljahr im KZ Oranienburg!«
»Ich denke, er war Kommunist?«
»Und ob!« bestätigte Diels. »Aber in der offiziellen Kartei wird er nicht geführt, denn die Kozis verwenden ihn als bürgerlichen Anstandswauwau, und wie wir die Macht übernehmen, hat das Gesindel die Geheimlisten verbrannt. Daß dein Schenk im ›Bund proletarisch-revolutionärer Schriftsteller‹ gewesen ist, gesteht er, und den harmlosen SA-Knilchen imponiert das. Ehe die Lager der SS unterstellt werden, ist dein Schenk schon wieder bei Muttern, eröffnet ein Photo-Atelier mit'm kleinen Ansichtskartenversand und hängt zu Führers Geburtstag das Hakenkreuz raus, der Schleimer.«
»Und was macht der andere Schenk?« fragt Donath beim Sonntagsbummel.

»Abwarten«, sagt Diels. »Jetzt besiegen wir erst mal Polen, und dein Schenk gilt als wehrunwürdig, weil er drei Monate in Schutzhaft war. Mit dem Papierchen schleicht er sich durch, bis er ausgebombt wird und von Berlin nach Zerbst zieht. Warum Zerbst? In der Zeitung liest er das Inserat: Photogeschäft wegen Tod des Eigentümers zu verkaufen, günstige Lage, gut eingeführt. Da greift er zu. Wer rechnet denn mit Bomben auf Zerbst? Höchstens der Luftschutzbevollmächtigte. Nu kipp man nicht aus'n Pantinen. Deine Frau heißt Annemarie, oder willst du das etwa bestreiten? Na, siehste. Ich weiß Bescheid, und daran mußt du dich gewöhnen.«
Donath blieb stehen und richtete den Blick auf das Gelände hinterm Stacheldraht. Seine Augen wurden schmal, als könnte er die Pappeln und Büsche nur mit verengten Pupillen erkennen. Ahnte er im Herbstlaub seinen dritten Schacksdorfer Winter vorweg? Nein. Donaths Gedanken waren bei Diel's arrogantem Ton, den er nicht länger dulden durfte, wollte er die Oberhand behaupten.
»Wie hat sich's denn gelebt in Radom und Winniza?« fragte er, ohne den Kopf zu drehen.
»Wo?«
»Im Reichskommissariat Ukraine«, sagte Donath.
»Ach so«, sagte Diels und wischte den gelben Ärmelstreifen übers Gesicht. »Bin wohl'n bißchen pampig geworden, hm?«
Von nun an kuschte der Adjutant und erzählte weiter, in der Baracke, auf dem Marsch zur Ziegelei, beim Schlangestehen vorm Lagerkiosk, während der Freischicht an Weihnachten und Silvester; wo sich's gerade traf.
»Sowas haut natürlich den stärksten Eskimo vom Schlitten, wenn einen der Iwan aus'm Verkehr zieht. Mich hat's damals nicht überrascht, ich hatte einiges auf'm Kerbholz, aber dein Schenk fällt aus allen Wolken. Was soll er verbrochen haben? Die paar Ansichtskarten? Kokolores. Kein Schwein fragt danach. Die Pachulken wollen wissen, was er in Radom und in Winniza getrieben hat. Für jede Antwort kriegt er eine geschmiert, und vor lauter Schiß spinnt er'n möglichst langen Faden ab, doch da gerät er an die Falschen. Der Hauptmann

und der Major vertrommeln ihn für jeden Mucks. Denen bluten schon die Stiebel, und der Knabe unterschreibt kein einziges Protokoll. Hast du'n blassen Schimmer, was das bedeutet? Hochachtung, kann ich da bloß sagen. Und dann kommt sein Entlastungszeuge, der Zerbster Bürgermeister, sein Freund, sein Genosse. Na, die Geschichte kennst du selber. Eigentlich hat er immer ganz nett von dir gesprochen. Dir ging auch der Arsch mit Grundeis, oder?«

»Ja.«

»Jedenfalls kassiert er seine fünfundzwanzig Jahre, stellvertretend für meinen Schenk, obwohl er kein Protokoll unterschreibt, kein Geständnis ablegt, nitschewo. In Waldheim beschwert er sich sofort beim Direktor und kriegt wegen Meuterei drei Wochen Bunker. Bist du mal in Waldheim gewesen?«

»Nein«, sagte Donath.

»Gnade dir Gott. Im Waldheimer Bunker ist so'n Trichter, so 'ne spitz zulaufende Vertiefung aus Beton. Da drin kannst du nicht stehen, nicht liegen, nicht sitzen, und wenn du frech wirst, lassen die Bullen kaltes Wasser rein. Vielleicht haben sie's mittlerweile geändert im Rahmen der Strafrechtsreform, großzügig, wie die Jungens sind, wenn's die internationale Lage erlaubt. Ich glaube, dort hat er seinen Knacks gekriegt, dein Schenk. Unsereiner weiß, beim Militär und im Zuchthaus ist die erste Regel: Nicht auffallen. Aber erkläre das mal jemandem, der sich für unschuldig hält. Ich finde, mit fuffzig hat jeder einigermaßen vernünftige Mensch 'n paar Jahre Knast verdient. Doch dein Schenk wartet darauf, daß sie meinen Chef erwischen, den richtigen Standartenführer. Die Verwechslung hat er kapiert: Café Kranzler, Unter den Linden, die blaue Stunde, die flotten Miezen und so weiter. Aber da kann er sich die Beine in'n Bauch warten. Mein Schenk bleibt bloß bis Ende '43 in der Ukraine, dann rauscht er per Führerbefehl über Berlin nach Norditalien, Sonderauftrag, und von da nach Spanien. Der sitzt heute längst in Ägypten oder Südamerika, kluger Kopf, nebenbei bemerkt, und ein exzellenter Pianist. Wenn der Klavier spielt, laufen dir die

Tränen in die Socken. Mondscheinsonate, mein lieber Herr Gesangverein, und gesoffen wie'n Loch. Inzwischen wird er sich wohl auf Zuckerschnaps umgestellt haben, die Drecksau, und wir picheln Pfefferminztee. Prost, Herr Landrat, und alles Gute zum neuen Jahr!«

»Gleichfalls«, sagte Donath.

»War die Dame, die dich Weihnachten besucht hat, deine Frau?« fragte Diels.

»Nein, meine Verlobte«, sagte der Oberbrigadier und griente.

»Verstehe«, sagte Diels. »Auch aus Zerbst?«

»Hmhm«, machte Donath. »Aus Güterglück.«

»Nie gehört. Güterglück. Entschuldige meine Neugier.«

»Bitte.«

»Ewig hält das keiner durch.«

»Wie meinst'n das?« fragte Donath und dachte an Hannas raffinierten Schwindel.

»Ich spreche von deinem Schenk«, antwortete der Adjutant. »Es kommt doch mal'n Neuer auf Zelle, und man macht sich gegenseitig bekannt. Gestatten, Mord, lebenslänglich. Sehr erfreut. Bibelforscher, sechs Jahre. Grüß Gott miteinander, Spionage. Mahlzeit, Notzucht. Sagt keiner so, aber nach und nach geht dir doch 'ne Stallaterne auf. Dein Schenk sagt eben SS-Standartenführer. Soll er etwa dauernd die Unschuld vom Lande mimen? So'n Mann wird bloß ausgelacht. Nein, dein Freund Achim spielt meinen Schenk. Ist dies schon Tollheit, hat es doch Methode, wie Polonius sagt. Nichts gegen einzuwenden. Aber heimlich bastelt der Kerl sein Alibi von Kriegsanfang bis Kriegsende. In zwei Jahren bringt dein Schenk die Namen von über dreihundert Leuten zusammen, plus Adresse, plus Jahr, plus Wochentag, und zwar im Kopf, mein Lieber, ohne Papier und Bleistift! Die kritische Grenze liegt angeblich zwischen vierzig und fünfzig Personen, hat er mir mal verraten, und es ist ja sinnlos, wenn sich die Aussagen verdoppeln. Klar, du findest zwanzig Leute, die dich von Januar bis Juni gesehen haben, falls du fest angestellt warst. Aber was nützen die dir, wenn du die nächsten drei Monate nicht belegen kannst? Also, er bringt es, wie gesagt, auf über dreihundert Leute, ich glaube, auf dreihundertzwölf, und die sollen vor Gericht bestätigen, daß er nie in Radom oder Winniza, sondern immer bloß in Deutschland gewesen ist. Deswegen sammelt dein Schenk Nacht für Nacht Vor- und Familiennamen, Adressen, Telephonnummern, Seitensprünge, Premieren, Konzerte, Feten, Fußballspiele, Hochzeiten, Beerdigungen, Tennismatche, ein komplettes Alibi von dreihundertzwölf Leuten. Probier mal, wieviel du schaffst für März oder April vor deiner Verhaftung! Gut, du warst Landrat, bei dir ist es einfacher. Aber hast du nicht mal Urlaub gemacht? Bist du nicht irgendwann in irgendein Nest gefahren, wo dich kein Aas kannte? Schon sitzt du in der Tinte, oder?«

»Ja«, sagte Donath.

»Und dein Schenk wird sein Alibi nicht mal los! Die Bullen lachen sich 'n Ast, wenn der die Liste runterbetet. Deswegen geht dein Schenk noch'n Schritt weiter, und zwar rückwärts bis zum Café Kranzler und vorwärts bis zum Heiligabend beim Zerbster Bürgermeister, wo er als Nikolaus erscheint mit falschem Bart und falscher Brille und echten Weihnachtsgeschenken vom Iwan. Niedlich, was? Doch da übernimmt er sich. Ich meine, mit dem verlängerten Alibi. Es wird einfach zu perfekt. Soviel verträgt er nicht, und die Sicherungen brennen durch. Du tippst ihn an: Welcher Wochentag war der 12. Mai 1934? Weiß er hieb- und stichfest. Fragst du ihn aber unter vier Augen nach seinem eigenen Namen, mach dich auf 'ne Überraschung gefaßt. Wir sind mal beide auf Außenkommando zum Rübenziehen gewesen. Mir war's langweilig, ich brauchte 'ne Abwechslung und frage ihn: Wer bist du? Und was soll ich dir sagen? Das dumme Luder knallt die Holzpantinen zusammen, hebt die Hand zum deutschen Gruß und schmettert übern Acker: SS-Standartenführer Schenk meldet sich zur Stelle!«

»Nein«, sagte Donath.

»Aber wie! Es gibt mehr Ding' im Himmel und auf Erden, als Eure Schulweisheit sich träumen läßt. Was glaubst du denn, warum dein Schenk in der Klapsmühle sitzt?«

»In der Irrenanstalt?«

»Freilich«, sagte der Adjutant. »Da gehört er auch hin. Hoym heißt das Kaff. Keine Ahnung, wo das liegt.«
»Bei Ballenstedt, fast im Harz«, sagte Donath und kletterte auf die obere Pritsche. »Hübsche Gegend, oder?«, fragte Diels.
»Ja«, sagte Donath. »Woher weißt du, daß er in Hoym sitzt?«
»Haben mir die Sanitäter gesteckt, als er abgeholt wurde.«
»Konntest du alles verhindern«, sagte Donath.
»Wenn ich nur gewollt hätte«, sagte der Adjutant von der unteren Pritsche. »Aber Auge um Auge, Landrat, Zahn um Zahn. Nu schlaf man schön, und schnarch nicht wieder so wie letzte Nacht.«

12

Donath wurde bereits im Juni entlassen, weil sich seine Gesamtstrafe um die eingearbeiteten Wochen verringerte. Er empfing die nötigen Papiere, die Effekten, eine Fahrkarte Cottbus–Zerbst und knapp vierhundert Mark, den Rest des Schacksdorfer Lohnkontos, von dem die monatlichen Alimente bis zur Mündigkeit der Steckbyer Töchter abgegangen waren. Hinterm Schlagbaum begann die Freiheit. Aber noch im Zug, als schon die flachen Wiesen der Niederlausitz vorbeiglitten, bezweifelte Donath, daß er wirklich in seinen Zivilsachen saß. Acht Jahre zuvor hatte er das Zeug kaum gespürt. Jetzt rieb der Hemdkragen den Nacken wund, das Jackett scheuerte unter den Achseln, die Krawatte würgte am Hals, und der Hut wirkte direkt anstößig auf die Mitreisenden. Donath glaubte, daß man ihn einzig und allein wegen dieses verdammten Huts beobachtete. Niemand trug Hut. Offenbar waren Hüte so unmodern geworden wie Gamaschen, Hosenträger, Stecktücher und Gehstöcke. Wer trug denn einen breitkrempigen Filz, noch dazu bei der Affenhitze und in einem geschlossenen Raum?
Donath nahm den Hut ab und ließ ihn beim Umsteigen im Gepäcknetz liegen. Doch er hatte nicht mit der Aufmerksam-

keit seiner Nachbarn gerechnet. Ein Fahrgast schob das Fenster herunter: »Ihr Hut!« Danke sehr. Auch der zweite Versuch mißlang. Das Wittenberger Bockwurstfräulein rannte dem vergeßlichen Kunden hinterher: »Hallo, Ihr Deckel!« Besten Dank. Zwischen Coswig und Roßlau wechselte Donath das Abteil. Diesmal brachte ihm der Schaffner den Hut. Nein, nun war Schluß. Nun trug er den treuen Kalabreser gewissermaßen zum Trotz, und auf dem Zerbster Perron konnte er ihn ja auch gleich verwenden.

»Guten Tag, Herr Landrat!« grüßte jemand.

»Guten Tag, Herr . . .«

»Methfessel«, ergänzte der Pensionär.

Methfessel? überlegte Donath und drückte den Scheitelschoner wieder in die Stirn. Richtig, Klopapier-Methfessel. Du grüne Neune! Ja, was denn? Sollten ihm die Schalmeien der Werkzeugmaschinenfabrik den Einzugsmarsch der Gladiatoren blasen?

»Meine Karte möchte ich behalten«, sagte er an der Sperre.

»Wozu? Die ist doch entwertet.«

»Bloß so als Andenken.«

»Ach, Sie sind's, Herr Landrat!« staunte die Knipserin und gab ihm das Billett.

Unfaßlich, was sich die Leute rausnehmen, dachte Donath und sog den Zwiebelduft des Frachtschalters ein, ehe er die Halle verließ. Am Bordstein blieb er stehen, schlenkerte die Aktentasche gegen die Kniekehlen und betrachtete das Pflaster, in dem noch immer die Geleise der Pferdebahn lagen. War er enttäuscht, weil er nicht abgeholt wurde? Er wußte doch, daß man den Angehörigen von Strafgefangenen nie den Tag der Entlassung mitteilte. Warum zögerte er dann? Spielte er mit der Idee, den Schienen zu folgen? Die Spur endete an der Hofapotheke. Von dort bis Rephun's Garten war die Allee asphaltiert, und von Rephun's Garten konnte er sein ehemaliges Büro sehen. Kinkerlitzchen. Methfessel und die Knipserin hatten sich verplappert. Donath wählte den kürzeren Weg durch die Friedrichstraße. Aber was half's? Als er am Krankenhaus vorbeikam, rief eine Frau aus dem ersten Stock:

»Guten Tag, Herr Landrat!«
»Guten Tag, Schwester!« rief er zurück, lüftete den Hut und fragte sich, ob er die Anrede erwidern durfte oder der Haubenlerche erklären mußte, wen sie eigentlich begrüßte. Vielleicht sollte er ihr lieber sagen: Ich verbitte mir diesen Titel, euer Landrat heißt Liesegang! Doch damit verriete er der Tante wohl nichts Neues. Ein seltsames Gefühl stieg in ihm hoch. Er fand kein zutreffendes Wort für den plötzlichen Druck unter den Rippen. Er begriff nur, daß man ihn nicht vergessen hatte und sich freute, ihn wiederzusehen.
Die Puschkinpromenade, die frühere Postpromenade, mit Karnbachs Villa und Pussinka-Vera. Ja, der Rotdorn blühte und weckte Erinnerungen. Aber Donath trabte schon über den Frauentorplatz, ging an der umbuschten Außenseite der Stadtmauer entlang, weiter durchs Heidetor und bog nach rechts zur Priegnitz ab. Vor dem kleinsten Haus machte er halt und klemmte den Hut gegen die Aktentasche. Sollte er klingeln, klopfen oder den Schlüssel nehmen?
Ein Fensterflügel klappte. Nach einer Weile schlurften Schritte heran, und die Tür öffnete sich. Der Vater trat auf die Schwelle, der gebückte Bär im kragenlosen Hemd, in verbeulten Manchesterhosen und schäbigen Pantoffeln, der sparsame Erbe des Viehhändlers Beau, das Abbild eines uralten Leibeigenen, der bei der Herrschaft sein Gnadenbrot aß, auf dem Speicher nächtigte und tagsüber, wie jetzt, die Tür hütete.
»Mein Junge«, flüsterte er unter dem struppigen Bart und weinte, als Donath ihn umarmte. »Komm«, sagte er und taperte ins Wohnzimmer voran, reckte vergeblich das Rückgrat und fragte:
»Wo willst du dich hinsetzen?«
»Mir egal«, antwortete Donath.
»Rede lauter«, bat der Bär. »Ich bin schwerhörig geworden. Aber es lohnt sich nicht mehr, daß ich Geld für so'n Apparat verschwende. Die Nappern Fitzau hat dich durchs Fenster erkannt, und ihrem Gesicht habe ich angesehen, du bist's. Ich wollte dich noch bekucken, bevor ich deiner Mutter Gesellschaft leiste. Nun kann ich abfahren.«

Donath setzte sich auf das Sofa, und sein Vater ließ sich im Sessel nieder.
»Wo steckt denn Trudchen?«
»Ich verstehe dich nicht«, sagte der Bär und wischte die Tränen mit dem Hemdsärmel ab. »Du mußt deutlicher reden, Hermann.« Donath verzichtete darauf, die Frage zu wiederholen und erklärte so laut wie möglich, warum man ihn schon heute entlassen hatte.
»Fleiß ernährt, Arbeit ehrt«, sagte der Alte.
»Vater, das war kein Fleiß«, widersprach Donath, »und Arbeit auch nicht, sondern Murks, von Ehre ganz zu schweigen.«
»Was sagst du?«
»Daß du recht hast!« brüllte Donath ärgerlich.
»Jawoll«, meinte der Bär und begann, die Geschichte seiner glorreichen Gesellenprüfung zu erzählen, während Donath die gute Stube besichtigte.
Ausgenommen den Fernsehapparat, hatte sich die Einrichtung nicht verändert. Wie eh und je war alles an seinem Platz. Das Zuckerwasserglas mit den Kautabakwürfeln auf dem Fensterbrett, die Stehlampe neben der schmalen Voileschabracke, das Porzellanservice mit dem Eichenlaubdekor in der Vitrine, die hohen ungepolsterten Stühle, der Tisch, von dem die Fransen der Häkeldecke hingen, das durchgesessene Plüschsofa, der Fußabtreter an der Küchentür, das selbstgetischlerte Bücherregal, der Backensessel – ja, sogar die neue Blumentapete ähnelte dem alten Muster, und je schärfer Donath auf die gedruckten Nelken blickte, desto rascher verschwammen die Stengel vor seinen Augen, rankten sich zu dünnen Strichen, verblaßten und verschwanden, bis er endlich gegen die Lehne und in den Schlaf nach der Schacksdorfer Frühschicht sank, taub für jedes weitere Wort.
Der Geruch von Bratfett weckte ihn. Donath rappelte sich auf und glaubte im ersten Moment, es sei Nacht. Doch dann sah er Kartoffelpuffer und darüber ein schmunzelndes Gesicht.
»Guten Appetit, Herr Landrat«, wünschte Trudchen Fitzau und verzog die Miene zu einem fröhlichen Spinnennetz. »Ich habe das Zimmer ein bißchen verdunkelt«, sagte sie. »Ihre

Jacke und Ihre Schuhe habe ich Ihnen auch ausgezogen.«
»Wo ist mein Vater?«
»Immer der Reihe nach«, meinte das bucklige Fräulein, ließ das Rollo hochschnappen, setzte sich Donath gegenüber an den Tisch und schenkte Bier ein. »Greifen Sie zu, sonst werden die Puffer kalt!«
Donath streute Zucker auf den Reibekuchen, begann zu essen, nippte am Bier, kostete das Apfelmus und wurde ganz Ohr für die Nappern.
»Ihr Vater liegt im Bett«, sagte sie. »Meistens kraucht er bloß zum Mittagessen raus. Sie sind gerade richtig gekommen. Andernfalls hätten Sie warten müssen, bis die Medizin wirkt. Denken Sie etwa, Ihr Vater ist nur schwerhörig? Krank ist er, und das wäre ja mit seinen Vierundachtzig auch normal. Aber an gewöhnlicher Altersschwäche leidet er nicht. Er hat's auf'm Herzen.«
»Ernstlich?« fragte Donath.
»Ja«, sagte die Haushälterin, »und zwar seitdem ihm letzten Winter 's Finanzamt auf die Pelle gerückt ist, von wegen Schwarzarbeit für fremde Leute, wo er doch bloß immer Naturalien und nie Geld genommen hat. Wenn wenigstens noch Rechtsanwalt Börne dagewesen wäre.«
»Gestorben?«
»Mausetot wie der olle Studienrat Sintenis. Kaum daß Ralf begnadigt war und rübermachte, weil er noch vor der Mauer rauskam. Jammerschade um Mathesius.«
»Was hat der damit zu tun?«
»Die Karriere ist zu Ende, wenn der Schwager in München wohnt.«
»Sind Helmut und Erika verheiratet?«
»Freilich. Der arme Stummel hätte Bürgermeister werden können oder 'n anderes hohes Tier, aber mit Westverwandtschaft ist alles geplatzt. Nu freut er sich, daß er'n Posten beim KONSUM hat, als Dispätscher, so 'ne Art Versandleiter, aber wo bin ich eigentlich stehengeblieben?«
»Beim Finanzamt.«
»Ja, Ihr Vater mußte seine Werkstatt dichtmachen, und den

Schock hat er nicht verkraftet. Schmecken die Puffer?«
»Wunderbar.«
Die Nappern Fitzau servierte Donath den nächsten und sagte: »Übrigens, eine gewisse Frau Leyde ist die beiden letzten Jahre 'n paar mal hiergewesen.«
»So, so.«
»Interessiert Sie wohl nicht?«
Donath räusperte sich und trank das Glas leer.
»Herr Landrat, Herr Landrat«, drohte Trudchen lächelnd, »die Dame behauptet, sie ist Ihre Verlobte.«
»Das hat sie bloß getan, weil sie mich in Schacksdorf besuchen wollte«, antwortete Donath und errötete.
»Würde mich auch mächtig wundern.«
»Trauen Sie mir das nicht mehr zu?«
»Wie Sie gebaut sind, immer. Aber in Ihrer Hand war damals kein Zeichen von Verlobung. Ich kann ja vorsichtshalber nochmal reinkucken, falls Sie's wünschen.«
»Kokelmoosch«, sagte Donath und ballte die Linke zur Faust.
»Habe ich mit der Acht etwa danebengehauen?« fragte die Nappern Fitzau entrüstet.
»Nein, die Zahl war leider richtig«, sagte Donath und merkte, wie ihm der ungewohnte Alkohol zu Kopf stieg. »Hat Frau Leyde mit meinem Vater über die Verlobung gesprochen?« Er nickte beruhigt, als Trudchen verneinte.
»Ich mache noch das Abendbrot zurecht und erledige den Abwasch«, sagte sie. »Wenn Ihr Vater seine Medizin braucht, geben Sie ihm die Tropfen aus der braunen Flasche auf 'n Stückchen Würfelzucker.«
»Wer hat 'n die Medizin verschrieben?«
»Ich«, sagte die Nappern Fitzau. »Ihr Vater duldet keinen Doktor.«
»Aha«, sagte Donath. »Und weiter?«
»Dann gehe ich nach Hause.«
»Übernachten Sie nicht hier?«
»Nein, ich bin Frollein und weiß, was sich schickt.«
»Oben die Mansarde ist doch frei.«
»Dort habe ich im Notfall auch schon mal geschlafen«, sagte

das alte Mädchen verschämt. »Aber heute passiert nichts.«
»Um so besser«, sagte Donath. »Sind die Geschäfte noch offen?«
»Wo wollen Sie denn hin?«
»Ich brauche Paßbilder für'n Personalausweis.«

13

Die Nachricht von Donaths Rückkehr verbreitete sich über Nacht wie ein Lauffeuer durch die Stadt. Einige hatten ihn gleich am Bahnhof erkannt, andere auf dem Weg zur Priegnitz, die meisten beim Besuch des Photographen. Der frühere Landrat schüttelte nur den Kopf, als ob er's nicht glauben wollte, was die Nappern Fitzau erzählte.
»Aber es ist die reine Wahrheit«, protestierte Trudchen.
»Ja, ja«, sagte Donath.
Den größten Teil des Tages verbrachte er am Bett seines Vaters und redete sich die Kehle heiser, bis der schwerhörige Zimmerpolier seine Herztropfen verlangte und schon schnarchte, ehe er einschlief. Danach stieg Donath in die Mansarde hinauf und las die Briefe, die Lothar Witte dem Bären geschrieben hatte. Der wahre Adressat ergab sich aus versteckten Andeutungen. Lothar hatte einen Fortbildungskurs in der Heilanstalt Finkenwerder absolviert, oder er hatte dummerweise die Maschine vom Flughafen Fuhlsbüttel zum Berliner Röntgenologenkongreß verpaßt. Etwa so und ähnliches mehr, und irgendwo zitierte er eine Bibelstelle, die in Donaths Gedächtnis haften blieb, weil er sie nicht auf Anhieb begriff, denn dort hieß es:
Durch den Glauben ist er ein Fremdling gewesen in dem verheißenen Lande als in einem fremden, und wohnte in Hütten mit Isaak und Jakob, den Miterben derselbigen Verheißung. Aber woanders schrieb Lothar, daß er in einer Villa wohnte, und Villa reimte sich schlecht auf Hütte, besonders wenn man in einer Bruchbude an der Zerbster Priegnitz hauste, doch der Fremdling und das verheißene Land gingen Donath öfter als ihm lieb war

durch den Sinn. Was Lothar sonst schrieb, betraf die Familie. Inge sammelte Antiquitäten, Wolfgang hatte den Doktor gemacht, und Werner studierte Anglistik.
Am Mittwoch holte Donath die Paßbilder ab und erkundigte sich nach der polizeilichen Meldestelle. Der Photograph schien noch neu hier, denn Schloßfreiheit Nr. 10 konnte nicht stimmen. Dort hatte Donath mit Annemarie vor zwanzig Jahren Hochzeit gefeiert, im Hintertrakt des Kavalierhauses, aber sowohl das ehemalige Amtsgericht wie das ehemalige Gefängnis lag in Schutt und Asche, oder? Na, wir werden sehen, sagte sich Donath und sah vom Markt her durch die Brüderstraße bis zum Gittertor des Francisceums. Ziemlich trostlos, fand er. Auch die neuen Wohnkästen an der Alten Brücke imponierten ihm nicht. Industrielle Fertigung, gewiß, doch die sprossenlosen Fenster wirkten wie ausgestochene Augen. Zwischen Sparkasse und Konditorei erhob sich das Mahnmal für die Opfer des Faschismus. Zwei nackte Bronzefiguren. Der kniende Mann reckte die Faust und stützte mit dem Unterleib seinen entkräfteten Leidensgenossen. Geschmacksache? Wenn's dir nicht gefällt, hättest du's damals nicht einweihen dürfen, Verehrtester.
Der Photograph behielt recht. Barock und hübsch war das Kavalierhaus restauriert worden. Nur daß es sich jetzt eben Kreishaus nannte mit der Abteilung Inneres im Erdgeschoß, links A bis K, rechts L bis Z. Vor A bis K standen schon ein paar Leute, und Donath trat ans Ende der Schlange. Nach einer halben Stunde kam er an die Reihe, legte den Cottbuser Entlassungsschein auf den Tresen und beantragte einen Personalausweis.
Die Sachbearbeiterin prüfte den Entlassungsschein, als gehörte sie zum Erkennungsdienst. Dann zog sie das Telephon an ihren Donnerbusen, wählte und sagte:
»Tettenborn, Abteilung Inneres. Wann kriege ich eigentlich meinen Terminkalender zurück?«
Frau Tettenborn, dachte Donath, Sie sind ungeschickt. Sie hätten die Antwort abwarten müssen, ehe Sie den Hörer auflegen. Herzlichen Dank. Nun weiß ich wenigstens Bescheid.

Deckname: Terminkalender. Klingt nach Poche.
»Paßbilder?«
Donath tauschte die Photos gegen ein Formular, und Frau Tettenborn zeigte ihm, wo er sich hinsetzen sollte. Warum rief sie nicht den nächsten Bittsteller rein? überlegte Donath, während er mit der amtlichen Stahlfeder die erforderlichen Rubriken ausfüllte. Körpergröße? War wohl die gleiche geblieben. Haarfarbe? Kaum noch zu verheimlichen: Grau. Augenfarbe? Ebenfalls. Besondere Kennzeichen? Narbe an der linken Schläfe. Personenstand? Geschieden. Beruf? Himmel, Arsch und Zwirn: Baumeister. Hiermit versichere ich an Eides Statt – daß ihr mir alle den Hobel blasen könnt. Unterschrift, basta, noch ein bißchen trocknen lassen, sonst verschmierte die Tinte, und die Geschichte finge von vorne an, doch da sagte eine bekannte Stimme:
»Tach, Herr Donath! Wieder im Lande?«
»Tach, Benno!« grüßte Donath und griente, weil Poche versuchte, den eigenen Vornamen zu überhusten. »Kommt vom Rauchen«, beruhigte ihn Donath und klopfte dem Herrn Major auf das silbergeflochtene Schulterstück mit dem goldenen Stern.
»Gut denkbar, Herr Donath«, ächzte Poche und schielte zu Frau Tettenborn hin. »Aber wenn Sie vielleicht 'n Moment Zeit haben, würde ich die Unterhaltung mit Ihnen lieber in meinem Büro –«
»Für dich bin ich immer zu sprechen, Benno.«
»Dann erledige ich das, Genossin Tettenborn!« rief Poche über den Tresen, nahm Donath das Formular ab und drängte ihn zur Tür. »Warum mußt du mich denn so bloßstellen vor dieser Trulle?« flüsterte er auf der Treppe. »Die Tettenborn ist eine ganz Geriebene, die tratscht jedes Wort rum, was mir schaden kann. Wenn die Kröte in Magdeburg meldet, daß wir uns duzen, kriege ich eins übern Deckel.«
»Jawohl, Herr Major«, sagte Donath, als ihnen ein Leutnant entgegenkam, und wiederholte die Anrede auch für die Ohren der Chefsekretärin.
»Danke«, seufzte Poche und setzte sich in seinem Dienstzim-

mer hinter einen Schreibtisch, dessen Ausmaße einer Pingpongplatte entsprachen. »Mach's dir bequem«, bat er und nötigte Donath in einen Clubsessel.
»Ach, Hermann«, sagte er kläglich, »Liesegang, Sandkuhl und ich haben wirklich alles, ich schwöre dir, alles probiert.«
»Aber die Beweise waren erdrückend«, stichelte Donath.
»Du willst mich nicht verstehen, und ich verstehe, daß du mich nicht verstehen willst«, sagte Poche. »In deiner Lage würde ich mich eventuell auch nicht verstehen.«
»Meinen Sie, wenn Sie ich wären und gleichzeitig Sie, Herr Major?«
Poche senkte das Doppelkinn auf die Kragenspiegel und litt offensichtlich unter der eigenen Konfusion. Als er sich etwas erholt hatte, sagte er:
»Wir standen vor der einfachen Frage: Quo vadis? Wem nützt es? Was lachst du so dreckig? Stimmt doch, oder?«
»Freilich«, bestätigte Donath. »Ich mache euch keinen Vorwurf. Als Schenk verknackt wurde, habe ich mich genau so benommen.«
»Das war ein klarer Fall, wo's überhaupt nichts rumzutüfteln gab. Wie kannst du dich mit einem SS-Offizier vergleichen?«
»Weil er keiner war.«
»Er war keiner?« fragte Poche. »Du spinnst!«
»Nächste Woche will ich ihn besuchen«, sagte Donath.
»Du willst Schenk nächste Woche besuchen?« vergewisserte sich Poche und fummelte am Koppelschloß herum, bis er es aufbrachte. »Wo sitzt er denn?«
»Gar nicht weit von hier«, sagte Donath. »In Hoym.«
»Hoym? Bei Ballenstedt? Seit wann hat Hoym 'n Gefängnis? Ich kenne in Hoym bloß die Irrenanstalt.«
»Von der rede ich«, sagte Donath.
Major Poche legte schweigend das Koppel mit der Pistolentasche auf den Schreibtisch. Dann zog er ein Seitenfach heraus, steckte eine Zigarre zwischen die Lippen, zündete ein Streichholz an, rauchte, warf das abgebrannte Streichholz in den Aschenbecher, rauchte weiter und blieb immer noch stumm. Nur sein Gesicht verriet, daß irgendwas Wichtiges oder Ent-

scheidendes bevorstand, etwas, wovor er sich selber zu fürchten schien, denn seine Miene erinnerte Donath an den Tag, als die Leute hinter Blumenthals Sarg marschiert waren und Benno seinen Angstschweiß ins Tischtuch des Landrats gekleckst hatte, damals.
»Ich wollte es dir schonend beibringen«, sagte Poche und räusperte sich nach der langen Sendepause. »Nun erfährst du's eben brühwarm. Das Gericht hat dir auf zehn Jahre die bürgerlichen Ehrenrechte aberkannt, wirksam durch das Urteil, aber erst vom Tag der Entlassung berechnet. Klar? Gut. Und jetzt spring mir nicht an'n Kragen.«
Donath las, was ihm Poche zu lesen gab, und wurde blaß.
»Aufenthaltsbeschränkung?«
»Die Reise nach Hoym kannst du jedenfalls vergessen.«
»Bedeutet das, ich muß zehn Jahre in Zerbst bleiben?«
Der Major nickte.
»Ich habe acht Jahre Knast abgerissen, ihr Lumpenhunde«, brüllte Donath, »und jetzt kachelt ihr mich nochmal zehn Jahre ein?«
»Beschwere dich beim Magdeburger Strafsenat!« rief Poche zurück und dämpfte die Stimme. »Uns trifft keine Schuld. Wir helfen dir, Liesegang und ich. Was heißt Aufenthaltsbeschränkung für den Kreis Zerbst? Stadtkreis oder Landkreis? Das ist eine Ermessensfrage, und dir zuliebe haben wir beschlossen: Landkreis.«
»Zu gütig«, sagte Donath, aber Poche überhörte die Ironie und schwadronierte weiter. Vorausgesetzt, Hermann machte keinen Krawall und die Partei oder die Gewerkschaft beantragte, die Aufenthaltsbeschränkung zu verkürzen, ließe sich manches arrangieren.
»Wo kriege ich Arbeit?«
»Wir denken an alles.«
Poche schob Donath einen nagelneuen Personalausweis zu.
»Unterschreibe! Den Rest besorgt die Tettenborn, und heute abend bringt dir Sandkuhl den Ausweis mit.«
»Und was liegt an?« erkundigte sich Donath, als er unterschrieben hatte.

»Nächsten Montag gehst du zu Hoppedietz. Der ist der Chef vom Projektierungsbüro und nimmt dich als technischen Zeichner. Könntest ruhig mal 'n freundliches Wort sagen«, meinte der Major. »Brauchst dich ja nicht zu bedanken, aber ich renne mir deinetwegen die Hacken ab, und nu stehe ich da mit'm gewaschenen Hals.«
»Entschuldige den Lumpenhund«, sagte Donath und amüsierte sich noch unterwegs über Poches seliges Lächeln.
Am Nachmittag erschien eine Dame, brachte Blumen, trank Kaffee, sagte in Gegenwart der Nappern Fitzau aber immer ›Herr Landrat‹, obwohl das rothaarige Güterglück quasi Donaths Verlobte war, doch eben bloß quasi, und das behinderte den Kaffeeschwatz. Als Trudchen endgültig in die Küche schlappte, setzte sich Hanna zu Hermann aufs Sofa und küßte ihn. Daß ihr Mund nach Gummiarabikum schmeckte, merkte sie anscheinend selber, denn sie tupfte die Schminke mit der Papierserviette ab. Woher sie seine Ankunft erfahren hatte? Na, nun mach mal'n Punkt, davon redet inzwischen doch jeder! Auch in Güterglück? Freilich. Ja, so. Magst du mich eigentlich noch, oder bin ich ungelegen reingeschneit? Das waren zwei verschiedene Fragen auf einmal. Doch Donath wollte durch Schweigen keinen falschen Eindruck erwecken. Deshalb umarmte er Hanna, bis ihr die Luft wegblieb, womit sich die erste Frage erledigte. Dann versprach er einen Gegenbesuch für nächsten Sonntag, zwinkerte dabei geradezu ordinär, und das war die andere Antwort. Hanna durchschaute das Manöver. Sie stand auf und drehte ihm den Rücken zu.
»Ein wunderschönes Kleid.«
»Wenn dir man gefiele, was drinsteckt.«
»Gefällt mir doch!«
Das war schlappschwänzig und transusig. Hanna hatte jahrelang gewartet und war nach Donaths Scheidung jeden dritten Monat in Schacksdorf gewesen. Sowas verdiente Lob und Liebe oder wenigstens Anerkennung. Kaffee und Kuchen kriegte Frau Leyde überall.
»Ich habe dich genau so gerne wie früher«, sagte Donath.

»Wenn du wüßtest, wie wohl mir deine Briefe getan haben, Hanna. Du bist doch meine einzige.«

»Alt und grau bin ich geworden.«

Donath trat zu ihr und nahm sie in die Arme.

»Ich sehe kein graues Haar.«

»Weil's getönt ist«, schluchzte Hanna, wandte sich um und lehnte die Dauerwelle an Donaths Brust. »Deinetwegen war ich extra beim Friseur.«

Was soll man dazu sagen? Am besten gar nichts, Hermann. Frauentränen sind Vorschußlorbeeren. Nur Geduld. Jetzt putzt sich Hanna die Nase, und bald lacht sie wieder. Na bitte. Strahlt über beide Backen.

»Wir machen uns 'n hübschen Sonntag, ja?« fragte das rotgetönte Güterglück zum Abschied und zuckte mit dem rechten Lid, bloß ganz kurz, doch ein Abgrund von Ausschweifungen tat sich auf. Adjeh, mein Kind, und bade dich in Buttermilch. Er sah ihr nach. Wie Hanna die strammen Waden warf – unglaublich! Er war nicht mehr der Jüngste, aber wozu bis Sonntag warten, verflixt und zugenäht? Ich laufe Hanna hinterher und sage ihr: Irrtum vom Amt, du bleibst hier, meine Süße, und wir kuscheln uns in die Mansarde. Ja, würde sie antworten, damit hatte ich eigentlich, wenn ich ehrlich sein darf, auch gerechnet, und auf der Treppe würde sie schon den Reißverschluß runterziehen. Mein Vater ist schwerhörig, würde ich sagen, die Nappern Fitzau ist beim Bäcker, und Hanna würde sofort begreifen, was das bedeutet. Wir brauchen uns nicht den geringsten Zwang aufzulegen. Ich riegele Tür und Fenster ab, und du kannst brüllen wie am Spieß. Ist es so richtig? Sag, ob dir's so paßt. Ach, Hermann, alles paßt, mach weiter, mach weiter! – Ja, so wär's richtig gewesen. Aber jetzt stehe ich da, wie bestellt und nicht abgeholt und traue mich kaum in die Küche mit der verbeulten Hose.

»Wozu denn das Beil, Herr Landrat?« fragte Trudchen.

»Ich gehe Holz hacken.«

»Bei der Bullenhitze?«

In der Werkstatt schärfte Donath die Schneide. Dann trug er das gesägte Holz aus dem Schuppen zum Hackklotz. Wenn das Beil im Knorren steckenblieb, schwang er es über die Schulter und drosch das eiserne Öhr so lange auf den Klotz, bis sich das Holz spaltete. Bei kleineren Stücken bog er den linken Daumen unter den Handteller. Als er sein verschwitztes Hemd über den Lattenzaun hängte, fühlte er sich so leicht wie ein Boxer vorm Gongschlag zur ersten Runde. Wo war Hanna? In Güterglück. Später schichtete er das gehackte Holz gegen die Sonnenseite der Schuppenwand, ging ins Haus, duschte sich und zog frische Sachen an.

14

Nach dem Abendbrot kam Reiner Sandkuhl. Es war immer noch hell draußen, doch Sandkuhl roch schon nach Schnaps und brachte außer dem Personalausweis eine Flasche ungarischen Nuß-Brandy mit. Sie setzten sich in die gute Stube, und Sandkuhl sagte:

»Gib mal zwei Gläser.«

»Ohne mich.«

»Bloß zum Anstoßen, alter Knabe«, sagte Sandkuhl.

Na, schön, zur Begrüßung und weil der Parteisekretär so vermickert wirkte; das ganze Gegenteil von Poche. Benno war aufgeblüht mit seinem goldenen Majorstern, Reiner war verwelkt. Donath stellte sein leeres Glas neben den Kautabak aufs Fensterbrett.

»Wie geht's denn Berta?«

»Wiegt zweieinhalb Zentner, das Trampeltier. Borris ist beim Barras. Hat's Abitur nicht geschafft. Wann wurde die Wehrpflicht eingeführt?«

»War das die Prüfungsfrage?«

»Nein, das frage ich dich.«

»Keine Ahnung«, sagte Donath.

»Am zweihundertfuffzigsten Geburtstag von Friedrich dem Großen. Darauf trinke ich noch einen.«

»Prost«, sagte Donath.

»Gibt dir das was zu denken?« fragte Sandkuhl. »Kein Zufall, hm?«

»Glaube ich kaum.«
»Aber daß sie dich in Roßlau geschnappt haben, war 'n Zufall, oder?«
»Wozu soll ich mir darüber Gedanken machen?« fragte Donath gleichgültig, obwohl er die Nachtigall trapsen hörte.
»Also weißt du, wer dich verpfiffen hat«, sagte Sandkuhl.
»Liegt ja auf der Hand.«
»Mir egal«, flunkerte Donath.
»Du hattest acht Jahre Zeit zum Nachdenken.«
»Liesegang?«
»Der Armleuchter«, sagte Sandkuhl und kippte den dritten Nuß-Brandy.
»Du vielleicht?«
»Alfred Schrottke.«
»Ach, der Sägespänepinkler.«
»War von Anfang an bei der Firma.«
»Du meinst, beim Staatssicherheitsdienst?« erkundigte sich Donath scheinheilig.
Sandkuhl nickte.
»Du wurdest laufend überwacht, Hermann. Oder bildest du dir ein, du bist alleine nach Hamburg geschwirrt? Der Mann, der dich vom Flugplatz im Taxi mitgenommen hat, gehörte auch zur Truppe.«
»Dann brauchten mich die Brüder doch nicht zu verhaften«, sagte Donath.
»Du redest wie die Jungfrau vom Kind. Wer verdächtig ist, wird verhaftet, wer verhaftet ist, wird verurteilt. Das alte Lied, mein Junge. Ich hätte dich bei deinem ersten Prozeß rausgehauen, aber da stand mir Börne im Wege.«
»Woher weißt du denn, daß die Firma hinter mir her war?«
»Verrate ich dir, wenn du einen mittrinkst.«
»Dann behalt's für dich. Ich spiele nicht den Rächer der Enterbten.«
»Unser Schmuckstück hat's mir erzählt«, sagte Sandkuhl, »unser Benno, und zwar nach der Ungarn-Geschichte. Da kriegte er's Fracksausen, weil er dachte, Zerbst ist Budapest, und er wollte mit mir gemeinsam an der Laterne baumeln. Aber

Zerbst ist nicht Budapest, wir trinken hier bloß ungarischen Schnaps. Wenn du gestattest, nehme ich noch einen.«
Sandkuhl schmetterte den vierten und sagte:
»Seitdem saufe ich.«
»Seit wann?«
»Was Berta an Torte frißt, schlucke ich an Fusel.«
»Seit wann?« wiederholte Donath.
»Sei nicht so neugierig«, sagte Sandkuhl und kicherte. »Seit mir der Genosse Major sein Herz ausgeschüttet hat. Ich bin doch genauso'n Stiesel wie du gewesen, Hermann. Am liebsten hätte ich ihn kaltgemacht, aber die größten Halunken krepieren immer an der kleinsten Krankheit. Schrottke ist mit 'ner Virusgrippe abgeschrammt. Wie wär's, wenn du deine Wut an Poche austobst? Ich verschaffe dir 'n Revolver.«
»Bist du verrückt?«
»Nein, ich bin Träger des Vaterländischen Verdienstordens in Bronze und gehe im Herbst in Rente. Klar, du darfst Poche nicht umlegen. Aber sag ihm, du weißt, wie er dich vor deiner Verhaftung geleimt hat. Dann kippt er aus'm Anzug.«
»Benno ist'n feiner Kerl«, sagte Donath.
»Und deine Aufenthaltsbeschränkung?«
»Die verdanke ich euch allen.«
»Daran bin ich unschuldig!« brüllte Sandkuhl, ließ den Kopf hängen und weinte.
»Nu komm«, sagte Donath und hob den Betrunkenen vom Stuhl. »War ja bloß Spaß.« Er brachte ihn auf die Straße. »Schaffst du's bis nach Hause?«
»Meine Flasche«, lallte Sandkuhl.
Donath lehnte ihn an die Wand, ging ins Zimmer zurück, verkorkte die Flasche und trug sie vor die Tür. Aber Sandkuhl war verschwunden. Als Donath die Flasche in die Küche brachte, hörte er seinen Vater rufen.
»Wer ist dagewesen?« wollte der Alte wissen.
Donath mußte ihm den Namen zweimal ins Ohr schreien. Der Bär nickte und sagte: »Sandkuhl ist der einzige, auf den Verlaß ist. Der wollte mich sogar selber zu Wilhelm fahren. Aber das habe ich alleine geschaukelt.«

»Ja, Vater«, sagte Donath.
»Was?« fragte der Bär.
»Das hast du prima hingekriegt«, gröhlte Donath.
»Setz dich her«, bat der Bär, und als Donath auf dem Bettrand saß, feuchtete der Alte die Lippen an und sagte: »Das war folgendermaßen . . .«
Gegen Mitternacht stieg Donath in die Mansarde hoch und warf sich auf's Bett. Jetzt schlafe ich ein, dachte er, aber die Klosettspülung im Erdgeschoß erinnerte ihn an das Amulett, das ihm Quasts Tochter geschenkt hatte: ›Und immer hör ich's rauschen. – Deine Fränzi.‹ Darüber mußte er lachen, und weil es ein Lied war, fiel ihm ein anderes Lied ein: ›Still wie die Nacht und tief wie das Meer soll meine Liebe sein.‹ Das hatte seine Mutter gesungen, damals in der Dämmerung, in der Ulenflucht, wenn sich die Hühner aus dem Staub räkelten und die Katzen auf die Spargelfelder schlichen. Still wie die Nacht und tief wie das Meer. Oder umgekehrt? Tief wie die Nacht und still wie das Meer? Jedenfalls hatte seine Mutter das Lied aus dem Radio, Sender Königswusterhausen. Still wie die Nacht und tief wie das Meer. So still, daß man in Strinum die Hunde bellen hörte, so still, daß man denken konnte, der Magdeburger Eilzug fährt durch die Küche, der Spätzug mit dem Anschluß an die Kanonenbahn nach Berlin. Über Potsdam oder über Königswusterhausen? Jedenfalls Preußen und Friedrich der Große und die Wehrpflicht. Tief wie die Nacht. Aber die Nacht war flach, denn der Himmel war hell. ›Wo Tann' und Fichte stehn am Waldessaum.‹ Auch so'n Lied. Was kümmert mich denn eure Aufenthaltsbeschränkung? ›Die Gedanken sind frei, wer kann sie erraten, sie fliehen vorbei wie nächtliche Schatten.‹ Der Landkreis ist meine Grenze, aber ich bin der Landrat geblieben. Ich darf nicht über die Elbe, aber die Wolken kommen manchmal auch nicht über den Strom, und wenn der Wind noch so bläst. Trotzdem nieselt's dann in Zerbst, obwohl der Himmel so hell ist wie jetzt. ›Sperrt man mich gleich ein in finsteren Kerker, so sind es doch nur vergebliche Werke.‹ Werker müßte es eigentlich heißen, damit sich's reimt. ›Denn meine Gedanken zerreißen die Schranken und

Mauern entzwei: Die Gedanken sind frei.‹ Die Sache mit Hanna werden wir mal behutsam angehen. Keinen Floh ins Ohr setzen von wegen Heiraten oder so. Wäre ja gelacht auf meine ollen Tage.

15

Das Wochenende verbrachte Donath in Güterglück. Am Montag meldete er sich bei Hoppedietz, der ihn mit seinen Kollegen Gerloff und Bittner bekanntmachte. Von nun an fuhr Donath jeden Werktag zum Projektierungsbüro, stellte sich vors Reißbrett und zeichnete Garagen für die Siedlung am Teufelstein, bis Weihnachten insgesamt vierundzwanzig Stück, Aufriß, Seitenriß, Grundriß, teils mit Schiebetür und Flachdach, teils mit Schwenktür und Hängedach. Anfang Januar erkundigte er sich, was aus seinen Entwürfen geworden sei. Hoppedietz zuckte die Achseln, der normale Schlendrian. Aber in Zukunft plante man das Gebäude des Rates für Landwirtschaftliche Produktion und Nahrungsgüterwirtschaft – oho! Ein langer Name? Je länger der Name, um so breiter die ökonomische Basis. Inzwischen spezialisieren wir uns auf Zeitungskioske.
Ende Februar starb der Bär, und Donath nahm zwei Tage Urlaub. Lungenentzündung, hatte der Arzt auf den Totenschein geschrieben. Am Morgen, als die Nappern Fitzau dem Bären das Frühstück bringen wollte, war er schon kalt gewesen. Donath schloß ihm die Augen, band ihm das Kinn hoch und dachte an den Spruch der wandernden Zimmergesellen: ›Als Fremder bist du gereist, als Fremder bist du gestorben, als Fremder sollst du in fremder Erde begraben sein.‹
Donath ging zur Inseratenfiliale der ›Volksstimme‹, fand aber an den Mustern der Todesanzeigen keinen Gefallen und verfaßte einen eigenen Text.
»Mit Kreuz?«
»Nein«, sagte Donath. »Wer spricht denn auf'm Friedhof, wenn der Verstorbene nicht in der Kirche war?«

»Ein Kollege von der Gesellschaft zur Verbreitung wissenschaftlicher Kenntnisse«, wußte das Inseratenfräulein.
Den Tort wollte Donath dem Bären nicht antun. Trotzdem müßte jemand 'n paar Worte sagen, überlegte er auf dem Heimweg. Sandkuhl würde sich vor lauter Lampenfieber besaufen. Wenn Lothar hier wäre, ja dann!
»Wer denn nun?« fragte die Nappern Fitzau am Abend vor der Bestattung.
»Kommt Zeit, kommt Rat«, sagte Donath.
Am nächsten Morgen trugen vier Zimmerpoliere den Sarg, gefolgt von einem fünften Polier mit Zylinder und Zunftfahne. An der Spitze des Kondukts ging Donath. Als die Poliere den Sarg absetzten, stellten sich die Trauergäste um das offene Grab, und die Turmposaunen bliesen ein ergreifendes Lied, bei dem sich leider nicht genau unterscheiden ließ, ob es »Ännchen von Tharau« oder »Leise rieselt der Schnee« war. Kapellmeister Radebold erkannte als einziger, daß es sich um »Brüder, reicht die Hand zum Bunde« handelte. Doch die meisten waren erschüttert, und was nun geschah, hatte niemand erwartet.
Donath trat einen Schritt vor und sagte:
»Hier wurde meine Mutter begraben, und hier begraben wir heute meinen Vater. Ich will euch was von ihm erzählen, das mehr als ein halbes Jahrhundert zurückliegt.«
Es war so kalt, daß jeder seinen Atem sah, und außerdem sprach der Landrat ja auch von der Kälte, die damals geherrscht hatte, vor dem ersten Krieg, als der Bär mit ihm nach Aken zum Schlachtfest gegangen war. Mein Gott, zum Schlachtfest, und unterwegs war er gestolpert, der kleine Kerl, der so groß geworden war und jetzt am Grab des eigenen Vaters sprach, irgendwie rührend und auch wieder lustig, wenn der Schwergewichtsmeister im Ringkampf den Steppke auf die Schultern hob, damit der Sohn den richtigen Rundblick kriegte über die Steutzer Au und den Sommerdeich. Da wischte sich mancher eine Träne weg, wogegen Benno Poche, als der Redner die Elbe erwähnte, leicht zusammenzuckte, denn die Elbe bildete die Grenze des Zerbster Landkreises und

weiter nordwestlich die Grenze der Republik. Sollte das etwa ein Wink mit'm Zaunpfahl sein? Nein. Donath meinte nur das schwarze Wasser, vor dem er sich gefürchtet hatte, bis ihm sein Vater erklärte, warum die Fähre ohne Ruder und ohne Motor vom Steutzer ans Akener Ufer trieb, weil die offene Wanne nämlich schräg zur Strömung stand und an einem Giertau hing. Ach so. Ja, und noch denselben Abend sang der Bär, dieser harte und strenge Mann, mit einem Fremden Zimmergesellen in der Schankstube des Schwanenwirts, und sie klatschten sich wechselseitig auf die Schenkel und in die Hände, wie das eben üblich war, damals, und der Fremde Zimmergeselle behauptete, daß der Bär seinen Sohn im Spargel gefunden hätte, aber darüber lachte der kleine Morkel. Wahrscheinlich hatten die Männer zu viel Bier zum Speckkuchen getrunken. Speckkuchen? Das durfte er nicht sagen. Da schluchzte Annemarie, die Stationsschwester, und Berta, die Russischlehrerin, und ein paar andere Frauen wurden davon angesteckt, bis schließlich alle Rotz und Wasser heulten, nicht wegen Vera Karnbach oder Siegfried Sattler, sondern wegen der schönen alten Zeiten, wo man an Lichtmeß Schweine schlachtete, Blut rührte, Speckseiten schnitt, Därme stopfte, Wurstsuppe trank und Bier, versteht sich, und Nordhäuser Doppelkorn, keinen Wodka oder Spezi, wie heutzutage. Was Wunder, wenn sich so'n Hosenmatz nach seiner Mutter sehnte, obwohl es der Redner ein bißchen sachlicher ausdrückte. Ach, Luise, die war eine brave Frau gewesen, auch wenn sie von Therese Beau abstammte. Na, daran erinnerte sich kaum noch jemand, und Donath war längst in der Nacht, als die Elbe zufror. Eine Mordskälte, jawohl, da brauchte man Fäustlinge und Ohrenschützer und konnte auf Gebrüder Beenekens heimwärts traben, der Vater vorweg und der Sohnemann hinterher auf dem Trampelpfad übers flimmernde Eis, unter dem das Wasser rauschte, weswegen sich der Stöpsel am Mantel des Bären festgehalten hatte, schwankend und torkelnd in Glück und Gefahr.

»Gestern«, sagte der Redner, »wußte ich noch nicht, was ich euch erzählen soll. Aber letzte Nacht ist mir die kleine Reise nach Aken eingefallen, und ich dachte, es hat was mit dem Sterben zu tun, weil ich als Kind zum ersten Mal spürte, daß die Welt ein Geschenk von Vater und Mutter ist. Vor vielen Jahren hat mich mein Vater über die Elbe zu meiner Mutter geführt. Heute erweise ich ihm den Gegendienst, und ich danke euch, daß ihr mir dabei helft.«

Die Poliere packten die Stricke und ließen den Sarg in die Grube hinab. Die Turmposaunen bliesen den Choral ›Ich bete an die Macht der Liebe‹. Die Zunftfahne senkte sich über dem Grab. Donath warf eine Handvoll Erde auf den Sarg und trat zu dem Fahnenträger. Als sich Annemarie und die Töchter neben ihn stellen wollten, bat er sie freundlich, mit der Nappern Fitzau zur Priegnitz zu gehen und dort auf ihn zu warten. »Sonst erkältet ihr euch noch«, sagte er.

Sandkuhl schüttelte ihm die Hand und flüsterte:

»Meinen Dietrich hast du leider vergessen.«

»Und Lothar Witte auch«, antwortete Donath.

Liesegang hinkte heran mit seinem orthopädischen Schuh. Danke, Egon. Major Poche in Zivil. Danke, Benno. Mathesius, der ehemalige Mottenbruder, Flakschütze und Jugendfunktionär, reichte Donath den Armstummel. Danke, Helmut. Seine Frau Erika, geborene Sintenis. Danke, Erika. Dann Dutzende, die er nur vom Sehen kannte. Frau Leyde, das späte Güterglück. Danke, Hanna. Das Projektierungsbüro, Hoppedietz, Gerloff und Bittner. Wieder Dutzende Namenloser. Das Kreishaus und das Landratsamt, sogar Bürgermeister Wernicke. Gustav Hetzel vom Baudezernat. Die Direktoren des Schlachthofs und des Wasserwerks. Likör-Willy am Stock, Pussinka verschleiert. »Warum haben Sie denn Annemarie weggeschickt?« fragte Berta Sandkuhl. »Damit sie nicht friert«, sagte Donath. Klopapier-Methfessel, Dr. Hennig, Frau Tettenborn. Es nahm und nahm kein Ende. Der Bahnhofswirt, die Kellner von Rephun's Garten, Krankenschwestern, Dentist Sengebusch und Tochter Lieselotte, immer noch ohne Trauring. Pastor Scharfenberg: »Der Herrgott gewähre Ihrem Vater die ewige Ruhe, Herr Landrat!« Danke. Klaus Mähnert und Ziegelei-Zeidler. Das komplette

Adreßbuch. Himmel und Menschen. Genug! Doch jetzt kamen die Bauarbeiter, und zwar in Schale, nicht in Kluft wie bei Max Blumenthal. Mein Beileid, Herr Landrat. Herzliches Beileid, Herr Landrat. Zum Schluß kondolierten die Turmbläser und die Sargträger.
»Alles im Lot?« fragte der älteste Polier.
Donath gab ihm und der ersten Posaune ein Geldkuvert.
»Versauft das Fell«, sagte er, ging nach Hause und war zufrieden. Er hatte seinen Vater weder sang- und klanglos verscharrt, noch über den grünen Klee gelobt. Wenn Annemarie und die Töchter sich zurückgesetzt fühlen sollten, würde er sie um Entschuldigung bitten. Doch niemand erwartete ihn in der guten Stube. Neben der Kaffeekanne lag nur ein beschriebenes Blatt.
»Lieber Papa!« las Donath. »Schade, daß wir nicht länger bleiben konnten. Wir hätten uns wahnsinnig gerne mit Dir unterhalten. Leider muß Margot ins Steutzer Flachswerk und ich (Irene) zur Roßlauer Schiffswerft, sonst kriegen wir Ärger mit der Kaderleitung. Mama fährt uns mit ihrem Trabant hin. Im April werden wir übrigens einundzwanzig und geben eine Riesenparty. Falls Du Lust hast, bist Du herzlich eingeladen. Tschüß! Maggi und Mama.«
»Darf ich?« fragte das bucklige Fräulein.
»Augenblick«, sagte Donath und zerknüllte den Zettel, bevor er sich erkundigte, wann Annemarie und die Töchter abgefahren seien.
»Die Damen wollten bloß Papier und Bleistift«, antwortete Trudchen, »aber Ihre Rede, Herr Landrat, die war ein Gedicht. Sogar Apotheker Beck möchte von Ihnen beerdigt werden, wenn er mal stirbt. Ob Sie's glauben oder nicht.«
»So, so«, sagte Donath und lächelte mühsam.

16

Da der Bär kein Testament hinterließ, war die Rechtslage eindeutig. Trotzdem dauerte es einige Wochen, bis die Formalitäten erledigt waren. Für Zerbster Begriffe wurde Donath vermögend. Von seiner Erbschaft hätte er sich ein Dutzend Autos kaufen können, aber ein Mann ohne bürgerliche Ehrenrechte erhielt keinen Führerschein. Donath kaufte stapelweise Bücher, Romane, Gedichtbände, Anthologien und schmökerte Nacht für Nacht.

Im April schickte er seinen Töchtern silberne Armbanduhren zum Geburtstag, und auf Anraten der Nappern Fitzau bestellte er zwei Maßanzüge, einen schwarzen und einen grauen. Einen schwarzen Anzug? Reine Weiberlist. Kaum hing die Kledage im Schrank, schon fragte Trudchen, ob ihr der Herr Landrat einen kleinen Gefallen täte. Welchen Gefallen? Fleischer Henschel sei gestorben, und Frau Henschel wünsche sich, daß der Herr Landrat vielleicht ein paar Worte, nur ganz kurz, natürlich. Aber da biß die Nappern Fitzau auf Granit. Sollten die Pastoren und die Onkels von der Gesellschaft zur Verbreitung wissenschaftlicher Kenntnisse etwa brotlos werden? Außerdem kannte Donath keinen Fleischer Henschel.

»Der hat mir immer das schöne Filet aufgehoben.«

Nein. Donath lehnte rundweg ab.

Als Architekt Ravens starb, konnte er allerdings schlecht kneifen. Die Witwe bat ihn persönlich darum, und er fühlte sich dem alten Lehrmeister verpflichtet. Darüber redete er an Ravens' Grab, über die Pflicht, in seinem schwarzen Anzug, an einem Juli-Sonnabend, über die Pflicht und die Lehrzeit, über Balkenlochen und Sägezähnefeilen, Deckenlatten und Pfettenbinden, über den Genuß an der schweißtreibenden Arbeit, die sich selber ehrte.

Diesem Thema, leicht abgewandelt, blieb er auch künftig treu, denn nun wurde er öfter zu Begräbnissen geholt, und allmählich empfand er seine öffentlichen Auftritte als Wiedergutmachung für die Zuchthausjahre, weil ihm nicht nur Respekt, sondern Verehrung entgegenschlug. Niemand wagte, ihm Geld anzubieten. Doch man richtete es so ein, daß er keinen Urlaub wegen einer Beerdigung nehmen mußte, und ließ die Leiche lieber einen Tag länger in Trauer-Erbs Kühltruhe, als auf Donaths Ansprache zu verzichten. Den

Doppelerfolg seiner Stegreifreden begriff er erst, als ihm das bucklige Fräulein im nächsten Frühling sagte:
»Anschließend wirken Sie und die Hinterbliebenen jedesmal wie neugeboren, Herr Landrat.«
Wahrhaftig? Ja, das rothaarige Güterglück spürte es auch. Wenn er mit Hanna zum Baden radelte, fuhr er ihr immer zu schnell, und am Tiefensee bei Pretzien hechtete er vom Steilufer, daß sich sogar die Sportler wunderten. Die früheren Genossen schickten Ansichtskarten, Sandkuhl aus Warna, Poche aus Jalta und Liesegang aus Karlsbad. Warum sollte der aufenthaltsbeschränkte technische Zeichner nicht in heimischen Gewässern schwimmen? Einiges übertrieb er, an manchem war er schuldlos. Zum Beispiel, als ihm Erika Mathesius unterm Tisch klarmachte, daß ihre Ehe bruchreif sei. In Gegenwart ihres eigenen Mannes streichelte die Tochter von Studienrat Sintenis mit nackten Zehen Donaths nackte Waden. Nicht unangenehm, aber das war doch die Höhe!
»Ich werde bald Großvater«, sagte er.
»Margot oder Irene?« fragte die Heimtücke, ohne sich beirren zu lassen.
»Himmeldonnerwetter!« fauchte Donath den verblüfften KONSUM-Dispatcher an. »Wann legt ihr euch mal Kinder zu!?«
Feierabend. Doch das Problem verlangte eine durchgreifende Lösung. Erika war nicht die einzige, die Donath auflauerte. Hannas Anhänglichkeit wurde nachgerade zudringlich. Abgesehen davon arbeitete im Projektierungsbüro neuerdings eine Praktikantin. Diese Hulda spitzte ihm die Bleistifte, spannte ihm das Pauspapier aufs Reißbrett und wackelte mit ihrem Minirock vor ihm herum, daß er kaum einen Strich ziehen konnte.
»Haben Sie Interesse für Streichmusik, Kollege Donath?«
»Nein, nicht das geringste.«
Streichmusik! Was da wohl gegeigt werden sollte.
»In meiner Jugend«, schrieb Donath an Lothar, »ließ ich selten was anbrennen. Aber daß ich in meinem Alter Stielaugen mache, geht mir über die Hutschnur . . .« usw.

P. S.: »Den Brief brauchst Du Inge aber nicht unbedingt zu zeigen.«
Der Hamburger Freund antwortete postwendend, weil er von den gleichen Nöten geplagt wurde.
»Gegen Frauen«, schrieb er, »hilft nur die eigene Frau. Und lasset uns untereinander unser selbst wahrnehmen mit Reizen zur Liebe und guten Werken, wie es im Hebräerbrief heißt. Wenn Du die Nappern Fitzau nicht heiraten möchtest, hol sie Dir wenigstens als Giftspritze gegen Hummeln und Nachtfalter ins Haus.«
Witzbold, dachte Donath, drängelte Trudchen aber so lange, bis sie einwilligte und mit Sack und Pack umzog. Fürchterlich, was sie zur Priegnitz schleppte: Muffige Daunenkissen, Blechbüchsen mit Kräutertee, Flaschen, Dosen, Bridgekarten für Patiencen, Zellophanbeutel, chiromantische Schwarten, Tassen ohne Henkel und ein leeres Aquarium. Keine Möbel? Nein, die hatte sie auf der Müllkippe verbrannt. Und wo wollte sie schlafen? Unten. Wer in einem Totenbett schläft, wird alt. Na, meinetwegen.
Nach dem Fernseh-Wetterbericht saßen sie an den Herbstabenden beisammen, und Trudchen las dem Herrn Landrat aus der Konfirmationsbibel seiner Mutter die Epistel an die Hebräer vor. Als sie das elfte Kapitel erreichte, horchte Donath auf, weil sie jetzt anrückten, die unzähligen *Gäste und Fremdlinge auf Erden,* die sich mit der Verheißung vertröstet hatten. *Denn die solches sagen, die geben zu verstehen, daß sie ein Vaterland suchen,* las Trudchen. Die vaterlandslosen Gesellen, dachte Donath, *wie die Sterne am Himmel und wie der Sand am Rande des Meeres.*
»Nochmal«, sagte er und überhörte die Frömmigkeiten, wie er am anderen Morgen den Minirock der Praktikantin übersah. Er lächelte nur, als besäße er eine Gewißheit, die niemand außer ihm besaß.
Ende November signierte er den Entwurf der städtischen Molkerei und klapperte die Geschäfte ab, um das richtige Geschenk zur Doppelhochzeit seiner Töchter zu suchen. Vergeblich. Die Nappern Fitzau, die ebenfalls eingeladen war,

entdeckte es auf Anhieb und stickte während der folgenden Wochen die Initialen der Brautleute in die Bettwäsche: M wie Margot und O wie Olaf Kolbe, der Artillerieleutnant, I wie Irene und P wie Peter Lamprecht, der Roßlauer Schiffbauingenieur.
Donath mietete ein Taxi für den ganzen Tag und ließ sich mit seiner Wirtschafterin nach Steutz fahren. Haltung oder Zurückhaltung, überlegte er beim Aussteigen. Nein, der klare Wintermorgen verscheuchte alle Bedenken, und Annemarie machte Donath und Trudchen mit der Hochzeitsgesellschaft vorm Standesamt bekannt. Die künftigen Schwiegermütter trugen abenteuerliche Hüte, ähnliche wie die Wertlauer Schwestern, Hüte mit Reiher- und Fasanenfedern, künstlichen Blumen und Samtbändern, todschick. Daneben wirkten Dr. Hennig, Tischler Heinrich, Direktor Kuhnert und die Schwiegerväter bescheiden in ihren Ulstern und Gehpelzen, und die Kameraden des Artillerieleutnants in ihren mantellosen Paradeuniformen waren froh, als das Zeichen zum Einmarsch gegeben wurde.
»Treulich geführt«, dudelte das Grammophon. Die Brautpaare nahmen in der vordersten Reihe Platz, und Donath setzte sich zu Annemarie, der Beauftragte für Personenstandswesen hielt die Standardrede über den Sinn der Ehe in der Periode des umfassenden Aufbaus des Sozialismus. Beim Ringwechsel fragte Annemarie leise:
»Kommt ihr mit nach Steckby zum Essen?«
Donath nickte und erhob sich, um den Brautpaaren zu gratulieren.
»Danke, Papa«, sagten die Töchter.
»Danke, Herr Landrat«, sagte der Schiffbauer.
»Danke, Herr Donath«, sagte Olaf Kolbe hackenknallend. Der junge Offizier hatte ein gutes Gesicht, das Donath an irgend jemanden erinnerte. In Steckby, beim Hochzeitsschmaus, beobachtete er den Leutnant aus der Nähe. Es war ein sympathisches Gesicht mit Lachfältchen um Augen und Mund.
»Du brauchst mich nicht zu siezen«, sagte Donath. »Annema-

rie und ich sind zwar geschieden, aber in gewisser Weise bin ich dein Schwiegervater.«
»Trinken wir Brüderschaft?«
»Mit Brause?« fragte Donath zurück.
»Ach so«, sagte Olaf. »Margot hat's mir erzählt. Wegen der Leber?«
»Nein. Bist du in Altengrabow stationiert?«
»Darauf darf ich nicht antworten«, sagte der Leutnant streng und abweisend.
»Siehst du«, sagte Donath, »wir haben eben beide unsere Geheimnisse.«
Beim Kaffee bedankten sich die Töchter für die Bettwäsche, und Irene fragte Donath, wie ihm ihr Peter gefiele.
»Kompliment«, sagte Donath, obwohl ihm der dickliche Schiffbauer zu phlegmatisch neben dem quirligen Ehrgeiz Irenes vorkam. Wegen Margot und Olaf machte er sich keine Sorgen. Margot wollte auch nicht hören, was er von ihrem Bräutigam hielt. Sie erzählte von ihrem gescheiterten Versuch, Biologie zu studieren, von der Labradorhündin Akka, die letztes Jahr gestorben war, und so gerieten beide ins Plaudern, bis Tischler Heinrich die nächste Batterie Krimsekt brachte und Frau Martha das Radio anstellte.
Die Offiziere tanzten mit den Krankenschwestern, die Schwiegersöhne mit den Schwiegermüttern, die Korken knallten, die Stimmen wurden lauter, und als die älteren Register die Jacketts ablegten, sagte Donath zur Nappern Fitzau:
»Wir verdrücken uns auf französisch, aber am besten getrennt. Setzen Sie sich man schon ins Auto.«
Es dauerte eine Weile, ehe er den geeigneten Moment erwischte, um Trudchen zu folgen. Während er den Mantel anzog, fiel ihm plötzlich ein, an wen ihn Margots Bräutigam erinnerte: an Pawel Nikolajitsch, den russischen Major mit den überzeugenden Beweisen gegen Joachim Schenk. Bleib mir vom Leibe, Olaf, dachte Donath und trat vor die Tür. Draußen faßte Annemarie nach seiner Hand und schwankte dabei ein bißchen, als ob sie zuviel getrunken hätte. Sie sagte kein Wort.

Sie hatte auch keinen Schwips. Annemarie suchte nur einen Halt, wo sie sekundenlang glauben konnte, daß dieser Mann ihre einzige Liebe gewesen war. Dann riß sie sich los und lief ins Haus.

17

Als die Lokomotive anruckt, beugt sich Lothar Witte aus dem Fenster, winkt und winkt und sieht den Freund in der Dämmerung des Augustabends auf dem Zerbster Bahnsteig zurückbleiben. Dann verschwindet die Gestalt, der Bahnhof, der Bartholomäiturm, die Stadt, und hinter dem Fenster gleitet die Ebene vorbei, gleitet im Takt der Räder vorbei, ein gemächliches Heben und Sinken, so langsam und herzbeklemmend wie die sanfte Dünung des Atlantik.
Wann bin ich gekommen? fragt sich Lothar. Gestern. Was war heute? Hermanns sechzigster Geburtstag. Habe ich ihn gestern wirklich zum ersten Mal wiedergesehen, den Landrat, wie ihn die Leute immer noch nennen? Zum ersten Mal nach elf Jahren? Nein, ich muß ihm schon früher begegnet sein, irgendwo. Überall bin ich ihm begegnet. In den Ruinen von Les Beaux. Ich erkannte ihn auf den ersten Blick, obwohl er's niemals war. Aber dieser Gang und diese Art, zwei Finger an den Mützenschirm zu legen, eindeutig. Auch am Allgäuer Forggensee habe ich ihn getroffen, in der Schalterhalle der Victoria Station, am Strand von La Baule und unter den Seine-Brücken. Wo er auftaucht, verbreitet sich eine Mischung aus Beifuß und Zwiebeln, Kiefernharz und Teer, Elbschlick und billigen Zigarren. Er gehört zu den Männern in den grauen Anzügen, deren Aufschläge nach der dritten Reinigung die Ohren hängen lassen, weil die Kleiderfabrik mit dem Roßhaarfutter gespart hat, und so bleibt er in meinem Gedächtnis, Hermann Donath, der seit heute sechzigjährige Landrat, der lieber in seiner Bruchbude haust, auch später, als Rentner, wenn er ausreisen dürfte. Ich habe ihm eine Eigentumswohnung in Othmarschen gekauft, zweieinhalb Zimmer, ruhige

Gegend, vorläufig wohnen noch Wolfgang und Werner drin, aber in fünf Jahren sind die beiden über alle Berge. Hermann würde sogar eine Haftentschädigung kriegen, er besitzt einen Anspruch darauf, doch er hat andere Pläne, sagt er. Einstweilen arbeitet er am Modell für das Stadtzentrum, und dann, wenn er in Rente geht, will er sich um das Naturschutzgebiet zwischen Plötzky und Dornburg kümmern. Er hat so gewisse Ideen, sagt er, Liegestuhlverleih, Parkplatzwächter oder ein kleiner Kiosk am Königssee mit Erfrischungen für die Camper. Vielen Dank, sagt er, was die Eigentumswohnung betrifft, aber ich werde hier gebraucht. Das ist keine Antwort, das sind Hirngespinste. Wozu wirst du gebraucht? Als Grabredner? Nicht nur, sagt er, sieh dich mal um: der Kindergarten, die Turnhalle, der Wohnkomplex am Teufelstein, die Oberschule, das Sportlerheim, die Molkerei. Und wann willst du dein Leben genießen? frage ich ihn. Oder möchtest du hier auf ewig versauern? Da, wo wir lieben, ist Vaterland, sagt er, wo wir genießen, ist Hof und Haus. Stammt von Goethe, sagt der Landrat. Ist der Zerbster Landkreis dein Vaterland? Bißchen mehr, sagt er und lächelt.

»Güterglück!« dröhnt es aus den Lautsprechern. »Hier Anschluß nach Belzig und Aschersleben!«

Ich darf nicht einschlafen, denkt Lothar, sonst verpasse ich in Magdeburg den Anschluß an den Interzonenzug. Wieso Aschersleben? Zur Weiterfahrt nach Ballenstedt und Hoym, zum ehemaligen herzoglichen Blödenasyl, zur Irrenanstalt? Ich bin kein Psychiater, aber nach alledem, was mir Hermann von Joachim Schenk erzählt hat, liegt die Diagnose auf der Hand: paranoide Schizophrenie, Persönlichkeitszerfall, Ich-Verlust. Ein Besuch in Hoym ist sinnlos. Wenigstens darüber konnten wir uns einigen, vielleicht deswegen, weil wir zwischen lauter Buketts und Blumensträußen saßen. Unvorstellbar, was die Gratulanten anschleppten, die Töchter und die Schwiegersöhne, die Kollegen vom Projektierungsbüro und vom Baukombinat. Margots Mann hat vor mir strammgestanden, ein leibhaftiger Leutnant der Nationalen Volksarmee. Ich dachte, mich laust der Affe. Gott sei Dank sind die Leute bald

wieder abgehauen, obwohl ich zugeben muß, der Offizier machte Figur. Jetzt hast du's mal erlebt, sagt der Landrat, Deutsche an einem Tisch. Müßte dir doch imponieren, sage ich, Einigkeit und Recht und Freiheit. Sicher, sagt Hermann, ihr da drüben singt es bloß verkehrtrum: Freiheit, Recht und Einigkeit. Eigentlich schade, sagt er, auch ich weiß Freiheit zu schätzen. Soll ich ihm widersprechen, ausgerechnet ihm, der meinetwegen acht Jahre hinter Gittern saß?
»Magdeburg!«
Aussteigen, umsteigen. Lothar trägt seinen Koffer in den Interzonenzug der Deutschen Reichsbahn.
»Falls ich einschlafen sollte«, bittet er sein Gegenüber, »seien Sie so nett und wecken Sie mich in Hannover.«
»In Hannover?« fragt die Dame. »Jetzt kommt doch gleich die Grenze.«
»Ach, richtig«, sagt Lothar und sieht die schwarze Silhouette des Justizpalasts.
Ich habe ihm trotzdem widersprochen. Er selbst ist das beste Argument gegen Willkür und Heuchelei. Du hast für mich gebüßt, Hermann, für meine Flucht und für meine Freiheit. Oh, und er lacht darüber. Hör auf mit dem Blech, sagt er, sonst kommen mir die Tränen vor Rührung. Hast du noch nicht gemerkt, daß ich von zwei Übeln immer das größere wähle? Überleg mal, sagt er, vor elf Jahren wollte ich dich aus Hamburg zurückholen. Ich hätte dich ja abschreiben können, aber es war wie ein neuer Gedanke, wie ein warmer Luftzug, der mich anhob, weit über mich hinaus, eine Fliegeridee: Sollte ich endlich einmal mich selber riskieren? Wer bin ich, wenn ich bin, wie ich bin? Und dann spürst du den Aufschwung in der Brust, der dich mitreißt, obwohl du glaubst, zu solchen Abenteuern längst nicht mehr fähig zu sein, und plötzlich entdeckst du, daß du drauf und dran bist, das einzig Vernünftige zu tun.
»Marienborn. Paß- und Zollkontrolle!«
Die Nacht weht ans Fenster, vorbei, vorbei.
Und deswegen stehst du heute als technischer Zeichner in Hoppedietz' Projektierungsbüro oder sonnabends auf dem

Friedhof, sage ich. Nein, sagt Hermann, ich bin meinen Landsleuten etwas schuldig geblieben. Ich hatte ihnen versprochen, Zerbst wieder aufzubauen, und jetzt lasse ich sie nicht im Stich. Du hast ihnen auch Demokratie und Freiheit versprochen, sage ich, aber dafür bist du jetzt nicht mehr zuständig. Wer weiß, sagt der Landrat, alles zu seiner Zeit. Den Wein der Freiheit nippt man nicht, man trinkt ihn aus dem Vollen, sage ich. Prost, sagt Hermann, doch mißtraue denen, die nur von Freiheit reden, ohne ihr Leben dafür einzusetzen. Wen meinst du damit? frage ich, um ihn festzunageln. Dich und mich, sagt er. Wir wurden nicht zur Freiheit, sondern zum Gehorsam erzogen, und zwar mit Rohrstock und Winkeleisen. Gehorsam ist ein deutscher Geburtsfehler, nein, nicht nur ein deutscher, auch ein russischer. Wenn die Russen frei wären, würden sie die Welt erobern. Du mußt hoch hinauswollen, wenn du ein Kerl bist. Dabei kann man tief fallen, aber Napoleon war auch auf Sankt Helena noch der erste Kaiser der Franzosen. Und du bist der erste Landrat von Zerbst, sage ich. Hermann winkt ab, doch es amüsiert ihn.

»Helmstedt! Werte Reisende! Wir bitten Sie, Ihre Fahrkarten und Ausweise für die Grenzkontrolle bereitzuhalten!«

Manieren, denkt Lothar, man wird gesittet behandelt. Werte Reisende. Wir bitten Sie. Kein Gebrüll, kein Kasernenhofton. Ich bin wieder zu Hause. Ich bin hier kein Fremder mehr. Wen meint Hermann, wenn er von den Fremdlingen und Gästen spricht? Die Erben Abrahams, die durch den Glauben die Verheißung von ferne sahen? Nein, der ungläubige Landrat meint die vaterlandslosen Gesellen, die Sozialisten, die das verheißene Land suchen. Ach, Hermann, der alte Hut. Damit lockst du keinen Hund hinterm Ofen vor. Was ist denn aus eurer Verheißung geworden?

»Soll ich Sie in Hannover wecken?« fragt Lothars Gegenüber.

»Vielen Dank«, antwortet er. »Ich glaube, heute Nacht finde ich keinen Schlaf.«

»Waren Sie auch bei Verwandten in der Zone?«

»Ja«, sagt Lothar kurz angebunden, weil ihn der Landrat nicht aus den Fängen läßt.

Weißt du, fragt er, was den französischen Freiwilligen von 1792 als Strafe für Desertion angedroht wurde? Der zehnjährige Ausschluß aus der Armee. Das ist Freiheit, sagt Hermann. Das ist die Freiheit, die ich meine. Daß ich mich aus freiem Willen in die Pflicht nehme. Das ist preußisch, sage ich. Bitte sehr, sagt der Landrat, denkst du, Preußen ist tot, weil ihm der Alliierte Kontrollrat den Leichenschein ausgestellt hat? Preußen lebt ohne Land und Grenzen. Du bist auch Preußen. Was tust du denn in Hamburg? Du erfüllst deine Pflicht, weil du dort gebraucht wirst, wie man mich hier braucht.
Du redest dir selber ein, wovon du mich überzeugen möchtest, Hermann. Wer von uns beiden ist eigentlich der Flüchtling, du oder ich? Du drückst dich um die simpelste Wahrheit, denn du willst dir nicht eingestehen, was du entbehrst. Ich habe das genaue Gegenteil erlebt, als wir in Hamburg anfingen. Wir hatten nur ein Bedürfnis: reisen. Wir mußten uns vergewissern, daß die Welt nicht bloß auf der Landkarte, sondern wirklich und zum Anfassen existiert. Das war ein Fieber, ein Rausch. In den nächsten Zug, ins nächste Flugzeug – und weg! Wohin? Egal, wohin. Hauptsache, ohne Besuchsgenehmigung und Fragebogen. Das ging zeitweise bis zum Exzeß, und die ersten, die dagegen meuterten, waren Wolfgang und Werner. Die hatten bald die Nase gestrichen voll von diesen sogenannten Bildungsreisen, Akropolis und Delphi, Prado und Pompeji. Die begriffen gar nicht unser Fernweh und waren froh, als sich der Sturm gelegt hatte. Die Jungen wollten lesen und studieren, und weil wir keine Giftschränke für verbotene Literatur haben, stand ihnen alles zur Verfügung. Als es um den Beruf ging, mußten sie sich entscheiden zwischen schnellem Geld und systematischer Arbeit, und sie hatten die Freiheit der Wahl. Niemand schrieb ihnen vor, du wirst Industriekaufmann, du wirst Rechtsanwalt. Sie durften nach ihrer eigenen Fasson selig werden. Sie hatten eine Jugend ohne Trommeln und Fanfaren, ohne Volkstanz aus der Mottenkiste. Jetzt holen sie uns manchmal ab, wir fahren zum Dollart, wandern von der Emsmündung durchs Rheider Land über Ditzumerhamrich bis Hongerige Wolf, lustiger Name,

gehört schon zu Holland. Langweile ich dich, Hermann?
Nein, sagt er.
Ich nehme das Wort Freiheit ungern in den Mund, Hermann, weil es durch Lügen und Vetternwirtschaft bekleckert ist. Aber Freiheit läßt mich ohne Angst atmen, arbeiten, schlafen, liefert Spielraum für Witz, Originalität und Erfindungen – nimm mal die neue Bandspeichermethode bei Röntgenuntersuchungen!
»Hannover!«
Dr. Lothar Witte steigt aus der Deutschen Reichsbahn in die Deutsche Bundesbahn um. Erste Klasse, weiche Polster, Fußstützen, Klapptischchen, Leselampen.
Die Menschen bei uns, Hermann, sind inzwischen so frei, daß sie euch allmählich vergessen. Wenn sie an euch denken, fallen ihnen Pakete ein, »Geschenksendung/Keine Handelsware«, Kartons mit Kaffee und Kakao, Rasierklingen und Rosinen, Waschpulver und Zigaretten, als wäre es das, was euch fehlt. Ich weiß, schrankenlose Freiheit führt auch zu Niedertracht und Verbrechen, aber man kann die Freiheit weder mißbrauchen noch beschützen, wenn es sie nicht gibt. – Ihr habt eine Menge geschafft, hier in Zerbst und in eurer ganzen Republik. Bestreitet niemand. Ihr seid stolz, weil ihr den Luxus und das Elend ausgerottet habt. Leider sind dabei die Kuriositäten auf der Strecke geblieben, der Wildwuchs, der Sonderling, das Genie, der Snob, der Individualist, der Penner, der Kavalier, der Dandy, der Bohemien. An ihre Stelle ist der Spießer getreten, der uniformierte Piesepampel, der Epigone, der Nachbeter, der Opportunist, dessen größtes Glück darin besteht, mit möglichst vielen möglichst oft verwechselt zu werden. – Ich wollte dich nicht kränken, Hermann. Ich wollte dir nur ein bißchen was erzählen, wie früher auf unserem Schulweg über die Heide, den Fischmarkt und die Schleibank bis zur Pferdebahn. Erinnerst du dich noch daran? Damals hatten wir keine Geheimnisse voreinander. Sollen wir heute wie die Katze um den heißen Brei schleichen?
Hermann schweigt und betrachtet die »Grünen Äpfel« von Cézanne, Lothars Geburtstagsgeschenk.

Wo hast du die aufgetrieben?
Am Jungfernstieg. Ist bloß'ne Reproduktion, aber nun hängt sie bei uns beiden, bei mir die Zerbster, bei dir die Hamburger.
Danke, sagt Hermann.
Der Morgen dämmert. Lothar lehnt die Stirn ans Fenster. Inge wird mich fragen, ob sich der Abstecher nach Hannover gelohnt hat. Sie denkt, ich war beim Ärztekongreß. Die Besuchsgenehmigung hat mir Hermann über die Klinikadresse geschickt. Inge wäre wahnsinnig geworden vor Angst, hätte sie gewußt, wohin ich fahre. Jetzt kann ich's ihr verraten.
Kommst du mal wieder? fragt der Landrat auf dem Bahnsteig.
Ja, sagt Lothar im Takt der Räder. Ja, ja, ja.

18

In Donaths Rücken ging die Sonne auf, und langsam wuchs sein Schatten bis zum Rand des Steilufers. Schlafen, dachte er, denn letzte Nacht hatte er kein Auge zugebracht. Aber wie konnte er schlafen, wenn alles erwachte? Wenn sich die Dunstschleier von der Elbe hoben und den Blick auf den Auwald am jenseitigen Ufer freigaben? Wenn die Bläßhühner spritzend übers Wasser liefen, Höhe gewannen und ihre Furchen vor den Silberweiden zogen? Wenn die Schwalben aus den Nistlöchern zur Mückenjagd torkelten? War Donath müde? Nein. Ihn bohrte Lothars Frage, warum sie beide wie die Katze um den heißen Brei schlichen, während sie früher keine Geheimnisse voreinander gehabt hatten. Diese Frage marterte ihn seit dem gestrigen Abschied. Ihretwegen war er hierhergefahren, weil er die Antwort noch schuldete.
Hier gab es kein Schweigen und keine Plauderei über grüne Äpfel. Hier durfte Donath nicht kneifen, weder vor Lothar noch vor sich. Doch wo anfangen mit der reinen, der ganzen, der unverfälschten Wahrheit? Dort unten, wo seine Großmutter den Planwagen und die Wolfshunde verlassen hatte, die rote Therese, die sich ins Wasser warf und zur Doggerbank trieb, statt den Zorn des Bären zu ertragen? Nein, das war kein

Anfang, obwohl es die Wahrheit war, und vielleicht war es doch ein Anfang, weil auch an dieser Wahrheit etwas fehlte: der Mann, der mit Therese das Kind zeugte, das Mädchen Luise, das den Bären nahm. Aber wer war dieser Mann gewesen? überlegte Donath. Der Viehhändler Beau? Ach was. Irgendeiner, den die Trödlerin auflas, den sie ein paar Meilen mitschleppte, bis er krummgesessen und lahmgeliebt war, irgendein Tippelbruder, Roßtäuscher, Saisonknecht oder Strauchdieb, irgendeiner. Das ist der Anfang, leider undurchsichtig, also wertlos. Streichen wir diesen Anfang, auch wenn der Bär schon dazugehört, denn seinetwegen ging Therese ins Wasser, und der Bär lebte mit ihrem Tod, solange er lebte, wie ich mit Schenk. Ist Schenk ein Anfang? Habe ich ihn verschwiegen? Nein. Aber wäre ich ohne ihn nach Hamburg geflogen? Er blies mir die Idee ein, dich zurückzuholen, denn wie mein Vater mit Therese lebte, weil er sich schuldig fühlte, so lebte ich mit Schenk aus dem gleichen Grund und wollte an dir vergüten, was ich an ihm versäumt hatte. Ja, Lothar, der Gedanke ist nicht so unsinnig, wie er auf Anhieb wirkt, er hat sogar was mit meinem Vater zu tun, denn der Bär riet mir davon ab, mich für Schenk ins Zeug zu legen. Daß er mich warnte, ist verständlich. Daß ich ihm folgte, war meine Sache. Ich krempelte mich um wie einen Handschuh, das Futter nach außen, das Leder nach innen. Probier's mal! Machst du's mit dem rechten, mußt du ihn künftig links tragen und umgekehrt. Damals hoffte ich, wieder in die alte Fasson zu kommen, wenn ich dich zum Rückflug überredete. Ich weiß, der Schnee von Anno Tabak. Unsere Wege haben sich getrennt, aber du bist kein Flüchtling, Lothar. Du hast gefunden, was du finden wolltest, du bist bei dir und deiner Arbeit, wie ich. Zwischen uns liegt eine Grenze, und trotzdem sind wir Freunde geblieben, weil wir uns über die Grenze, über die Elbe hinweg achten und vertrauen. Ich frage mich oft, warum es die Gesetzgeber am jenseitigen und diesseitigen Ufer nicht wie wir beide halten. Wozu die Hetze und der Streit? Ihr dort habt eine Sehnsucht nach euch selbst und eurer eigenen Ordnung, für uns hier gilt das gleiche. Die Deutschen wollen nicht gegeneinander sterben, sondern nebeneinander leben, und zwar wie wir beide, in Freundschaft und als Erben unserer gemeinsamen Geschichte, an der so viele litten und zerbrachen, daß wir keinen Namen verschweigen dürfen, weder Reiner Sandkuhl noch Klaus Mähnert, weder Benno Poche noch Erwin Hoppedietz, weder Joachim Schenk noch Adjutant Diels, weder die Helden noch die Halunken.

Zu solcher Einsicht bin ich spät gekommen, weil ich zu lange in der Spur des Bären ging. Was Freiheit bedeutet, lernte ich erst im Gefängnis. Dort krempelte ich den Handschuh peu-à-peu um, das Leder nach außen, das Futter nach innen, und schließlich paßte ich mir wie angegossen. Deswegen waren diese acht Jahre nicht verloren. Das sind Kinkerlitzchen, verglichen mit dem wichtigsten. Ich lernte nicht nur die Regeln der SS, der Polizei und der Zeugen Jehovas, wie man einen Nagel mit bloßer Faust ins Holz schlägt oder wie man vierzehn Tage hungert. Ich lernte auch die weite Reise zu mir selbst, und weil ich mich nur durch die anderen erfahren konnte, fing ich bei meinen Knastbrüdern an. Wie hatten sie gelebt und überlebt, die Mörder und Scheckbetrüger, die ernsten Bibelforscher und die abtrünnigen Genossen, die Schuldigen und Unschuldigen, die Fremdlinge und Gäste, die das verheißene Land durch Gitter und Luken sahen? Immer wieder erzählten sie von ihrer Kindheit, ihrer Jugend, ihren Eltern, bis ich begriff, daß sie damit auch von meiner Kindheit, meiner Jugend und meinem Vater sprachen. Der Bär hatte mir die Richtung gewiesen, und in seinen Fußstapfen war ich gelaufen. Ich bewunderte ihn noch bei meinem ersten Prozeß, aber daß er Wilhelm um Gnade bat, ging mir gegen den Strich. Warum erniedrigte er sich? Wo blieben sein Stolz, seine Ehre, die alte Ehrbarkeit der Zimmergesellen, die er dauernd gerechtfertigt hatte? Ich brauchte viel Zeit, Lothar, um ihn zu verstehen. Der Wahlspruch des Bären hieß: Wer nichts für andere tut, tut nichts für sich. Glaubte er etwa, es wäre seine Pflicht, mir auf die krumme Tour zu helfen? Ich hätte ihm wohl dankbar sein müssen, doch damals brachte ich es nicht übers Herz. Ich wurde frei, bevor man mich entließ. Ich

wurde mit mir eins, wie du mit dir. Durch meinen Vater hatte ich mich selbst erkannt und ohne Bitterkeit von ihm gelöst. Bei meiner Rückkehr aus Cottbus umarmten wir uns, denn ich liebte ihn in seiner Schwäche, und bei seinem Begräbnis sagte ich den Leuten, was ich dem Bären verdanke. Das alles hätte ich dir schon gestern erzählen sollen, Lothar, aber du rückst ja mal wieder an.
Donath erhob sich. Die Sonne stand so hoch, daß er keinen Schatten warf. Als er zu seinem Fahrrad ging, sah er einige Zerbster Familien unter den Kiefern des Steilufers sitzen.
»Guten Tag, Herr Landrat!« riefen die Ausflügler.
Donath legte grüßend zwei Finger an den Mützenschirm. Jetzt kann ich schlafen, dachte er. Jetzt komme, was will.